Jack London

Jerry und Michael

Die zwei besten Hundegeschichten

Universitas

© 1997 by Universitas Verlag in
F. A. Herbig Verlagsbuchhandlung GmbH, München
Alle Rechte vorbehalten
Einband: Bernd und Christel Kaselow, München
Einbandmotiv: Alexandra Nowak, Hildesheim
Satz: Fotosatz Völkl, Puchheim
Druck: Jos. C. Huber KG, Dießen
Binden: Großbuchbinderei Monheim
Printed in Germany
ISBN 3-8004-1357-4

Inhalt

VORWORT

Es ist das Unglück mancher Romanschriftsteller, daß Roman und Unwahrheit in den Augen des Durchschnittslesers ein und dasselbe sind. Vor mehreren Jahren gab ich einen Südseeroman heraus. Er spielte auf den Salomoninseln. Die Handlung wurde von Kritikern und Referenten als äußerst schätzenswertes Produkt der Einbildungskraft gelobt. Aber mit der Wahrheit – sagten sie – wäre es nichts. Natürlich gäbe es, wie jedermann wüßte, nirgends auf der Welt mehr kraushaarige Kannibalen, und noch weniger liefen sie unbekleidet herum und schnitten sich gegenseitig – und gelegentlich auch einem Weißen – die Köpfe ab. Aber nun hört einmal zu: Ich schreibe diese Zeilen in Honolulu, Hawaii. Gestern sprach mich ein Fremder am Strand von Waikiki an. Er erwähnte einen gemeinsamen Freund, Kapitän Kellar. Als ich mit dem ›Sklavenschiff‹ ›Minota‹ bei den Salomoninseln Schiffbruch erlitt, war es Kapitän Kellar, der Führer des ›Sklavenschiffes‹ ›Eugenie‹, der mich rettete. Jetzt hatten die Schwarzen sich Kapitän Kellars Kopf geholt, wie der Fremde mir erzählte. Er wußte es. Er hatte in der Nachlaßsache Kellars Mutter vertreten.
Hört: Neulich bekam ich einen Brief von Mr. C. M. Woodford, Regierungskommissar der britischen Salomoninseln. Er war nach einem langen Aufenthalt in England – er hatte seinen Sohn nach Oxford gebracht – auf seinen Posten zurückgekehrt. In den meisten öffentlichen Bibliotheken kann man ein Buch mit dem Titel ›Ein Naturforscher unter den Kopfjägern‹ finden. Der Naturforscher ist Mr. C. M.

Woodford. Er hat das Buch geschrieben. Um aber wieder auf den Brief zu kommen: Unter anderem erzählte er ganz kurz und beiläufig, daß er gerade eine merkwürdige Arbeit beendet hätte. Durch seine Reise nach England hätte sich die Sache verzögert. Es handelte sich um eine Strafexpedition nach einer Nachbarinsel, bei welcher Gelegenheit er, wenn möglich, auch die Köpfe einiger gemeinsamer Freunde hätte holen wollen – eines weißen Händlers, seiner weißen Frau und Kinder und seines weißen Buchhalters. Die Expedition hätte Erfolg gehabt, und Mr. Woodford schloß seinen Bericht mit folgender Bemerkung: ›Was mir besonders auffiel, war der Umstand, daß die Gesichter weder Schmerz noch Schrecken, sondern eher Ernst und Ruhe ausdrückten‹ – dies schreibt er, man beachte es, von Männern und Frauen seiner eigenen Rasse, die er gut gekannt hatte und die oft in seinem Hause zu Gast gewesen waren.

Andre Freunde, mit denen ich in den schönen ausgelassenen Tagen auf den Salomoninseln bei Tisch gesessen habe, sind seitdem heimgegangen – auf dieselbe Art und Weise. Du meine Güte! Ich machte einmal auf der Teakholzjacht ›Minota‹ eine Werbefahrt nach Malaita und nahm meine Frau mit. An der Tür unsrer winzigen Kajüte waren noch die Beilhiebe zu sehen, die von einem vor einigen Monaten geschehenen Vorfall erzählten. Der Vorfall war, daß Kapitän Mackenzie der Kopf genommen wurde. Kapitän Mackenzie war damals Führer der ›Minota‹. Als wir in Langa-Langa ankamen, dampfte gerade der britische Kreuzer ›Cambrian‹ nach Bombardement eines Dorfes ab.

Ich habe keinen Anlaß, dieses Vorwort zu meiner Erzählung mit weiteren Einzelheiten zu belasten, aber ich versichere, daß ich deren eine Menge besitze. Ich hoffe, den Leser einigermaßen überzeugt zu haben, daß die Abenteuer meines Hundes, des Helden dieses Buches, wirklich erlebte Abenteuer aus einer wirklichen Kannibalenwelt sind. Bei Gott! – als ich meine Frau mit auf die Fahrt mit der ›Minota‹ nahm, fanden wir an Bord einen niggerjagenden, anbetungswürdigen kleinen irischen Terrier vor, der glatthaarig wie Jerry war und Peggy hieß. Wäre Peggy nicht gewesen, so wäre dieses Buch nie geschrieben worden. Die kleine Hündin war der größte Schatz des prächtigen Schiffers der ›Minota‹. So sehr verliebten meine Frau und ich uns in sie, daß Charmian sie nach dem Schiffbruch der ›Minota‹ ihrem Schiffer mit voller Überlegung und ganz schamlos stahl. Ich gestehe ferner, daß ich den Diebstahl meiner Frau mit voller Überlegung und ganz schamlos billigte. Wir hatten Peggy ja so lieb! Lieber königlicher, herrlicher kleiner Hund, begraben zur See an der Ostküste von Australien! Ich muß hinzufügen, daß Peggy, ebenso wie Jerry, auf der Meringe-Plantage an der Meringe-Lagune geboren war. Seine Heimat war die Insel Isabel, die nördlich von der Floridainsel liegt, wo das Government seinen Sitz hat und wo der Regierungskommissar Mr. C. M. Woodford wohnt. Ferner und endlich: Ich kenne Peggys Vater und Mutter gut, und oft hat mir das Herz geklopft, wenn ich das treue Paar nebeneinander den Strand entlanglaufen sah. Er hieß Terrence, sie Biddy.

Waikiki-Strand, Honolulu
Oahu, T. H., 5. Juni 1915   *Jack London*

Jerry
der Insulaner

Erst als ihn Herr Haggin unter den einen Arm nahm und mit ihm das Achterende des wartenden Walbootes betrat, ahnte Jerry, daß ihm etwas Unangenehmes bevorstand. Herr Haggin war Jerrys geliebter Herr und war sein geliebter Herr die ganzen sechs Monate seines Lebens gewesen. Jerry kannte Herrn Haggin nicht als ›Herr‹, denn der Ausdruck ›Herr‹ fand sich nicht im Wortschatz Jerrys, der ein glatthaariger, goldbrauner irischer Terrier war.

Aber in Jerrys Wortschatz hatte ›Herr Haggin‹ doch einen ebenso bestimmten Klang und Sinn, wie ihn das Wort ›Herr‹ im Wortschatz der Menschen in bezug auf ihre Hunde besitzt. ›Herr Haggin‹ war das Geräusch, das Jerry stets von Bob, dem Buchhalter, und Derby, dem Vorarbeiter der Plantage, hatte hervorbringen hören, wenn sie seinen Herrn ansprachen. Ferner hatte Jerry stets die männlichen Zweibeiner, die gelegentlich einmal die Plantage besuchten, wie zum Beispiel die, die jetzt mit der ›Arangi‹ gekommen waren, seinen Herrn als ›Herr Haggin‹ anreden hören.

Aber Hunde sind nun einmal Hunde, und in ihrer unklaren, wortlosen, prachtvollen Heldenverehrung schätzen sie die Menschen nicht richtig ein, denken von ihren Herren besser und lieben sie mehr, als den Tatsachen angemessen wäre. ›Herr‹, wie Jerry ›Herr Haggin‹ auffaßte, bedeutet für sie mehr, weit mehr als für Menschen. Der Mensch betrachtet sich selbst als Herrn seines Hundes, aber der Hund sieht in seinem Herrn ›Gott‹.

Nun befand sich allerdings das Wort ›Gott‹ ebensowenig in Jerrys Wortschatz, trotz der Tatsache, daß er bereits einen bestimmten und recht umfangreichen Wortschatz besaß. ›Herr Haggin‹ war der Klang, der ›Gott‹ bedeutete. In Jerrys Herz und Kopf, in dem geheimnisvollen Mittelpunkt der ganzen Bewußtsein genannten Vorgänge, nahm der Klang ›Herr Haggin‹ denselben Platz ein wie ›Gott‹ im menschlichen Bewußtsein. Durch Wort und Klang verband sich für Jerry mit ›Herr Haggin‹ dieselbe Vorstellung wie für den gottesfürchtigen Menschen mit ›Gott‹. Kurz: Herr Haggin war Jerrys Gott.

Und als daher Herr Haggin, oder Gott, oder wie man ihn nun in der Beschränkung, die die Sprache einem auferlegt, nennen will, als er plötzlich Jerry mit unwiderstehlicher Gewalt unter den Arm nahm und in das Walboot stieg, dessen schwarze Besatzung sich unmittelbar darauf in die Riemen legte, hatte Jerry sofort das ängstliche Gefühl, daß etwas Ungewöhnliches geschähe. Noch nie war er an Bord der ›Arangi‹ gewesen, die er jedesmal, wenn die Riemen der Schwarzen plätschernd durchs Wasser strichen, größer werden und näher kommen sah. Erst vor einer Stunde war Jerry vom Plantagenhaus nach dem Strande gekommen, um die ›Arangi‹ abfahren zu sehen. Zweimal hatte er in seinem halbjährigen Leben dieses prachtvolle Erlebnis gehabt. Und prachtvoll war es wirklich, an dem weißen Korollenstaubstrande hin und her zu laufen und sich unter der weisen Führung von Biddy und Terrence an dem Herumtollen zu beteiligen und es sogar noch zu vermehren.

Da war die Niggerjagd. Jerry war der Haß gegen die Nigger angeboren. Das erste, was er als wimmernder Welpe auf der Welt gelernt hatte, war die Tatsache, daß Biddy, seine Mutter, und sein Vater Terrence die Nigger haßten. Ein Nigger war etwas, was man anknurrte. Ein Nigger, der nicht zum Haushalt gehörte, war etwas, was angefallen, gebissen und zerrissen werden mußte, wenn es sich erfrechte, dem Hause zu nahe zu kommen. Das tat Biddy. Das tat Terrence.

Und indem sie es taten, dienten sie ihrem Gott – Herrn Haggin. Nigger waren tiefer stehende zweibeinige Geschöpfe, die für ihre zweibeinigen weißen Gebieter arbeiteten und fronten, weit weg in den Arbeiterbaracken wohnten und so viel geringer und tiefer stehend waren, daß sie nicht wagen durften, der Wohnung ihres Herrn nahe zu kommen.

Und Niggerjagd war ein Abenteuer. Das hatte Jerry fast ebenso schnell gelernt, wie er laufen gelernt hatte. Man nahm die Gelegenheit wahr. Solange Herr Haggin, Derby oder Bob dabei war, ließen sich die Nigger das Gejagtwerden gefallen. Aber es kam vor, daß die weißen Herren nicht dabei waren. Dann hieß es: ›Hüte dich vor den Niggern!‹ Man mußte vorsichtig sein, wenn man jagte. Denn dann, wenn die weißen Herren es nicht sahen, hatten die Nigger die Gewohnheit, nicht nur finster dreinzublicken und zu murren, sondern vierbeinige Hunde mit Steinen und Knüppeln anzugreifen. Jerry hatte gesehen, wie seine Mutter auf diese Weise mißhandelt wurde, und ehe Jerry Vorsicht gelernt hatte, war er selbst in dem hohen Gras vermöbelt worden von Godarmy, dem Schwarzen, der an einer aus Kokosfaser geflochtenen Schnur einen porzellanenen Türknauf um den Hals trug. Ja, noch mehr: Jerry erinnerte sich eines andern Erlebnisses im hohen Grase, als er und sein Bruder Michael mit Owmi gekämpft hatten, einem andern Schwarzen, der leicht kenntlich war an den Zahnrädern einer Weckuhr auf seiner Brust. Michael hatte einen so heftigen Schlag auf den Kopf erhalten, daß sein linkes Ohr Schaden gelitten hatte, einschrumpfte und merkwürdig gefühllos wurde und jetzt stolz nach oben gedreht war.

Und mehr noch: Sein Bruder Patsy und seine Schwester Kathleen waren seit zwei Monaten verschwunden, hatten einfach aufgehört zu sein. Der große Gott, Herr Haggin, hatte die Plantage von einem Ende zum andern durchsucht. Der ganze Busch war durchforscht, ein halbes Dutzend Nigger waren ausgepeitscht worden. Aber Herr Haggin hatte das Mysterium von Patsys und Kathleens Verschwinden nicht aufklären können. Biddy und Terrence jedoch wußten Bescheid. Und Michael und Jerry auch. Die vier Monate alten Hündchen waren in den Kochtopf in der Baracke gewandert, und ihr weicher Welpenpelz war vom Feuer verzehrt worden. Das wußte Jerry ebensogut wie sein Vater, seine Mutter und sein Bruder, denn sie hatten den unverkennbaren Geruch von verbranntem Fleisch gespürt, und Terrence hatte in seiner Wut Mogam, den Hausburschen, angefallen und war von Herrn Haggin ausgescholten und verprügelt worden, der nichts gerochen hatte und nichts verstand und der stets strenge Disziplin unter allen Geschöpfen halten mußte, die sich unter seinem Dache befanden. Aber am Strande, wenn die Schwarzen, deren Dienstzeit abgelaufen war, mit ihren Warenkisten auf dem Kopfe kamen, um mit der ›Arangi‹ abzufahren, war die Niggerjagd nicht mit Gefahr verbunden. Alte Zechen konnten beglichen werden, und es war die letzte Gelegenheit, denn die Schwarzen, die mit der ›Arangi‹ abfuhren, kamen nie wieder. Heute zum Beispiel fuhr Biddy, die die Behandlung, die ihr von seiten Lerumies zuteil geworden war, nicht vergessen hatte, mit den Zähnen in seinen bloßen Schenkel, daß er kopfüber mit Warenkiste und all seiner irdischen Habe ins Wasser stürzte, und dann lachte sie ihn aus, des Schutzes von Herrn Haggin sicher, der lachend dabeistand.

Ferner war auf der ›Arangi‹ gewöhnlich wenigstens ein Buschhund, den Jerry und Michael vom Strande aus so anbellten, daß sie sich fast das Maul verrenkten. Einmal hatte Terrence, der fast ebenso groß und sicher ebenso mutig wie ein Airedale-Terrier war – Terrence, der Prächtige, wie Tom Haggin ihn nannte –, einen solchen Buschhund am Strande erwischt und ihm eine wundervolle Tracht Prügel verabreicht, wozu Jerry und Michael sowie Patsy und Kathleen, die damals noch lebten, mit heftigem Kläffen und scharfem Schnappen ihr Teil beigetragen hatten. Jerry hatte nie seine Begeisterung über das Haar vergessen – es roch unverkennbar nach Hund –, das nach seinem einzigen erfolgreichen Zuschnappen sein Maul gefüllt hatte. Die Buschhunde waren zwar auch Hunde – er erkannte sie als seine Art an; aber sie unterschieden sich doch irgendwie von seiner eignen stolzen Rasse, waren anders und geringer, gerade wie die Schwarzen sich von Herrn Haggin, Derby und Bob unterschieden.

Aber Jerry starrte nicht weiter auf die sich nähernde ›Arangi‹. Biddy, durch frühere bittere Verluste klug geworden, hatte sich, die Vorderpfoten im Wasser, an den Strand gesetzt und machte ihrem Schmerz durch lautes Heulen Luft. Daß das Jerry betraf, wußte dieser, denn der Kummer zerrte sehr scharf an seinem gefühlvollen, leidenschaftlichen Herzen, wenn ihm die Ursache auch nicht ganz klar war. Was bevorstand, wußte er nicht, außer, daß es ein Unglück, eine Katastrophe war, die mit ihm zusammenhing. Und als er sich jetzt umsah und sie am Strande erblickte, rauhhaarig und unglücklich, konnte er auch Terrence sehen, der sich besorgt in der Nähe hielt. Auch er war rauhhaarig, ebenso wie Michael, auch Patsy und Kathleen waren es gewesen; Jerry war das einzige glatthaarige Mitglied der Familie. Ferner war Terrence, was zwar Jerry nicht, wohl aber Tom Haggin wußte, ein königlicher Liebhaber und ergebener Gatte. Einer der Eindrücke Jerrys war, wie Terrence mit Biddy meilenweit den Strand entlang oder durch die Kokospalmenalleen laufen konnte, beide vor Freude lachend. Außer seinen Brüdern und Schwestern und den verschiedenen Buschhunden, die sich hin und wieder einmal zeigten, waren sie die einzigen Hunde, die Jerry kannte, und so dachte er, daß Hunde eben so sein müßten: er und sie – verheiratet und treu. Tom Haggin aber wußte, wie ungewöhnlich das war. »Eine reine Liebesheirat«, erklärte er immer wieder mit warmer Stimme und feuchten Augen. »Er ist ein Gentleman, der Terrence, ein richtiger

16

vierbeiniger Mann. Ein Mannshund, wenn es je einen gegeben hat, und treu wie Gold. Und gewaltig! Donnerwetter! Sein Blut ist durch tausend Generationen rein erhalten, und dazu hat er einen kühlen Kopf und ein warmes, tapferes Herz!« Wenn Terrence Kummer fühlte, so verlieh er ihm jedenfalls keinen Ausdruck, aber der Umstand, daß er sich andauernd in Biddys Nähe hielt, zeigte seine Sorge um sie. Michael jedoch, der von seiner Mutter angesteckt war, saß neben ihr und kläffte ebenso wütend über den immer breiter werdenden Wasserstreifen hinüber, wie er jede Gefahr angekläfft haben würde, die im Dschungel kroch und raschelte. Auch das schnitt Jerry ins Herz, und dazu kam noch das sichere Gefühl, daß ein trauriges Schicksal – er wußte nicht welches – seiner wartete.

Für seine sechs Monate wußte Jerry einerseits ein ganzes Teil, anderseits jedoch wieder sehr wenig. Er wußte, ohne darüber nachzudenken und ohne sich seines Wissens bewußt zu sein, warum Biddy, die doch ebenso klug wie tapfer war, nicht ganz dem Gebot ihres Herzens folgte, ins Wasser sprang und ihm nachschwamm. Wie eine Löwin hatte sie ihn verteidigt, als der große Puarka (was in Jerrys Wortschatz zusammen mit Grunzen und Quieken die Lautverbindung oder das Wort für ›Schwein‹ war) versucht hatte, ihn zu fressen, da er unter dem auf hohen Pfählen erbauten Plantagenhaus eingeklemmt gewesen war. Und wie eine Löwin war Biddy, als der Küchenboy ihn mit einem Stock geschlagen hatte, um ihn aus der Küche zu vertreiben, auf den Schwarzen losgesprungen, hatte, ohne mit der Wimper zu zucken, einen Stockschlag entgegengenommen und den Jungen dann zu Boden geworfen, daß er sich zwischen seinen Töpfen und Pfannen wälzte, bis sie (zum ersten Male knurrend) von Herrn Haggin fortgezogen wurde, der gar nicht schalt, sondern sogar dem Küchenboy eine scharfe Rüge erteilte, weil er gewagt hatte, die Hand gegen den vierbeinigen Hund eines Gottes zu erheben.

Jerry wußte, warum seine Mutter sich nicht ins Wasser

stürzte und ihm nachschwamm. Das salzige Meer sowohl wie die Lagunen, die mit dem salzigen Meer in Verbindung standen, waren tabu. ›Tabu‹ hatte als Wort und Klang keinen Platz in Jerrys Wortschatz. Aber die Bedeutung, der Sinn war äußerst lebendig in seinem Bewußtsein. Er wußte dunkel und unklar, aber unwiderleglich, daß es nicht nur nichts Gutes, sondern etwas höchst Unheilvolles war. Es führte zu dem undeutlichen Gefühl, daß es für einen Hund einfach ein Ende mit Schrecken bedeutete, ins Wasser zu gehen, wo, zuweilen an der Oberfläche, zuweilen aus der Tiefe auftauchend, große schuppige Ungeheuer mit riesigen Kiefern und schrecklichen Zähnen schlüpften, glitten und lautlos ruderten, Ungeheuer, die einen Hund im Nu schnappten und verschlangen, wie Herrn Haggins Hühner Körner schnappten und verschlangen.

Oft hatte er seinen Vater und seine Mutter vom sicheren Strande aus in ihrem Haß diese schrecklichen Ungeheuer wütend anbellen hören, wenn sie, dicht am Strande, wie treibende Baumstämme an der Oberfläche erschienen. ›Krokodil‹ gehörte nicht zu Jerrys Wortschatz. Es war ein Bild, das Bild eines treibenden Baumstammes, der sich von andern Baumstämmen dadurch unterschied, daß er lebendig war. Jerry hörte, merkte sich und erkannte viele Wörter, die für ihn genau solche Gedankenwerkzeuge waren, wie sie es für die Menschen sind; da ihm aber von Geburt und Art die Sprache fehlte, konnte er sich nicht in diesen vielen Wörtern ausdrücken. Dennoch gebrauchte er in seinen Denkprozessen Bilder, ganz wie sprachbegabte Menschen in ihren eigenen Denkprozessen Wörter gebrauchen. Und schließlich gebrauchen ja auch sprachbegabte Menschen, ob sie wollen oder nicht, wenn sie denken, Bilder, die Wörtern entsprechen und sie ergänzen. Vielleicht erweckte in Jerrys Gehirn das Bild eines treibenden Baumstammes eine deutlichere und umfassendere Vorstellung als das Wort ›Krokodil‹ und das begleitende Bild in einem menschlichen Bewußtsein. Denn unser Jerry wußte wirklich mehr von Krokodilen als der Mensch im allgemeinen. Er konnte ein Krokodil aus größerer Entfernung riechen und von anderen Geschöpfen unterscheiden als irgendein Mensch, ja selbst ein Salzwasserneger oder ein Buschmann. Er wußte, wenn ein aus der Lagune auftauchendes Krokodil ohne Laut und Bewegung und vielleicht schlafend hundert Fuß entfernt auf dem Boden des Dschungels ruhte.

Er wußte mehr von der Sprache der Krokodile als irgendein Mensch. Er hatte bessere Vorbedingungen für sein Wissen. Er kannte ihre vielen Laute, die aus Grunzen und Schlürfen bestanden. Er kannte ihre Wutlaute, ihre Furchtlaute, ihre Freßlaute, ihre Liebeslaute. Und diese Laute waren ein ebenso ausgesprochener Teil seines Wortschatzes wie Wörter in dem eines Menschen. Und diese Krokodillaute waren Gedankenwerkzeuge. Nach ihnen erwog, beurteilte und bestimmte er seine eigne Handlungsweise, genau wie der Mensch; oder er entschloß sich, wie irgendein Mensch, aus Faulheit überhaupt nichts zu tun, sondern nur aufzupassen und sich klarzumachen, was um ihn her vorging und keine entsprechende Handlung von seiner Seite erforderte. Und doch gab es sehr vieles, was Jerry nicht wußte. Er kannte nicht die Größe der Welt. Er wußte nicht, daß die Meringe-Lagune mit ihrem Hintergrund von hohen Wäldern und ihrem schützenden Kranz von kleinen Koralleninseln keineswegs die ganze Welt war. Er wußte nicht, daß sie nur ein Bruchteil der großen Isabelinsel und daß diese wiederum nur eine von tausend Inseln war, von denen viele größer waren und die alle zusammen die Salomoninseln ausmachten, welche die Menschen auf der Karte durch eine Gruppe von Pünktchen auf der unendlichen Weite des Stillen Ozeans bezeichnet haben.

Er hatte allerdings eine unklare Vorstellung, daß es darüber hinaus oder jenseits noch irgend etwas gab. Aber was das war, blieb ihm ein Mysterium. Es konnten plötzlich Dinge dorther kommen, die zuvor nicht gewesen waren.

Hühner und Puarkas und Katzen, die er nie zuvor gesehen, hatten eine merkwürdige Art und Weise, unversehens auf der Meringe-Plantage zu erscheinen. Einmal hatte sogar eine Invasion von seltsamen vierbeinigen gehörnten und haarigen Geschöpfen stattgefunden, deren Bild, das er in seinem Gehirn registriert hatte, im menschlichen Gehirn mit dem Worte ›Ziege‹ zusammengefallen wäre.

Ebenso war es mit den Schwarzen. Aus dem Unbekannten, dem Irgendwo und Irgendwas, das für ihn zu unbestimmt war, als daß er etwas davon hätte wissen können, erschienen sie plötzlich ganz ausgewachsen, ergingen sich auf der Meringe-Plantage mit Lendenschurz und Knochenpfriemen durch die Nase und wurden von Herrn Haggin, Derby und Bob an die Arbeit geschickt. Daß ihr Erscheinen mit der Ankunft der ›Arangi‹ zusammenfiel, war eine Gedankenverknüpfung, die als etwas ganz Selbstverständliches in Jerrys Kopf entstand. Aber er zerbrach sich nicht weiter den Kopf darüber, nur daß sich eine weitere Gedankenverknüpfung damit verband, nämlich, daß ihr gelegentliches Verschwinden ins Jenseits ebenfalls mit der Abfahrt der ›Arangi‹ zusammenfiel.

Jerry forschte nicht nach den Zusammenhängen dieses Erscheinens und Verschwindens. Es fiel ihm nie ein, sich seinen goldbraunen Kopf mit der Lösung dieses Rätsels zu beschweren. Er nahm es als eine Selbstverständlichkeit hin, wie er die Nässe des Wassers und die Wärme der Sonne hinnahm. So war nun einmal das Leben und die Welt, die er kannte. Er hatte nur die unbestimmte Vorstellung, daß etwas existierte – was, nebenbei, vollkommen der unbestimmten Vorstellung der meisten Menschen von den Mysterien von Geburt und Tod und dem Jenseits entspricht, die sie nicht zu fassen vermögen. Wer könnte übrigens sagen, ob nicht die Jacht ›Arangi‹, die als Handels- und ›Sklavenschiff‹ zwischen den Salomoninseln fuhr, in Jerrys Bewußtsein dem geheimnisvollen Boot geglichen haben mag, das den Verkehr zwischen zwei Welten vermittelte, wie einmal das Boot, das nach der Meinung der Menschen von Charon über den Styx gerudert wurde. Aus dem Nichts kamen Menschen. Ins Nichts gingen sie. Und sie kamen und gingen stets mit der ›Arangi‹.

Und zur ›Arangi‹ fuhr Jerry an diesem weißglühenden Tropenmorgen im Walboot unter Herrn Haggins Arm, während Biddy am Strande wehklagte und Michael, dem jede Spitzfindigkeit fremd war, dem Unbekannten den ewigen Trotz der Jugend entgegenschleuderte.

Aus dem Walboot über die niedrige Seite der ›Arangi‹ und die sechszöllige Teakholzreling an Deck war nur ein Schritt, und Tom Haggin machte ihn leicht mit Jerry unterm Arm. Auf Deck befand sich eine aufregende Versammlung. Aufregend wäre sie für jeden unbereisten zivilisierten Menschen gewesen, und aufregend war sie für Jerry; für Tom und van Horn war es eine alltägliche Sache.

Das Deck war klein, weil die ›Arangi‹ klein war. Ursprünglich eine aus Teakholz erbaute Lustjacht mit Messingnägeln, Kupferhaut und eisernem Bodenbeschlag wie ein Kriegsschiff und einem Flossenkiel aus Bronze, war sie für die ›Sklavenjagd‹ und den Niggertransport zwischen den Salomoninseln verkauft. Mit Rücksicht auf das Gesetz nannte man das jedoch ›Rekrutieren‹. Die ›Arangi‹ war ein Arbeiterwerbeschiff, das die neu eingefangenen schwarzen Kannibalen von den entfernteren Inseln zur Arbeit nach den neuen Plantagen schaffte, wo weiße Männer feuchte, verpestete Sümpfe und Dschungel in reiche, stattliche Kokospalmenhaine verwandelten. Die beiden Masten der ›Arangi‹ bestanden aus Oregon-Zedernholz und waren so geputzt und gewachst, daß sie wie gelbbraune Opale im Sonnenglast schimmerten. Ihre außergewöhnlich großen Segel befähigten sie, wie der Teufel zu fahren, und gaben gelegentlich Kapitän van Horn, seinem weißen Steuermann und seiner fünfzehnköpfigen Besatzung alle Hände voll zu schaffen. Sie maß sechzig Fuß über Deck, und die

Querbalken ihres Decks waren durch keine Aufbauten geschwächt. Nur an wenigen Stellen war das Deck durchbrochen: für das Skylight der Kajüte und die Laufbrücke, die Luke vorn über dem winzigen Vorderkastell und die kleine Luke achtern, die zum Vorratsraum führte, ohne daß jedoch Querbalken durchschnitten worden waren.

Und auf diesem kleinen Deck befanden sich außer der Besatzung die ›retournierten‹ Nigger von drei ausgedehnten Plantagen. Unter ›retourniert‹ ist zu verstehen, daß ihr dreijähriger Arbeitskontrakt abgelaufen war und daß sie vertragsgemäß in ihre Heimatdörfer auf der wilden Insel Malaita zurückgeschickt wurden. Zwanzig von ihnen – alles gute Bekannte von Jerry – waren von Meringe; dreißig kamen von der Bucht der tausend Schiffe auf den Russellinseln und die übrigen zwölf von Pennduffryn an der Ostküste von Guadalcanar. Zu diesen – die sich sämtlich, in ihren merkwürdigen kreischenden Falsettstimmen schwatzend und quiekend, an Deck befanden – kamen dann noch zwei Weiße: Kapitän van Horn und sein dänischer Steuermann Borckman, insgesamt also neunundsiebzig Seelen.

»Dachte schon, Sie hätten's im letzten Augenblick bereut«, lautete Kapitän van Horns Gruß, und ein freudiger Schimmer leuchtete in seinen Augen auf, als er Jerry bemerkte.

»Es hätte auch nicht viel gefehlt«, antwortete Tom Haggin. »Und für einen andern hätte ich's auch nicht getan, so wahr ich lebe. Jerry ist der Beste vom ganzen Wurf, abgesehen natürlich von Michael, denn die beiden sind die einzigen, die noch übrig sind, und sie sind nicht besser als die, die weg sind. Kathleen war ein Prachthund, das Ebenbild Biddys, wenn sie am Leben geblieben wäre. – Hier, nehmen Sie'n.« Mit einem schnellen Entschluß legte er Jerry van Horn in die Arme, drehte sich um und schritt das Deck entlang.

»Aber wenn ihm was zustößt, vergeb' ich's Ihnen nie, Schiffer«, rief er barsch über die Schulter zurück.

»Dann müssen sie erst meinen Kopf nehmen«, lachte der Schiffer.

»Auch nicht unmöglich, mein tapferer Kamerad«, knurrte Haggin. »Meringe schuldet Somo vier Köpfe, drei infolge Dysenterie und einen durch einen Baum, der vor knapp vierzehn Tagen auf ihn fiel. Es war noch dazu der Sohn eines Häuptlings.«

»Ja, und dazu kommen noch zwei Köpfe, die die ›Arangi‹ Somo schuldet«, nickte van Horn. »Sie werden sich erinnern: Voriges Jahr im Süden ging ein Bursche namens Hawkins in seinem Walboot auf dem Wege durch die Arli-Passage verloren.« Haggin, der jetzt über das Deck zurückkam, nickte. »Zwei von seiner Besatzung waren Somoleute. Ich hatte sie für die Uri-Plantage rekrutiert. Mit ihnen macht das sechs Köpfe, die die ›Arangi‹ schuldet. Aber wenn schon, es gibt ein Salzwasserdorf drüben an der Wetterseite, wo die ›Arangi‹ achtzehn schuldig ist. Ich rekrutierte sie für Aolo, und als Salzwasserleute wurden sie auf die ›Sandfliege‹ gesteckt, die auf dem Wege nach Santa Cruz verlorenging. Ich habe ein schönes Konto dort an der Wetterküste, und, wahrhaftig, der Bursche, der meinen Kopf kriegt, wird ein zweiter Carnegie! Hundertundfünfzig Schweine und Muschelgeld ohne Ende hat das Dorf gesammelt für den, der mich kriegt und ausliefert.«

»Aber das haben sie nicht – bis jetzt«, schnaubte Haggin.

»Ich hab' keine Angst!« lautete die zuversichtliche Antwort.

»Das hat Arbuckle auch immer gesagt«, tadelte ihn Haggin.

»Wie oft hab' ich das von ihm zu hören gekriegt. Armer alter Arbuckle. Der zuverlässigste und vorsichtigste Bursche, der je mit Niggern gehandelt hat. Er legte sich nie schlafen, ohne eine ganze Schachtel Nägel auf dem Fußboden auszustreuen, und wenn es keine Nägel gab, nahm er zusammengeknüllte Zeitungen. Ich weiß noch genau, wie wir einmal in Florida unter einem Dach schliefen und ein großer

Kater eine Küchenschabe zwischen den Zeitungen jagte. Und da ging es piff, paff, puff mit seinen großen Reiterpistolen, zweimal sechs Schuß, und das Haus war durchlöchert wie ein Sieb. Einen toten Kater gab es übrigens auch. Er konnte im Dunkeln schießen, ohne zu zielen, drückte mit dem Mittelfinger ab und fand die Richtung, indem er den Zeigefinger auf den Lauf legte. Nein, mein Lieber! Es war nicht zu spaßen mit ihm. Der Nigger, der seinen Kopf kriegen konnte, schien noch nicht geboren. Aber sie kriegten ihn doch. Sie kriegten ihn. Vierzehn Jahre hielt er aus. Es war sein Küchenboy. Holte ihn sich vor dem Frühstück. Und ich entsinne mich noch gut, wie wir zum zweitenmal in den Busch zogen, um zu holen, was von ihm übriggeblieben war.«

»Ich sah seinen Kopf, nachdem sie ihn dem Kommissar von Tulagi übergeben hatten«, warf van Horn ein.

»Und solch friedlicher, ruhiger, ganz alltäglicher Ausdruck lag auf seinem Gesicht, ganz mit dem alten Lächeln, das ich tausendmal gesehen hatte. Es war darauf eingetrocknet, als sie ihn über dem Feuer dörrten. Aber sie kriegten ihn, wenn es auch vierzehn Jahre dauerte. Mancher Kopf geht immer wieder nach Malaita, ohne abgehauen zu werden, aber schließlich geht's ihm wie dem Kruge: Er kommt ohne Henkel nach Hause.«

»Ich werde schon mit ihnen fertig werden«, beharrte der Kapitän. »Wenn der Spektakel losgeht, gehe ich geradewegs auf sie los und erzähl' ihnen was. Das begreifen sie nicht. Glauben, ich hab' irgendeine mächtige Teufel-Teufel-Medizin.«

Tom Haggin reichte ihm plötzlich die Hand zum Abschied, hütete sich aber, seinen Blick auf Jerry in den Armen des anderen fallen zu lassen.

»Achten Sie auf meine Retournierten«, ermahnte er ihn, als er über die Schiffseite kletterte, »bis Sie den letzten von ihnen an Land gesetzt haben. Die Nigger haben keine Ursache, Jerry oder sein Geschlecht zu lieben, und ich möchte nicht, daß ihm etwas von ihrer Hand zustößt. Im Dunkel der Nacht kann es sehr leicht geschehen, daß er über Bord verschwindet. Lassen Sie kein Auge von ihm, ehe Sie den letzten los sind.«

Als Jerry sah, daß Herr Haggin ihn verließ und im Walboot wegfuhr, wurde er unruhig und gab seine Angst in einem leisen Winseln zu erkennen. Kapitän van Horn drückte ihn an sich und streichelte ihn mit der freien Hand.

»Vergessen Sie nicht die Abmachung«, rief Tom Haggin über das Wasser herüber. »Wenn Ihnen etwas zustößt, soll Jerry wieder zu mir zurückkommen.«

»Ich werde ein Dokument darüber aufsetzen und es bei den Schiffspapieren verwahren«, lautete die Antwort van Horns. Zu dem reichen Wortschatz Jerrys gehörte auch sein eigener Name, und als die beiden Männer miteinander sprachen, hatte er ihn verschiedentlich gehört. Er hatte daher eine unklare Ahnung, daß die Unterredung sich auf das unklare und nicht zu erratende Etwas bezog, das ihm widerfahren sollte. Er wurde immer unruhiger, und van Horn setzte ihn auf das Deck, sprang an die Reling, schneller, als man von einem unbeholfenen sechs Monate alten Hündchen hätte erwarten sollen, und auch der schnelle Versuch van Horns, ihn zu halten, nutzte nichts. Aber er prallte zurück vor dem offenen Wasser, das gegen die Seite der ›Arangi‹ schlug. Das Tabu war über ihm. Das Bild des treibenden Baumstammes, der kein Baumstamm, sondern ein lebendes Wesen war, erwachte plötzlich in seinem Kopfe und hielt ihn zurück. Es war nicht die Vernunft, sondern das zur Gewohnheit gewordene Verbot.

Er setzte sich auf seinen Stummelschwanz, hob die goldbraune Schnauze zum Himmel und stieß ein langgezogenes Welpengeheul aus, das Schrecken und Kummer ausdrückte.

»Schon gut, Jerry, alter Junge, nimm dich zusammen und sei ein Mann«, suchte van Horn ihn zu beruhigen. Aber Jerry wollte sich nicht trösten lassen. War dies auch zweifellos ein weißhäutiger Gott, so war es doch nicht sein Gott. Herr Haggin war sein Gott, und ein höherer Gott noch dazu. Selbst er erkannte das, ohne weiter darüber nachzudenken. Sein Herr Haggin trug Hosen und Schuhe. Dieser Gott neben ihm auf dem Deck glich mehr einem Schwarzen. Nicht allein, daß er keine Hosen trug und barfüßig und barbeinig ging, er hatte um die Lenden, gerade wie ein Schwarzer, einen strahlend bunten Schurz, der wie ein Schottenrock fast bis auf die sonnenverbrannten Knie fiel. Kapitän van Horn war ein stattlicher Mann, und ein Mann, der Eindruck machte, was Jerry allerdings nicht wußte. Wenn je ein Holländer aus einem Rembrandtschen Bilde getreten ist, so war es Kapitän van Horn, trotz der Tatsache, daß er in New York geboren war, wie seine Knickerbocker-Vorfahren vor ihm bis zurück zu jener Zeit, da New York noch nicht New York, sondern New Amsterdam hieß. Um seine Kleidung zu vervollständigen, trug er auf dem Kopfe einen großen, weichen Filzhut von entschieden Rembrandtscher Wirkung, der schief auf dem einen Ohr saß; eine weißbaumwollene spottbillige Unterjacke bedeckte seinen Oberkörper, und von einem Gürtel um seinen Leib baumelten ein Tabaksbeutel, ein Klappmesser, einige Patronenbündel und eine riesige automatische Pistole in einem Lederhalfter herab. Am Strande erhob Biddy, die eine Zeitlang ihren Kummer unterdrückt hatte, von neuem ihre Stimme, als sie das Winseln Jerrys hörte. Und Jerry, der einen Augenblick innehielt, um zu lauschen, hörte Michael neben ihr herausfordernd über das Wasser bellen und sah, ohne sich dessen bewußt zu sein, Michaels welkes Ohr, das wie stets aufwärts zeigte. Während Kapitän van Horn und Steuermann Borckman Befehle erteilten und während Großsegel und Besan der ›Arangi‹ hochzugehen begannen, machte Jerry dem ganzen Weh seines Herzens Luft in einer Klage, die Bob Derby am Ufer gegenüber ›die hervorragendste Gesangsleistung‹ nannte, die er je von einem Hund gehört hatte und die, wäre der Ton etwas voller gewesen, Caruso Ehre gemacht hätte. Aber dieser Gesang war zuviel für Haggin, der, sobald er wieder an Land war, Biddy pfiff und sich schnell vom Strande entfernte.

Als Jerry sie verschwinden sah, ergab er sich einigen noch carusoartigeren Leistungen, zum größten Vergnügen eines aus Pennduffryn Retournierten, der neben ihm stand. Er verlachte und verhöhnte Jerry mit einem Falsettlachen, das eher an die Laute der Bewohner von Dschungelbäumen, halb Vogel und halb Mensch, erinnerte als an einen Menschen, der ganz Mensch und daher Gott war. Das wirkte auf Jerry als ein ausgezeichnetes Gegengift. Der Zorn, daß ein gewöhnlicher Nigger ihn auslachte, überwältigte Jerry, und im nächsten Augenblick hatten seine nadelscharfen Welpenzähne dem verblüfften Neger lange parallele Schrammen in den bloßen Schenkel gerissen, aus denen sofort das Blut drang. Der Neger sprang erschrocken beiseite, aber in Jerrys Adern rollte das Blut von Terrence, dem Prächtigen, und wie sein Vater es vor ihm getan, ließ er nicht nach, ehe er auch den andern Schenkel des Schwarzen mit einem roten Muster versehen hatte.

In diesem Augenblick war der Anker gelichtet, das Großsegel gesetzt, und Kapitän van Horn, dessen scharfem Blick keine Einzelheit des Zwischenfalls entgangen war, wandte sich, nachdem er dem schwarzen Rudergast einen Befehl erteilt hatte, um Jerry Beifall zu spenden. »Immer los, Jerry!« feuerte er ihn an. »Krieg ihn! Nieder mit ihm! Auf ihn! Krieg ihn! Krieg ihn!« Um sich zu verteidigen, trat der Neger nach Jerry, der, statt wegzulaufen, vorging – auch ein Erbteil von Terrence –, dem nackten Fuß auswich und das schwarze Bein mit einer neuen Reihe roter Striche versah. Das war zuviel, und der Schwarze, der mehr van Horn als Jerry fürchtete, machte kehrt und floh nach vorn, wo er auf die acht Lee-Enfield-Gewehre kletterte, die unter Bewachung eines Mannes von der Besatzung oben auf dem Kajütskylight lagen. Jerry stürmte zum Skylight, sprang hoch und fiel wieder zurück, bis Kapitän van Horn ihn zu sich rief.

»Ein richtiger Niggerjäger, dies Hündchen, ein richtiger Niggerjäger!« vertraute van Horn Borckman an, während er sich niederbeugte, um Jerry zu streicheln und ihm das wohlverdiente Lob zu erteilen.

Und unter der liebkosenden Hand dieses Gottes – das war er ja, wenn er auch keine Hosen trug – vergaß Jerry für einen Augenblick das Schicksal, das ihn betroffen hatte.

»Das ist ein Löwenhund – mehr ein Airedale als ein irischer Terrier«, sagte van Horn, immer noch Jerry streichelnd, zu seinem Steuermann. »Sehen Sie, wie groß er schon ist. Sehen Sie sich den Knochenbau an. Was für eine Brust! Aus dem wird einmal was! Den sollen Sie sehen, wenn er erst in das richtige Verhältnis zu seinen Beinen hineingewachsen ist! «

Jerry war gerade sein Kummer wieder eingefallen, und er wollte an die Reling stürzen, um nach Meringe zu starren, das von Sekunde zu Sekunde ferner und kleiner wurde, als ein Stoß des Südostpassats die Segel traf und die ›Arangi‹ niederpreßte. Und das Deck hinab, das augenblicklich einen Winkel von fünfundvierzig Grad bildete, glitt und rutschte Jerry, während seine Krallen vergebens einen Halt auf der glatten Fläche suchten. Er landete am Fuße des Besanmastes, während Kapitän van Horn, dessen scharfes Seemannsauge den Korallenflecken vor dem Bug sah, den Befehl ›Hart Lee!‹ gab. Borckman und der schwarze Rudergast wiederholten den Befehl, das Rad drehte sich, die ›Arangi‹ schwang sich wie durch Zauberei in den Wind und richtete sich sofort wieder auf, während die Vorsegel flatterten und die Schote hinüberschossen.

Jerry, dessen Gedanken noch in Meringe weilten, benutzte das wiedergewonnene Gleichgewicht, um sich zusammenzunehmen und an die Reling zu laufen. Aber er wurde durch das Krachen der Großschotblöcke gegen den schweren Deckbügel abgelenkt, als das Großsegel, prall im Winde, mit einem mächtigen Schwung über ihn hinwegfuhr. Er entging dem Segel durch einen wilden Sprung (der allerdings nicht den übertraf, den van Horn machte, um ihm zu Hilfe zu kommen) und befand sich nun direkt unter dem Großbaum, während das mächtige Segel über ihm aufragte, als ob es im nächsten Augenblick niederstürzen und ihn zerschmettern wollte.

Es war die erste Erfahrung, die Jerry mit einem Segel machte. Er kannte diese Tiere nicht und noch weniger ihre Lebensweise, aber in ihm war noch aus der Zeit seiner frühesten Jugend die flammende Erinnerung an den Habicht lebendig, der aus den Wolken herab mitten auf den Hof geschossen war. Und in Erwartung dieses furchtbaren drohenden Stoßes kauerte er sich auf dem Deck zusammen. Über ihm, wie ein Blitz aus heiterm Himmel, war ein geflügelter Habicht, unfaßbar größer als der, dem er einst begegnet war. Aber in seinem Zusammenkauern lag keine Furcht. Es war nur ein Spannen, ein Sammeln aller Kräfte unter der Herrschaft seines Willens zum Sprung, um diesem ungeheuren drohenden Etwas entgegenzugehen. Aber im Bruchteil einer Sekunde, so schnell, daß Jerry nicht einmal dazu kam, den Schatten dieses Dinges zu erreichen, war das Großsegel mit einem erneuten Krachen der Blöcke gegen den Bügel hinübergeschwungen und blähte sich auf der andern Halse. Van Horn war nichts davon entgangen. Er hatte schon früher junge Hunde gesehen, die über ihre erste Begegnung mit dem windfangenden, himmelverdunkelnden, schattenwerfenden Segel so erschrocken waren, daß sie fast Krämpfe bekamen. Dies war der erste Hund, den er unerschrocken mit gefletschten Zähnen springen sah, um sich mit dem mächtigen Unbekannten zu messen.

Von unmittelbarer Bewunderung erfüllt, hob van Horn Jerry auf und nahm ihn auf den Arm.

Solange das dauerte, vergaß Jerry Meringe ganz. Wie er noch genau wußte, hatte der Habicht einen scharfen

Schnabel und scharfe Krallen gehabt. Man mußte sich also hüten vor diesem flatternden Ungeheuer, das mit Donnergepolter hin und her sauste. Und Jerry hielt, sprungbereit und immer nach einem Halt suchend, die Augen fest auf das Großsegel gerichtet und ließ jedesmal, wenn es sich eine Bewegung erlaubte, ein dumpfes Knurren hören. Die ›Arangi‹ suchte sich ihren Weg zwischen den Korallenflecken durch den engen Kanal geradewegs in den frischen Passat hinein. Das erforderte häufiges Kreuzen, so daß das Großsegel über Jerrys Kopf beständig von Backbordhalsen nach Steuerbordhalsen und wieder zurück schlug, wobei es ein Geräusch wie Flügelschlagen hervorbrachte, die Seisinge einen förmlichen Zapfenstreich trommelten und die Großschot mit lautem Knarren den Bügel entlangfuhr. Ein halbes dutzendmal sprang Jerry, wenn es in seinen Bereich kam, mit offenem Maul zu, um zuzuschnappen, und fletschte die weißen Welpenzähne, daß sie wie Elfenbein in der Sonne schimmerten.

Als alle Sprünge mißglückten, bildete Jerry sich schließlich sein Urteil. Nebenbei bemerkt, bildete er sich dies Urteil lediglich durch bewußtes Denken. Eine Reihe von Beobachtungen dieses Dinges, das ihn wieder auf dieselbe Weise anzugreifen drohte, hatte ihm gezeigt, daß es ihm nichts zuleide tat, ihn nicht einmal berührte. Und deshalb – wenn er sich auch nicht die Zeit nahm, sich zu überlegen, daß er überlegte – war es nicht so gefährlich und vernichtend, wie er zuerst geglaubt hatte. Wohl mußte man sich vor ihm in acht nehmen, aber es hatte in seinem Bewußtsein schon seinen Platz unter den Dingen gefunden, die schrecklich aussahen, ohne es zu sein. So hatte er auch gelernt, das Heulen des Windes zwischen den Palmen nicht zu fürchten, wenn er sicher auf der Veranda des Plantagenhauses lag, und auch nicht den Ansturm der Wogen, die zischend und lärmend am Strande vor seinen Füßen zu harmlosem Schaum wurden.

Und im Laufe des Tages hob Jerry oft den Kopf mit einem

wachsamen und doch nachlässigen, fast neckischen Augen-
aufschlag zum Großsegel, wenn es plötzlich eine Stoßbe-
wegung machte oder seine knarrende Schot lockerte und
straffte. Aber er sprang nicht mehr danach. Es war seine erste Lehre gewesen, und er hatte sie schnell begriffen.

Als das Großsegel erledigt war, kehrten Jerrys Gedanken
zu Meringe zurück. Aber es war kein Meringe, keine Biddy, kein Terrence am Strande; kein Herr Haggin, kein
Derby und kein Bob; kein Strand, kein Land mit Palmen in
der Nähe und Bergen, die in der Ferne ihre ewig grünen
Gipfel bis in die Wolken hoben. Und immer, wenn er seine
Vorderfüße auf die sechs Zoll hohe Steuerbord- oder
Backbordreling setzte und nach dem Lande Ausschau
hielt, sah er nur den Ozean mit seiner gebrochenen, unruhigen Oberfläche, auf der doch die weißköpfigen Seen in
Reih und Glied vor dem Passat dahermarschierten.

Hätte Jerry die Augen eines Menschen, fast anderthalb
Meter höher als die seinen über dem Deck, und dazu noch
die geübten Augen eines Seemanns gehabt, so würde er die
niedrigen Umrisse Isabels im Norden und die Umrisse Flo-
ridas im Süden gesehen haben, die jedesmal deutlicher
wurden, wenn die ›Arangi‹ dicht am Winde mit vollen Segeln beim Backbordschlage dahinfuhr. Und hätte er ein
Glas gehabt wie das, mit dem Kapitän van Horn seinen Gesichtskreis erweiterte, so würde er im Osten die Berge von
Malaita sich wie verschleierte hellrosa Wölkchen aus dem
Meere haben heben sehen. Aber im Augenblick gab es etwas sehr Unmittelbares für Jerry. Er hatte früh das eiserne
Gesetz des Unmittelbaren gelernt, das gebot, lieber zu
nehmen, was war, als um fernliegende Dinge zu kämpfen.
Das Meer war. Das Land war nicht mehr. Die ›Arangi‹ war
sicherlich mit all dem Leben, von dem ihr Deck wimmelte.
Und er begann sich mit dem, was war, bekannt zu machen
– kurz, seine neue Umgebung kennenzulernen und sich ihr
anzupassen.

Seine erste Entdeckung war prachtvoll – ein wildes Hündchen aus dem Isabel-Busch, das einer der von Meringe Retournierten mit nach Malaita nehmen wollte. Sie waren von gleichem Alter, aber von sehr verschiedenem Schlage. Der Wildhund war, was er war: ein Wildhund, kriecherisch und schleichend, mit stets hängenden Ohren, den Schwanz zwischen den Beinen, stets in der Erwartung neuen Ungemachs und schlechter Behandlung, immer furchtsam und übelnehmerisch, bereit, drohenden Gefahren mit den scharfen, in einem boshaften Grinsen entblößten Milchzähnen zu begegnen, laut jammernd in Angst und Schmerz und stets bereit zu einem verräterischen Ausfall, wenn sich eine Gelegenheit bot, es ohne Gefahr zu tun.

Der Wildhund war reifer als Jerry, größer und bewanderter in Schlechtigkeiten; aber Jerry war von auserwähltem blauem Blut und tapfer. Der Wildhund war auch das Ergebnis einer strengen Zuchtauswahl, die aber eine ganz andre Richtung eingeschlagen hatte. Seine Vorfahren hatten sich im Busch gehalten, weil sie auserwählt waren in der Furcht. Sie hatten nie freiwillig gegen die Übermacht gekämpft. In freiem Felde hatten sie nie angegriffen, wenn die Beute nicht schwach und wehrlos war. Statt mutig zu sein, krochen und schlichen sie und versteckten sich vor der Gefahr. Sie waren blind von der Natur auserwählt worden, in einer grausamen, unedlen Umgebung, wo der Preis des Lebens hauptsächlich gewonnen wurde durch die Schlauheit der Feigheit und, gelegentlich, wenn man in die Enge getrieben war, durch den Mut der Verzweiflung. Jerry hingegen war auserwählt in Liebe und Tapferkeit. Seine Vorfahren waren wohlüberlegt und bewußt von Männern gewählt worden, die, irgend einmal in entschwundener Zeit, den Wildhund genommen und zu dem gemacht hatten, was sie sich ausmalten, bewunderten und wünschten. Er durfte nie wie eine Ratte im Winkel kämpfen, weil er nie einer Ratte gleichen und nie in einen Winkel kriechen durfte. Jeder Rückzug mußte undenkbar sein. Die Hunde, die sich in der Vorzeit zurückgezogen hatten, waren von den Menschen ver-

worfen worden. Sie hatten sich nicht unter den Vorfahren
Jerrys befunden. Die zu Jerrys Vorfahren auserwählten
Hunde waren die tapferen, die aufsässigen, die herausfor-
dernden gewesen, die der Gefahr trotzten, die kämpften
und starben, aber nie wichen. Und da der Apfel nicht weit
vom Stamme fällt, war Jerry, was Terrence war und was die
Vorfahren von Terrence seit langem gewesen waren. Daher
kam es, daß Jerry, als er auf den Wildhund stieß, der sich
schlau in der Lee-Ecke zwischen Großmast und Kajütskylight vor dem Winde verkrochen hatte, sich gar keine
Zeit mehr ließ, darüber nachzudenken, ob dies Geschöpf
größer und stärker als er selber sei. Alles, was er wußte,
war, daß dies der alte Feind war – der Wildhund, der nicht
an das Feuer der Menschen gekommen war. Mit einem
wilden Jubelgesang, der die alles hörenden Ohren und die
alles sehenden Augen Kapitän van Horns auf ihn lenkte,
sprang Jerry zum Angriff. Der Wildhund kam mit unglaublicher Schnelligkeit auf die Füße und befand sich schon in
voller Flucht, als die Wucht von Jerrys Körper ihn zu Boden riß, daß er kopfüber das schräge Deck hinabrollte. Und
im Rollen fühlte er scharfe Zähne seine Haut durchdringen, und er schnappte und knurrte und wimmerte und
wütete vor Schrecken, Schmerz und kriecherischer Unterwürfigkeit.
Und Jerry war ein Edelmann, oder vielmehr: er war ein
Edelhund. So auserwählt war er: Weil dieses Ding keinen
Widerstand leistete, weil es kroch und wimmerte, weil es
hilflos unter ihm lag, gab er den Angriff auf und löste sich
aus dem Knäuel, in den er nach den See-Speigatten ge-
rutscht war. Er dachte nicht darüber nach. Er tat es, weil er
so geschaffen war. Stolz stand er auf dem schaukelnden
Deck mit einem Gefühl außerordentlicher Befriedigung
über den köstlichen Geruch von Wildhundhaar in Maul
und Bewußtsein, und in Ohren und Bewußtsein den loben-
den Zuruf Kapitän van Horns: »Gut gemacht, Jerry! Du
bist ein guter Hund, Jerry, was? Ein guter Hund!«

Als Jerry wegstolzierte, zeigte er – das sei zugegeben – deutlich, wie stolz er auf seine Leistung war, denn er schritt ein wenig steifbeinig und sah den Wildhund über die Schulter hinweg in einer Weise an, die deutlicher als Worte sagte: ›Na, ich denke, für diesmal ist es genug. Ein andermal kommst du mir schon nicht in den Weg.‹

Jerry setzte die Untersuchung seiner neuen, winzigen Welt fort, die sich nie zur Ruhe begab, sondern sich auf der bewegten Meeresfläche immer hob, schwankte und rollte. Da waren die Retournisten von Meringe. Er machte es sich zur Aufgabe, sie alle zu erkennen, und sie empfingen ihn mit Knurren und scheelen Blicken, die er mit Ausfällen und Drohungen beantwortete. Er war so erzogen, daß er ihnen überlegen war, obwohl er auf vier Beinen ging, während sie Zweibeiner waren, aber er hatte stets unter dem Schutze des großen zweibeinigen und hosentragenden Gottes, des Herrn Haggin, gelebt. Dann waren da die fremden Retournierten von Pennduffryn und der ›Bucht der tausend Schiffe‹. Sie alle mußte er kennenlernen. Ihre Bekanntschaft konnte gelegentlich für ihn eine Notwendigkeit werden. Er dachte das zwar nicht. Er versorgte sich lediglich mit Kenntnissen über seine Umgebung, ohne sich seiner Voraussicht bewußt zu sein und ohne sich Sorgen um die Zukunft zu machen.

In seiner eignen Art, sich Kenntnisse anzueignen, entdeckte er schnell, daß, wie sich die Hausboys auf der Plantage von den Feldarbeitern unterschieden, es auch auf der ›Arangi‹ eine Klasse von Schwarzen gab, die sich von den Retournierten unterschied. Das war die Schiffsbesatzung. Die fünfzehn Schwarzen, die sie ausmachten, standen Kapitän van Horn näher als die andern. Sie schienen in einem engeren Verhältnis zur ›Arangi‹ und zu ihm zu stehen. Sie arbeiteten unter ihm und nach seinen Befehlen, steuerten am Rad, hißten und fierten an Tauen, gossen Wasser, das sie von draußen holten, über das Deck und schrubbten es mit Besen.

Gerade wie Jerry von Herrn Haggin gelernt hatte, daß er freundlicher gegen die Hausboys als gegen die Feldarbeiter sein mußte, wenn sie den Hof betraten, so lernte er nun von Kapitän van Horn, daß er freundlicher gegen die Schiffsbesatzung als gegen die Retournierten sein müsse. Er durfte sich weniger gegen sie herausnehmen als gegen die andern. Solange Kapitän van Horn nicht wünschte, daß er seine Besatzung jagte, so lange war es Jerrys Pflicht, sie nicht zu jagen. Anderseits vergaß er nie, daß er der Hund eines weißen Gottes war. Wenn er gewisse Schwarze auch nicht jagen durfte, so lehnte er doch jede Vertraulichkeit mit ihnen ab. Er behielt sie im Auge. Er hatte gesehen, wie Neger, die dieselben Vorrechte wie diese genossen, in Reih und Glied aufgestellt und von Herrn Haggin ausgepeitscht wurden. Sie nahmen eine Art Mittelstellung in der Weltordnung ein, und man mußte ihnen gut auf die Finger sehen für den Fall, daß sie nicht auf dem ihnen angewiesenen Platz blieben. Sie hatten Daseins-, aber keine Gleichberechtigung. Bestenfalls konnte er ihnen eine kühle Liebenswürdigkeit bezeigen. Einer gründlichen Untersuchung unterzog er die Kombüse, eine kunstlose Einrichtung, die, Wind, Regen und Sturm ausgesetzt, offen an Deck stand. Es war nicht einmal eine richtige Kombüse, sondern nur ein kleiner Ofen, auf dem zwei Schwarze mit Hilfe von Schnüren und Keilen und in Rauch gehüllt das Essen für die achtzig Menschen an Bord zubereiteten.

Dann interessierte ihn das seltsame Vorhaben eines Teiles der Besatzung. Aufrecht stehende Rohre, die als Stützen dienten, wurden oben an die Reling geschraubt und mit drei Reihen Stacheldraht versehen, der um das ganze Schiff lief und nur an der Laufplanke durch eine schmale Öffnung von fünfzehn Zoll unterbrochen war. Daß dies eine Vorsichtsmaßregel gegen irgendeine drohende Gefahr war, fühlte Jerry, ohne weiter darüber nachzudenken. Von seinen ersten Eindrücken an hatte er sein ganzes Leben inmitten von Gefahren verbracht, die beständig von den Schwarzen drohten. Im Plantagenhaus auf Meringe hatten die paar weißen Männer stets die vielen Schwarzen, die für sie arbeiteten und ihnen gehörten, schief angesehen. Im Wohnzimmer, wo Speisetisch, Billard und Grammophon standen, befanden sich auch Gewehrgestelle, und in jedem Schlafzimmer hatte es neben jedem Bett in Reichweite Revolver und Gewehre gegeben. Sowohl Herr Haggin wie Derby und Bob hatten stets Revolver im Gürtel getragen, wenn sie das Haus verließen und sich unter ihre Schwarzen begaben.

Jerry kannte diese lärmerzeugenden Dinge und wußte, was sie waren – Werkzeuge für Vernichtung und Tod.

Er hatte gesehen, wie lebende Wesen von ihnen vernichtet wurden, wie zum Beispiel Puarkas, Ziegen, Vögel und Krokodile. Mit Hilfe dieser Dinge überwanden die weißen Götter mit ihrem Willen den Raum, ohne ihre Körper bewegen zu müssen, und vernichteten lebende Wesen. Wenn er etwas zerstören wollte, mußte er seinen Körper durch den Raum bewegen, um hinzugelangen. Er war anders. Er war begrenzt. Alles Unmögliche war möglich für die unbegrenzten, zweibeinigen weißen Götter. Gewissermaßen war diese Fähigkeit, über den Raum hinweg zu vernichten, eine Verlängerung von Krallen und Zähnen. Ohne darüber nachzudenken oder sich dessen bewußt zu sein, nahm er es hin als etwas Gegebenes, gerade wie er die sonstige geheimnisvolle Welt rings hinnahm.

Einmal hatte Jerry sogar seinen Herrn Haggin den Tod auf eine andre lärmende Weise aus der Ferne aussenden sehen. Von der Veranda hatte er ihn Stöcke mit explodierendem Dynamit in eine schreiende Masse von Schwarzen schleudern sehen. Die waren auf einem Beutezug aus dem Jenseits in langen geschnitzten und mit Perlmutter eingelegten langschnäbeligen Kriegskanus gekommen, die sie auf den Strand von Meringe gezogen und dort liegengelassen hatten.

Viele Vorsichtsmaßregeln der weißen Götter hatte Jerry

beobachtet, und deshalb fühlte er instinktiv, daß der Stacheldrahtzaun um seine schwimmende Welt etwas Selbstverständliches war, das zur Abwehr einer beständig drohenden Gefahr diente. Tod und Verderben lauerten stets in der Nähe auf eine Gelegenheit, sich auf das Leben zu stürzen und es zu Boden zu reißen. Leben mußte sehr lebendig sein, um leben zu dürfen, das war das Gesetz, das Jerry aus dem bißchen, was er vom Leben kannte, gelernt hatte.

Während Jerry noch dastand und zusah, wie der Stacheldrahtzaun angebracht wurde, hatte er sein nächstes Abenteuer, eine Begegnung mit Lerumie, dem Retournierten aus Meringe, den Biddy heute morgen vor der Abfahrt am Strande umgeworfen und mit seiner ganzen Habe in die Brandung gewälzt hatte. Die Begegnung fand steuerbord vom Skylight statt, neben dem Lerumie stand, sich in einem billigen Spiegel betrachtete und sein krauses Haar mit einem handgefertigten Holzkamm kämmte. Jerry, der von der Gegenwart Lerumies kaum Notiz genommen hatte, kam vorbeigetrottet auf dem Wege nach achtern, wo Borckman das Anbringen des Stacheldrahtes an den Stützen beaufsichtigte. Und Lerumie warf einen Seitenblick auf ihn, überlegte, ob er seinen Vorsatz ungesehen ausführen könnte, und versetzte dann dem Sohn seiner vierbeinigen Feindin einen Tritt. Sein bloßer Fuß traf Jerry an dem empfindlichen Ende seiner erst kürzlich gestutzten Rute, und Jerry, der diese schimpfliche Behandlung direkt als ein Sakrileg betrachtete, geriet sofort außer sich.

Kapitän van Horn, der achtern an den Backborddillen stand und den Winddruck auf die Segel und das recht mittelmäßige Steuern des Schwarzen am Rade beobachtete, hatte Jerry nicht gesehen, weil das Skylight dazwischen lag. Aber er hatte die Schulterbewegung Lerumies bemerkt, nach der er auf einem Fuße balancieren und mit dem andern treten mußte. Und nach dem, was jetzt erfolgte, erriet er das, was bereits geschehen war.

Die Laute, die Jerry ausstieß, als er herumwirbelte, sprang

und schnappte, waren echtes, gekränktes Welpengeheul. Als ihn der Fuß zum zweitenmal in der Luft traf, schnappte er nach ihm und dem Knöchel, und wenn er auch bis zu den Speigatten über das glatte Deck rutschte, hinterließen seine nadelscharfen Welpenzähne doch rote Streifen auf der schwarzen Haut. Immer noch mit einem Wutgeheul klomm er auf der steilen Holzschräge zurück. Lerumie, den ein weiterer Seitenblick belehrt hatte, daß er beobachtet wurde, wagte nicht, weiter zu gehen. Er floh am Skylight entlang, um über die Laufbrücke zu entkommen, wurde aber von Jerrys scharfen Zähnen am Schenkel gepackt. Jerry, der blind angriff, geriet dem Schwarzen zwischen die Füße. Der stolperte, und als sich in diesem Augenblick das Schiff überlegte, fuhr er geradewegs in die drei Reihen Stacheldraht auf der Lee-Reling. Die Schwarzen an Deck schrien vor Freude, und Jerry, dessen Wut unvermindert und dessen unmittelbarer Gegner kampfunfähig gemacht war, mißverstand die Situation und glaubte, daß das Gelächter der Schwarzen ihm galt. Er machte kehrt und stürzte sich auf die vielen Beine, die vor ihm flohen. Sie polterten die Laufbrücke zur Kajüte und zum Vorderkastell hinunter, kletterten aufs Bugspriet und sprangen in die Takelung, bis sie überall wie riesige Vögel saßen. Zuletzt war Jerry unbestrittener Herr des Decks, auf dem außer ihm nur noch die Mannschaft zu sehen war, denn er hatte schon den Unterschied begriffen. Kapitän van Horn spendete Jerry frohe Lobworte, rief ihn zu sich und klopfte ihn in freudiger Bewunderung wie einen richtigen Mann. Dann wandte sich der Kapitän an seine vielen Passagiere und hielt ihnen eine Rede auf Trepang-Englisch.

»He! Ihr fella Jungens. Ich machen ihm groß fella Rede. Dies fella Hund, er gehören mir. Ein fella Junge tut diesem fella Hund etwas – mein Wort! – mich werden furchtbar böse auf diesen fella Jungen. Ich lassen Glocken läuten hören diesen fella Jungen. Ihr nehmen in acht eure Beine. Ich nehmen in acht meinen Hund. Savve?«

Und die Passagiere, die immer noch oben in der Lu hingen und sich mit funkelnden schwarzen Augen und kreischenden Stimmen ihr Leid klagten, beugten sich vor dem Gesetz des weißen Mannes. Selbst Lerumie, den der Stacheldraht übel zugerichtet hatte, murrte und drohte nicht. Statt dessen rief er ein schallendes Gelächter seitens seiner Kameraden und ein lustiges Augenzwinkern seitens des Schiffers hervor, als er sich die Schrammen rieb und murmelte: »Mein Wort! Ein großer fella Hund dies fella!«

Nicht, daß Jerry unfreundlich war. Wie Biddy und Terrence war er hitzig und unerschrocken, ein Erbe seiner Vorfahren, und wie Biddy und Terrence liebte er die Niggerjagd, was wiederum eine Folge seiner Erziehung war. Von seinen ersten Welpentagen an war er dazu erzogen worden. Nigger waren Nigger, Weiße aber waren Götter, und die weißen Götter hatten ihn dazu erzogen, Nigger zu jagen und sie in der untergeordneten Stellung zu halten, die ihnen in der Welt zukam. Der weiße Mann hielt die ganze Welt in seiner hohlen Hand. Aber die Nigger – hatte er nicht immer gesehen, wie sie gezwungen wurden, in ihrer untergeordneten Stellung zu verharren? Hatte er nicht gelegentlich gesehen, wie sie an den Palmen der Meringe-Plantage aufgehängt und von den weißen Göttern ausgepeitscht wurden, daß ihnen die Haut in Fetzen vom Rücken hing? Kein Wunder, daß ein hochgeborener, von den weißen Göttern verhätschelter irischer Terrier auf die Nigger mit den Augen des weißen Gottes herabsah und die Nigger in einer Weise behandelte, die ihm Lob und Belohnung seitens der weißen Götter eintrug.

Es war ein heißer Tag für Jerry. Alles auf der ›Arangi‹ war neu und seltsam, und so voll war sie, daß immer etwas Aufregendes geschah. Er hatte noch eine Begegnung mit dem Wildhund, der ihm verräterisch aus einem Hinterhalt in die Flanke fiel. Die Kisten der Schwarzen waren unordentlich aufgestapelt, so daß eine kleine Lücke zwischen zwei Kisten in der untersten Reihe war. Aus dieser Höhle fuhr der Wildhund, als Jerry auf dem Wege zum Schiffer vorbeitrottete, auf ihn los, grub ihm seine scharfen Milchzähne in die gelbe Samthaut und sprang dann wieder in seinen Schlupfwinkel. Wieder waren Jerrys Gefühle verletzt. Einen Flankenangriff konnte er verstehen. Oft hatten er und Michael das Spiel gespielt, aber es war eben nur ein Spiel gewesen. Aber sich kampflos zurückzuziehen, wenn man einmal angefangen hatte, das war Jerrys Natur vollkommen fremd. Mit gerechtem Zorn setzte er seinem Feinde nach. Aber hier, im Winkel, kämpfte der Wildhund am besten. Als Jerry in die enge Höhle sprang, schlug er mit dem Kopf gegen die obere Kiste, und im nächsten Augenblick fühlte er, wie der andre knurrend die Zähne gegen seine eigenen Zähne schlug. Er konnte den Wildhund nicht packen und hatte auch keine Möglichkeit, sich aus voller Kraft auf ihn zu stürzen. Jerry konnte nichts tun, als zappeln, sich winden und auf dem Bauche vorwärts kriechen, und immer stieß er auf einen knurrenden Rachen voller Zähne. Aber doch würde er schließlich mit dem Wildhund fertig geworden sein, wäre Borckman nicht vorbeigekommen, hätte hineingelangt und Jerry an einem Hinterbein herausgezogen. Wieder rief Kapitän van Horn, und Jerry trottete gehorsam ab.

Auf Deck, im Schatten des Besans, war das Essen angerichtet, und Jerry, der zwischen den beiden Männern saß, erhielt sein Scherflein. Er hatte schon die Beobachtung gemacht, daß von den beiden der Kapitän der vornehmere Gott war, der viele Befehle gab, denen der Steuermann gehorchte. Der Steuermann wiederum gab den Schwarzen Befehle, nie aber dem Kapitän. Dazu kam noch, daß Jerry den Kapitän liebzugewinnen begann und sich daher eng an ihn drückte. Wenn er seine Nase in den Teller des Kapitäns steckte, erhielt er eine gelinde Zurechtweisung. Als er aber einmal an der dampfenden Teetasse des Steuermanns schnüffelte, bekam er einen Stups auf die Nase von dem schmutzigen Zeigefinger Borckmans. Und der Steuermann bot ihm auch nichts zu essen an.

Kapitän van Horn gab ihm zuallererst ein Schälchen Hafergrütze mit einer reichlichen Menge Dosenmilch und einem großen Löffel voll Zucker. Dann gab er ihm noch ab und zu einen Bissen Butterbrot und ein Stück gebratenen Fisch, aus dem er erst sorgfältig die feinen Gräten entfernt hatte.

Sein geliebter Herr Haggin hatte ihn nie bei Tisch gefüttert, und Jerry war ganz außer sich vor Freude über dies wundervolle Erlebnis. Und da er jung war, ließ er seinen Eifer mit sich durchgehen, so daß er bald zur Unzeit den Kapitän um mehr Fisch und Butterbrot anbettelte. Einmal bellte er sogar, um seinen Wunsch verständlich zu machen. Das gab dem Kapitän einen Einfall, und er fing gleich an, ihn ›sprechen‹ zu lehren.

Ehe fünf Minuten vergangen waren, hatte Jerry schon gelernt, leise zu sprechen, und zwar nur einmal – ein weiches glockenreines Bellen, das nur aus einer einzigen Silbe bestand. Ebenfalls in den ersten fünf Minuten hatte er ›niedersitzen‹ gelernt, was etwas anderes als ›niederlegen‹ war, er mußte niedersitzen, wenn er sprach, mußte sprechen, ohne aufzuspringen oder sich sonst zu rühren, und er mußte warten, bis das Futter ihm gereicht wurde. Ferner hatte er seinen Wortschatz bereits um drei Wörter bereichert. In Zukunft bedeutete ›sprich‹ für ihn sprechen, ›niedersetzen‹ niedersetzen und nicht niederlegen. Das dritte neue Wort war ›Schiffer‹. Das war der Name, mit dem er den Steuermann Kapitän van Horn anreden hörte. Und wie Jerry wußte, daß, wenn ein Mensch ›Michael‹ rief, der Ruf sich auf Michael und nicht auf Biddy, Terrence oder ihn selber bezog, so wußte er jetzt, daß Schiffer der Name des zweibeinigen weißen Herrn dieser neuen schwimmenden Welt war.

»Das ist kein gewöhnlicher Hund«, äußerte van Horn dem Steuermann gegenüber. »Es sitzt ganz sicher hinter den braunen Augen ein menschliches Gehirn. Er ist sechs Monate alt. Ein sechsjähriger Junge wäre ein Wunderkind, wenn er in fünf Minuten alles das lernte, was der Hund jetzt gelernt hat. Gott verdamm' mich, das Gehirn eines Hundes muß genau wie das eines Menschen sein. Wenn er wie ein Mensch handelt, muß er wohl auch wie ein Mensch denken.«

Die Kajütstreppe war eine steile Leiter, die Jerry nach dem Essen vom Kapitän hinuntergetragen wurde. Die Kajüte war ein langer Raum, der sich über die ganze Breite der ›Arangi‹ erstreckte und achtern an den Vorratsraum, vorn an eine kleine Kabine stieß. Vor dieser Kabine lag, durch ein dichtes Schott davon getrennt, das Vorderkastell, in dem die Schiffsbesatzung wohnte. Die kleine Kabine wurde von van Horn und Borckman geteilt, während die große Kajüte den über sechzig Retournierten zugewiesen war. Sie nahmen den ganzen Fußboden sowie die langen niedrigen Schlafbänke ein, die in der vollen Länge der Kajüte an beiden Seiten entlangliefen.

In der kleinen Kabine warf der Kapitän in einer Ecke eine Decke auf den Boden, und er hatte keine Schwierigkeit, Jerry begreiflich zu machen, daß dies sein Bett war. Und für Jerry, der satt und müde von all den neuen Eindrücken war, war es auch nicht schwer, sofort einzuschlafen.

Eine Stunde später wurde er durch den Eintritt Borckmans geweckt. Als er mit seinem Schwanzstummel wedelte und ihn freundlich mit den Augen anlächelte, warf ihm der Steuermann einen ärgerlichen Blick zu und stieß ein gereiztes Brummen aus. Jerry machte keine weiteren Annäherungsversuche, sondern blieb still und wachsam liegen.

Der Steuermann wollte sich etwas zu trinken holen. Um die Wahrheit zu gestehen, stahl er von van Horns Vorräten. Das wußte Jerry nicht. Er hatte oft auf der Plantage die weißen Männer trinken gesehen. Aber irgend etwas in Borckmans Benehmen fiel ihm auf. Er hatte das unklare Bewußtsein, daß hier etwas Unrechtes geschähe. Was das war, wußte er nicht, aber er fühlte, daß etwas nicht stimmte, und paßte scharf auf.

Als der Steuermann gegangen war, würde Jerry wieder eingeschlafen sein, wäre nicht die nachlässig geschlossene Tür mit einem Krach wieder aufgesprungen. Während er in Erwartung eines feindlichen Besuches aus dem Unbekannten mit offenen Augen dalag, beobachtete er eine große Schabe, die die Wand herabkroch. Als er auf die Beine kam und sich ihr vorsichtig näherte, lief sie mit einem leisen Rascheln fort und verschwand in einer Ritze. Jerry hatte Schaben sein ganzes Leben gekannt, aber er sollte manches Neue lernen von der besonderen Art, die sich auf der ›Arangi‹ befand.

Nach einer oberflächlichen Untersuchung der Kabine begab er sich in die Kajüte. Es wimmelte von Schwarzen, aber Jerry hielt sich seinem Schiffer gegenüber für verpflichtet, jeden einzelnen zu beschnüffeln. Sie warfen ihm böse Blicke zu und murrten leise, wenn er sie bei seinem Schnüffeln mit der Nase berührte. Einer wagte ihm mit Prügeln zu drohen, aber statt sich aus dem Staube zu machen, wies Jerry die Zähne und machte sich sprungbereit. Der Schwarze ließ hastig die erhobene Hand sinken und suchte ihn reuig zu besänftigen, während andre kicherten, und Jerry ging weiter. Es war nichts Neues. Schläge waren stets von den Schwarzen zu erwarten, wenn kein Weißer in der Nähe war. Sowohl Steuermann wie Kapitän befanden sich an Deck, und Jerry setzte seine Untersuchungen trotz aller Unerschrockenheit mit großer Vorsicht fort.

Aber bei dem unverschlossenen Eingang zum Vorratsraum schlug er alle guten Vorsätze in den Wind und stürzte vorwärts, um einem neuen Geruch zu folgen, der ihm in die Nüstern drang. In dem niedrigen, finsteren Raum befand sich ein Fremder, den er nie zuvor gesehen hatte. Auf einer groben Schilfmatte, die über einem Haufen Tabakskisten und Fünfzigpfunddosen Mehl ausgebreitet war, lag ein mit einem Hemd bekleidetes schwarzes Mädchen. Sie hatte etwas Heimtückisches, Lauerndes an sich, das Jerry sofort bemerkte, und er wußte längst, daß es stets etwas Böses bedeutete, wenn ein Schwarzer lauerte oder scheel blickte. Sie schrie vor Furcht auf, als er bellend auf sie losfuhr. Obwohl seine Zähne ihren bloßen Arm ritzten, schlug sie nicht nach ihm und schrie auch nicht zum zweiten Male. Sie kauerte sich zitternd zusammen, ohne sich zur Wehr zu setzen. Ohne ihr dünnes Hemd aus den Zähnen zu lassen, riß und zerrte er an ihr, knurrte, kläffte und heulte, um Schiffer oder den Steuermann zu rufen. Während des Kampfes stieß das Mädchen gegen die Kisten und Dosen, die das Übergewicht bekamen, so daß der ganze Haufen zusammenprasselte. Das veranlaßte Jerry, noch toller anzugeben, während die Schwarzen, die von der Kajüte aus zuguckten, ein grausames Gelächter anstimmten.

Als Schiffer kam, wedelte Jerry mit seinem Stummelschwanz, legte die Ohren flach an den Kopf und zerrte schärfer als je an dem dünnen Baumwollhemd des Mädchens. Er erwartete ein Lob für seine Tat, als aber Schiffer ihm befahl, loszulassen, gehorchte er mit der Überzeugung, daß dieses lauernde entsetzte Geschöpf anders war und behandelt werden mußte als andre lauernde Geschöpfe. Entsetzt war sie, halbtot vor Angst. Van Horn nannte sie einen Nagel zu seinem Sarge und wünschte nur, diesen Nagel loszuwerden, ohne daß er vernichtet würde. Vor dieser Vernichtung hatte er sie bewahrt, als er sie für ein fettes Schwein kaufte.

Beschränkt, dumm, krank, erst zwölf Jahre alt, ohne Anziehungskraft für die jungen Männer in ihrem Dorfe, war sie von ihren enttäuschten Eltern für den Kochtopf bestimmt worden. Als Kapitän van Horn sie zum ersten Male traf, hatte sie die Hauptrolle in einer kläglichen Prozession gespielt, die sich am Ufer des Balebuli entlang bewegte.

Eine Schönheit ist sie nicht, hatte er gedacht, als er die Prozession eines Pau-Waus, einer Unterredung, wegen anhielt. Abgezehrt durch Krankheit, die Haut mit den trockenen Schuppen übersät, die eine Folge der Krankheit Bukua sind, war sie, an Händen und Füßen gebunden, wie ein

Schwein an eine dicke Stange gehängt, die auf den Schultern der Träger ruhte. Offenbar hatte man die Absicht, Mittagessen aus ihr zu machen. Da sie zu hoffnungslos war, um Gnade zu erwarten, flehte sie nicht um Hilfe, obgleich ihre furchtbare Angst in ihren wild starrenden Augen zu lesen war.

In dem überall gebräuchlichen Trepang-Englisch erfuhr Kapitän van Horn, daß ihr Gefolge sie nicht gerade als Leckerbissen betrachtete und daß man gedachte, sie bis zum Halse in das fließende Wasser des Balebuli zu stecken. Ehe man sie jedoch an den Pfahl band, wollte man ihr die Gelenke ausrenken und die großen Arm- und Beinknochen brechen. Das war kein religiöser Brauch, kein Versuch, die rohen Dschungelgötter zu besänftigen. Es geschah einfach aus gastronomischen Gründen. Lebendiges, auf diese Weise behandeltes Fleisch wurde zart und wohlschmeckend, und wie ihr Gefolge betonte, bedurfte sie wahrlich eines derartigen Prozesses. Zwei Tage im Wasser, sagten sie zu dem Kapitän, würden genügen. Dann wollten sie sie totschlagen, das Feuer anzünden und ein paar Freunde einladen.

Nach halbstündigem Feilschen, bei dem Kapitän van Horn immer wieder auf die Wertlosigkeit des Objektes hingewiesen hatte, kaufte er sie für ein fettes Schwein im Werte von fünf Dollar. Da er das Schwein mit Waren bezahlt und auf die Waren wiederum hundert Prozent Gewinn aufgeschlagen hatte, kostete das Mädchen in Wirklichkeit zwei Dollar und fünfzig Cent. Und dann hatten die Unannehmlichkeiten für Kapitän van Horn begonnen. Er konnte das Mädchen nicht loswerden. Er kannte die Eingeborenen von Malaita zu gut, als daß er sie ihnen auf der Insel zurückgelassen hätte. Der Häuptling Ischikola hatte fünfmal zwanzig Kokosnüsse für sie geboten, und Bau, ein Buschhäuptling, zwei Hühner am Strande von Malu. Aber dieses Gebot war von einem spöttischen Lächeln begleitet gewesen, das deutlich zeigte, welche Verachtung der alte

Fuchs für dies magere Gestell von Mädchen hegte. Da der Kapitän die Missionarbrigg ›Western Cross‹ verfehlte, auf der sie nicht gefressen worden wäre, war er genötigt gewesen, sie trotz des beschränkten Platzes auf der ›Arangi‹ bei sich zu behalten, bis er sie vielleicht einmal später den Missionaren abliefern konnte. Aber das Mädchen hegte keine Dankbarkeit für ihn, weil sie keinen Verstand im Kopfe hatte. Sie, die für ein fettes Schwein verkauft worden war, meinte, daß ihr trauriges Los unverändert war. Nahrung war sie gewesen, und Nahrung blieb sie. Nur ihr Bestimmungsort hatte sich geändert, und dieser dicke fella weiße Gebieter der ›Arangi‹ sollte sicher ihr Bestimmungsort werden, wenn sie hinreichend gemästet war. Seine Absichten mit Bezug auf sie waren durchsichtig gewesen seit dem ersten Augenblick, da er versucht hatte, sie zu mästen. Aber sie führte ihn an der Nase herum, indem sie nicht einen Bissen mehr aß, als sie durchaus zur Erhaltung ihres Lebens mußte.

Die Folge war, daß sie, die ihr ganzes Leben im Busch verbracht und nie einen Fuß in ein Kanu gesetzt hatte, sich jetzt in einer immerwährenden Todesfurcht auf dem weiten Ozean wiegte und rollte. In dem Trepang, das von den Schwarzen auf den tausend Inseln und mit zehntausend Dialekten gesprochen wurde, versicherten ihr die stets wechselnden Passagiere der ›Arangi‹ immer wieder, welches Geschick ihrer wartete. »Mein Wort, du fella Mary«, sagte einer von ihnen zu ihr, »kurze Zeit bleiben, dies große fella weiße Herr dich kai-kai.« Und ein anderer: »Groß fella weiß Herr kai-kai dich, mein Wort, Magen ihm herumgehen allzuviel.«

Kai-kai war das Trepangwort für essen. Selbst Jerry wußte das. ›Essen‹ gehörte nicht zu seinem Wortschatz, wohl aber kai-kai, und das bedeutete sowohl als Verb wie als Substantiv genau das gleiche.

Aber das Mädchen antwortete nie auf die Neckereien der Schwarzen. Sie sprach überhaupt nie ein Wort, selbst nicht zu Kapitän van Horn, der nicht einmal wußte, wie sie hieß. Es war spät am Nachmittag, als Jerry, nachdem er das Mädchen im Vorratsraum entdeckt hatte, wieder an Deck kam. Kaum hatte ihn Schiffer, der ihn die steile Leiter hinaufgetragen hatte, niedergesetzt, als er auch schon eine neue Entdeckung machte – Land. Er sah es nicht, aber er roch es. Er hob die Nase und schnüffelte in den Wind, der ihm die Botschaft brachte, und las den Geruch mit der Nase, wie ein Mensch eine Zeitung liest – las den Salzduft der Küste und den dumpfigen Geruch der Mangrovensümpfe bei Ebbe, den würzigen Hauch von Tropenpflanzen und das schwache, ganz schwache Kribbeln von Rauch, von qualmenden Feuern.

Der Passat, der die ›Arangi‹ in den Schutz dieser vorspringenden Landspitze von Malaita geführt hatte, flaute jetzt ab, so daß das Schiff auf der leichten Dünung zu rollen begann, Schote und Takelung knarrten und die Segel donnernd schlugen. Jerry warf nur einen neckischen Seitenblick auf das Großsegel, das über ihm seine Sprünge machte. Er kannte schon die Ohnmacht seiner Drohungen, nahm sich aber vor den Großschotblöcken in acht und ging um den Bügel herum, statt darüber hinwegzusetzen.

Kapitän van Horn, der die Windstille benutzen wollte, um die Besatzung Schießübungen machen zu lassen, damit sie mit den verschiedenen Waffen vertraut wurden, nahm die Lee-Enfield-Gewehre von ihrem Platz oben auf dem Kajütskylight. Jerry kauerte plötzlich nieder und schritt dann mit steifen Beinen über das Deck. Aber der Wildhund, der sich drei Fuß weit von seinem Schlupfwinkel zwischen den Kisten befand, schlief nicht. Er beobachtete Jerry und knurrte drohend. Es war kein angenehmes Knurren. In der Tat, es war ein Knurren, so garstig und wild, wie sein ganzes Leben gewesen war. Die meisten kleinen Geschöpfe fürchteten sich vor diesem Knurren, aber es machte keinen Eindruck auf Jerry, der sich nicht stören ließ und ruhig weiterging. Als der Wildhund mit einem Satz in seiner Höhle unter den Kisten verschwand, sprang Jerry ihm nach, und um ein Haar hätte er seinen Feind gepackt. Unterdessen hatte Kapitän van Horn Holzstücke, Flaschen und leere Konservendosen über Bord geworfen und gab einem Teil der eifrigen Besatzung Befehl, loszuknallen. Jerry war außer sich vor Freude über das Schießen, und sein Kläffen vermehrte noch den Spektakel. Wenn die leeren Messingpatronenhülsen ausgeworfen wurden, entstanden wilde Schlägereien unter den Retournierten an Deck. Jeder wollte sie haben, sah sie für etwas äußerst Kostbares an und steckte sie, noch warm, in die leeren Löcher in seinen Ohrläppchen. Die waren vielfach durchbohrt, und die kleinsten Löcher waren gerade groß genug für die Patronenhülsen, während in den größten Tonpfeifen, Tabakstücke und sogar Streichholzschachteln steckten. Einige waren sogar so groß, daß dreizöllige geschnitzte Holzzylinder hineingestopft waren.

Steuermann und Kapitän trugen Repetierpistolen im Gürtel, mit denen sie nun losknallten und eine Patrone nach der andern verschossen, während die Besatzung in atemloser Bewunderung über diese Schießfertigkeit zusah. Die Schwarzen waren nicht einmal mittelmäßige Schützen, aber Kapitän van Horn wußte, wie jeder Kapitän im Salomonarchipel, daß die Busch- und Salzwasserleute noch schlechter schossen und daß er sich auf die Schießfertigkeit seiner Besatzung verlassen konnte – wenn sie sich nicht gelegentlich gegen das Schiff wandte.

Borckmans Pistole klemmte plötzlich, und van Horn erteilte ihm einen Verweis, weil er sie nicht rein gehalten und geölt hatte. Dann neckte der Kapitän den Steuermann und fragte ihn, wieviel er getrunken hätte und ob das schuld daran wäre, daß er schlechter als sonst schösse. Borckman erklärte, daß er einen Fieberanfall habe, und van Horn äußerte seinen Zweifel erst, als er einige Minuten später im Schatten des Besans hockte und Jerry, den er auf dem Arm hielt, alles erzählte.

»Sein Unglück ist der Schnaps, Jerry«, erklärte er. »Gott

verdamm' mich, deshalb muß ich alle meine Wachen gehen und die Hälfte von den seinen noch dazu. Und dann sagt er, es sei das Fieber. Glaub's ihm nicht, Jerry. Es ist der Schnaps. Er ist ein guter Seemann, wenn er nüchtern ist. Wenn er sich aber besoffen hat, ist er ganz verrückt. Dann dreht sich ihm ein Mühlrad im Kopf herum, und er ist ein blöder Hund, der in einem Orkan schnarchen und bei Windstille ganz aus dem Häuschen geraten kann. – Jerry, du bist gerade erst auf deinen vier weichen Pfötchen ins Leben gesprungen, und wenn du auf den Rat eines Mannes hören willst, der Bescheid weiß, so laß den Schnaps. Glaub mir, Jerry, mein Junge – hör auf deinen Vater, Schnaps ist für nichts gut auf der Welt.«

Worauf Kapitän van Horn Jerry dem Vergnügen überließ, den Wildhund zu jagen, und in seine winzige Kabine ging, wo er einen tüchtigen Schluck aus derselben Flasche nahm, aus der Borckman stahl.

Die Jagd auf den Wildhund wurde ein prachtvoller Sport, jedenfalls für Jerry, der so geschaffen war, daß er keinem etwas nachtrug, und dem die Sache ungeheuren Spaß machte. Sie gab ihm auch ein angenehmes Gefühl seiner eigenen Überlegenheit, denn der Wildhund floh stets vor ihm. Unter den Hunden war Jerry unbestreitbar Nummer eins an Deck der ›Arangi‹. Er zerbrach sich nicht einen Augenblick den Kopf darüber, wie sein Benehmen auf den Wildhund wirkte, aber er machte ihm in der Tat das Leben zur Hölle. Nur wenn Jerry unten war, wagte sich das wilde Tier mehr als ein paar Fuß von seinem Schlupfwinkel fort, und er verging fast vor Angst und Schrecken vor dem kleinen, dicken Hündchen, das sich nicht von seinem Knurren einschüchtern ließ.

Spät nachmittags trottete Jerry, nachdem er dem Wildhund noch eine Lehre erteilt hatte, nach achtern und fand Schiffer mit dem Rücken gegen die niedrige Reling gelehnt und mit hochgezogenen Beinen an Deck sitzen. Der Mann starrte ganz geistesabwesend nach Luv, und Jerry beschnüffelte seine bloßen Schenkel – nicht, um sich zu überzeugen, wen er vor sich hatte, sondern nur als eine Art freundschaftlichen Grußes und weil es ihm Spaß machte. Aber van Horn nahm keine Notiz von ihm und fuhr fort, übers Meer zu starren. Übrigens war er sich auch gar nicht der Anwesenheit des Hundes bewußt. Jerry legte den ganzen Unterkiefer auf Schiffers Knie und blickte Schiffer lange und ernsthaft ins Gesicht. Diesmal merkte es Schiffer und fühlte sich angenehm berührt, gab aber immer noch kein Lebenszeichen von sich. Jerry versuchte einen neuen Kniff. Schiffers Unterarm ruhte auf dem andern Knie, und die halb geöffnete Hand hing schlaff herab. In diese Hand steckte er seine weiche goldene Schnauze bis zu den Ohren und blieb dann ganz still liegen. Wenn er hätte sehen können, würde er ein lustiges Aufblitzen in Schiffers Augen bemerkt haben, die jetzt nicht mehr über das Meer, sondern auf ihn herabblickten. Aber Jerry konnte nichts sehen. Er blieb noch eine Weile still liegen, dann schnaufte er, daß es weit fort zu hören war.

Das war zuviel für den Schiffer, der jetzt in ein schallendes Gelächter ausbrach, so laut und herzlich, daß Jerry in demütiger Liebe die seidenweichen Ohren nach hinten legte mit der einschmeichelnden Bitte, sich im Lächeln des Gottes sonnen zu dürfen. Dazu setzte das Lachen des Schiffers Jerrys Rute in wilde Bewegung. Die halb geöffnete Hand schloß sich mit einem festen Griff und packte das lockere Fell auf der einen Seite von Jerrys Schnauze. Dann begann ihn die Hand mit einer solchen Kraft hin und her zu schütteln, daß er mit allen vieren springen mußte, um das Gleichgewicht zu bewahren. Es war die reine Seligkeit für Jerry. Mehr noch: wahre Verzückung. Denn Jerry wußte, daß das rauhe Schütteln nichts Böses bedeutete, war es doch ein Spiel, das er und Michael oft zusammen gespielt hatten. Hin und wieder hatte er auch mit Biddy so gespielt und sie aus lauter Liebe tüchtig geschüttelt. Und bei ganz seltenen Gelegenheiten hatte Herr Haggin ihn lie-

50

bevoll geschüttelt. Es waren Worte für Jerry, nicht mißzuverstehende Worte.

Als das Schütteln rauher wurde, ließ Jerry sein grimmiges Knurren hören, das immer grimmiger wurde, je heftiger er geschüttelt wurde. Aber auch das war Spiel – zu tun, als wolle er wirklich dem etwas zuleide tun, den er doch viel zu sehr liebte. Er riß und zerrte an der Hand, die ihn hielt, und versuchte, den Kopf so weit zu drehen, daß er die Zähne gebrauchen konnte.

Als Schiffer mit einem schnellen Ruck die Hand zurückriß und ihn von sich schob, kam er zähnefletschend und knurrend wieder, um wieder gefangen und geschüttelt zu werden. Das Spiel nahm unter wachsender Erregung Jerrys seinen Fortgang. Einmal war er Schiffer zu schnell, und Jerry bekam die Hand zwischen die Zähne, biß aber nicht zu. Er preßte die Zähne liebevoll zusammen, so daß sie sich auf der Haut abzeichneten, aber von Beißen konnte keine Rede sein.

Das Spiel wurde immer heftiger, und Jerry ging ganz darin auf. Er wurde so aufgeregt, daß das Spiel Wirklichkeit wurde. Jetzt war es Kampf, ein Gefecht mit der Hand, die ihn packte, schüttelte und fortschob. Die Wildheit, die er bisher vorgetäuscht hatte, wurde echt. Wenn er fortgeschoben war und sich anschickte, zum Angriff vorzuspringen, stieß er ein schrilles, hysterisches Geheul aus. Als Kapitän van Horn das merkte, streckte er plötzlich, statt zuzupacken, die flache Hand aus als das Friedenszeichen, das so alt ist wie die menschliche Hand selbst. Und gleichzeitig sprach er laut das eine Wort: »Jerry!« Aber in diesem Wort waren alle Vorwürfe, aller Befehl und die inständige Bitte der Liebe ausgedrückt.

Jerry verstand und kam sofort zu sich. Im selben Augenblick war er lauter Zerknirschung, weiche Demut, die Ohren legten sich zurück mit der Bitte um Verzeihung und Beteuerungen, die aus einem warmen, bebenden, von Liebe überströmenden Herzen kamen. In einem Nu war er aus einem bissigen Hund, der zähnefletschend und sprungbereit dagestanden, in ein kleines seidenweiches Etwas verwandelt, das zu der geöffneten Hand trottete und sie mit seiner Zunge küßte, die zwischen weißen schimmernden Zähnen wie ein purpurroter Edelstein hervorlugte. Und im nächsten Augenblick lag er in Schiffers Armen, den Kopf gegen dessen Wange gepreßt, und wieder fuhr die Zunge heraus in einer so deutlichen Sprache, wie sie einem Geschöpf möglich ist, dem die menschliche Rede versagt ist. Es war ein wahres Liebesfest zur Freude beider.

»Gott verdamm' mich!« sagte Kapitän van Horn zärtlich. »Du bist ja nichts als ein Bündel hochgespannter Gefühle mit einem goldenen Herzen in der Mitte und in eine goldene Haut gewickelt. Gott verdamm' mich, Jerry, du bist Gold, reines Gold innen und außen, und kein Hund auf der ganzen Welt kann sich mit dir messen. Du hast ein Herz von Gold, du goldener Hund; sei gut zu mir und hab mich lieb, dann will ich auch gut zu dir sein und dich liebhaben, jetzt und in alle Ewigkeit.« Und Kapitän van Horn, der barbeinig, mit einem Lendenschurz und einer Unterjacke zu sechs Pence über die ›Arangi‹ herrschte, der schwarze Kannibalen auf seinem Sklavenschiff hin und zurück fuhr, der wachend und schlafend eine Pistole im Gürtel trug und dessen Kopf in Dutzenden von Salzwasserdörfern und Buschfestungen verfallen war, der als einer der zähesten Schiffer im Salomonarchipel galt, wo nur zähe Männer das Leben fristen können und Zähigkeit zu schätzen wissen, Kapitän van Horn blinzelte mit den Augen, die sich plötzlich mit Tränen füllten, und konnte einen Augenblick das Hündchen nicht sehen, das, am ganzen Leibe vor Liebe zitternd, in seinen Armen lag und ihm die salzigen Tropfen der Rührung von den Augen küßte.

Und schnell hüllte die Tropennacht die ›Arangi‹ ein, die abwechselnd in der Windstille im Schutz der Menschenfresserinsel Malaita rollte und in plötzlichen Böen sprang

und überkrängte. Das plötzliche Einschlafen des Südostpassats hatte das veränderliche Wetter verursacht, wodurch das Kochen in der offenen Kombüse zu einer Qual
wurde, während die Retournierten, denen nichts als ihr
eigenes Fell naß werden konnte, sich schleunigst nach unten begaben. Die erste Wache, von acht bis zwölf, hatte der
Steuermann, und Kapitän van Horn, den eine schwere
Regenbö verjagte, nahm Jerry und ging in seine kleine
Kabine, um zu schlafen. Jerry war müde von den vielen
Aufregungen dieses aufregendsten Tages seines Lebens,
und er schlief und trat im Schlaf um sich und knurrte,
während Schiffer mit einem letzten Blick auf ihn die Lampe herabschraubte und halblaut murmelte: »Der Wildhund, Jerry! Putz ihn weg! Schüttel ihn! Tüchtig!«
So fest schlief Jerry, daß er, als der Regen, der das letzte
schwache Lüftchen vertrieben hatte, aufhörte und die Kajüte sich in einen dampfenden Schmelzofen verwandelte,
nicht merkte, wie Schiffer, nach Luft schnappend und mit
von Schweiß durchnäßter Unterjacke, Decke und Kissen
unter den Arm nahm und sich an Deck begab.
Jerry erwachte erst, als eine riesige, drei Zoll lange Schabe
an der empfindlichen bloßen Haut zwischen seinen Zehen
zu nagen begann. Er stieß mit dem angegriffenen Fuß um
sich und starrte auf die Schabe, die keine Eile hatte, sondern würdevoll abging. Er sah, wie sie sich mit anderen
Schaben vereinigte, die auf dem Fußboden Parade abhiel-
ten. Noch nie hatte Jerry so viele Schaben auf einmal gesehen, und nie so große. Sie waren alle von derselben Größe,
und es wimmelte von ihnen. In langen Reihen strömten sie
aus den Ritzen in der Wand und krochen zu ihren Genossen auf den Fußboden. Das war durchaus ungehörig – wenigstens nach Jerrys Meinung –, und er konnte es nicht
dulden. Herr Haggin, Derby und Bob hatten Schaben nie
geduldet, und ihre Regeln waren die seinen. Die Schabe
war der ewige Feind in den Tropen. Er sprang auf die nächste los, um sie unter seinen Pfoten zu zermalmen. Aber da

tat dieses Ding etwas, das er noch nie eine Schabe hatte tun sehen: Es hob sich in die Luft, flog wie ein Vogel. Und wie auf ein gegebenes Signal hoben alle Schaben ihre Flügel und erfüllten den Raum mit Flattern und Kreisen. Er griff den geflügelten Schwarm an, sprang in die Luft, schnappte nach dem fliegenden Gewürm und versuchte, es mit seinen Pfoten zu Boden zu schmettern. Hin und wieder hatte er auch Erfolg und vernichtete eines der Tiere, aber der Kampf hörte erst auf, als alle Schaben wie auf ein neues Signal in den vielen Ritzen verschwanden und ihm das Schlachtfeld überließen.

Sofort kam ihm ein neuer Gedanke: Wo ist Schiffer? Er wußte, daß van Horn nicht in dem Raum war, stellte sich aber dennoch auf die Hinterbeine und untersuchte die niedrige Koje, während sein scharfes Näschen mit Wohlbehagen den Duft einatmete, der ihm erzählte, daß Schiffer hiergewesen war. Und was seine Nase zittern und schnüffeln ließ, brachte auch seinen Schwanzstummel in Bewegung.

Aber wo war Schiffer? Diese Frage stand so scharf und klar in seinem Kopf wie im Kopfe eines Menschen. Und wie bei einem Menschen leitete der Gedanke unmittelbar eine Tat ein. Die Tür war nicht zugeriegelt worden, und Jerry trottete in die Kajüte, wo an fünfzig Schwarze im Schlaf merkwürdige Laute ausstießen, seufzten und schnarchten. Sie waren eng aneinander verstaut und bedeckten sowohl den Fußboden wie die lange Reihe Kojen, so daß er über ihre nackten Beine klettern mußte. Und hier war kein weißer Gott, der ihn beschützte. Das wußte er, aber er fürchtete sich nicht.

Als Jerry sich überzeugt hatte, daß Schiffer nicht in der Kajüte war, schickte er sich an, die steile, fast senkrechte Leiter zu erklimmen. Aber da fiel ihm der Vorratsraum ein. Er trottete hinein und beschnüffelte das schlafende Mädchen im Baumwollhemd, das glaubte, daß van Horn es fressen würde, wenn es ihm gelänge, es zu mästen.

Als er wieder zur Leiter kam, schaute er hinauf und wartete, in der Hoffnung, daß Schiffer ihn holen sollte. Schiffer war diesen Weg gegangen, das wußte Jerry aus zwei Gründen: Erstens gab es nur diesen einen Weg, und zweitens sagte seine Nase es ihm. Sein erster Versuch, hinaufzuklettern, ließ sich gut an. Erst als er schon ein Drittel hinter sich hatte und die ›Arangi‹ in einer schweren See überkrängte und sich mit einem Ruck wieder aufrichtete, glitt er aus und fiel herunter. Zwei oder drei Schwarze erwachten und beobachteten ihn, während sie Betelnuß mit Kalk in grüne Blätter wickelten und kauten.

Zweimal glitt Jerry wieder zurück, nachdem er kaum die ersten Sprossen erklommen hatte, und weitere Schwarze wurden von ihren Genossen geweckt und freuten sich an seinem Mißgeschick. Beim vierten Versuch glückte es ihm, halb hinaufzukommen, ehe er zurückglitt und schwer auf die Seite fiel. Das wurde von gedämpftem Lachen und mürrischem Flüstern begleitet, das fast klang, als käme es aus der Kehle eines Riesenvogels. Er kam wieder auf die Füße, die Haare sträubten sich in direkt lächerlicher Weise auf seinem Rücken, und lächerlich klang das Knurren, mit dem er diesen niedrigen zweibeinigen Wesen seine tiefe Verachtung zu erkennen gab, Wesen, die kamen und gingen und dem Willen großer weißhäutiger, zweibeiniger Götter von der Art Schiffers und Herrn Haggins untertan waren.

Unangefochten von dem schweren Fall, machte Jerry einen neuen Versuch. Ein augenblicklicher Stillstand im Rollen der ›Arangi‹ gab ihm eine Gelegenheit, die er benutzte, so daß er die Vorderfüße über den hohen Lukenrand am Kajütseingang gebracht hatte, als das Schiff das nächste Mal stark überholte. Er nahm alle Kraft zusammen, hielt sich fest und kroch dann über die Kante an Deck.

Mittschiffs traf er ein paar Mann von der Besatzung und Lerumie, die in der Nähe des Skylights hockten, und unterwarf sie einer eingehenden Untersuchung. Er beschnüffelte sie umständlich, als aber Lerumie einen leisen drohenden Laut ausstieß, schritt er steifbeinig weiter. Achtern am Rad traf er einen Schwarzen, der steuerte, und in der Nähe stand der Steuermann auf dem Ausguck. Der Steuermann sprach Jerry an und wollte ihn streicheln, aber im selben Augenblick roch Jerry Schiffer, der irgendwo in der Nähe war. Mit einem liebenswürdigen, um Entschuldigung bittenden Schwanzwedeln trottete er nach Luv und fand schließlich Schiffer, der auf dem Rücken liegend in eine Decke gewickelt war, so daß nur der Kopf herausguckte, und fest schlief.

Zuallererst mußte Jerry ihn natürlich freudig beschnüffeln und freudig mit dem Schwanze wedeln. Aber Schiffer erwachte nicht, und ein feiner Sprühregen, kaum mehr als Nebel, ließ Jerry sich eng in dem Winkel zusammenkauern, den Schiffers Kopf und Schulter bildeten. Dadurch wachte Schiffer auf, er murmelte mit leiser, zärtlicher Stimme »Jerry«, und Jerry antwortete damit, daß er seine kalte, feuchte Schnauze gegen Schiffers Wange legte. Und dann schlief Schiffer wieder ein. Jerry aber nicht. Er lüftete einen Zipfel der Decke mit der Schnauze und kroch über Schiffers Schulter, bis er ganz drinnen war. Schiffer wachte wieder auf und half ihm, halb imSchlaf, sich zurechtzulegen. Aber Jerry war immer noch nicht zufrieden, und er drehte und wandte sich, bis er in Schiffers Armbiegung lag, wo er endlich, mit einem tiefen Seufzer der Befriedigung, einschlief. Mehrmals wurde van Horn von dem Lärm geweckt, den die Besatzung machte, wenn sie die Segel nach dem wechselnden Winde trimmte, und jedesmal fiel ihm das Hündchen ein, und er preßte es zärtlich an sich. Und jedesmal regte Jerry sich im Schlaf und kuschelte sich eng an ihn. Wenn Jerry auch ein hervorragendes Hündchen war, so hatte er doch seine Begrenzung, und er erfuhr nie, welche Wirkung die warme Berührung seines samtweichen Körpers auf den hartgesottenen Kapitän ausübte. Sie erinnerte van Horn an längst entschwundene Tage, da sein eignes Töchterchen in seinem Arm geschlafen hatte. Und so deutlich wurde die Erinnerung, daß er ganz wach wurde und viele Bilder, die mit seinem Töchterchen begannen, quälend in seinem Hirn brannten. Kein weißer Mann in den Salomons wußte, was er zu tragen hatte, sowohl, wenn er wach war, wie auch oft, wenn er schlief, und diese Bilder waren die Ursache, daß er in der fruchtlosen Hoffnung, sie auszulöschen, nach den Salomoninseln gekommen war. Als die Erinnerung von dem weichen Hündchen in seinem Arm jetzt geweckt war, sah er zuerst die Kleine und ihre Mutter in der kleinen Wohnung in Harlem. Eng war sie zwar, aber voll von dem Glück der drei Menschen, das dieses Stübchen zum Himmel machte.

Er sah, wie das flachsgelbe Haar des kleinen Mädchens den dunkleren Goldschimmer der Mutter annahm, während gleichzeitig die kleinen Löckchen erst zu langen Locken und schließlich zu zwei dicken Zöpfen wurden. Statt den Versuch zu machen, diese vielen Bilder zu vertreiben, weilte er gerade bei ihnen und bemühte sich, sein Bewußtsein mit möglichst vielen Eindrücken zu füllen, um das eine Bild fernzuhalten, das er nicht zu sehen wünschte.

Er erinnerte sich an seinen Beruf, an den Rettungswagen und die Leute, die unter ihm gearbeitet hatten, und er dachte darüber nach, was wohl aus ihnen, und namentlich aus Clancey, seiner rechten Hand, geworden war. Es kam der lange Tag, da er, um drei Uhr morgens, aus dem Bett geholt worden war, um einen Straßenbahnwagen aus den zertrümmerten Schaufenstern einer Drogerie zu schaffen und wieder auf die Schienen zu setzen. Sie arbeiteten den ganzen Tag – es waren sechs bis sieben Zusammenstöße erfolgt –, und als sie schließlich gegen neun Uhr abends in der Remise ankamen, wurde gerade wieder Alarm geschlagen.

»Gott sei Dank!« sagte Clancey, der nur wenige Häuser von ihm entfernt wohnte. Er sah ihn noch vor sich, wie er es sagte und sich dabei den Schweiß von der Stirn wischte.

»Gott sei Dank! – Es ist nichts von Bedeutung und ganz bei uns in der Nähe – in einer der nächsten Straßen. Sobald wir fertig sind, können wir Feierabend machen und nach Haus gehen, die andern können dann den Wagen nach der Remise fahren.«

»Wir brauchen nur einen Augenblick den Kran«, hatte er geantwortet.

»Was ist los?« fragte Billy Jaffers, ein andrer von seinen Leuten.

»Es ist jemand überfahren – man kann sie nicht rauskriegen«, sagte er; dann schwangen sie sich auf den Wagen und fuhren los. Er sah alle Einzelheiten der langen Fahrt wieder vor sich, bis auf die Verspätung, die sie dadurch erlitten, daß sie einen Feuerwehrzug vorbeilassen mußten; unterdessen hatten er und Clancey Jaffers geneckt, weil er Stelldicheins mit verschiedenen jungen Damen verabredet hatte, die er nun wegen der späten Extraarbeit nicht einhalten konnte.

Es kam die lange Reihe haltender Straßenbahnwagen, der Auflauf, die Polizei, die ihn einzudämmen suchte, die zwei Tragbahren, die auf ihre Last warteten, und der junge Schutzmann, der hier seinen Posten hatte und der ihn, tief erschüttert, begrüßte: »Es ist furchtbar. Man kann krank davon werden. Es sind zwei. Wir können sie nicht rauskriegen. Ich hab' es versucht. Die eine lebte noch, glaube ich.«

Aber er, ein starker, beherzter, an solche Arbeit gewöhnter Mann, den der anstrengende Tag ermüdet hatte, er freute sich bei dem Gedanken an die freundliche kleine Wohnung nur wenige Straßen weiter. Munter und zuversichtlich sagte er, er werde sie schon im Handumdrehen heraushaben. Dabei ließ er sich auf die Knie nieder und kroch auf Händen und Füßen unter den Wagen.

Wieder sah er sich, wie er die elektrische Taschenlampe einschaltete. Er sah die beiden goldenen Zöpfe, bis er den Druckknopf losließ und alles, was sein war, wieder in Finsternis getaucht war.

»Lebt die eine noch?« fragte der erschütterte Schutzmann. Die Frage wurde wiederholt, während er sich die Kraft erkämpfte, wieder auf den Knopf zu drücken. Er hörte sich antworten: »Das werde ich Ihnen gleich sagen.«
Wieder schaute er hin. Eine lange Minute.
»Beide tot«, antwortete er ruhig. »Clancey, setzen Sie Kran Nummer drei ein, nehmen Sie noch einen Mann und kriechen Sie unter das andre Ende des Wagens.«

Er lag auf dem Rücken und starrte gerade empor zu einem einsamen Stern, der durch den Staubregen über ihm schimmerte und sich langsam hin und her wiegte. Er fühlte den alten Schmerz in der Kehle, die alte unangenehme Trockenheit in Mund und Augen. Und er wußte – was kein andrer wußte –, warum er im Salomonarchipel als Schiffer der Teakholzjacht ›Arangi‹ mit Niggern fuhr, seinen Kopf riskierte und mehr Whisky trank, als einem Mann guttut. Seit jener Nacht hatte er keine Frau angesehen, und unter den andern Weißen galt er als kalt mit Bezug auf weiße wie schwarze Weiber.
Als van Horn aber dies Furchtbarste in seiner Erinnerung vor sich gesehen hatte, konnte er wieder Ruhe finden, und im Einschlafen spürte er beglückt Jerrys Kopf an seiner Schulter. Einmal ließ Jerry, der vom Strand von Meringe, von Herrn Haggin, Biddy, Terrence und Michael träumte, ein leises Knurren hören, und van Horn erwachte gerade so weit, daß er ihn dichter an sich pressen und drohend murmeln konnte: »Der Nigger, der dem Hund was tut …«
Als ihn der Steuermann an der Schulter rüttelte, tat van Horn im Augenblick des Erwachens mechanisch zweierlei. Er griff hastig nach dem Revolver an seiner Hüfte und murmelte: »Der Nigger, der dem Hund was tut …«
»Das muß Kap Kopo sein«, meinte Borckman, als die beiden Männer nach den hohen Umrissen des Landes in Luv starrten. »Wir haben nicht mehr als zehn Meilen gemacht, und es ist keine Aussicht auf stetigeren Wind.«

»Das kann bös werden, wenn's losgeht«, sagte van Horn, den Blick auf die Wolken gerichtet, die zerrissen vor den trüben Sternen trieben.

Kaum hatte sich der Steuermann eine Decke aus der Kajüte geholt, als eine frische, stetige Brise aufsprang, die vom Lande her wehte und die ›Arangi‹ mit einer Schnelligkeit von neun Meilen über das glatte Wasser jagte. Ein Weilchen versuchte Jerry, sich in Schiffers Gesellschaft die Zeit zu vertreiben, bald aber rollte er sich zusammen und schlummerte, halb auf dem Deck, halb auf Schiffers bloßen Beinen, ein.

Als Schiffer ihn zur Decke trug und einpackte, schlief er gleich wieder ein, wachte aber sofort wieder auf, als Schiffer an Deck auf und ab zu gehen begann. Er wickelte sich aus der Decke heraus und trabte neben ihm her. Und jetzt lernte Jerry wieder etwas Neues, denn nach fünf Minuten wußte er, daß er unter der Decke bleiben sollte, daß alles in Ordnung war und daß Schiffer die ganze Zeit auf und ab gehen und in der Nähe bleiben würde.

Um vier Uhr übernahm der Steuermann das Kommando an Deck.

»Dreißig Meilen sind wir weitergekommen«, sagte van Horn zu ihm. »Aber jetzt sieht es wieder faul aus. Halten Sie ein Auge auf Böen unter Land. Werfen Sie lieber die Falle auf Deck, und halten Sie die Wache klar. Natürlich sollen die Leute schlafen, aber auf Fallen und Schoten.«

Als Schiffer unter die Decke kroch, wachte Jerry auf, und als wäre er es nie anders gewohnt gewesen, kuschelte er sich in Schiffers Arm, um dann nach einem zufriedenen Schnaufen und einem Kuß seiner kühlen kleinen Zunge auf die Wange Schiffers, der ihn zärtlich an sich drückte, wieder einzuschlafen.

Eine halbe Stunde später schien sich die Welt für Jerry vollkommen auf den Kopf gestellt zu haben. Er wurde dadurch geweckt, daß Schiffer mit solcher Schnelligkeit aufsprang, daß der Teppich nach der einen und Jerry nach der andern

Seite flog. Das Deck der ›Arangi‹ war eine Wand geworden, an der Jerry in der tosenden Finsternis herunterglitt. Jedes Ende, jedes Wanttau hämmert und kreischte im Kampf gegen den heftigen Anprall des Sturmes.

»An die Großfalle! – Los!« konnte er den lauten Ruf Schiffers hören, und dazu hörte er auch das Kreischen der Großschotblöcke, als van Horn, der in der Dunkelheit braßte, schnell die Schot mit einem einzigen Törn um die Klampe durch seine brennenden Hände laufen ließ.

Während all dies und viele andre Laute – das Schreien der Besatzung und Rufe von Borckman – auf Jerrys Trommelfell eindrangen, glitt er immer weiter in seiner neuen, unsicheren Welt das Deck hinunter. Aber er schlug nicht direkt gegen die Reling, wo seine zarten Rippen leicht hätten zerbrechen können; das warme Wasser des Ozeans, das wie ein Strom von blassem, phosphoreszierendem Feuer über die Reling flutete, schwächte den Fall ab. Er begann zu schwimmen, verwickelte sich aber in ein Gewirr von Leinen, die über Deck schleppten. Und er schwamm, nicht um sein Leben zu retten, nicht in Todesangst. Nur ein Gedanke erfüllte ihn. Wo war Schiffer? Nicht, daß er an den Versuch gedacht hätte, Schiffer zu retten oder ihm Hilfe zu leisten. Es war sein liebevolles Herz, das ihn zum Gegenstand seiner Liebe trieb. Wie die Mutter in einer Katastrophe zu ihrem Kindchen zu gelangen sucht, wie die Griechen sich sterbend ihres geliebten Argos erinnerten, wie der Soldat auf dem Schlachtfelde mit dem Namen der Gattin auf den Lippen stirbt, so sehnte sich Jerry in diesem Weltuntergang nach Schiffer.

Die Bö ging ebenso plötzlich, wie sie gekommen war. Die ›Arangi‹ richtete sich mit einem Ruck wieder auf, und Jerry blieb an den Steuerbord-Speigatten liegen. Er trottete über das ebene Deck zu Schiffer, der mit gespreizten Beinen und immer noch das Ende von der Großschot in der Hand, dastand und rief: »Gott verdamm' mich! Wind er gehen! Regen er nicht kommen!« Er fühlte Jerrys kalte Nase gegen seinen bloßen Schenkel, hörte sein freudiges Schnaufen und beugte sich herab, um ihn zu streicheln. In der Dunkelheit konnte er nichts sehen, aber das Herz wurde ihm warm bei dem Gedanken, daß Jerry sicherlich mit der Rute wedelte.

Viele der erschrockenen Retournierten waren an Deck gekommen, und ihre jammernden, nörgelnden Stimmen klangen wie die schläfrigen Schreie einer Vogelschar auf einem Aste. Borckman trat neben van Horn, und die beiden Männer, die die ängstliche Spannung bis in die Fingerspitzen fühlten, suchten die Finsternis mit ihren Blicken zu durchdringen, während sie mit höchster Aufmerksamkeit auf eine Botschaft der Elemente aus Meer oder Luft lauschten. »Wo bleibt der Regen?« fragte Borckman verdrießlich. »Immer erst der Wind und dann der Regen, der den Wind totschlägt. Aber der Regen kommt nicht.«

Van Horn, der noch schaute und horchte, antwortete nicht. Die Unruhe der beiden Männer steckte Jerry an, der auch auf den Beinen war. Er preßte seine kühle Nase gegen Schiffers Bein, küßte ihn mit seiner rosenroten Zunge und spürte den Salzgeschmack des Seewassers.

Schiffer beugte sich plötzlich nieder, wickelte Jerry rauh und eilig in die Decke und verstaute ihn zwischen zwei Säcken Jams, die achtern vom Besanmast am Deck festgezurrt waren. Dann knüpfte er, einer Eingebung folgend, die Decke mit einem Ende zusammen, so daß Jerry gleichsam in einem Sack lag. Kaum war das geschehen, als der Besan krachend über seinem Kopf hinwegflog, die Toppsegel sich plötzlich donnernd blähten und das mächtige Großsegel, dem van Horn durch Fieren der Schot einen weiten Spielraum gelassen hatte, ganz hinüberschoß und die Schot mit einer Wucht straffte, daß das ganze Schiff erschüttert wurde und gewaltsam nach Backbord überholte. Dieser zweite Schlag war von der entgegengesetzten Seite gekommen und war noch schlimmer als der erste.

Jerry hörte Schiffers Stimme über das Schiff hallen. Er rief zuerst dem Steuermann zu: »Klar am Großfall! Losmachen! Die Schot nehme ich selbst!« Dann wandte er sich an die Besatzung: »Batto! Du fella Besanfall losmachen, schnell, fella! Ranga! Du fella lassen Besanschot gehen!« Hier wurde van Horn weggerissen von einer Lawine von Retournierten, die bei der ersten Bö an Deck geklettert waren. Die wimmelnde Masse, von der er einen Teil ausmachte, wurde gegen den Stacheldraht an der unter Wasser begrabenen Backbordreling gefegt. Jerry lag so sicher in seinem Winkel, daß er nicht wegrollte. Als er aber merkte, daß Schiffer nicht mehr kommandierte und ihn vom Stacheldrahtzaun her fluchen hörte, stieß er ein durchdringendes Geheul aus und kratzte und schlug wie besessen gegen die Decke, um sich freizumachen. Irgend etwas war Schiffer zugestoßen. Das wußte er. Sonst wußte er nichts, denn er dachte in dem Chaos dieses Weltuntergangs nicht einen Augenblick an sich selber. Aber er stellte sein Geheul ein, um auf ein neues Geräusch zu lauschen – ein donnerndes Flattern von Leinwand, das von Rufen und Schreien begleitet wurde. Er fühlte – was aber nicht stimmte –, daß etwas Schreckliches geschah, denn er wußte nicht, daß das Großsegel gefiert wurde, nachdem Schiffer das Fall mit dem Messer gekappt hatte. Als der Höllenlärm noch zunahm, beteiligte auch er sich wieder mit seinem Geheul daran, bis er merkte, daß eine Hand sich an seiner Decke zu schaffen machte. Er schwieg und schnüffelte. Nein, es war nicht Schiffer. Er schnüffelte nochmals und stellte fest, wer es war: Lerumie, der Schwarze, den er am Morgen gesehen hatte, wie er in den Sand geworfen worden war, der ihm vor kurzem einen Tritt gegen seinen Stummelschwanz versetzt und der vor kaum einer Woche einen Stein nach Terrence geschleudert hatte.

Das Tau wurde durchgeschnitten, und Lerumies Finger suchten in der Decke nach ihm. Jerry knurrte sein ärgstes Knurren. Das war ein Sakrileg! Er, der Hund eines weißen Mannes, war tabu für alle Schwarzen. Er hatte früh das Gesetz gelernt, daß kein Nigger den Hund eines weißen Gottes anrühren durfte. Und doch wagte Lerumie, ihn in dem Augenblick anzurühren, als die Welt um sie her zusammenkrachte. Und als die Finger ihn berührten, hieb er die Zähne hinein. Der Schwarze versetzte ihm dann mit der freien Hand einen harten Schlag, und jetzt zerrissen die zusammengebissenen Zähne Haut und Fleisch, bis die Finger losließen.

Dann aber wurde Jerry, der wie ein Teufel raste, am Nakken gepackt und flog, halb erwürgt, durch die Luft. Noch im Fliegen fuhr er fort, seiner Wut Ausdruck zu verleihen. Er fiel ins Meer und sank unter, ein Mundvoll Salzwasser drang ihm in die Lunge; dann tauchte er wieder auf, halb erstickt, aber schwimmend. Schwimmen gehörte zu den Dingen, über die er nicht nachzudenken brauchte. Schwimmen hatte er ebensowenig je zu lernen brauchen wie atmen. In der Tat: Laufen hatte er lernen müssen; aber Schwimmen war etwas ganz Selbstverständliches für ihn.

Der Wind heulte über ihm. Schaumspritzer, vom Winde gepeitscht, füllten ihm Maul und Nüstern und bissen ihm, ätzend und blendend, in die Augen. Er wußte nichts von Gesetz und Wesen des Meeres, und so hob er, nach Atem ringend, die Schnauze so hoch wie möglich, um dem erstickenden Wasser zu entgehen. Die Folge war, daß er keine horizontale Lage mehr einnahm, daß ihn seine arbeitenden Beine daher nicht mehr oben halten konnten und er, in senkrechter Stellung, ganz untersank. Wieder tauchte er auf, prustend von dem Salzwasser, das ihm in die Luftröhre geraten war. Aber diesmal tat er, ohne darüber nachzudenken, das, was die geringste Anstrengung erforderte und am angenehmsten für ihn war: Er legte sich flach hin und schwamm in dieser Lage weiter. Als die Bö sich erschöpft hatte, erklangen durch die Dunkelheit das Klatschen des halb heruntergefierten Großsegels, das gellende Geschrei der Besatzung und ein Fluch von Borckman, aber alles wurde übertönt durch Schiffers Stimme: »Liek runter, ihr fella Jungens! Los! Zieht runter, starke fella! Holt Großsegel ein! Dally, zum Teufel!«

Als Jerry, der in der schweren, unruhigen See schwamm, Schiffers Stimme erkannte, kläffte er eifrig und sehnsüchtig und legte all seine junge Liebe in dies Kläffen. Aber die ›Arangi‹ trieb fort, und schnell erstarben alle Töne. Und in der einsamen Finsternis, an der wogenden Brust des Meeres, in dem er einen der ewigen Feinde erkannte, begann er zu jammern und zu schreien wie ein verirrtes Kind. Sein Instinkt zeigte ihm dunkel und schemenhaft seine Schwäche in diesem unbarmherzigen Meer, das ihn, ohne die Wärme eines Herzens, mit dem Unbekannten, Undeutlichen, aber doch Schrecklichen bedrohte – dem Tode. Er, der nichts von der Zeit wußte, da er noch nicht am Leben gewesen, konnte sich keine Vorstellung machen von der Zeit, da er nicht mehr am Leben sein sollte.

Und doch war die Zeit da, schrie ihm ihre Warnung zu, daß sie ihm in jeder Fiber seines Körpers, durch jeden Nerv und jede Windung seines Gehirns drang – eine Summe von Gefühlen, die das letzte Unglück eines Lebens anzeigte, ein Unglück, von dem er nichts wußte, das aber, wie er fühlte, das Ende aller Dinge war. Obwohl er es nicht verstand, fühlte er es nicht weniger deutlich als ein Mensch, der doch viel mehr weiß und viel tiefer und umfassender denkt als vierbeinige Wesen im allgemeinen.

Wie ein Mensch mit den Qualen des Alps kämpft, so kämpfte Jerry in dem erregten, salzigen, erstickenden Meer. Und so jammerte und schrie er, das verirrte Kind, das verlorene Hündchen, das er war, er, der nur ein halbes Jahr in dieser schönen Welt mit ihrem qualvollen Reichtum an Freuden und Leiden gelebt hatte. Und er wollte zu Schiffer. Schiffer war ein Gott.

An Bord der ›Arangi‹, die wieder aufrecht schwamm, nachdem das Großsegel heruntergefiert war, der Wind nachgelassen und der tropische Regen eingesetzt hatte, stießen van Horn und Borckman in der Dunkelheit zusammen.

»Eine doppelte Bö«, sagte van Horn. »Traf uns an Steuerbord und an Backbord.«

»Muß in Stücke gegangen sein, bevor sie uns traf«, stimmte der Steuermann zu.

»Und den ganzen Regen für die zweite Hälfte aufbewahrt haben – «, van Horn brach mit einem Fluch ab. »He! Was ist los mit dir, du fella Junge?« brüllte er den Mann am Ruder an.

Denn die Jacht war unter dem Besan, der gerade mittschiffs geholt war, in den Wind gekommen, so daß die Achtersegel schlaff wurden und sich gleichzeitig die Vorsegel auf der andern Halse strafften. Die ›Arangi‹ hatte begonnen, sich ungefähr denselben Kurs, den sie gekommen war, zurückzuarbeiten. Das aber bedeutete, daß sie zu der Stelle zurückkehrte, wo Jerry in den Wogen schwamm. Und so neigte sich die Waagschale, auf der sein Leben lag, zu seinen Gunsten, weil ein schwarzer Rudergast eine Dummheit gemacht hatte.

Van Horn hielt die ›Arangi‹ auf dem neuen Kurs und ließ Borckman alle Enden klarmachen, die an Deck herumlagen, während er selbst im Regen niederhockte und das Takel spleißte, das er gekappt hatte. Als der Regen nachließ und weniger laut auf das Deck klatschte, wurde van Horns Aufmerksamkeit erregt von einem Geräusch, das über das Wasser zu ihm drang. Er hielt in der Arbeit inne, um zu lauschen, und als er Jerrys Kläffen erkannte, sprang er wie elektrisiert auf.

»Der Hund ist über Bord!« rief er Borckman zu. »Klüver nach Luv backen!«

Er stürzte nach achtern und jagte einen Haufen Retournierter nach rechts und links.

»He! Ihr fella Besatzung! Rein mit der Besanschot! Schnell, gute fella!«

66

Er warf einen Blick ins Kompaßhaus und peilte hastig nach den Lauten, die Jerry ausstieß.

»Hart nieder das Ruder!« befahl er dem Rudergast, dann sprang er ans Rad und warf es selbst herum, während er immer wieder laut rief: »Nordost bei Ost, ein Viertel Ost, Nordost bei Ost, ein Viertel Ost.«

Dann lief er zurück, sah wieder ins Kartenhaus und lauschte vergebens nach einem neuen Jammern Jerrys, in der Hoffnung, dadurch sein erstes Peilen bestätigt zu finden. Aber er brauchte nicht lange zu warten. Obwohl die ›Arangi‹ durch sein Manöver beigedreht war, wußte er doch, daß Wind und Strömung sie schnell von dem schwimmenden Hündchen entfernen mußten. Er rief Borckman zu, daß er nach achtern laufen und das Walboot klarmachen sollte, während er selbst nach unten stürzte, um seine elektrische Taschenlampe und den Bootskompaß zu holen.

Die Jacht war so klein, daß sie gezwungen war, ihr einziges Walboot an langen doppelten Fangleinen nachzuschleppen, und gerade als der Steuermann es unter den Stern geholt hatte, kam van Horn zurück. Ohne sich durch den Stacheldraht stören zu lassen, hob er einen nach dem andern von der Besatzung über die Reling ins Boot, dann folgte er selbst als letzter, indem er sich auf den Besanbaum schwang. Er rief seine Befehle zurück, dann wurde das Boot losgeworfen.

»Setzen Sie ein Licht an Deck, Borckman. Lassen Sie das Schiff beigedreht. Setzen Sie nicht das Großsegel. Machen Sie klar Deck, und machen Sie die Stoßtalje am Großbaum fest.«

Er griff die Ruderpinne und feuerte die Ruderer an, indem er ihnen zurief: »Gute fella, washee-washee!« – was auf Trepang ›Rudert tüchtig!‹ heißt.

Während er steuerte, hielt er die Taschenlampe beständig auf den Kompaß gerichtet, so daß er genau Nordost zu Ost, ein Viertel Ost halten konnte. Dann fiel ihm ein, daß der

Bootskompaß zwei volle Strich vom Kompaß der ›Arangi‹ abwich, und er änderte seinen Kurs dementsprechend.

Hin und wieder ließ er die Rudermannschaft anhalten lauschte nach Jerry und rief ihn. Er ließ sie in Kreisen, hin und zurück, nach Luv und Lee über den Teil des dunklen Meeres rudern, wo er den Hund vermutete.

»Nun, ihr fella Jungens, Ohren hören zu«, hatte er gleich zu Anfang gesagt. »Vielleicht ein fella Junge hören ihn pickaninny Hund singen, ich geben ihm fella fünf Faden Kaliko, zwei zehn Stück Tabak.«

Nach einer halben Stunde bot er ›zwei zehn Faden Kaliko und zehn zehn Stück Tabak‹ dem Jungen, der zuerst pikkaninny Hund singen‹ hörte.

Jerry befand sich in einer traurigen Verfassung. Nicht gewohnt zu schwimmen, halb erstickt von dem Salzwasser, das ihm in das offene Maul schlug, ließ er schon den Mut sinken, als er zum ersten Male den Strahl von Schiffers Taschenlampe sah. Er setzte das indessen nicht mit Schiffer in Verbindung und nahm deshalb nicht mehr Notiz davon als von den ersten Sternen, die jetzt zwischen den Wolken hervorlugten. Es fiel ihm ebensowenig ein, daß es ein Stern wie daß es keiner sein mochte. Er kämpfte weiter, rang nach Atem und bekam immer mehr Salzwasser in die Lunge. Als er aber schließlich Schiffers Stimme hörte, geriet er ganz außer sich. Er versuchte, sich aufrecht zu stellen und die Vorderpfoten auf Schiffers Stimme zu setzen, die durch die Dunkelheit zu ihm drang, wie er die Vorderpfoten auf Schiffers Knie gesetzt hätte, wenn er bei ihm gewesen wäre. Das Ergebnis war traurig. Aus der waagerechten Lage gebracht, sank er unter, tauchte aber in einem Erstickungskrampf wieder auf.

Das dauerte eine kurze Weile, während welcher der Krampf ihn hinderte, auf Schiffers Rufen zu antworten, das immer noch zu ihm drang. Sobald er jedoch antworten konnte, brach er in ein Freudengeheul aus. Schiffer kam also zu ihm, um ihn aus dem stechenden, beißenden Meer zu holen, das seine Augen blendete und ihm den Atem raubte. Schiffer war wirklich ein Gott, sein Gott, mit der Macht eines Gottes, zu retten. Bald hörte er den rhythmischen Schlag der Riemen gegen die Dollen, und die Freude in seinem Kläffen wurde verdoppelt durch die Freude in Schiffers Stimme. Immer wieder hörte er ermunternde Zurufe, nur hin und wieder unterbrochen von Ermahnungen an die Rudermannschaft.

»Gut, Jerry, alter Junge. Gut, Jerry, gut. – Washee-washee, ihr fella Jungens! – Ich komme, Jerry, ich komme. Halt aus, alter Junge. Nicht nachlassen. – Washee-washee, wie der Teufel! – Hier sind wir, Jerry. Halt aus. Nicht nachlassen. Los, alter Junge, wir kriegen dich schon. – Langsam … langsam. Halt!«

Und dann sah Jerry mit verblüffender Deutlichkeit dicht neben sich die dunklen Umrisse des Walbootes aus dem Dunkeln auftauchen, der Schein der Taschenlampe fiel ihm gerade in die Augen und blendete ihn, und während er noch vor Freude jaulte, fühlte und erkannte er Schiffers Hand, die ihn am Nacken packte und hochhob.

Triefend naß landete er an der regenfeuchten Weste Schiffers, seine Rute schlug wie verrückt gegen Schiffers Arm, der ihn umschloß, er drehte und wand sich und leckte wie von Sinnen Schiffers Kinn und Mund, Wangen und Nase. Und Schiffer merkte nicht, daß er selber naß war, daß, von Regen und Aufregung begünstigt, ein Anfall seiner alten Malaria im Anzuge war. Er wußte nichts, als daß das Hündchen, das er am Morgen zuvor geschenkt bekommen hatte, wieder sicher in seinen Armen lag.

Während die Bootsmannschaft sich in die Riemen legte, steuerte er, die Ruderpinne unter den einen Arm gepreßt, um Jerry mit dem andern halten zu können. »Du kleines Scheusal«, sagte er zärtlich einmal über das andre, »du kleines Scheusal.« Und Jerry antwortete ihm, indem er ihn küßte und wimmerte wie ein verirrtes, wiedergefundenes Kind. Auch er zitterte am ganzen Leibe. Aber es war nicht die Kälte, es waren seine überspannten, empfindlichen Nerven.

Wieder an Bord, sprach van Horn dem Steuermann gegenüber seine Ansicht aus.

»Der Hund ist nicht einfach über Bord spaziert und auch nicht über Bord geschwemmt. Ich hatte ihn fest in die Decke eingebunden.«

Er trat mitten zwischen die Besatzung und die sechzig Retournierten, die sich sämtlich an Deck befanden, und richtete seine Taschenlampe auf die Decke, die immer noch auf den Jamssäcken lag.

»Da haben wir's. Das Tau ist durchschnitten. Die Knoten sind noch drin. Welcher Nigger hat's getan?« Er sah sich im Kreise der dunklen Gesichter um, indem er das Licht auf sie richtete, und so viel Anklage und Zorn lag in seinen Augen, daß alle Blicke sich senkten oder seitwärts wandten.

»Wenn der Hund nur sprechen könnte«, meinte er. »Er würde schon erzählen, wer es gewesen ist.«

Er beugte sich plötzlich zu Jerry nieder, der sich ganz eng an ihn schmiegte, so eng, daß seine Vorderpfoten auf Schiffers bloßen Füßen standen.

»Du kennst ihn, Jerry, du kennst den schwarzen fella Jungen«, sagte er schnell und anfeuernd, indem er die Hand suchend kreisen ließ.

Jerry war sofort lauter Leben, er hüpfte umher und stieß kurze, eifrige Bellaute aus.

»Ich glaube wirklich, der Hund könnte ihn mir zeigen«, vertraute van Horn dem Steuermann an. »Los, Jerry, such ihn, putz ihn weg! Wo ist er, Jerry? Such ihn! Such ihn!«

Alles, was Jerry wußte, war, daß Schiffer etwas wollte. Er sollte etwas finden, was Schiffer suchte, und er brannte vor Eifer, ihm zu dienen. Er sprang eine Weile planlos, aber willig umher, während Schiffer ihn mit seinen Rufen anfeuerte und immer mehr aufregte. Da kam ihm ein Gedanke, ein ganz bestimmter Gedanke. Der Kreis der Eingeborenen öffnete sich, um ihn durchzulassen, und er schoß nach Steuerbord zu den dort aufgestapelten Kisten. Er steckte die Schnauze in die Öffnung, wo der Wildhund lag und schnüffelte. Ja, der Wildhund war drinnen. Er roch ihn nicht nur, er hörte auch sein drohendes Knurren.

Er sah fragend zu Schiffer auf. War es das, was Schiffer wollte? Sollte er zu dem Wildhund gehen? Aber Schiffer lachte und zeigte ihm mit der Handbewegung, daß er anderswo nach etwas anderm suchen sollte.

Er sprang fort und schnüffelte an Stellen, wo er erfahrungsgemäß Schaben und Ratten zu finden hoffen konnte. Aber er merkte schnell, daß es nicht das war, was Schiffer wollte. Sein Herz klopfte vor Eifer, sich nützlich zu machen, und ohne sich etwas Bestimmtes dabei zu denken, begann er die bloßen Beine der Schwarzen zu beschnüffeln. Das verursachte immer lebhaftere Zurufe von Schiffer und brachte ihn ganz von Sinnen. Das war es also! Er sollte die Besatzung und die Retournierten an ihren Beinen erkennen. So schnell er konnte, schoß er von einem zum andern, bis er zu Lerumie kam.

Und da vergaß er, daß Schiffer etwas von ihm wünschte. Alles, was er wußte, war, daß Lerumie das Tabu seiner geheiligten Person gebrochen hatte, indem er Hand an ihn legte, und daß es Lerumie war, der ihn über Bord geworfen hatte. Mit einem Wutgeheul, zähnefletschend und das kurze Nackenhaar gesträubt, fuhr er auf den Schwarzen los. Lerumie floh über das Deck, und Jerry verfolgte ihn unter dem lauten Gelächter aller Schwarzen. Mehrmals glückte es Jerry, unter der wilden Jagd die fliegenden Schenkel mit seinen Zähnen zu ritzen. Dann aber kletterte Lerumie in die Haupttakelung, und Jerry blieb in ohnmächtiger Wut an Deck zurück.

Jetzt hatten sich die Schwarzen in ehrerbietigem Abstand in einem Halbkreis gesammelt, in dessen Brennpunkt van Horn und Jerry standen. Van Horn richtete die elektrische Taschenlampe auf den Schwarzen in der Takelung und sah die langen parallelen Schrammen an den Fingern, die in Jerrys Decke gedrungen waren. Mit vielsagender Miene zeigte er sie Borckman, der außerhalb des Kreises stand, so daß kein Schwarzer ihm in den Rücken kommen konnte. Schiffer hob Jerry auf und beschwichtigte ihn: »Guter Hund, Jerry. Du hast ihn gezeichnet. Du bist ein Kerl, ein ganzer Kerl.« Dann wandte er sich wieder zu Lerumie, ließ das Licht auf ihn fallen und redete ihn hart und kalt an.

»Was Name gehören dir fella Jungen?« fragte er.

»Mich fella Lerumie«, lautete die leise, zitternde Antwort.

»Du kommen Penduffryn?«

»Mich kommen Meringe.«

Kapitän van Horn überlegte, während er das Hündchen auf seinem Arm streichelte. Schließlich war es ein Retournierter. In einem, höchstens zwei Tagen würde er an Land gesetzt, und er war ihn los.

»Mein Wort«, erklärte er, »mich wütend auf dich. Mich wütend groß fella auf dich. Mich wütend auf dich groß bißchen. Was Name du fella Junge machen den pickaninny Hund gehören mir spazieren in Wasser?«

Lerumie war nicht fähig, zu antworten. Er rollte hilflos die Augen in Erwartung einer Tracht Hiebe, wie weiße Gebieter – das wußte er aus eigner bitterer Erfahrung – sie auszuteilen pflegten. Kapitän van Horn wiederholte die Frage, und der Schwarze rollte wieder hilflos die Augen.

»Für zwei Stück Tabak laß ich alle Glocken für dich läuten«, donnerte der Schiffer. »Jetzt mich geben dir starken fella zuviel Rede. Du noch einmal sehen mit Auge gehören dir dies fella Hund mir gehören, ich lassen alle Glocken läuten für dich und dich schmeißen über Bord. Savve?«

»Mich savve«, erwiderte Lerumie kläglich, und damit war die Angelegenheit erledigt.

Die Retournierten gingen nach unten, um weiterzuschlafen. Borckman setzte mit Hilfe der Besatzung das Großsegel und brachte die ›Arangi‹ in den Kurs. Und Schiffer holte sich eine trockene Decke aus der Kabine und legte sich schlafen, mit Jerry im Arm, den Kopf des Hündchens dicht an seine Schulter gedrückt.

Um sieben Uhr morgens, als Schiffer sich aus der Decke herauswickelte und aufstand, feierte Jerry den neuen Tag, indem er den Wildhund in seine Höhle jagte und allgemeines Grinsen unter den Schwarzen an Deck hervorrief, weil sein Knurren und Zähnefletschen Lerumie veranlaßte, ein halbes Dutzend Schritte beiseite zu weichen und ihm das Deck zu überlassen.

Er nahm das Frühstück gemeinsam mit Schiffer ein, der, statt zu essen, fünfzig Gramm Chinin mit einer Tasse Kaffee hinunterspülte und dem Steuermann klagte, daß er gezwungen sei, sich hinzulegen und das Fieber, das ihn überfiel, auszuschwitzen. Trotz seiner Kälteschauer und obwohl ihm die Zähne schon im Munde klapperten, während die brennende Sonne die Feuchtigkeit von den Deckplanken wie Nebelschwaden auszog, hätschelte van Horn Jerry in seinen Armen und nannte ihn Prinzlein und Prinz, König und Sohn von Königen.

Van Horn hatte ja oft den Bericht von Jerrys Stammbaum mit angehört, den Tom Haggin beim Whisky-Soda zum besten gab, wenn es zu höllisch heiß war, um zu Bett zu gehen. Und der Stammbaum war so königlich, wie es für einen irischen Terrier überhaupt möglich ist, denn er reichte ganz bis auf den alten irischen Wolfshund zurück und war vor mindestens zwei Menschengenerationen gepflanzt und seither gehegt worden.

Da war Terrence, der Prächtige – der Sohn, wie van Horn sich erinnerte, des in Amerika geborenen Milton Droleon aus der Königin der Grafschaft Antrim, deren Stammbaum, wie jeder Kenner weiß, bis auf den fast mythischen Spuds zurückreicht, ohne daß je ein Seitensprung mit jungen Stutzern vom Black-and-Tan-Typ oder mit Waliser Bastarden vorgekommen wäre.

Und führte Biddy etwa nicht ihren Stammbaum durch eine lange Reihe von Vorfahren auf Erin, die auserlesene

Stammutter der ganzen Rasse, zurück? Und in diesem königlichen Stammbaum durfte man auch nicht die berühmte Moya Dollen vergessen.

Und so führte Jerry das Glück, zu lieben und geliebt zu werden, in den Armen seines geliebten Gottes, sowenig er auch den Sinn von Ausdrücken wie ›Königssohn‹ und ›Sohn von Königen‹ verstand. Er wußte nur, daß es Koseworte waren, wie er wußte, daß Lerumies Fauchen Haß bedeutete. Und noch eines wußte Jerry, ohne sich dieses Wissens bewußt zu sein, nämlich, daß er Schiffer in den wenigen Stunden, die er bei ihm war, liebergewonnen hatte als Derby und Bob, die mit Ausnahme von Herrn Haggin die einzigen weißen Götter waren, die er je gekannt. Er war sich dessen, wie gesagt, nicht bewußt. Er liebte nur, handelte nur, wie sein Herz, sein Kopf es ihm eingaben, oder was sonst in seinem Organismus den geheimnisvollen, wunderbaren und unersättlichen Drang erzeugte, den man Liebe nennt.

Schiffer ging nach unten. Er ging, ohne Jerry zu beachten, der leise hinter ihm hertrottete, bis sie an die Treppe kamen. Schiffer beachtete Jerry nicht, weil das Fieber an seinem Fleische zerrte und ihm die Knochen schüttelte, seinen Kopf scheinbar zu ungeheurer Größe anschwellen und die Welt vor seinen Augen verschwimmen ließ. Er wankte wie ein Trunkener oder ein uralter Greis. Jerry fühlte, daß etwas mit Schiffer nicht stimmte.

Schiffer, bei dem jetzt unzusammenhängende Fieberreden mit ruhigen Augenblicken der Selbstbeherrschung abzuwechseln begannen und der nach unten gehen und unter die Decke kriechen wollte, stieg also die steile Treppe hinunter, und Jerry wartete sehnsüchtig, aber beherrscht und schweigend in der Hoffnung, daß Schiffer, unten angekommen, die Arme hinaufreichen und ihn holen würde. Aber Schiffer fühlte sich zu elend, als daß er an Jerrys Existenz gedacht hätte. Mit ausgebreiteten Armen, um nicht zu fallen, wankte er durch die Kajüte nach der Koje in der kleinen Kabine.

Jerry stammte wahrlich aus königlichem Geschlecht. Wie gern hätte er sich bemerkbar gemacht, um hinuntergeholt zu werden. Aber er tat es nicht. Er beherrschte sich – er wußte selbst nicht weshalb, er hatte nur ein unklares Gefühl, daß er Rücksicht auf Schiffer als einen Gott nehmen mußte und daß jetzt nicht die Zeit war, sich Schiffer aufzudrängen. Sein Herz wurde von Sehnsucht zerrissen, aber er gab keinen Laut von sich, sondern sah nur sehnsuchtsvoll über den Lukenrand hinab und lauschte auf das leise Geräusch von Schiffers Schritten. Aber selbst für Könige und deren Nachkommen gibt es Grenzen, und nach einer Viertelstunde war Jerry so weit, daß er das Schweigen brechen mußte. Mit dem Verschwinden Schiffers war die Sonne für Jerry untergegangen. Er hätte den Wildhund jagen können, aber das reizte ihn jetzt nicht. Lerumie ging vorbei, ohne daß Jerry Notiz von ihm nahm, obwohl der Hund sich seiner Macht bewußt war, ihn vertreiben zu können. Die zahllosen Düfte vom Lande kitzelten seine Nase, aber er achtete nicht darauf. Selbst das Großsegel, das über seinem Kopfe hin und her schlug, während die ›Arangi‹ in der Windstille stampfte, konnte ihm nicht einen einzigen neckischen Blick entlocken.

Gerade als Jerry einen zitternden Drang verspürte, sich niederzusetzen, die Schnauze zum Himmel zu heben und seinem Kummer in einer herzzerreißenden Klage Ausdruck zu verleihen, hatte er einen Einfall. Wie dieser Einfall kam, läßt sich nicht erklären. Es kann ebensowenig erklärt werden, warum ein Mensch heute zum Frühstück grünes Gemüse und nicht Bohnen wählt, während er gestern gerade Bohnen gegessen und grünes Gemüse abgelehnt hat. Es läßt sich ebensowenig erklären, wie ein Richter, der einen Verbrecher zu acht Jahren verurteilt hat, erklären kann, wieso er gerade zu diesem Urteil gelangte, während gleichzeitig fünf oder neun Jahre in seinem Hirn auftauchen. Und wenn nicht einmal Menschen, diese Halbgötter, das Martyrium der Entstehung solcher Gedanken ergründen können, die sie zu einer Handlung treiben, so kann man es von einem Hund wohl noch weniger erwarten.

So aber erging es Jerry. Gerade als er ein Geheul anstimmen wollte, merkte er, daß ein Gedanke, ein ganz anderer Gedanke, mit gebieterischem Zwang in den Mittelpunkt seines Bewußtseins trat. Er gehorchte diesem Einfall wie eine Marionette ihren Drähten und begab sich sofort auf die Suche nach dem Steuermann. Er hatte ein Anliegen an Borckman. Borckman war ebenfalls ein zweibeiniger weißer Gott. Mit Leichtigkeit konnte Borckman ihn die steile Leiter hinuntertragen, die für ihn ohne Hilfe ein Tabu war, das zu verletzen verhängnisvoll werden konnte. Aber Borckman besaß nicht viel von jener Liebe, die die Voraussetzung für Verständnis ist. Dazu war Borckman auch beschäftigt. Er mußte für die ›Arangi‹ auf ihrer Fahrt über das Meer Sorge tragen, Segel trimmen lassen und dem Rudergast Befehle erteilen, ferner noch die Mannschaft beaufsichtigen, die das Deck wusch und Messing putzte, und außerdem hatte er noch damit zu tun, immer wieder einen Schluck aus der Whiskyflasche zu nehmen, die er dem Kapitän gestohlen und zwischen zwei achtern vom Besanmast festgemachten Jamssäcken verstaut hatte. Borckman wollte sich gerade nach achtern begeben, um wieder einen Schluck zu nehmen, nachdem er mit belegter Stimme dem schwarzen Rudergast gedroht hatte, ihm siebenmal die Glocken zu läuten, weil er falsch steuerte, als Jerry vor ihm auftauchte und ihm in den Weg trat. Aber Jerry trat ihm nicht in den Weg, wie er es etwa bei Lerumie getan hätte. Er fletschte weder die Zähne, noch sträubten sich ihm die Nackenhaare. Im Gegenteil: Jerry war lauter Versöhnlichkeit und Liebenswürdigkeit, lauter sanfte Eindringlichkeit, verkörpert in einem Geschöpf, dem zwar die Rede versagt war, das aber doch von der wedelnden Rute und den zitternden Flanken bis zu den flach am Kopfe liegenden Ohren und den Augen, die am allerberedtesten waren, eine Sprache führte, die jeder feinfühlende Mensch verstehen mußte.

Aber Borckman sah nur, daß sich ihm ein vierbeiniges Geschöpf in den Weg stellte, das er in seiner Arroganz für tierischer ansah als sich selbst. Das ganz hübsche Bild des kleinen Hündchens mit seinem Drang, sich verständlich zu machen, und seinem rührend bittenden Ausdruck blieb seinem Blick verborgen. Was er sah, war nur ein vierbeiniges Tier, das er beiseite schieben mußte, damit er, der zweibeinige Herr der Schöpfung, zu der Flasche gelangte, die Würmer in seinem Hirn kriechen und ihn Träume träumen lassen sollte, daß er Fürst und nicht Bauer, daß er Herr statt Sklave der Materie sei.

Und so wurde Jerry von einem rohen nackten Fuß beiseite geschleudert, der ebenso hart und gefühllos war wie eine unbeseelte Sturzsee, die an gefühllosen Klippen zerschellt. Er glitt auf dem Deck aus, gewann aber das Gleichgewicht wieder, blieb stehen und betrachtete den weißen Gott, der ihn so unritterlich behandelt hatte. Die ihm zugefügte Gemeinheit und Ungerechtigkeit ließ Jerry nicht knurren oder die Zähne fletschen, wie er Lerumie oder einem andern Schwarzen gegenüber getan hätte. Ebensowenig entstand in seinem Gehirn ein Gedanke der Vergeltung. Dies war nicht Lerumie. Dies war ein höherer Gott, zweibeinig, weißhäutig wie Schiffer, wie Herr Haggin und die paar andern höheren Götter, die er kennengelernt hatte. Er fühlte sich nur gekränkt wie ein Kind, das einen Schlag von seiner gedankenlosen oder lieblosen Mutter erhalten hat.

Aber übel nahm er es dem Mann doch. Er war sich deutlich bewußt, daß es zweierlei Arten von Rauheit gab. Die freundliche Rauheit der Liebe, wenn Schiffer ihn an der Schnauze packte und schüttelte, daß ihm die Zähne klapperten, und ihn dann auf eine Art und Weise von sich schleuderte, die eine unverkennbare Aufforderung war, zurückzukommen und sich wieder schütteln zu lassen, solche Rauheit war für Jerry der Himmel. Es war die innige Berührung mit einem angebeteten Gott, dem es beliebte, die gegenseitige Liebe auf diese Art auszudrücken.

Die Rauheit Borckmans aber war anders. Es war die andre Art Rauheit, in der keine Zuneigung, kein Herzenston der Liebe lag. Jerry verstand den Unterschied nicht ganz, aber er fühlte ihn und nahm Borckman seine Rauheit übel, ohne jedoch in Taten auszudrücken, wie unrecht er sie fand. So stand er denn, nachdem er das Gleichgewicht wiedergewonnen hatte, da und betrachtete ernst, als strenge er sich vergebens an, alles zu verstehen, den Steuermann, der die Flasche hochhob und an den Mund setzte, wobei ein gurgelndes Geräusch aus seiner Kehle kam. Und mit dem gleichen Ernst betrachtete er weiter den Steuermann, als der jetzt nach achtern ging und dem schwarzen Rudergast, der ebenso sanft lächelte wie Jerry, wenn er einen Wunsch auf dem Herzen hatte, alle Schrecken des Jüngsten Tages androhte.

Jerry verließ diesen Gott als einen Gott, den man weder lieben noch verstehen konnte, trottete betrübt wieder nach der Kajütstreppe und guckte sehnsüchtig über den Lukenrand in der Richtung, wo er Schiffer hatte verschwinden sehen. In seinem Bewußtsein nagte und bohrte der Wunsch, bei Schiffer zu sein, mit dem etwas nicht in Ordnung war und der irgendwelchen Kummer hatte. Er sehnte sich nach Schiffer. Er sehnte sich nach ihm, vor allem, weil er ihn liebte, dann aber auch, wenn auch nicht so bewußt, weil er ihm vielleicht nützlich sein konnte. Und in seiner Sehnsucht nach Schiffer, in seiner Hilflosigkeit und jugendlichen Unerfahrenheit winselte er und schrie seinen Herzenswunsch über den Lukenrand hinunter. Sein Kummer war zu rein und ehrlich, als daß er sich zum Zorn gegen die Nigger an Deck und in der Kajüte hätte hinreißen lassen, die ihn auslachten und verspotteten.

Vom Lukenrand bis zum Kajütsboden waren es sieben Fuß. Erst vor wenigen Stunden hatte er die steile Leiter erklommen, aber er wußte, daß es ihm unmöglich war, hinunterzukommen. Und doch wagte er es schließlich. So überwältigend war die Sehnsucht, die ihn trieb, um jeden

Preis Schiffer aufzusuchen, so klar sein Verständnis, daß es unmöglich war, mit dem Kopf voran, ohne Beine, Füße und Muskeln gebrauchen zu können, hinunterzugelangen, daß er es gar nicht erst versuchte. Er sprang. Es war ein prachtvoller, heroischer, von Liebe getriebener Sprung. Er wußte, daß er ein Tabu verletzt hätte, wenn er in die Meringe-Lagune gesprungen wäre, wo die schrecklichen Krokodile schwammen. Große Liebe ist stets fähig zum Selbstvergessen, zur Aufopferung. Und nur Liebe, kein geringerer Anlaß, hatte Jerry zu dem Sprung bewegen können. Er fiel auf Seite und Kopf. Der eine Schlag benahm ihm völlig den Atem; der andre betäubte ihn. Selbst in seiner Ohnmacht, als er am ganzen Körper zitternd dalag, machte er schnelle, krampfhafte Bewegungen mit den Beinen, als wollte er zu Schiffer laufen. Die Nigger betrachteten ihn und lachten, und sie lachten auch noch, als er nicht mehr zitterte und mit den Beinen zappelte. In Wildheit geboren, in Wildheit aufgewachsen, wußten sie es nicht besser, und ihr humoristischer Sinn entsprach ihrer Wildheit. Für sie war der Anblick eines betäubten und möglicherweise toten Hündchens ein lächerliches Ereignis, über das man sich totlachen konnte.

Erst als vier Minuten verstrichen waren, kam Jerry wieder zum Bewußtsein und war imstande, auf die Füße zu kommen und sich mit gespreizten Beinen und schwimmenden Augen im Rollen der ›Arangi‹ zu halten. Aber mit dem ersten Schimmer von Bewußtsein stand wieder der eine Gedanke vor ihm, daß er zu Schiffer mußte. Die Schwarzen? In seiner Angst und Liebe dachte er gar nicht an sie. Er ignorierte die glucksenden, grinsenden, höhnenden Schwarzen, denen es, hätte das Hündchen nicht unter dem furchtbaren Schutze des großen weißen Kapitäns gestanden, ein besonderes Vergnügen gewesen wäre, das Tier zu töten und zu fressen. Sollte Jerry sich doch, wenn er heranwuchs, zu einem mächtigen Niggerjäger entwickeln! Ohne auch nur den Kopf zu wenden oder die Augen zu rollen, mit aristokratischer Verachtung trottete er durch die Kajüte in die Kabine, wo Schiffer in seiner Koje lag und wie ein Verrückter schwatzte.

Jerry, der nie Malaria gehabt hatte, verstand das nicht. Aber in seinem Herzen fühlte er einen großen Kummer, weil Schiffer Kummer hatte. Schiffer erkannte ihn nicht, selbst nicht, als Jerry in die Koje sprang, quer über Schiffers schwer arbeitende Brust spazierte und ihm den scharfen Fieberschweiß im Gesicht leckte. Statt dessen stießen die wild um sich schlagenden Arme Schiffers ihn fort und schleuderten ihn heftig gegen die Kojenwand.

Diese Rauheit war nicht die Rauheit der Liebe. Aber es war auch nicht die Rauheit Borckmans, der ihn mit dem Fuße fortgestoßen hatte. Sie war ein Teil von Schiffers Kummer. Jerry überlegte sich dies nicht, aber, und das ist die Hauptsache, er handelte so, als ob er es sich überlegt hätte. Die Sprache reicht hier nicht aus, und man kann nur sagen, daß er es fühlte. Kaum außerhalb der Reichweite eines rastlos um sich schlagenden Armes, setzte er sich hin, sehnsüchtig auf den Augenblick wartend, da er näher kommen und wieder das Gesicht des Gottes lecken könnte, der ihn nicht erkannte, ihn aber, wie er wußte, heiß liebte, und zitternd nahm er Anteil an Schiffers Kummer und litt mit ihm.

»He, Clancey«, schwatzte Schiffer. »Heut haben wir ein gutes Stück Arbeit geschafft, es gibt keine bessere Mannschaft, um die Dummheiten der Wagenführer wiedergutzumachen ... Kran Nummer drei, Clancey. Kriech vorn unter den Wagen.« Und als seine bösen Träume wechselten: »Scht, Liebling, so darfst du nicht zu Vati reden und ihm sagen, wie er dein süßes Goldhaar kämmen soll. Als ob ich es nicht könnte, ich hab' dich doch die ganzen sieben Jahre gekämmt – besser als Mutti, Liebling, viel besser als Mutti. Ich bin der einzige, der die goldene Medaille verdient hat, weil er das Haar seines süßen Töchterchens so gut kämmt. – Der Anker ist hoch! Hart über das Ruder dort achtern! Klüver und Vorstoppsegel klar! In den Wind! In den Wind! … Ah, sie macht's, das herrliche Schiff … Ich geh' höher – sicher, soweit es geht! Blackey, wenn du mir soviel bezahlen wolltest, um meine Karten zu sehen, dann sollst du was erleben, das kannst du mir glauben!«

So floß dies Durcheinander zusammenhangloser Erinnerungen über Schiffers Lippen, seine Brust senkte und hob sich, und er schlug wild mit den Armen um sich, während Jerry an der Kojenwand zusammengekrochen jammerte und jammerte, daß er machtlos war, zu helfen. Nichts von dem, was um ihn her vorging, konnte er begreifen. Er wußte ebensowenig von Poker wie von der Bedienung von Segelschiffen, von Zusammenstößen elektrischer Bahnen in New York oder dem langen Blondhaar eines geliebten Töchterchens in einer kleinen Harlemer Wohnung.

»Beide tot«, sagte Schiffer, dessen Fieberträume wieder wechselten. Er sagte es ganz ruhig, als meldete er nur, wie spät es sei. Dann klagte er: »Ach, ihre schönen blonden Zöpfe!«

Eine Weile lag er unbeweglich da und schluchzte herzzerbrechend. Das war eine günstige Gelegenheit für Jerry. Er kroch in den vom Fieber geschüttelten Arm, kuschelte sich an Schiffers Seite, legte seinen Kopf auf Schiffers Schulter, so daß seine kühle Schnauze Schiffers Wange berührte, und fühlte, wie der Arm sich um ihn zusammenschloß und ihn enger an sich drückte. Das Handgelenk beugte sich, die Hand streichelte ihn schützend, und die Berührung des samtweichen Körpers rief einen Wechsel in den Fieberträumen Schiffers hervor. In kaltem, scharfem Ton begann er zu murmeln: »Der Nigger, der das Hündchen auch nur schief ansieht …«

Nach einer halben Stunde brach van Horn in heftigen Schweiß aus, und damit war die Macht des Malariaanfalls gebrochen. Er fühlte eine große körperliche Erleichterung, und die letzten Nebel des Deliriums hoben sich von seinem

Hirn. Aber er war sehr schwach und kraftlos, und nachdem er die Decken beiseite geworfen und Jerry erkannt hatte, fiel er in einen erfrischenden natürlichen Schlaf.

Erst zwei Stunden später wachte er auf und schickte sich an, an Deck zu gehen. Von der Treppe aus setzte er Jerry an Deck und ging wieder in die Kabine zurück, um eine Flasche Chinin zu holen, die er vergessen hatte. Aber er kehrte nicht gleich zu Jerry zurück. Die lange Schublade unter Borckmans Koje lenkte seinen Blick auf sich. Der Holzknopf, der sie verschloß, war aufgesprungen, und die Schublade hing weit und schief heraus, so daß sie sich festgeklemmt hatte. Es war eine ernste Geschichte.

Er hegte nicht den geringsten Zweifel, daß, wenn die Schublade nachts während der Böen zu Boden gefallen wäre, nicht die leiseste Spur von der ›Arangi‹ und den achtzig Seelen, die sich an Bord befanden, übriggeblieben sein würde. Denn die Schublade war mit einem Durcheinander von Dynamitstangen, Schachteln mit Zündhütchen, Luntenrollen, Bleigewichten, Eisengerät und vielen Schachteln mit Büchsen-, Revolver- und Pistolenpatronen gefüllt. Er sortierte und ordnete den verschiedenartigen Inhalt und befestigte dann den Knopf wieder mit einem Schraubenzieher und einer längeren Schraube.

Unterdessen erlebte Jerry ein neues Abenteuer, und zwar keines von den angenehmsten. Während er auf Schiffers Rückkehr wartete, erblickte er zufällig den Wildhund, der ganz frech, ein Dutzend Fuß von seiner Höhle, zwischen den Kisten an Deck lag. Sofort kauerte Jerry sich kampfbereit zusammen. Diesmal schien ihm das Glück zu lächeln, denn der Wildhund schlief offenbar fest mit geschlossenen Augen. In diesem Augenblick schritt der Steuermann bloßbeinig in der Richtung der zwischen den Jamssäcken verstauten Flasche über Deck und rief mit einer merkwürdig heiseren Stimme: »Jerry!« Jerry legte die spitzen Ohren zurück und wedelte mit der Rute, um zu zeigen, daß er gehört hätte, gab aber im übrigen zu erkennen, daß er nicht beabsichtige, den Angriff auf seinen Feind aufzugeben. Beim Ton von des Steuermanns Stimme schlug der Wildhund jedoch schnell die Augen auf, erblickte Jerry und schoß in seine Höhle, wo er augenblicklich kehrtmachte und mit triumphierendem Knurren die Zähne zeigte.

Derart durch die Unbedachtsamkeit des Steuermanns um seine Beute gebracht, trottete Jerry wieder zum Kajütsaufgang zurück, um auf Schiffer zu warten. Aber Borckman, in dessen Gehirn es dank den vielen Schlucken, die er aus der Flasche genommen, recht lebhaft zuging, klammerte sich nach der Art Betrunkener an einen armseligen Gedanken. Noch zweimal rief er Jerry in gebieterischem Ton zu sich, und zweimal verlieh Jerry mit zurückgelegten Ohren und wedelnder Rute in aller Liebenswürdigkeit und Gutmütigkeit seiner Unlust Ausdruck, der Aufforderung Folge zu leisten. Dann setzte er sich nieder und schaute sehnsüchtig über den Lukenrand nach Schiffer aus. Borckman erinnerte sich seines ersten Gedankens und ging weiter in die Richtung der Flasche, die er an den Mund setzte und eine geraume Weile himmelwärts hielt. Aber auch der zweite Gedanke ließ ihn trotz aller Armseligkeit nicht los. Nachdem er eine Zeitlang hin und her schwankend vor sich hingemurmelt und, ohne etwas sehen zu können, getan hatte, als studiere er die frische Brise, die die Segel der ›Arangi‹ füllte und ihr Deck schwanken ließ, und nachdem er schließlich den Versuch gemacht hatte, vor dem Rudergast mit seinen vom Trinken umnebelten Augen den Wachen und Scharfsinnigen zu spielen, taumelte er mittschiffs auf Jerry zu. Das erste, was Jerry von Borckmans Kommen merkte, war ein grausamer, schmerzhafter Griff in Flanke und Leiste, der ihn aufschreien und herumwirbeln ließ. Und dann packte der Steuermann ihn an der Schnauze, wie er es Schiffer im Scherz hatte tun sehen, und schüttelte ihn, daß ihm die Zähne im Maule klapperten, und mit einer Rauheit, die sehr verschieden war von der liebevollen Rauheit, mit der Schiffer ihn zu schütteln pflegte. Kopf und Körper wurden geschüttelt, die Zähne klapperten schmerzhaft, und er wurde auf die roheste Weise ein ganzes Stück über das glatte Deck geschleudert.

Jerry war ein Gentleman. Im Verkehr mit seinesgleichen wie mit Höherstehenden war er die Höflichkeit selbst. Und schließlich verfolgte er selbst einem Unterlegenen wie dem Wildhund gegenüber nicht lange einen Vorteil – jedenfalls nicht übertrieben lange. Wenn er den Wildhund überfiel, war es eigentlich mehr Lärm und Übermut als Brutalität gewesen. Aber einem Höherstehenden, einem zweibeinigen weißen Gott wie Borckman gegenüber bedurfte er größerer Selbstbeherrschung und der Fähigkeit, seine ursprünglichen Instinkte zu zügeln. Er wollte mit dem Steuermann nicht das Spiel spielen, das er so begeistert mit Schiffer spielte, weil er für den Steuermann, wenn er auch ein zweibeiniger weißer Gott war, nicht die gleichen freundschaftlichen Gefühle hegte.

Und doch war Jerry lauter Höflichkeit. Er kam wieder in einer schwachen Nachahmung der Freudenausbrüche, die er im Umgang mit Schiffer gelernt hatte. In Wirklichkeit spielte er Komödie und versuchte etwas zu tun, wozu sein Herz ihn nicht trieb. Er tat, als spielte er, und stieß ein scherzhaftes Knurren aus, dem doch der Anschein der Wirklichkeit fehlte. Er wedelte gutmütig und liebenswürdig mit der Rute und knurrte wild und freundschaftlich; aber mit der scharfen Beobachtungsgabe des Betrunkenen spürte der Steuermann den Unterschied, und das erweckte in ihm das vage Gefühl des Genarrtwerdens, des Betrogenseins. Jerry betrog ihn wirklich – aber aus reiner Herzensgüte. Und Borckman merkte in seiner Trunkenheit wohl den Betrug, nicht aber die Herzensgüte dahinter. Augenblicklich stellte er sich feindlich ein. Er vergaß, daß er selbst nur ein Tier war, und ging davon aus, nur ein Tier vor sich zu haben, mit dem er auf dieselbe kameradschaftliche Art und Weise spielen wollte wie Schiffer.

Blutiger Krieg war unvermeidlich – anfangs nicht von

Jerrys, sondern von Borckmans Seite. Borckman spürte den Urtrieb des Tieres, sich als Tier selbst zum Herrn dieses vierbeinigen Tieres zu machen. Jerry fühlte den Griff um seine Schnauze immer härter und roher werden, und mit immer heftigerer Härte und Roheit wurde er über das Deck geschleudert, das der wachsende Wind jetzt so neigte, daß es einen steilen, schlüpfrigen Hang bildete.

Er kämpfte wie ein Rasender mit Klauen und Zähnen, um den Hang hinaufzukommen, auf dem er keinen Halt finden konnte; und er kam, jetzt nicht mehr mit einer schwachen Nachahmung von Wildheit, sondern mit dem ersten Aufflackern wirklicher Wut. Er wußte das nicht. Wenn er überhaupt nachdachte, so hatte er eher den Eindruck, dasselbe Spiel zu spielen, das er mit Schiffer gespielt hatte. Kurz, das Spiel hatte angefangen, ihn zu fesseln, wenn auch in ganz andrer Weise, als es das Spiel mit Schiffer getan.

Diesmal fletschte er schneller die Zähne und schnappte mit mehr Absicht nach der Hand, die seine Schnauze packen wollte, aber es half ihm nichts, er wurde, härter und weiter als zuvor, die glatte Fläche hinabgeschleudert. Als er zurückkletterte, überkam ihn der Zorn, wenn er sich dessen auch nicht bewußt wurde. Aber der Steuermann, der ein Mensch, wenn auch ein betrunkener Mensch war, merkte die Veränderung in Jerrys Angriff eher, als Jerry selbst sie ahnte. Und Borckman merkte sie nicht nur, sie wirkte auf ihn als Sporn, trieb ihn in tierische Wildheit, so daß er gegen dies Hündchen kämpfte, wie ein primitiver Wilder, unter ganz andern Verhältnissen, mit dem ersten Wurf gekämpft haben mochte, den er aus seiner Wolfshöhle in den Felsen gestohlen hatte.

Aber wahrlich: Jerrys Rasse war ebenso alt. Seine Vorfahren waren irische Wolfshunde gewesen, und lange zuvor waren die Vorfahren der Wolfshunde Wölfe gewesen. Es trat ein neuer Klang in Jerrys Knurren. Die unvergeßliche und unauslöschliche Vergangenheit ließ die Fibern in seiner Kehle zittern. Er fletschte die Zähne in wildem Eifer, sie so tief in die Hand des Mannes zu graben, wie seine Leidenschaft es ihm gebot. Denn jetzt war Jerry von Leidenschaft ergriffen. Fast ebenso schnell wie Borckman hatte er den Sprung in die Finsternis einer früheren Welt zurück getan. Und diesmal packten seine Zähne zu und zerrissen die zarte empfindliche Haut an der Innenseite von Borckmans rechter Hand zwischen den beiden ersten Fingergliedern. Jerrys Zähne waren nadelscharf, und Borckman, der Jerrys Schnauze packte, schleuderte ihn über Deck, daß er fast gegen die winzige Reling der ›Arangi‹ schlug, ehe er sich festkrallen konnte.

In diesem Augenblick erschien van Horn, der unterdessen die Schublade mit den Sprengstoffen unter der Koje des Steuermanns repariert hatte, auf der Treppe, erblickte die Kämpfenden und blieb ruhig stehen, um zuzusehen.

Aber er überschaute Millionen von Jahren und sah zwei tolle Geschöpfe, die die Koppel unzähliger Generationen abgestreift hatten und in die Finsternis der Urzeugung zurückgekehrt waren, ehe noch die erste dämmernde Intelligenz den Kern dieses Lebens zu Milde und Rücksicht umgeformt hatte. Dieselben ererbten Instinkte, die in Borckmans Hirn erwachten, erwachten auch in Jerrys Hirn. Die Zeit war für beide rückwärts geschritten. Alles, was zehntausend Generationen erkämpft hatten, war ausgelöscht, und Jerry und der Steuermann kämpften miteinander wie Wolfshund und Wilder. Keiner von ihnen sah van Horn, der noch auf der Treppe stand und über den Lukenrand hinweg den Kampf verfolgte. Für Jerry war Borckman jetzt ebensowenig ein Gott wie er selbst ein glatthaariger irischer Terrier. Beide hatten die Jahrmillionen vergessen. Jerry kannte keine Trunkenheit, aber er kannte Ungerechtigkeit; und sie war es, die seine Wut reizte. Als Jerry das nächste Mal angriff, war Borckman ungeschickt, und beide Hände waren ihm zerschrammt, ehe es ihm glückte, das Hündchen über das Deck zu schleudern.

Aber Jerry kam immer wieder. Wie ein brüllendes Dschungelgeschöpf heulte er hysterisch vor Wut. Aber er winselte nicht. Und ebensowenig wich er vor den Schlägen zurück. Er ging drauflos, kämpfte, ohne den Schlägen auszuweichen, wehrte sich und begegnete den Schlägen mit seinen Zähnen. Schließlich wurde er so heftig fortgeschleudert, daß er mit der Seite hart gegen die Reling schlug. Da rief van Horn: »Halt, Borckman! Lassen Sie den Hund in Ruhe!« Der Steuermann drehte sich um, überrascht und erschrokken, daß er beobachtet wurde. Die scharfen, gebieterischen Worte van Horns waren ein Ruf über Jahrmillionen. Borckmans wutverzerrtes Gesicht machte einen lächerlichen Versuch, dumm und um Entschuldigung bittend zu grinsen, und er murmelte: »Wir haben nur gespielt.« In diesem Augenblick aber kam Jerry wieder, sprang hoch und grub seine Zähne in die Hand, die ihn geschlagen hatte. Borckman übersprang sofort wieder die Jahrmillionen. Er versuchte, Jerry einen Tritt zu versetzen, trug aber als Dank für seine Mühe nur ein paar tüchtige Schrammen davon. Er stieß vor Wut und Schmerz unartikulierte Laute aus, dann beugte er sich nieder und gab Jerry einen furchtbaren Schlag auf Kopf und Hals. Jerry wurde von dem Schlage mitten im Sprung getroffen, und mit einem Salto mortale schlug er rücklings auf das Deck. Sobald er wieder auf den Füßen stand, schickte er sich zu einem neuen Angriff an, aber Schiffers Stimme holte ihn zurück: »Jerry! Halt! Komm her!«

Er gehorchte, aber mit einer gewaltigen Anstrengung, seine Nackenhaare sträubten sich, und die Lippen zogen sich zurück, daß die Zähne ganz entblößt waren, als der Steuermann vorbeiging. Zum erstenmal war ein Winseln in seiner Kehle; aber er winselte weder vor Furcht noch von Schmerz, sondern vor Zorn und Kampfeseifer, den er auf Schiffers Gebot zu beherrschen suchte.

Schiffer trat an Deck, hob ihn auf und streichelte ihn beruhigend, während er dem Steuermann seine Meinung sagte: »Borckman, schämen Sie sich! Sie verdienen, totgeschossen oder aufgehängt zu werden. Ein Hündchen, ein kaum entwöhntes Hündchen. Freu' mich, daß Ihre Hand was abgekriegt hat. Geschieht Ihnen recht. Hoffe, daß Sie Blutvergiftung kriegen. Nebenbei: Sie sind betrunken. Gehen Sie in die Falle, und wagen Sie nicht, wieder an Deck zu kommen, ehe Sie nüchtern sind. Savve?«

Und Jerry, der die weite Reise durchs Leben und durch die Geschichte alles Lebens, aus dem die Welt entstanden, gemacht hatte, der um die Herrschaft kämpfte mit dem Urschlamm prähistorischer Zeiten, und das kraft der Liebe, die in weit späteren Zeiten in ihm erwacht und sein ein und alles geworden war, während der Zorn jener alten Zeiten immer noch mit dem Grollen eines vorbeiziehenden Wetters in seiner Kehle widerklang, Jerry wußte – und ein warmes Gefühl durchflutete ihn –, daß sein Schiffer erhaben und gerecht war. Wahrlich, Schiffer war ein Gott, der tat, was recht war, der ihn beschützte und der wie ein Herrscher über diesen andern, weniger guten Gott gebot, welcher sich in der Furcht vor seinem Zorn fortschlich.

Jerry und Schiffer hielten gemeinsam die lange Nachmittagswache, und Schiffer schüttelte sich vor Lachen, und jeden Augenblick hörte man Ausbrüche wie: »Gott verdamm' mich, Jerry, du bist wirklich ein Raufbold und ein rechter Köter« oder »Du bist ein ganzer Kerl, der reine Löwe. Ich wette, daß es keinen Löwen auf der Welt gibt, der mit dir fertig würde«.

Und Jerry, der außer seinem eigenen Namen kein Wort von den Lauten, die Schiffer ausstieß, verstand, wußte doch, daß sie Lob und warme Liebe ausdrückten. Und wenn Schiffer sich herabbeugte, ihm die Ohren rieb oder sich die Finger von ihm küssen ließ, oder wenn er ihn in seine Arme hob, wollte Jerrys Herz vor Liebe fast bersten. Denn welch größeres Glück kann einem Geschöpf zuteil werden, als von einem Gott geliebt zu werden? Und dieses Glück eben war Jerry widerfahren. Dies war ein Gott, ein faßbarer, wirklicher, dreidimensionaler Gott, der mit bloßen Beinen und einem Lendenschurz einherging und seine Welt beherrschte und der ihn liebte, ihn mit Lauten aus Kehle und Mund liebkoste und mit zwei weitgreifenden Armen an sich preßte.

Um vier Uhr ging van Horn nach einem prüfenden Blick auf die sinkende Sonne und das nahe Su'u nach unten und schüttelte den Steuermann derb wach. Bis zur Rückkehr beider war Jerry Alleinherrscher an Deck. Aber hätte Jerry nicht bestimmt gewußt, daß die weißen Götter, die nach unten gegangen waren, jeden Augenblick wiederkehren mußten, so hätte er seine Herrschaft an Deck nicht lange ausüben können, denn mit jeder Meile, um die sich die Entfernung zwischen Malaita und den Retournierten verringerte, stieg deren Lebensmut, und mit der nahen Aussicht auf die frühere Unabhängigkeit begann Lerumie, als einer von vielen, Jerry mit ausgesprochen kulinarischen Gefühlen und hörbarem Schmatzen zu betrachten. Die Begriffe ›Nahrung‹ und ›Rache‹ deckten sich in diesem Falle völlig.

Mit scharf angeholten Segeln schoß die ›Arangi‹ in der frischen Brise auf das Land zu. Jerry guckte durch den Stacheldraht und sog die Luft ein, während Schiffer neben ihm stand und Steuermann und Rudergast Befehle erteilte. Die vielen Kisten wurden jetzt losgezurrt, und die Schwarzen begannen sie zu öffnen und wieder zu schließen. Ihr besonderes Entzücken bildete die kleine Glocke, mit der jede Kiste versehen war und die jedesmal, wenn der Deckel gehoben wurde, läutete. Ihre Freude an diesem Spielzeug war kindlich, und sie öffneten immer wieder die Kisten, um die Glocke läuten zu hören. Fünfzehn von den Schwarzen sollten in Su'u an Land gesetzt werden, und mit wilden Gebärden und Schreien begannen sie die Einzelheiten der Landschaft wiederzuerkennen und einander zu zeigen, der einzigen, die sie bis zu dem Tage gekannt hatten, als sie vor drei Jahren von ihren Vätern, Onkeln und Häuptlingen als

Sklaven verkauft worden waren. Eine schmale Rinne von kaum hundert Schritt Breite führte in eine lange, enge Bucht. Das Ufer war von Mangroven und dichter Tropenvegetation überwuchert. Es waren weder Häuser noch sonst irgendwelche Anzeichen zu sehen, daß die Insel von menschlichen Wesen bewohnt war, obgleich van Horn, der auf diesen so nahen dichten Dschungel starrte, genau wußte, daß Dutzende, vielleicht Hunderte von menschlichen Augenpaaren ihn beobachteten. »Riech sie, Jerry, riech sie«, feuerte er ihn an.

Und Jerrys Haar sträubte sich, und er bellte die Mangrovenmauer an, denn sein scharfer Geruchssinn sagte ihm wirklich klar, daß dort Nigger lauerten.

»Wenn ich riechen könnte wie er«, sagte der Kapitän zum Steuermann, »dann bräuchte ich nicht zu fürchten, je meinen Kopf zu verlieren.«

Aber Borckman antwortete nicht und verrichtete verdrossen seine Arbeit. Es wehte nur schwach in der Bucht, und die ›Arangi‹ schob sich langsam hinein und ging in dreißig Faden Wasser vor Anker. So steil fiel das Ufer ab, daß das Heck der ›Arangi‹ herumschwang, bis es kaum hundert Fuß von den Mangroven entfernt lag.

Van Horn warf immer noch ängstliche Blicke auf die bewaldete Küste, denn Su'u war sehr verrufen. Seit vor fünfzehn Jahren der Schoner ›Fair Hathaway‹, der Arbeiter für die Queensland-Plantagen rekrutierte, von den Eingeborenen genommen und die ganze Besatzung erschlagen worden war, hatte sich kein Fahrzeug außer der ›Arangi‹ je nach Su'u gewagt. Und die meisten Weißen verurteilten darum van Horn, weil er sich auf ein so gefährliches Abenteuer einließ.

Tief im Lande, in den Bergen, die sich viele tausend Fuß hoch in die Passatwolken hoben, stieg Rauch von vielen Signalfeuern empor, die das Kommen des Schiffes meldeten. Fern und nah war die Anwesenheit der ›Arangi‹ bekannt; aber aus dem Dschungel, der zum Greifen nahe war, hörte man nur das Kreischen der Papageien und das Schwatzen der Kakadus. Das mit sechs Leuten von der Besatzung bemannte Walboot wurde längsseits geholt und die fünfzehn Su'u-Leute mit ihren Kisten hineingesetzt. Unter den Segelleinenüberzug über den Duchten wurden fünf Lee-Enfield-Gewehre gelegt, so daß die Ruderer sie sofort zur Hand hatten. An Deck stand ein andrer Mann von der Besatzung mit einer Büchse in der Hand und bewachte die übrigen Waffen. Borckman hatte sich sein eignes Gewehr geholt und hielt es, zu augenblicklichem Gebrauch bereit, in der Hand. Van Horns Büchse lag schußbereit achtern im Boot, wo er selbst neben Tambi stand, der mit einem langen Ruder steuerte. Jerry stieß ein leises Winseln aus und schaute sehnsüchtig über die Reling nach Schiffer aus, der sich erweichen ließ und ihn ins Boot hob. Gerade im Boot war es gefährlich, denn es war kaum anzunehmen, daß die Retournierten auf der ›Arangi‹ selbst eben jetzt einen Aufstand machen würden. Da sie aus Somo, No-ola, Langa-Langa und dem fernen Malu stammten, spürten sie einen heillosen Schrecken davor, von den Su'u-Leuten gefressen zu werden, wenn die weißen Herren sie nicht mehr beschützten – gerade wie die Su'u-Leute gefürchtet haben würden, von den Somo-, Langa-Langa- und No-ola-Leuten gefressen zu werden.

Was die Gefahr im Boot wesentlich erhöhte, war der Umstand, daß kein Deckboot vorhanden war. Es war sonst stets üblich, daß die größeren Rekrutierungsschiffe zwei Boote schickten, wenn sie etwas an Land zu tun hatten. Während das eine am Ufer anlegte, blieb das andre in kurzer Entfernung liegen, um den Kameraden den Rückzug zu decken, wenn Unruhen ausbrachen. Es wäre für die ›Arangi‹, die zu klein war, ein Boot an Deck mitzuführen, zu umständlich gewesen, zwei Boote zu schleppen; daher verzichtete van Horn, der Kühne, auf diesen wesentlichen Schutz.

Tambi steuerte nach den leisen Anweisungen van Horns

parallel mit der Küste. An einer Stelle, wo die Mangroven aufhörten und die hohe Küste und ein schmaler getretener Pfad ganz bis ans Wasser gingen, bedeutete van Horn den Ruderern, daß sie backen und die Riemen glattlegen sollten. Hohe Palmen und mächtige, weitausladende Bäume hoben sich an dieser Stelle über den Dschungel, und der Pfad glich einem Tunnel, der durch die dichte grüne Mauer von Tropenvegetation führte.

Van Horn, der die Küste beobachtete, um ein Lebenszeichen zu erspähen, zündete sich eine Zigarre an und faßte mit der einen Hand unter seinen Lendenschurz, um sich zu vergewissern, daß die Dynamitbombe, die er zwischen Schurz und Hüfte gesteckt hatte, noch da war. Die angezündete Zigarre war bestimmt, im Notfall die Lunte der Dynamitbombe in Brand zu setzen. Das Ende der Lunte war gespalten, um einen Streichholzkopf hineinstecken zu können, und sie war so kurz, daß zwischen dem Anzünden mit der Zigarre und der Explosion kaum drei Sekunden verstreichen würden. Das erforderte Kaltblütigkeit und Schnelligkeit seitens van Horns. In drei Sekunden mußte die Lunte angezündet, mußte gezielt und die sprühende Bombe nach ihrem Ziel geschleudert werden. Übrigens glaubte er nicht, daß es dazu kommen würde, und hielt sie nur für alle Fälle bereit.

Fünf Minuten verstrichen, und an der Küste blieb alles still. Jerry schnüffelte an Schiffers bloßen Beinen, als wolle er ihn vergewissern, daß er ihm nahe sei, was auch immer von der feindlichen Stille an Land drohte, dann setzte er die Vorderpfoten auf den Bootsrand und fuhr fort, eifrig und hörbar zu schnaufen, während sich ihm die Haare sträubten und er leise knurrte.

»Sie sind da, stimmt«, vertraute Schiffer ihm an, und Jerry warf ihm einen lächelnden Seitenblick zu, wedelte mit der Rute und legte die Ohren vor Liebe flach an den Kopf. Dann wandte er wieder die Schnauze dem Lande zu, um den Dschungelbericht zu lesen, den ihm die leichten Wellen der stickigen und beinahe stillstehenden Luft zutrugen.

»He!« rief van Horn plötzlich. »He, ihr fella Jungens; steckt Köpfe raus gehören euch!«

Wie in einer Verwandlungsszene wurde der scheinbar unbewohnte Dschungel plötzlich lebendig. Augenblicklich kamen hundert Wilde zum Vorschein. Hinter allen Bäumen und Büschen tauchten sie auf. Alle waren bewaffnet, einige mit Snider-Gewehren und uralten Reiterpistolen, andre mit langschäftigen Tomahawks. Im Handumdrehen war einer von ihnen in den Sonnenschein auf den freien Platz gesprungen, wo der Pfad an das Wasser stieß. Abgesehen von verschiedenartigem Schmuck war er nackt wie Adam vor dem Sündenfall. Eine einzelne Feder stak in seinem krausen, blanken, schwarzen Haar. Ein polierter Pfriem aus weißer, versteinerter Muschelschale war durch die Nasenwand gesteckt, daß er zu beiden Seiten herausragte. Um den Hals hing an einer Schnur aus geflochtener Kokosfaser eine Reihe elfenbeinweißer Wildschweinhauer. Um das eine Bein, eben unterhalb des Knies, trug er ein Strumpfband aus weißen Kaurimuscheln. Eine flammend rote Blume saß kokett über dem einen Ohr, und durch ein Loch im andern war ein Schweineschwanz gezogen, der so frisch war, daß er noch blutete. Als dieser melanesische Stutzer in den Sonnenschein heraussprang, legte er gleichzeitig seine Snider-Büchse an, indem er von der Hüfte zielte, so daß die weite Mündung direkt auf van Horn zeigte. Aber van Horn war ebenso schnell. Im selben Augenblick hatte er zu seiner Büchse gegriffen und zielte ebenfalls von der Hüfte aus. So standen sie dann Angesicht zu Angesicht, den Tod in den Fingerspitzen, nur vierzig Fuß voneinander da. Die Jahrmillionen zwischen Barbarei und Zivilisation klafften auch in diesem kurzen Abstand von vierzig Fuß zwischen ihnen. Das schwerste für einen modernen, hochentwickelten Menschen ist, die Erfahrungen seiner Vorfahren zu vergessen. Am leichtesten wird es ihm, seine Zivilisation zu vergessen und über die Zeiten zurückzugleiten bis in die Kindheit der Menschheit. Eine Lüge, ein Schlag ins Gesicht, ein Stich der Eifersucht ins Herz kann im Bruchteil einer Sekunde einen Philosophen des zwanzigsten Jahrhunderts in einen affenartigen Troglodyten verwandeln, der sich die Brust mit Fäusten schlägt und die Zähne fletscht.

So ging es van Horn, aber doch mit einem gewissen Unterschied. Er war gleichzeitig der vollkommen moderne und der ganz primitive Mensch, fähig, in der Wut mit Zähnen und Klauen zu kämpfen, und doch beseelt von dem Wunsche, der zivilisierte Mensch zu bleiben, solange er durch seine Überlegenheit diese Studie von ebenholzschwarzer Haut und blendendweißem Zierat beherrschen konnte, die sich ihm entgegenstellte.

Zehn lange Sekunden war alles still. Selbst Jerry dämpfte sein Knurren, ohne zu wissen, warum. Hundert kopfjagende Kannibalen am Rande des Dschungels, fünfzehn retournierte Su'u-Neger im Boot, eine Besatzung von sieben Schwarzen, ein einziger Weißer, eine Zigarre im Mund, eine Büchse an der Hüfte, und ein irischer Terrier, der sich mit gesträubten Haaren dicht an den bloßen Schenkel seines Herrn drückte, das waren die Geschöpfe, die in dieser feierlichen Stille von zehn Sekunden atmeten, und keines von ihnen ahnte, was das Ende werden würde.

Einer der Retournierten machte, im Bug des Walbootes stehend, das Friedenszeichen, indem er waffenlos die offene Hand emporstreckte und dann in dem unbekannten Su'u-Dialekt schwatzte. Van Horn zielte ruhig weiter und wartete. Der Stutzer ließ seinen Snider sinken, und alle atmeten erleichtert auf.

»Mich gut fella Junge«, zwitscherte der Stutzer, halb wie ein Vogel, halb wie eine Elfe.

»Dich groß fella verrückt zuviel«, antwortete van Horn barsch, indem er seine Büchse fallen ließ und den Ruderern und dem Rudergast bedeutete, das Boot zu wenden. Dabei rauchte er seine Zigarre so sorglos und gleichgültig, als hätte es sich nicht einen Augenblick zuvor um Leben und Tod gehandelt.

»Mein Wort«, fuhr er mit gutgespieltem Zorn fort. »Was Name du, zielen auf mich? Mich nicht kai-kai (essen) dich. Mich kai-kai dich, Magen gehören mir, umhergehen. Du nicht mögen kai-kai Su'u-Junge, gehören dir? Su'u-Junge, gehören dir, sein wie Bruder. Lange vor jetzt, dreimal Monsun früher, mich sprechen wahre Rede. Mich sagen drei Monsun Jungen kommen wieder. Mein Wort, drei Monsun vorbei. Jungen sein bei mir, kommen wieder.«

In diesem Augenblick war das Boot so weit herumgeschwungen, daß die Lage von Bug und Heck jetzt vertauscht war. Van Horn machte kehrt, so daß er dem Stutzer mit der Snider-Büchse ins Gesicht sah. Auf ein neues Zeichen des Kapitäns backten die Ruderer und legten mit dem Heck an der Stelle an, wo der Pfad ans Wasser stieß. Und jeder Ruderer tastete, den Riemen für den Fall eines Angriffs bereit, heimlich unter das Segelleinen, um sich zu vergewissern, wo sein verstecktes Lee-Enfield-Gewehr lag.

»Schön, Jungen, gehören dir, gehen herum?« fragte van Horn den Stutzer, der in der auf den Salomoninseln üblichen Weise bejahte, indem er die Augen halb schloß und den Kopf mit ein paar seltsamen kleinen Rucken zurückwarf.

»Nicht kai-kai Su'u fella Jungen, wenn bei dir herumgehen?«

»Nicht bange«, antwortete der Stutzer. »Wenn ihn Su'u fella Jungen, alles gut. Wenn ihn nicht fella Su'u-Jungen, mein Wort, viel Lärm. Ischikola, groß fella schwarzer Herr hier, ihn reden, mich reden mit dir. Ihn sagen, viel schlimme fella Jungen hier im Busch. Ihn sagen, groß fella weißer Herr nicht gehen umher. Ihn sagen, lieber, guter großer fella weißer Herr bleiben auf Schiff.«

Van Horn nickte gleichgültig, als ob die Mitteilung ganz bedeutungslos sei, obwohl er sich klar darüber war, daß er diesmal keine neuen Arbeiter auf Su'u bekam. Während er die anderen zwang, auf ihren Plätzen sitzen zu bleiben, dirigierte er die Retournierten einzeln über das Heck an Land. Das war die Taktik auf den Salomoninseln. Jede Zusammenrottung war gefährlich. Man durfte nicht riskieren, daß sie aus der Reihe kamen. Und van Horn rauchte seine Zigarre lässig und gleichgültig wie zuvor und beobachtete unabgewandt, aber scheinbar ganz interesselos jeden einzelnen Retournierten, der, seine Kiste auf der Schulter, nach achtern ging und an Land kletterte. Einer nach dem andern verschwand im Tunnel, und als der letzte sich an Land befand, gab er Befehl, das Boot zum Schiff zurückzurudern.

»Nichts hier zu machen diesmal«, sagte er zum Steuermann. »Wir gondeln los, sobald es hell wird.«

Die plötzliche tropische Dämmerung senkte sich auf sie herab, und es wurde Nacht. Über ihnen funkelten die Sterne. Nicht das leiseste Lüftchen kräuselte das Wasser, und die beiden Männer troffen am ganzen Körper von Schweiß. Ohne besonderen Appetit aßen sie ihr Abendbrot an Deck, und jeden Augenblick hoben sie den Arm, um sich den Schweiß aus den Augen zu wischen.

»Daß ein Mensch nach den Salomons kommen muß – verdammtes Loch«, erklärte der Steuermann.

»Oder dableiben muß«, ergänzte der Kapitän.

»Mich hat das Fieber zu sehr mitgenommen«, brummte der Steuermann. »Ich würde sterben, wenn ich wegginge. Weiß noch, wie ich's vor zwei Jahren versuchte. Bei kaltem Wetter bricht das Fieber erst richtig aus. Als ich nach Sydney kam, lag ich längelang auf dem Rücken. Sie fuhren mich im Krankenwagen nach dem Hospital. Mir ging es immer schlechter. Die Ärzte erzählten mir, meine einzige Rettung sei, dorthin zurückzukehren, wo ich das Fieber bekommen hätte. Täte ich das, so könnte ich noch lange leben. Bliebe ich in Sydney, so wäre es bald zu Ende mit mir. In einem anderen Krankenwagen schickten sie mich wieder an Bord. Und das waren meine ganzen Ferien in Australien.

Ich hatte durchaus keine Lust, auf den Salomons zu bleiben. Die sind die reine Hölle. Aber ich mußte es tun oder krepieren.«

Er rollte überschläglich dreißig Gramm Chinin in ein Stück Zigarettenpapier, betrachtete die Pille einen Augenblick ärgerlich und verschluckte sie dann hastig. Dadurch wurde auch van Horn erinnert, er streckte die Hand aus und nahm eine ähnliche Dosis.

»Wir wollen lieber ein Decksegel aufspannen«, schlug er vor. Borckman ließ einige Leute von der Besatzung eine leichte Persenning wie eine Gardine an der Landseite der ›Arangi‹ aufhängen. Es war eine Vorsichtsmaßregel gegen verirrte Schüsse aus den nur hundert Fuß entfernten Mangroven.

Van Horn ließ durch Tambi das kleine Grammophon heraufholen, das dann das Dutzend zufällig mitgenommener Platten ableierte, die bereits tausendmal unter der Nadel gewesen waren. In einer Pause erinnerte sich van Horn des Mädchens und ließ sie aus ihrem dunklen Loch im Vorratsraum herausholen, um die Musik zu hören. Sie gehorchte zitternd, denn sie fürchtete, daß jetzt ihre Stunde gekommen wäre. Sie glotzte stumm mit furchtsam aufgerissenen Augen den großen weißen Herrn an; sie zitterte noch am ganzen Körper, als er sie schon längst veranlaßt hatte, sich niederzulegen. Das Grammophon bedeutete ihr nichts. Sie kannte nur Furcht – Furcht vor diesem schrecklichen weißen Manne, der sicherlich dazu ausersehen war, sie zu essen.

Jerry verließ für einen Augenblick die streichelnde Hand Schiffers, um sich zu ihr zu begeben und sie zu beschnüffeln. Das war seine Pflicht. Er wollte noch einmal ihre Identität feststellen. Einerlei, was auch immer geschah, einerlei, wie viele Monate und Jahre vergingen, er würde sie wiedererkennen, in alle Ewigkeit wiedererkennen. Er kehrte zu der freien Hand Schiffers zurück, die ihn weiterstreichelte. Die andre Hand hielt die Zigarre, die van Horn rauchte. Die Schwüle wurde noch drückender. Die Luft war erstickend durch den feuchten, schweren Dunst, der aus dem Mangrovenbusch aufstieg. Angespornt durch die kreischende Musik, die an die Hafenplätze seiner früheren Welt erinnerte, lag Borckman mit dem Gesicht nach unten auf dem heißen Deck und trommelte mit seinen bloßen Zehen einen Zapfenstreich, während er in einem Monolog von Kehllauten seinen Gefühlen fluchend Luft machte. Aber van Horn, der immer noch den stöhnenden Jerry streichelte, fuhr mit philosophischer Gemütsruhe fort, seine Zigarre zu rauchen, und zündete sich, als die erste aufgeraucht war, eine neue an.

Plötzlich aber wurde er aus seinen Betrachtungen gerissen durch ein schwaches Plätschern von Rudern, das er als erster an Bord hörte. Eigentlich waren es Jerrys leises Knurren und der Umstand, daß sich ihm die Haare sträubten, gewesen, was van Horn hatte aufhorchen lassen. Er zog die Dynamitbombe aus seinem Lendenschurz und betrachtete die Zigarre, um sich schnell zu vergewissern, daß sie brannte, worauf er schnell und ruhig aufstand und schnell und ruhig an die Reling trat.

»Was Name gehören dir?« rief er in die Dunkelheit hinein. "Mich fella Ischikola«, lautete die Antwort in dem zitternden Falsett eines alten Mannes.

Ehe van Horn weitersprach, lockerte er seine automatische Pistole in ihrem Halfter, den er sich handgerecht nach vorn rückte.

»Wie viele fella Jungen sein bei dir?« fragte er.

»Ein fella zehn Jungen all zusammen bei mir«, erklang die alte Stimme.

»Dann komm längsseits.« Ohne den Kopf zu wenden, ließ van Horn unbewußt die rechte Hand auf den Pistolenkolben sinken und befahl: »Du fella Tambi. Holen Laterne. Nein, bringen hierher. Du gehen mit ihr an Besanwanten und sehen scharf Auge, gehören dir.« Tambi gehorchte, indem er die Laterne zwanzig Fuß vom Standpunkt des Ka-

98

pitäns hielt. Das gab van Horn einen Vorteil über die Männer, die sich im Kanu näherten, denn die Laterne, die durch den Stacheldrahtzaun an der Reling gesteckt und ziemlich tief gehalten wurde, mußte die Besatzung des Kanus scharf beleuchten, während er selbst im Halbdunkeln und im Schatten stand.

»Washee-washee!« rief er gebieterisch, als das unsichtbare Kanu sich immer noch nicht sehen ließ.

Dann hörte man das Geräusch von Paddeln, und gleich darauf tauchte im Lichtkreis der hohe, schwarze, gondelartig gebogene, mit silberschimmerndem Perlmutter eingelegte Bug des Kriegskanus auf, dann das lange schmale Kanu selbst, das keinen Ausleger hatte; die blitzenden Augen und schwarz schimmernden Körper der splitternackten Neger, die, im Boot kniend, paddelten; Ischikola, der alte Häuptling, der mittschiffs kauerte, ohne zu rudern, eine erloschene, nicht gestopfte Tonpfeife verkehrt zwischen den zahnlosen Kiefern, und endlich am Heck, als Bootsmann, der Stutzer – ganz schwarze Nacktheit und weißer Zierat mit Ausnahme des Schweineschwanzes in dem einen Ohr und der roten Hibiskusblüte, die immer noch hinter dem andern Ohr flammte.

Es war schon vorgekommen, daß weniger als zehn Schwarze ein Sklavenschiff mit nur zwei Weißen genommen hatten, und van Horns Faust schloß sich um den Kolben seiner Pistole, obwohl er sie nicht ganz aus dem Halfter zog, mit der Linken führte er die Zigarre zum Munde und zog kräftig, daß sie gut brannte.

»Hallo, Ischikola, du verdammter Spitzbube«, begrüßte van Horn den alten Häuptling, als der Stutzer durch eine Drehung seines Ruders das Kanu neben die ›Arangi‹ legte. Ischikola lächelte im Laternenlicht zu van Horn herauf. Er lächelte mit dem rechten Auge, dem einzigen, das er hatte, da ihm das linke in seiner Jugend durch einen Pfeil bei einem Dschungelscharmützel zerstört worden war.

»Mein Wort!« grüßte er zurück. »Lange du nicht bleiben

Auge gehören mir.« Van Horn machte eine leichtverständliche scherzhafte Andeutung über die letzten Frauen, um die er seinen Harem vermehrt hatte, und den Preis, den er in Schweinen für sie erlegt hatte.

»Mein Wort«, sagte er schließlich, »du reich fella allzuviel.«

»Mich gern wollen kommen an Bord bei dir«, schlug Ischikola bescheiden vor.

»Mein Wort, Nacht sie bleiben«, wandte der Kapitän ein, fügte dann aber als Verstoß gegen die bekannte Regel, daß Besuche nach Einbruch der Nacht nicht mehr gestattet wurden, hinzu: »Du kommen an Bord, Jungen bleiben in Boot.«

Liebenswürdig half van Horn dem alten Mann, über die Reling zu klettern und durch den Stacheldrahtzaun an Deck zu kriechen. Ischikola war ein schmutziger alter Wilder. Eines seiner Tambos (Tambo ist auf Trepang-Englisch und Melanesisch dasselbe wie ›Tabu‹) war, daß Wasser unter keinen Umständen seine Haut berühren durfte. Er, der an der Salzsee, in einem Land mit tropischen Regengüssen lebte, vermied gewissenhaft jede Berührung mit Wasser. Er schwamm oder watete nie und floh vor jedem Regenschauer unter Dach und Fach. Nicht, daß dies für den ganzen Stamm gegolten hätte. Es war nur das besondere Tambo, das die Teufel-Teufel-Medizinmänner ihm auferlegt hatten. Andre Angehörige des Stammes hatten von den Teufel-Teufel-Medizinmännern als Tambo bekommen, daß sie kein Haifischfleisch essen, keine Schildkröte anfassen oder nicht in Berührung mit Krokodilen oder deren versteinerten Überresten kommen oder daß sie nicht durch die Berührung eines Weibes oder durch den Schatten eines Weibes auf ihrem Wege entheiligt werden durften. Die Folge war daher, daß Ischikola, dessen Tambo Wasser war, von einer Kruste jahrzehntealten Schmutzes bedeckt war. Er war schuppig wie ein Aussätziger, dazu eingeschrumpft vor Alter und hatte ein runzliges, ausgedörrtes Gesicht. Ferner hinkte er furchtbar von einer alten Speerwunde am Schenkel, die seine ganze Gestalt verzerrte, so daß er stark vornübergebeugt ging. Aber sein einziges Auge funkelte klar und boshaft, und van Horn wußte, daß er damit ebensoviel sah wie er selbst mit seinen zweien.

Van Horn schüttelte ihm die Hand – eine Ehre, die er nur Häuptlingen zuteil werden ließ – und bedeutete ihm, auf Deck niederzuhocken neben dem entsetzten Mädchen, das wieder zu zittern begann bei dem Gedanken, daß sie Ischikola einst hundert Kokosnüsse hatte bieten hören, um sie zu Mittag zu essen.

Jerry mußte natürlich, späteren Wiedererkennens halber, diesen gottlosen, hinkenden, nackten und einäugigen alten Mann beschnüffeln. Und als er geschnüffelt und sich das spezielle Parfüm des Häuptlings gemerkt hatte, mußte er unbedingt ein schreckeneinflößendes Knurren ausstoßen, was ihm einen schnellen beifälligen Blick von Schiffer eintrug.

»Mein Wort, gut fella kai-kai Hund«, sagte Ischikola. »Mich geben halb Faden Muschelgeld dies fella Hund.«

Für ein so junges Hündchen war das Angebot glänzend, denn ein halber Faden Muschelgeld, auf einer Schnur von Kokosfasern aufgezogen, bedeutete in barem Gelde ein halbes Pfund Sterling, zweieinhalb Dollar oder in lebenden Schweinen zweieinhalb ziemlich ausgewachsene Exemplare.

»Ein Faden Muschelgeld dies fella Hund«, antwortete van Horn, während er in seinem Herzen wußte, daß er Jerry für keinen noch so phantastischen Preis, den ein Neger ihm bieten konnte, verkaufen würde; aber der Verstand gebot ihm, eine so niedrige Forderung über pari zu stellen, damit er keinen Verdacht bei den Eingeborenen erweckte und nicht verriet, wie hoch er in Wirklichkeit diesen goldhaarigen Sohn Biddys und Terrences schätzte. Dann behauptete Ischikola, daß das Mädchen viel magerer geworden sei und daß er, der ein Kenner in bezug auf Menschenfleisch war, sich diesmal nicht für berechtigt hielte, mehr als dreimal zwanzig Trinkkokosnüsse zu bieten.

Nach Auswechslung dieser Höflichkeiten sprachen der weiße und der schwarze Herr über mancherlei, der eine bluffte mit der überlegenen Intelligenz des Weißen, und der andre fühlte und erriet als der primitive Staatsmann, der er war, in der Hoffnung, vielleicht etwas darüber erfahren zu können, wie die menschlichen und politischen Kräfte ausbalanciert waren, die sich auf sein Su'u-Territorium bezogen. Das waren zehn Quadratmeilen, die auf der einen Seite vom Meer und auf der andern von den Linien begrenzt wurden, die die ewigen Kriege zwischen den Stämmen zogen, Kriege, die älter waren als die älteste Su'u-Mythe. Ewig waren Köpfe genommen und Menschen gefressen worden, bald von der einen, bald von der andern Seite, immer von den jeweils siegreichen Stämmen. Die Grenzen waren dieselben geblieben. Ischikola versuchte sich in rohem Trepang Aufklärung zu verschaffen über die allgemeine Situation der Salomons in bezug auf Su'u, und van Horn war nicht darüber erhaben, das unehrliche diplomatische Spiel zu treiben, das in allen Kanzleien der Weltmächte getrieben wird.

»Mein Wort«, schloß van Horn, »ihr schlechten fella zuviel diesen Ort. Zuviel Köpfe ihr fella nehmen, zuviel kai-kai Langschwein bei euch.« (Langschwein bedeutet gebratenes Menschenfleisch.)

»Was Name lang Zeit schwarz fella gehören Su'u nehmen Köpfe, kai-kai Langschwein?« entgegnete Ischikola. »Mein Wort«, sagte van Horn wieder, »zuviel diesen Ort. Einmal sehr bald groß fella Kriegsschiff halten Su'u und läuten sieben Glocken Su'u.«

»Was Name er groß fella Kriegsschiff halten Salomons?« fragte Ischikola.

»Groß fella Cambrian, ihn fella Name gehören Schiff«, log van Horn, denn er wußte nur zu gut, daß die letzten zwei Jahre kein englischer Kreuzer im Salomonarchipel gewe-

102

sen war. Das Gespräch wurde allmählich zur Karikatur einer Verhandlung zwischen zwei Mächten; aber da wurden sie durch einen Ruf Tambis unterbrochen, der die Laterne über die Reling hielt und jetzt eine Entdeckung gemacht hatte.

»Schiffer, Gewehr er sein in Kanu!« rief er.

Van Horn war mit einem Sprung an der Reling und guckte über den Stacheldrahtzaun hinunter. Ischikola stand trotz seines verkrüppelten Körpers kaum eine Sekunde später neben ihm.

»Was Name das fella Gewehr bleiben auf Boden?« fragte van Horn zornig.

Der Stutzer achtern im Kanu blickte gleichgültig in die Luft und versuchte, mit dem Fuß die grünen Blätter über die Kolben einiger Büchsen zu schieben, machte aber die Sache nur noch schlimmer, denn jetzt lagen sie ganz offen da. Er bückte sich, um die Blätter mit der Hand zurechtzulegen, richtete sich aber schnell wieder auf, als van Horn ihn anbrüllte: »Klar dort! Nehmen Hand gehören dir lang Stück bißchen!«

Van Horn wandte sich gegen Ischikola und heuchelte eine Wut, die er wegen des alten, ewig wiederkehrenden Tricks gar nicht spürte.

»Was Name du kommen längsseits, Gewehr ihn bleiben in Kanu gehören dir?« fragte er.

Der alte Salzwasserhäuptling rollte sein einziges Auge und blinzelte in gutgespielter Dummheit und Unschuld.

»Mein Wort, mich wütend auf dich zu sehr«, fuhr van Horn fort. »Ischikola, du sehr schlimmer fella Junge. Du gehen zur Hölle über Bord.«

Der alte Bursche humpelte mit größerer Gewandtheit, als er sie beim Anbordkommen gezeigt hatte, über das Deck, schlüpfte ohne Hilfe durch den Stacheldrahtzaun und ließ sich, ebenfalls ohne Hilfe, in das Kanu gleiten, wobei er sehr gewandt sein ganzes Gewicht auf das gesunde Bein stützte. Er blinzelte nach oben, als wolle er um Verzeihung bitten und seine Unschuld beteuern. Van Horn wandte sich ab, um ein Lächeln zu verbergen, lachte aber frei heraus, als der alte Spitzbube ihm seine leere Pfeife zeigte und mit einschmeichelnder Stimme sagte: »Denke, fünf Stück Tabak du geben mir?«

Während Borckman nach unten ging, um den Tabak zu holen, hielt van Horn Ischikola einen Vortrag über die heilige Unverletzlichkeit von Wahrheit und Versprechungen. Dann lehnte er sich über den Stacheldrahtzaun und reichte dem Häuptling die fünf Stück Tabak. »Mein Wort«, drohte er. »Einen Tag, Ischikola, ich ganz fertig mit dir. Du nicht gut Freund bleiben bei Salzwasser. Du großer Narr bleiben in Busch.«

Ischikola versuchte zu protestieren. Van Horn schnitt ihm aber das Wort ab mit einem: »Mein Wort, du quatschen mit mir zuviel.« Aber das Kanu blieb noch immer liegen. Der Stutzer tastete heimlich mit dem Zeh nach den Gewehrkolben unter den grünen Blättern, und Ischikola zeigte wenig Lust aufzubrechen.

»Washee-washee!« rief van Horn plötzlich gebieterisch. Die Ruderer gehorchten augenblicklich ohne Befehl ihres Häuptlings oder des Stutzers und paddelten mit langen, festen Schlägen das Kanu ins Dunkel hinein. Ebenso schnell wechselte van Horn seine Stellung an Deck und zog sich ein ganzes Stück zurück, damit ihn kein auf gut Glück abgegebener Schuß treffen konnte. Dann kauerte er sich nieder und lauschte auf das Plätschern der Paddel, das sich in der Ferne verlor.

»Schön, du fella Tambi«, befahl er ruhig. »Machen Musik er fella gehen umher.«

Und während der banale Rhythmus eines amerikanischen Marsches kreischend über das Wasser tönte, legte er sich zurück, stützte die Ellbogen aufs Deck, rauchte seine Zigarre und drückte Jerry zärtlich an sich. Und als er so rauchte, sah er, wie die Sterne plötzlich von einer Regenwolke verdeckt wurden, die aus Luv oder jedenfalls dort-

104

her kam, wo er Luv vermutete. Während er berechnete, wie viele Minuten vergehen mochten, bis er Tambi mit dem Grammophon und den Platten nach unten schicken müßte, bemerkte er, daß das Buschmädchen ihn in dumpfer Furcht anstarrte. Er nickte zustimmend mit halbgeschlossenen Augen und aufwärts gewandtem Gesicht und machte eine Handbewegung nach der Kajütstreppe. Sie gehorchte wie ein geprügelter Hund, mit schwankenden Beinen und am ganzen Körper zitternd, in ihrer beständigen Angst vor dem großen weißen Herrn, der sie, wie sie überzeugt war, eines Tages essen würde. In dieser Verfassung schlich sie zur Kajütstreppe und kroch, die Füße voran, wie ein riesiger schwarzköpfiger Wurm, hinunter, während van Horn einen Stich in seinem Herzen fühlte, weil er nicht den Abgrund der Zeiten zu überbrücken vermochte, der sie trennte.

Nachdem er auch Tambi mit dem kostbaren Grammophon nach unten geschickt hatte, rauchte er weiter, während die scharfen Regenspritzer seinen erhitzten Körper angenehm kühlten.

Nur fünf Minuten dauerte der Regen. Dann kamen die Sterne wieder am Himmel zum Vorschein. Deck und Mangrovenbusch dampften, und die brütende Hitze hüllte alles ein.

Van Horn wußte Bescheid. Außer dem Fieber hatte er nie eine Krankheit gekannt, und deshalb beeilte er sich auch nicht, eine Decke zu holen und sich zuzudecken.

»Sie haben die erste Wache«, sagte er zu Borckman. »Wenn ich Sie morgen früh wecke, will ich schon unterwegs sein.« Er legte den Kopf auf seinen rechten Oberarm, ließ Jerry unter den linken kriechen, preßte ihn eng an sich und schlief ein. So abenteuerlich lebten weiße Männer und eingeborene Schwarze von einem Tag zum andern auf den Salomoninseln, streitend und feilschend. Die Weißen kämpften, um die Köpfe auf den Schultern zu behalten, die Schwarzen – nicht weniger hartnäckig –, um den Weißen die Köpfe zu nehmen, ohne selbst dabei zu Schaden zu kommen. Und Jerry, der nur die Welt der Meringe-Lagune kannte und jetzt die Entdeckung machte, daß die neuen Welten, denen das Schiff ›Arangi‹ und die Insel Malaita angehörten, im wesentlichen dieselben waren, betrachtete das ewige Spiel zwischen Schwarzen und Weißen mit einer Art dämmernden Verständnisses.

Bei Tagesanbruch hatte die ›Arangi‹ die Anker gelichtet. Ihre Segel hingen schwer in der toten Luft, und die Besatzung saß im Walboot und arbeitete mit den Riemen, um das Schiff durch die enge Einfahrt hinauszubugsieren. Als die Jacht einmal durch eine unberechenbare Strömung aus dem Kurs gebracht wurde und sich stark der Brandung an der Küste näherte, scharten sich die Schwarzen an Deck in großer Angst zusammen wie furchtsame Schafe im Pferch, wenn der wilde Räuber der Wälder draußen heult. Und es war auch nicht nötig, daß van Horn dem Walboot zurief: »Washee-washee, ihr verdammten Kerle!« Die Bootsbesatzung hob sich gleichsam auf die Zehenspitzen und legte alle Kraft in jeden Ruderschlag. Sie wußten genau, welch schreckliches Schicksal ihrer wartete, wenn das von den Wellen überspülte Korallenriff den Kiel der ›Arangi‹ packte. Und sie fürchteten sich, fürchteten sich genau wie das furchtsame Mädchen im Vorratsraum. Es war mehr als einmal geschehen, daß die Leute von Langa-Langa und Somo denen auf Su'u einen Festtag bereitet hatten, wie denn die Su'u-Leute gelegentlich dieselbe Rolle bei Festmählern in Langa-Langa und Somo gespielt hatten.
»Mein Wort«, wandte sich Tambi, der am Ruder stand, an van Horn, als die Gefahr überstanden und die ›Arangi‹ klargekommen war, »Bruder gehören mein Vater, lang Zeit vor, er kommen Schiffsbesatzung dieser Ort. Groß fella Schoner Bruder gehören mein Vater, er kommen hierher. Alles fertig dieser Ort Su'u. Bruder gehören mein Vater Su'u-Jungen kai-kai alle zusammen.«

106

Van Horn erinnerte sich der ›Fair Hathaway‹, die vor fünfzehn Jahren von den Eingeborenen auf Su'u geplündert
und verbrannt wurde, nachdem die ganze Besatzung erschlagen worden war. Wirklich: zu Beginn des zwanzigsten
Jahrhunderts waren die Salomons ein wildes Land, und von
allen Salomons war die große Insel Malaita die wildeste.
Er ließ einen nachdenklichen Blick über die hohen Ufer
der Insel nach dem Seemannszeichen, dem Koloratberge,
schweifen, der sich grünbewaldet viertausend Fuß hoch
bis in die Wolken erhob. Als er hinschaute, sah er dünne
Rauchwölkchen in immer wachsender Zahl von den Hängen und den niederen Höhen aufsteigen.
»Mein Wort«, grinste breit Tambi, »viel Jungen bleiben in
Busch, gucken nach dir, Auge gehören ihnen.«
Van Horn lächelte verständnisinnig. Er wußte, daß die uralte Telegraphie mittels Rauchsignalen von Dorf zu Dorf,
von Stamm zu Stamm die Botschaft trug, daß ein Arbeiterwerber an der Leeküste lag. Bei Sonnenaufgang war ein
frischer Seitenwind aufgesprungen, und den ganzen Vormittag flog die ›Arangi‹ nordwärts. Beständig wurde ihr
Kurs von den immer dichter aufsteigenden Rauchwolken
über die grünen Wipfel hinweg gemeldet. Gegen Mittag
stand van Horn, stets in Begleitung Jerrys, vorn und lotete,
während die ›Arangi‹ in den Wind ging, um zwischen zwei
palmenbewachsenen Inselchen hindurchzufahren. Das Lo-
ten war nötig. Überall hoben sich Korallenriffe aus der tür-
kisblauen Tiefe, durchliefen die ganze Farbenskala vom
tiefsten Nephrit bis zum bleichsten Turmalin, und über sie
hinweg spülten die wechselnden Farben des Meeres,
schäumten die Wellen träge oder brachen sich in weißen,
schaumsprühenden Spritzern.
Die Rauchsäulen über den Höhen schwatzten weiter, und
längst, ehe die ›Arangi‹ die Einfahrt passiert hatte, wußte
die ganze Leeküste, von den Salzwasserleuten am Strande
bis zu den fernsten Buschdörfern, daß der Arbeiterwerber
auf dem Wege nach Langa-Langa war. Als die Lagune, die

von einem Gürtel kleiner Inselchen vor der Küste gebildet wurde, immer mehr in Sicht kam, begann Jerry die Riffdörfer zu riechen. Viele Kanus bewegten sich über die glatte Fläche der Lagune, von Paddeln getrieben oder vorm Südpassat segelnd, der frisch durch die breiten Kronen der Kokospalmen wehte. Jerry bellte gereizt die am nächsten herankommenden an, die Haare sträubten sich ihm, und er stellte sich furchtbar grimmig, um zu zeigen, daß er dem weißen Gotte neben ihm ein hinreichender Beschützer war. Und nach jeder solchen Warnung rieb er seine kühle, feuchte Schnauze gegen die sonnenhelle Haut von Schiffers Schenkel.

Als die ›Arangi‹ erst in der Lagune war, fiel sie mit Querwind ab. Nach einer schnellen Fahrt von einer halben Meile drehte sie mit losen Vorschoten und flatterndem Großsegel und Besan bei. Dann fiel der Anker in fünfzig Fuß Tiefe. Das Wasser war so klar, daß jede der mächtigen geriffelten Muschelschalen auf dem Korallengrunde sichtbar war. Man brauchte nicht das Walboot, um die Langa-Langa-Retournierten zu landen. Hunderte von Kanus lagen in zwanzig Reihen zu beiden Seiten der ›Arangi‹, und jeder Schwarze wurde mit seiner Kiste und seiner Glocke von Dutzenden von Verwandten und Freunden für sich in Anspruch genommen.

Es herrschte eine solche Erregung, daß van Horn niemand erlaubte, an Bord zu kommen. Im Gegensatz zu Hornvieh sind Melanesier bei Ausbruch einer Panik ebensosehr zum Angriff wie zur Flucht geneigt. Zwei Mann von der Besatzung standen neben den auf dem Skylight befindlichen Lee-Enfield-Gewehren. Borckman besorgte mit der halben Besatzung den Schiffsdienst. Van Horn überwachte in Begleitung Jerrys das Ausschiffen der Langa-Langa-Retournierten, achtete sorgfältig darauf, daß ihm niemand in den Rücken kam, und beobachtete scharf den Rest der Besatzung, der den Stacheldrahtzaun an der Reling bewachte. Und jeder Somoneger saß auf seiner Kiste, um zu verhüten, daß sie irrtümlich von einem Langa-Langa-Neger in das wartende Kanu geworfen wurde.

Nach einer halben Stunde zog die ganze lärmende Schar ab. Nur einige wenige Kanus blieben zurück, und in einem von ihnen saß Nau-hau, der mächtigste Häuptling von der Feste Langa-Langa. Van Horn machte ihm ein Zeichen daß er an Bord kommen könne. Im Gegensatz zu den meisten großen Häuptlingen war Nau-hau jung, und im Gegensatz zu den meisten Melanesiern war er stattlich, ja beinahe schön zu nennen.

»Hallo, König von Babylon«, begrüßte ihn van Horn, denn so nannte er ihn wegen seines semitischen Gepräges und wegen der rohen Kraft, die sein Gesicht und seine Haltung kennzeichnete.

Nackt geboren und zur Nacktheit erzogen, betrat Nau-hau das Deck dreist und ohne Scham. Sein einziges Kleidungs- stück war ein Kofferriemen, den er sich um den Leib ge- schnallt hatte. Zwischen diesem und seinem bloßen Körper stak die ungeschützte Klinge eines zehnzölligen Schläch- termessers. Sein einziger Schmuck war ein weißer Porzel- lansuppenteller, der durchbohrt war und ihm an einer aus Kokosfasern geflochtenen Schnur um den Hals hing, sodaß der Teller ihm auf der Brust hing und die schwellenden Muskeln halb bedeckte. Das war der größte aller Schätze. Von keinem Mann auf Malaita hatte er je gehört, daß er einen ganzen Suppenteller besessen hätte.

Und der Suppenteller machte ihn ebensowenig lächerlich wie seine Nacktheit. Er war König, wie sein Vater es vor ihm gewesen, aber er war größer als sein Vater. Leben und Tod hielt er in seiner Hand. Oft hatte er seine Macht aus- geübt, hatte seinen Untertanen in der Sprache von Langa- Langa zugezwitschert: »Erschlag hier« und »Erschlag dort«, »Du sollst sterben« und »Du sollst leben«. Und weil sein Vater, der vor einem Jahre abgedankt hatte, so töricht gewesen war, sich in die Regierung seines Sohnes einzumi- schen, hatte er ihm durch zwei Leute den Hals mit einem

Strick aus Kokosfasern zuschnüren lassen, daß er hernach nie wieder atmete. Und weil seine Lieblingsfrau, die Mutter seines Erstgeborenen, in ihrer törichten Liebe gewagt hatte, eines seiner königlichen Tambos zu verletzen, hatte er sie töten lassen und sie höchst selbstsüchtig und gewissenhaft bis auf das letzte Knöchelchen, ja bis auf das Mark ihrer Knochen aufgefressen, ohne selbst seinen allernächsten Genossen auch nur einen einzigen Bissen von ihr zu gönnen.

Königlich war er von Natur, durch Erziehung und Wesen. Er benahm sich mit königlichem Selbstbewußtsein. Er sah königlich aus – wie ein prachtvoller Hengst, wie ein Löwe in einer goldbraunen Wüste königlich aussehen mag. Er war ein herrliches Tier – ein erster Entwurf zu den strahlenden menschlichen Eroberern und Herrschern auf höheren Stufen der Entwicklung, wie sie zu andern Zeiten und Orten aufgetaucht sind. Königlich war Haltung von Körper, Brust, Schultern und Kopf. Königlich war sein Blick: hochmütig unter schweren Lidern.

Königlich war auch sein Mut, als er in diesem Augenblick die ›Arangi‹ betrat, obwohl er wußte, daß er auf Dynamit trat. Wie er längst aus bitterer Erfahrung wußte, waren weiße Männer, mochten sie sonst sein, wie sie wollten, selbst der reine Sprengstoff, gerade wie die geheimnisvollen, todbringenden Waffen, die sie zuweilen benutzten. Als kleiner Knabe war er einmal mit in einem Kanu gewesen, das einen Sandelholzkutter, noch kleiner als die ›Arangi‹, angegriffen hatte. Nie konnte er das Mysterium vergessen. Er hatte gesehen, wie zwei der weißen Männer getötet und ihre Köpfe an Deck abgehauen wurden. Der dritte war, immer kämpfend, eine Minute zuvor nach unten geflohen. Und da war der Schoner mit seinem ganzen Reichtum an Bandeisen, Tabak, Messern und Kattun in die Luft geflogen und in einem zersplitterten, zerfetzten Nichts wieder ins Meer gefallen. Das war Dynamit gewesen – das Mysterium. Und er, der durch ein glückliches Wunder unbeschädigt durch die Luft gewirbelt war, er hatte erraten, daß weiße Männer selbst Dynamit waren, zusammengesetzt aus demselben geheimnisvollen Stoff wie der, mit dem sie die schnellen Fischzüge oder in der äußersten Not sich selbst und ihre Schiffe in die Luft sprengten – diese Schiffe, mit denen sie von weit her übers Meer gezogen kamen. Und dennoch betrat er diesen unsicheren, entsetzlichen, todbringenden Stoff, aus dem, wie er sehr wohl wußte, auch van Horn bestand, betrat ihn fest und schwer, wagte es, seinen Hochmut dagegen einzusetzen, obwohl jeden Augenblick die Explosion erfolgen konnte.

»Mein Wort«, begann er, »was Name du machen Jungen gehören mir bleiben zu lange bei dir?« Was eine wahre und wohlbegründete Anklage war, da die Leute, die van Horn zurückbrachte, dreiundeinhalb Jahre statt drei fortgeblieben waren.

»Du reden das fella Gerede ich werden böse zu sehr auf dich«, antwortete van Horn streitlustig und fügte diplomatisch hinzu, indem er die Hand in eine mittendurch gesägte Tabakkiste steckte und dem Häuptling eine Handvoll anbot: »Viel besser, du rauchen und reden gut fella Rede.« Aber Nau-hau lehnte mit einer großartigen Handbewegung die Gabe ab, nach der ihn hungerte.

»Viel Tabak bleiben bei mir«, log er. »Was Name ein fella Junge gehn fort nicht kommen wieder?« fragte er. Van Horn zog das lange dünne Abrechnungsbuch aus seinem Lendenschurz, und während er schnell die Seiten überblickte, empfing Nau-hau einen Eindruck von dem Dynamit in der überlegenen Macht des weißen Mannes, die ihn befähigte, sich in den beschriebenen Blättern eines Buches statt in seinem Kopfe genau zu erinnern. »Sati«, las van Horn, indem er seinen Finger auf die Stelle setzte und aufmerksam bald auf das beschriebene Blatt, bald auf den schwarzen Häuptling vor sich sah, während der schwarze Häuptling selbst lachte und grübelte, welche Möglichkeit er hätte, hinter den andern zu gelangen und ihm mit einem einzigen Messerhieb – dem Hieb, den er so gut kannte – das Rückgrat unterhalb des Halses durchzuhauen.

»Sati«, las van Horn. »Letzter Monsun beginnen diese Zeit, ihn fella Sati werden krank. Magen gehören ihm zu sehr; dann ihn fella Sati ganz fertig.« So lautete auf Trepang die Eintragung: »Gestorben an Dysenterie 4. Juli 1901.«

»Viel Arbeit ihn fella Sati lange Zeit«, ging Nau-hau gerade auf die Sache los. »Was kommen Geld gehören ihm?« Van Horn rechnete.

»Zusammen ihn machen sechs zehn Pfund und zwei fella ihm ein zehn Pfund und fünf fella Pfund. Ihn fertig Pfund Gold«, lautete die Übersetzung von zweiundsechzig Pfund Lohn. »Ich bezahlen Vorschuß Vater gehören ihm ein zehn Pfund und fünf fella Pfund. Ihn fertig ganz für vier zehn Pfund und sieben fella Pfund.«

»Was Name bleiben vier zehn Pfund und sieben fella Pfund?« fragte Nau-hau, der wohl mit der Zunge, aber nicht mit dem Kopfe diese ungeheure Summe bewältigen konnte.

Van Horn hob die Hand.

»Zuviel Eile du fella Nau-hau. Ihn fella Sati kaufen Laden bei Plantage zwei zehn Pfund und ein fella Pfund. Sati fertig, ihm gehören zwei zehn Pfund und sechs fella Pfund.«

»Was Name bleiben zwei zehn Pfund und sechs fella Pfund?« beharrte Nau-hau unerbittlich.

»Bleiben bei mir«, antwortete der Kapitän kurz.

»Geben mir zwei zehn Pfund und sechs fella Pfund.«

»Geben dir Hölle«, sagte van Horn abweisend, und in seinen blauen Augen spürte der schwarze Häuptling deutlich das Dynamit, aus dem der weiße Mann gemacht schien. Wieder sah er den blutigen Tag vor sich, da er zum erstenmal eine Dynamitexplosion erlebt hatte und durch die Luft gewirbelt war.

»Was Name das alt fella Junge bleiben im Kanu?« fragte

van Horn, indem er auf einen alten Mann in dem längsseits liegenden Kanu zeigte. »Ihn Vater gehören Sati?«

»Ihn Vater gehören Sati«, bestätigte Nau-hau.

Van Horn machte dem Alten ein Zeichen, daß er an Bord kommen solle, übergab Borckman die Aufsicht an Deck und ging mit Nau-hau nach unten, um das Geld aus seinem Geldschrank zu holen. Dann kehrte er zurück und wandte sich, ohne die geringste Notiz vom Häuptling zu nehmen, direkt an den Alten. »Was Name gehören dir?«

»Mich fella Nino«, lautete die bebende Antwort. »Ihn fella Sati gehören mir.«

Van Horn sah fragend auf Nau-hau, der bestätigend in der Art der Salomoninseln nickte, worauf van Horn sechsundzwanzig Goldstücke in die Hand von Satis Vater zählte.

Augenblicklich streckte Nau-hau die Hand aus und empfing die Summe. Zwanzig Goldstücke behielt der Häuptling selbst, die übrigen sechs gab er dem Alten wieder. Das ging van Horn nichts an. Er hatte seine Pflicht getan und seine Schuld bezahlt. Daß ein Häuptling seinen Untertan tyrannisierte, hatte nichts mit seinem Geschäft zu tun.

Beide Herren, der weiße und der schwarze, waren sehr mit sich zufrieden. Van Horn hatte das Geld an den bezahlt, der es zu bekommen hatte; Nau-hau hatte kraft seiner Königswürde Satis Vater vor den Augen van Horns der Frucht von Satis Fleiß beraubt. Aber Nau-hau war nicht darüber erhaben, sich zu brüsten. Er schlug den Tabak aus, der ihm zum Geschenk angeboten wurde, kaufte eine Kiste von van Horn und bezahlte ihm fünf Pfund dafür. Dann verlangte er, daß die Kiste geöffnet würde, damit er sich sofort eine Pfeife stopfen konnte.

»Viel gute Jungen bleiben Langa-Langa?« fragte van Horn mit unbeirrbarer Höflichkeit, um das Gespräch in Gang zu halten und seine völlige Gleichgültigkeit zu zeigen.

Der ›König von Babylon‹ grinste, würdigte ihn aber keiner Antwort.

»Vielleicht ich gehen an Land und gehen umher«, sagte van Horn herausfordernd und prüfend.

»Vielleicht zuviel Lärm für dich«, antwortete Nau-hau ebenso herausfordernd. »Vielleicht viel schlechte fella Jungen kai-kai dich.«

Wenn van Horn sich dessen auch nicht bewußt war, so hatte er doch bei dieser Herausforderung dasselbe stechende Gefühl in den Haarwurzeln wie Jerry, wenn sich ihm die Haare sträubten.

»He, Borckman«, rief er. »Bemannen Sie das Walboot!«

Als das Walboot längsseits lag, stieg er zuerst selbst gleichmütig ein und forderte dann Nau-hau auf, ihn zu begleiten. »Mein Wort, König von Babylon«, flüsterte er dem Häuptling ins Ohr, als die Besatzung sich über die Riemen beugte. »Ein fella Junge machen Lärm, ich zuerst schießen Hölle aus dir heraus. Dann ich schießen Hölle aus Langa-Langa heraus. Ganze Zeit, du fella gehen herum, du gehen herum mit mir. Du nicht mögen gehen herum mit mir, du gleich ganz fertig.«

Und an Land ging van Horn, ein weißer Mann, allein begleitet von einem kleinen irischen Terrier, dessen Herz vor Liebe überströmte, und einem schwarzen König, den widerwilliger Respekt vor dem Dynamit in dem weißen Manne erfüllte. Und der barbeinige Schwadroneur durchschritt eine von dreitausend Seelen bewohnte Feste, während sein weißer, dem Schnaps verfallener Steuermann das winzige Fahrzeug hielt, das vor der Küste verankert lag, und seine schwarze Bootsmannschaft, die Riemen in den Händen, das Walboot mit dem Heck gegen Land hielt und auf den Augenblick wartete, da er plötzlich hineinspringen würde – dieser Mann, dem sie dienten, den sie aber nicht liebten und dessen Kopf sie mit größter Bereitwilligkeit genommen hätten, wenn sie es gefahrlos hätten tun können.

Van Horn hatte nicht die Absicht gehabt, an Land zu gehen, und wenn er es auf die hochmütige Herausforderung des schwarzen Häuptlings tat, so geschah es lediglich aus

114

geschäftlichen Rücksichten. Eine Stunde lang schlenderte er umher, die Rechte immer am Kolben der automatischen Pistole an seiner Lende und ohne die Augen von Nau-hau zu lassen, der neben ihm ging. Denn Nau-hau, der mit Mühe einen Vulkanausbruch unterdrückte, konnte beim geringsten Anlaß explodieren. Und wie van Horn so dahinschlenderte, war ihm vergönnt zu sehen, was nur wenige Weiße gesehen, denn Langa-Langa und seine Schwesterinseln – schöne Perlen, die wie auf einer Schnur an der Küste von Malaita aufgereiht lagen – waren ebenso einzigartig wie unerforscht. Ursprünglich waren diese Inseln nur Sandbänke und Korallenriffe gewesen, die halb vom Meere überspült wurden. Nur ein gejagtes, verzweifeltes Geschöpf hatte sich hier mit unglaublicher Mühe den dürftigsten Lebensunterhalt schaffen können. Aber eben solche gejagte, verzweifelte Geschöpfe, deren Dörfer überfallen oder die vor dem Zorn ihrer Häuptlinge und dem Schicksal geflohen waren, als Langschweine in den Kochtopf zu wandern, waren hierhergekommen und hatten ausgehalten. Und diese Menschen, die nur den Busch gekannt hatten, lernten jetzt das salzige Wasser kennen und entwickelten sich zu einer Salzwasserrasse. Sie lernten Fische und Schaltiere kennen, und sie erfanden Angelhaken und Schnüre, Netze und Reusen und all die sonstigen Methoden, um sich die Nahrung zu verschaffen, die in dem ewig wechselnden, unsicheren Meere schwimmt.

Diese Flüchtlinge stahlen sich Weiber vom Festlande und vermehrten sich. Mit wahrer Herkulesarbeit unter der brennenden Sonne besiegten sie das Meer. Sie umdeichten ihre Korallenriffe und Sandbänke mit Korallenblöcken, die sie in dunklen Nächten vom Festland stahlen. Prachtvolles Mauerwerk bauten sie ohne Mörtel und Meißel, um dem Anprall des Ozeans Widerstand zu leisten. Ebenso stahlen sie vom Festland – wie Mäuse aus menschlichen Wohnungen, wenn die Menschen schlafen – Kanuladungen fetter, reicher Erde. Generationen und Jahrhunderte vergingen,

115

und siehe: dort, wo einst halb überspülte nackte Sandbänke gewesen, erhoben sich jetzt Festungen mit Mauern und Wällen, unterbrochen von Anlegestellen für die langen Kanus. Den Schutz vor dem Festland bildeten die Lagunen, die ihr engeres Arbeitsgebiet darstellten. Kokospalmen, Bananenbäume und hohe Brotfruchtbäume gaben Nahrung und Schutz vor der Sonne. Ihre Gärten gediehen. Ihre langen, schmalen Kanus verheerten die Küsten und rächten das den Vätern angetane Unrecht an den Nachkommen derer, die sie verfolgt und zu fressen versucht hatten. Wie die Flüchtlinge und Überläufer, die sich einst in die Salzsümpfe der Adria zurückgezogen und die Paläste des mächtigen Venedig auf tief in den Schlamm gesenkten Pfählen erbaut hatten, so errichteten diese elenden gejagten Schwarzen ein mächtiges Reich, bis sie Herren des Festlandes wurden, Handel und Handelswege beherrschten und den Buschmann zwangen, ewig im Busch zu bleiben und sich nie auf das salzige Meer zu wagen. Und hier, mitten in dem fetten Reichtum und Hochmut des Meervolkes, erging sich übermütig van Horn, nahm die Gelegenheit wahr, ohne den Gedanken fassen zu können, daß der Tod bald über ihm sein konnte, in dem Bewußtsein, daß er den Grund zu guten Geschäften für die Zukunft legte, Geschäften, die darin bestanden, kühnen, ebenso wagemutigen weißen Männern auf fernen Inseln Arbeitskräfte zu verschaffen.

Und als van Horn eine halbe Stunde später Jerry in das Achterdeck des Walbootes setzte und dann selbst einstieg, blieb am Strande ein verdutzter, verwunderter schwarzer König zurück, der mehr als je von Respekt vor dem mit Dynamit geladenen weißen Mann erfüllt war, welcher ihm Tabak, Kattun, Messer und Beile brachte und unerbittlich an diesem Handel verdiente.

An Bord zurückgekehrt, ließ van Horn augenblicklich den Anker lichten, setzte Segel und kreuzte die zehn Meilen durch die Lagune nach der Luvseite von Somo. Unterwegs legte er in Binu an, um den Häuptling Johnny zu begrüßen und ein paar Retournierte an Land zu setzen. Dann ging es weiter nach Somo, wo für die ›Arangi‹ und viele der an Bord Befindlichen die Reise ein Ende haben sollte.

Der Empfang, der van Horn in Somo zuteil wurde, war das Gegenteil von dem in Langa-Langa. Nachdem die Retournierten an Land geschafft waren, womit der größte Teil des Nachmittags verging, lud van Horn den Häuptling Baschti ein, an Bord zu kommen. Und Häuptling Baschti kam, sehr behende und beweglich, trotz seines hohen Alters, und sehr liebenswürdig – ja, so liebenswürdig, daß er darauf bestand, drei seiner ältesten Frauen mit an Bord zu bringen. Das war etwas ganz Unerhörtes. Nie hatte er einer seiner Frauen erlaubt, sich vor einem Weißen zu zeigen, und van Horn fühlte sich so geehrt, daß er jeder von ihnen eine hübsche Tonpfeife und zwölf Stück Tabak überreichte.

So spät am Tage es auch war, ging das Geschäft doch glänzend, und Baschti, der sich den Löwenanteil von den Löhnen genommen hatte, der den Vätern zweier verstorbener Arbeiter zukam, kaufte großzügig von den Waren der ›Arangi‹. Als Baschti eine Menge frischer Rekruten versprach, wollte van Horn, der den Wankelmut der Eingeborenen kannte, daß sie sich sofort einschrieben. Baschti wurde gleich bedenklich und schlug vor, es am nächsten Tage zu tun. Van Horn behauptete, daß damit nichts gewonnen wäre, und vertrat seinen Standpunkt so gut, daß der alte Häuptling schließlich ein Kanu an Land schickte, um die Leute aufzugreifen, die ausersehen waren, mit der ›Arangi‹ nach den Plantagen zu ziehen.

»Wie denken Sie darüber?« fragte van Horn Borckman, dessen Augen stark verschwommen waren. »Ich habe den alten Gauner noch nie so freundlich gesehen. Führt er was im Schilde?« Der Steuermann starrte auf die vielen Kanus, die längsseits lagen, bemerkte die zahlreichen Weiber in ihnen und schüttelte den Kopf.

»Wenn sie was vorhaben, schicken sie die Marys stets in den Busch«, sagte er.

»Bei diesen Niggern kann man nie wissen«, brummte der Kapitän. »Die Kerle mögen nicht viel Phantasie besitzen, aber hin und wieder haben sie doch einen neuen Einfall. Und Baschti ist der gerissenste alte Nigger, den ich je gesehen habe. Warum sollte er uns nicht einmal bluffen und gerade das Gegenteil von dem tun, was wir von ihm erwarten? Haben sie noch nie ihre Weiber mitgenommen, wenn es Lärm gab, so ist das noch kein Grund, daß sie es immer ebenso machen müssen.«

»Selbst Baschti hat nicht Grütze genug, um sich so was auszudenken«, wandte Borckman ein. »Er ist eben mal guter Laune. Er hat doch schon für vierzig Pfund Waren gekauft. Deshalb will er uns wieder einen Haufen Nigger verschaffen, und ich möchte wetten, er hofft, daß die Hälfte stirbt, so daß er auch deren Lohn ausgeben kann.« Das klang vernünftig, aber van Horn schüttelte den Kopf . »Passen Sie jedenfalls gut auf«, ermahnte er ihn. »Und denken Sie daran, daß wir nie beide zugleich in der Kajüte sein dürfen. Und ja keinen Schnaps mehr, ehe wir mit dem ganzen Kram fertig sind, verstanden?«

Baschti war unglaublich mager und ungeheuer alt. Wie alt er war, wußte er selber nicht. Er wußte nur, daß noch keiner von seinem Stamm gelebt hatte, als er ein Knabe war. Er erinnerte sich der Zeit, da einige der ältesten Lebenden geboren wurden, aber im Gegensatz zu ihm waren das hinfällige, zitternde Greise mit rinnenden Augen, zahnlos, taub oder lahm. Er hingegen war noch vollkommen rüstig. Er konnte sich sogar eines Dutzends arg mitgenommener Zähne rühmen, die bis auf den Gaumen abgenutzt, aber doch noch brauchbar zum Kauen waren. Obwohl er nicht mehr so ausdauernd wie in seiner Jugend war, dachte er noch selbständig und klar wie je. Seinem Verstand hatte der Stamm es zu danken, daß er jetzt stärker war als zu der Zeit, da Baschti ans Ruder kam. Im kleinen war er ein melanesischer Napoleon gewesen. Als Krieger hatte seine überlegene Begabung ihm ermöglicht, das Gebiet der Buschleute einzuengen, und die Narben an seinem welken Körper bezeugten, daß er stets in der vordersten Reihe gekämpft hatte. Als Gesetzgeber hatte er seinen Stamm ermutigt und stark und tüchtig gemacht. Als Staatsmann war er stets weitsichtiger gewesen als die Nachbarhäuptlinge, wenn es galt, Verträge zu schließen oder Konzessionen zu erteilen. Und in seinem Gehirn, das immer noch sehr lebhaft arbeitete, hatte er jetzt einen Plan ausgeklügelt, um van Horn anzuführen und das mächtige Britische Reich, von dem er wenig ahnte, aber noch weniger wußte, übers Ohr zu hauen.

Denn Somo hatte eine Geschichte. Es war ein merkwürdiger Widerspruch: ein Salzwasserstamm, der an einer Lagune auf dem Festland lebte, wo man sonst nur Buschleute vermuten konnte. Die graue Vorzeit lebte noch in alten Sagen. Eines Tages, vor so langer Zeit, daß man keinen Maßstab für sie hatte, war Somo, der Sohn Lotis, des Häuptlings der Inselfeste Umbo, mit seinem Vater in Streit geraten und mit einem Dutzend Kanus voller junger Männer vor seinem Zorn geflohen. Ganze zwei Monsune waren sie auf dem Wasser umhergeirrt, hatten der Sage nach zweimal Malaita umfahren und sehr viele Raubzüge bis nach Uri und San Cristobal auf der andern Seite des großen Meeres unternommen.

Weiber hatten sie sich natürlich nach siegreichen Kämpfen geraubt, und zuletzt waren Somo und seine Leute mit Weibern und Kindern auf dem Festland gelandet, hatten die Buschmänner vertrieben und die Salzwasserfeste Somo gegründet. Sie war wie eine Inselfeste am Wasser erbaut, mit Mauern aus Korallenblöcken umgeben, um dem Meere und Räubern, die vom Meere kommen sollten, standzuhalten. Nach hinten hin reichte die Feste bis in den Busch, und hier glich sie jedem andern ausgedehnten Buschdorfe.

Aber Somo, der weitsichtige Vater des neuen Stammes,

hatte seine Grenzen tief in den Busch bis zu den Ausläufern der Berge gesteckt, und auf jeder Erhebung hatte er ein Dorf erbaut. Nur den wirklich Tapferen, die zu ihm geflohen waren, hatte Somo erlaubt, sich dem neuen Stamm anzuschließen; Schwächlinge und Feiglinge waren schleunigst aufgefressen worden, und der schier unglaubliche Bericht von ihren vielen Köpfen, welche die Kanuhäuser schmückten, gehörte mit zur Sage.

Und dieser Stamm und das Gebiet um diese Festung waren Baschti schließlich als Erbe zugefallen, und er hatte sein Erbteil gemehrt. Er war auch jetzt nicht darüber erhaben, es weiter zu mehren. Lange hatte er sorgsam alle Einzelheiten des Planes überdacht, den er jetzt ausführen wollte. Vor drei Jahren hatte der Ano-Ano-Stamm viele Meilen weiter abwärts an der Küste einen Werber gekapert, ihn mit der ganzen Besatzung vernichtet und fabelhafte Mengen Tabak, Kattun, Perlen und Handelswaren aller Art nebst Gewehren und Munition erbeutet.

Und der Preis, den sie dafür bezahlen mußten, war gering genug gewesen. Ein halbes Jahr später hatte ein Kriegsschiff die Nase in die Lagune gesteckt, hatte Ano-Ano bombardiert und die Bewohner Hals über Kopf in den Busch gejagt. Die Leute vom Schiff hatten sie nutzlos verfolgt. Schließlich hatten sie sich damit begnügt, vierzig fette Schweine zu töten und fünfzig Kokospalmen zu fällen. Kaum aber befand sich das Schiff wieder auf hoher See, als das Ano-Ano-Volk auch schon wieder ins Dorf zurückkehrte. Granatfeuer wirkt nicht besonders verheerend auf leichte Grashütten, und nach einigen Stunden Arbeit für die Weiber war alles wieder in Ordnung. Was die vierzig toten Schweine betraf, so stürzte sich der ganze Stamm auf die Leichen, briet sie zwischen hohen Steinen unter der Erde und hielt ein Festmahl von ihnen. Die zarten Sprossen der gefällten Kokospalmen wurden ebenfalls gegessen, während die Tausende von Kokosnüssen von ihren Schalen befreit, in Streifen geschnitten, an der Sonne gedörrt und geräuchert wurden, bis alles zu Kopra geworden war, die dem ersten Handelsschiff, das in die Nähe kam, verkauft werden konnte.

So war die Buße, die man ihnen auferlegt hatte, der Anlaß zu Fest und Freude geworden – und das alles sprach die betriebsame, berechnende Seele Baschtis in hohem Maße an. Was gut für Ano-Ano war, mußte seiner Meinung nach erst recht gut für Somo sein. Da es die Art der unter der britischen Flagge fahrenden weißen Männer war, Schweine totzuschlagen und Kokospalmen zu fällen, um Blutvergießen und Kopfraub zu rächen, konnte Baschti nicht einsehen, warum er nicht wie Ano-Ano Nutzen daraus ziehen sollte. Der Preis, der später möglicherweise gelegentlich bezahlt werden mußte, stand in einem schreienden Mißverhältnis zu den Reichtümern, die er sich jetzt verschaffen konnte. Außerdem war es über zwei Jahre her, daß sich das letzte britische Kriegsschiff im Salomonarchipel gezeigt hatte.

Und so beugte Baschti, dessen Hirn einen herrlichen neuen Gedanken geboren hatte, sein weises Haupt, um seine Zustimmung kundzugeben und seinem Volke zu erlauben, in großen Scharen an Bord zu kommen und Einkäufe zu machen. Nur sehr wenige wußten, was er im Schilde führte oder daß er überhaupt etwas im Schilde führte.

Der Handel wurde immer lebhafter, je mehr Kanus längsseits kamen, und schwarze Männer und Weiber füllten das Deck. Dann kamen die geworbenen Arbeiter, neu eingefangene junge Wilde, scheu wie Hirsche, aber gehorsam dem strengen Gesetz der Väter und des Stammes, und begaben sich einer nach dem andern, begleitet von ihren Vätern, Müttern und Verwandten, jede Familie für sich, in die Kajüte der ›Arangi‹, um vor den großen weißen Kapitän zu treten, der ihre Namen in ein geheimnisvolles Buch eintrug und sie den Kontrakt, der sie zu dreijähriger Arbeit verpflichtete, anerkennen ließ, indem sie mit der rechten Hand den Federhalter, mit dem er schrieb, berühren mußten, worauf er ein Jahr Vorschuß in Waren an das Oberhaupt der betreffenden Familie auszahlte. Der alte Baschti saß in der Nähe und nahm seinen üblichen reichlichen Zehnten von jedem Vorschuß, während seine drei alten Frauen demütig zu seinen Füßen niederkauerten und durch ihre Nähe allein schon dazu beitrugen, van Horn sicher zu machen, der entzückt über das glänzende Geschäft war. Auf diese Weise konnte er seine Fahrt nach Malaita abkürzen und bald mit vollem Schiff wieder abfahren. An Deck, wo Borckman scharf nach allen möglichen Gefahren Ausschau hielt, strich Jerry umher und schnüffelte an den unzähligen Beinen all der vielen Schwarzen, die er nie zuvor gesehen hatte. Der Wildhund war mit den Retournierten an Land gegangen, und von den Retournierten war nur einer wieder an Bord gekommen. Das war Lerumie, und Jerry stolzierte immer wieder mit steifen Beinen und gesträubten Haaren an ihm vorbei, ohne daß Lerumie ihn jedoch beachtete. Lerumie ignorierte ihn kühl, ging einmal in die Kajüte hinunter, kaufte sich einen Handspiegel und versicherte nach seiner Rückkehr dem alten Baschti mit einem Blick, daß alles bereit sei und daß es losgehen könne, sobald eine günstige Gelegenheit sich biete. Es war Borckman, der ihnen diese Gelegenheit verschaffte. Und er würde es nicht getan haben, wenn er sich nicht der Unvorsichtigkeit und des Ungehorsams gegen den Befehl seines Kapitäns schuldig gemacht hätte. Er konnte den Schnaps nicht lassen. Er fühlte nicht, was in der Luft lag. Das Achterdeck, wo er stand, war fast ganz verlassen. Mittschiffs und vorn war das Deck voll von Schwarzen beiderlei Geschlechts, die mit der Besatzung freundschaftlich schwatzten. Er ging zu den Jamssäcken, die achtern vom Besanmast festgezurrt waren, und holte die Flasche hervor. Ehe er trank, warf er mit einem letzten Rest von Vorsicht einen Blick über die Schulter zurück. In seiner Nähe stand eine harmlose Mary in mittleren Jahren, fett, verwachsen, unschön, ein zweijähriges säugendes Kind rittlings auf der Hüfte.Von dieser Seite brauchte man jedenfalls keine Gefahr zu fürchten. Dazu war es ganz offensichtlich eine unbewaffnete Mary, denn sie trug nicht einen einzigen Fetzen am Körper, wo sie eine Waffe hätte verstecken können. Und dicht an der Reling, zehn Fuß entfernt, stand Lerumie und betrachtete sich selbstgefällig in dem Spiegel, den er sich soeben gekauft hatte.

In dem Spiegel sah Lerumie, wie sich Borckman über die Jamssäcke beugte, sich wieder aufrichtete und, die Flasche senkrecht am Munde, den Kopf zurückbog. Lerumie hob die rechte Hand als Zeichen für eine Frau in einem Kanu neben dem Schiffe. Sie bückte sich hastig und warf Lerumie einen Gegenstand zu. Es war ein langschäftiger Tomahawk, eine Zimmermannsaxt an einem Stiel von einheimischer Arbeit aus schwarzem, blankpoliertem, hartem Holz, mit Perlmutter in sehr primitivem Muster eingelegt und mit Kokosfasern umwickelt, so daß er sich gut fassen ließ. Die Schneide war scharf geschliffen wie ein Rasiermesser.

So lautlos, wie der Tomahawk durch die Luft in Lerumies Hand flog, ebenso lautlos flog er im nächsten Augenblick durch die Luft aus seiner Hand in die der fetten Mary, die hinter dem Steuermann stand und ihr Kind stillte. Sie packte den Schaft mit beiden Händen, während das Kind, das rittlings auf ihrer Hüfte saß, sich festhielt, indem es sie mit beiden Ärmchen halb umklammerte.

Noch wartete sie, denn solange Borckman mit zurückgelegtem Kopfe dastand, war es nicht möglich, ihm das Rückgrat eben unterhalb des Nackens durchzuhauen. Viele Augen sahen die bevorstehende Tragödie. Jerry sah sie, verstand sie jedoch nicht. So feindlich er auch sonst gegen die Schwarzen gestimmt war, hatte er diesen Angriff aus der Luft doch nicht erraten. Tambi, der sich zufällig in der Nähe des Skylights befand, sah sie und streckte im selben Augenblick die Hand nach einem Lee-Enfield-Gewehr aus. Lerumie sah Tambis Bewegung und gab der Frau durch einen Zischlaut zu verstehen, daß sie eilen müsse.

Borckman, der von dieser, der letzten Sekunde seines Lebens so wenig wußte, wie er von der ersten Sekunde seines Lebens gewußt, ließ die Flasche sinken und beugte den Kopf vor. Die scharfe Schneide tat ihre Schuldigkeit. Was Borckman in dem Nu, als sein Gehirn von seinem Körper getrennt wurde, gefühlt oder gedacht haben mag, wenn er denn überhaupt etwas fühlte oder dachte, das ist ein Geheimnis, das kein lebendes Wesen lösen kann. Kein Mensch, dessen Rückgrat auf diese Weise zerhauen wurde, hat je mit einem Worte verraten, was er gefühlt und gedacht hat. Ebenso schnell, wie die Axt fiel, sank Borckman auf dem Deck zusammen. Er wankte weder, noch stürzte er. Er wurde schlaff wie ein Ballon, aus dem plötzlich die Luft entweicht, oder wie eine Blase, die ein Loch bekommt. Die Flasche glitt aus seiner toten Hand auf die Jamssäcke, ohne zu zerbrechen, wenn auch der Rest des Inhalts ganz still auf das Deck gluckste.

So schnell folgten einander die Ereignisse, daß die erste Kugel aus Tambis Gewehr die Mary verfehlte, ehe Borckman noch ganz auf das Deck gesunken war. Er kam nicht ein zweites Mal zum Schuß, denn die Mary ließ den Tomahawk fallen, faßte das Kind mit beiden Händen, stürzte zur Reling und sprang in das Kanu, das zufällig unter ihr lag und unter ihrem Gewicht kenterte. Dann geschah alles auf einmal. Von den Kanus zu beiden Seiten kam ein funkelnder, glitzernder Regen von Tomahawks mit perlmuttereingelegten Schäften. Sie wurden von den Somomännern an Deck aufgefangen, während die Weiber niederkauerten und sich in Sicherheit brachten. Im selben Augenblick, als die Mary, die Borckman getötet hatte, über Bord sprang, bückte Lerumie sich nach dem Tomahawk, und Jerry, der fühlte, daß es jetzt um Leben und Tod ging, grub seine Zähne in die Hand, die sich nach der Waffe ausstreckte. Lerumie richtete sich auf, alle Wut und aller Haß, die sich seit Monaten gegen das Hündchen in ihm aufgespeichert hatten, machten sich in einem lauten Geheul Luft, und als

Jerry ihm an die Beine fuhr, gab er ihm aus aller Macht einen Fußtritt, der ihn unter dem Bauche traf und hochschleuderte. Und in der Sekunde oder in dem Bruchteil einer Sekunde, als Jerry hochgeschleudert wurde und über den Stacheldrahtzaun ins Wasser flog, wurden Gewehre von allen Seiten aus den Kanus an Bord gereicht, und Tambi feuerte seinen nächsten Schuß ab. Und Lerumie, der den Fuß, mit dem er Jerry getreten hatte, wieder auf das Deck gesetzt hatte und der sich wieder nach dem Tomahawk bücken wollte, wurde von der Kugel gerade ins Herz getroffen und stürzte nieder, um gemeinsam mit Borckman in den Frieden des Todes hinüberzugleiten.

Ehe Jerry noch das Wasser erreicht hatte, war Tambis Stolz über seinen wundervollen Schuß ausgelöscht, denn in dem Augenblick, als er den Drücker losließ, durchschnitt ein Tomahawk seine Wirbelsäule eben unter dem Schädelansatz und verlöschte für ewig das strahlende Bild der meerumspülten sonnenflammenden Tropenwelt. Und ebenso schnell – denn alle Begebenheiten erfolgten fast gleichzeitig – erlitt die übrige Besatzung den Tod, und das Deck wurde die reine Schlachtbank.

Mitten im Knallen der Büchsen und im Todeskampf der Menschen tauchte Jerrys Kopf aus dem Wasser auf. Ein Mann streckte aus einem Kanu die Hand aus, packte ihn am Nacken und zog ihn ins Boot. Er knurrte und suchte seinen Retter zu beißen, war aber weniger erbittert als von der wahnsinnigsten Angst um Schiffer ergriffen. Ohne darüber nachzudenken, wußte er, daß das schwerste Unglück des Lebens die ›Arangi‹ betroffen hatte – das Unglück, das alles Lebende instinktiv sich nähern fühlt und das nur die Menschen kennen und ›Tod‹ nennen. Er hatte gesehen, wie Borckman getroffen wurde. Und jetzt hörte er Büchsenschüsse und dazwischen Siegesgeheul und Angstschreie.

Und deshalb brüllte und heulte er jetzt, als er mit einer kräftigen Faust im Nacken in der Luft hing, er schnappte nach Luft und fauchte, bis der Schwarze wütend wurde und ihn ärgerlich auf den Boden des Kanus warf. Mit großer Mühe kam er wieder auf die Beine und machte zwei Sprünge, den einen auf den Rand des Kanus, den andern in hoffnungsloser Verzweiflung, ohne an sich zu denken, in der Richtung der ›Arangi‹.

Er sprang einen ganzen Meter zu kurz und stürzte kopfüber ins Wasser. Als er wieder an die Oberfläche kam, schwamm er wie ein Rasender, halb erstickt von dem Salzwasser, das ihm in die Lunge drang, weil er in seiner Sehnsucht nach Schiffer beständig heulte.

Aber ein zwölfjähriger Knabe in einem andern Kanu, der das Abenteuer des ersten Schwarzen mit Jerry angesehen hatte, behandelte ihn ungenierter. Er schlug den Hund, der noch im Wasser schwamm, erst mit der Breitseite, dann mit der Kante eines Paddelruders auf den Kopf. Und die Finsternis der Bewußtlosigkeit überflutete das kleine klare Hirn mit all seiner Liebespein, so daß der schwarze Knabe ein schlaffes, unbewegliches Hündchen in sein Kanu zog.

Unterdessen war – noch ehe Jerry nach Lerumies Tritt das Wasser erreicht hatte – unten in der Kajüte van Horn dem Tode in einer kurzen, bedeutungsvollen Sekunde, oder vielmehr dem Bruchteil einer Sekunde, begegnet. Nicht umsonst hatte der alte Baschti am längsten von allen Männern seines Stammes gelebt und am weisesten in der ganzen langen Reihe von Herrschern seit Somos Tagen geherrscht. Wären ihm Zeit und Ort günstiger gewesen, so hätte er leicht ein Alexander, ein Napoleon oder ein dunkelhäutiger Hahehameha werden können. Aber auch jetzt machte er seine Sache gut, ja ausgezeichnet in Anbetracht seines engbegrenzten kleinen Königreichs an der Küste der finsteren Kannibaleninsel Malaita.

Und wie gut er es machte! Kaltblütig, liebenswürdig, immer unter Berufung auf die Rechte, die ihm seiner Häuptlingswürde zufolge zukamen, hatte er van Horn zugelächelt, hatte er seine königliche Erlaubnis gegeben, daß seine jungen Männer sich zu dreijähriger Plantagenarbeit verpflichteten, hatte er seinen Anteil an dem Vorschuß gefordert, der jedem von ihnen für das erste Jahr ausbezahlt wurde. Aroa – man konnte ihn wohl seinen Premierminister und Schatzmeister nennen – hatte die Abgaben ebenso schnell in Empfang genommen, wie die Beträge ausbezahlt wurden, und sie in große Beutel aus feingeflochtenen Kokosfasern getan. Auf dem Rande der Koje hinter Baschti saß ein glatthäutiges dreizehnjähriges Mädchen, das die Fliegen mit dem königlichen Fliegenwedel von seinem königlichen Haupte verjagte. Zu seinen Füßen kauerten seine drei alten Frauen, deren älteste, zahnlos und ziemlich hinfällig, ihm jedesmal, wenn er nickte, einen Korb aus lose geflochtenen Pandangblättern reichte.

Und Baschti, dessen scharfe Ohren auf das erste ungewöhnliche Geräusch an Deck warteten, nickte beständig und steckte die Hand in den Korb – bald nach einer Betelnuß, Kalk und dem grünen Blatt, in das dieser Bissen unweigerlich eingepackt wurde, bald nach Streichhölzern, mit denen er seine Pfeife anzündete, die offenbar nicht gut zog und immer wieder ausging.

Zuletzt war der Korb die ganze Zeit dicht bei seiner Hand gewesen, und jetzt griff er zum letztenmal hinein. Das geschah in dem Augenblick, als die Axt Borckman getroffen und Tambi seinen ersten Schuß abgefeuert hatte. Und Baschtis welke alte Hand, auf deren fleischlosem Rücken sich ein ganzes Netz stark hervortretender Adern befand, zog eine mächtige Pistole hervor, die so alt war, daß sie ausgezeichnet von einem von Cromwells Rundköpfen getragen worden sein oder Quiros oder La Perouse begleitet haben konnte. Es war eine Steinschloßpistole, so lang wie der Unterarm eines Mannes, und sie war am selben Nachmittag von Baschti in eigener hoher Person geladen worden.

Fast ebenso schnell wie Baschti war auch van Horn. Aber doch nicht schnell genug. Im selben Augenblick, als seine Hand an die moderne automatische Pistole flog, die lose, ohne Halfter auf seinen Knien lag, ging die jahrhunderte-

alte Pistole los. Bei ihrer Ladung von zwei Kartätschenku-
geln und einem Rundgeschoß hatte sie die Wirkung einer
abgesägten Schrotbüchse. Und van Horn spürte die
Flamme und die Finsternis des Todes so plötzlich, daß
sein ›Gott verdamm' mich!‹ unausgesprochen auf seinen
Lippen starb und seine Finger die halb erhobene Pistole
fallen ließen.

Und die mit Schwarzpulver überladene uralte Waffe hatte
noch eine andre Wirkung. Sie zersprang Baschti in der
Hand. Während Aora sich mit einem scheinbar aus dem
leeren Raum geholten Messer daranmachte, dem weißen
Herrn den Kopf abzuschneiden, warf Baschti einen halben
Blick auf seinen rechten Zeigefinger, der an einem Haut-
fetzen baumelte. Er faßte ihn mit der linken Hand, riß ihn
mit einem schnellen Ruck und einer Drehung der Hand ab
und warf ihn dann grinsend, als sei es ein guter Witz, in den
Pandangkorb, den ihm seine Frau immer noch mit einer
Hand hinhielt, während sie sich mit der andern an die Stirn
faßte, die von einem Splitter der Pistole getroffen war.

Unterdessen hatten sich gleichzeitig drei der neuen Rekru-
tierten mit Hilfe ihrer Väter und Onkel auf den einzigen
von der Besatzung, der sich unten befand, gestürzt, um ihn
abzutun. Baschti, der so lange gelebt hatte, daß er Philosoph war, machte sich nichts aus Schmerzen und noch weniger aus dem Verlust eines Fingers. Er lachte und zwitscherte vor Siegesstolz und Freude über den Erfolg seiner
List, und seine drei Frauen, die nur lebten, um ihm Beifall
zu spenden, beugten sich tief vor ihm in kriechender Lob-
preisung und Anbetung. Lange hatten sie gelebt dank seiner königlichen Laune. Und deshalb lagen sie ihm zu
Füßen und stießen unzusammenhängende, unartikulierte
Laute aus, lagen vor ihm, dem Herrn über Leben und Tod,
der so oft Beweise seiner unendlichen Weisheit gegeben
und es auch diesmal wieder getan hatte.

Im Vorratsraum aber lag das magere Mädchen auf Händen
und Knien wie ein banges Kaninchen in seinem Bau und

sah voll Entsetzen alles mit an. Sie wußte, daß jetzt ihre Stunde geschlagen hatte, daß der Kochtopf ihrer harrte.

Was an Bord der ›Arangi‹ geschah, erfuhr Jerry nie. Er wußte nur, daß eine Welt vernichtet war, denn er sah ihre Vernichtung. Der Knabe, der ihn mit dem Paddel auf den Kopf geschlagen hatte, band ihm die Beine sicher zusammen und warf ihn auf den Strand, wo er ihn in der Aufregung über die Plünderung der ›Arangi‹ vergaß.

Unter großem Geschrei und Gesang wurde die schöne Teakholzjacht von den langen Kanus an Land geschleppt und dicht an der Stelle, wo Jerry lag, unter den Korallenmauern auf den Strand gesetzt. Feuer flammten am Strande, Laternen wurden an Bord angezündet, und unter mächtigem Jubel wurde die ›Arangi‹ vollkommen ausgeplündert. Alles Bewegliche wurde an Land geschafft, von Ballasteisen bis zu Takelung und Segeln. Nicht ein einziger Mensch schlief diese Nacht in Somo. Selbst die kleinsten Kinder krochen ums Feuer oder lagen übersatt im Sande. Um zwei Uhr morgens wurde auf Baschtis Befehl der Rumpf angezündet, und Jerry, den nach Wasser durstete, der gejammert und geklagt hatte, bis er nicht mehr konnte, und der hilflos mit zusammengebundenen Beinen auf der Seite lag, sah die schwimmende Welt, die er nur kurze Zeit gekannt hatte, in Rauch und Flammen aufgehen. Und beim Schein des brennenden Schiffes verteilte der alte Baschti die Beute. Keiner vom Stamm war so gering, daß er nicht seinen Teil bekam. Selbst die elenden Sklaven, die seit ihrer Gefangennahme vor Angst, daß sie gefressen würden, gezittert hatten, erhielten jeder eine Tonpfeife und ein paar Stück Tabak. Den Löwenanteil an Handelswaren ließ Baschti ungeteilt in sein großes Grashaus schaffen. Der ganze Reichtum an Geräten, die man fand, wurde zur Aufbewahrung in die verschiedenen Kanuhäuser geschafft, während die Teufel-Teufel-Medizinmänner in den Teufel-Teufel-Häusern sich daranmachten, die vielen Köpfe über langsam glimmenden Feuern zu trocknen, denn außer der Besatzung gab es noch ein gutes Dutzend Eingeborener aus No-ola und ein paar aus Malu, die van Horn noch nicht heimgebracht hatte.

Nicht alle waren übrigens erschlagen. Baschti hatte ein strenges Verbot gegen ein Blutbad größeren Stils ausgesprochen. Aber nicht etwa, weil er ein weiches Herz hatte. Eher, weil er ein ganz durchtriebener Bursche war. Totgeschlagen sollten sie nacheinander alle werden. Baschti hatte nie Eis gesehen, ahnte nichts von dessen Existenz und wußte auch nichts von Gefriermethoden. Die einzige ihm bekannte Art, Fleisch aufzubewahren, war, es am Leben zu erhalten. Und im größten Kanuhaus, dem Klubhaus der Männer, in das keine Mary ihren Fuß setzen durfte, ohne unter Tortur mit dem Tode bestraft zu werden, wurden die Gefangenen aufbewahrt. Wie Federvieh oder Schweine an Händen und Füßen gebunden, wurden sie, wie es traf, auf den hartgetretenen Lehmboden geworfen, unter dem die Überreste früherer Opfer lagen, von einer dünnen Erdschicht bedeckt, während die irdischen Reste mehrerer von Baschtis unmittelbaren Vorgängern, darunter, als der letzte in der Reihe, sein eigener Vater, in Grasmatten gewickelt vom Dache herunterhingen, wo sie seit zwei vollen Generationen baumelten. Und da die magere kleine Mary jetzt gefressen werden sollte und da Tabus für einen Menschen, der zum Gefressenwerden verurteilt ist, keine Gültigkeit mehr haben, wurde sie, an Händen und Füßen gebunden, zwischen die vielen Schwarzen geworfen, die sie geneckt und gehöhnt hatten, weil van Horn sie mästen und fressen wollte.

Und in dies Kanuhaus wurde auch Jerry gebracht und zwischen die andern auf den Boden geworfen. Agno, der erste der Teufel-Teufel-Medizinmänner, war am Strande über ihn gestolpert, und trotz aller Einwände des Jungen, der behauptete, daß er das Hündchen gefunden habe und daß es folglich ihm gehöre, hatte er es in das Kanuhaus bringen lassen. Als Jerry an den Feuern vorbeigetragen wurde, wo das Festmahl zubereitet wurde, hatte seine scharfe Nase ihm gesagt, woraus es bestand. Und so neu ihm auch alles war, hatten sich ihm doch die Haare gesträubt, und er hatte seine Mitgefangenen angeknurrt; denn er verstand nicht, wie kläglich es ihnen selbst ging, und da er infolge seiner Erziehung im Nigger den ewigen Feind sah, hielt er sie für verantwortlich für die Katastrophe, die die ›Arangi‹ und Schiffer betroffen hatte.

Denn Jerry war ja nur ein kleiner Hund mit dem Horizont eines Hundes und war noch nicht lange auf der Welt. Aber er machte nur eine kurze Weile seiner Wut über die Schwarzen Luft. Allmählich dämmerte ihm das Gefühl, daß sie auch nicht glücklich wären. Einige von ihnen waren schwer verwundet, und sie klagten und stöhnten. Ohne sich so recht klar darüber zu werden, fühlte Jerry doch, daß ihre Lage ebenso qualvoll war wie die seine. Und wahrlich: qualvoll war seine eigene Lage. Er lag auf der Seite, und die Stricke, mit denen seine Beine zusammengebunden waren, saßen so stramm, daß sie in sein junges Fleisch schnitten und den Blutumlauf verhinderten. Dazu kam, daß der Durst ihn fast überwältigte, so daß er stöhnend, mit trockner Zunge und trocknem Maul, in der Gluthitze lag.

Ein trauriger Ort war dies Kanuhaus, erfüllt von Seufzen und Stöhnen, mit Leichen unter dem Fußboden und als Teil des Fußbodens selbst, voller Geschöpfe, die auch bald Leichen sein sollten, und voll Leichen, die unter dem Dache hin und her schaukelten. Dazwischen standen lange schwarze Kanus mit hohen Steven wie geschnäbelte, raubgierige Ungeheuer, die sich undeutlich im Schein eines glimmenden Feuers abhoben, an dem ein Ältester vom Somostamme saß und seiner ewigen Beschäftigung nachging, die im Dörren eines Buschmannkopfes bestand. Er war eingeschrumpft, blind und altersschwach, und er schwatzte vor sich hin und schnitt Grimassen wie ein riesiger Affe, während er immer wieder den im scharfen Rauch hängenden Kopf wandte und eine Handvoll verrotteten Feuerschwamm nach der andern in das glimmende Feuer warf.

Sechzig Fuß im Quadrat maß dieses Haus, und durch die dunklen Querstreben schimmerte im Feuerschein hin und wieder der Endbalken, der mit Kokosgeflecht in barbarischen Schwarzweißzeichnungen bedeckt und von jahrelangem Rauch geschwärzt war, bis alles fast den gleichen schmutzigbraunen Ton angenommen hatte. Von den hohen Querstreben hingen an langen Kokosfaserschnüren die Köpfe von Feinden, die bei Dschungelkämpfen und Raubzügen übers Meer gefangengenommen worden waren. Die ganze Stätte atmete Tod und Verfall, und der blöde Greis, der im Rauche dasaß und, vor Gicht zitternd, das Symbol des Todes zubereitete, stand am Rande des Grabes und der Vernichtung.

Gegen Morgen schleppten Dutzende von Somomännern unter lautem Geschrei noch eines der großen Kriegskanus herbei. Sie bahnten sich den Weg mit Händen und Füßen, traten, stießen, warfen und schleppten die gefesselten Gefangenen beiseite, um Platz für das Kanu zu schaffen. Sie waren alles eher als milde gegen das Fleisch, das das Glück und Baschtis Klugheit ihnen verschafft hatte.

Eine Weile blieben sie im Hause sitzen, pafften ihre Tonpfeifen, lachten und schwatzten und erzählten sich mit ihren merkwürdigen dünnen Fistelstimmen die Ereignisse der Nacht und des gestrigen Nachmittags. Dann streckten sie sich einer nach dem andern aus und schliefen ein, ohne sich zuzudecken, denn so nackt hatten sie, die gerade unter dem Pfade der Sonne lebten, seit dem Tage, an dem sie geboren waren, geschlafen.

Als die Dunkelheit zu weichen begann, wachten nur noch die Schwerverwundeten oder die zu stramm Gefesselten sowie der hinfällige Greis, der jedoch nicht so alt wie Baschti war. Als der Knabe, der Jerry mit einem Schlag seines Paddels betäubt und ihn nachher als seine besonde-

re Beute gefordert hatte, sich ins Kanuhaus schlich, hörte
der Greis ihn nicht. Da er blind war, sah er ihn nicht, und er
fuhr fort, vor sich hin zu schwatzen und zu lachen, den Kopf
des Buschmanns über dem Feuer hin und her zu wenden
und Feuerschwamm in das glimmende Feuer zu werfen. Es
war dies keine Arbeit, die ausdrücklich des Nachts hätte
besorgt werden müssen, selbst nicht für ihn, der vergessen
hatte, was er sonst tun sollte. Aber die Aufregung über die
Eroberung und Plünderung der ›Arangi‹ hatte sich auch
seinem umnebelten Hirn mitgeteilt, die undeutliche Erinnerung an die Kraft, die in einem siegreichen Leben lag,
tauchte in seinem Hirn auf, und er stürzte sich mit fieber-
hafter Freude in den Siegesrausch, der in Somo herrschte,
indem er aus aller Macht an der Zubereitung des Kopfes
arbeitete, der an sich schon der gegenständliche Ausdruck
der Siegesfreude war. Aber der zwölfjährige Bengel, der
sich heranschlich, schritt vorsichtig über die Schlafenden
hinweg und bahnte sich seinen Weg zwischen den Gefangenen hindurch. Er tat es, obgleich ihm das Herz bis zum
Halse schlug. Er wußte, welche Tabus er verletzte. Nicht alt
genug, die Grashütte seines Vaters zu verlassen und im
Kanuhaus der Jünglinge, geschweige denn in dem der unverheirateten Männer zu schlafen, wußte er, daß er sein Leben mit all seinen Mysterien und stolzen Träumen wagte,
wenn er sich derart ohne Erlaubnis das geheiligte Vorrecht
der erwachsenen reifen Somomänner aneignete. Aber er
wollte Jerry haben, und er bekam ihn. Nur die magere kleine Mary, die, an Händen und Füßen gebunden, auf das Gefressenwerden wartete und mit vor Entsetzen weit aufgerissenen Augen starrte, sah, wie der Knabe Jerry an den zusammengebundenen Beinen ergriff und aus dieser Kata-
kombe lebenden Fleisches, von der sie selbst einen Teil ausmachte, wegtrug. Und Jerry, diese heldenmütige kleine
Seele, würde geknurrt und Widerstand geleistet haben, wäre er nicht zu kraftlos und wären Maul und Kehle nicht zu
trocken gewesen, als daß er einen einzigen Laut hätte her-

vorbringen können. Verzweifelt und hilflos, kaum seiner mächtig, wie eine willenlose Marionette in den Krallen eines bösen Traumes, wie ein Schlafender, der aus einem Alp erwacht, merkte er, daß er aus dem nach Tod stinkenden Kanuhause durch das Dorf, wo die Luft nicht viel reiner war, fortgetragen wurde, auf einem Pfad unter hohen, weit ausladenden Bäumen, die sich im ersten schwachen Hauch des Morgenwindes zu regen begannen.

Lamai hieß der Knabe, wie Jerry später erfahren sollte, und nach Lamais Haus wurde Jerry getragen. Es war nicht viel Staat zu machen mit diesem Hause, nicht einmal im Vergleich zu andern Menschenfressergrashütten. Auf dem Lehmboden, der eine festgetretene Masse von jahrelangem Schmutz war, lebten Lamais Vater, Mutter und vier jüngere Brüder und Schwestern. Ein Strohdach, durch das es bei jedem kräftigeren Regenschauer tropfte, ruhte dicht über dem Boden auf einem wackligen Balken. Die Wände waren noch durchlässiger für den Regen. Wirklich war die Hütte, die Lumai, Lamais Vater, gehörte, die elendeste in ganz Somo.

Lumai, der Herr des Hauses und das Oberhaupt der Familie, war im Gegensatz zu den meisten Malaitern fett. Und seine Korpulenz schien seine Gutmütigkeit und die damit verwandte Faulheit erzeugt zu haben. Aber eines störte seine gemütliche Unverantwortlichkeit, und das war seine Frau, die schlimmste Xanthippe von Somo, die ebenso mager wie ihr Mann rundlich war, die ebenso gereizt und scharf wie er milde und freundlich sprach, deren Energie mit seiner Faulheit wetteiferte und die ebenso sauertöpfisch wie er lebensfroh war.

Der Knabe guckte eben ins Haus hinein und sah Vater und Mutter unbedeckt je in einer Ecke liegen, während seine vier nackten Brüder und Schwestern wie junge Hunde in einem Klumpen auf dem Boden lagen.

Aber dieses Haus, das eigentlich kaum etwas anderes als

134

eine Tierhöhle war, lag inmitten eines Paradieses. Die Luft war würzig und süß, schwer vom Duft wilder, wohlriechender Pflanzen und prachtvoller Tropenblumen. Die Hütte wurde überragt von drei Brotfruchtbäumen, deren stolze Äste sich ineinander verflochten. Bananen und Platanen hingen übervoll von großen Fruchtbüscheln, die ihrer baldigen Reife entgegensahen, und mächtige goldene, reife Papaa-Melonen standen wie Kugeln aufrecht auf den Bäumen, deren schlanke Stämme kaum ein Drittel des Durchmessers der Früchte maßen, die sie trugen. Aber das Wunderbarste für Jerry war ein gurgelnder, rieselnder Bach, der sich unsichtbar seinen Weg über bemooste Steine unter einer Decke von feinen leichten Farren bahnte. Kein Treibhaus eines Königs konnte sich mit diesem wilden Überfluß an sonnensatter Vegetation messen. Jerry, der bei dem Geräusch des Wassers ganz außer sich geriet, mußte sich erst gefallen lassen, von dem Knaben, der auf dem Boden kauerte, sich hin und zurück wiegte und ein seltsames, kleines, zärtliches Lied vor sich hin sang, umarmt und liebkost zu werden. Und Jerry, dem die Gabe der Rede fehlte, hatte kein Mittel, ihm von dem Durst zu erzählen, der ihn fast zu Tode quälte.

Dann band Lamai ihn gut mit einer Kokosschnur fest, die er ihm um den Hals legte, worauf er ihm die Stricke löste, die ihm ins Fleisch schnitten. So gefühllos war Jerry aus mangelndem Blutumlauf und so schwach, weil er einen Teil eines Tropentages und eine ganze Tropennacht gedurstet hatte, daß er sich erhob und immer wieder hinfiel bei seinen Versuchen, auf die Füße zu kommen. Und Lamai verstand oder erriet, was ihm fehlte. Er nahm eine am Ende einer Bambusstange befestigte Kokosnußschale, tauchte sie in die Farren und reichte sie, bis zum Rand mit dem teuren Wasser gefüllt, Jerry. Jerry lag zuerst beim Trinken auf der Seite, bis mit dem Wasser das Leben in die ausgetrockneten Kanäle seines Körpers zurückfloß. Bald aber konnte er aufstehen und stand nun, zwar noch immer schwach und unsicher, mit gespreizten Beinen da und trank eifrig. Der Knabe lachte und zwitscherte vor Freude bei dem Anblick, und bald hatte Jerry sich so weit erholt, daß er Zeit fand, mit seiner Zunge, mit der ganzen Beredsamkeit des Herzens, die ein Hund entfalten kann, zu reden. Er hob die Schnauze von der Schale und leckte mit seiner schmalen, rosaroten Zunge Lamais Hand. Und Lamai, der begeistert war, daß sie jetzt eine Sprache hatten, in der sie sich verständigen konnten, hielt Jerry immer wieder die Schale hin, und Jerry trank immer wieder.

Er trank weiter. Er trank, bis seine in der Sonne eingeschrumpften Flanken wie ein Ballon gefüllt waren, wenn zwischen dem Trinken auch immer längere Pausen entstanden, in denen seine Zunge auf der schwarzen Haut von Lamais Hand die Sprache der Dankbarkeit redete. Und alles ging gut und würde weiter gutgegangen sein, wäre nicht Lamais Mutter, Lenerengo, erwacht, zu ihrem schwarzen Sprößling getreten und hätte mit kreischender Stimme gegen ihren Erstgeborenen protestiert, weil er den Haushalt mit einem neuen Mund und viel Mühe belastete. Hierauf folgte ein lauter Zank, von dem Jerry nicht ein Wort verstand, wenn er den Sinn auch herausfühlen mochte. Lamai war mit ihm und für ihn, Lamais Mutter aber war gegen ihn. Sie schalt und kreischte und verlieh ihrer unerschütterlichen Überzeugung Ausdruck, daß ihr Sohn verrückt, ja schlimmer als das sei, weil er nicht mit einem Gedanken daran gedacht hatte, welche Rücksicht er einer armen abgearbeiteten Mutter schuldete. Sie appellierte an den schlafenden Lumai, der schwer und fett aufwachte und in seinem Somodialekt einige friedliche Bemerkungen murmelte, die darauf ausgingen, daß es eine sehr brave Welt sei, daß junge Hunde und erstgeborene Söhne etwas sehr Schönes wären, daß er noch nie verhungert und daß Frieden und Schlaf das Herrlichste seien, was einem Sterblichen zuteil werden könne. Und zum Beweis ließ er sich in den Frieden des Schlafes gleiten, drückte mangels eines

136

Kissens die Nase gegen seinen Oberarmmuskel und begann zu schnarchen.

Lamai stampfte mit trotzigem Blick auf den Boden und vergewisserte sich, ob er ungehindert weglaufen könnte, wenn Lenerengo auf ihn losführe. Er wollte sein Hündchen behalten, und nach einer langen Rede über die Jämmerlichkeit von Lamais Vater ging Lenerengo schließlich hinein, um weiterzuschlafen.

Ein Gedanke zeugt den andern. Lamai hatte den erstaunlichen Durst Jerrys entdeckt. Das brachte ihn auf den Gedanken, daß er ebenso hungrig sein könnte. Darum legte er trockene Zweige auf die schwelenden Holzkohlen, die er aus der Asche des Herdfeuers ausgrub, und machte ein großes Feuer an. Als das Feuer um sich griff, legte er viele Steine von einem danebenliegenden Haufen hinein, die alle so von Rauch geschwärzt waren, daß sie ersichtlich schon oft auf ähnliche Weise gebraucht worden waren. Und dann grub er unter dem Wasser des Baches einen geflochtenen Beutel hervor, und ans Tageslicht kam eine fette Waldtaube, die er tags zuvor in einer Schlinge gefangen hatte. Er wickelte die Taube in grüne Blätter, legte heiße Steine aus dem Feuer um sie herum und bedeckte Taube und Steine mit Erde.

Als er nach einiger Zeit die Taube herausholte und die versengten Blätter entfernte, verbreitete sich ein so lebhafter Geruch, daß Jerry die Ohren spitzte und seine Nüstern sich weiteten. Nachdem der Knabe den dampfenden Braten in zwei Stücke gerissen und gekühlt hatte, begann Jerry zu fressen und hörte nicht eher auf, als bis das letzte Stückchen Fleisch von den Knochen gerissen und die Knochen selbst zerbissen, zermalmt und verschlungen waren. Und während der ganzen Mahlzeit machte Lamai Jerry Liebeserklärungen, wiederholte immer wieder sein kleines zärtliches Lied, streichelte und liebkoste ihn.

Jerry indessen erwiderte jetzt, da Wasser und Fleisch ihn erfrischt und gestärkt hatten, die zärtlichen Annäherungsversuche des Knaben nicht mehr ganz so warm. Er war höflich und nahm die Liebkosungen mit weichen, strahlenden Augen, mit Schwanzwedeln und den üblichen Körperverdrehungen entgegen, aber er war unruhig, lauschte beständig nach fernen Geräuschen und sehnte sich aus ganzem Herzen fort. Das entging nicht der Aufmerksamkeit des Knaben, und ehe er sich schlafen legte, befestigte er denn auch das Ende der Schnur, die er um Jerrys Hals gebunden hatte, gehörig an einem Baum.

Nachdem Jerry einige Zeit an der Schnur gezerrt und gezogen hatte, gab er seine Versuche auf. Aber nicht für lange. Der Gedanke an Schiffer ließ ihm keine Ruhe. Er wußte und wußte doch nicht, welch nicht wiedergutzumachendes Unglück Schiffer begegnet war. Und so kam es, daß er nach kurzem leisem Jammern und Winseln mit seinen scharfen Milchzähnen die Kokosschnur benagte, bis sie durchgebissen war. Frei wie eine Brieftaube, die nach der Heimat zurückfliegt, stürzte er blind nach dem Strande und dem salzigen Meer, wo die ›Arangi‹ sich, mit Schiffer auf der Brücke, auf den Wellen gewiegt hatte. Somo war so gut wie ausgestorben, und die wenigen Menschen, die er traf, lagen in tiefem Schlummer. Folglich störte ihn niemand, als er über die gewundenen Pfade zwischen den vielen Häusern hindurchtrottete, vorbei an den unanständigen Königsstatuen mit ihrem Totemwappen, aus ganzen Baumstämmen geschnitzten menschlichen Figuren, die in den aufgerissenen Rachen von Haien saßen. Denn Somo, das seinen Ursprung auf Somo, den Gründer des Stammes, zurückführte, verehrte den Haigott und die Salzwassergötter wie auch die Gottheiten, die über Busch und Sumpf und Berg geboten.

Jerry bog rechts ab, bis er an der Kaimauer vorbei an den Strand kam. Von der ›Arangi‹ war auf der ruhigen Oberfläche der Lagune nichts zu sehen. Überall lagen die traurigen Reste des Festmahls umher, und er konnte den schwelenden Geruch von ausgehenden Feuern und verbranntem Fleisch spüren. Viele der Teilnehmer am Feste hatten sich nicht erst die Mühe gemacht, nach Hause zu gehen, sondern lagen rings in der Morgensonne im Sande, Männer, Frauen und Kinder, wie der Schlaf sie zufällig überrascht hatte.

So dicht am Wasser, daß er sich die Vorderpfoten benetzte, setzte Jerry sich nieder. Sein Herz wollte vor Sehnsucht nach Schiffer fast brechen, und er hob die Schnauze zur Sonne und klagte seine Not, wie Hunde es getan, seit sie aus den wilden Wäldern zu den Lagerfeuern der Menschen kamen.

Und hier fand Lamai ihn, versuchte zuerst, ihn in seinem Kummer zu trösten, indem er ihn an seine Brust drückte und liebkoste, und trug ihn dann zur Grashütte am Bache zurück. Wasser bot er ihm, aber Jerry konnte nicht mehr trinken. Liebe bot er ihm, aber Jerry konnte seine nagende Sehnsucht nach Schiffer nicht vergessen. Zuletzt wurde Lamai wütend auf das unvernünftige Hündchen, er vergaß in knabenhafter Heftigkeit seine Liebe, schlug Jerry rechts und links auf den Kopf und band ihn an, wie wohl noch nie der Hund eines weißen Mannes angebunden worden war.

Auf seine Art war Lamai ein Genie. Er hatte es noch nie mit einem Hunde tun gesehen, und doch hatte er ohne weiteres die glänzende Idee, Jerry mit seinem Stock anzubinden. Der Stock war aus Bambus und vier Fuß lang. Das eine Ende band er mit einer ganz kurzen Schnur an Jerrys Hals, das andre mit einer ebenso kurzen Schnur an einen Baum. Jerry konnte mit seinen Zähnen nur den Stock erreichen, und ein alter, zäher Bambusstock hält den Zähnen eines Hundes leicht stand.

Viele Tage blieb Jerry, an den Stock gebunden, Lamais Gefangener. Es war keine glückliche Zeit, denn Lamais Haus war eine Stätte von ewigem Zank und Streit. Lamai prügelte sich wild mit seinen Brüdern und Schwestern, weil sie Jerry necken wollten, und diese Schlägereien endeten unweigerlich damit, daß Lenerengo selbst herausstürzte und die ganze Bande ohne Ansehen der Person verprügelte.

Und wenn das überstanden war, sagte sie selbstverständlich, schon aus Prinzip, Lumai ihre Meinung, und wenn Lumai, dessen milde Stimme stets zu Frieden und Ruhe mahnte, derart seinen Teil abbekommen hatte, verlegte er seine Residenz für ein paar Tage ins Kanuhaus. Hier war Lenerengo machtlos. Das Kanuhaus der Männer durfte keine Mary betreten. Lenerengo hatte nie das Schicksal vergessen, das der letzten Mary zuteil geworden war, die das Tabu verletzt hatte. Das war vor vielen Jahren geschehen, als sie selbst noch ein ganz junges Mädchen war, aber sie erinnerte sich noch deutlich des unglücklichen Weibes, das erst einen ganzen Tag an einem Arm und dann einen ganzen Tag am andern Arm in der Sonne gehangen hatte. Dann hatten alle Männer im Kanuhaus einen Festschmaus abgehalten, bei dem sie den Braten darstellte, und noch lange Zeit darauf hatten alle Frauen in Gegenwart ihrer Männer nur leise gesprochen.

Jerry gewann Lamai lieb, aber seine Liebe war weder stark noch leidenschaftlich. Sie entsprang eher einer Art Dankbarkeit, denn Lamai war der einzige, der dafür sorgte, daß er Nahrung und Wasser bekam. Aber dieser Knabe war kein Schiffer, kein Herr Haggin. Er war nicht einmal Derby oder Bob. Er war ein tieferstehendes männliches Wesen, ein Nigger, und Jerry war sein ganzes Leben lang dazu erzogen worden, in den weißen Männern überlegene zweibeinige Götter zu sehen.

Indessen mußte er doch unwillkürlich die Intelligenz und die Kraft der Nigger bemerken. Er dachte nicht darüber nach. Er nahm die Tatsache als etwas Selbstverständliches hin. Sie hatten die Macht, andre Wesen zu beherrschen, konnten Stöcke und Steine durch die Luft schleudern und konnten ihn sogar als Gefangenen an einen Stock binden, der ihn völlig hilflos machte. Waren sie auch den weißen Göttern unterlegen, so waren sie doch eine Art Götter.

140

Es war das erste Mal in seinem Leben, daß Jerry angebunden war, und es gefiel ihm gar nicht. Nutzlos verdarb er
seine Milchzähne, die schon lose wurden, weil die andern
Zähne darunter durchbrechen wollten. Der Stock war
stärker als er. Obwohl er Schiffer nicht vergaß, schlief der
Kummer über seinen Verlust mit der Zeit ein, bis alle andern Gefühle von dem Wunsch nach Freiheit zurückge-
drängt wurden.

Als aber der Tag kam, da er in Freiheit gesetzt wurde, benutzte er ihn nicht, um nach dem Strande zu laufen. Das
Schicksal wollte, daß Lenerengo ihn befreite. Sie tat es mit
Vorbedacht, weil sie ihn loswerden wollte. Als sie aber
Jerry losgebunden hatte, blieb er stehen, um ihr zu danken,
wedelte mit der Rute und lächelte sie mit seinen nußbrau-
nen Augen an. Sie stampfte mit dem Fuße auf, um ihm zu
bedeuten, daß er gehen sollte, und schrie ihn wütend an,
um ihm bange zu machen. Das verstand Jerry nicht; er
kannte Furcht so wenig, daß er sich nicht einschüchtern
ließ. Er wedelte nicht mehr mit der Rute und sah sie zwar
weiter an, lächelte aber nicht mehr. Ihm war klar, daß ihr
Benehmen und der Lärm, den sie machte, Feindseligkeiten
ausdrückten, und er war auf der Hut, war auf jede feindliche Handlung von ihrer Seite vorbereitet. Wieder schrie sie
ihn an und stampfte mit dem Fuße. Die einzige Wirkung,
die das ausübte, war, daß Jerry jetzt seine Aufmerksamkeit
dem Fuße zuwandte. Daß er nicht gleich weglief, wenn sie
ihn in Freiheit setzte, war zuviel für diese temperamentvol-
le Frau. Sie trat nach Jerry, und Jerry wich aus und biß sie
in den Knöchel. Jetzt war der Krieg erklärt, und sie hätte
aller Wahrscheinlichkeit nach Jerry in ihrer Wut getötet,
wäre Lamai nicht auf dem Schauplatz erschienen. Der los-
gebundene Stock erzählte genug von ihrer Treulosigkeit
und empörte Lamai, der zwischen sie sprang und den
Schlag mit einem Poistößer abwehrte, der Jerry sonst leicht
den Kopf zerschmettert hätte.

Jetzt war Lamai in Gefahr, und seine Mutter hatte ihm schon einen Schlag auf den Kopf versetzt, daß er zu Boden stürzte, als der arme Lumai, den der furchtbare Lärm aus dem Schlafe geweckt hatte, sich herauswagte, um Frieden zu stiften. Und wie gewöhnlich vergaß Lenerengo alles andre über dem größeren Vergnügen, ihren Mann auszuzanken.

Die Geschichte endete harmlos genug. Die Kinder hörten auf zu weinen. Lamai band Jerry wieder an den Stock. Lenerengo schimpfte, bis ihr die Luft ausging, und Lumai begab sich gekränkt ins Kanuhaus, wo die Männer in Frieden schlafen konnten.

Als Lumai am Abend im Kreise der andern Männer saß, erzählte er von seinem Ärger und dessen Ursache: dem Hündchen, das mit der ›Arangi‹ gekommen war. Nun hörte zufällig Agno, der oberste der Teufel-Teufel-Medizinmänner oder der Hohepriester des Stammes, die Geschichte mit an, und er entsann sich, daß er Jerry mit dem Rest der Gefangenen ins Kanuhaus geschickt hatte. Eine halbe Stunde später hatte er sich Lamai vorgenommen. Kein Zweifel, der Junge hatte die Tabus verletzt, und das sagte er ihm auch unter vier Augen, bis Lamai zitterte und weinte und in Todesangst vor seinen Füßen kroch, denn die Strafe war der Tod. Es war eine zu gute Gelegenheit, den Jungen ein für allemal gefügig zu machen, als daß Agno sie nicht in vollem Maße benutzt hätte. Ein toter Junge hatte keinen großen Wert für ihn, aber ein lebendiger Junge, dessen Leben er in der Hand hatte, würde ihm treu dienen. Da kein andrer etwas von dem verletzten Tabu wußte, konnte er darüber schweigen. Und deshalb befahl er Lamai, sofort in das Kanuhaus der Jünglinge zu ziehen, wo er seine Lehrzeit in der langen Reihe von Hantierungen, Prüfungen und Zeremonien beginnen sollte, bis er schließlich ins Kanuhaus der Junggesellen kam, um halbwegs als erwachsener Mann anerkannt zu werden.

Am Morgen band Lenerengo Jerry auf Geheiß des Teufel-

Teufel-Medizinmannes die Beine zusammen, was nicht ohne Kampf vor sich ging, bei dem sein Kopf arg gestoßen und ihre Hände bös zerkratzt wurden. Dann trug sie ihn durchs Dorf, um ihn in Agnos Haus abzuliefern. Unterwegs legte sie ihn auf dem offenen Platz, wo die Königsstatuen standen, auf den Boden und ging, um an der Festfreude der Bevölkerung teilzunehmen.

Der alte Baschti war nicht nur ein strenger Gesetzgeber, in seiner Art stand er einzig da. Er hatte diesen Tag gewählt, um zwei streitsüchtige Weiber abzustrafen, allen andern Weibern eine Lehre zu erteilen und seinen Untertanen wieder einmal eine Freude zu verschaffen, weil sie ihn zum Herrscher hatten. Tiha und Wiwau, die beiden Frauen, waren derb, voll und jung, und sie hatten wegen ihrer unaufhörlichen Streitereien Ärgernis über Ärgernis gegeben. Baschti ließ sie um die Wette laufen. Aber was für ein Wettlauf war das! Es war zum Totlachen. Männer, Frauen und Kinder, die zusahen, heulten vor Freude. Selbst ältere Weiber und Graubärte, die schon mit einem Fuß im Grabe standen, schrien vor Vergnügen bei dem Anblick.

Der Wettlauf fand auf einer Bahn statt, die eine halbe Meile lang war und von der Stelle am Strande, wo die ›Arangi‹ verbrannt worden war, mitten durch das Dorf bis zum Strand am andern Ende der Korallenmauer führte. Diese Entfernung sollten Tiha und Wiwau hin und zurück durchlaufen, und zwar sollte die eine die andre antreiben, so daß die andre eine unerreichbare Schnelligkeit zu erreichen versuchte. Nur Baschtis Kopf hatte diese Vorstellung erdenken können. Erstens wurden Tiha zwei runde Korallenblöcke, die jeder wenigstens vierzig Pfund wogen, in die Arme gelegt. Sie war gezwungen, sie eng an die Seiten zu pressen, um sie nicht fallen zu lassen. Hinter sie stellte Baschti Wiwau, die mit einer Bürste aus Bambussplittern an einem langen leichten Bambusschaft bewaffnet war. Die Splitter waren nadelscharf – ja, es waren tatsächlich die Nadeln, die man zum Tätowieren brauchte, und sie sollten

143

auf Tihas Rücken in derselben Weise angewendet werden wie die Stachelstöcke, mit denen die Menschen Ochsen antreiben. Es konnte dem Opfer kein ernsthafter Schaden zugefügt werden, aber es war eine grausame Qual, und gerade das beabsichtigte Baschti.

Wiwau trieb mit dem Stachelstock an, und Tiha stolperte und fiel bei der Bemühung, eine größere Schnelligkeit zu erreichen. Da bei der Ankunft am Strande die Rollen vertauscht werden sollten – Wiwau sollte die Steine zurücktragen und Tiha sie mit dem Stachelstock antreiben – und da Wiwau wußte, daß Tiha ihr mit Zinsen zurückzahlen würde, was sie ihr gab, strengte sie sich nach Kräften an, solange sie konnte. Beide troffen vor Schweiß. Jede hatte ihre Anhänger in der Volksmenge, die sie bei jedem Stoß mit anzüglichen Zurufen ermunterten.

Bei aller Lächerlichkeit steckte ein eisernes, primitives Gesetz dahinter. Die beiden Steine mußten die ganze Strecke getragen werden. Die Frau, die den Stachelstock hatte, mußte ihn kräftig und ohne Bedenken gebrauchen. Die Geschlagene durfte nicht wütend werden noch sich mit ihrem Quälgeist in einen Kampf einlassen. Baschti hatte sie schon im voraus darauf aufmerksam gemacht, daß die Strafe für Verletzung der von ihm gegebenen Gesetze eigentlich darin bestanden hätte, bei Ebbe an einen Pfahl auf das Riff gebunden und von den Haifischen gefressen zu werden.

Als die Kämpfenden an die Stelle kamen, wo Baschti und sein Premierminister Aora standen, verdoppelten sie ihre Anstrengungen; Wiwau trieb Tiha begeistert an, und Tiha sprang jedesmal, wenn die Bürste sie traf, so daß sie andauernd Gefahr lief, die Steine zu verlieren. Dicht hinter ihnen kamen alle Dorfkinder und Dorfhunde, vor Aufregung heulend und kläffend.

»Lang Zeit du fella Tiha nicht sitzen im Kanu«, brüllte Aora dem Opfer zu, und Baschti ließ wieder ein vergnügtes Gackern hören. Bei einem ungewöhnlich heftigen Schlage

ließ Tiha den einen Stein fallen und mußte den Stachelstock, als sie ins Knie sank und den Stein wieder aufhob,
gleich wieder schmecken. Dann watschelte sie weiter.

Einmal empörte sie sich gegen die Qualen, die sie erdulden
mußte; sie blieb stehen und wandte sich zu ihrem Quälgeist
um.

»Mich böse auf dich zuviel«, sagte sie zu Wiwau. »Nachher
– bald – «

Aber sie vollendete die Drohung nicht. Ein besonders heftiger Schlag brach ihren Mut, und sie wankte weiter. Als sie
sich dem Strande näherten, ließ das Geschrei der Menge
nach. Aber nach wenigen Minuten setzte es mit erneuter
Kraft wieder ein. Jetzt war es Wiwau, die unter der Last
stöhnte, und Tiha, die, wütend über die erlittene Unbill,
doppelte Vergeltung zu üben versuchte.

Gerade vor Baschti ließ Wiwau einen der Steine fallen, und
bei dem Versuch, ihn aufzuheben, verlor sie auch den andern, der fünf bis sechs Fuß von dem ersten wegrollte. Tiha
wurde ein wahrer Wirbelwind rachlustiger Wut, und ganz
Somo geriet außer sich. Baschti schlug sich auf die bloßen
Schenkel und lachte, bis ihm die Tränen über die runzligen
Wangen liefen.

Und als alles vorbei war, sprach Baschti zu seinem Volke:
»So sollen alle Weiber kämpfen, wenn sie zu kampflustig
sind.«

Er sagte es nicht gerade mit diesen Worten. Er sagte es auch
nicht in der Somosprache. Er sagte es auf Trepang, und
seine Worte lauteten: »Jede fella Mary er mögen kämpfen,
alle fella Mary in Somo kämpfen dies fella Weise.«

Nach Beendigung des Wettlaufs blieb Baschti noch eine
Weile im Gespräch mit seinen Großen stehen, unter denen
sich auch Agno befand. Lenerengo stand, auf ähnliche Weise beschäftigt, mit mehreren ihrer alten Freundinnen zusammen. Jerry lag noch so da, wie sie ihn hingeworfen hatte; da kam der Wildhund, den er auf der ›Arangi‹ tyranni-

siert hatte, und beschnüffelte ihn. Zuerst tat er es in respektvollem Abstand, zu sofortiger Flucht bereit. Dann kam er vorsichtig näher. Jerry beobachtete ihn erbittert. In dem Augenblick, als die Schnauze des Wildhundes ihn berührte, ließ er ein warnendes Knurren hören. Der Wildhund sprang zurück, stürzte in wilder Flucht davon und war schon eine ganze Strecke gelaufen, als er erkannte, daß er nicht verfolgt wurde.

Wieder kam er vorsichtig zurück, so wie sein Instinkt ihn auf der Jagd nach Wild vorgehen hieß, dann kroch er ganz am Boden zusammen, so daß sein Bauch fast die Erde berührte. Dann hob und senkte er die Füße so gewandt und lautlos wie eine Katze, wobei er hin und wieder nach rechts und nach links sah, als fürchtete er einen Flankenangriff. Der laute Ausbruch eines Knabenlachens in der Ferne brachte ihn plötzlich in Abwehrstellung: Er hieb die Klauen in den Boden und spannte die Muskeln wie Stahlfedern, um sofort sprungbereit zu sein und der Gefahr – er wußte nicht, woher sie drohte und worin sie bestand – zu entgehen. Als er sich überzeugt hatte, woher der Lärm kam, und daß keine Gefahr für ihn bestand, begann er wieder, sich vorsichtig dem irischen Terrier zu nähern.

Was möglicherweise geschehen wäre, kann niemand sagen, denn in diesem Augenblick fiel Baschtis Blick zufällig zum erstenmal seit der Eroberung der ›Arangi‹ auf das goldene Hündchen. Im Wirbel der Ereignisse hatte Baschti das Hündchen ganz vergessen.

»Was Name das fella Hund?« rief er scharf, und sein Ruf brachte den Wildhund wieder in Abwehrstellung und zog sich Lenerengos Aufmerksamkeit zu. Vor Angst kroch sie fast vor den furchtbaren alten Häuptling und berichtete mit zitternder Stimme, wie sich alles zugetragen hätte. Ihr Taugenichts von Sohn, Lamai, hätte den Hund aus dem Wasser gezogen. Das Tier hätte viel Unruhe und Mühe in ihrem Hause verursacht. Jetzt aber sei Lamai zu den Jüng-

146

lingen gezogen, und sie solle den Hund auf ausdrücklichen Befehl Agnos in dessen Haus bringen.

»Was Name das Hund bleiben bei dir?« fragte Baschti, jetzt direkt zu Agno gewandt.

»Mich kai-kai ihn«, lautete die Antwort. »Ihn fett fella Hund. Ihn gut fella Hund kai-kai.«

In Baschtis wachsamem altem Hirn blitzte plötzlich ein Gedanke auf, der schon längst dort geruht hatte und gereift war.

»Ihn gut fella Hund zuviel«, erklärte er. »Besser du essen Busch fella Hund«, riet er ihm, auf den Wildhund zeigend.

Agno schüttelte den Kopf. »Busch fella Hund kein gut kai-kai.«

»Busch fella Hund kein gut zuviel«, lautete Baschtis Urteil. »Busch fella Hund zuviel Furcht. Viele Busch fella Hund zuviel Furcht. Busch Hund nicht kämpfen. Hund von weißer Herr kämpfen wie Hölle. Busch Hund laufen wie Hölle. Du sehen Augen gehören dir, du sehen.« Baschti beugte sich über Jerry und durchschnitt die Stricke, mit denen seine Beine gebunden waren. Und Jerry, der sofort auf den Füßen stand, hatte diesmal zuviel Eile, um sich erst zu bedanken. Er stürzte dem Wildhund nach, erwischte ihn auf der Flucht, riß ihn zu Boden und wälzte sich mit ihm herum, während eine Staubwolke sich um sie erhob. Der Wildhund gab sich die größte Mühe, zu entkommen aber Jerry drängte ihn in eine Ecke, warf ihn nieder und biß ihn, während Baschti seinen Beifall kundgab und seine Großen rief, um zuzusehen. Jetzt war Jerry ein rasender kleiner Dämon geworden. Angefeuert durch alle Unbill, die er seit dem blutigen Tage auf der ›Arangi‹ und dem Verlust des Schiffers bis zum heutigen Tage, als ihm die Beine zusammengebunden wurden, erlitten hatte, ließ er seine ganze Rache an dem Wildhund aus. Der Besitzer des Wildhundes, ein Retournierter, beging den Fehler Jerry mit einem Tritt verscheuchen zu wollen. Im selben Augenblick war Jerry auf ihn losgesprungen und hatte ihm mit seinen Zähnen den Schenkel zerschrammt. Dann geriet er dem Schwarzen zwischen die Beine und warf ihn um.

»Was Name!« rief Baschti wütend dem Missetäter zu, der, vor Angst außer sich, liegenblieb, wo er hingefallen war, und zitternd auf das nächste Wort seines Häuptlings wartete. Aber Baschti bog sich schon vor Lachen beim Anblick des Wildhundes, der, als gälte es das Leben, mit Jerry dicht auf den Fersen, die Straße hinunterlief, daß der Staub aufwirbelte. Als sie verschwunden waren, erklärte Baschti seine Idee. Wenn Menschen Bananen pflanzten, so war das, was dabei herauskam, Bananen. Pflanzten sie Jamswurzeln, so erhielten sie Jams, weder süße Kartoffeln noch etwas andres, sondern nur Jams. Dasselbe galt von Hunden. Da alle Hunde von schwarzen Menschen Feiglinge waren, wurden weiter alle Hunde von schwarzen Menschen, so viele man ihrer auch heranzog, Feiglinge. Die Hunde weißer Menschen waren mutige Kämpfer. Wenn sie sich fortpflanzten, mußten sie ebenfalls mutige Kämpfer hervorbringen. Nun schön, so schloß er, hier hatte man einmal den Hund eines weißen Mannes. Es würde der Gipfel der Torheit sein, ihn aufzufressen und für alle Zeit den Mut, der ihm innewohnte, zu vernichten. Das klügste war, ihn als Zuchthund zu betrachten und am Leben zu erhalten, so daß sein Mut in kommenden Generationen von Somohunden immer wiederkehrte und sich verbreitete, bis alle Somo-Hunde stark und mutig waren. Ferner befahl Baschti seinem obersten Teufel-Teufel-Medizinmann, sich Jerrys anzunehmen und gut auf ihn zu achten. Und schließlich erließ er ein Gebot an den ganzen Stamm, daß Jerry tabu war. Kein Mann, Weib oder Kind durfte einen Speer oder einen Stein nach ihm werfen, ihn mit der Keule oder dem Tomahawk schlagen oder sonst irgendwie verletzen.

Von jetzt an bis zu dem Tage, da Jerry selbst eines der größten Tabus verletzte, verbrachte er in Agnos Grashütte eine glückliche Zeit. Denn Baschti beherrschte im Gegensatz zu den meisten Häuptlingen seine Teufel-Teufel-Medizinmänner mit starker Hand. Andre Häuptlinge, selbst Nauhau in Langa-Langa, wurden von ihren Teufel-Teufel-Medizinmännern beherrscht. Übrigens glaubte das Somovolk, daß Baschti ebenso beherrscht wurde. Aber sie wußten nicht, was hinter den Kulissen vorging, wenn Baschti, der an nichts glaubte, bald mit dem einen, bald mit dem andern Medizinmann unter vier Augen sprach.

Bei diesen privaten Unterredungen zeigte er ihnen, daß er ihr Spiel durchschaute, daß er genausogut Bescheid wußte wie sie selber und daß er kein Sklave des finsteren Aberglaubens und frechen Betruges war, wodurch sie sich das Volk untertan machten. Ferner entwickelte er die Theorie, die ebenso alt ist wie Herrscher und Priester, daß Herrscher und Priester zusammenarbeiten müßten, um das Volk gut zu regieren. Er hatte nichts dagegen, daß die Götter und die Priester, das Sprachrohr der Götter, als die angesehen wurden, die das entscheidende Wort zu sprechen hatten, aber die Priester sollten wissen, daß in Wirklichkeit er das entscheidende Wort zu sprechen hatte. Glaubten sie selbst auch nur wenig an ihre Künste, so glaubte er noch weniger daran.

Er wußte Bescheid mit den Tabus und der Wahrheit, die hinter den Tabus steckte. Er erklärte seine persönlichen Tabus und ihre Entstehung. Er durfte nie Fleisch von Schaltieren essen, erzählte er Agno. Der alte Nino, der Vorgänger Agnos, hatte ihm dieses Tabu auf Befehl des Haigottes auferlegt. In Wirklichkeit aber hatte er, Baschti, sich von ihm das Tabu auferlegen lassen, weil er das Fleisch von Schaltieren nicht mochte und nie gemocht hatte.

Dazu kam noch, daß er, der länger als der älteste unter den Priestern gelebt, jeden von ihnen ernannt hatte. Er kannte sie, hatte sie zu dem gemacht, was sie waren, und sie lebten kraft seines Wohlwollens. Und sie würden weiter nach seinen Weisungen handeln, wie sie es stets getan, oder sie würden schnell und plötzlich verschwinden. Er brauchte nur an den Tod Koris zu erinnern – Koris, des Teufel-Teufel-Medizinmannes, der sich selbst für stärker als Baschti gehalten und für diesen Irrtum eine ganze Woche in Qualen geschrien hatte, ehe er aufhörte zu schreien und für immer schwieg.

In Agnos großer Grashütte gab es wenig Licht und viel Mystik. Für Jerry, der nur Dinge kannte oder nicht kannte und sich nicht den Kopf über etwas zerbrach, was er nicht wußte, gab es keine Mystik. Gedörrte Köpfe und andre gedörrte und verschimmelte Teile menschlicher Körper imponierten ihm nicht mehr als die gedörrten Alligatoren, die zur Ausschmückung von Agnos düsterer Wohnung beitrugen.
Es wurde gut für Jerry gesorgt. Weder Kinder noch Frauen füllten das Haus des Teufel-Teufel-Medizinmannes. Ein paar alte Weiber, ein elfjähriges Mädchen, das die Fliegen verscheuchen mußte, und zwei junge Männer aus dem Kanuhaus der Jünglinge, die unter der Anleitung des großen Lehrers Priester werden sollten, bildeten den Haushalt und warteten Jerry auf. Er erhielt ausgewähltes Futter. Wenn Agno zuerst von einem Schwein bekommen hatte, kam Jerry an die Reihe. Selbst die beiden Schüler und die Fliegenverscheucherin kamen erst nach ihm, und sie wieder überließen die Reste den alten Frauen. Und im Gegensatz zu den gewöhnlichen Wildhunden, die sich bei Regen schutzsuchend unter den vorspringenden Dachrand schlichen, erhielt Jerry ein trockenes Plätzchen unter dem Dache, wo die Köpfe von Buschmännern und längst vergessenen Sandelholzhändlern mitten in einer verstaubten, wirren Sammlung von getrockneten Haieingeweiden, Krokodilschädeln und Skeletten von Salomonratten hingen, die von der Nasenspitze bis zur Schwanzspitze zwei Drittel Ellen maßen. Jerry hatte uneingeschränkte Freiheit, und sehr oft schlich er sich aus dem Dorfe und lief nach Lamais Haus, doch nie traf er ihn, der seit Schiffers Tagen das einzige menschliche Wesen war, das einen Platz in seinem Herzen gefunden hatte. Jerry gab sich nie zu erkennen, sondern lag unter den dichten Farren am Bache, beobachtete das Haus und witterte nach seinen Be-

wohnern. Aber nie witterte er den Geruch von Lamai, und nach einiger Zeit gab er seine nutzlosen Besuche auf und gewöhnte sich daran, das Haus des Teufel-TeufelMedizinmannes als sein Heim und den Teufel-Teufel-Medizinmann selbst als seinen Herrn zu betrachten.

Aber er hegte keine Liebe für diesen Herrn. Agno, der kraft der Furcht so lange in seinem von Mystik erfüllten Hause geherrscht hatte, kannte Liebe ebensowenig, wie es in seinem Wesen Liebe oder Herzlichkeit gab. Er hatte keinen Sinn für Humor und war eisig grausam wie ein Eiszapfen. Nächst Baschti war er der mächtigste Mann des Stammes, und sein ganzes Leben wurde ihm dadurch verbittert, daß er nicht der allermächtigste war. Er hegte keine freundlichen Gefühle für Jerry, weil er aber Baschti fürchtete, fürchtete er sich, Jerry etwas zuleide zu tun.

Monate vergingen. Jerry bekam seine richtigen Zähne und nahm an Gewicht und Größe zu. Er war so nahe daran, verdorben zu werden, wie es für einen Hund überhaupt möglich ist. Er, der selbst tabu war, lernte schnell, vor dem Somovolke den Herrn zu spielen und seinen Willen überall und immer durchzusetzen. Niemand wagte, ihn mit Stöcken oder Steinen zu bedrohen. Agno haßte ihn – das wußte er; ihm war jedoch auch klar, daß Agno ihn fürchtete und nicht wagte, ihm etwas zuleide zu tun. Aber Agno war ein kalt berechnender Philosoph, der seine Zeit abwartete. Er unterschied sich von Jerry dadurch, daß er menschliche Voraussicht besaß und sich in seinen Handlungen auf fernliegende Ziele einstellen konnte.

Vom Rande der Lagune, in deren Wasser Jerry sich nie wagte, weil er sich des Krokodiltabus, das er auf Meringe gelernt hatte, erinnerte, streifte er oft bis zu den fernsten Buschdörfern, die zu Baschtis Reich gehörten. Alle wichen ihm aus. Alle gaben ihm zu fressen, wenn er den Wunsch ausdrückte. Denn er war tabu, und er konnte, ohne ausgescholten zu werden, tun, was ihn gelüstete, sowohl hinsichtlich ihrer Schlafmatten wie ihrer Eßschalen. Er konn-

151

te so tyrannisch sein, wie er wollte, sein Übermut konnte alle Grenzen überschreiten, denn niemand widersetzte sich seinen Wünschen. Ja, Baschti hatte sogar kundgegeben, daß es Pflicht des Somovolkes war, Jerry, wenn er von ausgewachsenen Buschhunden überfallen wurde, zu Hilfe zu kommen und die Angreifer zu treten, zu steinigen und zu prügeln. Und so erfuhren seine eigenen vierbeinigen Vettern auf höchst unangenehme Weise, daß er tabu war.

Und Jerry gedieh. Er hätte leicht so dick werden können daß er schlaff und dumm geworden, wären seine Nerven nicht so hochgespannt, wäre seine Neugier nicht so eifrig und unersättlich gewesen. Unbehindert, sich in ganz Somo frei zu bewegen, war er bald überall, lernte Umfang und Grenzen des Landes und Tun und Treiben der wilden Tiere kennen, die Wälder und Sümpfe bewohnten und sein Tabu nicht anerkannten.

Zahlreich waren die Abenteuer, die er erlebte. Er focht zwei Kämpfe mit Waldratten aus, die fast ebenso groß wie er selber waren, und als er die ausgewachsenen wilden Tiere in eine Ecke drängte, kämpften sie mit ihm, wie noch keiner mit ihm gekämpft hatte. Die erste tötete er, ohne zu wissen, daß es eine alte, schwache Ratte war. Die andre, die sich in ihrer vollen Kraft befand, strafte ihn so hart, daß er schwach und krank heim in das Haus des Teufel-Teufel-Medizinmannes kroch, wo er eine ganze Woche unter den getrockneten Symbolen des Todes lag, sich die Wunden leckte und Leben und Gesundheit langsam wiedergewann.

Er schlich sich hinter den Dugong, und es machte ihm ein köstliches Vergnügen, das dumme, furchtsame Geschöpf durch einen plötzlichen, heftigen Angriff zu erschrecken. Er wußte selbst, daß es nur Lärm und Spektakel war, aber es belustigte ihn ungeheuer, und er mußte lachen, wenn er an diesen gelungenen Spaß dachte. Er scheuchte Tropenenten, die nie die Insel verließen, von ihren verborgenen Nestern auf, ging vorsichtig um die Krokodile herum, die sich zum Schlafen auf den Strand geschleppt hatten, und

152

kroch in den Busch, um die schneeweißen kecken Kakadus, die wilden Fischadler, die schwerfliegenden Bussarde,
die Loris, Königsfischer und die lächerlichen, schwatzen-
den Zwergpapageien aufzustöbern.

Dreimal stieß er außerhalb der Grenzen von Somo auf die
kleinen schwarzen Buschleute, die eher Geistern als richtigen Menschen glichen, so lautlos bewegten sie sich und so
schwer waren sie von ihrer Umgebung zu unterscheiden;
bei drei denkwürdigen Gelegenheiten hatten sie versucht,
ihn mit ihren Speeren zu treffen. Und die Lehre, die ihm
die Waldratten erteilt hatten, daß er vorsichtig sein müsse,
dieselbe Lehre erteilten ihm nun diese Zweibeiner, die in
der Dämmerung des Busches herumschlichen. Er hatte
nicht mit ihnen gekämpft, obwohl sie versucht hatten, ihn
mit ihren Speeren zu treffen. Er hatte schnell begriffen,
daß dies andre Menschen als das Somovolk waren, daß sein
Tabu hier nicht galt und daß sie in gewisser Weise zweibeinige Götter waren, die den fliegenden Tod in ihren Händen
hielten, wodurch sie über die Reichweite ihrer Hände hin-
ausgelangten und Entfernungen überbrückten.

Und wie Jerry den Busch durchstreifte, so auch das Dorf.
Nichts war ihm heilig. In den Häusern der Teufel-Teufel-
Medizinmänner, wo Männer und Frauen in Angst und
Beben vor dem Mysterium auf der Erde krochen, ging er
mit steifen Beinen und gesträubten Haaren umher, denn
hier hingen frische Köpfe, die, wie seine Augen und Nüstern ihn lehrten, einmal den lebendigen Niggern auf der
›Arangi‹ gehört hatten. Im größten Teufel-Teufel-Haus
fand er Borckmans Kopf, und er knurrte ihn, ohne Antwort
zu erhalten, an, in Erinnerung an den Kampf, den er mit
dem vom Schnaps benebelten Steuermann auf dem Deck
der ›Arangi‹ ausgefochten hatte.

Einmal aber fand er, in Baschtis Haus, alles, was von Schiffer auf Erden übriggeblieben war. Baschti hatte sehr lange
gelebt, hatte sehr weise gelebt und viel nachgedacht und
war sich vollkommen klar darüber, daß er zwar länger als

andre Menschen gelebt hatte, daß aber auch seine eigene Lebensspanne sehr kurz bemessen war. Und er hätte sehr gern alles gewußt, Sinn und Zweck des Lebens gekannt.

Er liebte die Welt und das Leben, zu dem das Glück ihn geboren hatte; Glück sowohl im allgemeinen wie namentlich auch in bezug auf seine Stellung als Herr über Priester und Volk. Er fürchtete sich nicht vor dem Tode, aber er dachte darüber nach, ob er möglicherweise wieder leben könnte. Er hegte die größte Verachtung für die törichten Anschauungen der Priester und fühlte sich sehr einsam in dem Chaos dieses verwirrenden Problems. Denn er hatte so lange und so glücklich gelebt, daß er gesehen hatte, wie Lust und Verlangen dahinschwanden, bis sie ganz erloschen. Er hatte Frauen und Kinder und die scharfe Schneide jugendlichen Verlangens gekannt. Er hatte seine Kinder heranwachsen und Väter und Großväter, Mütter und Großmütter werden sehen. Aber er, der Frauen und Liebe und Vaterfreude und die Freude, den Hunger des Magens zu stillen, gekannt hatte, er war jetzt über alles das erhaben. Essen? Er wußte kaum, was das hieß, so wenig aß er. Das Verlangen, das an seinem Fleisch genagt, als er jung und stark gewesen, trieb ihn längst nicht mehr an. Er aß aus Notwendigkeit und Pflichtgefühl und machte sich sehr wenig daraus, was er aß, außer einem, nämlich Großfußhühnereiern, die, wenn die Zeit war, auf seinem persönlichen Brutplatz gelegt wurden, der streng tabu war. Hier verspürte er die letzten, schwach zitternden Gefühle von Fleischeslust. Sonst lebte er im Reiche des Verstandes, herrschte über sein Volk und suchte sich beständig Wissen zu verschaffen, mittels dessen er seinem Volke Gesetze geben konnte, um es stärker und lebensfähiger zu machen.

Aber er war sich ganz klar über den Unterschied zwischen dem abstrakten Stamme und dem Konkretesten von allem, dem Individuum. Der Stamm war das Bleibende, während seine einzelnen Mitglieder verschwanden. Der Stamm war eine Erinnerung an Geschichte und Gewohnheiten aller früheren Mitglieder, weitergeführt von den lebenden Mitgliedern, bis sie selbst verschwanden und Geschichte und Erinnerung in der Gesamtheit wurden, die man weder fühlen noch fassen konnte, die eben der Stamm war. Als Mitglied des Stammes mußte er früher oder später – und dies Später war sehr nahe – verschwinden. Aber wohin verschwinden? Ja, das war eben die Frage! Und so kam es, daß er hin und wieder allen gebot, seine Grashütte zu verlassen; wenn er dann allein war, nahm er die Köpfe herunter, die, in Bastmatten eingewickelt, am Deckenbalken hingen, diese Köpfe von Männern, die er, jedenfalls teilweise, noch lebend gesehen hatte und die in das geheimnisvolle Nichts des Todes verschwunden waren. Nicht wie ein Geizhals hatte er diese Köpfe gesammelt, und nicht wie ein Geizhals, der seine geheimen Schätze zählt, betrachtete er diese Köpfe, wenn er sie, ausgewickelt, in seinen Händen hielt oder auf seine Knie legte. Er wollte Bescheid wissen. Er wollte wissen, was sie jetzt wissen mochten, da sie längst in das Dunkel eingegangen waren, das über dem Ende des Lebens ruht.

Sehr verschieden waren diese Köpfe, die Baschti in der schwach erleuchteten Grashütte in seine Hände nahm oder auf seine Knie legte, während die Sonne über ihm am Himmel flammte und der Monsun durch die Blätter der Palmen und die Zweige der Brotfruchtbäume rauschte. Da war der Kopf eines Japaners, des einzigen, von dem er je etwas gesehen oder gehört hatte. Ehe er geboren war, hatte sein Vater diesen Kopf genommen. Er war schlecht erhalten und von Alter und Mißhandlungen arg mitgenommen. Und doch studierte Baschti seine Züge, sagte sich, daß er einst zwei Lippen gehabt, ebenso lebendig wie seine eigenen, und einen Mund, so sprechend und gefräßig, wie sein eigener früher gewesen war. Zwei Augen und eine Nase hatte dieser Kopf gehabt, einen kräftigen Haarwuchs und ein Paar Ohren, ganz wie er selbst. Zwei Beine und einen Körper mußte er einst besessen, und Begehren und Verlangen mußte er gekannt haben. Das Feuer des Zorns und der Liebe mußte er gekannt haben, ehe er je ans Sterben dachte.

Da war ein Kopf, der ihn in Erstaunen setzte und dessen Geschichte ganz bis auf die Zeit vor seinem Vater und seinem Großvater zurückging. Er wußte nicht, daß es der Kopf eines Franzosen war, und er wußte auch nicht, daß es der Kopf von La Pérouse war, dem kühnen alten Erdumsegler, dessen Gebeine mit denen seiner Leute und den Wracks zweier Fregatten, ›Astrolabe‹ und ›Boussole‹, an den Gestaden der menschenfressenden Salomoninseln ruhten. Ein andrer Kopf – denn Baschti war ein eifriger Sammler von Menschenköpfen – war noch zwei Jahrhunderte älter als der von La Pérouse und ging zurück auf den Spanier Alvaro de Mendanja. Er hatte einem von Mendanjas Kanonieren gehört, der in einem Scharmützel am Strande von einem fernen Vorfahren Baschtis getötet worden war.

Es gab noch einen Kopf, dessen Geschichte dunkel war, und das war der Kopf einer weißen Frau. Mit welchem Seemann sie verheiratet gewesen, wußte niemand. Aber es hingen immer noch die Ohrringe aus Gold und Smaragden in ihren ausgetrockneten Ohren, und das Haar, das fast einen Klafter lang war, goldenes, seidenweiches Haar, wogte immer noch von der Kopfhaut herab, die die Stelle bedeckte, wo einst Verstand und Wille ihren Sitz gehabt hatten. Baschti dachte daran, daß sie einmal ein lebendes, liebendes Weib in den Armen eines Mannes gewesen.

Gewöhnliche Köpfe von Buschmännern und Salzwassermännern, ja selbst von schnapstrinkenden weißen Männern wie Borckman, verwies er in die Kanuhäuser und die Teufel-Teufel-Häuser. Denn er war ein Kenner in Köpfen. Da war der merkwürdige Kopf eines Deutschen, der große Anziehungskraft auf ihn ausübte. Rotbärtig war er und rothaarig, aber tot und ausgetrocknet, wie er war, lag etwas Eisernes über seinen Zügen, das in Verbindung mit der kräftigen Stirn den Eindruck erweckte, daß dieser Mann Herr über Geheimnisse gewesen war, die Baschti nicht kannte. Dieser wußte so wenig, daß der Kopf einmal einem Deutschen gehört, wie daß jener Deutsche ein Professor, ein Astronom gewesen, der eine tiefe Kenntnis von den Gestirnen an dem mächtigen Himmelsgewölbe besessen hatte, eine Kenntnis, die Myriaden von millionenmal größer war als die unklare Vorstellung, die er selbst hatte.

Und zuletzt kam der, der seine Gedanken am allermeisten beschäftigte, der Kopf van Horns. Und den Kopf van Horns hielt er auf seinen Knien und betrachtete ihn, als Jerry, der überall in Somo freien Zutritt hatte, in Baschtis Grashütte getrottet kam, Schiffers irdische Überreste roch und erkannte und zuerst klagte und jammerte. Dann aber sträubten sich ihm die Haare vor Wut.

Baschti bemerkte ihn zuerst nicht, denn er saß in tiefe Gedanken über van Horns Kopf versunken da. Vor nur wenigen kurzen Monaten war dieser Kopf ein lebendiger Kopf mit schnellen Gedanken gewesen, hatte auf einem zweibeinigen Körper gesessen, der aufrecht stand und stolz einherschritt mit einem Lendenschurz um den Leib und einer Pistole im Gürtel, mächtiger als Baschti, aber weniger schnell in seinen Gedanken; denn hatte Baschti nicht mit einer alten Pistole diese Hirnschale, in der der Verstand wohnte, in Finsternis gehüllt und sie von dem plötzlich erschlafften Körper aus Fleisch und Blut getrennt, von diesem Körper, der den Kopf frei über die Erde und das Deck der ›Arangi‹ getragen hatte?

Was war aus den Gedanken geworden? Waren sie das einzige gewesen, was van Horn zu dem hochmütigen, aufrechten Wesen, das er war, gemacht hatte, und waren sie jetzt verschwunden wie die flackernde Flamme eines Holzscheits, wenn er zu Asche verbrannt ist? War alles, was van Horn ausmachte, verschwunden wie die Flamme im Holzscheit? War er für ewig in der Finsternis verschwunden, in der das Tier verschwand, in der das Krokodil, das der Speer getroffen, verschwand, in der der Thunfisch, der an der Angel, die Meerbarbe, die im Netz gefangen, das geschlachtete Schwein, das eine so fette Speise ergab, verschwanden? War van Horns Finsternis wie die Finsternis, welche die von der Fliegenklappe im Fluge getroffene Fliege verschlang? – wie die Finsternis, die den Moskito verschlang, der das Geheimnis des Fluges kannte und den er trotz seiner Flugfertigkeit, fast gedankenlos, mit der flachen Hand auf seinem Nacken zerquetschte, wenn er ihn stach?

Was aber von dem Kopfe dieses weißen Mannes galt, der noch vor kurzem so lebendig gewesen und so stolz getragen worden war, das galt, wie Baschti wußte, auch von ihm selber. Was diesem weißen Manne geschehen war, nachdem er das dunkle Tor des Todes durchschritten, das würde auch ihm selber geschehen. Und darum befragte er dieses Haupt, als ob die stummen Lippen ihm aus der geheimnisvollen Finsternis heraus den Sinn des Lebens und den Sinn des Todes, der das Leben unweigerlich zu Fall brachte, erzählen würde.

Jerrys langgezogenes Schmerzensgeheul, als er sah und roch, was von Schiffer übrig war, weckte Baschti aus seinen Träumereien. Er erblickte den starken goldbraunen jungen Hund und bezog ihn sofort mit in den Kreis seiner Gedanken ein. Der war lebendig. Er war wie ein Mensch. Er kannte Hunger und Schmerz, Zorn und Liebe. Er hatte Blut in seinen Adern wie ein Mensch, rotes Blut, das ein Messerstich zum Fließen bringen konnte, so daß er verblutete. Wie das Geschlecht der Menschen liebte er die Seinen, gebar junge und nährte sie mit der Milch aus seiner Brust. Und er verschwand. Ja, er verschwand, denn so manchen Hund wie so manchen Menschen hatte er, Baschti, in der vollen Kraft und Gier seiner Jugend verzehrt, damals, als er nur Bewegung und Kraft kannte und Bewegung und Kraft mit den Kalabassen der Festmähler nährte.

Aber Jerrys Trauer ging in Zorn über. Er näherte sich auf steifen Beinen, seine Lippen verzogen sich zu einem wütenden Knurren, und das Haar sträubte sich ihm in immer wiederkehrenden Wellen, die ihm Rücken, Schultern und

Hals überspülten. Und nicht Schiffers Kopf – der Gegenstand seiner Liebe – war es, dem er sich näherte, sondern Baschti, der den Kopf auf den Knien hielt. Wie der wilde Wolf auf der Bergweide der Stute mit ihrem neugeborenen Füllen nachschleicht, so schlich Jerry Baschti nach. Baschti, der in seinem ganzen langen Leben nie den Tod gefürchtet und der gelacht und es als einen Witz angesehen hatte, als die Steinschloßpistole explodierte und ihm den Finger abriß, lachte vergnügt – und seine Freude entsprang lediglich seinem Hirn –, und er bewunderte diesen kleinen, halb ausgewachsenen Hund, den er mit einem Knüppel aus hartem Holz über die Schnauze schlug und ihn dadurch fernhielt. Einerlei, wie oft und wie wütend Jerry auf ihn losfuhr, jedesmal begegnete Baschti dem Angriff mit dem Knüppel und lachte laut, denn er verstand den Mut des Hündchens und wunderte sich über die Dummheit dieses Lebewesens, die es immer wieder mit dem Kopf gegen den Knüppel anrennen und sich kraft der durch die Erinnerung an einen Toten entfachten Leidenschaft dem Schmerz aussetzen ließ, den der Knüppel verursachte.

Auch dies ist Leben, dachte Baschti, als er mit dem Knüppel das schreiende Hündchen vertrieb. Vierbeiniges Leben war es, jung und töricht, heiß und beseelt. Er verstand, daß der Schlüssel zum Dasein, die Lösung des Rätsels ebensogut bei diesem lebendigen Hündchen zu finden war wie in dem Kopfe van Horns oder sonst eines Toten.

Und deshalb schlug er Jerry immer wieder über die Schnauze, trieb ihn weg und wunderte sich über das hartnäckige Etwas in seinem innersten Wesen, das ihn immer wieder gegen den Stock anspringen ließ, der ihm weh tat und der ihn zurücktrieb. Er wußte, daß es die Tapferkeit und Beweglichkeit der Jugend, ihre Stärke und ihr Mangel an Urteilskraft war, und bewunderte und beneidete sie, hätte gern seine graue Greisenklugheit dafür gegeben, wenn es ihm nur möglich gewesen wäre.

›Was für ein Hund, Donnerwetter, was für ein Hund!‹ hätte

er mit van Horn sagen können, statt dessen aber dachte er auf Trepang, das ihm ebenso in Fleisch und Blut übergegangen war wie seine eigene Somosprache. ›Mein Wort, das fella Hund kein Angst vor mir.‹

Aber das Alter wurde des Spiels zuerst müde, und Baschti machte ihm ein Ende, indem er Jerry so hart hinters Ohr schlug, daß er bewußtlos hinfiel. Der Anblick des Hündchens, das eben noch so lebendig und wuterfüllt gewesen und jetzt wie tot dalag, brachte Baschtis Gedanken auf eine neue Spur. Der Knüppel hatte mit einem Schlage die Veränderung bewirkt. Wo waren jetzt Zorn und Klugheit des Hündchens? War das alles – konnte ein zufälliger Windhauch die Flamme im Holzscheit löschen? Den einen Augenblick hatte Jerry gewütet und gelitten, geknurrt und gesprungen, hatte seine Bewegungen nach seinem Willen gelenkt. Den nächsten Augenblick lag er kraftlos und zusammengesunken im halben Tod der Bewußtlosigkeit da. Um ein Weilchen, das wußte Baschti, würden Bewußtsein, Gefühl, Bewegung und die Fähigkeit, seine Bewegungen zu beherrschen, wieder in den kraftlosen kleinen Körper zurückströmen. Aber wo waren Gefühl und Wille – alles das, was der eine Schlag mit dem Knüppel gelähmt hatte –, wo waren sie unterdessen? Baschti seufzte müde, und müde wickelte er die Köpfe – außer den van Horns – in ihre Strohmatten und hängte sie dann wieder unter das Dach, daß sie von den Balken herabbaumelten. Hier, das sagte er sich, würden sie hängen, wenn er längst tot und fertig war, wie einige von ihnen schon lange vor der Zeit seines Vaters und Großvaters gehangen hatten. Van Horns Kopf ließ er auf dem Boden liegen, während er sich selbst hinausschlich, um durch eine Ritze hineinzugucken und zu sehen, was das Hündchen tun würde.

Jerry zitterte, und etwa eine Minute lang kämpfte er kraftlos, um wieder auf die Beine zu kommen. Er schwankte benommen hin und her, und da sah Baschti, mit einem Auge an der Ritze, wie das Wunder, das Leben heißt, durch die Kanäle des kraftlosen Körpers zurückfloß und die Beine steifte, daß sie wieder fest stehen konnten. Er sah das Bewußtsein, das Wunder aller Wunder, wieder in die knöcherne, haarbedeckte Hirnschale strömen, sah es schwellen und stärker werden, sah, wie das Hündchen die Augen aufschlug, die Zähne fletschte und die Kehle unter demselben Knurren erzittern ließ, das der Schlag mit dem Knüppel unterbrochen hatte.

Und noch mehr sah Baschti. Anfänglich blickte Jerry sich nach seinem Feinde um und knurrte, während sich ihm die Haare auf seinem Nacken sträubten. Als er aber statt seines Feindes den Kopf Schiffers erblickte, kroch er hin, liebkoste ihn, küßte mit seiner Zunge die harten Wangen, die geschlossenen Lider, die all seine Liebe nicht öffnen konnte, die unbeweglichen Lippen, die nicht eines der zärtlichen Worte sprechen wollten, die sie früher zu dem kleinen Hunde gesprochen hatten.

Und dann setzte Jerry sich mit einem Gefühl unendlicher Verlassenheit vor Schiffers Kopf nieder und heulte in langgezogener Klage. Und schließlich schlich er matt und zerschlagen aus dem Hause fort in das seines Teufel-Teufel-Herrn, wo er die nächsten vierundzwanzig Stunden wachte und schlief und Jahrhunderte böser Träume träumte.

Solange Jerry in Somo blieb, fürchtete er von jetzt an Baschtis Grashütte. Er fürchtete nicht Baschti. Seine Furcht war unerklärlich und unausdenkbar. In dem Hause befand sich das Nichts, das einmal Schiffer gewesen. Es war die Erinnerung an die letzte Katastrophe des Lebens, die mit jeder Faser seiner vererbten Anlagen verwebt und verknüpft war. Noch einen Schritt weiter als Jerry war das Somovolk gegangen, das sich bei Betrachtung des Todes Vorstellungen von Geistern der Toten gebildet hatte, die in unkörperlichen, übersinnlichen Reichen weiterlebten.

Und von jetzt an haßte Jerry Baschti heftig als den Herrn des Lebens, der das Nichts, das Schiffer war, besaß und auf seine Knie legte. Nicht, daß Jerry diesen bestimmten Gedanken gefaßt hätte. Alles war unklar und verschwommen, Empfindung, Gemütsbewegung, Gefühl, Instinkt, Eingebung – man kann jedes beliebige Wort gebrauchen aus der verschwommenen Sammlung von Wörtern, die die menschliche Sprache ausmacht, in der die Wörter doch narren, weil sie den Eindruck einer bestimmten Bedeutung erwecken und dem Gehirn ein Verständnis anlügen, das es nicht besitzt.

Drei Monate verstrichen; der Nordwestmonsun war, nachdem er ein halbes Jahr geweht hatte, dem Südostpassat gewichen. Jerry lebte immer noch in Agnos Haus und lief im ganzen Dorfe frei umher. Er hatte an Gewicht und Größe zugenommen und war, von seinem Tabu beschützt, so selbstbewußt geworden, daß es an Tyrannei grenzte. Aber er hatte keinen Herrn gefunden. Agno hatte seinem Herzen auch nicht einen Schlag der Liebe abgerungen. Übrigens hatte Agno auch nie versucht, ihn zu gewinnen, anderseits hatte der kaltblütige Mann auch nie gezeigt, daß er Jerry haßte.

Nicht einmal die alten Frauen, die beiden Schüler und die junge Fliegenverscheucherin in Agnos Haus hatten auch nur die geringste Ahnung, daß der Teufel-Teufel-Medizinmann Jerry haßte. Auch Jerry selbst ahnte es nicht. Für ihn war Agno ein farbloses Wesen, ein Wesen, mit dem er gar nicht rechnete. Die Mitglieder des Haushalts betrachtete Jerry als Agnos Sklaven oder Diener, und wenn sie ihn fütterten, wußte er, daß das Futter, das er fraß, von Agno kam und Agnos Essen war. Außer ihm, den sein Tabu beschützte, fürchteten alle Agno, und sein Haus war in der wahrsten Bedeutung des Wortes ein Haus der Furcht, in dem keine Liebe zu einem zufällig hineingekommenen Hündchen gedeihen konnte. Das elfjährige Mädchen hätte vielleicht versucht, Jerrys Liebe zu gewinnen, wäre sie nicht von Agno eingeschüchtert worden, der ihr eine strenge Zurechtweisung erteilte, weil sie sich die Freiheit genommen

162

hatte, einen Hund mit einem so hohen Tabu zu berühren oder zu streicheln.

Was Agnos Plan, Jerry zu Leibe zu gehen, das halbe Jahr des Monsuns hinzog, war der Umstand, daß die Großfußhühner erst mit Eintritt des Südostpassats ihre Eier auf Baschtis privaten Brutplätzen zu legen begannen. Und Agno, dessen Plan längst feststand, hatte mit der ihm eigenen Geduld ruhig seine Zeit abgewartet.

Das Großfußhuhn der Salomoninseln ist ein entfernter Verwandter des wilden australischen Truthahns. Obwohl nicht größer als eine große Taube, legt es ein Ei von der Größe eines gewöhnlichen Enteneis. Das Großfußhuhn kennt keine Furcht und ist so dumm, daß es seit Jahrhunderten ausgerottet wäre, hätten die Häuptlinge und Priester es nicht für tabu erklärt. Die Häuptlinge mußten jedoch Sandstellen für es einhegen, um es vor den Hunden zu beschützen. Es grub seine Eier zwei Fuß tief in den Sand ein und verließ sich darauf, daß die Sonnenwärme das Ausbrüten besorgte. Und es grub immer wieder und legte Eier, während ein Schwarzer kaum zwei bis drei Fuß entfernt die Eier wieder ausgrub.

Der Brutplatz gehörte Baschti. Solange es Großfußhühnereier gab, lebte er fast ausschließlich von ihnen. Gelegentlich hatte er auch wohl ein Großfußhuhn, das mit Eierlegen fertig war, zu seinem Kai-kai schlachten lassen. Das war indessen nur eine Laune, der Stolz, sich eine so seltene Speise erlauben zu können, was nur einem Manne seines Ranges möglich war. In Wirklichkeit machte er sich aus Großfußhühnerfleisch nicht mehr als aus jedem andern Fleisch. Alles Fleisch schmeckte ihm gleich, denn sein Appetit auf Fleisch gehörte zu den entschwundenen Freuden, die für ihn nur noch in der Erinnerung lebten.

Aber die Eier! Er liebte sie. Sie waren die einzige Nahrung aus der er sich noch etwas machte. Wenn er sie aß, durchfuhr ihn die alte Eßgier seiner Jugend. Er war wirklich hungrig, wenn er Großfußhühnereier essen sollte, und die

fast eingetrockneten Speicheldrüsen und inneren Verdau-
ungssäfte fungierten wieder beim Anblick eines zubereiteten Eis. Und deshalb war er der einzige in ganz Somo, der
Großfußhühnereier aß, auf denen ein strenges Tabu ruhte.
Und da das Tabu in erster Reihe ein religiöses war, wurde
Agno die geistliche Aufgabe übertragen, den königlichen
Brutplatz zu bewachen und zu schützen.
Aber auch Agno war nicht mehr jung. Er war längst über
die Zeit hinaus, da scharfe Eßlust an ihm genagt hatte, und
auch er aß nur aus Pflichtgefühl, weil alles Essen ihm gleich
schmeckte. Großfußhühnereier waren das einzige, was seinen Gaumen noch kitzelte und die Säfte seines Körpers in
Bewegung setzte. So kam es, daß er das von ihm selbst auferlegte Tabu verletzte und in aller Heimlichkeit, wenn weder Mann noch Frau oder Kind ihn sehen konnte, die Eier
aß, die er von Baschtis privatem Brutplatz stahl.
Und so kam es, daß, als das Eierlegen begann und sowohl
Baschti wie Agno sich nach sechsmonatiger Enthaltsam-
keit nach Eiern sehnten, Agno Jerry auf dem Tabupfad
durch die Mangroven führte. Sie traten von Wurzel zu Wurzel über den Sumpf, der in der stillstehenden Luft, zu der
der Wind nie Zutritt hatte, beständig dampfte und stank.
Der Pfad, der eigentlich kein Pfad, sondern für einen Mann
aus langen Schritten von einer Baumwurzel zur andern
und für einen Hund aus vierbeinigen Sätzen bestand, war
etwas ganz Neues für Jerry. Auf all seinen Streifzügen hatte er ihn nie entdeckt, so versteckt lag er. Daß Agno sich so
menschlich zeigte, ihn derart herumzuführen, überraschte
und freute Jerry, der, ohne weiter darüber nachzudenken,
ein unklares, verschwommenes Gefühl hatte, daß Agno
möglicherweise doch der Herr werden könnte, nach dem
sich seine Hundeseele noch immer sehnte. Als sie aus dem
Mangrovensumpf herauskamen, standen sie plötzlich vor
einem Stück Sandboden, der so salzig war und so starke
Spuren davon trug, daß er erst kürzlich vom Meere bespült
gewesen, daß kein großer Baum Wurzeln fassen und mit

seinen Zweigen die heißen Strahlen der Sonne fernhalten konnte. Eine primitive Pforte führte hinein, aber Agno ließ Jerry sie nicht benutzen. Statt dessen überredete er ihn mit merkwürdig kleinen zwitschernden Zurufen, sich unter dem rohen Zaun hindurchzuarbeiten. Er half ihm mit seinen eigenen Händen, schleppte Massen von Sand heraus, achtete aber stets darauf, daß Jerry unzweifelhafte Spuren seiner Pfoten und Klauen hinterließ. Und als Jerry drinnen war, ging Agno selbst durch die Pforte hinein und stachelte ihn an, die Eier auszugraben. Aber Jerry fand keinen Gefallen an den Eiern. Acht von ihnen verschlang Agno roh, und zwei steckte er sich in die Achselhöhle, um sie mit in sein Teufel-Teufel-Haus zu nehmen. Die Schalen der acht Eier zerbrach er, wie ein Hund hätte tun können, und um das Bild, das er sich so lange ausgemalt hatte, zu vervollständigen, nahm er ein wenig von dem achten Ei und schmierte es nicht um Jerrys Schnauze, wo er es leicht mit der Zunge hätte entfernen können, sondern um die Augen, wo es sitzen bleiben und gegen ihn zeugen mußte, wie er es in seinem Anschlage berechnet hatte.

Zuletzt – ein noch größeres Sakrileg für einen Priester – ermutigte er Jerry, ein Großfußhuhn, das gerade beim Eierlegen war, anzugreifen. Und Agno, der wußte, daß Jerry, wenn seine Mordlust einmal erwacht war, die dummen Vögel weiter morden würde, verließ die Brutstätte und begab sich in größter Eile zu Baschti, um ihm ein kirchliches Problem vorzulegen. Das Tabu des Hundes, erklärte er, hätte ihn am Einschreiten verhindert, als Jerry die tabueierlegenden Hühner verzehrte, denn er konnte unmöglich entscheiden, welches der beiden Tabus das höhere war. Und Baschti, der ein halbes Jahr lang kein Großfußhühnerei geschmeckt hatte und gierig war nach dem einzigen Genuß, der ihm noch aus seiner fernen Jugendzeit geblieben war, schritt mit einer solchen Schnelligkeit aus, daß der Hohepriester, der doch viele Jahre jünger war, ganz außer Atem kam.

Auf dem Brutplatz trafen sie Jerry mit blutigen Pfoten und

blutigem Maul, im Begriff, dem vierten Großfußhuhn den Garaus zu machen. Der Eidotter saß ihm noch um die Augen bis ganz zum Stirnansatz. Vergebens sah Baschti sich nach einem einzigen Ei um, und das Verlangen, das er sechs Monate lang gespürt hatte, war jetzt, als er das angerichtete Unheil sah, stärker als je. Und Jerry, den Agno mit Kopfnicken ermutigte, wandte sich Baschti zu, um dessen Beifall für die tapfere Tat einzukassieren, und lachte mit seinem bluttriefenden Maul und seinen mit Eigelb beschmierten Augen.

Baschti wütete nicht, wie er es getan häite, wenn er allein gewesen wäre. Vor den Augen seines Hohenpriesters wollte er sich nicht so weit erniedrigen, daß er sich wie ein gewöhnlicher Sterblicher benahm. So geht es stets den Großen dieser Welt. Sie müssen ihre natürlichen Wünsche unterdrücken, müssen ihr Menschentum unter einer Maske von Gleichgültigkeit verbergen. Und so kam es, daß Baschti seinen Ärger nicht zeigte. Agno hatte einen Schatten weniger Selbstbeherrschung. Er konnte nicht ganz verhindern, daß ein Schimmer von Gier in seine Augen trat. Baschti sah es, hielt es aber für gewöhnliche Neugier, denn er konnte unmöglich die Wahrheit erraten. Was wieder zweierlei mit Hinsicht auf die Großen dieser Erde zeigt, erstens, daß sie die unter ihnen Stehenden narren, zweitens, daß sie von den unter ihnen Stehenden genarrt werden können. Baschti warf Jerry einen rätselhaften Blick zu, als wenn alles ein Witz wäre, dann ließ ein Seitenblick ihn den enttäuschten Ausdruck in den Augen des Priesters auffangen. Aha, dachte Baschti, jetzt hab' ich ihn angeführt.

»Welches ist nun das höhere Tabu?« fragte Agno in der Somosprache.

»Als ob du darüber im Zweifel sein könntest! Selbstverständlich das Großfußhuhn.«

»Und der Hund?« lautete Agnos nächste Frage.

»Der muß bezahlen, weil er das Tabu verletzt hat. Es ist ein hohes Tabu. Es ist mein Tabu. Es wurde von Somo bestimmt, dem ersten, der über uns alle herrschte, und ist seitdem das Tabu der Häuptlinge gewesen. Der Hund muß sterben.«

Er hielt inne und überlegte, während Jerry wieder im Sande zu graben begann, wo er ein neues Nest entdeckt hatte. Agno machte Miene, ihn zu hindern, aber Baschti legte sich dazwischen.

»Laß sein«, sagte er. »Laß uns den Hund auf frischer Tat ergreifen.«

Und Jerry entdeckte zwei Eier, zerbrach sie und schlürfte alles, was von ihrem kostbaren Inhalt nicht in den Sand lief. Baschtis Augen waren ganz ausdruckslos, als er fragte: »Der Hundeschmaus der Männer ist heute?«

»Morgen mittag«, antwortete Agno. »Die Hunde kommen schon. Es werden wenigstens fünfzig.«

»Einundfünfzig«, lautete Baschtis Urteilsspruch, und er nickte Jerry zu. Der Priester streckte unwillkürlich mit einer hastigen Bewegung die Hand aus, um Jerry zu greifen.

»Warum jetzt?« fragte der Häuptling. »Du mußt ihn nur über den Sumpf schleppen. Laß ihn auf seinen eigenen Beinen zurücklaufen; im Kanuhaus kannst du ihm ja die Füße binden.«

Über den Sumpf nach dem Kanuhause trottete Jerry glückstrahlend hinter den beiden Männern her. Da hörte er das Klagen und Jammern vieler Hunde, das unverkennbar von Not und Qualen zeugte. Augenblicklich wurde er mißtrauisch, obwohl seine Furcht sich nicht im geringsten auf ihn selbst bezog.

Aber in dem Augenblick, als er mit gespitzten Ohren dastand und mit Hilfe seiner Nase der Sache auf den Grund kommen wollte, packte Baschti ihn am Nacken und hob ihn hoch, während Agno sich daranmachte, ihm die Füße zu binden. Kein Jammern, kein Laut, kein Zeichen von Furcht ließ Jerry hören – nur ein halberticktes, gereiztes Knurren, während seine Hinterbeine kriegerisch fochten. Aber ein Hund, der von hinten am Nacken gepackt ist, kann sich nie mit zwei Männern messen, die mit menschlicher Vernunft und Gewandtheit begabt sind und je zwei Hände mit einem Daumen besitzen, der sich den andern vier Fingern entgegenbiegt.

Kreuz und quer an Vorder- und Hinterbeinen gebunden, wurde er mit herabhängendem Kopf das kurze Stück bis zu der Stelle getragen, wo die Hunde geschlachtet und zubereitet werden sollten. Hier wurde er mitten in einen Haufen andrer Hunde geworfen, die ebenso hilflos und auf ähnliche Weise gefesselt waren wie er. Obwohl es spät am Nachmittag war, lag ein Teil von ihnen schon seit dem frühen Morgen in der brennenden Sonne. Es waren alles wilde Buschhunde, und so gering war ihr Mut, daß ihr Durst und die Qualen, welche die ihre Adern zusammenschnürenden Stricke ihnen bereiteten, daß das unklare Gefühl von dem Schicksal, das eine derartige Behandlung ankündigte, sie in Verzweiflung und Leiden klagen, jammern und heulen ließ.

Die nächsten dreißig Stunden waren furchtbar für Jerry. Es hatte sich gleich herumgesprochen, daß sein Tabu aufgehoben war, und kein Mann und kein Knabe war so gering, daß er ihm jetzt noch Ehrerbietung gezollt hätte. Bei Einbruch der Dunkelheit war er von einem Schwarm von Quälgeistern umgeben. Sie hielten lange Reden über seinen Sturz, höhnten und verspotteten ihn, traten ihn verächtlich mit Füßen, gruben eine Höhlung in den Sand, aus der er nicht herausrollen konnte, und legten ihn auf dem Rücken hinein, so daß seine Beine schmählich in die Luft standen.

Und er konnte in seiner Hilflosigkeit nichts tun als knurren und rasen. Denn im Gegensatz zu den andern Hunden wollte er in seiner Not nicht heulen oder winseln. Er war jetzt ein Jahr alt, die sechs Monate hatten ihn sehr gereift, und zudem war es die Natur seiner Rasse, furchtlos und stoisch zu sein. Und hatten seine weißen Herren auch viel getan, ihn zu Haß und Verachtung der Nigger zu erziehen, so entwickelten diese dreißig Stunden doch einen besonders heftigen und unauslöschlichen Haß in ihm. Seine Quälgeister

168

wichen vor nichts zurück. Sie hetzten sogar den Wildhund auf Jerry. Aber es war wider die Natur des Wildhundes, einen Feind anzugreifen, der sich nicht rührte, selbst wenn dieser Feind Jerry war, der ihn so oft auf der ›Arangi‹ tyrannisiert und zu Boden geworfen hatte. Hätte sich Jerry zum Beispiel ein Bein gebrochen, wäre aber noch imstande gewesen, sich zu bewegen, so wäre er sicherlich über ihn hergefallen und hätte ihn vielleicht getötet. Aber diese völlige Hilflosigkeit war etwas andres, und daher wurde nichts aus der erwarteten Vorstellung. Wenn Jerry knurrte und schnappte, knurrte und schnappte der Wildhund dagegen, stolzierte um ihn herum und machte sich wichtig, aber sosehr die Schwarzen ihn auch hetzten, konnte ihn doch nichts dazu bringen, seine Zähne an Jerry zu versuchen.

Der Schlachtplatz vor dem Kanuhaus war ein Tollhaus von Schrecken. Von Zeit zu Zeit wurden weitere gebundene Hunde gebracht und auf den Boden geworfen. Es war ein andauerndes Geheul, wozu namentlich die Hunde beitrugen, die seit dem frühen Morgen in der Sonne gelegen und gedurstet hatten. Zuweilen stimmten sie alle ein, die Selbstbeherrschung der Ruhigeren hielt der Erregung und Furcht der andern nicht stand. Dies Geheul, das ständig zu- und abnahm, aber niemals ganz aufhörte, dauerte die ganze Nacht, und als der Morgen kam, litten sie alle unter dem unerträglichsten Durst.

Die Sonne sandte ihre Flammenstrahlen auf sie hernieder und brachte ihnen, die in dem weißen Sande lagen und brieten, alles andre eher als Linderung. Die Quälgeister scharten sich wieder um Jerry, und wieder schüttelten sie ihren ganzen Vorrat an Schimpfwörtern über ihn aus, weil er sein Tabu verloren hatte. Was Jerry am meisten aufbrachte, waren nicht die Schläge und die körperlichen Qualen, sondern das Lachen. Kein Hund kann ertragen, daß man ihn auslacht, und Jerry konnte am allerwenigsten seine Erbitterung zügeln, wenn sie ihn verspotteten und dicht vor ihm schnatterten. Obwohl er nicht ein einziges

Mal heulte, hatte sein Knurren und Schnappen in Verbindung mit seinem Durst seine Kehle heiser gemacht und die Schleimhäute in seinem Maul ausgedörrt, so daß er außerstande war, einen Laut von sich zu geben, wenn er nicht gerade gereizt wurde. Seine Zunge hing ihm zum Maul heraus, und die Sonne, die um acht Uhr morgens schon große Kraft besaß, begann sie langsam zu verbrennen.

Zu dieser Zeit tat ihm einer der Jungen einen grausamen Schimpf an. Er rollte Jerry aus der Höhlung heraus, in der er die ganze Nacht auf dem Rücken gelegen hatte, drehte ihn auf die Seite und hielt ihm eine kleine, mit Wasser gefüllte Schale hin. Jerry trank so gierig, daß er zunächst gar nicht bemerkte, daß der Junge viele reife rote Pfefferkörner in der Schale ausgepreßt hatte. Der Kreis heulte vor Vergnügen, und Jerrys bisheriger Durst war nichts im Vergleich zu dem neuen Durst, der noch vermehrt wurde durch die brennende Qual, die der Pfeffer verursachte. Das nächste Ereignis, das eintrat, und zwar ein sehr wichtiges Ereignis, war das Kommen Nalasus. Nalasu war ein alter Mann von mehr als sechzig Jahren. Er war blind und ging an einem langen Stock, mit dem er sich vorwärts tastete. In der freien Hand trug er ein Ferkel, das er an den zusammengebundenen Beinen hielt.

»Sie sagen, daß der Hund des weißen Herrn gegessen werden soll«, sagte er in der Somosprache. »Wo ist denn der Hund des weißen Herrn? Zeigt ihn mir!«

Agno, der soeben hinzugekommen war, stand neben ihm, als er sich über Jerry beugte und ihn mit den Fingern untersuchte. Und Jerry dachte nicht daran, zu knurren oder zu beißen, wenn auch die Hände des Blinden mehr als einmal in Reichweite seiner Zähne kamen. Denn Jerry fühlte, daß die Finger, die so lind über ihn strichen, keine feindselige Absicht hatten. Dann betastete Nalasu das Ferkel, und mehrmals wanderten seine Finger zum Ferkel und wieder zurück, als ob er eine Rechenaufgabe lösen wollte. Nalasu richtete sich auf und fällte folgendes Urteil: »Das Ferkel ist ebenso klein wie der Hund. Sie sind von derselben Größe, aber das Ferkel hat mehr eßbares Fleisch am Körper als der Hund. Nehmt das Ferkel, und ich will den Hund nehmen.«

»Nein«, sagte Agno, »der Hund des weißen Mannes hat das Tabu verletzt. Er muß gegessen werden. Nimm irgendeinen andern Hund und laß uns das Ferkel. Nimm einen großen Hund.«

»Ich will den Hund des weißen Herrn haben«, sagte Nalasu eigensinnig. »Nur den Hund des weißen Herrn und keinen andern.«

Die Verhandlung kam nicht weiter, bis Baschti sich zufällig zeigte und zuhörte.

»Nimm den Hund, Nalasu!« sagte er schließlich. »Es ist ein gutes Ferkel, ich will es selbst essen.«

»Aber er hat das Tabu verletzt, dein großes Tabu des Brutplatzes, und daher muß er gegessen werden«, fiel Agno schnell ein.

Zu schnell, dachte Baschti, während ein undeutlicher Verdacht, er wußte nicht weshalb, in ihm aufstieg.

»Das Tabu muß mit Blut und Feuer bezahlt werden«, beharrte Agno.

»Schön«, sagte Baschti. »Dann esse ich das Ferkel. Laß ihm die Kehle durchschneiden und seinen Körper den Flammen übergeben.«

»Ich spreche nur das Gesetz des Tabu, Leben um Leben heißt es für den, der es verletzt.«

»Es gibt ein anderes Gesetz«, lachte Baschti. »Lange war es so, seit Somo diese Mauern baute, daß Leben um Leben gekauft werden konnte.«

»Nur das Leben von Mann und Weib«, wandte Agno ein.

»Ich kenne das Gesetz.« Baschti schritt ruhig weiter. »Somo war es, der das Gesetz machte. Nie ist gesagt worden, daß das Leben eines Tieres nicht um das Leben eines Tieres gekauft werden kann.«

»Das Gesetz ist noch nie angewandt«, sagte der Teufel-Teufel-Medizinmann schnell.

»Und das hat seine guten Gründe«, antwortete der alte Häuptling. »Noch nie ist ein Mensch so dumm gewesen, ein Ferkel für einen Hund zu geben. Es ist ein gutes Ferkel, fett und feinfleischig. Nimm den Hund, Nalasu, nimm den Hund gleich.«

Aber der Teufel-Teufel-Medizinmann gab sich noch nicht zufrieden.

»Wie du, o Baschti, in deiner großen Weisheit sagtest, ist er der Saathund, der Stärke und Mut fortpflanzen soll. Laß ihn töten. Wenn er aus dem Feuer kommt, soll sein Körper in viele Stücke geteilt werden, so daß jeder Mann von ihm kosten kann und dadurch seinen Anteil an der Stärke und dem Mute bekommt. Es ist besser für Somo, wenn seine Männer stark und tapfer werden als seine Hunde.«

Aber Baschti hegte keinen Zorn gegen Jerry. Er hatte zu lange gelebt und war zu sehr Philosoph, als daß er den Hund getadelt hätte, weil er ein Tabu verletzte, das er nicht kannte. Selbstverständlich wurden Hunde oft getötet, weil sie Tabus verletzten. Aber er ließ es geschehen, weil die Hunde ihn nicht im geringsten interessierten und weil ihr Tod die Heiligkeit der Tabus noch mehr einprägte. Jerry hatte ihn wirklich interessiert. Seit Jerry ihn wegen van Horns Kopf angegriffen hatte, hatte er über die Begebenheit nachgedacht. Sie war verblüffend gewesen, wie es alle Lebensäußerungen waren, und hatte ihm zu denken gegeben. Dazu kam seine Bewunderung für Jerrys Mut und das Unerklärliche, das ihn hinderte, vor Schmerz zu heulen, wenn er vom Stock getroffen wurde. Und ohne daß es ihm bewußt war, hatte die Schönheit von Jerrys Gestalt und Farbe ihn ganz unmerklich mit Wohlgefallen erfüllt. Es freute ihn, diese Schönheit zu sehen.

Baschtis Benehmen hatte noch einen anderen Grund. Er hatte schon angefangen, darüber nachzudenken, warum sein Teufel-Teufel-Medizinmann so eifrig den Tod des Hundes wünschte. Es gab so viele Hunde. Warum mußte es gerade dieser sein? Daß etwas dahintersteckte, war klar, obwohl Baschti nicht darauf kam, was es sein konnte – wenn nicht ein Rachegefühl, das in ihm schlummerte seit dem Tage, als er Agno verhindert hatte, den Hund zu essen. Stimmte das, so war es eine Regung, die er bei keinem Angehörigen seines Stammes dulden konnte. Was aber auch die Ursache war, so hielt er, der immer Wachsame, es für ratsam, seinem Priester eine gute Lehre zu erteilen und wieder einmal zu zeigen, wer der erste Mann in Somo war. Und daher antwortete Baschti: »Ich habe lange gelebt und viele Schweine gegessen. Welcher Mann wagt zu sagen, daß die vielen Schweine in mich übergegangen seien und mich zu einem Schwein gemacht hätten?« Er hielt inne und sah sich herausfordernd in seinem Zuhörerkreise um, aber niemand sagte etwas. Statt dessen grinsten einige von den Männern töricht, während das Gesicht Agnos deutlich ausdrückte, daß er auf keinen Fall zugeben würde, daß irgend etwas an seinem Herrn an ein Schwein gemahnte.

»Ich habe viele Fische gegessen«, fuhr Baschti fort, »und nie ist mir eine Schuppe zum Mund herausgewachsen. Nie ist mir eine Galle in die Kehle gewachsen. Wie ihr alle sehen könnt, ist nie eine Flosse aus meinem Rückgrat hervorgewachsen. Nalasu, nimm den Hund – Aga, trag das Ferkel in mein Haus. Ich will es heute essen. Agno, laß mit dem Schlachten der Hunde beginnen, daß die Kanumänner zur rechten Zeit essen können.«

Und dann wandte er sich zum Gehen und warf, indem er wieder in Trepang überschlug, streng über die Schulter hin: »Mein Wort, du machen mich bös auf dich.«

Während der blinde Nalasu langsam mit Jerry dahinwanderte, den er an den zusammengebundenen Beinen, mit dem Kopf nach unten, trug, hörte Jerry plötzlich, wie das Heulen der Hunde an Wildheit und Stärke zunahm. Das Schlachten hatte begonnen, und Jerry erkannte, daß er dem Tode sehr nahe gewesen war.

Aber im Gegensatz zu dem Knaben Lamai, der es nicht besser gewußt hatte, trug der alte Mann Jerry nicht ganz bis zu seinem Hause. Bei dem ersten Bach, der zwischen den niedrigen Hügeln von dem sich hebenden Lande herabströmte, blieb er stehen und setzte Jerry nieder, um ihn trinken zu lassen. Und Jerry spürte nichts als den Genuß der feuchten Kühle auf seiner Zunge, um seine Schnauze und in seinem Halse. Dennoch nahm er in seinem Unterbewußtsein den Eindruck auf, daß dies der freundlichste Neger war, den er je auf Somo getroffen, freundlicher als Lamai, als Agno, als Baschti.

Als er getrunken hatte, bis er nicht mehr konnte, dankte er Nalasu mit seiner Zunge – nicht warm und begeistert, als wenn es Schiffers Hand gewesen wäre, aber doch mit der Dankbarkeit, die er für den lebenspendenden Trunk schuldete. Der alte Mann kicherte, rollte Jerry in den Bach, wobei er ihm den Kopf über Wasser hielt, rieb ihm das Wasser in seinen ausgedörrten Körper und ließ ihn lange selige Minuten so liegen.

Vom Bach bis zu seinem Hause, eine gute Strecke, trug Nalasu ihn zwar noch mit gebundenen Füßen, aber nicht mehr mit abwärts hängendem Kopf. Er gedachte den Hund durch Liebe zu gewinnen. Denn Nalasu, der viele Jahre einsam im Dunkel gesessen, hatte weit mehr über seine Umwelt nachgedacht und kannte sie weit besser, als wenn er sie hätte sehen können. Für seinen eigenen, besonderen Zweck brauchte er dringend einen Hund. Er hatte es mit mehreren Wildhunden versucht, aber sie hatten seiner Freundlichkeit nur sehr geringe Anerkennung gezollt und waren unweigerlich weggelaufen. Der letzte war am längsten geblieben, weil er ihn mit besonderer Freundlichkeit behandelt hatte, war aber doch schließlich weggelaufen, ehe er ihn für seine Zwecke abgerichtet hatte. Aber der Hund des weißen Herrn – das hatte er gehört – war anders. Er lief nie aus Furcht weg und sollte intelligenter sein als alle Somohunde.

Die Erfindung Lamais, den Hund mit einem Stock anzubinden, war im ganzen Dorfe bekannt geworden, und mit einem Stock wurde Jerry in Nalasus Haus angebunden. Aber es war doch nicht dasselbe. Nie wurde der Blinde auch nur ein einziges Mal ungeduldig, viele Stunden täglich hockte er auf dem Boden nieder und streichelte Jerry. Aber wenn er es auch nicht getan hätte, so würde Jerry, der Nalasus Brot aß und sich allmählich daran gewöhnte, den Gebieter zu wechseln, ihn als Herrn anerkannt haben. Zudem hatte Jerry ein ausgesprochenes Gefühl, daß der Teufel-Teufel-Medizinmann, nachdem er ihn gebunden und unter die andern hilflosen Hunde auf den Schlachtplatz geworfen, aufgehört hatte, sein Herr zu sein. Und da Jerry seit seiner frühesten Kindheit nie ohne Herrn gewesen war, erschien es ihm als eine Notwendigkeit, daß er einen Herrn haben müsse.

Und so geschah es, daß er, als der Tag kam, da der Stock von seinem Halse losgebunden wurde, doch freiwillig in Nalasus Haus blieb. Als der alte Mann die Überzeugung gewonnen hatte, daß Jerry nicht mehr weglaufen würde, begann er mit seiner Erziehung. Und der Unterricht schritt langsam und gradweise vorwärts, bis er mehrere Stunden täglich dieser Arbeit opferte.

Zuerst lernte Jerry auf einen neuen Namen, Bao, zu hören und zu kommen, wenn er, aus immer wachsender Entfernung, auch noch so leise gerufen wurde. Nalasu rief immer leiser, bis es gar kein Wort mehr, sondern nur noch ein Flüstern war. Jerrys Ohren waren scharf geworden.

Ferner wurde Jerrys eigenes Gehör durch Übung noch mehr geschärft. Viele Stunden nacheinander saß er neben Nalasu oder stand in einiger Entfernung von ihm und mußte sich darin üben, auch das schwächste Geräusch, jedes Rascheln im Busch aufzufangen. Endlich wurde er dazu erzogen, die verschiedenen Geräusche im Busch zu unterscheiden und danach sein Knurren, mit dem er Nalasu aufmerksam machte, einzurichten. War ein Rascheln zu hören, das nach Jerrys Überzeugung von einem Schwein oder einem Huhn herrührte, so knurrte er überhaupt nicht. War er

175

sich nicht ganz klar über die Art des Geräusches, so knurrte er ganz leise. Wurde das Geräusch jedoch von einem Mann oder einem Knaben erzeugt, der sich mit großer Vorsicht bewegte und daher verdächtig war, so mußte Jerry laut knurren; war das Geräusch laut und ungeniert, so knurrte Jerry ganz gedämpft.

Es fiel Jerry nie ein, zu fragen, warum er dies alles lernen mußte. Er tat es nur, weil es der Wunsch seines Herrn war.

Alles dies und noch viel mehr lehrte Nalasu ihn und erweiterte seinen Wortschatz, so daß sie auf einige Entfernung kurze, aber doch ganz deutliche Gespräche miteinander führen konnten.

So konnte Jerry auf eine Entfernung von fünfzig Fuß durch ein leises ›Whuff!‹ Nalasu mitteilen, daß er ein ihm unbekanntes Geräusch hörte, und Nalasu konnte ihm durch verschiedene Zischlaute verständlich machen, daß er stillstehen, noch leiser bellen, ganz ruhig sein oder geräuschlos zu ihm kommen oder auch sich in den Busch begeben und untersuchen solle, woher das fremde Geräusch kam. Dann wieder mußte er mit lautem Bellen drauflosstürzen und angreifen.

Fing Nalasu mit seinen scharfen Ohren ein fremdes Geräusch von der entgegengesetzten Seite auf, so konnte er wieder Jerry fragen, ob er es gehört hätte. Und Jerry, der vor lauter Eifer auf den Zehenspitzen stand, konnte, indem er sein ›Whuff!‹ anders oder länger oder kürzer ausstieß, Nalasu zuerst melden, daß er nichts vernahm, dann, daß er es hörte, und endlich vielleicht, daß es ein fremder Hund, eine Waldratte, ein Mann oder ein Knabe war, und das so leise, daß die Worte fast nur ein Hauch waren, lauter einsilbige Wörter, eine völlige Stenographie der Rede.

Nalasu war ein merkwürdiger alter Mann. Er wohnte ganz für sich in einer kleinen Grashütte am Rande des Dorfes. Das nächste Haus war ein gutes Stück entfernt, und seine eigene Hütte stand auf einer Rodung im dichten Busch, der nirgends näher als sechzig Fuß war. Ferner hielt er diese

Rodung dauernd rein von der schnell wachsenden Vegetation. Er hatte offenbar keinen Freund, wenigstens kam nie ein Besucher zu ihm. Es war mehrere Jahre her, seit er dem letzten Besucher die Lust zum Wiederkommen genommen hatte. Verwandte hatte er auch nicht. Seine Frau war längst gestorben, und seine drei noch unverheirateten Söhne hatten auf einem Raubzug jenseits der Grenzen von Somo ihre Köpfe auf den Buschpfaden zwischen den hohen Hügeln verloren und waren von ihren Mördern im Busch aufgefressen worden. Für einen Blinden war er sehr arbeitsam. Er wünschte keine Hilfe von andern Menschen und verschaffte sich seinen Lebensunterhalt ganz allein. Auf der Rodung um sein Haus pflanzte er Jams, süße Kartoffeln und Taro, auf einer anderen Rodung – er hielt es für klüger, keine Bäume in der Nähe seines Hauses zu haben – hatte er Platanen, Bananen und ein Dutzend Kokospalmen gepflanzt. Obst und Gemüse tauschte er dann im Dorfe gegen Fleisch, Fische und Tabak ein.

Ein gut Teil seiner Zeit verbrachte er mit der Erziehung Jerrys, und hin und wieder verfertigte er Bogen und Pfeile, die bei seinen Stammesgenossen so geschätzt waren, daß er so viele, wie er wollte, verkaufen konnte. Kaum ein Tag verging, ohne daß er sich im Gebrauch von Pfeil und Bogen übte. Er schoß nur nach dem Gehör, und jedesmal, wenn Lärm oder Rascheln im Busch zu hören war und Jerry ihm mitgeteilt hatte, um was es sich handelte, pflegte er einen Pfeil danach zu schießen. Dann war es Jerrys Pflicht, vorsichtig den Pfeil wiederzuholen, falls er sein Ziel verfehlt hatte.

Eine Merkwürdigkeit an Nalasu war, daß er nur drei Stunden am Tage und nie in der Nacht schlief und daß der kurze Schlaf, den er sich am Tage gönnte, nie im Hause stattfand. Im dichtesten Teil des nahen Busches war eine Art Nest verborgen, zu dem kein Pfad führte. Er kam und ging stets einen andern Weg, so daß die Tropenvegetation auf dem reichen Boden immer wieder die Spur seiner Anwesenheit auslöschte. Wenn er schlief, mußte Jerry die Wache halten und durfte nie einschlafen. Nalasu hatte alle Ursache zu seiner unendlichen Vorsicht. Der älteste seiner Söhne hatte bei einer Schlägerei einen gewissen Ao getötet. Ao war einer der sechs Brüder vom Stamme Annos gewesen, der in einem der höher gelegenen Dörfer wohnte. Nach dem Gesetz Somos hatte das Geschlecht Annos das Recht, Blutrache am Geschlecht Nalasus zu üben, wurde aber um sein Recht betrogen, weil Nalasus drei Söhne im Busch fielen. Und da das Gesetz Somos Leben um Leben hieß und Nalasu der einzige Überlebende seines Geschlechts war, wußte jeder im Stamme, daß das Geschlecht Annos sich nicht zufriedengeben würde, ehe es nicht das Leben des Blinden genommen hatte.

Aber Nalasu war selbst sowohl als Krieger wie als Vater dreier so kriegerischer Söhne berühmt. Zweimal hatte das Geschlecht Annos die Blutschuld einzutreiben versucht, das erste Mal, als Nalasu noch im Besitz seines Augenlichts gewesen war. Nalasu hatte die ihm gestellte Falle entdeckt, sie umgangen und aus dem Hinterhalt Anno selbst, den Vater, getötet, so daß die Blutschuld verdoppelt wurde. Dann war das Unglück über ihn gekommen. Beim Laden häufig gebrauchter Sniderbüchsenpatronen war das Pulver explodiert und hatte ihm die Augen zerstört. Unmittelbar darauf, als er noch seine Wunden pflegte, hatte das Geschlecht Annos ihn überfallen. Er hatte dies erwartet und sich darauf vorbereitet. In dieser Nacht traten zwei Oheime und ein Bruder in vergiftete Dornen und starben einen schrecklichen Tod. Und so waren es denn im ganzen fünf Leben, die das Geschlecht Annos zu rächen hatte, während ein Blinder die ganze Blutschuld bezahlen sollte. Seitdem hatten die Annoleute die Dornen zu sehr gefürchtet, als daß sie wieder einen Versuch gemacht hätten, obwohl ihre Rachgier beständig unter der Asche glühte und sie auf den Tag hofften, da Nalasus Kopf ihren Deckenbalken schmücken sollte. Unterdessen war die Situation weniger ein Waffenstillstand als ein Schachmatt. Der alte Mann konnte nichts gegen sie tun, und sie wagten nichts gegen ihn zu unternehmen. Erst als er Jerry adoptiert hatte, machten die Annoleute eine Erfindung, wie man in ganz Malaita noch keine gekannt hatte.

Unterdessen verstrichen die Monate, der Südostpassat verwehte, der Monsun begann zu atmen, und Jerry wurde sechs Monate älter, wurde schwerer, größer und kräftiger. Das halbe Jahr, das er bei dem alten Mann verbracht hatte, war eine angenehme Zeit gewesen, trotzdem Nalasu ein recht strenger Lehrmeister war, der tagein, tagaus der Erziehung Jerrys mehr Stunden widmete, als es sonst Hunden beschieden ist. Aber nicht ein einziges Mal schlug er Jerry oder sagte ihm auch nur ein unfreundliches Wort. Dieser Mann, der vier von den Anno-Leuten, drei davon sogar als Blinder, und der noch mehr Menschen in seiner wilden Jugend erschlagen hatte, erhob nie seine Stimme im Zorn gegen Jerry und regierte ihn nie durch ein schärferes Mittel als freundschaftliches Schelten.

In geistiger Beziehung bewirkte die strenge Schule, die Jerry in dieser Zeit durchmachte, daß alle seine Fähigkeiten für sein ganzes Leben geschärft wurden. Nie hatte vielleicht ein Hund in der ganzen Welt soviel verschiedene Laute auszustoßen vermocht wie er, und zwar aus drei Gründen: dank seiner eigenen Intelligenz, der genialen Erziehungsmethode Nalasus und den langen, seiner Erziehung gewidmeten Stunden.

Sein stenographischer Wortschatz war für einen Hund verblüffend. Man könnte fast sagen, daß er sich stundenlang mit dem Manne unterhielt, obwohl es nur sehr wenige verschiedene Gesprächsstoffe für sie gab. Jerry konnte ihm ebensowenig von Meringe oder der ›Arangi‹ erzählen wie von der Liebe, die er für Schiffer, und dem Haß, den er gegen Baschti gefühlt hatte. Und Nalasu konnte ihm seinerseits nichts von der Blutfehde mit den Anno-Leuten und dem Unglück, durch das er das Augenlicht verloren hatte, berichten.

Ihre Gespräche beschränkten sich so gut wie ausschließlich auf die Gegenwart, wenn sie sich auch ein wenig auf die unmittelbare Vergangenheit erstrecken konnten. Nalasu konnte Jerry eine Reihe von Aufträgen erteilen, zum Beispiel: allein auf Kundschaft zu gehen, sich zum Nest zu begeben, es dann in einem weiten Bogen zu umkreisen, nach der andern Rodung zu laufen, wo die Obstbäume standen, auf dem Hauptwege nach dem Dorf bis zu dem großen Bananenbaum zu gehen und dann auf dem schmalen Pfade nach Nalasus Haus zu laufen. Und das alles konnte Jerry vollkommen richtig ausführen und bei seiner Rückkehr Bericht darüber erstatten. Als etwa: beim Nest nichts Ungewöhnliches, außer einem Habicht in der Nähe; auf der andern Rodung drei heruntergefallene Kokosnüsse – denn Jerry konnte mit unfehlbarer Sicherheit bis fünf zählen; zwischen der andern Rodung und dem Wege fünf Schweine; auf dem Hauptwege ein Hund, mehr als fünf Weiber und zwei Kinder; und auf dem kleinen Pfad, der zur Hütte führte, ein Kakadu und zwei Knaben.

Aber er konnte Nalasu nicht erzählen, was sich ihm im Gehirn und im Herzen regte und ihn mit seinem jetzigen Dasein nicht völlig zufrieden sein ließ. Nalasu war kein weißer Gott, nur ein Niggergott. Und Jerry haßte und verachtete alle Nigger mit einziger Ausnahme von Lamai und Nalasu. Er ergab sich in sein Schicksal und hegte für Nalasu sogar eine gewisse ruhige, milde Ergebenheit. Aber er liebte ihn nicht, und er konnte es auch nicht. Bestenfalls waren sie nur Götter zweiten Ranges, und er konnte die großen weißen Götter, wie Schiffer, Herrn Haggin und auch Derby und Bob, nicht vergessen. Die waren etwas andres, etwas Besseres als all diese schwarzen Wilden, unter denen er jetzt lebte. Sie lebten im Jenseits, in einem unerreichbaren Paradies, dessen er sich ganz deutlich erinnerte, nach dem er sich sehnte, zu dem er aber den Weg nicht wußte und das – er hatte eine unklare Vorstellung von der Vergänglichkeit aller Dinge – in das große Nichts verschwunden sein mochte, das bereits Schiffer und die ›Arangi‹ verschlungen hatte. Vergebens mühte sich der alte Mann ab, Jerrys Herz zu gewinnen. Er konnte nicht gegen die vielen Vorbehalte und Erinnerungen Jerrys aufkommen, wenn er auch seine absolute Treue und Ergebenheit gewann. Nicht leidenschaftlich, wie er bis zu seinem letzten Augenblick für Schiffer gekämpft hätte, aber treu bis zum letzten würde er für Nalasu kämpfen. Und der Alte ahnte nie, daß er Jerrys Herz nicht ganz gewonnen hatte.

Dann kam der Tag der Annoleute, an dem einer von ihnen die bewußte Erfindung machte. Sie bestand aus dick geflochtenen Sandalen, mit denen sie ihre Füße gegen die vergifteten Dornen schützten, die bereits dreien von ihnen das Leben gekostet hatten. Der Tag war eigentlich eine Nacht, so schwarz und finster, daß man einen Baumstamm keinen Achtelzoll vor seiner Nase sehen konnte. Und die Annoleute drangen, ein Dutzend Mann stark, mit Sniderbüchsen, Reiterpistolen, Tomahawks und Streitkeulen bewaffnet, in Nalasus Lichtung ein und traten trotz ihrer so dicken Sandalen sehr vorsichtig auf, aus Furcht vor den Dornen, die Nalasu gar nicht mehr pflanzte.

Jerry, der zwischen Nalasus Knien saß und schläfrig nickte, warnte ihn zuerst. Der alte Mann saß angespannt lauschend vor der Tür, wie er jetzt Jahr für Jahr jede Nacht gesessen. Er lauschte noch angespannter in den langen Minuten, in denen er nichts hörte, während er gleichzeitig flüsternd Auskunft von Jerry verlangte und ihm befahl, ganz leise zu sprechen, und Jerry teilte ihm mit ›Whuffs‹ und ›Whiffs‹ und all den Hauchlauten, die den stenographischen Wortschatz bildeten, mit, daß sich Männer näherten, viele Männer, mehr als fünf Männer. Nalasu griff nach dem Bogen, hielt einen Pfeil bereit und wartete. Schließlich fing sein eigenes Ohr ein ganz schwaches Rascheln auf, das erst von einer, dann von der andern Seite und zuletzt von allen Seiten kam. Indem er Jerry weiter die größte Vorsicht auferlegte, holte er Bestätigung von dem Hunde ein, dem sich das

Haar auf dem Nacken sträubte und der jetzt die Nachtluft sowohl mit der Nase wie mit den Ohren ›las‹. Und Jerry, der ebenso vorsichtig wie Nalasu war, teilte ihm wieder mit, daß es Männer, viele Männer, mehr als fünf Männer waren.

Mit der Geduld des Alters saß Nalasu, ohne sich zu regen, bis er in unmittelbarer Nähe, am Rande des Buschs, keine sechzig Fuß entfernt, das bestimmte Geräusch eines bestimmten Mannes hörte. Er spannte den Bogen, schoß den Pfeil ab und wurde durch ein Keuchen und ein unmittelbar darauf folgendes Stöhnen belohnt. Zuerst hielt er Jerry zurück, welcher den Pfeil zurückholen wollte, der, wie er wußte, getroffen hatte, und dann legte er einen neuen Pfeil auf den Bogen.

Eine Viertelstunde verstrich in völligem Schweigen. Der Blinde saß wie in Stein gehauen da, während der Hund, der unter der vielsagenden Berührung seiner Finger vor Eifer zitterte, seinem Gebot gehorchte und nicht einen Laut von sich gab.

Jerry wie auch Nalasu wußten, daß der Tod in der Finsternis um sie her raschelte und lauerte. Wieder ertönte ein leises Geräusch, diesmal noch näher als zuvor; aber der ausgesandte Pfeil traf nicht. Sie hörten ihn in der Ferne in einen Baumstamm schlagen, dann folgte ein wirres Durcheinander von schwachen Lauten, das den schnellen Rückzug des Feindes anzeigte. Dann befahl Nalasu, als es eine ganze Weile still gewesen war, Jerry durch ein Zeichen, den Pfeil zurückzuholen. Er war gut abgerichtet, denn sogar ohne daß Nalasu, dessen Ohren schärfer als die eines sehenden Mannes waren, es hören konnte, folgte er der Richtung des Pfeiles und brachte ihn im Maul zurück. Wieder wartete Nalasu, bis man den Kreis sich raschelnd enger zusammenziehen hörte, worauf er, von Jerry begleitet, alle seine Pfeile nahm und sich geräuschlos im Halbkreis fortbewegte. Und im selben Augenblick, als er seinen alten Platz verlassen hatte, krachte eine Sniderbüchse, die dorthin gezielt hatte.

So hielten der Blinde und der Hund von Mitternacht bis

Tagesanbruch stand gegen zwölf Mann, die mit Pulver und den weitreichenden, durchschlagenden pilzartigen Kugeln aus weichem Blei versehen waren.

Und der Blinde hatte nur den einen Bogen und hundert Pfeile zu seiner Verteidigung. Aber er gab Hunderte von Schüssen ab, und Jerry brachte ihm die abgeschossenen Pfeile immer wieder. Er half ihm tapfer und gut und gesellte zu Nalasus scharfem Gehör sein eignes, noch schärferes, indem er lautlos das Haus umkreiste und meldete, wo die Angreifer am stärksten waren.

Viel von ihrem kostbaren Pulver verschwendeten die Annoleute nutzlos, denn es war wie ein Spiel zwischen unsichtbaren Geistern. Nichts war zu sehen, außer dem Aufblitzen der Büchsen. Nicht ein einziges Mal sahen sie Jerry, obwohl sie sich schnell darüber klarwurden, daß er sich, wenn er die Pfeile suchte, in ihrer Nähe befand. Als einer von ihnen einmal nach einem Pfeil tastete, der ihm sehr nahe gekommen war, stieß er gegen Jerrys Rücken und stieß ein wildes Schmerzensgeheul aus, als der Hund ihm das Fleisch mit seinen Zähnen zerriß. Sie versuchten, nach dem singenden Klang von Nalasus Bogen zu feuern, aber jedesmal, wenn Nalasu geschossen hatte, wechselte er den Platz. Mehrere Male hatten sie gemerkt, daß Jerry in der Nähe war, und auf ihn geschossen, und einmal war ihm die Schnauze sogar ein wenig vom Pulver verbrannt worden. Als der Tag anbrach mit der plötzlichen Dämmerung, die in den Tropen den Sprung von der Dunkelheit zum Sonnenschein kennzeichnet, gaben die Annoleute den Kampf auf, während Nalasu, der sich aus dem Licht in sein Haus zurückgezogen hatte, dank Jerry noch achtzig Pfeile hatte. Das Endergebnis war ein Toter, während niemand sagen konnte, wie viele sich mit Pfeilschüssen im Körper fortschleppten. Und den halben Tag saß Nalasu über Jerry gebeugt da, streichelte und liebkoste ihn zum Dank für das, was er getan. Dann ging er, von Jerry begleitet, ins Dorf und erzählte von der Schlacht. Ehe der Tag zu Ende war, besuchte ihn Baschti und sprach ernst mit ihm.

»Als ein alter Mann zu einem alten Manne spreche ich zu dir«, begann Baschti. »Ich bin älter als du, o Nalasu; ich habe nie Furcht gekannt. Aber nie bin ich tapferer gewesen als du. Ich wünschte, jeder Mann im Stamme wäre so tapfer wie du. Und doch machst du mir große Sorge. Welchen Wert haben deine Tapferkeit und Schlauheit, wenn du keine Nachkommen hinterläßt, in denen dein Mut und deine Schlauheit weiterleben?«

»Ich bin ein alter Mann«, begann Nalasu.

»Nicht so alt wie ich«, unterbrach ihn Baschti. »Nicht zu alt, um zu heiraten, so daß dein Samen die Kraft des Stammes vermehren kann.«

»Ich war verheiratet, lange verheiratet, und setzte drei tapfere Söhne in die Welt. Aber sie sind tot. Ich lebe nicht so lange wie du. Ich denke an meine jungen Tage wie an schöne Träume, deren man sich nach dem Erwachen erinnert. Aber mehr denke ich an den Tod und das Ende von allem. Ans Heiraten denke ich gar nicht. Ich bin zu alt, um zu heiraten. Ich bin alt genug, um mich zum Tode zu bereiten, und ich bin sehr neugierig, was mir nach dem Tode widerfahren wird. Werde ich in alle Ewigkeit tot sein? Werde ich weiterleben in einem Traumland, selbst der Schatten eines Traumes, der sich der Tage erinnert, da er in der warmen Welt lebte, die feurigen Säfte des Hungers im Munde und die Liebe zu den Frauen in der Brust?«

Baschti zuckte die Achseln.

»Auch ich habe viel darüber nachgedacht«, sagte er. »Aber doch komme ich zu keinem Ergebnis. Ich weiß nichts. Du weißt nichts. Wir werden nichts wissen, ehe wir tot sind, wenn es denn so sein sollte, daß wir etwas wissen, wenn wir nicht mehr sind, was wir sind. Aber das wissen wir, du und ich: Der Stamm lebt. Der Stamm stirbt nie. Und deshalb müssen wir, wenn unser Leben überhaupt einen Sinn haben soll, den Stamm stark machen. Deine Arbeit für den Stamm ist noch nicht getan. Du mußt heiraten, daß deine Klugheit und dein Mut nach dir leben können. Ich habe eine Frau für dich – nein, zwei Frauen, denn deine Zeit ist kurz, und ich werde sicher noch den Tag erleben, da ich dich neben meinen Vätern unter dem Deckenbalken des Kanuhauses hängen sehe.«

»Ich will nicht bezahlen für eine Frau«, wandte Nalasu ein.

»Ich will nicht bezahlen für eine Frau, wer sie auch sei. Ich will nicht ein einziges Stück Tabak oder auch nur eine geplatzte Kokosnuß für das beste Weib in Somo bezahlen.«

»Darüber mach dir keine Sorgen«, sagte Baschti ruhig. »Ich werde den Preis für die Frau, für die zwei Frauen für dich bezahlen. Da ist Bubu. Für eine halbe Kiste Tabak will ich sie dir kaufen. Sie ist breit und derb, hat runde Schenkel und breite Hüften und volle, üppige Brüste. Da ist Nena. Ihr Vater verlangt einen hohen Preis für sie – eine ganze Kiste Tabak. Auch sie will ich dir kaufen. Die Zeit ist kurz. Wir müssen uns eilen.«

»Ich will nicht heiraten«, erklärte der alte Mann erregt.

»Du mußt. Ich habe gesprochen.«

»Nein, sage ich, und wieder nein, nein, nein! Frauen sind eine Last. Sie sind jung, und ihre Köpfe sind voller Torheit. Ihre Zungen sind lose mit müßiger Rede. Ich bin alt und lebe ein stilles Leben, denn die Glut des Lebens in mir ist erloschen, und ich ziehe es vor, allein im Dunkel zu sitzen und zu denken. Schwatzende junge Geschöpfe um mich zu haben, in deren Köpfen und auf deren Lippen nichts ist als Schaum und Rauch, würde mich toll machen. Wirklich, sie würden mich toll machen, so toll, daß ich in jede Muschelschale speien, dem Mond Gesichter schneiden, mich selbst in die Arme beißen und heulen würde.«

»Und wenn auch – wenn nur dein Samen nicht zugrunde geht! Ich will den Vätern den Preis für die Frauen bezahlen und sie dir binnen drei Tagen schicken.«

»Ich will nichts mit ihnen zu tun haben«, sagte Nalasu außer sich.

»Doch, du willst«, erwiderte Baschti ruhig. »Denn wenn du es nicht tust, mußt du mich bezahlen, und ich werde ein har-

ter, strenger Gläubiger sein. Ich will dir jedes Glied in deinem Körper zerbrechen lassen, daß du wie eine Qualle wirst, wie ein fettes Schwein, dem man die Knochen herausgenommen hat, und dann will ich dich an einen Pfahl mitten auf dem Hundeschlachtplatz binden, daß du unter Schmerzen in der Sonne schwillst. Und was von dir übrigbleibt, will ich den Hunden vorwerfen, daß sie es fressen. Dein Samen soll nicht aussterben in Somo. Ich, Baschti, sage dir dies. In drei Tagen werde ich dir deine zwei Frauen schicken ...«
Er schwieg.

Lange war es ganz still zwischen ihnen.

»Nun?« wiederholte Baschti. »Willst du die Frauen haben oder in der Sonne an den Pfahl gebunden werden? Du kannst wählen, aber bedenke dich wohl, ehe du dir die Glieder zerbrechen läßt.«

»In meinem Alter, da ich längst die Plagen der Jugend hinter mir habe!« klagte Nalasu.

»Wähle. Du wirst mitten auf dem Hundeschlachtplatz Plage und Leben zum Überdruß finden, wenn die Sonne auf deine wehen Glieder brennt, bis der Saft deine Magerkeit siedet wie das weichliche Fett eines gebratenen Spanferkels.«

»So schicke mir denn die Frauen«, brachte Nalasu endlich nach einer langen Pause hervor. »Aber schicke sie in drei Tagen, nicht in zweien oder morgen.«

»Es ist gut«, nickte Baschti ernst. »Du hast überhaupt nur durch die gelebt, die vor dir waren und die jetzt längst das Dunkel verschlungen hat, die wirkten, damit der Stamm leben konnte und du selbst erstehen konntest. Du bist. Sie bezahlten den Preis für dich. Das ist die Schuld, die du abzutragen hast. Du kamst zur Welt mit dieser Schuld auf dir. Du mußt sie bezahlen, ehe du das Leben verläßt. Das ist das Gesetz. Es ist sehr gut.«

Und hätte Baschti die Ablieferung der Frauen nur einen oder zwei Tage beschleunigt, so wäre Nalasu dem furchtbaren Fegefeuer der Ehe verfallen gewesen. Aber Baschti hielt Wort, und am dritten Tage war er von einem weit wichtigeren Problem zu sehr in Anspruch genommen, als daß er Bubu und Nena dem alten Manne abgeliefert hätte, der deren Kommen mit Angst und Beben erwartete. Denn am Morgen des dritten Tages begannen alle Berggipfel längs der Leeküste von Malaita ihre Rauchsäulen in die Luft zu senden. Es läge ein Kriegsschiff vor der Küste, lautete die Botschaft, ein großes Kriegsschiff, das durch die Riffdörfer von Langa-Langa hereinsteuerte. Der Rauch mehrte sich. Das Kriegsschiff hielt nicht bei Langa-Langa. Das Kriegsschiff hielt nicht bei Binu. Es setzte seinen Kurs direkt auf Somo.

Nalasu konnte die in die Luft geschriebene Rauchbotschaft nicht sehen. Weil sein Haus vollkommen abseits lag, kam niemand und erzählte es ihm. Das erste, was er hörte, waren die schrillen Stimmen der Weiber, das Schreien der Kinder und das Wimmern der Säuglinge. Das alles erklang in namenloser Angst von dem breiten Wege her, der vom Dorfe nach der Bergesgrenze von Somo führte. Er hörte Furcht und Entsetzen heraus und schloß, daß die Dorfbewohner in ihre festen Burgen in den Bergen flohen, kannte aber nicht den Beweggrund ihrer Flucht.

Er rief Jerry zu sich und beauftragte ihn, auf Kundschaft nach dem großen Bananenbaum zu gehen, wo Nalasus Pfad auf den Hauptweg stieß, dort seine Beobachtungen zu machen und Bericht abzustatten. Und Jerry saß unter dem Bananenbaum und sah ganz Somo in wilder Flucht vorbeihasten; Männer, Weiber und Kinder, Alte und Junge, Säuglinge und Patriarchen, die sich auf Stöcke und Stecken stützten, zogen mit allen Anzeichen von Furcht und Eile vorbei. Die Dorfhunde aber waren ebenso ängstlich, sie winselten und jaulten im Laufen. Ihre Angst steckte Jerry an. Er fühlte einen fast unwiderstehlichen Drang, mitzueilen in dieser wilden Flucht vor irgendeinem undenkbar fürchterlichen drohenden Ereignis, das bei ihm eine rein instinktive Angst vor dem Tode erregte. Aber er überwand diesen Drang

durch seine Treue gegen den Blinden, der ihm sechs Monate lang Nahrung gegeben und ihn gestreichelt hatte.

Als er zu Nalasu zurückkam, setzte er sich zwischen dessen
Knie und stattete Bericht ab. Er konnte nur bis fünf zählen,
obwohl er wußte, daß die fliehende Bevölkerung weit mehr
als fünf ausmachte. Und deshalb gab er zu verstehen, daß
es fünf Männer und mehr, fünf Frauen und mehr, fünf
Säuglinge und mehr, fünf Hunde und mehr waren – ja,
selbst an Schweinen meldete er fünf und mehr. Nalasu sagten seine eignen Ohren, daß es viele, viele Male mehr waren, und er fragte nach den Namen. Jerry kannte die Namen von Baschti, Agno, Lamai und Lumai. Er sprach sie
nicht in einer Weise aus, daß sie auch nur die geringste
Ähnlichkeit mit ihren gewöhnlichen Lauten hatten, sondern nach dem stenographischen Whiff-Whuff-System, das
Nalasu ihn gelehrt hatte.

Nalasu nannte viele andre Namen, die Jerry dem Gehör
nach kannte, selbst aber nicht in Lauten hervorbringen
konnte, und auf die meisten antwortete er mit Ja, indem er
nickte und dabei die rechte Pfote vorstreckte. Bei einigen
Namen rührte er sich nicht vom Fleck, als Zeichen, daß er
sie nicht kannte. Und bei andern Namen, die er kannte, deren Besitzer er jedoch nicht gesehen hatte, antwortete er
mit Nein, indem er die linke Pfote vorstreckte.

Und Nalasu, der nicht wissen konnte, daß etwas Schreckliches bevorstand – etwas unendlich Schrecklicheres als etwa
ein Raubzug des benachbarten Salzwasserstammes, den der
Somostamm leicht hinter seinen Korallenmauern abweh-
ren konnte, Nalasu schloß, daß das längst erwartete Kriegsschiff gekommen sei, um Somo zu strafen. Trotz seiner sechzig Jahre hatte er noch nie eine Beschießung des Dorfes erlebt. Es waren wohl dunkle Gerüchte über die Beschießung
andrer Dörfer mit Granaten zu ihm gedrungen, aber er hatte keine Vorstellung davon, außer daß es Kugeln sein mußten, die noch größer als Sniderkugeln waren und folglich
noch weiter durch die Luft gesandt werden konnten.

188

Aber es stand geschrieben, daß er Granatfeuer kennenlernen sollte, ehe er starb. Baschti hatte längst den Kreuzer erwartet, der Rache an Somo nehmen sollte, weil er die ›Arangi‹ zerstört und die Köpfe der beiden weißen Männer genommen hatte. Er hatte den voraussichtlichen Schaden berechnet und seinem Volke Weisung erteilt, in die Berge zu fliehen. Als Vortrab hatte er seine Köpfe, in Matten gewickelt und von einem Dutzend junger Männer getragen, geschickt. Die letzten Nachzügler, die den Nachtrab in der großen Auswandererschar ausmachten, waren jetzt vorbeigekommen, und Nalasu bereitete sich vor, seinen Bogen und seine achtzig Pfeile dicht an sich gedrückt und Jerry auf seinen Fersen, zu folgen, als die Luft von einem ohrenzerreißenden Lärm ertönte.

Nalasu setzte sich hastig nieder. Es war seine erste Granate, und sie war tausendmal schlimmer, als er es sich vorgestellt hatte. Es war ein durchdringendes, zischendes Geräusch, das den Himmel zerriß, als ob das ganze Weltall wie ein mächtiges Tuch zwischen den Händen irgendeines Gottes zerrissen würde. Es tönte genau, wie wenn man Laken, so dick wie Teppiche, so breit wie die Erde, so weit umspannend wie der Himmel selbst, zerrisse.

Er setzte sich nicht nur vor seiner Tür nieder, sondern kroch ganz zusammen, legte den Kopf auf die Knie und schirmte ihn mit seinen gebogenen Armen. Und Jerry, der noch nie Granatfeuer gehört und noch weniger sich Gedanken darüber gemacht hatte, was es sein mochte, fühlte nur, wie entsetzlich es war. Es war für ihn eine Naturkatastrophe, wie die, welche die ›Arangi‹ betroffen hatte, als sie von dem brüllenden Winde auf die Seite geworfen worden war. Aber seiner Natur gemäß kroch er auch beim ersten Heulen der Granaten nicht zusammen. Im Gegenteil, die Haare sträubten sich ihm, und er knurrte dieses Etwas, was es auch sein mochte, das so ungeheuer anwesend und seinen Augen doch unsichtbar war, drohend an.

Als die Granate krepierte, kroch Nalasu noch mehr zusammen, und Jerry knurrte wieder, während sich ihm die Haare sträubten. Und das wiederholte sich bei jeder neuen Granate. Die heulten zwar nicht lauter, krepierten aber immer näher am Busch. Und Nalasu, der ein langes Leben gelebt und mit der größten Tapferkeit die Gefahren bekämpft hatte, die er kannte, sollte als Memme sterben, im Schrecken vor dem Unbekannten, das die weißen Herren mit Hilfe eines chemischen Prozesses schleuderten. Und als die Granaten immer näher krepierten, verlor er den letzten Rest seiner Selbstbeherrschung. So völlig vom Schrecken geschlagen war er, daß er sich in die Adern hätte beißen und heulen können. Mit einem wahnsinnigen Schrei sprang er auf und stürzte ins Haus, als ob das Grasdach sein Haupt gegen die gewaltigen Geschosse hätte schützen können. Er stieß gegen den Türpfosten und wirbelte, ehe Jerry ihm folgen konnte, in einem Halbkreis zu Boden, gerade rechtzeitig, um von der nächsten Granate an den Kopf getroffen zu werden. Jerry war an die Türöffnung gelangt, als die Granate krepierte. Das Haus zerstob in tausend Stücke, und Nalasu zerstob mit ihm. Jerry, der sich in der Türöffnung befand, geriet in den Wirbel der Explosion und wurde zwanzig Fuß fortgeschleudert. Und im Bruchteil einer Sekunde wurde er von Erdbeben, Flutwelle, Vulkanausbruch, Himmelsdonner und elektrischer Entladung zugleich getroffen und verlor das Bewußtsein. Er hatte keine Vorstellung, wie lange er so dalag. Es vergingen fünf Minuten, ehe seine Beine krampfhafte Bewegungen machten, und als er, wankend und schwindlig, wieder auf die Füße kam, hatte er keine Ahnung, wieviel Zeit verstrichen war. Tatsächlich dachte er – und handelte sofort danach, ohne sich dessen bewußt zu sein –, daß er vor dem Bruchteil einer Sekunde von einem fürchterlichen Schlage getroffen war, der unendlich viel stärker war als der Schlag von dem Stock eines Niggers.

Kehle und Lunge von dem scharfen, erstickenden Pulverrauch und die Nüstern von Staub und Erde gefüllt, schnüffelnd und fauchend wie toll, sprang er herum, stürzte zu

190

Boden wie ein Betrunkener; doch gleich darauf sprang er
wieder auf, schwankte hin und her, stellte sich auf die Hinterbeine, bearbeitete seine Schnauze mit den Vorderpfoten, stand dann wieder mit gebeugtem Kopfe da, rieb sich
die Nase an der Erde und dachte an nichts, als Nase und
Maul von dem brennenden Schmerz und die Lunge von
dem Gefühl des Erstickens zu befreien.

Durch ein Wunder war er der Gefahr entronnen, von
einem der fliegenden Eisensplitter getroffen zu werden,
und sein starkes Herz hatte ihn davor bewahrt, von der
Explosion getötet zu werden. Erst nach einem rasenden
Kampf von fünf Minuten, bei dem er sich ganz wie ein
Huhn benommen hatte, dem der Kopf abgehauen ist, begann er das Dasein wieder erträglich zu finden. Das ärgste
Erstickungsgefühl und die Atemnot vergingen, und obwohl er immer noch schwach und schwindlig war, wankte
er in der Richtung des Hauses und Nalasus. Aber es gab
kein Haus und keinen Nalasu – nur die traurigen, durch-
einandergeschleuderten Reste von beiden.

Während die Granaten fern und nah weiterheulten und
krepierten, machte Jerry sich daran, zu untersuchen, was
geschehen war. Daß das Haus verschwunden, war sicher,
ebenso sicher wie das Verschwinden Nalasus. Beide waren
von dem letzten großen Nichts verschlungen. Die ganze
Welt, in der er lebte, schien verurteilt, von diesem Nichts
verschlungen zu werden. Ewiges Leben mußte anderswo
gesucht werden, auf den Höhen oder in dem fernen Busch,
wohin der Stamm bereits geflohen war. Treu war er dem
Herrn, dem er so lange gehorcht hatte, der ihn ernährt und
für den er wahre Ergebenheit gefühlt hatte, obwohl jener
nur ein Nigger gewesen. Aber dieser Herr war nicht mehr.
Jerry trat den Rückzug an, doch nicht sehr eilig. Eine Zeitlang knurrte er jede Granate an, die durch die Luft heulte
oder auch im Busch krepierte. Als aber eine Weile vergangen war, sträubten sich ihm nicht mehr die Haare, und er
knurrte weder, noch fletschte er die Zähne.

Und als er schied von dem, was gewesen war und aufgehört hatte zu sein, machte er es nicht wie die Buschhunde, daß er jammerte und lief. Ruhig und würdevoll trabte er den Pfad entlang. Als er den Hauptweg erreichte, sah er, daß er verlassen war. Der letzte Flüchtling war verschwunden. Der Weg, der sonst von Tagesanbruch bis Eintritt der Dunkelheit von Menschen beschritten wurde und den er erst vor kurzem übervoll von Flüchtlingen gesehen, machte jetzt in seiner Verlassenheit einen tiefen Eindruck auf ihn. Es war wie das Ende aller Dinge in einer Welt, die im Untergang begriffen war. Und so kam es, daß er sich nicht unter den Bananenbaum setzte, sondern dem Stamme nachzulaufen begann.

Mit seiner Nase las er den Bericht von der Flucht, und nur einmal stieß er auf etwas, was von ihrem Schrecken zeugte. Es war eine ganze Gruppe, die von einer Granate vernichtet war: ein alter Mann von fünfzig, der an Krücken ging, weil ihm das Bein von einem Hai abgerissen war, ein ganz kleiner Knabe, eine tote Mary mit einem Säugling an der Brust und einem dreijährigen Kinde, das sich noch im Tode an ihre Hand klammerte, und zwei tote Schweine, mächtig und fett, die die Frau vor sich hergetrieben hatte.

Und Jerrys Nase erzählte ihm, daß sich der Strom der Flüchtlinge geteilt hatte, nach zwei Seiten auseinandergegangen, später aber wieder zusammengeflossen war. Er stieß auf verschiedene Dinge, die von Episoden auf der Flucht zeugten: ein Stück zerkautes Zuckerrohr, das ein Kind fortgeworfen hatte, eine Tonpfeife, deren Stiel ganz kurz war, weil er immer wieder abgebrochen war, eine einzelne Feder aus dem Haar eines jungen Mannes und eine Kalebasse mit gekochtem Jams und süßen Kartoffeln, die vorsichtig von einer Mary an den Wegrand gestellt war, weil sie ihr zu schwer geworden.

Das Geschützfeuer hörte auf, während Jerry weitertrabte, dann hörte er die Gewehrschüsse der Landungsabteilung, welche die zahmen Schweine auf den Straßen von Somo

192

erschossen. Aber er hörte ebensowenig, daß die Kokospalmen gefällt wurden, wie er je zurückkehrte, um den Schaden zu sehen, den die Äxte angerichtet hatten. Denn hier geschah etwas Wunderbares mit Jerry, etwas, was alle Denker der Welt nicht erklären könnten. Er offenbarte in seinem Hundegehirn das freie Wirken des Lebens, das allen Generationen von Metaphysikern der Beweis für das Dasein Gottes gewesen ist und das alle Philosophen der Vorbestimmung hinters Licht geführt hat, obwohl es ihre Erkenntnis als reine Illusion erwiesen hat. Jerry tat, was er tat. Er wußte ebensowenig, wie und warum, wie der Philosoph weiß, wie und warum er zum Frühstück Grütze mit Sahne statt zwei weichgekochter Eier wählt.

Jerry folgte einer Eingebung und tat nicht das anscheinend Leichteste, das Übliche, sondern das Schwerste, Ungewöhnlichste. Da es leichter ist, das Bekannte zu ertragen, als das Unbekannte zu fliehen, da Elend und Furcht Gesellschaft lieben, wäre es für Jerry offensichtlich am leichtesten gewesen, dem Somostamm in seine feste Burg zu folgen. Jerry aber entfernte sich von der Linie, der der Rückzug gefolgt war, und ging nordwärts, über die Grenzen von Somo und immer weiter nordwärts in ein fremdes unbekanntes Land.

Wäre Nalasu nicht von der völligen Vernichtung betroffen worden, so würde Jerry bei ihm geblieben sein. Das ist wahr, und wer über seine Handlungsweise nachdenkt, wird vielleicht meinen, daß auch er geradeso dachte. Aber er dachte gar nicht, sondern handelte lediglich nach einer plötzlichen Eingebung. Er konnte fünf Gegenstände zählen und sie durch Namen und Nummern bestimmen, aber er war nicht imstande, durch Denken zu bestimmen, daß er in Somo bleiben, wenn Nalasu lebte, und Somo verlassen wollte, wenn Nalasu starb. Er verließ Somo lediglich, weil Nalasu tot war, und das furchtbare Granatfeuer ging schnell in die Vergangenheit seines Bewußtseins über, während die Gegenwart so lebendig wurde, wie die Gegenwart es nun ein-

mal zu sein pflegt. Erst auf Zehenspitzen trabte er die Pfade
der wilden Buschleute entlang, alle Nerven angespannt aus
Furcht vor dem lauernden Tod, der, wie er wußte, die Wege
unsicher machte – die Ohren wachsam gespitzt, um die
Geräusche aus dem Busch aufzufangen, und mit Augen, die
eifrig den Ohren folgten, um sich klar über die Art der
gehörten Geräusche zu werden. An Kühnheit und Mut
übertraf selbst Columbus, als er sich ganz und gar dem Unbekannten überließ, nicht Jerry, als er sich in die Finsternis
des unbekannten Malaita-Busches begab. Und diesem
Wunderbaren, dieser scheinbaren Großtat des freien Willens überließ er sich ungefähr ebenso wie Menschen, die
von einem Ende der Erde bis ans andre reisen, nur weil die
Unruhe sie plagt und ihre Phantasie zu lebhaft ist.

Wenn Jerry auch Somo nie mehr vor Augen sah, so kehrte
Baschti doch am selben Tage mit seinem Stamm zurück
und amüsierte sich köstlich, als er den angerichteten Schaden festgestellt hatte. Nur ein paar Grashütten waren vom
Granatfeuer beschädigt. Nur ein paar Kokospalmen waren
gefällt. Und was die getöteten Schweine betrifft, so gab es
einen großen Festschmaus, damit sie nicht umkamen. Eine
Granate hatte ein Loch in seine Korallenmauer geschlagen. Er erweiterte die Öffnung, daß sie zu einer Anlege-
stelle wurde, bekleidete die Seiten mit zugehauenen Korallenblöcken und befahl, noch ein Kanuhaus zu bauen. Das
einzige, was ihn ärgerte, war der Tod Nalasus und das Verschwinden Jerrys, dieser seiner beiden Versuche primitiver
Rassenverbesserung.

Eine volle Woche verbrachte Jerry im Busch, ohne sich in
die Berge zu wagen, weil er sich vor den Buschleuten
fürchtete, die jederzeit die Wege bewachten. Und es würde
schlecht um ihn gestanden haben in bezug auf Nahrung,
hätte er nicht am zweiten Tage ein einzelnes Ferkel getroffen, das sich offenbar von seinem Wurf verirrt hatte. Dies
war seine erste Jagd für seinen Lebensunterhalt, und sie

hielt ihn von weiterem Umherschweifen ab, denn getreu seinem Instinkt, blieb er bei seiner Beute, bis sie verzehrt war.

Allerdings machte er Streifzüge rings in die Nachbarschaft, da er aber keine andre Beute machte, kehrte er immer wieder zu dem getöteten Ferkel zurück, bis nichts mehr davon übrig war. Und doch war er nicht glücklich in seiner Freiheit. Er war zu zahm, zu zivilisiert. Es waren zu viele Jahrtausende vergangen, seit seine Vorfahren frei und wild herumgelaufen waren. Er fühlte sich einsam. Er konnte nicht ohne Menschen leben. Zu lange hatten er und die Generationen vor ihm in inniger Gemeinschaft mit den zweibeinigen Göttern gelebt. Zu lange hatte seine Sippe die Menschen geliebt, den Menschen aus Liebe gedient, aus Liebe Entbehrungen ertragen, aus Liebe den Tod erlitten und für alles das teilweise Anerkennung, weniger Verständnis und eine gewisse rücksichtslose Liebe empfangen. So groß war Jerrys Verlassenheit, daß seine Sehnsucht selbst schwarzen zweibeinigen Göttern galt, zumal weiße Götter längst der Vergangenheit angehörten. Wäre er überhaupt imstande gewesen, Vermutungen anzustellen, so hätte er gut zu dem Schlusse kommen können, daß die einzigen existierenden weißen Götter umgekommen waren. Aber gemäß der Anschauung, daß ein schwarzer Gott immer noch besser als gar kein Gott war, schlug er, als er das Ferkel ganz verzehrt hatte, eine andre Richtung ein und wandte sich nach links abwärts zum Meere. Er tat das wieder, ohne zu denken, nur weil die Erfahrung in seinem Unterbewußtsein wirkte. Er hatte stets in der Nähe des Meeres gelebt, in der Nähe des Meeres hatte er stets menschliche Wesen getroffen, und abwärts führte der Weg unweigerlich ans Meer.

Er erreichte die Küste bei einer von Korallenriffen umgebenen Lagune, und zerfallene Grashütten erzählten ihm, daß Menschen hier gelebt hatten. Jetzt hatte der Busch den Platz überwuchert. Sechszöllige Pfähle umgaben ihn, bedeckt von den verfaulten Resten der Strohdächer, durch die jetzt die Sonne schien. Schnell wachsende Bäume hatten die Königsbilder überschattet, und die Götzen und Stammeswappen in den aufgesperrten Hairachen saßen in dem grünen Schatten und grinsten dabei unheimlich durch Moos und Schwamm über die Nichtigkeit der Menschen. Eine elende kleine Korallenmauer, die, selbst als sie neu war, nicht viel getaugt hatte, lag in Ruinen zwischen den Wurzeln der Kokospalmen am Rande des ruhigen Meeres, und Bananen, Platanen und Brotfruchtbäume faulten am Boden. Überall lagen hier Knochen, Menschenknochen, und Jerry schnüffelte an ihnen und erkannte sie als das, was sie waren: Symbole für die Vergänglichkeit des Lebens. Hirnschalen fand er nicht, denn die Hirnschalen, die zu den verstreuten Gebeinen gehörten, schmückten die Teufel-Teufel-Häuser in den Buschdörfern hoch oben in den Bergen.

Der Salzduft des Meeres behagte seinen Nüstern, und er schnaufte vor Freude, als er den Gestank des Mangrovensumpfs spürte. Aber wie ein neuer Robinson Crusoe, der auf die Fußspur eines neuen Freitag stößt, stutzte er plötzlich. Es durchfuhr ihn wie ein elektrischer Schlag: Er roch die frische Berührung des Fußes von einem lebenden Menschen mit der Erde.

Es war der Fuß eines Niggers, aber er war lebendig, er war anwesend, und als er der Spur ein Dutzend Meter gefolgt war, stieß er auf eine andre Spur, die ganz zweifellos die eines weißen Mannes war.

Hätte jemand diesen Auftritt beobachtet, so würde er sicher gedacht haben, daß Jerry plötzlich verrückt geworden wäre. Er fuhr wie toll umher, wandte und drehte sich, die Nase bald auf dem Boden, bald in der Luft, heulte wie verrückt, schoß weiter, wandte sich plötzlich, wenn ein neuer Geruch ihn erreichte, in einem rechten Winkel seitwärts und fuhr auf und ab, hin und her, als ob er mit einem unsichtbaren Kameraden Haschen spielte. Aber er las den vollständigen Bericht, den viele Menschen dem Boden eingeritzt hatten. Er wußte, daß ein weißer Mann und eine ganze Menge von Schwarzen hier gewesen waren. Hier war ein Schwarzer auf eine Kokospalme geklettert und hatte die Nüsse heruntergeworfen. Dort war ein Bananenbaum seiner Fruchtdolden beraubt worden, und noch weiterhin war offensichtlich ähnliches mit einem Brotfruchtbaum geschehen.

Aber etwas verwirrte ihn – eine Spur, die ihm neu war und weder von einem schwarzen noch von einem weißen Manne herrührte.

Hätte er die nötige Kenntnis und die Fähigkeit besessen, Beobachtungen mit Hilfe des Auges zu machen, so würde er gesehen haben, daß diese Fußspur kleiner als die eines Mannes war und daß sich die Zehen von denen einer Mary dadurch unterschieden, daß sie dichter zusammensaßen und keinen tiefen Eindruck im Boden verursachten. Was ihn an dem Geruch störte, war der Umstand, daß er kein Talkum kannte. Es war ein scharfer Geruch, aber nie hatte er, seit er zum ersten Male die Spur eines Menschen gerochen, einen solchen Geruch angetroffen. Und mit ihm traten andre, weniger durchdringende Gerüche auf, die ihm ebenfalls fremd waren. Aber er interessierte sich nicht weiter für diese Mysterien. Er hatte nun die Fußspur eines weißen Mannes gerochen, und aus dem Labyrinth von andern Spuren folgte er dieser einen durch ein Loch in der Korallenmauer bis hinab zu dem feingemahlenen Korallensand, der vom Meere überspült wurde. Hier liefen die letzten frischen Spuren um die vom Steven eines Bootes zusammen, das am Ufer geruht hatte und von recht vielen Menschen verlassen und wieder bestiegen worden war. Er roch die ganze Geschichte, setzte die Vorderpfoten ins Wasser, ging hinein, bis es ihm ganz bis an die Schultern reichte, und sah über die Lagune hinaus, wo die entschwindende Spur für seine Nase verloren war.

Wäre er eine halbe Stunde früher gekommen, so würde er ein Boot gesehen haben, das ohne Ruder, aber durch Benzin getrieben, über das stille Wasser schoß. Was er jetzt sah, war eine neue ›Arangi‹, allerdings weit größer als die ›Arangi‹, die er gekannt hatte; aber sie war weiß, sie war lang, sie hatte Masten, und sie schwamm auf dem Wasser. Sie hatte drei Masten, himmelhoch und alle drei gleich groß, aber seine Beobachtungsgabe war nicht so geschärft, daß er den Unterschied zwischen ihnen und dem kurzen Mast der ›Arangi‹ bemerken konnte. Die einzige schwimmende Welt, die er gekannt hatte, war die weißgestrichene ›Arangi‹. Und da auch nicht der leiseste Zweifel herrschen konnte, daß es die ›Arangi‹ war, so mußte sein geliebter Schiffer an Bord sein. Konnte die ›Arangi‹ auferstehen, konnte Schiffer es auch. Und so fest überzeugt war er, daß er diesen toten Kopf, den er zuletzt auf Baschtis Knien gesehen hatte, mit seinem Körper und seinen zwei Beinen vereinigt auf dieser weißgestrichenen schwimmenden Welt noch wiederfinden würde, daß er so weit, wie er Grund fand, hinauswatete und dann, schwimmend, kühn mit dem Meere anband.

Es war wirklich eine große Kühnheit, denn indem er sich aufs Meer hinauswagte, verletzte er eines der ersten und größten Tabus, die er kennengelernt hatte. In seinem Wortschatz fand sich kein Wort für ›Krokodil‹, und doch stand vor seinen Gedanken so deutlich wie ein ausgesprochenes Wort ein Bild, das eine furchtbare Bedeutung für ihn hatte – das Bild eines auf den Wellen treibenden Baumstammes, der doch kein Baumstamm, sondern ein lebendes Wesen war, das auf und unter dem Wasser schwimmen und sich auch aufs Trockene schleppen konnte, das mächtige Zähne und einen gefräßigen Bauch besaß und für einen schwimmenden Hund den gewissen Tod bedeutete.

Aber er verletzte das Tabu ohne Furcht. Im Gegensatz zum Menschen, der sich gleichzeitig zweier Regungen bewußt sein kann und der im Schwimmen sowohl die Furcht wie den hohen Mut, der sie überwindet, gespürt haben würde, kannte Jerry in diesem Augenblick nur eine einzige Regung: Er schwamm zur ›Arangi‹ und zu Schiffer.

Sowenig Übung er im Schwimmen hatte, schwamm er doch aus aller Macht und sang sein winselndes Liedchen, in das er seine ganze Liebe für Schiffer legte, der zweifellos auf der weißen Jacht dort draußen sein mußte. Und sein Liebeslied, das von all der nagenden Sorge erfüllt war, die sein Gemüt erfüllte, ertönte bis zu einem Mann und einer Frau, die bequem auf Deckstühlen unter dem Sonnensegel lagen, und die Frau war es, die zuerst den Kopf Jerrys erblickte und eifrig meldete, was sie sah.

»Laß ein Boot zu Wasser, Kamerad!« befahl sie. »Es ist ein kleiner Hund. Er darf nicht ertrinken.«

»Hunde ertrinken nicht so leicht«, lautete Kamerads Antwort. »Er wird es schon schaffen. Aber wie, in aller Welt, kommt ein Hund hierher? …« Er hielt das Glas vor die Augen und starrte einen Augenblick übers Wasser hinaus, »… und obendrein der Hund eines weißen Mannes.« Jerry bearbeitete das Wasser mit seinen Pfoten und schwamm gleichmäßig und stetig, die Augen fest auf die Jacht gerichtet, als er plötzlich ein Gefühl hatte, als drohe ihm Gefahr. Das Tabu traf ihn. Dieses Ding, das sich auf ihn zu bewegte, war der Baumstamm, der kein treibender Baumstamm, sondern ein lebendes, gefahrdrohendes Wesen war. Ein Teil davon bewegte sich über dem Wasser, und noch ehe dieser Teil untersank, hatte Jerry das bestimmte Gefühl, daß es etwas anderes als ein treibender Baumstamm war.

Dann brauste etwas an ihm vorbei, und er begegnete ihm mit Knurren und Plätschern. Er wurde halb herumgewirbelt in dem Strudel, den dieses Geschöpf hervorbrachte, als es erschrocken das Wasser mit dem Schwanz peitschte. Ein Hai war es, und kein Krokodil, und er würde nicht so furchtsam ausgewichen sein, wäre sein Magen nicht recht voll gewesen, da er erst vor kurzem eine mächtige Schildkröte verzehrt hatte, die vor Altersschwäche nicht hatte entkommen können.

Obwohl Jerry nichts sehen konnte, fühlte er doch, daß dieses Geschöpf, dieses Werkzeug des Todes, in seiner Nähe lauerte. Er sah auch nicht, wie die Rückenflosse das Wasser durchbrach und sich ihm von hinten näherte. Von der Jacht hörte er Büchsenschüsse, einen schnell nach dem andern. Hinter sich hörte er ein erschrockenes Plätschern. Das war alles. Die Gefahr verschwand und war vergessen, und er verband auch, als sie überstanden war, die Büchsenschüsse nicht mit ihr. Er wußte nicht und sollte auch nie erfahren, daß einer, den die Menschen Harley Kennan und den die Frau, die er selbst ›Kameradin‹ nannte, Kamerad anredete, der Besitzer der dreimastigen, mit Schonertakelung versehenen Jacht ›Ariel‹, ihm das Leben gerettet hatte, indem er eine Kugel durch den untersten Teil der Rückenflosse eines Hais sandte. Aber Jerry sollte Harley kennenlernen, und zwar schon sehr bald, denn Harley Kennan wurde, eine Buline um den Leib, von ein paar Matrosen über den hohen Freibord der ›Ariel‹ heruntergelassen. Er ergriff den glatthaarigen irischen Terrier am Nacken, der, senkrecht, Wasser tretend, ihn gar nicht sah, sondern eifrig die lange Reihe von Gesichtern an der Reling entlang blickte, um möglichst das *eine* Gesicht zu sehen.

Als er vorsichtig auf das Deck gesetzt wurde, ließ er sich keine Zeit zum Danken. Statt dessen schüttelte er instinktiv das Wasser ab und schoß dann über das Deck, in der Hoffnung, Schiffer zu finden. Der Mann und seine Frau lachten über den Anblick. »Er tut, als sei er ganz verrückt aus Freude über seine Rettung«, bemerkte Frau Kennan. Und Kennan sagte: »Das ist es nicht. Irgendwo muß eine Schraube bei ihm los sein. Vielleicht ist er eines der Geschöpfe, bei denen die Hemmung des Motors nicht funktioniert. Vielleicht kann er nicht eher aufhören zu rennen, bis das Uhrwerk abgelaufen ist.«

Unterdessen lief Jerry weiter die Backbordseite hinauf und die Steuerbordseite hinunter und wieder zurück, wedelte mit seinem Schwanzstummel und lachte die zweibeinigen Götter, die er auf seinem Wege traf, freundlich an. Hätte er so weit denken können, so wäre er über ihre Zahl erstaunt gewesen. Es waren mindestens dreißig, ohne andre Götter zu rechnen, die weder schwarz noch weiß, aber ganz zweifellos Götter waren, zweibeinige, aufrechte, bekleidete Götter. Ebenso würde er sich, wäre er einer solchen Verallgemeinerung fähig gewesen, gesagt haben, daß die zweibeinigen Götter noch nicht alle von dem großen Nichts verschlungen waren. Immerhin wurde ihm das alles klar, ohne daß er sich dessen bewußt wurde. Aber kein Schiffer war da. Er steckte die Nase in die Vorderluke, und er steckte die Nase in die Kombüse, wo zwei chinesische Köche eine Menge unverständlichen Geschwätzes zu ihm sagten, und er steckte die Nase in den Kajüteneingang und durch das Skylight in den Maschinenraum, wo er zum erstenmal Benzin und Schmieröl roch; aber soviel er auch schnüffelte, konnte er doch nirgends das geringste von Schiffer riechen. Achtern, am Steuerrad, würde er sich niedergesetzt und die Enttäuschung, die ihm fast das Herz brechen wollte, herausgeheult haben, hätte ihn nicht ein weißer Gott in weißer Leinenuniform mit goldbetreßter Mütze angesprochen. Jerry, der immer Gentleman war, lächelte höflich mit zurückgelegten Ohren, wedelte mit der Rute und kam näher. Dieser hohe Gott war gerade im Begriff, die Hand auszustrecken und ihm den Kopf zu streicheln, als die Stimme der Frau in einer Sprache, die Jerry nicht verstand, über das Deck ertönte. Was sie sagte, verstand er nicht, aber er fühlte, daß die Stimme gewöhnt war zu gebieten, und das bestätigte sich, indem der Gott in Weiß und Gold, der ihn gerade hatte streicheln wollen, schnell die Hand zurückzog. Dieser Gott fuhr hoch, als hätte er einen elektrischen Schlag erhalten, und schickte Jerry mit einem anfeuernden Zuruf, dessen Sinn der Hund nur erraten konnte, zu der, die ihren Wunsch mit folgenden Worten ausgesprochen hatte: »Ach, bitte, schicken Sie ihn mir her, Kapitän Winters.« Jerry wand und drehte sich vor Entzücken, gehorchen zu können, und würde pflichtgetreu den Kopf gebeugt haben, um ihre Liebkosungen zu empfangen, hätte ihn nicht der Umstand abgeschreckt, daß sie so ganz anders war als jedes Geschöpf, das er bisher gekannt hatte. Er blieb stehen und zog sich knurrend und zähnefletschend vor ihrem Rock zurück, den der Wind gefaßt hatte. Die einzigen weiblichen Wesen, die er kennengelernt hatte, waren nackte Marys gewesen. Dieser Rock, der wie ein Segel im Winde flatterte, erinnerte ihn an das drohende Großsegel der ›Arangi‹, wie es über seinem Kopfe hin und her geschlagen war. Die Laute, die aus ihrem Munde kamen, waren weich und einschmeichelnd, aber der schreckliche Rock flatterte weiter im Winde hin und her.

»Du komischer Hund!« lachte sie. »Ich beiße dich nicht.« Aber ihr Gatte streckte mit einer schnellen, sicheren Bewegung die Hand aus und zog Jerry an sich. Und Jerry wand sich vor Entzücken unter der liebkosenden Hand des Gottes und küßte sie mit seiner roten Zungenspitze. Dann führte Harley Kennan ihn zu der Frau, die auf dem Deckstuhl saß und sich mit ausgestreckten Armen vorbeugte, um ihn in Empfang zu nehmen. Jerry gehorchte. Er näherte sich ihr mit zurückgelegten Ohren und lachendem Maul, aber gerade als sie ihn berühren wollte, faßte der Wind wieder ihren Rock, und er zog sich knurrend zurück. »Vor dir fürchtet er sich nicht, Villa«, sagte Harley. »Es ist dein Rock. Er hat noch nie einen Rock gesehen.«

»Willst du etwa behaupten«, sagte Villa herausfordernd, »daß die Kopfjäger und Kannibalen an Land Stammtafeln anlegen und Rassehunde züchten? Denn soviel ist doch gewiß – dieser komische Hund ist ebenso sicher ein reinblütiger irischer Terrier, wie die ›Ariel‹ ein aus Oregonplanken erbauter Schoner ist.« Harley Kennan lachte zustimmend. Villa Kennan lachte auch, und Jerry wußte, daß es zwei glückliche Götter waren, und lachte selbst mit ihnen.

Aus eigenem Antrieb näherte er sich wieder dem weiblichen Gott, angezogen von dem Talkum und den andern, unbestimmteren Gerüchen, die, wie er sich schon überzeugt hatte, die gleichen waren, die er an Land gefunden hatte. Aber der unglückselige Passat ließ ihren Rock wieder hin und her flattern, und wieder zog er sich zurück – diesmal nicht so weit und mit weniger gesträubtem Haar und einem Knurren, bei dem er die Zähne kaum halb entblößte. »Er fürchtet sich vor deinem Rock«, beharrte Harley. »Sieh ihn an! Er möchte gern zu dir kommen, aber der Rock hält ihn ab. Setze dich drauf, daß er nicht flattert, und du wirst sehen, was geschieht.«

Villa Kennan tat, wie er sagte, und Jerry kam vorsichtig zu ihr, beugte den Kopf zu ihrer Hand nieder und wand sich unter ihr, während er ihre beschuhten und bestrumpften Füße beschnüffelte und feststellte, daß es dieselben Füße waren, die nackt den verfallenen Weg im Dorfe an Land betreten hatten.

»Kein Zweifel«, räumte Harley ein, »er ist der Hund eines weißen Mannes und von einem weißen Mann erzogen. Er hat eine Geschichte. Er steckt voll Abenteuer von der Nase bis zur Schwanzspitze. Glaub mir, er hat nicht sein ganzes Leben zwischen Niggern verbracht. Wir wollen's mal an Johnny probieren.«

Johnny, den Kennan mit einer Handbewegung zu sich rief, war von dem Regierungskommissar der britischen Salomoninseln in Tulagi entliehen und hatte Kennan als Lotse oder eher als Freund und Ratgeber begleitet. Johnny näherte sich grinsend, und sofort wurde Jerry ein ganz andrer. Sein Körper erstarrte unter der Hand Villa Kennans, er entzog sich ihr und begann steifbeinig auf den Schwarzen zuzugehen. Seine Ohren legten sich nicht flach an den Kopf, und er lachte auch nicht kameradschaftlich, als er sich daranmachte, Johnny zu untersuchen und seine Beine zu beschnüffeln, um ihn später wiedererkennen zu können. Er war im höchsten Maße überlegen, und nach einer möglichst kurzen Untersuchung wandte er sich wieder Villa Kennan zu.

»Was hab' ich gesagt?« frohlockte ihr Gatte. »Er kennt die

Farbengrenze. Er ist der Hund eines weißen Mannes, der ihn dazu erzogen hat.«

»Mein Wort«, sagte Johnny. »Mich kennen ihn fella Hund. Mich kennen Papa und Mama gehören ihm. Groß fella weiß Herr Haggin wohnen Meringe, Mama und Papa bleiben bei ihm das fella Ort.«

Harley Kennan stieß einen Pfiff aus.

»Natürlich«, rief er. »Der Kommissar hat mir ja die ganze Geschichte erzählt. Die ›Arangi‹, die von den Somoleuten genommen wurde, machte ihre letzte Fahrt von Meringe-Plantage aus. Johnny weiß, daß der Hund von derselben Rasse ist wie das Paar, das Haggin in Meringe hat. Aber das ist schon lange her. Er muß damals ganz jung gewesen sein. Natürlich ist er der Hund eines weißen Mannes.«

»Und dabei hast du den deutlichsten Beweis noch gar nicht gesehen«, neckte Villa Kennan ihn. »Der Hund führt den Beweis ja bei sich.«

Harley sah Jerry von allen Seiten prüfend an.

»Einen unumstößlichen Beweis«, beharrte sie. Nach einer erneuten eingehenden Untersuchung schüttelte Kennan den Kopf.

»Ich will mich hängen lassen, wenn ich etwas so Unumstößliches sehe, daß es jeden Zweifel ausschließt.«

»Die Rute«, lachte seine Frau. »Die Eingeborenen kupieren ihren Hunden doch wirklich nicht die Rute. – Tun sie das etwa, Johnny? Schwarze Männer bleiben Malaita hauen ihn Schwanz ab gehören Hund?«

»Nicht hauen ihn ab«, stimmte Johnny zu, »Herr Haggin in Meringe, er hauen ihn ab. Mein Wort, er hauen ab das fella Schwanz, das stimmt.«

»Dann ist er der einzige Überlebende von der ›Arangi‹«, schloß Villa. »Habe ich recht, Herr Sherlock Holmes?«

»Meine Reverenz, Frau Sherlock Holmes«, sagte ihr Mann galant. »Und jetzt fehlt nur noch, daß du mich direkt zu dem Kopf von La Pérouse bringst. Es heißt, daß er ihn hier irgendwo zwischen diesen Inseln verloren hat.«

Er ahnte nicht, daß Jerry in enger Gemeinschaft mit einem gewissen Baschti gelebt hatte, der in Somo, nicht viele Meilen die Küste aufwärts, zu Hause war, und daß dieser Baschti in ebendiesem Augenblick in seiner Grashütte saß und über einen Kopf grübelte, den er auf seinen welken Knien hielt – einen Kopf, der einmal dem großen Reisenden gehört hatte, dessen Geschichte aber von den Söhnen des Häuptlings, der ihn genommen hatte, vergessen war.

Der schöne Dreimastschoner ›Ariel‹, der eine Reise um die ganze Welt machte, war schon ein ganzes Jahr von San Francisco fort gewesen, als Jerry an Bord kam. Als Welt, und dazu als Welt eines weißen Mannes, war sie in seinen Augen ganz unvergleichlich. Sie war nicht klein wie die ›Arangi‹, und zudem wimmelte es nicht vorn und achtern auf Deck und in der Kajüte von Niggern. Der einzige Schwarze, den Jerry hier fand, war Johnny; im übrigen war das Schiff mit zweibeinigen weißen Göttern bevölkert. Er begegnete ihnen überall, am Rade, auf dem Ausguck, wenn sie das Deck wuschen, Messing putzten, nach oben kletterten oder dutzendweise an Schoten und Taljen hievten. Aber es gab Unterschiede. Es gab mehrere Arten Götter, und Jerry spürte bald, daß in der Rangordnung der Götter an Bord die, welche die Arbeit taten und das Schiff bedienten, weit unter dem Kapitän und seinen zwei Offizieren standen, die in Weiß und Gold gekleidet herumgingen. Anderseits aber waren diese wieder geringer als Harley Kennan und Villa Kennan; er erkannte schnell, daß sie unter Harleys Befehl standen. Aber etwas konnte Jerry nie herausbringen, und das war, wer der höchste Gott auf der ›Ariel‹ war. Er erfuhr nie, ob Harley Kennan Villa oder ob Villa Kennan Harley kommandierte – er versuchte es auch nie zu erfahren, denn so weit konnte er nicht denken. Ohne sich im übrigen den Kopf mit dieser Frage zu zerbrechen, betrachtete er ihre Oberhoheit in dieser Welt als eine Art Doppelherrschaft. Keines von ihnen stand im Rang über dem andern. Sie schienen einander ebenbürtig, während alle andern sich vor ihnen beugten. Es ist nicht wahr, daß einen Hund füttern dasselbe ist wie sein Herz gewinnen. Weder Harley noch Villa fütterten Jerry je, und doch wählte er sie zu seinen Herren, die er ehren und denen er dienen wollte vor dem japanischen Steward, der ihn fütterte. Wie alle Hunde, war Jerry wohl imstande, zwischen dem, der ihm das Futter reichte, und dem, der die Quelle des Futters war, zu unterscheiden. Das heißt, er hatte ganz unbewußt das Gefühl, daß alles, was an Bord verzehrt wurde, aus derselben Quelle kam – nämlich von dem Mann und der Frau. Sie waren es, die alle nährten und über alle herrschten. Kapitän Winters mochte den Matrosen Befehle erteilen, aber er empfing selbst Befehle von Harley Kennan. Das wußte Jerry ebenso sicher, wie er danach handelte, obwohl es nie die Form eines bewußten Gedankens in seinem Hirn annahm.

Und wie er es sein ganzes Leben gewöhnt gewesen – bei Herrn Haggin, bei Schiffer, ja selbst bei Baschti und dem obersten Teufel-Teufel-Medizinmann von Somo –, schloß er sich auch hier den höchsten Göttern an und wurde folglich von den Göttern, die unter ihnen standen, mit Ehrerbietung behandelt. Wie Schiffer auf der ›Arangi‹ und Baschti in Somo Tabus erlassen hatten, so beschützten der Mann und die Frau auf der ›Ariel‹ Jerry mit Tabus. Sano, der japanische Steward, und nur Sano, fütterte Jerry. Von keinem Matrosen im Walboot oder in der Dampfbarkasse würde er auch nur einen einzigen Bissen Zwieback oder eine Einladung zu einer Fahrt an Land angenommen haben, selbst wenn sie es ihm angeboten hätten, was sie im übrigen nicht taten. Sie durften auch nicht vertraulich gegen ihn werden, mit ihm zu spielen versuchen oder ihm auch nur auf Deck pfeifen. Für Jerry, der von Natur so geschaffen war, daß er nur einem gehorchen konnte, war das sehr angenehm. Selbstverständlich gab es auch hier Gradunterschiede, aber keiner hatte ein feineres und klareres

Gefühl hierfür als Jerry selbst. So durften sich die zwei Offiziere wohl erlauben, ihn mit einem ›Hallo‹ oder einem ›Guten Morgen‹, ja sogar mit einem freundschaftlichen Klaps auf den Kopf zu begrüßen, und Kapitän Winters' Benehmen ihm gegenüber war noch vertraulicher. Er konnte ihm die Ohren reiben, ihn Pfote geben lassen, ihm den Rücken kratzen und sogar seine Schnauze packen und ihn gründlich schütteln, aber er machte unwiderruflich Platz, wenn der eine Mann und die eine Frau an Deck erschienen.

Wenn es galt, sich Freiheiten, entzückende, ausgelassene Freiheiten zu nehmen, so durfte Jerry als einziger an Bord sie sich dem Mann und der Frau gegenüber erlauben, und anderseits waren sie die einzigen, die sich Freiheiten ihm gegenüber herausnehmen durften. Jede Beleidigung, die Villa Kennan ihm zuzufügen für gut befand, ließ er sich, zitternd vor Begeisterung, gefallen, zum Beispiel, wenn sie seine Ohren ganz hinter dem Kopf zusammenzog und ihn zwang, aufrecht zu sitzen und mit den Vorderbeinen hilflos in der Luft herumzufuchteln, um das Gleichgewicht zu bewahren, während sie ihm gleichzeitig schelmisch in Mund und Nüstern blies. Und Harley Kennan war auch nicht besser. Er hatte eine Art, ihn zu finden, wenn er gerade wunderbar auf Villas Rocksaum schlief, und ihm die behaarte Haut zwischen den Zehen zu kitzeln, daß er unwillkürlich im Schlaf um sich trat und dadurch aufwachte, während die andern auf seine Kosten in Lachen ausbrachen.

Dann wieder konnte Villa, wenn sie nachts auf Deck lagen, ihren einen Zeh unter der Decke drehen und wenden, daß er wie ein seltsames krabbelndes Geschöpf aussah, worauf Jerry sofort tat, als fiele er wirklich darauf herein, und in ihrem Bett die furchtbarste Verwirrung anrichtete, indem er sich wütend auf das stürzte, was, wie er sehr gut wußte, ihr Zeh war. In einem Sturm von Lachen, in das sich halb unwillkürliche Angstschreie mischten, nahm sie ihn dann zuletzt in ihre Arme und lachte, das Gesicht gegen seine

Ohren gepreßt, die vor Freude und Liebe ganz zurückgelegt waren. Wer von allen, die sich auf der ›Ariel‹ befanden, hätte sich sonst derartige Teufelsstreiche gegen das Bett des weiblichen Gottes erlaubt? Es wäre ihm nie eingefallen, sich diese Frage zu stellen, deshalb hatte er aber doch ein ganz deutliches Gefühl, in wie hoher Gunst er stand.

Eine andre seiner Künste hatte er durch einen reinen Zufall entdeckt. Als er einmal die Schnauze vorstreckte, um ihre Liebkosungen zu erwidern, berührte er zufällig ihr Gesicht mit seiner kleinen Schnauze, die weich und doch hart zugleich war. Und er tat es so kräftig, daß sie mit einem kleinen Schrei zurückfuhr. Noch einmal tat er es in aller Unschuld, und dadurch wurde er sich der Wirkung auf Villa bewußt, so daß er ihr von jetzt an, wenn sie in ihren Neckereien zu wild und ausgelassen wurde, nur die Schnauze ins Gesicht steckte, worauf sie hastig den Kopf zurückbog, um ihm zu entgehen. Als er dann nach einiger Zeit die Erfahrung machte, daß sie, wenn er weiter auf sie eindrang, dem Spiel ein Ende machte, indem sie ihn in ihre Arme nahm und ihm in die Ohren lachte, machte er es sich zur Regel, das Spiel so lange zu treiben, bis dieser prachtvolle Abschluß erreicht war. Nie tat er bei diesem ganz bewußten Spiel ihrem Kinn oder ihrer Wange etwas zuleide, eher seiner eigenen empfindlichen Schnauze, aber selbst wenn es ihm weh tat, war die Freude doch größer als der Schmerz. Es war lauter Spaß von Anfang bis zu Ende, und dazu war es Liebesspaß. Dieser Schmerz war reine Seligkeit.

Alle Hunde sind Gottesanbeter. Aber glücklicher als alle andern Hunde, hatte Jerry ein Götterpaar gefunden, das, soviel Liebe es auch verlangte, immer noch mehr gab. Wenn er auch drohen konnte, seiner angebeteten Göttin mit seiner Schnauze etwas zuleide zu tun, so würde er doch in Wirklichkeit eher für sie sein Herzblut vergossen, das Leben gegeben haben. Er lebte nicht für Nahrung, für Unterkunft, für ein behagliches Ruheplätzchen zwischen den

Perioden von Finsternis, die nun einmal zum Dasein gehörten. Er lebte für die Liebe. Und so gewiß er freudig für seine Liebe lebte, ebenso gewiß würde er freudig für sie gestorben sein.

In Somo hatte es lange gedauert, bis Jerrys Erinnerung an Schiffer und Herrn Haggin verblaßt war. Das Leben im Kannibalendorfe war zu unbefriedigend gewesen. Dort hatte es zuwenig Liebe gegeben. Nur Liebe kann die Erinnerung an Liebe oder vielmehr die Qual über den Verlust des Geliebten auslöschen. An Bord der ›Ariel‹ hingegen erfolgte dies Auslöschen schnell. Jerry vergaß Schiffer und Herrn Haggin nicht. Aber in den Augenblicken, da er sich ihrer erinnerte, wurde die Sehnsucht nach ihnen jetzt weniger nagend und schmerzlich. Die Pausen zwischen diesen Augenblicken wurden länger, und es geschah seltener, daß Schiffer und Herr Haggin in seinen Träumen Formen annahmen und wirklich wurden, denn nach Hundeart träumte er viel und lebhaft.

An der Leeküste von Malaita entlang fuhr die ›Ariel‹ ganz ruhig nordwärts über die farbenprächtige Lagune zwischen den Küstenriffen und den Außenriffen, wagte sich in Kanäle, die so eng und voller Korallenriffe waren, daß Kapitän Winters behauptete, täglich Tausende neuer grauer Haare auf seinem Haupte zählen zu können, und ankerte vor jeder ummauerten Bucht im Außenriff und jedem Mangrovensumpf auf dem Lande, wo es Aussicht gab, Menschenfresser zu finden. Denn Harley und Villa Kennan hatten keine Eile. Solange die Reise interessant war, machten sie sich darüber keine Sorge, wie weit es von einem Ort zum andern war.

Im Laufe der Zeit lernte Jerry auf einen neuen Namen – oder eigentlich auf eine ganze Reihe von Namen – hören, denn Harley Kennan mochte ein Geschöpf, das bereits einen Namen hatte, nicht umtaufen.

»Er muß doch einen Namen gehabt haben«, sagte er zu

Villa. »Haggin muß ihn doch irgendwie genannt haben, ehe er auf die ›Arangi‹ kam. Daher muß er namenlos bleiben, bis wir nach Tulagi kommen und erfahren können, wie er wirklich heißt.«

»Was bedeutet ein Name?« begann Villa heiter.

»Alles«, erwiderte ihr Mann. »Denk, wenn du selbst Schiffbruch erlitten hättest und deine Retter dich ›Frau Riggs‹ oder ›Mademoiselle de Maupin‹ oder ganz einfach ›Topsy‹ nennen würden. Oder denk, wenn ich ›Benedict Arnold‹ oder ›Judas‹ oder … oder … ›Hamman‹ genannt würde. Nein, laß ihn namenlos bleiben, bis wir seinen richtigen Namen herausbekommen.«

»Wir müssen ihn doch irgendwie nennen«, wandte sie ein. »Wir können doch sonst gar nicht an ihn denken.«

»So nenn ihn bei vielen Namen, aber nie zweimal bei demselben. Nenn ihn heute ›Hund‹ und morgen ›Herr Haggin‹ und übermorgen wieder anders.«

Und so kam es, daß Jerry sich eher aus dem Tonfall und dem unmittelbaren Zusammenhang als sonst irgendwie daran gewöhnte, sich in Verbindung mit einer ganzen Reihe von Namen zu setzen, wie zum Beispiel: Hund, Abenteurer, Starker Freund, Singvögelchen, Namenlos, Liebling. Das waren einige wenige von den Namen, die Villa ihm gab. Harley wiederum redete ihn Jungteufel und Löwentöter an. Kurz, Mann und Frau wetteiferten, wer die meisten Namen für ihn erfinden konnte, ohne ihn je bei dem gleichen zu nennen. Und weniger aus den Lauten und Silben als aus dem zärtlichen Klang ihrer Stimme erkannte er bald, daß jeder Name, den sie nannten, auf ihn gemünzt war. In seinen eignen Gedanken war er nicht mehr Jerry, sondern einfach jeder besonders freundlich und zärtlich ausgesprochene Laut.

Seine große Enttäuschung (wenn man das Wort Enttäuschung auf das unbewußte Gefühl, nicht das Erwartete erreicht zu haben, anwenden kann) war eine sprachliche Angelegenheit. Keiner an Bord, nicht einmal Harley und Villa, redeten Nalasus Sprache. Jerrys ganzer großer Wortschatz, seine ganze Fähigkeit, ihn anzuwenden – eine Fähigkeit, die ihm eine Sonderstellung als Wunder unter den Hunden gesichert hätte, weil er wirklich eine Sprache beherrschte, war auf der ›Ariel‹ nutzlos. Sie sprachen sie nicht, hatten überhaupt keine Ahnung von der Existenz dieser Whiff-Whuff-Sprache, die Nalasu ihn gelehrt hatte und die jetzt, nach Nalasus Tode, kein lebendes Wesen außer Jerry mehr kannte.

Vergebens sprach Jerry sie zu dem weiblichen Gott. Er saß auf dem Halbdeck, den Kopf zwischen ihren Händen, und sprach und sprach, ohne doch je eine einzige Antwort von ihr zu erhalten. Mit leisem Winseln, mit Whuffs und Whiffs und knurrenden Kehllauten versuchte er immer wieder, ihr etwas von seiner Geschichte zu erzählen. Sie war lauter Zärtlichkeit und Mitgefühl; sie hielt seinen Kopf so dicht an ihren Mund, daß er fast ertrank in dem Duft, der ihrem Haar entströmte, und doch sagte ihr Herz ihr nichts von dem, was er erzählte, wenn sie auch seine Absicht fühlte.

»Wahrhaftig, Kamerad!« konnte sie dann rufen. »Der Hund spricht. Ich weiß, daß er spricht. Er erzählt mir von sich. Wenn ich ihn nur verstehen könnte, wüßte ich seine ganze Lebensgeschichte. Er füllt mir meine untauglichen Ohren damit. Wenn ich ihn nur verstünde!«

Harley war skeptischer, aber ihr weiblicher Instinkt riet richtig.

»Ich weiß es!« versicherte sie ihrem Mann immer wieder. »Ich sage dir, daß er uns all seine Abenteuer erzählen könnte, wenn wir ihn nur verstehen würden. Kein andrer Hund hat je auf diese Weise mit mir gesprochen. Hier gibt es eine Geschichte. Ich fühle sie. Zuweilen weiß ich, daß er von Freude, von Liebe, von Jubel und Kampf erzählt. Dann wieder von Erbitterung, Kränkungen, Verzweiflung und Traurigkeit.«

»Natürlich«, sagte Harley ruhig. »Der Hund eines weißen Mannes, der unter den Menschenfressern von Malaita gelebt hat, muß selbstverständlich all diese Gefühle erlebt haben, und ebenso selbstverständlich kann die Frau eines weißen Mannes, eine liebe, reizende Villa Kennan, sich die Erlebnisse eines solchen Hundes vorstellen und die sinnlosen Laute, die er ausstößt, für den Bericht darüber halten und gar nicht einsehen, daß sich nur ihr eignes entzückendes, empfängliches, mitfühlendes Ich darin widerspiegelt. Das Lied des Meeres, von der Muschel gesungen – ja, Kuckuck! Das Lied, das man selbst dichtet und der Muschel einbläst.«

»Aber gerade das –«

»Du hast natürlich recht«, fiel er ihr galant in die Rede »wie stets, besonders, wenn du ganz unrecht hast.«

»Mach du dich nur über mich lustig«, antwortete sie. »Aber ich weiß –« Sie hielt inne, um einen Ausdruck zu finden, der stark genug war; da sie ihn aber nicht finden konnte, führte sie mit einer hastigen Bewegung die Hand an ihr Herz und rief damit eine Macht an, die stärker als alle Worte war.

»Wir sind einig – meine Reverenz«, lachte er heiter.

»Dasselbe wollte ich gerade sagen. Unsre Herzen können unsre Köpfe jederzeit in Grund und Boden reden, und das beste dabei ist, daß unsre Herzen recht haben, soviel auch die Statistik beweisen mag, daß sie in der Regel unrecht haben.«

Harley glaubte weder damals noch später je an das, was seine Frau von Jerrys Erzählungen berichtete. Und sein ganzes Leben lang, bis zu seinem Tode, hielt er es für einen reizenden poetischen Einfall Villas.

Aber Jerry, der vierfüßige irische Terrier, besaß wirklich die Gabe der Rede. Wenn er andern auch nicht die Kenntnis seiner Sprache beibringen konnte, so konnte er doch selbst eine neue Sprache schnell erlernen, und ohne Anstrengung, ja ohne jede Unterweisung begann er sich die Sprache anzueignen, die auf der ›Ariel‹ gesprochen wurde. Leider war es keine einem Hunde zugängliche Whiff-Whuff-Sprache, wie die von Nalasu erfundene, und wenn Jerry allmählich auch viel von dem verstand, was auf der ›Ariel‹ gesagt wurde, so konnte er doch selbst nichts davon sagen. Er wußte, daß der weibliche Gott mindestens drei Namen hatte: ›Villa‹, ›Kameradin‹ und ›Frau Kennan‹, denn er hatte sie bei diesen verschiedenen Namen nennen hören. Aber er selbst konnte es nicht. Es war ausschließlich eine Göttersprache, die nur die Götter reden konnten. Sie glich nicht der Sprache, die Nalasu erfunden hatte und die ein Kompromiß zwischen Götter- und Hundesprache gewesen war, so daß Gott und Hund sich mit ihrer Hilfe unterhalten konnten.

Ebenso erfuhr er, daß der Manngott viele verschiedene Namen hatte: ›Harley‹, ›Kapitän Kennan‹ und ›Schiffer‹. Nur in sehr engem Kreise, wenn sie unter sich zu dritt waren, hörte Jerry den Namen ›Kamerad‹, ›Liebster‹, ›Geduldige Seele‹, ›Freund‹, ›Villas Glück‹. Aber Jerry konnte diese Namen beim besten Willen nicht aussprechen, wenn er mit dem Manne oder mit der Frau zu reden wünschte. Und doch hatte er Nalasu an stillen Abenden, wenn kein Lüftchen sich zwischen den Bäumen regte, ein Whiff-Whuff auf hundert Fuß Abstand zugeflüstert. Eines Tages beugte sich die Frau über ihn, daß ihr Haar, das nach einem Schwimmbad in dem salzigen Wasser trocknete, ihn umwehte, packte seine Schnauze und sang ihm ein kleines Lied ins Ohr. Mitten im Singen überraschte Jerry sie, und man kann mit gleichem Recht sagen, daß er sich selbst überraschte. Noch nie hatte er bewußt etwas Derartiges getan. Und er tat es auch nicht absichtlich. Es überwältigte ihn einfach. Er hätte es ebensowenig lassen können, das Wasser nach einem Bade abzuschütteln oder im Traum um sich zu treten, wenn ihn jemand unter den Füßen kitzelte, wie dem unwiderstehlichen Drang zu folgen, der ihn zwang, das zu tun, was er tat.

Im Singen verursachte ihre Stimme ein leises zitterndes Gefühl in seinem Ohr, und da kam es ihm vor, als ob sie fern und undeutlich, und als ob er, unter dem Einfluß ihres

Singens, weit entrückt würde. In dem Maße fühlte er sich entrückt, daß er eben das Überraschende tat. Er setzte sich plötzlich, fast krampfhaft, nieder, entzog seinen Kopf ihrer Hand, die seine Schnauze gepackt hielt, und ihrem Haar, das ihn wie ein Netz eingesponnen hatte, und begann mit hochgehobener Schnauze im Rhythmus ihres Gesanges zu zittern und hörbar zu atmen. Dann richtete er mit einem hastigen Ruck die Schnauze gegen den Zenit, öffnete das Maul und ließ eine Flut von Tönen herausquellen, die sich schnell mit steigender Kraft hoben und dann langsam wieder erstarben.

Dies Geheul war der Anfang und brachte ihm den Namen ›Singvogel‹ ein. Denn Villa Kennan säumte nicht, dies Geheul, zu dem ihr Singen den Anlaß gegeben hatte, weiterzuentwickeln. Nie weigerte er sich, wenn sie sich hinsetzte, die Hand ausstreckte und ihm ermunternd zurief: »Los, Singvogel!« Er kam sofort zu ihr, ließ sich von ihrem duftenden Haar umwogen, hob die Schnauze neben ihrem Ohr und fiel fast augenblicklich ein, wenn sie leise zu singen begann. Namentlich Molltöne spornten ihn an, und wenn er erst einmal in Gang gekommen war, so konnte er mit ihr singen, solange sie wollte. Und es war wirklich Singen. Mit seiner gewohnten Geschicklichkeit in bezug auf alles, was mit dem Begriff Sprechen zusammenhing, lernte er schnell sein Geheul zu mildern und zu dämpfen, daß es ein voller weicher Ton wurde. Er lernte sogar die Töne hinsterben und anschwellen zu lassen, zu beschleunigen und zu verzögern, sie ganz ihrer Stimme anzupassen.

Jerry genoß das Singen wie ein Opiumraucher seine Träume. Denn er träumte wirklich, verschwommene, unklare Träume, während ihn das Haar des weiblichen Gottes wie eine schwach duftende Wolke umwogte und ihre Stimme sich klagend mit der seinen mischte. Dann schwand sein Bewußtsein hin in Träumen, die ihn beim Singen besuchten und die das Singen für ihn bedeuteten. Die Erinnerung an Schmerz erwachte in ihm, aber an einen Schmerz, den er längst vergessen hatte und der kein Schmerz mehr war. Es war eher eine wundersame Traurigkeit, die sein ganzes Leben durchdrang und ihn von der ›Ariel‹ (die in igendeiner Korallenlagune lag) in das unwirkliche ›Anderswo‹ entführte.

Denn in solchen Augenblicken hatte er Gesichte. Es war ihm, als säße er in kalter, trauriger Nacht auf einem nackten Hange und heulte die Sterne an, während aus der Finsternis, weit in der Ferne, ein andres Geheul als Antwort auf das seine ertönte. Und von nah und fern ertönte andres Geheul durch die Luft, bis es war, als spräche die Nacht mit seiner Stimme und der seines Geschlechtes. Es war sein Geschlecht. Ohne es sich klarzumachen, kannte er es, dies Gefühl der Zusammengehörigkeit mit dem Lande ›Anderswo‹.

Als Nalasu ihn die Whiff-Whuff-Sprache lehrte, hatte er sich bewußt an seine Intelligenz gewandt; Villa aber wandte sich, ohne es zu wissen, an sein Herz und an seine Erbinstinkte, rührte so an die tiefsten Saiten alter Erinnerungen und brachte sie zum Erklingen.

Zum Beispiel: Es war zuweilen, als tauchten nachts undeutliche, schattenhafte Gestalten auf und zögen wie Gespenster an ihm vorüber, und dann hörte er wie im Traum den Jagdruf der Koppel, sein Blut begann schneller zu pulsen, und sein eigner Jagdinstinkt konnte erwachen, bis sein leises Winseln zu heftigem Jappen wurde. Dann senkte er den Kopf, um sich aus dem Netz zu befreien, in das das Haar der Frau ihn einspann, und begann unruhige, krampfhafte Bewegungen mit den Füßen zu machen, als ob er liefe. Und heißa!, wie der Blitz ging es fort, hinweg über alles, was Zeit hieß, fort von der Wirklichkeit in den Traum hinein, in dem er selbst inmitten schattenhafter Gestalten in der jagenden Gemeinschaft der Koppel dahinschoß.

Und wie die Menschen sich stets nach dem Staub des Mohns und dem Saft des Hanfs gesehnt haben, so sehnte Jerry sich nach dem Glück, das er empfand, wenn Villa

Kennan ihm die Arme entgegenstreckte, ihn in ihr Haar einspann und ihn über Raum und Zeit hinweg in das Geschlecht seiner Vorfahren sang.

Nicht immer, wenn sie zusammen sangen, hatte er dieses Erlebnis. Im allgemeinen hatte er keine Gesichte, nur unklare Gefühle, sanfte, traurige Gespenster von Erinnerungen an Dinge, die gewesen. Dann wieder, wenn diese Traurigkeit ihn überkam, konnte seine Seele von den Bildern von Schiffer und Herrn Haggin erfüllt werden; auch die Bilder von Terrence und Biddy und Michael und dem ganzen Leben auf der Meringe-Plantage, das längst der Vergangenheit angehörte, erstanden vor ihm.

»Mein Lieb«, sagte Harley eines Tages zu Villa nach einer solchen Gesangsleistung, »es ist ein Glück für ihn, daß du keine Tierbändigerin oder sagen wir ›Vorführerin dressierter Tiere‹ bist; denn dann würdet ihr beiden zuoberst auf allen Varieté- und Zirkusplakaten der ganzen Welt stehen.«

»Wenn ich das täte«, erwiderte sie, »würde er nichts lieber tun als das, zusammen mit mir –«

»Was die Nummer noch ungewöhnlicher machen würde«, fiel Harley ihr ins Wort.

»Du meinst –?«

»Daß von hundert Fällen nur einmal das Tier seine Arbeit oder daß der Tierbändiger das Tier liebt.«

»Ich dachte, daß längst keine Grausamkeit mehr angewandt würde«, wandte sie ein.

»Das glaubt das Publikum, aber in neunundneunzig von hundert Fällen hat das Publikum unrecht.«

Villa seufzte tief und entsagend: »Dann muß ich die vielversprechende und einträgliche Karriere wohl im selben Augenblick aufgeben, da du sie für mich entdeckt hast. Aber die Plakate würden dennoch großartig wirken: mein Name in Riesenbuchstaben –«

»Villa Kennan, der weibliche Caruso, und Singvogel, der irische Terrier-Tenor!« malte ihr Mann ihr die Überschriften aus.

216

Und mit leuchtenden Augen und weit heraushängender Zunge beteiligte Jerry sich an ihrer Heiterkeit, nicht weil er wußte, wovon die Rede war, sondern weil sie zeigte, daß sie sich freuten, und weil ihn die Liebe sich mit ihnen freuen ließ.

Denn Jerry hatte, und zwar in vollstem Maße, gefunden, was seine Natur forderte: die Liebe seines Gottes. Und da ihm klar war, daß die beiden gemeinsam über die ›Ariel‹ herrschten, liebte er sie alle beide. Und gleichwohl – vielleicht weil ihre bezaubernde Stimme, die ihn in das Land ›Anderswo‹ trug, ihm das Herz durchdrang –, gleichwohl liebte er den weiblichen Gott mit einer Liebe, die größer als alle andre Liebe war, die er je gefühlt hatte, ja, die selbst seine Liebe zu Schiffer übertraf.

Eines lernte Jerry gleich auf der ›Ariel‹, nämlich daß Niggerjagd nicht erlaubt war. In seinem Eifer, seinen neuen Göttern zu dienen und zu gefallen, benutzte er die erste Gelegenheit, eine Kanuladung von Schwarzen, die einen Besuch an Bord abstatten wollten, anzufallen. Villas Schelten und Harleys Befehl ließen ihn augenblicklich verblüfft innehalten. Vollkommen überzeugt, daß er sich verhört hätte, begann er wieder, einen Schwarzen, auf den er es besonders abgesehen hatte, zu bedrängen. Diesmal klang Harleys Stimme gebieterisch, und Jerry näherte sich ihm mit wedelnder Rute und sich drehend und windend vor lauter Eifer, um Verzeihung zu bitten, während seine rosenrote Zunge ebenso eifrig die Hand küßte, die sich ihm verzeihend entgegenstreckte und ihn streichelte.

Dann rief Villa ihn zu sich. Sie drückte ihn an sich und nahm seinen Kopf zwischen ihre Hände. Auge in Auge, Nase gegen Nase erklärte sie ihm ernst, welche Sünde die Niggerjagd wäre. Sie erinnerte ihn daran, daß er kein gewöhnlicher Buschhund sei, sondern ein blutreiner irischer Terrier, und daß kein Hund, der ein Gentleman wäre, sich darauf einließe, Schwarze zu jagen, die nichts verbrochen hätten. Und er hörte ernst zu, ohne mit der Wimper zu zucken, und wenn er auch nur wenig von ihren Worten verstand, war ihm doch der Sinn klar. ›Ungezogen‹ war eines der Wörter der ›Ariel‹-Sprache, die er sich bereits angeeignet hatte. Jetzt gebrauchte sie es mehrmals, und das bedeutete für ihn, daß er ›nicht durfte‹, und war etwas Ähnliches wie ein Tabu.

Da sie es nun einmal so wollte, wer war er – so hätte er sich mit Recht fragen können –, daß er ihrem Willen nicht gehorcht oder gar sich gegen ihn aufgelehnt hätte? Wenn Nigger nicht gejagt werden durften, so jagte er sie eben nicht, trotzdem Schiffer ihn dazu angespornt hatte. Bewußt dachte Jerry zwar nicht über die Sache nach, aber er zog seine Schlüsse und beruhigte sich damit.

Einen Gott zu lieben war für ihn dasselbe wie ihm zu dienen. Es war ihm eine Freude, dem Gott zu dienen und zu gefallen, und der Grundstein für allen Dienst war für ihn Gehorsam. Dennoch fiel es ihm eine Zeitlang schwer, nicht zu knurren und die Zähne zu fletschen, wenn die Beine anmaßender fremder Nigger auf dem weißen Deck der ›Ariel‹ an ihm vorbeischritten.

Aber auch da gab es Unterschiede, wie er später erfahren sollte, als die Zeit kam, da Villa Kennan ein Bad, ein richtiges Bad in frischem, fließendem Wasser von den großen Regengüssen zu nehmen wünschte, und als Johnny, der schwarze Lotse aus Tulagi, einen Fehler beging. Auf der Karte war der Sulifluß nur eine Meile von der Mündung aufwärts verzeichnet. Der Grund dafür war, daß nie ein Weißer weiter hinauf gekommen war. Als Villa von dem Bad zu reden begann, beriet ihr Mann sich mit Johnny. Johnny schüttelte den Kopf.

»Kein fella Junge wohnen das Ort«, sagte er. »Nicht machen Spektakel euch. Busch fella Junge wohnen weit zuviel.«

Und so kam es, daß die Dampfbarkasse an Land geschickt wurde und daß Villa, Harley und Jerry ein Stückchen den

Fluß hinauf bis zu der ersten Stelle gingen, wo er eine passende Tiefe hatte, während die Besatzung im Schatten der Kokospalmen am Strande blieb. »Man kann nicht vorsichtig genug sein«, sagte Harley, indem er seine automatische Pistole aus dem Halfter nahm und auf seine Kleider legte. »Wir könnten natürlich von einer Bande umherschweifender Neger überrascht werden.«

Villa ging bis an die Knie ins Wasser und blickte schaudernd hinauf in das hohe, düstere Buschdach, das hier und da von einem vereinzelten Sonnenstrahl durchbohrt wurde. »Ein angemessener Rahmen für eine dunkle Tat«, lächelte sie, indem sie das kalte Wasser mit der hohlen Hand schöpfte und es auf ihren Mann schleuderte, der sich sofort daranmachte, sie zu verfolgen.

Eine Zeitlang blieb Jerry neben ihren Kleidern sitzen und sah ihrem heiteren Spiel zu. Dann wurde seine Aufmerksamkeit von dem Schatten eines riesigen Schmetterlings gefesselt, und bald darauf begab er sich, auf der Fährte einer Waldratte, witternd in den Busch. Es war keine frische Fährte, das wußte er gut, aber in der Tiefe seines Wesens gab es Instinkte, die seine Vorfahren seit Beginn der Zeiten geübt hatten und die ihn dazu trieben, zu jagen, zu wittern, lebende Geschöpfe zu verfolgen, kurz, zu spielen, daß er sein eignes Wild jage, obwohl der Mensch seit vielen Geschlechtern ihn und die Seinen mit Fleisch versorgt hatte.

Und so kam es, daß er Fähigkeiten in Gebrauch nahm, die zwar nicht mehr notwendig waren, aber immer noch in ihm wohnten und laut ihre Anwendung forderten. Er folgte der Fährte der längst verschwundenen Waldratte mit all der leichtfüßigen, schleichenden Schlauheit, die den kennzeichnet, der eine lebende Beute verfolgt und mit äußerstem Scharfsinn seine Schlüsse aus dieser Fährte zieht. Aber die Fährte wurde von einer andern, einer sehr frischen, unmittelbaren Spur gekreuzt. Als ob ihn jemand mit einem Strick daran gezogen hätte, flog sein Kopf mit einem

Ruck zur Seite, so daß er einen rechten Winkel zu seinem Körper bildete. Seine Nüstern witterten den unverkennbaren Geruch von ›Nigger‹. Dazu war es ein fremder Nigger, denn es roch nach keinem von allen, deren Erinnerung in seinem Hirn aufgespeichert war. Vergessen war die alte Waldratte, er gab sich ganz der neuen Fährte hin. Er hatte keine Sorge um Villa oder Harley, nicht einmal, als er die Stelle erreichte, wo der Nigger gestanden hatte, als er offenbar durch ihre Stimmen verscheucht worden war, und wo seine Spur sich deshalb besonders deutlich ausprägte. Von hier aus wandte sich die Fährte den Badenden zu. Mit einer nervösen Wachsamkeit, in äußerster Spannung, aber furchtlos und immer noch das alte Spiel von der Verfolgung der Beute treibend, folgte ihr Jerry.

Vom Flusse her erklangen jetzt Kreischen und Gelächter, und jedesmal, wenn dieses Geräusch Jerrys Ohr erreichte, spürte er, wie ein schwaches wonniges Beben ihn durchschauerte. Wenn jemand ihn befragt und wenn er seine Gefühle aus bewußtem Denken heraus hätte ausdrücken können, würde er gesagt haben, daß der schönste Laut auf Erden Villa Kennans und der nächstschönste Harley Kennans Stimme sei. Diese Stimmen ließen ihn erschauern, denn sie erinnerten ihn an seine Liebe zu ihnen und an die ihre zu ihm.

Beim ersten Anblick des Schwarzen – es war ganz in der Nähe der Stelle, wo Villa und Harley badeten – erwachte Jerrys Mißtrauen. Der Mann benahm sich nicht, wie ein Nigger sich benommen hätte, der nichts Böses im Schilde führte. Statt dessen verriet jede seiner Bewegungen, daß er darauf lauerte, irgendeine Schlechtigkeit zu verüben. Er kauerte auf dem Boden im Busch und guckte hinter einer mächtigen Baumwurzel hervor. Jerry sträubten sich die Haare, er legte sich flach auf den Boden und beobachtete ihn.

Einmal hob der Schwarze seine Büchse halbwegs an die Schulter, aber seine nichts Böses ahnenden Opfer entzo-

220

gen sich offenbar unter Plätschern und lautem Lachen seinem Gesichtskreis. Seine Waffe war nicht eine veraltete Sniderbüchse, sondern ein ganz modernes Winchesterrepetiergewehr, und er zeigte, daß er mehr gewohnt war, von der Schulter als von der Hüfte zu schießen, wie die meisten Malaitaner zu tun pflegten.

Die Stellung an der Baumwurzel befriedigte ihn nicht, er ließ die Büchse sinken und kroch näher auf die Badenden zu. Jerry folgte ihm, ebenfalls auf dem Boden kriechend. Er legte sich so flach, daß der Kopf, den er waagerecht vorstreckte, von den Schultern überragt wurde, die einen seltsamen Buckel bildeten. Wenn der Schwarze stehenblieb, blieb Jerry auch stehen, als wäre er im selben Augenblick zu Eis erstarrt. Wenn der Schwarze sich bewegte, so bewegte auch Jerry sich, aber schneller, so daß sich der Abstand zwischen ihnen ständig verringerte. Und die ganze Zeit sträubten sich ihm die Haare in Wut- und Zornwellen über Hals und Schultern. Dies war kein goldener Hund, der mit flach zurückgelegten Ohren und lachendem Maul in den Armen des weiblichen Gottes lag, kein Singvogel, der diesem Gotte alte Erinnerungen in das Haar sang, das ihn gefangenhielt und wie eine Wolke umhüllte, sondern ein vierfüßiges, kampflustiges, mörderisches Geschöpf, das bereit war, mit Zähnen und Klauen alles zu zerreißen und zu vernichten.

Jerry beabsichtigte anzugreifen, sobald er sich nahe genug angepirscht hatte. An das Tabu, das auf der ›Ariel‹ in bezug auf die Niggerjagd galt, dachte er nicht. In diesem Augenblick war es seinem Bewußtsein entschwunden. Er wußte nur, daß dem Mann und der Frau eine Gefahr drohte und daß die Gefahr dieser Nigger war.

So dicht war Jerry seiner Beute allmählich auf den Leib gerückt, daß er glaubte, angreifen zu können, als der Schwarze wieder niederhockte, um zu schießen. Die Büchse war schon an die Schulter gehoben, als Jerry lossprang. Trotz seiner Gewalt war der Sprung ganz geräuschlos, und das Opfer wurde den Angriff erst gewahr, als Jerrys Körper, der wie ein Geschoß die Luft durchflog, ihn zwischen den Schulterblättern traf. Gleichzeitig hieb ihm der Hund die Zähne in den Hals, jedoch zu nahe den kräftigen Schultermuskeln, als daß sie bis zum Rückgrat durchgedrungen wären.

Im ersten Schrecken ließ der Neger den Finger vom Drükker fahren und stieß ein entsetzliches Geheul aus. Er wurde vornüber aufs Gesicht geworfen, dann wälzte er sich auf den Rücken und packte Jerry, der ihm die Backe zerriß und das Ohr zerfetzte, denn ein irischer Terrier beißt immer wieder zu, statt wie eine Bulldogge festzuhalten.

Als Harley Kennan, seine automatische Pistole in der Hand und nackt wie Adam, hinkam, fand er Mann und Hund wütend miteinander ringend, während der Waldboden von dem heftigen Kampf völlig zertreten war. Der Neger, dessen Gesicht blutüberströmt war, hatte Jerry beide Hände um den Hals gelegt und würgte ihn, und Jerry kämpfte fauchend, knurrend und mit den Klauen kratzend um sein Leben. Das waren die starken Klauen eines voll ausgewachsenen Hundes, hinter denen harte Muskeln steckten. Und sie zerrissen Brust und Leib des Mannes, bis er am ganzen Körper von Blut troff. Harley Kennan wagte nicht zu schießen, so fest umschlossen sie sich. Statt dessen trat er dicht zu ihnen und schlug dem Mann mit aller Kraft den Pistolenkolben gegen den Kopf. Der betäubte Neger ließ los. Jerry stürzte sich sofort auf seine Kehle, und nur Harleys Hand und Harleys strenger Befehl hielten ihn zurück. Er zitterte vor Wut und knurrte erbittert, wenn er auch jedesmal, wenn Harley »Braver Hund!« sagte, innehielt, die Ohren zurücklegte und mit der Rute wedelte.

Er wußte, daß ›Braver Hund!‹ ein Lob war, und weil Harley es immer wieder aussprach, wußte er ganz sicher, daß er ihm einen Dienst, und zwar einen guten Dienst, erwiesen hatte.

»Weißt du, daß der Schuft die Absicht hatte, uns zu ermorden?« sagte Harley zu Villa, die, halb bekleidet und den

Rest ihrer Kleider in der Hand, zu ihnen gekommen war. »Es waren keine fünfzig Fuß, und er hätte uns nicht fehlen können. Sieh die Winchesterbüchse! Keine von den alten Donnerbüchsen. Ein Mann mit einer solchen Waffe hätte sicher auch mit ihr umzugehen gewußt.«

»Aber wieso hat er es denn nicht getan?« fragte sie.

Ihr Mann zeigte auf Jerry.

Ihre Augen leuchteten verständnisvoll auf.

»Du meinst …?« begann sie.

Er nickte. »Eben. Singvogel ging auf ihn los.« Er beugte sich nieder, drehte den Mann auf den Rücken und betrachtete seinen Nacken. »Hier wurde er zuerst getroffen, und er muß den Finger am Drücker und den Lauf auf dich und mich – wahrscheinlich zuerst auf mich – gerichtet gehabt haben, als Singvogel seine Berechnungen vollständig über den Haufen warf.«

Villa hörte nur halb, was er sagte, denn sie hatte Jerry in ihre Arme geschlossen und nannte ihn ›Gesegneter Hund‹, während sie ihn beruhigend streichelte, bis seine gesträubten Haare sich wieder glätteten.

Als der Neger sich aber regte und aufsetzte, begann Jerry wieder zu knurren und machte Miene, sich auf ihn zu stürzen. Harley zog dem Mann ein Messer aus dem Lendenschurz.

»Was Name gehören dir?« fragte er.

Aber der Neger hatte nur Augen für Jerry und starrte ihn verblüfft an, bis sein Kopf allmählich so klar geworden war, daß er sich das Geschehene klarmachen konnte und verstand, daß dies kleine Stückchen Hund ihm das Spiel verdorben hatte.

»Mein Wort«, sagte er grinsend zu Harley, »das fella Hund beißen mich bißchen sehr.«

Er befühlte seine Wunden an Hals und Gesicht und bemerkte, daß der weiße Mann im Besitz seiner Büchse war.

»Du mir geben Muskete gehören mir«, sagte er unverschämt.

»Ich geben dir eins auf Ohren gehören dir«, lautete Harleys Antwort.

»Er sieht mir nicht wie ein gewöhnlicher Malaitaner aus«, wandte er sich an Villa. »Erstens: Wo sollte er die Büchse herhaben? Zweitens seine Kaltblütigkeit. Er muß uns ankern gesehen und gewußt haben, daß unsre Barkasse am Ufer lag. Und doch wollte er unsre Köpfe nehmen und mit ihnen wieder im Busch verschwinden.«

»Was Name gehören dir?« fragte er wieder.

Aber er erfuhr es nicht, bis Johnny und die Barkassenmannschaft, atemlos vom schnellen Laufen, kamen. Johnnys Augen funkelten vor Freude, als er den Gefangenen sah, und er geriet offensichtlich in große Erregung.

»Du geben mir das fella Junge«, bat er. »Ja? Du geben mir das fella Junge!«

»Was Name du brauchen ihn?«

Es dauerte indessen eine Weile, ehe Johnny die Frage beantworten konnte, und er tat es erst, als Kennan ihm berichtete, daß kein Unheil angerichtet wäre und daß er die Absicht hätte, den Neger laufenzulassen. Da protestierte Johnny heftig.

»Vielleicht du bringen das fella Junge Regierungshaus Tulagi. Regierungshaus geben dir zwanzig Pfund. Ihn sehr schlimm fella Junge zuviel. Makawao Name gehören ihm. Schlimm fella Junge zuviel. Ihn Queensland Junge –«

»Was Name Queensland?« unterbrach Kennan ihn. »Er gehören das fella Ort?«

Johnny schüttelte den Kopf.

»Ihn gehören zuerst Malaita. Lange Zeit früher zuviel ihn rekrutieren auf Schoner für Arbeit Queensland.«

»Er ist ein von Queensland Retournierter«, erklärte Harley seiner Frau. »Du weißt, als Australïen dazu überging, nur noch weiße Arbeitskräfte zu nehmen, mußten die Queensländer Plantagenbesitzer alle schwarzen Sklaven zurückschicken. Dieser Makawao ist offenbar einer von ihnen, und dazu ein ganz bösartiger, wenn es mit Johnnys zwanzig Pfund seine Richtigkeit hat. Das ist ein hoher Preis für einen Schwarzen.«

Johnny fuhr in seiner Erklärung fort, die in gewöhnlichem, unverdorbenem Englisch bedeutete, daß der Mann einen sehr schlechten Ruf gehabt hatte. In Queensland hatte er im ganzen vier Jahre wegen Diebstahls, Raubes und versuchten Mordes im Gefängnis gesessen. Als er von der australischen Regierung nach den Salomoninseln zurückgeschickt worden war, hatte er sich auf der Buli-Plantage anwerben lassen, um sich – wie sich später zeigte – Waffen und Munition zu verschaffen. In Tulagi hatte er fünfzig Peitschenhiebe und ein Jahr Gefängnis erhalten, weil er versucht hatte, den Verwalter zu töten. Dann wurde er wieder nach der Buli-Plantage geschickt, um den Rest seiner Arbeitszeit abzudienen, und jetzt glückte es ihm, in Abwesenheit des Verwalters, den Besitzer zu ermorden und in einem Walboot zu entwischen. Im Walboot nahm er alle Waffen und alle Munition mit, die es auf der Plantage gab, ferner den Kopf des Besitzers, zehn Arbeiter von Malaita und zwei von San Cristobal – letzteres Salzwasserleute, die mit dem Walboot umgehen konnten. Er selbst und die zehn Malaitaner, die Buschmänner waren, wußten zuwenig vom Meere, um sich in die Straße von Guadalcanar zu wagen.

Unterwegs hatte er die kleine Insel Ugi angelaufen, die Handelsstation geplündert und den Kopf des alleinigen Händlers genommen, eines friedlichen Mischlings von der Norfolkinsel, der durch McCoy von der ›Bounty‹ in gerader Linie von Pitcairn abstammte. Als er mit seinen Kameraden schließlich wohlbehalten nach Malaita gekommen war, hatten sie den beiden San-Cristobal-Leuten, für die sie keine Verwendung mehr hatten, die Köpfe genommen und ihre Leichen aufgefressen.

»Mein Wort, ihn schlimm fella Junge zuviel«, schloß Johnny seinen Bericht. »Regierungshaus Tulagi verdammt froh geben zwanzig Pfund für das fella.«

»Du gesegneter Singvogel!« flüsterte Villa Jerry ins Ohr. »Wenn du nicht gewesen wärst –«

»– dann würden dein und mein Kopf in diesem Augenblick von Makawao im Galopp durch den Busch heimgebracht werden«, beendete Harley den Satz an ihrer Statt. »Mein Wort, ihn fella Hund dies, groß bißchen«, fügte er heiter hinzu. »Und dabei machte ich ihm erst vor wenigen Tagen die Hölle heiß, weil er Nigger jagte. Aber er wußte besser Bescheid als ich.«

»Wenn jemand Anspruch auf ihn erhebt –«, drohte Villa. Harley unterstrich ihre Drohung durch Kopfnicken.

»Jedenfalls«, sagte er lächelnd, »hätte ich einen Trost gehabt, wenn dein Kopf in den Busch gewandert wäre.«

»Trost!« rief sie.

»Ja, denn dann hätte meiner ihm Gesellschaft geleistet.«

»Du lieber, gesegneter Mann!« murmelte sie, und ihre Augen wurden feucht, während ihre Arme immer noch Jerry umschlossen, der die Seligkeit des Augenblicks fühlte und ihr liebevoll die duftende Wange mit seiner schmalen Zunge küßte.

Als die ›Ariel‹ Malu an der Nordwestküste von Malaita verließ, versank Malaita schnell hinter dem Horizont und blieb – soweit es Jerry betraf – für immer verschwunden, eine neue verschwundene Welt, die in seinem Bewußtsein zu einem Teil des großen Nichts wurde, das Schiffer verschlungen hatte. Wenn er auch nicht darüber nachdachte, so hätte Malaita für ihn doch ebensogut ein Universum sein können, das geköpft auf den Knien irgendeines geringeren Gottes ruhte, eines Gottes, der allerdings unendlich mächtiger war als Baschti, auf dessen Knien das getrocknete und geräucherte Haupt Schiffers geruht hatte, während dieser geringere Gott sich den Kopf zerbrochen hatte, um die Erklärung der doppelten Mysterien von Zeit und Raum, Bewegung und Materie über und unter seinem Horizont und darüber hinaus zu finden. Nur lag der Fall eben so, daß Jerry nicht über das Problem nachdachte, daß ihm das Vorhandensein solcher Mysterien gar nicht bewußt wurde. Für ihn war Malaita einfach eine neue Welt, die aufgehört hatte zu existieren. Er erinnerte sich daran wie an einen Traum. Selbst ein lebendes Wesen, ein fester Körper im Besitz von Gewicht und Ausmaß, eine unumstößliche Wirklichkeit, bewegte er sich durch Raum und Ort konkret, hart, schnell, überzeugend, ein absolutes Etwas, umgeben von dem großen Nichts und dessen immer wechselnden Schatten.

Er erlebte seine Welten eine nach der andern. Eine nach der andern verdampften seine Welten, hoben sich über seinen Gesichtskreis hinaus wie Dämpfe in dem heißen Destillierkolben der Sonne, versanken für immer hinter dem Rande des Meeres, selbst so unwirklich und flüchtig wie Traumgesichte. Die Gesamtheit der Minute, die Einzelwelt des Menschen in ihrer mikroskopischen Kleinheit und ihrer Gleichgültigkeit neben dem Universum überstieg sein Fassungsvermögen ebensosehr wie das Sternenuniversum die leuchtendsten Annahmen und tiefsten Vorstellungen des Menschen.

Jerry sollte jene finstere, wilde Insel nie wiedersehen, wenn sie auch oft klar und deutlich in seinen Träumen vor ihm stand und er immer wieder sein Dasein auf ihr von der Vernichtung der ›Arangi‹ und der wilden Orgie der Menschenfresser bis zu seiner Flucht von dem zerschossenen Hause und Nalasus blutigem Leichnam durchlebte. Diese Traumepisoden waren für ihn ein neues ›Anderswo‹, geheimnisvoll, unwirklich und schnell schwindend wie Wolken, die über den Himmel trieben, oder wie Blasen, die in allen Farben des Regenbogens schillerten und an der Meeresoberfläche platzten. Schaum und Gischt war es, was im selben Augenblick verschwand, wenn er erwachte, etwas, was nicht mehr existierte, wie Schiffer und Schiffers Kopf auf den welken Knien Baschtis in dem hohen Grashause. Malaita, das wirklich greifbare Malaita, verschwand für ewig, wie Meringe, wie Schiffer in dem großen Nichts verschwunden waren.

Von Malaita steuerte die ›Ariel‹ West zu Nord nach Ongtong, Java und Tasman – großen Atollen, die unter den brennenden Strahlen der Äquatorsonne lagen, aber nicht ganz von der unermeßlichen Öde der westlichen Südsee verschlungen wurden.

Auf Tasman folgte wieder eine mächtige Meeresstrecke bis zu der hohen Insel Bougainville, und dann ankerte die ›Ariel‹, die im schwachen Passat nur langsam vorwärts kam, in fast jedem Hafen der Salomoninseln von Choiseul und Rononga bis Kulambangra, Vangunu, Pavuvu und Neugeorgia, ja selbst in der öden, einsamen Bucht der tausend Schiffe.

Zuallerletzt auf den Salomoninseln rasselte ihr Anker auf den Korallengrund von Tulagi auf der Floridainsel hinunter, wo der Regierungskommissar lebte und herrschte. Dem Kommissar lieferte Harley Kennan nun Makawao aus, der unter strenger Bewachung in ein Grashausgefängnis gesteckt wurde, wo er mit Fesseln an den Füßen auf die Stunde wartete, da er die Strafe für seine vielen Verbrechen erleiden sollte. Und ehe der Lotse Johnny wieder den Dienst bei dem Kommissar antrat, erhielt er seinen reichlichen Anteil an den zwanzig Pfund, die auf den Kopf des Negers gesetzt waren, während Kennan den Rest unter die Mannschaft der Barkasse verteilte, die an dem Tage, als Jerry Makawao gepackt und am Schießen gehindert hatte, hinzugeeilt war.

»Ich will Ihnen sagen, wie er heißt«, sagte der Kommissar, als sie auf der breiten, rings um den Bungalow laufenden Veranda saßen. »Es ist einer von Haggins Terriern – Haggins, von der Meringe-Lagune. Der Vater des Hundes ist Terrence, die Mutter Biddy. Er selbst heißt Jerry, ich war dabei, als er getauft wurde, ehe er noch die Augen offen hatte. Ja, und mehr noch: Ich werde Ihnen seinen Bruder zeigen. Der heißt Michael und jagt Nigger auf dem Zweimastschoner ›Eugénie‹, der neben Ihnen liegt. Kapitän Kellar ist der Schiffer. Ich werde ihn veranlassen, Michael mit an Land zu nehmen. Kein Zweifel: Jerry ist der einzige Überlebende von der ›Arangi‹. Wenn ich Zeit dazu finde, will ich dem Häuptling Baschti einen Besuch abstatten – o nein, nicht wie ein englischer Kreuzer! Ich will ein paar Handelsjachten chartern und mit meiner eignen schwarzen Polizeimacht und so vielen Weißen hinfahren, wie ich nicht hindern kann, freiwillig mitzukommen. Kein Bombardement von Grashütten! Die Landungstruppen setze ich irgendwo an der Küste an Land und lasse sie Somo von hinten angreifen, und es muß so abgepaßt werden, daß die Schiffe gleichzeitig vor Somo erscheinen.«

»Sie wollen also Mord mit Mord erwidern?« wandte Villa Kennan ein.

»Ich will Mord mit Gesetz erwidern«, antwortete der Kommissar. »Ich will Somo das Gesetz lehren. Ich hoffe, daß nichts dabei passiert und daß kein Menschenleben verlorengeht. Aber das weiß ich, daß ich die Köpfe von Kapitän van Horn und seinem Steuermann kriegen und nach Tulagi bringen werde, damit sie ein christliches Begräbnis erhalten. Ich weiß, daß ich den alten Baschti beim Kragen und ihm den Kopf zurechtsetzen werde, daß er in Zukunft das Gesetz kennt. Selbstverständlich …«

Der Kommissar, ein asketisch aussehender Akademiker, schmalschultrig und schon bejahrt, mit müden Augen hinter den Brillengläsern, zuckte die Achseln. »Selbstverständlich, wenn sie nicht Vernunft annehmen wollen, dann kann es Spektakel geben, und dann kann es unter Umständen auch für sie und uns etwas unangenehm werden. Aber das Ergebnis wird davon jedenfalls nicht berührt. Der alte Baschti soll merken, daß es sich nicht lohnt, weißen Männern die Köpfe zu nehmen.«

»Aber wird er es wirklich merken?« fragte Villa Kennan.

»Wenn er nun so schlau ist, daß er sich nicht mit Ihnen

schlägt, sondern Ihr englisches Gesetz ruhig anhört, dann ist die ganze Geschichte einfach nur ein prachtvoller Witz für ihn. Er muß dann für all die Schändlichkeiten, die er bisher begangen hat, nur eine lange Vorlesung über sich ergehen lassen.«

»Im Gegenteil, meine liebe Frau Kennan. Wenn er meine Belehrung friedlich anhört, werde ich ihn nur eine Buße von hunderttausend Kokosnüssen, fünf Tonnen Steinnüssen, hundert Faden Muschelgeld und zwanzig fetten Schweinen bezahlen lassen. Wenn er es dagegen nicht tut, sehe ich mich, so unangenehm es auch für mich selbst werden kann, genötigt, zuerst ihn und sein Dorf zu verprügeln, ihm dann die dreifache Buße aufzuerlegen und eine noch gründlichere Vorlesung zu halten.«

»Gesetzt aber, daß er sich nicht schlägt, Ihre Vorlesung nicht anhört und nicht bezahlen will?« fuhr Villa fort.

»Dann wird er mein Gast in Tulagi sein, bis er andern Sinnes wird und sowohl bezahlt wie eine ganze Reihe von Vorlesungen anhört.«

So geschah es, daß Jerry aus Villas und Harleys Mund seinen alten Namen wieder hörte und seinen Vollbruder Michael wiedersah.

»Du darfst nichts sagen«, flüsterte Harley Villa zu, als das Walboot sich dem Lande näherte und sie den rauhhaarigen, rötlich-weizenfarbigen Michael über den Bug lugen sahen. »Wir wissen von nichts und lassen uns nicht einmal merken, daß wir ihn beobachten.«

Jerry, dessen Interesse von dem Spiel gefangen war, ein Loch in den Sand zu graben, als wäre er hinter einer frischen Fährte her, hatte keine Ahnung, daß Michael in der Nähe war. Er grub so eifrig, daß er ganz vergaß, daß es nur ein Spiel war, und sein Interesse war sehr lebhaft, als er auf dem Boden des Loches schnüffelte und witterte. Das war so tief, daß nur seine Hinterbeine, das Hinterteil und ein kleiner, intelligenter, aufrecht stehender Schwanzstummel sichtbar waren.

Kein Wunder, daß er und Michael einander nicht sahen. Und Michael, der ein wahres Übermaß an unverbrauchter Lebenskraft besaß, nachdem er sich so lange mit dem engen Platz an Deck der ›Eugénie‹ hatte behelfen müssen, hüpfte und tanzte über den Strand wie ein Wirbelsturm von Begeisterung, witterte die Tausende so wohlbekannter Landgerüche und beschrieb eine äußerst wirre, exzentrische Linie, wobei er kurze, rasche Ausfälle gegen die Kokosnußkrabben machte, die seinen Weg kreuzten, um sich im Wasser in Sicherheit zu bringen, oder sich spitzend aufrichteten und ihn mit ihren furchtbaren Klauen bedrohten.

Der Strand war nicht sehr ausgedehnt. Das Ende bildete ein Vorgebirge, das sich wie eine regellose Mauer erhob, und während der Kommissar Herrn und Frau Kennan Kapitän Kellar vorstellte, kam Michael über den harten feuchten Sand zurückgeschossen. So sehr war er von all dem Neuen in Anspruch genommen, daß er Jerrys kleines Hinterteil, das über den ebenen Strand hinausragte, nicht bemerkte. Jerry hatte indessen gehört, was es gab, er sprang schnell aus dem Loch heraus und stieß im selben Augenblick mit Michael zusammen. Jerry wurde über den Haufen geworfen, Michael fiel auf ihn, und beide brachen in ein wütendes Knurren und Brummen aus. Als sie wieder auf die Füße kamen, standen sie sich mit gesträubten Haaren und zähnefletschend gegenüber, dann stolzierten sie auf steifen Beinen stattlich und würdig in drohenden Halbkreisen umeinander herum.

Aber das war alles nur Spiel, in Wirklichkeit waren sie beide nicht wenig verlegen. Denn in beiden Köpfen erschienen die ganz deutlichen Bilder von dem Plantagenhause, der Einzäunung und dem Strand von Meringe. Sie wußten es, aber sie hatten keine rechte Lust, sich einander zu erkennen zu geben. Sie waren keine jungen Hündchen mehr, es beseelte sie jetzt das unklare Gefühl eines Stolzes und einer Würde, die die Reife ihnen verlieh, und sie bemühten sich aus aller Macht, stolz und würdig zu sein und dem Drange zu widerstehen, in wahnsinniger Begeisterung aufeinander loszustürzen.

Michael war es, der, weniger weit gereist als Jerry und von Natur minder beherrscht, plötzlich diese ganze angenommene Würde schießen ließ und mit gellendem Freudengeheul und entzückten Körperverdrehungen als Zeichen seiner Wiedersehensfreude die Zunge ausstreckte und gleichzeitig in seinem Eifer, seinem Bruder so nahe wie möglich zu kommen, heftig gegen ihn anstieß.

Jerry antwortete ebenso eifrig mit Zunge und Schulterstoß; dann sprangen beide zurück und betrachteten sich wachsam und fragend, beinahe herausfordernd, wobei Jerry die Ohren spitzte, daß sie lebendigen Fragezeichen glichen, und Michaels gesundes Ohr ebenfalls fragend in die Höhe stand, während sein welkes Ohr das gewöhnliche verknüllte, hängende Aussehen bewahrte. Wie auf Verabredung begannen sie plötzlich in wilder Flucht, Seite an Seite und sich zulachend, den Strand entlangzuschießen und stießen hin und wieder im Laufen mit den Schultern zusammen.

»Kein Zweifel«, sagte der Kommissar. »Ganz wie ihre Eltern! Ich habe sie oft laufen gesehen.«

Aber nach zehntägigem kameradschaftlichem Beisammensein kam der Abschied. Es war Michaels erster Besuch auf der ›Ariel‹; er hatte mit Jerry eine frohe halbe Stunde auf dem weißen Deck verbracht, während man die Boote unter Lärm und Unruhe einholte, Segel setzte und den Anker lichtete. Als die ›Ariel‹ sich durch das Wasser zu bewegen begann und in dem frischen Passat überlegte, drückten der Kommissar und Kapitän Kellar den Fortziehenden die Hände und kletterten eilig über das Fallreep in ihre wartenden Walboote. Im letzten Augenblick ergriff Kapitän Kellar Michael, nahm ihn unter den Arm und setzte sich mit ihm in den Stern des Bootes. Die Vertäuungen wurden losgeworfen, und im Stern jedes Bootes stand ein einzelner weißer Mann, nach dem Gebote der Höflichkeit mit ent-

blößtem Haupt, in der brennenden Tropensonne und winkte ein letztes Lebewohl. Und Michael, den die allgemeine
Aufregung ansteckte, bellte und bellte immer wieder, als
würde ein Fest der Götter gefeiert.

»Sag deinem Bruder Lebewohl, Jerry«, flüsterte Villa
Kennan Jerry zu, den sie auf die Reling gehoben hatte, wo
sie ihn, seine zitternden Flanken zwischen ihren beiden
Händen, hielt. Und Jerry verstand zwar nicht, was sie sagte, aber er beantwortete, unter widerstrebenden Gefühlen,
ihre Worte, indem er seinen Körper wand und drehte,
schnell den Kopf zurückwarf und liebkosend die rote Zunge ausstreckte, im nächsten Augenblick den Kopf über die
Reling streckte und dem schnell verschwindenden Michael
nachblickte, während er laut seinem Kummer und seiner
Klage Ausdruck verlieh, fast wie seine Mutter Biddy es getan, als er damals vor langer Zeit mit Schiffer Meringe verlassen hatte.

Denn Jerry hatte erfahren, was Trennung bedeutet, und
dies war zweifellos eine Trennung, zumal er sich wenig
träumen ließ, daß er nach Jahren auf der andern Seite des
Erdballs Michael in einem Märchental des fernen Kalifornien wiedertreffen sollte, wo ihnen bestimmt war, den Rest
ihrer Tage zu verleben, geliebt und verhätschelt von den
Göttern, die sie selbst so heiß liebten.

Michael, der mit den Vorderfüßen auf dem Bootsrand stand,
bellte ihn verwirrt und fragend an, und Jerry antwortete ihm
winselnd, ohne sich ihm verständlich machen zu können.
Der weibliche Gott preßte ihm beruhigend die Hände gegen
die Flanken, und er wandte sich zu ihr um und berührte mit
seiner kühlen Schnauze fragend ihre Wange. Sie legte den
einen Arm um ihn und preßte ihn an sich, während ihre freie
Hand halb geschlossen wie eine weiße Blüte auf der Reling
ruhte. Jerry tastete mit der Schnauze. Die geöffnete Hand
war zu verlockend. Mit kleinen Rucken schob er die Finger
ein klein wenig auseinander, und dann schlüpfte seine
Schnauze in seliger Wonne in die Hand.

Er wurde ruhig, seine goldene Schnauze lag in ihrer weichen Hand, und er war ganz still in völligem Selbstvergessen, ohne auf die ›Ariel‹, die unter dem Druck des Windes ihren Kupferbeschlag zeigte, oder auf Michael zu achten, der, ebenso wie das zurückbleibende Walboot, in der Ferne immer kleiner wurde. Nicht weniger still war Villa. Beide spielten das alte Spiel, obgleich es für sie neu war. Solange Jerry sich einigermaßen zügeln konnte, blieb er ganz still sitzen. Dann aber überwältigte ihn seine Liebe, und er schnaufte ebenso heftig, wie er es in längst verschwundenen Zeiten in Schiffers Hand auf der ›Arangi‹ getan. Und wie Schiffer dann in ein heiteres, liebevolles Lachen ausgebrochen war, lachte auch der weibliche Gott jetzt. Ihre Finger schlossen sich zärtlich und fest um seine Schnauze, daß es fast schmerzte. Ihre andre Hand preßte ihn an sich, daß er nach Luft schnappte. Und dabei wedelte er die ganze Zeit lustig mit seinem Schwanzstummel, und als er aus dieser seligen Gefangenschaft entkam, legte er die seidenweichen Ohren ganz zurück, leckte ihre Wangen mit seiner scharlachroten Zunge, packte dann ihre Hand mit seinen Zähnen und biß zu, zärtlich, daß er ihr nichts tat, wenn der Biß auch Eindrücke in der weichen Haut hinterließ.

Und so verschwand Tulagi für Jerry, verschwand der Bungalow des Kommissars auf dem Gipfel des Hügels, verschwanden die Schiffe, die im Hafen ankerten, verschwand Michael, sein Bruder. Er war solches Verschwinden gewohnt geworden. Ebenso waren, wie Traumbilder, Meringe, Somo und die ›Arangi‹ verschwunden. Ebenso waren alle Welten und Häfen und Reeden und Lagunen verschwunden, wo die ›Ariel‹ den Anker gelichtet hatte und weitergesegelt war über den alles verlöschenden Horizont hinaus.

Michael
der Bruder Jerrys

Michael sollte Tulagi nicht als Niggerjäger an Bord der ›Eugénie‹ verlassen. Alle fünf Wochen einmal lief der Dampfer ›Makambo‹, auf der Fahrt von Neuguinea und dem Archipel nach Australien, den Hafen von Tulagi an. Und als Kapitän Kellar sich eines Abends verspätet hatte, vergaß er Michael an Land. Das hätte nun an und für sich nicht soviel bedeutet, denn um Mitternacht kam Kapitän Kellar wieder und kletterte selbst das Steilufer zum Bungalow des Kommissars hinauf, während die Schiffsbesatzung vergeblich die Umgebung und die Kanuhäuser durchsuchte.

Michael war jedoch eine Stunde vorher durch eine Steuerbordstückpforte an Bord gekommen, gerade als die ›Makambo‹ die Anker lichtete, während Kapitän Kellar über die Laufplanke an Land ging. Das kam daher, daß Michael die Welt noch nicht kannte und daß er erwartete, Jerry an Bord dieses Schiffes zu treffen, da er ihn zuletzt an Bord eines Schiffes gesehen hatte, und es kam auch daher, daß er einen Freund gefunden hatte.

Dag Daughtry war Steward auf der ›Makambo‹, und er hätte es besser gewußt und hätte auch besser gehandelt, wäre er nicht von seinem eigenen besonderen Rufe erfüllt gewesen. Mit einem lebensfrohen, aber schwachen Charakter geboren, hatte er nämlich den Ruf erlangt, in den letzten zwanzig Jahren nichts gescheut zu haben, weder seine tägliche Arbeit noch seine täglichen sechs Liter Flaschenbier, und das nicht einmal, wie er stolz behauptete, auf den deutschen Inseln, wo jede Flasche Bier ein halbes

Gramm Chininlösung als Gegengift gegen die Malaria enthielt.

Der Kapitän der ›Makambo‹, wie vor ihm die Kapitäne der ›Moresby‹, der ›Masena‹, der ›Sir Edward Grace‹ und verschiedener anderer, auf ebenso merkwürdige Namen getaufter Dampfer der Burns Philp Company, pflegte ihn den Passagieren mit Stolz als einen in den Annalen der Schifffahrt ungewöhnlichen und einzig dastehenden Fall zu zeigen.Und bei derartigen Gelegenheiten warf Dag Daughtry, während er unten auf dem Verdeck unverdrossen seine Arbeit tat, verstohlene Seitenblicke auf die Brücke, von wo der Kapitän und sein Passagier auf ihn herabsahen, und dann schwoll seine Brust vor Stolz, weil er wußte, daß der Kapitän sagte: »Sehen Sie den dort, das ist Dag Daughtry, der menschliche Tank. Er ist zwanzig Jahre nie betrunken oder nüchtern gewesen und hat jeden Tag seine sechs Liter Bier gekriegt. Sie werden es vielleicht kaum glauben, wenn Sie ihn sehen. Aber ich versichere Ihnen, daß es stimmt. Ich verstehe es nicht, aber ich bewundere ihn. Tut stets seine Arbeit, ja, mehr als das, doppelte Arbeit. Ich versichere Ihnen, mir würde schlecht von nur einem einzigen Glas Bier; es würde mir den Appetit auf die nächste Mahlzeit verderben. Aber er gedeiht dabei. Sehen Sie ihn an! Sehen Sie ihn anl«

Dag Daughtry, der die Lobreden seines Kapitäns kannte, pflegte dann, schwellend vor Stolz über seine eigenartige Begabung, seine Arbeit mit noch größerer Energie fortzusetzen und sich nach dem siebenten Liter des Tages umzusehen, um einen weiteren Beweis für seine ungewöhnliche Konstitution zu liefern. Es war eine merkwürdige Art Ruhm, aber nicht merkwürdiger als der mancher anderer Leute. Dag Daughtry fand jedenfalls in diesem Ruhm seine Existenzberechtigung.

Er setzte deshalb seine ganze Energie und seine ganze Seele dafür ein, seinen Ruf als Sechs-Liter-Mann zu bewahren. Daher verfertigte er in seiner Freizeit Schildpattkämme und Haarschmuck zum Verkauf und ging auch einer Bagatelle nicht aus dem Wege, wie z. B. der, einem anderen Mann seinen Hund zu stehlen. Irgend jemand mußte ja für die sechs Liter bezahlen, die, mit dreißig multipliziert, ein hübsches Sümmchen monatlich ergaben, und da dieser Jemand Dag Daughtry war, hatte er es für nötig gehalten, Michael durch eine Steuerbordstückpforte an Bord der ›Makambo‹ zu schmuggeln.

Am Strande von Tulagi war Michael nachts, als er vergebens darüber nachdachte, was aus dem Walboot geworden war, dem untersetzten, dicken, grauhaarigen Schiffssteward begegnet. Die Freundschaft zwischen ihnen wurde fast augenblicklich geschlossen, denn Michael hatte sich aus einem lebhaften Welpen zu einem lebhaften Hunde entwickelt. Ohne sich auch nur im entferntesten mit Jerry messen zu können, war er ein umgänglicher, braver Bursche, und das trotz der Tatsache, daß er sehr wenige weiße Männer gekannt hatte. Die ersten waren Herr Haggin, Derby und Bob in Meringe gewesen; dann Kapitän Kellar und Kapitän Kellars Steuermann auf der ›Eugénie‹, und schließlich Harley Kennan und die Offiziere auf der ›Ariel‹. Ausnahmslos hatte er sie alle verschieden, und zudem prachtvoll verschieden, von den schwarzen Gestalten gefunden, die er seiner Erziehung gemäß verachtete und als deren Herr er sich fühlte. Und Dag Daughtry hatte keine Ausnahme gemacht, als er ihn das erstemal mit einem »Hallo, du Hund eines weißen Mannes, was machst du hier im Niggerland?« begrüßte. Michael hatte verschämt mit angenommener würdevoller Zurückhaltung wiedergegrüßt, der jedoch das eifrige Spitzen seiner Ohren und die aus seinen Augen leuchtende Freundlichkeit widersprachen. Nichts davon entging der Aufmerksamkeit Dag Daughtrys – er verstand einen Hund abzuschätzen, wenn er ihn ansah –, und er betrachtete Michael genau beim Schein der Laternen, mit denen die Schwarzen am Löschplatz der Walboote standen. Zweierlei bemerkte der Steward gleich an Michael: er war

238

ein gutmütiger Hund mit einem liebenswürdigen Ausdruck, und er war ein wertvoller Hund. Als Dag Daughtry diese Entdeckung gemacht hatte, sah er sich schnell um. Niemand beobachtete ihn. Augenblicklich waren nur Schwarze in der Nähe, und deren Augen richteten sich auf das Wasser, wo das Geräusch von Riemen aus dem Dunkel kam und ihnen das Zeichen gab, daß sie sich bereit halten sollten, um das nächste beladene Boot zu empfangen. Etwas weiter rechts konnte er unter einer anderen Laterne den Bevollmächtigten des residierenden Kommissars und den Superkargo der ›Makambo‹ in eifriger Diskussion über irgendeinen Fehler im Konnossement erkennen.

Der Steward warf noch einen schnellen Blick auf Michael und faßte dann seinen Entschluß. Wie zufällig ging er weiter und schlenderte den Strand entlang, bis er aus dem Bereich des Laternenscheins kam. Ein paar hundert Meter weiter setzte er sich in den Sand und wartete.

»Mindestens zwanzig Pfund wert«, murmelte er vor sich hin. »Wenn ich nicht zehn Pfund oder so und noch ein Dankeschön dazu für ihn kriege, dann bin ich ein Wickelkind, das einen Terrier nicht von einem Windhund unterscheiden kann. – Zehn Pfund, bestimmt, in jeder Kneipe im Sydneyer Hafen.«

Und zehn Pfund erzeugten, in Bierflaschen umgesetzt, in seinem Kopfe eine mächtige, strahlende Vision, die fast einer ganzen Brauerei glich.

Füßescharren im Sande und ein leises Schnaufen rüttelten ihn wach. Es ging, wie er gehofft. Der Hund hatte gleich Gefallen an ihm gefunden und war ihm gefolgt.

Dag Daughtry hatte nämlich eine besondere Art, was Michael bald heraushatte, als der Mann die Hand ausstreckte und ihm halb um den Kiefer, halb in die Halsgrube unter dem Ohr griff. In diesem Griff lag keine Drohung, kein Tasten, keine Angst. Er war herzlich, durch und durch vertrauensvoll, was wiederum Michael Vertrauen einflößte. Er war derb, aber gut gemeint, fest, aber ohne Drohung, beruhigend, ohne schmeichlerisch zu sein. Für Michael war es das Natürlichste von der Welt, auf diese vertrauliche Art und Weise von einem völlig Fremden gepackt und geschüttelt zu werden, während eine joviale Stimme murmelte: »So ist's recht, Hundchen. Komm nur mit, du wirst vielleicht noch einmal mit Gold aufgewogen werden.«

Michael war noch nie einem Manne begegnet, der ihm so unmittelbar gefallen hatte. Dag Daughtry verstand zweifellos ganz instinktiv, Hunde zu behandeln. Von Natur aus war keine Grausamkeit in ihm. Er ging nie zu weit, weder in Festigkeit noch in Zärtlichkeit. Er bemühte sich nicht allzusehr um Michaels Wohlwollen; ein wenig tat er es vielleicht, aber nicht zu offensichtlich. Kaum hatte er Michael zur Einleitung die Schnauze geschüttelt, als er ihn auch schon wieder losließ und augenscheinlich ganz vergaß. Er machte sich daran, seine Pfeife anzustecken, und brauchte dazu verschiedene Streichhölzer, da der Wind sie immer wieder ausblies. Während sie ihm aber bis auf die Finger herabbrannten und er tat, als paffte er tüchtig, betrachteten seine scharfen, kleinen blauen Augen unter den borstigen grauen Brauen Michael gespannt. Und Michael starrte mit gespitzten Ohren und Augen diesen Fremden an, der ihm schließlich, wie ihm schien, nie ein Fremder gewesen war.

Michael fühlte sich fast enttäuscht, daß dieser freundliche zweibeinige Gott ihn nicht mehr beachtete. Er forderte ihn denn auch zu näherer Bekanntschaft heraus, indem er mit einer plötzlichen Bewegung seine ausgestreckten Pfoten vom Boden hob und niederschlug, während der Körper von der Rute in einem Bogen abwärts ging, daß seine Brust fast den Sand berührte. Und während sein Schwanzstummel, als Zeichen seiner freundschaftlichen Gesinnung, eifrig wedelte, stieß er ein scharfes, herausforderndes Bellen aus. Aber der Mann zeigte kein Interesse, paffte nur in dem Dunkel, das auf das dritte Streichholz folgte, träumerisch seine Pfeife.

Nie war jemandem wohlüberlegter und mit gemeineren Absichten der Hof gemacht worden als Michael seitens dieses ältlichen Sechs-Liter-Stewards. Als Michael, dem es nicht ganz an Verständnis für die Zurechtweisung fehlte, die hinter dem Mangel an Interesse des Mannes lag, als Michael sich unruhig bewegte und sich zu entfernen drohte, wurde ihm ein barsches »Also, komm mit, komm mit!« hingeworfen.

Dag Daughtry triumphierte innerlich, als Michael sich näherte und lange und eifrig an seinem Hosenbein schnüffelte. Er benutzte die Gelegenheit, um ihn genauer zu untersuchen, und ließ, während er sich die Pfeife ansteckte, seinen Blick über den prachtvollen Bau des Hundes schweifen.

»Was für ein Hund, was für eine Rasse!« sagte er laut und beifällig. »Weißt du, Hund, du würdest auf jeder Hundeausstellung prämiiert werden. Der einzige Fehler, den du hast, ist das Ohr, aber das kann ich wohl selber absteifen. Ein Tierarzt kann es jedenfalls.«

Er berührte mit der Hand nachlässig Michaels Ohr und begann mit den Fingerspitzen, die von fühlbarer Teilnahme beseelt waren, den Ansatz, wo das Ohr in die straffe Schädelhaut überging, zu bearbeiten. Und das gefiel Michael. Noch nie war die Hand eines Mannes seinem Ohr so nahe gewesen, ohne ihm weh zu tun. Diese Finger riefen ein so kräftiges körperliches Wohlbefinden hervor, daß er seinen ganzen Körper zum Dank drehte und wand. Die nächste Bewegung war ein langer, fester Zug am Ohr nach oben, das langsam bis zur äußersten Spitze durch die Finger glitt, während ein feines Kribbeln ganz in der Ohrwurzel zu spüren war. Diese Behandlung wurde bald dem einen, bald dem anderen Ohre zuteil, und unterdessen murmelte der Mann Worte, die Michael zwar nicht verstand, von denen er jedoch wußte, daß sie an ihn gerichtet waren.

»Dem Kopf fehlt nichts, der ist gut und wie er sein soll«, meinte Dag Daughtry, indem er zuerst seine Finger darüber hingleiten ließ und dann ein Streichholz anzündete. »Keine Runzeln, ein guter, kräftiger Kiefer und die Backen nicht im geringsten zu dick oder zu hohl.«

Er ließ seine Finger in Michaels Maul gleiten und bemerkte die starken, regelmäßigen Zähne, maß Schulterbreite und Brusttiefe. Hob eine Pfote hoch. Beim Schein eines neuen Streichholzes untersuchte er alle vier Pfoten.

»Schwarz, alle schwarz, jede Kralle«, sagteDaughtry, »und so hübsche Pfoten, wie je ein Hund besessen, gerade Zehen, nur so viel gebogen, wie sie sollen, und klein, aber nicht zu klein. Ich möchte wetten, daß deine Eltern viele Prämien heimgebracht haben.«

Bei dieser eingehenden Besichtigung begann Michael unruhig zu werden. Plötzlich aber hielt Daughtry mitten in der Untersuchung von Form und Bau der Schenkel und Flechsen inne, faßte mit seinen gewandten Fingern Michaels Rute, betastete die Muskeln an der Rutenwurzel, preßte und drückte das angrenzende Rückgrat, dem die Rute entsprang, und bog es auf die zudringlichste und vertraulichste Art und Weise. Und Michael war begeistert und stemmte bald den einen, bald den anderen Hinterbacken gegen die kosenden Finger. Die flachen Hände halb um die Flanken des Hundes, halb unter seinem Bauche, hob Daughtry ihn plötzlich vom Boden auf. Ehe der Hund aber Zeit hatte, ängstlich zu werden, stand er wieder.

»Sechsundzwanzig oder siebenundzwanzig – du wiegst jetzt schon über fünfundzwanzig Pfund, darauf will ich jede Wette eingehen, und mit deinem vollen Gewicht wirst du auf dreißig kommen«, erzählte ihm Dag Daughtry. »Aber was macht das? Viele Sachverständige legen gerade Wert auf ein Gewicht von dreißig Pfund. Und wenn es sein muß, kannst du dir immer ein paar Gramm herunterlaufen. Du bist ein erstklassiger Hund und gerade so, wie du sein sollst. Bau und Gewicht stimmen, und deine Beine sind tadellos. Nein, verehrter Herr Hund, dein Gewicht ist gut, und das Ohr kann von dem ersten besten Hundedoktor in Ordnung gebracht werden. Ich wette, daß es in diesem heiligen Augenblick Hunderte von Menschen in Sydney gibt, die zwanzig Pfund bar auf den Tisch legen würden, um dich ihr eigen nennen zu können.«

Damit Michael sich aber nicht einbildete, daß man zuviel mit ihm hermachte, lehnte Daughtry sich plötzlich zurück, zündete sich wieder seine Pfeife an und vergaß die Anwesenheit des Hundes offenbar ganz. Statt selbst um Freundschaft zu betteln, beschloß er, Michael dies tun zu lassen.

Und Michael tat es, stieß seine Flanken gegen Daughtrys Knie, rieb seinen Kopf an Daughtrys Hand, als eine Art Bitte, die beseligende Ohrenmassage und Schwanzgymnastik fortzusetzen. Statt dessen packte Daughtry ihn um die Schnauze und schob ihm, während er mit ihm redete, den Kopf langsam vor und zurück.

»Wem gehörst du? Vielleicht einem Nigger, aber das ist ja Unsinn. Vielleicht hat dich irgendein Nigger gestohlen, aber das wäre Sünde und Schande. Denk nur, welch grausames Schicksal einem Hunde begegnen kann! Es ist eine verfluchte Schande. Kein Weißer würde es sich gefallen lassen, daß ein Nigger einen Hund wie dich hat. Hier jedenfalls ist ein weißer Mann, der es sich nicht gefallen lassen will. Soll ein Nigger dich besitzen, ohne zu ahnen, wie er dich erziehen soll? Natürlich hat dich ein Nigger gestohlen. Wenn ich ihn in diesem Augenblick erwischen könnte, würde ich ihn zum Leierkastenmann prügeln. Das kannst du mir glauben. Du brauchst ihn mir nur zu zeigen, dann wirst du sehen, was ich mit ihm tue. Sollst du einem Nigger gehorchen und apportieren? Nein, verehrter Herr Hund, das wirst du nicht mehr tun. Du wirst mich begleiten, und ich glaube nicht, daß ich dich erst lange darum bitten muß.«

Dag Daughtry stand auf und schlenderte gleichgültig den Strand entlang. Michael sah ihm nach, folgte ihm aber nicht. Er wollte furchtbar gern, hatte aber keine Aufforderung dazu erhalten. Schließlich brachte Daughtry einen leisen, kosenden Laut mit den Lippen hervor. Dieser Laut war so gedämpft, daß er ihn selber kaum hören konnte, da er aber die Lippen bewegt hatte, verließ er sich darauf, daß er ihn hervorgebracht hatte. Kein Mensch hätte ihn in der Entfernung hören können. Michael aber hörte ihn und sprang dem Manne in weiten, begeisterten Sprüngen nach.

Dag Daughtry schlenderte den Strand entlang, und Michael trottete ihm auf den Fersen nach oder tanzte vor Freude im Kreis herum, sobald der merkwürdige, leise Lippenlaut wiederholt wurde. Der Mann blieb vor dem kreisförmigen Lichtschein der Laternen stehen, in dem dunkle Gestalten die Ladung des Walbootes löschten und der Bevollmächtigte des Kommissars sich immer noch mit dem Superkargo der ›Makambo‹ über das Konnossement stritt. Als Michael weitergehen wollte, hielt Daughtry ihn mit demselben fast unhörbaren Lippenlaut zurück.

Daughtry machte sich nämlich nichts daraus, bei einer solchen Hundediebstahlexpedition gesehen zu werden, er dachte vielmehr daran, wie er ungesehen an Bord kommen könnte. Er bog seitwärts ab und ging um den Lichtschein herum den Strand entlang nach dem Negerdorf. Wie vorausgesehen, waren alle arbeitsfähigen Männer am Landungsplatz, um zu löschen. Die Grashütten schienen ausgestorben, schließlich aber ertönte aus einer von ihnen in jammerndem, greisenhaftem Falsetton ein Ruf.

»Was Name?«

»Mich gehen herum viel zuviel«, antwortete Daughtry in dem Trepang-Englisch, das auf den westlichen Südseeinseln gesprochen wird. »Mich gehören zu Dampfer. Wenn du mich nehmen in Kanu und washee-washee (tüchtig rudern), mich geben dich fella Nigger zwei Stück Tabak.«

»Glaube, du mich geben zehn Stück stimmt bei mich«, lautete die Antwort.

»Mich geben fünf Stück«, feilschte der Sechs-Liter-Steward. »Wenn du nicht wollen fünf Stück, dann du fella Nigger gehen zur Hölle sehr gleich.« Eine Pause trat ein.

»Du wollen fünf Stück?« fragte Daughtry eindringlich ins Dunkel hinein.

»Mich wollen«, antwortete es aus dem Dunkel, und aus dem

244

Dunkel näherte sich das Wesen, dem die Stimme gehörte, mit so merkwürdigen Geräuschen, daß der Steward ein Streichholz anstrich, um sehen zu können.

Ein triefäugiger alter Mann stand, auf einer Krücke balancierend, vor ihm. Seine Augen waren halb von einer krankhaften Hautwucherung überzogen, und was noch nicht verdeckt war, leuchtete rot und entzündet. Sein Haar war räudig und starrte fleckenweise in grauen Büscheln, seine Haut war zernarbt, runzlig und marmoriert, die Farbe blaurot, mit einem grauen Überzug versehen, der fast aussah, als wäre er angestrichen, wenn es nicht unzweifelhaft gewesen wäre, daß er auf ihm wuchs und organisch zu ihm gehörte. ›Ein armer Aussätziger‹, dachte Daughtry, während er einen schnellen Blick von den Händen zu den Füßen gleiten ließ, um möglicherweise das Fehlen von Zehen und Fingergliedern zu entdecken. Aber in dieser Beziehung war der Alte intakt, wenn das eine Bein auch nur bis zur Mitte zwischen Knie und Schenkel reichte.

»Mein Wort! Was Platz bleiben das fella Bein«, sagte Daughtry und zeigte auf den Raum, den das Bein ausgefüllt hätte, wäre es nicht verschwunden gewesen.

»Groß fella Haifisch, das fella Bein bleiben bei ihm«, antwortete der Alte grinsend und zeigte dabei ein scheußliches, zahnloses Loch von Mund.

»Mich alt fella jetzt zuviel«, sagte der einbeinige Methusalem zitternd. »Lang Zeit so viel nicht rauchen Tabak. Wenn du groß fella weiß Herr geben mich ein fella Stück, sehr gleich mich washee-washee dich zu fella Dampfer.«

»Und wenn mich nicht geben?« sagte der Steward ungeduldig, um so billig wie möglich davonzukommen.

Statt einer Antwort machte der alte Mann halb kehrt und begann, seinen Beinstumpf in der Luft schwingend, auf der Krücke seitwärts in die Grashütte zu humpeln.

»Schon gut«, rief Daughtry schnell. »Mich geben dich Tabak schnell fella.«

Er suchte in einer Seitentasche nach diesem Zahlungsmit-

tel der Salomoninseln und riß von einer Handvoll gepreß-
ter Stücke eines los. Der alte Mann, der gierig nach dem
Stück griff, war wie verwandelt. Er stieß abwechselnd kleine summende Laute und scharfe wie Schmerzgewimmer
klingende Schreie aus, während er entzückt und mürrisch
zugleich eine schwarze Tonpfeife aus einem Loch in seinem
Ohrläppchen zog, mit zitternden Fingern die billigen Blätter des verdorbenen Virginiatabaks hineintat und den Pfei-
fenkopf stopfte. Nachdem er den Inhalt des gefüllten Pfei-
fenkopfes mit dem Daumen niedergedrückt hatte, ließ er
sich plötzlich, die Krücken neben und das eine Bein unter
sich, zu Boden fallen, so daß er einem beinlosen Torso
glich. Aus einem kleinen, aus Kokosfasern geflochtenen
Beutel, der von seinem Hals auf die welke, eingefallene
Brust herabhing, zog er Feuerstein, Stahl und Zunder und
schlug, gerade als der ungeduldige Steward ihm eine
Schachtel Streichhölzer anbot, einen Funken, fing ihn mit
dem Zunder auf, entfachte ihn durch Blasen und steckte
sich seine Pfeife damit an.

Nach dem ersten vollen Zuge hörte sein Jammern und
Kläffen auf, die Aufregung legte sich, und Daughtry, der
wartend dastand, sah mit Befriedigung, wie seine Hände zu
zittern und die hängenden Lippen zu beben aufhörten der
Speichel nicht mehr aus den Mundwinkeln floß und ein
Schimmer von Ruhe und Zufriedenheit in die traurigen
Reste seiner Augen trat. Welche Visionen der alte Mann in
der Stille, die sich über ihn gesenkt hatte, sah, versuchte
Daughtry nicht zu erraten. Er war zu sehr von seiner eigenen Vision in Anspruch genommen, denn er sah klar und
deutlich vor sich die schmutzige Höhle eines Armenhauses,
in der ein alter Mann, sehr ähnlich dem, was er selbst einmal werden würde, jammerte, lallte und sabberte, um eine
Krume Tabak für seine alte Tonpfeife zu bekommen, und
wo es, um allen Schrecken die Krone aufzusetzen, nicht
möglich war, einen Schluck Bier, geschweige denn sechs
Liter zu erhalten.

Michael aber, der beim matten Schein der glimmenden Pfeife Zeuge der Szene zwischen den zwei alten Männern war, von denen der eine im Dunkeln zusammenkroch, während der andere aufrecht dastand, ahnte nichts von der Tragödie des Alters, sondern war ausschließlich von der unermeßlichen Anziehungskraft erfüllt, die von diesem zweibeinigen weißen Gott ausstrahlte, der nur durch die Berührung seiner zauberhaften Finger mit Michaels Ohren, Rute und Rückgrat sein Herz gewonnen hatte.

Als die Tonpfeife ganz ausgeraucht war, erhob sich der alte Neger mit Hilfe seiner Krücke mit verblüffender Schnelligkeit auf das eine Bein und humpelte lächerlich hüpfend zum Strande. Daughtry mußte alle Kraft aufbieten, um das zerbrechliche Kanu aus der Felskluft ins Wasser zu schaffen. Das Kanu war ebenso alt und hinfällig wie sein Besitzer, und um ohne zu kentern hineinzukommen, mußte Daughtry sich dareinfinden, daß ihm das eine Bein bis über den Knöchel und das andere fast bis zum Knie durchnäßt wurde. Der alte Mann wand sich an Bord, indem er seinen Körper mit solcher Eile über den Rand wälzte, daß sein Gewicht gerade in dem Augenblick, als das Kanu kentern wollte, drüben war, die Gefahr abwehrte und das Kanu ausbalancierte.

Michael blieb auf dem Strande und wartete auf eine Aufforderung, mitzukommen. Er hatte zwar noch keinen Entschluß gefaßt, war aber so weit, daß nur noch eines erforderlich war: dieser merkwürdige Lippenlaut. Dag Daughtry machte den Lippenlaut so schwach, daß der alte Mann ihn nicht hörte. Michael aber sprang vom Strand geradewegs ins Kanu, ohne sich auch nur die Pfoten zu benetzen. Daughtrys Schulter als Trittbrett benutzend, sprang er über ihn hinweg auf den Boden des Kanus. Daughtry machte wieder den Kußlaut mit den Lippen, und Michael wandte sich um, so daß er ihm ins Gesicht sehen konnte, setzte sich nieder und legte seinen Kopf auf die Knie des Stewards. »Ich glaube, ich könnte auf einen ganzen Stapel

Bibeln schwören, daß du mir von selbst gefolgt bist«, grinste er Michael ins Ohr. »Washee-washee schnell fella«, kommandierte er.

Der Alte senkte gehorsam seine Paddel ins Wasser und begann einen unregelmäßigen Kurs in der Richtung des Lichthaufens zu nehmen, der den Platz der ›Makambo‹ bezeichnete. Aber er war zu schwach, schnaufte und stöhnte in einem fort vor Anstrengung und hielt zwischen den Paddelschlägen inne, um auszuruhen. Ungeduldig nahm ihm der Steward die Paddel fort und begann selbst zu rudern. Als sie den Dampfer halbwegs erreicht hatten, hörte der Alte mit seinem Schnaufen auf und begann zu sprechen, während er kopfnickend auf Michael wies.

»Das fella Hund ihn gehören groß fella weiß Herr auf Schoner … du geben mich zehn Stück Tabak«, fügte er nach einer passenden Pause hinzu, um die Nachricht erst richtig wirken zu lassen.

»Ich geben dir bang auf Kopf«, versicherte Daughtry ihm heiter. »Weißer Herr auf Schoner guter Freund von mir sehr viel. Gerade jetzt er sein auf ›Makambo‹. Mich nehmen Hund zu ihm auf ›Makambo‹.«

Die Unterhaltung wurde von dem Alten nicht fortgesetzt, und obwohl er noch viele Jahre lebte, erwähnte er nie den nächtlichen Passagier im Kanu, der Michael mitgenommen hatte. Als er später in der Nacht die Verwirrung und den Aufruhr am Strande sah und hörte – Kapitän Kellar stellte bei seiner Suche nach Michael ganz Tulagi auf den Kopf –, verharrte der Alte in diskreter Schweigsamkeit. Warum sollte er sich hineinmischen in den Streit zwischen den Fremden, den weißen Herren, die kamen und gingen, schalteten und walteten, wie sie wollten.

In diesem Punkt verhielt sich der Alte keineswegs anders als die dunkelhäutige melanesische Rasse sonst. Die Weißen hatten unglaubliche, undenkbare Gewohnheiten und Einfälle. Sie bildeten eine andere Welt, traten als höhere Wesen in einem Schauspiel auf erhöhter Bühne auf, wo es keine Wirklichkeit gab, jedenfalls keine wie die, welche die schwarzen Männer kannten, wo sich aber die weißen Männer wie Traumbilder, wie auf den unermeßlichen, geheimnisvollen Teppich des Universums geworfene Schatten bewegten.

Da das Fallreep sich an Backbord befand, paddelte Daughtry nach Steuerbord und hielt das Kanu unter einer bestimmten Stückpforte an.

»Kwaque«, rief er leise, erst einmal und dann noch einmal. Nach dem zweiten Rufe verdunkelte sich das Licht in der Stückpforte, offenbar durch einen Kopf, der in dünnem pfeifendem Ton sagte: »Mich hier, Herr.«

»Ein fella Hund bleiben bei dir«, flüsterte der Steward. »Halt Tür geschlossen. Du warten auf mich. Paß auf! Jetzt!« Mit einem schnellen Griff packte er Michael, reichte ihn den unsichtbaren Händen, die sich ihm vom Schiff entgegenstreckten, und paddelte nach vorn zu einer offenen Ladepforte. Er griff in seine Tabaktasche, steckte dem Alten ein Päckchen in die Hand und stieß das Kanu ab, ohne weiter darüber nachzudenken, ob der hilflose Insasse je an Land kommen würde.

Der alte Mann berührte die Paddel nicht und bemerkte nicht die hohen Seiten des Dampfers, während das Kanu an ihnen vorbeiglitt und achteraus ins Dunkel trieb. Er war zu sehr damit beschäftigt, den Reichtum an Tabak zu zählen, der auf ihn herabgeregnet war. Sein Zählen war ein schwieriges Stück Arbeit. Fünf war die letzte Zahl, die er kannte. Als er bis fünf gezählt hatte, begann er wieder von vorn und zählte zweimal bis fünf. Alles in allem bekam er dabei dreimal fünf und noch zwei Stück dazu heraus; als er aber soweit war, wußte er über die Zahl der Stücke ebenso genau Bescheid, wie ein weißer Mann es mit Hilfe der einen Zahl siebzehn getan hätte. Das war mehr, weit mehr, als er in seiner Gier verlangt hatte. Und doch war er nicht überrascht. Nichts, was weiße Männer taten, konnte ihn überraschen.

Paddelnd, schnaufend, sich ausruhend und die Schattenwelt des weißen Mannes vergessend, legte der alte Schwarze langsam den Weg zum Lande zurück; er kannte nur die Wirklichkeit des Tulagiberges, der seine finsteren Zinnen in den matten Strahlenglanz des perlenübersäten Himmels reckte; nur die Wirklichkeit der See und des Kanus, das er so schwach über das Meer trieb, und die Wirklichkeit des Todes, in dessen Armen er mit seiner erlöschenden Lebenskraft sicher bald endete.

Und Michael? Nachdem er durch die Luft gehoben und unsichtbaren Händen übergeben worden war, die ihn durch eine enge, runde, in Messing eingefaßte Öffnung in einen erleuchteten Raum zogen, sah Michael sich um, in der Erwartung, Jerry zu sehen. Jerry aber lag in diesem Augenblick zusammengerollt neben Villa Kennans Hängematte auf dem schrägen Deck der ›Ariel‹, während das schöne Schiff den Archipel hinter sich ließ und auf Neuguinea losfuhr, unter dem frischen Passat, der es mit einer Schnelligkeit von elf Knoten vor sich hintrieb, seine Speigatten auf die Seite legte und mit den Wellen an seiner Seite flüsterte und schwatzte. Statt Jerry sah Michael Kwaque.
Kwaque? Ja, Kwaque war Kwaque, ein Wesen, das mehr von andern Menschen abwich, als Menschen sonst im allgemeinen voneinander abweichen. Eine seltsamere Existenz war sicher nie auf den wilden Wogen des Lebens umhergeworfen worden. Nach menschlicher Zeitrechnung war er siebzehn Jahre alt, sah aber aus, als wäre ein Jahrhundert über seine scharf geschnittenen Züge, seine gerunzelte Stirn, seine eingefallenen Schläfen und seine tiefliegenden Augen dahingegangen. Seine dünnen Beine glichen gebrechlichen Stielen, ihre Knochen waren mit einer Scheide aus welker Haut überzogen, unter der es offenbar nirgends Muskeln gab. Aber auf diesen dünnen Stielen wuchs der Oberkörper eines dicken Mannes. Der riesige, vorstehende Bauch wurde kräftig von schweren, massiven Hüften ge-

stützt, und die Schultern waren so breit wie die eines Herkules. Von der Seite gesehen, zeigte sich aber, daß diese Schultern und die Brust keine Tiefe hatten. Es schien fast, als wäre sein Knochenbau nach zwei verschiedenen Maßen angefertigt worden. Seine Arme waren ebenso dünn wie die Beine, und als Michael ihn das erste Mal erblickte, fand er, daß er völlig einer dickbäuchigen schwarzen Spinne glich.

Kwaque begann sich anzukleiden, die Sache eines Augenblicks, da er sich nur ein Hemd und ein paar Hosen anzog, die durch langen Gebrauch schmutzig und verschlissen waren. Zwei Finger seiner linken Hand waren dauernd geknickt und hätten einem Sachverständigen verraten, daß er aussätzig war. Obwohl er Dag Daughtry ebenso unbedingt gehörte, wie wenn der Steward eine Quittung für seinen Kaufpreis gehabt hätte, wußte sein Besitzer doch nicht, daß diese Verzerrung seiner Finger ein Symptom der furchtbaren Krankheit war.

Das eigentümliche Verhältnis war auf ganz einfache Art und Weise zustande gekommen. Auf der König-Wilhelms-Insel – einer der Admiralitätsinseln – hatte Kwaque, um im Südseejargon zu reden, einen Brückenkopfsprung gemacht. Er war sozusagen mitsamt seinem Aussatz und allem üblichen Zubehör Dag Daughtry geradewegs in die Arme geplumpst. Der Steward hatte Kwaque aufgelesen, als er auf den Pfaden der Eingeborenen am Rande des Dschungels zum Strande schlenderte, was er zu tun pflegte, um zu sehen, ob er nicht auf irgend etwas stoßen würde. Und er hatte ihn in der äußersten Not aufgelesen.

Von zwei sehr energischen jungen Leuten mit eisernen Speeren verfolgt, war Kwaque, der auf seinen zwei dünnen Stelzen unglaublich schnell angewackelt kam, Daughtry ermattet zu Füßen gefallen und hatte ihn mit flehenden Augen wie ein von Hunden gehetzter Hirsch angeblickt. Daughtry hatte die Angelegenheit untersucht, und die Untersuchung war etwas heftig gewesen; denn er hatte eine heilsame Angst vor Ansteckung und Bazillen, und als die beiden jungen Leute ihn mit ihren schmutzigen rostigen Speeren zu durchbohren suchten, nahm er den Speer des einen unter den Arm und versenkte den anderen durch einen bedauerlichen Schlag unter das Kinn in tiefen Schlaf. Einen Augenblick später schlief der andere junge Mann, dessen Speer er genommen hatte, ebenso fest. Der bejahrte Steward begnügte sich nicht mit den Speeren allein. Während der gerettete Kwaque weiter jammerte und Laute der Dankbarkeit zu seinen Füßen schnaufte, begann er die beiden bis auf die Haut zu entkleiden. Nun hatten sie zwar nichts, was man nach unserem Begriff Kleidung nennen konnte, aber von den Hälsen der beiden entfernte er je ein Halsband aus Delphinzähnen, das als Tauschgegenstand mindestens ein Goldstück wert war. Aus einer der merkwürdigen Locken der nackten jungen Leute zog er einen handgeschnitzten, feinzinkigen Kamm, dessen hoher Rücken mit Perlmutter eingelegt war und den er später einem Antiquitätenhändler in Sydney für acht Schilling verkaufte. Nasen- und Ohrenschmuck aus Knochen und Schildpatt raubte er auch, ferner einen Brustmond aus Perlmutter, vierzehn Zoll im Durchmesser und überall seine fünfzehn Schilling wert. Die beiden Speere endlich brachten ihm bei Touristen in Port Moresby fünf Schilling das Stück ein. Es ist nicht leicht für einen Steward, einen Sechs-Liter-Ruhm aufrechtzuerhalten.

Als er sich umdrehte, um die energischen jungen Leute zu verlassen, die wieder zum Bewußtsein gekommen waren und ihn mit klaren, glänzenden Tieraugen beobachteten, folgte Kwaque ihm so dicht auf den Fersen, daß er ihn fast auf die Füße trat und zum Straucheln brachte. Dann belud Daughtry Kwaque mit seinem Fund und ließ ihn den Pfad zum Strande vorangehen. Und den ganzen Rest des Weges bis zum Dampfer gluckste und kicherte Dag Daughtry beim Anblick seiner Beute und Kwaques, der auf phantastische Weise stolperte und wie ein wanderndes Faß auf seinen dünnen Stelzen trabte.

An Bord des Dampfers – es war zufällig die ›Cockspur‹ – überredete Daughtry den Kapitän, Kwaque als Untersteward für zehn Schilling den Monat anzuheuern. Und dann erfuhr er auch die Geschichte Kwaques.

Es war eigentlich die Geschichte eines Schweines. Die energischen jungen Leute waren Brüder, die in einem Dorfe in der Nähe des seinen lebten, und das Schwein hatte ihnen gehört – so erzählte Kwaque in seinem furchtbaren Trepang-Englisch. Er, Kwaque, hatte das Schwein nie gesehen. Er hatte nichts von seiner Existenz geahnt, ehe es tot war. Die beiden jungen Leute hatten das Schwein geliebt. Aber wenn schon! Das ging ja Kwaque nichts an, der von ihrer Liebe zu dem Schwein so wenig wußte wie von dem Schwein selbst. Das erste, was er gehört hätte, erzählte er, sei der Dorfklatsch gewesen, daß das Schwein tot sei und daß irgend jemand dafür sterben müsse. Das sei ganz in Ordnung, sagte er als Antwort auf eine Frage des Stewards. So sei es Schick und Brauch. Jedesmal, wenn ein geliebtes Schwein stürbe, wäre der Besitzer nach dem Gewohnheitsrecht gezwungen, irgend jemand, einerlei wen, zu töten. Selbstverständlich sei es am besten, den zu töten, durch dessen Zauberei das Schwein krank geworden wäre. Könne man den aber nicht finden, so wäre jeder andere brauchbar. Daher sei Kwaque als blutiges Sühnopfer auserwählt worden.
Dag Daughtry trank, während er lauschte, einen siebenten Liter, so ergriffen war er von der düsteren Romantik dieser dunklen Dschungelbegebenheit, daß die Leute sogar fremde Menschen töteten, weil ein Schwein gestorben war. Späher, die auf dem Dschungelpfad postiert waren, hatten, wie Kwaque weiter erzählte, gemeldet, daß die zwei trauernden Schweinebesitzer sich näherten, und die Bevölkerung des Dorfes war in die Dschungel geflüchtet und auf die Bäume geklettert – alle mit Ausnahme Kwaques, der nicht imstande war, auf Bäume zu klettern.

»Mein Wort«, schloß Kwaque, »mich nicht machen ihr fella Schwein krank.«

»Mein Wort«, sagte Dag Daughtry, »du zaubern zuviel mit dies fella Schwein. Du sein wie Teufel. Du machen alle fella Dinge krank, wenn nur dich sehen. Du machen mich krank zuviel.«

Es wurde reine Gewohnheit, daß der Steward, ehe er sich in seine Koje legte, sich zu seiner sechsten Flasche Bier Kwaques Geschichte erzählen ließ. Sie rief ihm seine Kindheit wieder ins Gedächtnis, als er von Abenteuern, von wilden Menschenfressern in fernen Ländern erfüllt gewesen war und davon geträumt hatte, sie eines Tages mit eigenen Augen zu sehen. Und jetzt saß er hier – er konnte vor Freude darüber kichern – mit einem richtigen Menschenfresser als Sklaven. Denn Sklave, das war Kwaque ebenso unbedingt, wie wenn Daughtry ihn auf der Auktion erstanden hätte. Sooft der Steward innerhalb der Flotte der Burns-Philp-Gesellschaft das Schiff wechselte, machte er zur Bedingung, daß Kwaque ihm folgen und brav und redlich mit zehn Schilling gelohnt werden sollte. Kwaque hatte nichts hiergegen einzuwenden. Selbst wenn er Lust gehabt hätte, in einem australischen Hafen auszureißen, hätte Daughtry keine Ursache gehabt, deshalb auf ihn aufzupassen. Australien mit seiner Politik ›Nur für Weiße‹ paßte selbst auf. Kein Farbiger, weder Malaie noch Japaner oder Polynesier, konnte an seinen Küsten landen, ohne eine Kaution von hundert Pfund bar bei der Regierung zu hinterlegen.

Auch an den andern Plätzen, die die ›Makambo‹ anlief, hegte Kwaque keinen Wunsch, auszureißen. Die König-Wilhelms-Insel war das einzige Land, das er je betreten hatte, sie war für ihn der Maßstab, den er allen andern Inseln beilegte. Und da die König-Wilhelms-Insel eine Menschenfresserinsel war, mußte er unweigerlich schließen, daß auf den andern Inseln dieselben Lebensgewohnheiten herrschten.

254

Die ›Makambo‹ lief jede zehnte Woche die König-Wilhelms-Insel an. Aber die furchtbarste Drohung, die Daughtry für ihn hatte, war, daß er ihn an der Stelle, wo die zwei energischen jungen Leute noch über ihr Schwein trauerten, an Land setzen würde. Tatsächlich machten sich die beiden auch jedesmal das Vergnügen, um die ›Makambo‹ herumzurudern und wilde Grimassen zu schneiden, die Kwaque durch ebenso wilde Grimassen von der Reling aus erwiderte. Daughtry ermunterte sogar dies Auswechseln physiognomischer Freundlichkeiten in der Absicht, in Kwaque die Hoffnung, je in sein Heimatdorf zurückzukehren, für immer zu ersticken. Übrigens hegte Kwaque auch gar nicht den Wunsch, seinen Herrn zu verlassen, der freundlich zu ihm war und nie die Hand gegen ihn erhob. Nachdem Kwaque den ersten Anfall von Seekrankheit überstanden hatte, war er, da er seine Füße nie mehr an Land setzte, ein für allemal gegen die Krankheit gefeit, und so meinte er, in einem Paradies auf Erden zu leben. Er erhielt regelmäßig sein Essen, und herrliches Essen obendrein! In seinem Dorfe ahnte keiner auch nur in seinen wildesten Träumen, in wie vielen leckeren Dingen er täglich schwelgte. Dank diesen guten Verhältnissen kam er sogar über einen leichten Anfall von Heimweh hinweg und war das zufriedenste Geschöpf, das je die See befahren.

Und Kwaque war es nun, der Michael durch die Stückpforte in Dag Daughtrys Kajüte zog und dann darauf wartete, daß dieser Ehrenmann auf einem Umweg zur Tür hereinkommen sollte.

Nachdem Michael einen schnellen Blick durch die Kajüte geworfen, an und unter der Koje geschnüffelt und entdeckt hatte, daß Jerry nicht anwesend war, wandte er seine Aufmerksamkeit Kwaque zu.

Kwaque versuchte liebenswürdig zu sein. Er stieß einen glucksenden Laut aus, um seine freundlichen Absichten zu erkennen zu geben. Aber Michael knurrte den Neger an, der gewagt hatte, ihn zu berühren – Michaels ganzer Erziehung zufolge ein Schimpf –, und der es jetzt wagte, sich zu ihm, der nur mit weißen Göttern verkehrte, zu wenden. Kwaque schlug die Ablehnung mit einem dummen, unartikulierten Lachen in den Wind und begann sich der Tür zu nähern, um bereit zu sein, sie zu öffnen, wenn sein Herr kam. Kaum aber hatte er das Bein gehoben, als Michael drauflosfuhr. Kwaque blieb augenblicklich stehen, und Michael legte sich nieder, paßte aber scharf auf. Was wußte er von diesem fremden Nigger, als daß er eben ein Nigger und daß es allen Niggern gegenüber geboten war, aufzupassen, wenn kein weißer Herr zugegen war! Kwaque versuchte langsam den Fuß vorzuschieben, aber Michael bemerkte den Kniff, knurrte und verhinderte ihn mit gesträubten Haaren.

Da trat Daughtry ein, und während er Michael in dem hellen elektrischen Licht höchlichst bewunderte, wurde er sich gleichzeitig über die Situation klar.

»Kwaque, du spazieren auf Bein gehören dir«, kommandierte er, um Gewißheit zu erhalten.

Kwaques ängstliche Blicke auf Michael waren überzeugend genug, aber der Steward blieb bei seinem Befehl. Kwaque gehorchte vorsichtig, hatte aber kaum den Fuß einen Zoll breit vorgeschoben, als Michael auf ihn losfuhr. Fuß und Bein blieben regungslos, während Michael hartnäckig in einem Halbkreis um ihn herumging und ihn in Schach hielt. »Hat dich auf den Fußboden festgenagelt, he?« lachte Daughtry. »Mein Wort, das ist ein Niggerjäger!«

»Los, du, Kwaque, geh holen zwei fella Flaschen Bier, sein in Eisschrank«, befahl er in seinem bestimmtesten Ton. Kwaque sah ihn flehend an, rührte sich aber nicht vom Fleck. Nicht einmal, als der Befehl noch barscher wiederholt wurde, ging er.

»Mein Wort«, drohte der Steward. »Wenn du nicht bringen Bier sehr gleich, ich läuten die Glocken sehr lange. Wenn du nicht bringen sehr gleich, mich lassen dich gehen an Land spazieren auf König-Wilhelms-Insel.«

»Kann nicht«, murmelte Kwaque furchtsam. »Augen ge-

hören Hund, sehen auf mich zuviel. Mich nicht mögen,
Hund essen mich.«

»Du Furcht vor Hund?« fragte sein Herr.

»Mein Wort, mich Furcht vor Hund allzuviel.«

Dag Daughtry war begeistert. Da er aber nach seinem kurzen Landausflug durstig war, zog er die Szene nicht in die
Länge.

»He, du Hund«, sagte er zu Michael. »Dies fella Nigger sein
brav. Savvee? Sein brav.«

Michael wedelte mit der Rute und legte die Ohren an den
Kopf, um zu zeigen, daß er verstand. Als der Steward
dann dem Schwarzen auf die Schulter klopfte, schnüffelte
Michael an den beiden Beinen, die er an den Boden ge-
nagelt hatte.

»Geh los«, kommandierte Daughtry. »Geh langsam, fella«,
warnte er, obwohl es ziemlich überflüssig war.

Michael sträubten sich die Haare, aber er ließ den ersten
furchtsamen Schritt zu. Beim zweiten sah er Daughtry an,
um sich über die Situation klarzuwerden.

»Stimmt schon«, lautete es zu seiner Beruhigung. »Das fella gehören jetzt mir. Er brav, jawoll.«

Michael gab mit lachenden Augen zu erkennen, daß er verstanden hatte, und wandte sich vorderhand ab, um einen
auf dem Fußboden stehenden offenen Kasten mit Schild-
pattplatten, Sägen und Sandpapier zu untersuchen.

»Und jetzt«, murmelte Dag Daughtry nachdrücklich, indem er sich mit der Flasche in der Hand auf seinem Sessel
zurücklehnte, während Kwaque zu seinen Füßen kniete
und ihm die Schuhe aufschnürte, »jetzt gilt es, einen Namen
für dich zu finden, Herr Hund. Einen Namen, der deiner
Abstammung und Erziehung entspricht und meiner Erfin-
dungsgabe Ehre macht.«

Irische Terrier zeichnen sich, wenn sie erwachsen sind,
nicht allein durch ihren Mut, ihre Treue und Ergebenheit,
sondern auch durch ihre Besonnenheit, Selbstbeherr-

schung und Selbstzucht aus. Sie lassen sich nicht leicht aus dem Gleichgewicht bringen; sie können die Stimme ihres Herrn selbst in einem Handgemenge und in der Wut unterscheiden und ihr gehorchen, und nie brausen sie in nervösen, hysterischen Anfällen auf, die zum Beispiel bei Foxterriern so häufig sind.

Michael war nicht im geringsten hysterisch, wenn auch reizbarer als sein leiblicher Bruder Jerry und wenn auch seine Eltern, mit ihnen verglichen, unweigerlich als ein gesetztes älteres Paar bezeichnet werden mußten. Der erwachsene Michael war weit verspielter und heftiger als der erwachsene Jerry. Sein aufbrausendes Temperament war stets im Begriff, bei dem geringsten Anlaß aufzukochen, und er konnte, wie sich später zeigte, selbst einen Welpen im Spiel ermüden. Kurz, Michael war eine lustige Seele.

Das Wort Seele‹ ist hier mit Wohlbedacht gebraucht. Wie man auch die Seele eines Geschöpfes bezeichnen will – als werdenden Geist, Identität, Persönlichkeit oder Bewußtsein –, jedenfalls besaß Michael diesen unbestimmbaren Begriff. Seine Seele hatte – nur mit einem Gradunterschied – dieselben Eigenschaften wie die menschliche.

Weder Liebe noch Kummer, weder Freude noch Stolz, Selbstbewußtsein oder Humor war ihm fremd. Drei der wichtigsten Attribute der menschlichen Seele sind Erinnerung, Wille und Verstand; und Erinnerung, Willen und Verstand besaß Michael. Ganz wie ein Mensch stand er mit Hilfe seiner fünf Sinne mit der umgebenden Welt in Berührung. Wie bei einem Menschen bestand das Ergebnis dieser Berührung auch für ihn aus Sinneseindrücken. Und wie bei einem Menschen stiegen diese Sinneseindrücke auch bei ihm zuweilen zu Seeleneindrücken. Ferner vermochte er wie ein menschliches Wesen zu urteilen, und solche Urteile entwickelten sich in seinem Kopfe zu Begriffen. Oh, vielleicht nicht zu Begriffen, die so umfassend, tief und dunkel wie die eines menschlichen Wesens waren, aber doch zu Begriffen.

Um den Menschen ein wenig über diese entehrende Gleichartigkeit auf dem Gebiete der höchsten Seeleneigenschaften hinauszuheben, sollte man doch vielleicht einräumen, daß die Sinneseindrücke Michaels nicht ganz so scharf waren, wenn es sich um einen Nadelstich durch seine Pfote handelte, wie wenn es sich entsprechend um einen Nadelstich durch die Handfläche eines Menschen gehandelt hätte. Wir wollen auch einräumen, daß, wenn das Bewußtsein sein Hirn mit einem Gedanken erfüllte, dieser Gedanke doch unklarer und verschwommener als ein ähnlicher Gedanke in einem Menschenhirn war. Ferner wollen wir einräumen, daß Michael nie, und wenn er so alt wie Methusalem geworden wäre, eine geometrische Figur hätte konstruieren oder eine Gleichung zweiten Grades hätte lösen können. Immerhin war er imstande, zu begreifen, und zwar ohne einen Schatten von Zweifel, daß drei Knochen mehr als zwei waren und daß zehn Hunde eine gefährlichere Streitmacht ausmachten als zwei.

Aber ein Zugeständnis können wir nicht machen, nämlich, daß Michael nicht imstande gewesen wäre, ebenso warm, aus ebenso vollem Herzen und ebenso uneigennützig und aufopfernd zu lieben wie ein Mensch. Denn so liebte er – nicht weil er Michael, sondern weil er ein Hund war.

Michael hatte Kapitän Kellar mehr geliebt als sein Leben. Wie Jerry für Schiffer nicht gezaudert hätte, sein Leben zu geben, so würde er willig das seine für Kapitän Kellar gewagt haben. Und als es ihm mit der Zeit klarwurde, daß Kapitän Kellar in das unumgängliche große Nichts von Meringe und den Salomoninseln eingegangen war, wurde es seine Bestimmung, ebenso voll und ganz diesen Sechs-Liter-Steward mit seiner einschmeichelnden Art und den unwiderstehlichen zärtlichen Lippenlauten zu lieben. Kwaque? Nein; denn Kwaque war schwarz. Kwaque nahm er nur hin als ein Zubehör, als einen Teil des menschlichen Milieus, als einen Besitzgegenstand Dag Daughtrys.

Aber er kannte diesen neuen Gott nicht als Dag Daughtry.

Kwaque nannte ihn ›Herr‹; aber Michael hatte andere Weiße ebenso von den Schwarzen nennen hören. Kapitän Duncan nannte den Steward ›Steward‹. Michael hörte ihn, seine Offiziere und alle Passagiere seinen Herrn so nennen; für Michael wurde daher der Name seines Gottes ›Steward‹, und sein ganzes Leben kannte er ihn und dachte er an ihn nur als ›Steward‹.

Im übrigen erhob sich die Frage, wie er selbst heißen sollte. Dag Daughtry hatte das an dem Abend, als er an Bord gekommen war, mit ihm erörtert. Michael saß da, die Schnauze auf Daughtrys Knie, und während seine Augen sich weiteten, wieder zusammenzogen und glühten, spitzte er die Ohren, um zu lauschen, und klopfte mit dem Rutenstummel begeistert auf den Boden.

»Siehst du, mein Junge«, sagte der Steward zu ihm, »dein Vater und deine Mutter waren Irländer, doch, leugne es nicht, du Schlingel.«

Weiter kam er nicht, denn Michael, von der unverkennbaren Liebenswürdigkeit und Freundlichkeit in der Stimme des Mannes ermutigt, wand den ganzen Körper vor Begeisterung und verdoppelte das Klopfen mit der Rute. Nicht, weil er ein Wort verstand, aber er verstand das unerklärliche Etwas, das hinter den Worten lag und das dieser Kette von Lauten die ganze unerklärliche Gutmütigkeit der weißen Götter mitteilte.

»Schäm dich nie deiner Eltern und vergiß nicht, daß Gott die Irländer liebt. – Kwaque, hol mir zwei Flaschen Bier – stehen im Eisschrank! – Ja, ja, mein Junge, man kann es dir an der Nase ansehen, daß du ein Irländer bist.« (Michaels Rute schlug einen förmlichen Zapfenstreich.) »Na, versuch nicht, dich bei mir einzuschmeicheln. Ich muß aufpassen, daß du kein Speichellecker wirst. Laß dir nur sagen, daß mein Herz undurchdringlich ist. Es ist zu lange von Bier durchtränkt worden. Ich habe dich gestohlen, um dich zu verkaufen, nicht, um Schoßhündchen mit dir zu spielen. Ich hätte dich vielleicht einmal liebgewinnen können; aber das war, ehe das Bier und ich uns kennenlernten. Ich würde dich auf der Stelle für zwanzig Pfund bar verkaufen, wenn ich soviel für dich kriegen könnte, darauf kannst du Gift nehmen. Aber was wollte ich dir noch sagen, als du mich so unerzogen mit deinen fidelen Manieren unterbrachst –« Er brach ab, um die aufgezogene Flasche, die Kwaque ihm reichte, an den Mund zu setzen. Er seufzte, wischte sich den Mund mit dem Handrücken und fuhr fort: »Es ist komisch mit dem dummen Bier, mein Sohn. Du kannst mir glauben, Herr Hund, ich beneide dich, wie du so dasitzt mit einem guten Magen, der nie einen Schluck Alkohol gesehen hat. Du bist kein Sklave des Bierteufels, du bist doch ein freierer Mann als ich, Herr Hund, obwohl ich deinen Namen nicht kenne. Ja, sag mal, es ist wahr, wir wollten ja –«

Er leerte die Flasche, schleuderte sie Kwaque zu und machte ihm ein Zeichen, die letzte zu öffnen.

»Einen Namen für dich zu finden, ist nicht leicht, mein Sohn. Ein irischer muß es natürlich sein, aber was für einer? Paddy? Ja, du magst den Kopf schütteln. Der ist weder geschmackvoll noch vornehm. Wer würde dich mit einem Steinträger verwechseln? Ballymena könnte gehen, aber das klingt zu sehr nach einer Dame, mein Junge. Und ein Junge bist du ja. Warte mal: Wie wäre es mit Banshee Boy? Ausgeschlossen. Knabe von Erin!«

Er nickte beifällig und streckte die Hand nach der zweiten Flasche aus. Er trank, überlegte, trank wieder.

»Jetzt hab' ich's«, meldete er feierlich. »Killeny-Boy ist ein hübscher Name. Du sollst Killeny-Boy heißen. Wie gefällt das Euer Hochwohlgeboren? – Prachtvoll, würdevoll wie ein Graf. Oder … wie ein früherer Brauer. Manchem von der Sorte habe ich dazu verholfen, daß er sich vom Geschäft zurückziehen konnte.«

Er leerte die Flasche, packte plötzlich Michaels Schnauze, lehnte sich vor und rieb seine Nase an der des Hundes. Michael starrte, plötzlich losgelassen, mit leuchtenden Augen dem Gott ins Gesicht und wedelte mit der Rute. In den Augen des Hundes leuchtete eine entschlossene Seele, ein Wesen, ein Gemüt, das bereits zärtliche Ergebenheit für diesen grauhaarigen Gott hegte, der zu ihm, er wußte nicht wovon, sprach, dessen Rede allein aber seiner Seele herrliche, wenn auch unfaßbare Dinge verkündete. »He, Kwaque!«

Kwaque, der auf dem Boden hockte, hielt in seiner Beschäftigung, einen von seinem Herrn gezeichneten und geschnitzten Schildpattkamm zu polieren, inne und blickte diensteifrig auf.

»Kwaque, du fella diesmal nicht savvee, Name bleiben dies Hund. Sein Name, gehören ihm, Killeny-Boy. Du machen Name bleiben in Kopf gehören dir. Allzeit du sprechen mit dies fella Hund, du sagen ihm Killeny-Boy. Savvee? Wenn du nicht savvee, ich nehmen Viertel Lohn gehören dir. Killeny, savvee, Killeny-Boy.«

Während Kwaque Daughtry beim Ausziehen half, betrachtete der Steward Michael mit schläfrigen Augen.

»Ich hab' ihn gefunden, mein Junge«, erklärte er, während er sich erhob und nach der Koje schwankte. »Ich hab' deinen Namen gefunden, und ich habe auch herausgekriegt, wie du bist. Stolz, aber vernünftig. Ja, das bist du.«

»Stolz, aber vernünftig, das bist du, Killeny-Boy, stolz, aber vernünftig«, murmelte er weiter, während Kwaque ihm half, sich in seine Koje zu wälzen.

Kwaque polierte weiter. Stotternd sprach er hin und wieder mit nachdenklich gerunzelten Brauen, fast lautlos flüsternd, zum Steward.

»Herr, was Name bleiben bei das fella Hund?«

»Killeny-Boy, du wollköpfiger Menschenfresser, Killeny-Boy«, murmelte Daughtry schläfrig. »Kwaque, du schwarzer Blutsäufer, lauf und bring ein fella Flasche, stehen in Eisschrank.«

»Nicht bleiben eine, Herr«, sagte der Schwarze zitternd und mit wachsamen Augen, ängstlich, daß ihm etwas an den Kopf geworfen würde. »Sechs fella Flaschen, er alle fertig.« Die einzige Antwort des Stewards war ein Schnarchen. Mit der aussätzigen Klauenhand und dem gerade sichtbar werdenden Beginn der Lepra, der Verdickung der Stirnhaut zwischen den Augen, beugte der Schwarze sich über seine Arbeit und wiederholte, die Lippen bewegend, immer wieder: »Killeny-Boy«.

Tagelang sah Michael nur den Steward und Kwaque. Das kam daher, daß er in der Kabine des Stewards eingesperrt war. Kein anderer wußte, daß er sich an Bord befand, und Dag Daughtry hoffte, seine Anwesenheit geheimhalten und ihn, wenn die ›Makambo‹ in Sydney anlegte, an Land schmuggeln zu können.

Der Steward merkte bald, wie ungewöhnlich gelehrig Michael war. Hin und wieder gab er ihm beim Füttern Kükenknochen. Nach zwei Unterrichtsstunden, die jedoch kaum Stunden genannt werden konnten, da sie beide im Laufe einer halben Stunde gegeben wurden und jede nicht länger als fünf Minuten dauerte, hatte Michael schon gelernt, daß er die Knochen nur in der Ecke der Kabine, hinter der Tür, zerbeißen durfte. Bald trug er jeden Knochen, den er erhielt, unaufgefordert und wie selbstverständlich in die Ecke. Und warum auch nicht? Er hatte Verstand genug, um zu verstehen, was der Steward von ihm wollte, und für seine Seele war Dienen ein Glück. Steward war ein Gott, der freundlich war, ihn streichelte, ihm die Schnauze rieb oder die Arme um ihn schlang. Wie jede Willigkeit keimte auch die Michaels in dem Boden der Liebe. Hätte Steward ihm befohlen, den Knochen liegenzulassen, nachdem er ihn in die Ecke gebracht hatte, so würde er es getan haben. So ist nun einmal der Hund, das einzige Tier, das, vor Freude springend, sein Futter unberührt läßt, um nur seinen Herrn begleiten und ihm dienen zu dürfen.

Dag Daughtry beschäftigte sich tatsächlich alle freie Zeit, die er nicht verschlief, mit dem eingesperrten Michael, der schnell gelernt hatte, auf Kommando mit Winseln und Bellen aufzuhören. Und in diesen Stunden des Zusammenseins lernte Michael vieles. Daughtry merkte, daß er schon gewisse einfache Worte verstand und ihnen gehorchte, Worte, wie zum Beispiel: ›nein‹, ›ja‹, ›aufstehen‹ und ›hinlegen‹, und dabei blieb er nicht stehen, sondern lehrte ihn Ausdrücke wie: ›Geh in die Koje und leg dich‹, ›Geh unter die Koje‹, ›Bring einen Schuh‹, ›Bring zwei Schuhe‹. Und fast mühelos lehrte er ihn Purzelbäume schlagen, ›Schön‹-machen, sich ›tot‹ stellen, mit dem Hut auf dem Kopfe auf den Hinterbeinen sitzen und Pfeife rauchen, und auf den Hinterbeinen nicht nur stehen, sondern sogar gehen.

Dann kam das Kunststück ›Du darfst‹ und ›Du darfst nicht‹. Nachdem er einen duftenden, aufreizenden Bissen Fleisch oder Käse auf den Kojenrand gerade vor Michaels Nase gelegt hatte, sagte Daughtry einfach: ›Du darfst nicht‹.

Es fiel Michael auch nicht ein, den Bissen anzurühren, ehe er das willkommene ›Du darfst‹ hörte. Zuweilen verließ Daughtry, ohne sein ›Du darfst nicht‹ zu widerrufen, die Kajüte und war sicher, selbst wenn er eine halbe oder mehrere Stunden fortblieb, den Bissen unberührt und Michael möglicherweise in der ihm als Schlafplatz überlassenen Ecke am Fußende der Koje eingeschlafen zu finden. In der ersten Zeit, als dieses Kunststück geübt wurde, hatte Kwaque einmal, als der Steward die Kabine verlassen hatte und Michaels lüsterne Nase nur einen Zoll von der verbotenen Frucht entfernt war, gierig die Hand nach dem Leckerbissen ausgestreckt, aber dank dem schnellen Zuschnappen von Michaels Kiefern einen tüchtigen Biß in der Hand davongetragen. Für Kwaque wollte Michael keines der Kunststücke ausführen, die er so gern für den Steward machte, und das, obgleich nicht das geringste Böse oder Schlechte in ihm war. Michael war aber, solange er denken konnte, dazu erzogen worden, zwischen Schwarzen und Weißen zu unterscheiden. Schwarze waren immer die Diener der Weißen – das war jedenfalls seine Erfahrung; und-

Schwarze waren stets ein Gegenstand des Mißtrauens; sie heckten gemeine Streiche aus, und man mußte daher gut auf sie aufpassen. Die erste Pflicht eines Hundes war, seinem weißen Gott zu dienen, indem er jeden auftauchenden Schwarzen scharf im Auge behielt.

Immerhin erlaubte Michael, daß Kwaque ihm mit Wasser, Futter und andern Dingen aufwartete, anfangs nur, wenn Steward von seinen Pflichten an Bord in Anspruch genommen war, später aber jederzeit. Denn ohne darüber nachzudenken, war es ihm klar, daß, was Kwaque auch für ihn tat und welches Futter er ihm vorsetzte, dies alles nicht auf Kwaque, sondern auf Kwaques Herrn, der auch der seine war, zurückzuführen war. Dennoch trug Kwaque Michael nichts nach, sondern war selbst so besorgt um das Wohl und Wehe seines Herrn, daß er Michael um seines Herrn willen liebte. Als er sah, daß der Hund seinem Herrn ans Herz wuchs, begann Kwaque selbst wirkliche Sympathie für Michael zu hegen, wie er ja auch alles andere, was dem Steward gehörte, anbetete, mochten es nun die Schuhe sein, die er für ihn putzte, die Kleidungsstücke, die er für ihn klopfte und bürstete, oder die sechs Flaschen Bier, die er täglich für ihn in den Eisschrank stellte. Offen gestanden war Kwaque keine Herrschernatur, wohingegen Michael der geborene Aristokrat war. Michael war bereit, Steward zu dienen, weil er ihn liebte, dem kraushaarigen Kwaque gegenüber aber spielte er den Herrn. Kwaque war ganz und gar eine Sklavennatur, während Michael kaum mehr zum Sklaven geeignet war als die nordamerikanischen Indianer, die man vergeblich zu Sklaven auf den Plantagen von Kuba zu machen versucht hatte. Und dies alles konnte man ebensowenig Kwaque zur Last legen wie Michael zugute halten. Michaels Familienerbe, das der Mensch seit undenklichen Zeiten immer mehr entwickelt hatte, bestand hauptsächlich aus Wildheit und Treue. Und Wildheit und Treue erzeugen zusammen unweigerlich Stolz. Und Stolz kann man sich nicht ohne Ehre denken.

Das schwerste Kunststück, das Michael unter Daughtrys Leitung während der ersten Tage seines Aufenthalts in der Kabine zu lernen hatte, war, bis fünf zu zählen. Das erforderte viele Stunden Arbeit, trotz Michaels ungewöhnlicher Begabung. Denn er mußte ja erstens die Zahlen so lernen, wie sie ausgesprochen wurden und lauteten; zweitens, mit seinen Augen und in seinem Hirn unterscheiden zwischen einem einzelnen Gegenstand und mehreren Gruppen von Gegenständen bis zu fünf und einschließlich fünf; und drittens, in seinem Hirn einen Gegenstand oder eine Sammlung mehrerer Gegenstände mit der von Steward ausgesprochenen Zahl in Verbindung setzen.

Bei dem Unterricht benutzte Daughtry mit Bindfaden umwickelte Papierkugeln. Er konnte fünf Kugeln unter die Koje werfen und Michael beauftragen, drei zu bringen, und Michael brachte nicht zwei oder vier, sondern genau drei und legte sie ihm in die Hand. Wenn Daughtry drei unter die Koje warf und vier verlangte, lieferte Michael die drei ab und suchte vergebens nach der vierten, tanzte dann um Steward herum, wedelte mit der Rute und machte kleine Sprünge vor dem Manne, um schließlich in die Koje zu springen und die vierte unter einem Kissen oder zwischen den Decken hervorzuholen.

Ebenso ging es mit anderen bekannten Dingen. Ob es nun Schuhe, Hemden oder Kissenbezüge waren, bis fünf brachte Michael die verlangte Anzahl. Zwischen der mathematischen Begabung Michaels, der bis fünf zählte, und der des alten Tulaginegers, der Tabakstücke nach dem Mehrfachen von fünf zählte, war ein geringerer Gradunterschied als zwischen dem Neger und Dag Daughtry, der sowohl multiplizieren wie dividieren konnte. Ein noch größerer Unterschied auf der Rangleiter der mathematischen Tüchtigkeit bestand zwischen Dag Daughtry und Kapitän Duncan, der mit Hilfe der Mathematik den Kurs der ›Makambo‹ leitete. Der größte Unterschied bezüglich mathematischer Tüchtigkeit bestand jedoch zwischen Kapitän

Duncan und den Astronomen, die die Himmelskarte zeichneten und tausend Millionen Meilen entfernt zwischen den Sternen navigierten und die von ihrem mathematischen Wissen ein paar Brocken Kapitän Duncan hinwarfen und ihn dadurch in den Stand setzten, von einem Tag auf den anderen zu bestimmen, wo die ›Makambo‹ sich auf dem Meere befand. Nur in einem Punkt war Kwaque Michael überlegen. Kwaque besaß eine Maultrommel, und sooft das Leben auf der ›Makambo‹ und das Dienstverhältnis zu seinem Herrn ihm zu langweilig wurden, konnte er sich nach der König-Wilhelms-Insel versetzen, indem er das primitive Instrument an den Mund setzte und ihm unheimliche Töne entlockte. Wenn er sich derart über Zeit und Raum hinwegsetzte, sang oder vielmehr heulte Michael, als hätte sein Heulen dieselbe sanfte Weichheit wie das Jerrys. Michael wollte nicht heulen, aber seine Natur war nun einmal, daß er auf Musik ebenso unbedingt reagierte, wie die Elemente im Laboratorium aufeinander reagieren.

Solange er in Stewards Kabine versteckt war, durfte seine Stimme sich auf keinen Fall hören lassen, und so war Kwaque genötigt, sich mit der Maultrommel in der schmelzenden Wärme auf den Rosten über dem Heizraum zu trösten. Das sollte jedoch nicht lange dauern, denn – ob es nun Zufall war oder ob es seit Anbeginn der Welt im Buche des Schicksals geschrieben stand – Michaels wartete ein Ereignis, das entscheidend nicht nur in sein eigenes Schicksal, sondern auch in das Kwaques und Dag Daughtrys eingreifen und sogar Zeit und Ort für ihren Tod und ihr Begräbnis bestimmen sollte.

Das Ereignis, das derart die Zukunft beeinflußte, trat ein, als Michael auf die unzweideutigste Art und Weise allen und jedem seine Anwesenheit auf der ›Makambo‹ kundgab. Im Grunde war die Nachlässigkeit Kwaques schuld, der die Kajüte verließ, ohne die Tür ordentlich hinter sich zu schließen. Als die ›Makambo‹ auf einer leichten See rollte, schwang die Tür hin und her, wobei sie bald ganz offenstand, bald zuschlug, aber doch nicht so hart, daß das Schloß einschnappte.

Michael kletterte über die hohe Türschwelle in der unschuldigen Absicht, nur die nächste Nachbarschaft zu erforschen. Kaum war er jedoch drüben, als ein kräftigeres Schlingern das Schloß zuschnappen ließ, und jetzt wollte Michael sofort umkehren. Sein Gehorsam war stark entwickelt, denn es war ihm ein Herzenswunsch, sich dem Willen seines Herrn unterzuordnen, und aus der mehrtägigen Einsperrung verstand, erriet oder ahnte er, daß er nach dem Willen Stewards in der Kabine bleiben sollte.

Eine Weile saß er vor der geschlossenen Tür und betrachtete sie sinnend, war aber zu klug, einen so leblosen Gegenstand anzubellen oder gar anzureden. Schon als kleiner Welpe hatte er gelernt, daß nur lebendige Dinge sich durch Bitten oder Drohungen bewegen ließen. Hin und wieder trottete er den kurzen Quergang hinab, in den die Kabinentür mündete, und starrte den langen Gang, der sich zu beiden Seiten erstreckte, auf und nieder.

Fast eine Stunde lang unternahm er nichts anderes und kehrte immer wieder zu der Tür zurück, die sich nicht öffnen wollte. Dann aber hatte er einen bestimmten Einfall. Da die Tür sich nicht öffnen wollte und weder Steward noch Kwaque zurückkehrten, wollte er sie aufsuchen. Sobald diese Vorstellung ganz klar in seinem Kopfe stand, trabte er furchtsam zaudernd und unentschlossen durch den langen Gang nach achtern. Als er am Ende des Ganges rechts um die Ecke bog, stieß er auf eine schmale Treppe. Unter vielen anderen Spuren erkannte er die Kwaques und Stewards und erfaßte, daß sie hier hinaufgegangen waren.

Auf der Treppe und dem Hauptdeck begegnete er Passagieren. Da sie weiße Götter waren, nahm er ihnen nicht übel, daß sie mit ihm anzubandeln versuchten, ließ sich aber andererseits nicht aufhalten, sondern ging auf das offene Deck hinaus, wo mehrere der begünstigten Götter auf Deckstühlen lagen. Aber immer noch waren kein Kwaque und kein Steward zu sehen. Von einer zweiten schmalen steilen Treppe verlockt, gelangte er auf das Bootsdeck. Hier lagen unter dem großen Sonnensegel noch mehr Götter – viel mehr, als er je in seinem Leben gesehen hatte.

Vorn wurde das Bootsdeck von der Brücke begrenzt, die, statt sich über das Deck zu heben, in gleicher Flucht mit ihm weiterlief. Als er um das Steuerhäuschen herum nach der schattigen Leeseite trottete, begegnete er seinem Schicksal, denn – um es gleich zu sagen – Kapitän Duncan hatte außer zwei Foxterriern noch eine große persische Katze an Bord, und diese Katze hatte gerade Junge geworfen. Zum Kinderzimmer hatte sie sich das Steuerhäuschen erkoren, und Kapitän Duncan hatte sich ihr gefügt, ihr eine Kiste für ihre Jungen gegeben und den Quartiermeistern alles Unglück der Welt angedroht, wenn sie einem von den Jungen auch nur auf die Zehen traten. Aber Michael wußte von alledem nichts, und ehe er die große Perserkatze sah, hatte sie ihn schon entdeckt. Er ahnte nichts, ehe sie ihm in der offenen Tür des Steuerhäuschens entgegensprang. Als er dieser plötzlichen Gefahr inne ward, hatte er sich durch einen Seitensprung gerettet, noch ehe er erfassen konnte, worum es sich handelte. Von seinem Standpunkt aus war der Angriff völlig unmotiviert. Er starrte die Katze mit gesträubten Haaren an und hatte sie gerade als das, was sie war, als eine Katze, erkannt, als sie auch schon wieder auf ihn losfuhr. Ihr Schwanz hatte einen Umfang wie der Arm eines dicken Mannes, und wie sie jetzt vor Wut und Rachgier fauchte, schien sie nur aus Krallen und Zähnen zu bestehen.

Das war denn doch zuviel für das Selbstgefühl eines irischen Terriers. Sein Zorn brauste auf, und als sie jetzt wieder auf ihn lossprang, entging er ihren Krallen durch einen Sprung und drang seitwärts auf sie ein; während sie noch in der Luft schwebte, schnappten seine Kiefer schon über ihrem Rückgrat zusammen. Im nächsten Augenblick lag sie mit zerbrochenem Rückgrat, zappelnd und sich krümmend, auf dem Deck. Für Michael aber war das nur der Anfang. Ein schriller Laut, eher ein Heulen als ein Kläffen, von mehreren Feinden veranlaßte ihn, sich halb umzudrehen, aber er war nicht schnell genug. Durch den Flankenangriff eines erwachsenen Foxterriers wurde er kopfüber auf das Deck geschleudert.

Als Michael wieder auf die Beine kam, war er ernstlich zornig. Tatsächlich regnete es Backpfeifen, und dieser ganze kriegerische Überfall war ja nicht von ihm veranlaßt, denn er hatte den Streit nicht angefangen, ja, nicht einmal etwas von der Existenz seiner Feinde geahnt, ehe sie ihn angriffen. Die Foxterrier waren trotz ihrer hysterischen Wut tapfer und gingen, sobald er wieder auf den Füßen stand, auf ihn los. Die Zähne des einen stießen gegen die seinen, wobei beider Lippen zerbissen wurden, und der leichtere Hund zog sich zurück. Dem andern glückte es, Michael in der Flanke zu packen und ihm mit seinen Zähnen Wunden und Bisse beizubringen. Sich blitzschnell krümmend, befreite Michael seine Flanke, wobei der andere das Maul voller Haare behielt, und packte im selben Augenblick das Ohr seines Feindes so kräftig, daß er es vollkommen durchbiß. Mit einem schrillen Schmerzensgeheul sprang der Foxterrier zurück, so daß Michaels Zähne sein Ohr wie ein Kamm durchpflügten.

Jetzt machte der erste Terrier kehrt und ging auf ihn los, und Michael drehte sich blitzschnell um, um ihm zu begegnen, als er Gegenstand eines neuen und ebenso unmotivierten Angriffs wurde. Diesmal war es Kapitän Duncan, der beim Anblick seiner getöteten Katze vor Wut entbrannte. Er schob Michael den Fuß unter die Brust, trat ihm fast den Atem heraus, hob ihn hoch in die Luft und ließ ihn niederstürzen, so daß er schwer auf die Seite fiel. Sofort fielen die beiden Terrier wieder über ihn her, bohrten die Zähne in ihn und bekamen die Fänge voll von seinem glat-

270

ten, dichten Haar. Im Begriff, wieder auf die Beine zu kommen, schlug er, immer noch auf der Seite liegend, seine Kiefer über dem Bein des einen der Hunde zusammen, der vor Schmerz aufheulte und sich auf drei Beinen zurückzog, das vierte, ein Vorderbein, das Michaels Zähne fast zerbrochen hatten, hochhaltend. Zwei scharfe Bisse versetzte Michael dem zweiten vierbeinigen Feind und verfolgte ihn dann im Kreise, während er seinerseits wieder von Kapitän Duncan verfolgt wurde.

Michael übersprang eine Sehne des Bogens, den der fliehende Hund beschrieb, und seine Zähne schnappten in den Hals des anderen. So mitten im Sprunge von dem schweren Hund festgehalten, verlor der Foxterrier das Gleichgewicht und taumelte krachend auf das Deck. Im selben Augenblick traf Kapitän Duncans zweiter Fußtritt Michael. Jetzt wandte Michael sich gegen den Kapitän. Aber wenn das nun ein weißer Gott war? In seiner Wut über so viele Angriffe seitens so vieler Feinde ließ Michael sich nicht Zeit zu näherer Überlegung. Außerdem war dies ein merkwürdiger weißer Gott, den er nie zuvor gesehen.

Anfangs hatte er die Zähne gefletscht und geknurrt. Aber einen Gott anzugreifen, war eine ernstere Angelegenheit, und als er gegen das Bein sprang, das ihm in einem neuen Tritt entgegenflog, gab er nicht einen Laut von sich. Er sprang nicht gerade auf das Bein los. Seine Methode war, auszuweichen, sich zu krümmen, und im Augenblick, wenn es vorbeifuhr, draufloszuspringen. Diesen Kniff hatte er unter den Wilden in Meringe und an Bord der ›Eugénie‹ gelernt, und er glückte ihm ebensooft, wie er ihm mißlang. Seine Zähne faßten nur die weiße Leinenhose. Der aufgeregte Seemann verlor dadurch das Gleichgewicht. Er fiel beinahe auf die Nase, kam mit einer gewaltigen Anstrengung wieder auf die Füße, stolperte über Michael, der sich zu einem neuen Biß anschickte, taumelte und setzte sich auf das Deck. Wie lange er dort hätte sitzen bleiben können, um wieder zu Atem zu kommen, ist fraglich, denn so schnell, wie seine

Wohlbeleibtheit es zuließ, sprang er wieder auf, angespornt durch Michaels Zähne, die bereits in dem fleischigen Teil seiner Schulter saßen. Michael erwischte das Bein des aufstehenden Mannes nicht, zerriß aber dafür das andere Hosenbein und erhielt einen Tritt, der ihn drei Ellen weit sausen, einen halben Purzelbaum schlagen und rücklings auf dem Deck landen ließ.

Bis zu diesem Augenblick hatte der Kapitän eine grimmige Offensive geführt, und er wollte wieder treten, als Michael wieder auf die Füße kam und hochflog, nicht um das Bein, sondern um die Kehle des Mannes zu packen. Sie war jedoch zu hoch, und seine Zähne faßten nur die schwarze Krawatte und zerfetzten sie. Dann fiel er wieder auf den Rücken. Weniger das, sondern Michaels Schweigen war es, was Kapitän Duncan zu reiner Defensive übergehen und rückwärts retirieren ließ. Dieses Schweigen war unheilverkündend wie der Tod. Der Hund ließ weder Knurren noch drohende Kehllaute hören. Er sprang und sprang immer wieder, die Augen, ohne zu blinzeln, geradeaus gerichtet. Mit einem Schweigen, das an den Ernst des Todes gemahnte, griff er immer wieder an, selbst als der Kapitän sich unter Fußtritten zurückzog. Ein Matrose rettete Kapitän Duncan mit einem Schwapper. Er warf sich dazwischen, und es glückte ihm, Michael den Schwapper ins Maul zu stopfen und ihn beiseite zu schieben. Das erste Mal schlossen sich seine Zähne automatisch über dem Schwapper. Als er ihn aber ausgespuckt hatte, biß er nicht wieder hinein. Denn jetzt wußte er, was das war: ein lebloses Ding, das seine Zähne nicht verwunden konnten.

Er interessierte sich auch nicht für den Matrosen, abgesehen davon, daß er ihm zu entgehen versuchte. Michaels Opfer war Kapitän Duncan, der den Rücken gegen die Reling lehnte und sich den perlenden Schweiß von der Stirn wischte. Die Ereignisse waren sich so schnell gefolgt, daß die Passagiere, die von ihren Deckstühlen aufsprangen und zur Walstatt eilten, erst herankamen, als Michael gerade glücklich wieder dem Schwapper entging und Kapitän Duncan anfiel. Diesmal hatte er Erfolg, denn er bohrte seine Zähne mit solcher Wildheit in einen runden Schenkel, daß der Besitzer des Schenkels in ein unzusammenhängendes Fluchen und ein Geheul erbitterter Überraschung ausbrach. Ein erfolgreicher Tritt schleuderte Michael beiseite und ermöglichte es dem Matrosen, noch einmal mit dem Schwapper zu intervenieren. Und jetzt tauchte auf der Szene Dag Daughtry auf, gerade früh genug, um seinen Kapitän zerfetzt, blutend und keuchend, Michael in unheimlichem Schweigen am Ende eines Schwappers wüten und eine große persische Katze sich mit zerbrochenem Rückgrat auf dem Boden krümmen zu sehen.

»Killeny-Boy«, rief der Steward gebieterisch.

Die Stimme seines Herrn kam Michael trotz dem Zorn und der Wut, die ihn erfüllten, zum Bewußtsein. Er wurde fast augenblicklich ruhig, seine Ohren, seine gesträubten Haare legten sich, und seine Lippen glitten wieder über die Zähne, während er den Kopf wandte, um Anerkennung zu ernten. »Hierher, Killeny!« Michael gehorchte – nicht kriecherisch und nicht in sklavischer Demut, nein, eifrig und froh trabte er zu Stewards Füßen.

»Hinlegen!«

Er machte eine halbe Drehung, ehe er sich mit einem befriedigten Seufzer niederlegte und mit seiner flammend roten Zunge Steward den Fuß leckte.

»Ihr Hund, Steward?« fragte Kapitän Duncan mit halb erstickter Stimme, in der Wut und Atemlosigkeit miteinander kämpften.

»Ja, Herr Kapitän, mein Hund. Was hat er denn gemacht?« Michaels Verbrechen raubten dem Kapitän die Sprache. Er konnte nur mit einer Handbewegung von der sterbenden Katze auf seine eigenen zerrissenen Hosen und blutenden Wunden und auf die Foxterrier zeigen, die zu seinen Füßen winselnd ihre Wunden leckten.

»Das ist ja arg, Herr Kapitän …«, begann Daughtry.

»Zu arg, zum Teufel«, unterbrach der Kapitän ihn. »Boots-mann! Schmeißen Sie den Hund über Bord.«

»Den Hund über Bord schmeißen, Herr Kapitän?« wie-derholte der Bootsmann zögernd.

Dag Daughtrys Gesicht wurde unbewußt hart, während sein Wille sich gleichzeitig zu einem trotzigen Widerstand anschickte, den er nicht scheute, auf seine eigene ruhige Art auf die Spitze zu treiben, wenn es galt, etwas durchzu-setzen. Aber er antwortete ganz ehrerbietig, während er sich, wenn auch mit einiger Anstrengung, wieder zu seinem gewöhnlichen liebenswürdigen Ausdruck zwang: »Er ist ein guter Hund, Herr Kapitän, und ganz harmlos. Ich kann nicht begreifen, was in ihn gefahren ist. Er muß einen Grund gehabt haben, Herr –«

»Das hat er auch«, fiel einer der Passagiere, ein Kokos-plantagenbesitzer vom Archipel, ein.

Der Steward warf ihm einen dankbaren Blick zu und fuhr fort: »Er ist ein guter Hund, Herr Kapitän, ein sehr gehor-samer Hund, Herr Kapitän. – Sehen Sie nur, wie er mitten im Kampfe gehorchte, zu mir kam und sich niederlegte. Er ist der bravste Hund, den man sich denken kann, Herr Ka-pitän, tut alles, was ich ihm sage. Er soll Frieden schließen. Sehen Sie …«

Er trat zu den hysterischen Foxterriern und rief Michael zu sich. »Er ist brav, Killeny. Verstanden, er ist brav«, murmel-te er, während er gleichzeitig die eine Hand auf den einen Terrier und die andere auf Michael legte.

Der Terrier winselte und preßte sich an das Bein Kapitän Duncans, Michael aber kam mit ruhig wedelnder Rute und friedlich hängenden Ohren auf ihn zu, sah, um seiner Sache sicher zu sein, Steward an, beschnüffelte dann seinen früheren Widersacher und streckte sogar die Zunge aus, um zärtlich das Ohr des anderen zu lecken.

»Sehen Sie, Herr Kapitän, es ist keine Schlechtigkeit in ihm«, rief Daughtry triumphierend. »Er ist ein ehrlicher Gegner, Herr Kapitän. Er ist ein sauberer Hund, ein Men-

274

schenhund. – Hierher, Killeny-Boy! Und nun der andere. Der ist auch brav. Gib ihm einen Kuß und schließ Frieden mit ihm. Ist ja dummes Zeug.«

Der andere Foxterrier, der mit dem verletzten Bein, ließ sich Michaels Schnüffeln ruhig gefallen, abgesehen von einigen hysterischen Knurrlauten, die ihm tief aus der Kehle kamen; als Michael aber die Zunge ausstreckte, wurde es ihm doch zuviel. Der verwundete Terrier explodierte und schnappte, wenn auch vergebens, nach Michaels Schnauze.

»Er ist brav, Killeny, er ist brav, ganz gewiß«, ermahnte ihn der Steward schnell.

Mit einem Schlag der Rute, zum Beweis, daß er die Situation verstand, und ohne ein Zeichen von Zorn hob Michael eine Pfote und ließ sie scherzhaft und wie zufällig auf den Hals des andern fallen, so daß er kopfüber auf das Deck rollte.

Der Terrier knurrte wütend, aber Michael wandte sich ruhig um und blickte dem Steward ins Gesicht, in der Hoffnung auf Anerkennung. Eine Lachsalve von den Passagieren begrüßte den Purzelbaum des Foxterriers und das liebenswürdige Auftreten Michaels.

»Jawohl, Herr Kapitän«, fuhr der Steward mit steigender Zuversicht fort. »Ich wette, daß die drei morgen um diese Zeit die besten Freunde sind …«

»Um diese Zeit, in fünf Minuten ist er über Bord«, antwortete der Kapitän. »Bootsmann! Über Bord mit ihm!«

Der Bootsmann trat einen Schritt näher, aber ein protestierendes Gemurmel erhob sich unter den Passagieren.

»Sehen Sie meine Katze und sehen Sie mich an«, rief Kapitän Duncan, um seine Handlungsweise zu rechtfertigen. Der Bootsmann machte noch einen Schritt, aber Dag Daughtry starrte ihn drohend an.

»Wird's bald!« kommandierte der Kapitän.

»Halt!« ergriff der Plantagenbesitzer das Wort. »Seien Sie gerecht gegen den Hund. Ich habe alles gesehen. Er war ganz friedlich. Zuerst ging die Katze auf ihn los. Sie tat es zweimal, ehe er sich wehrte. Sie hätte ihm die Augen aus-

gekratzt. Dann gingen die beiden Hunde auf ihn los. Er
hatte ihnen nichts getan. Dann gingen Sie selbst auf ihn los.
Ihnen hatte er auch nichts getan. Und dann kam der Matrose mit dem Schwapper. Und jetzt wollen Sie, daß der
Bootsmann ihn über Bord wirft. Seien Sie gerecht. Er hat
sich nur verteidigt. Was wollen Sie von einem Hund, der
nun einmal ein Hund ist? Soll er sich von jedem fremden
Hund, von jeder fremden Katze verprügeln lassen? Das
geht nicht, Schiffer. Sie haben ihm ein paar mächtige Tritte
versetzt. Er hat sich nur verteidigt.«

»Ja, eine schöne Verteidigung«, lachte Kapitän Duncan
mit einer Andeutung seiner früheren Liebenswürdigkeit,
während er gleichzeitig behutsam seine Schulter befühlte
und traurig an seinen zerfetzten Leinenhosen hinabsah.
»Na schön, Steward. Wenn Sie ihn dazu kriegen, daß er in
fünf Minuten mit mir Freundschaft geschlossen hat, darf er
an Bord bleiben. Aber ein Paar neue Hosen müssen Sie mir
kaufen, um es wiedergutzumachen.«

»Mit Freuden, Herr Kapitän. Vielen Dank, Herr Kapitän«,
rief Daughtry. »Und eine neue Katze sollen Sie auch haben, Herr Kapitän – hierher, Killeny-Boy. Dies große fella
Herr, er gut genug, darauf kannst du schwören.«

Und Michael lauschte. Aber er lauschte nicht besessen von
der schwelenden, würgenden inneren Hysterie, unter der
die Foxterrier immer noch litten, auch nicht mit zitternden
Muskeln und bebenden, überspannten Nerven, sondern ruhig und gefaßt, als hätte nicht erst vor einem Augenblick
ein regulärer Kampf stattgefunden, als brenne und schmer-
ze sein Körper nicht mehr von Bissen und Tritten. Als er
das erste Mal an den Hosenbeinen schnüffelte, die seine
Zähne vor einem Augenblick zerfetzt hatten, konnte er es
jedoch nicht lassen, zu knurren.

»Berühren Sie ihn, Herr Kapitän«, bat Daughtry.
Und Kapitän Duncan, der wieder zu sich gekommen war,
beugte sich nieder und legte ohne Bedenken seine Hand
fest auf Michaels Kopf. Ja, mehr als das: er streichelte und

276

knetete ihm sogar die Ohren. Und Michael, der frohmütige Michael, der wie ein Löwe kämpfte und wie ein Mann vergab und vergaß, glättete sein Nackenhaar, wedelte mit dem Rutenstummel, lächelte mit Augen, Ohren und Maul und leckte die Hand, mit der er soeben erst gekämpft hatte.

Während des Restes der Reise war Michael der Mittelpunkt des ganzen Schiffes. Er war freundlich zu allen, aber seine Liebe war Steward allein vorbehalten, obwohl er mancher freundschaftlichen Anrempelung seitens der Foxterrier nicht aus dem Wege ging.

»Das ist der spaßigste Hund, den ich je gesehen habe, ohne daß er dabei albern wäre«, lautete Dag Daughtrys Urteil dem Plantagenbesitzer gegenüber, dem er gerade einen seiner Schildpattkämme verkauft hatte. »Sehen Sie, es gibt Hunde, die nie über das Spielstadium hinauskommen und nie etwas taugen. Killeny-Boy aber kann sich zusammennehmen und in einer Sekunde ernst sein. Ich werde es Ihnen zeigen, ich werde es Ihnen beweisen, daß er einen Kopf hat, der bis fünf zählen kann und sich auf drahtlose Telegraphie versteht. Passen Sie auf.«

Im selben Augenblick stieß er seinen schwachen Lippenlaut aus, so schwach, daß er ihn selber kaum hören konnte und fast im Zweifel war, ob er ihn überhaupt hervorgebracht hatte; so schwach, daß der Plantagenbesitzer nichts davon ahnte. In diesem Augenblick lag Michael gerade ein Dutzend Schritte entfernt auf dem Rücken und wand sich, alle viere in die Luft gestreckt, während beide Foxterrier ihn mit gut gespielter Grimmigkeit neckten. Mit einer schnellen Bewegung seiner vier Beine rollte er sich auf die Seite und spähte und lauschte mit forschenden Augen und gespitzten Ohren. Daughtry stieß wieder den Lippenlaut aus; der Plantagenbesitzer hörte und ahnte immer noch nichts. Michael aber sprang auf und war mit einem Satz neben seinem Herrn.

»Das ist ein Hund, was?« prahlte der Steward.

»Aber woher weiß er, daß er zu Ihnen kommen soll?« fragte der Plantagenbesitzer. »Sie haben ihn ja gar nicht gerufen.«

»Telepathie, Seelenverwandtschaft, oder wie Sie es nennen wollen. Sehen Sie, Killeny und ich sind aus demselben Stoff gemacht. Er würde vielleicht mein Bruder und ich der seine sein, wäre nicht irgendwo in der Schöpfungsfabrik ein Irrtum passiert. Und jetzt will ich Ihnen zeigen, daß er sich auch ein wenig aufs Rechnen versteht.«

Und die Papierkugeln aus der Tasche ziehend, führte Dag Daughtry zum Erstaunen und zur Genugtuung aller Passagiere Michaels Fertigkeit vor, bis fünf zu zählen.

»Jawohl, mein Herr«, sagte Daughtry, als die Vorstellung beendet war. »Wenn ich in einer Wirtschaft an Land vier Glas Bier bestellte und nicht bemerkte, daß der Kellner nur drei brächte: Killeny-Boy würde schon Lärm schlagen.«

Seit Michaels Anwesenheit auf der ›Makambo‹ bekannt war, brauchte Kwaque sich nicht mehr mit seiner Maultrommel auf den Rosten über dem Heizraum zu belustigen, jetzt unternahm er, wenn er Gelegenheit dazu hatte, mit Michael in der Kabine Privatexperimente. Wenn die Maultrommel ihre barbarischen Töne erklingen ließ, war Michael hilflos. Er mußte, ob er wollte oder nicht, das Maul öffnen und sein widerstrebendes, gefühlvolles Geheul ausstoßen. Aber wie Jerry, heulte auch er nicht schlechthin. Die Töne glichen eher einem sanften Singen, und es dauerte nicht lange, so konnte Kwaque die Stimme Michaels auf und ab und innerhalb eines gewissen Registers in einer schnurrenden Tonart und mit einem gewissen Takt dirigieren.

Michael liebte diese Stunden nicht, denn da er auf Kwaque herabsah, haßte er es, dem Schwarzen gehorchen zu müssen. Aber alles das sollte sich ändern, als Dag Daughtry sie eines Tages beim Gesangunterricht überraschte. Er holte sofort die Harmonika hervor, mit der er sich, wenn er nicht die Wirtshäuser an Land besuchte, die Zeit zu vertreiben pflegte. Er entdeckte, daß Michael am schnellsten zum Singen zu bringen war, wenn er in Moll spielte; und hatte der Hund erst einmal angefangen, so sang er weiter, solange die Musik anhielt. Michael konnte auch ohne Instrument singen, nur angefeuert und begleitet von der Stimme des Stewards, der in diesem Fall zuerst ein langes, betrübtes ›Kau-Kau‹ jammerte und später in ein altes Lied oder eine Ballade überging, die Michael nur ungern mit Kwaque gesungen hatte, aber freudig mit dem Steward sang, sogar wenn Steward ihn mit an Deck nahm und ihn vor den Passagieren, die vor Lachen brüllten, auftreten ließ.

Am Ende der Reise hatte der Steward ernste Unterredungen mit Kapitän Duncan und mit Michael.

»Die Sache ist nämlich so, Killeny«, begann Daughtry eines Abends, als Michaels Kopf auf dem Knie seines Herrn ruhte, während er ihm bewundernd ins Gesicht starrte, außerstande, auch nur das geringste von dem Gesprochenen zu verstehen, aber begeistert über die Vertraulichkeit, die gewissermaßen im Klang der Worte lag. »Ich stahl dich für Biergeld. Und als ich dich damals auf dem Strande sah, wußte ich, daß ich jederzeit zehn Pfund für dich kriegen konnte. Zehn Pfund sind eine schauerliche Masse Geld. Fünfzig Dollar in amerikanischem Geld und hundert Dollar in chinesischer Münze. Für fünfzig Dollar in Gold könnte man Bier genug kriegen, um darin zu ersaufen, wenn man kopfüber hineinfiele. Aber ich will doch eine Frage an dich richten. Kannst du dir vorstellen, daß ich zehn Pfund für dich nähme? … Los, sprich! Kannst du dir das denken?«

Und Michael schlug mit der Rute den Fußboden, stieß ein scharfes hohes Bellen aus und zeigte dadurch, daß er mit dem Vorgebrachten völlig übereinstimmte.

»Oder laß uns sogar sagen: zwanzig Pfund. Das ist ein schönes Angebot. Würde ich es tun? Was? Würde ich es? Was würdest du zu fünfzig Pfund sagen? Oder gar zu hundert? Ach, hundert Pfund, etwa in Bier angelegt, würden diesen alten Kasten schon zum Schwimmen bringen. Aber wer würde hundert Pfund bieten, Donnerwetter? Den möchte ich sehen, nur ein einziges Mal. Willst du wissen, warum? Schön. Ich will es dir flüstern. Damit ich ihn bitten könnte, sich zum Teufel zu scheren, jawohl!«

Michaels Liebe zu Steward war so groß, daß sie fast zur Verblendung wurde. Und Stewards Gefühle für Michael offenbarten sich deutlich in seiner Unterredung mit Kapitän Duncan.

»Ich versichere Ihnen, Herr Kapitän, daß er mir an Bord nachgelaufen sein muß«, so schloß Daughtry seinen lügenhaften Bericht, »und ich hatte keine Ahnung. Ich sah ihn das letztemal am Strande. Als ich ihn wiedersah, lag er fest schlafend in meiner Koje. Und nun frage ich Sie, Herr Kapitän, wie kam er dahin? Wie machte er gerade meine Kammer ausfindig? Die Lösung des Rätsels überlasse ich Ihnen, Herr Kapitän. Ich nenne es ein Wunder, ein reines Wunder.«

»So sehen Sie aus«, lachte Kapitän Duncan. »Als ob ich Ihre Kniffe nicht kennte, Steward. Es ist kein Wunder. Es ist ganz gemeiner Diebstahl. Ist Ihnen an Bord nachgelaufen? Der Hund ist nie über die Reling geklettert. Er kam durch eine Stückpforte, aber nicht von selber. Ihr Viech von Nigger hat die Hand im Spiel gehabt, darauf möchte ich wetten. Aber wir wollen uns nicht darüber streiten. Geben Sie mir den Hund, und ich werde nicht mehr über die Katze reden.«

Daughtry antwortete: »Wenn Sie glauben, was Sie sagen, würden Sie sich ja mitschuldig an dem Verbrechen machen.«

Und die trotzigen Runzeln, die seine Stirn furchten, zeigten seinen festen Willen. »Ich, Herr Kapitän, ich bin nur ein Schiffssteward, und mir würde es nichts ausmachen, wenn ich wegen Hundediebstahls eingesperrt würde; aber Sie, Herr Kapitän, Sie sind Schiffer auf einem feinen Dampfer – wie würde Ihnen das stehen, Herr Kapitän?

Nein, Herr Kapitän, es ist schon am besten, ich behalte den Hund, der mir an Bord nachgelaufen ist.«

»Ich lege noch zehn Pfund drauf«, bot der Kapitän.

»Nein, es geht nicht, es geht wirklich nicht, Herr Kapitän, Sie sind nun einmal Schiffer«, wiederholte der Steward, melancholisch den Kopf schüttelnd. »Außerdem weiß ich, wo es eine prachtvolle Angorakatze in Sydney gibt. Der Besitzer will aufs Land ziehen und kann sie nicht mehr gebrauchen, und es hieße der Katze einen Freundschaftsdienst erweisen, wenn man ihr ein so gutes und ordentliches Heim wie die ›Makambo‹ verschaffte.«

Ein anderes Kunststück, das Dag Daughtry Michael beibrachte, hob den Hund derart in den Augen Kapitän Duncans, daß er dem Steward fünfzig Pfund bot und ›auf die Katze pfeifen‹ wollte. Zuerst übte Daughtry das Kunststück ganz für sich mit dem ersten Maschinisten und dem Plantagenbesitzer ein. Eine öffentliche Vorstellung veranstaltete er erst, als er voll und ganz zufrieden war.

»Also wir wollen jetzt mal annehmen, daß Sie Schutzleute oder Detektive sind«, sagte Daughtry zum Ersten und Dritten Offizier, »und daß ich ein furchtbares Verbrechen begangen habe. Und wir wollen annehmen, daß Killeny-Boy der einzige Schlüssel ist und daß Sie Killeny-Boy haben. Wenn er seinen Herrn – also mich – wiedererkennt, dann haben Sie Ihren Verbrecher erwischt. Sie führen ihn an der Leine das Deck entlang. Dann kommen Sie auf demselben Wege mit ihm zurück, wir tun, als sei es die Straße, und wenn er mich erkennt, verhaften Sie mich. Wenn er mich aber nicht erkennt, können Sie mich nicht verhaften. Verstehen Sie?«

Die beiden Offiziere führten Michael fort und kamen nach einigen Minuten das Deck entlang. Michael zerrte an der gespannten Leine, um Steward zu suchen.

»Was wollen Sie für den Hund haben?« fragte Daughtry, als sie sich näherten – das war das Stichwort, das er Michael beigebracht hatte.

Und Michael ging vorbei, an der Leine zerrend, ohne auch nur mit der Rute zu wedeln oder einen Blick auf Steward zu werfen. Die Offiziere blieben vor Daughtry stehen und zogen Michael zurück.

»Der Hund hat sich verlaufen«, sagte der Erste Offizier.

»Wir suchen den Besitzer«, fügte der Dritte Offizier hinzu.

»Ist es ein guter Hund? Was wollen Sie für ihn haben?« fragte Daughtry, während er Michael aufmerksam mit kritischen Blicken betrachtete. »Ist er gutartig?«

»Versuchen Sie es«, lautete die Antwort.

Der Steward streckte die Hand aus, um ihm den Kopf zu streicheln, zog sie aber schnell zurück, als Michael mit gesträubtem Haar und boshaft knurrend die Zähne fletschte.

»Keine Angst, er beißt Sie nicht«, sagten die begeisterten Passagiere. Diesmal wäre der Steward fast in die Hand gebissen worden, und er sprang zurück, als Michael wütend, soweit die Leine reichte, auf ihn losfuhr.

»Nehmen Sie ihn weg«, brüllte Daughtry wütend. »Das falsche Vieh! Ich will ihn nicht geschenkt haben!«

Und als sie gehorchten, bemühte Michael sich in einem Wutanfall, umzukehren, und sprang heftig gegen die gespannte Leine an, während er mit größter Wildheit Steward anknurrte.

»Nicht wahr? Wer wollte behaupten, daß er mich je im Leben gesehen hätte?« fragte Daughtry triumphierend.

»Das ist ein Kunststück, das ich noch nie gesehen habe, aber ich habe davon gehört. Die alten Wilddiebe in England pflegten es ihren Hunden beizubringen, damit kein Förster sie mit Hilfe des Hundes überführen konnte.«

»Wissen Sie, er kann viel, der Killeny-Boy. Er kann Englisch. Meine Kabinentür steht offen, und drinnen sind Schuhe, Pantoffeln, Mützen, Handtücher, Handschuhe, Tabaksbeutel und Haarbürste. Sagen Sie, was er davon holen soll.«

Die Passagiere antworteten sofort, gaben aber so verschiedene Antworten, daß jeder Gegenstand verlangt wurde.

»Lassen Sie nur einen von Ihnen den Gegenstand wählen«, riet der Steward.

»Pantoffeln«, sagte Kapitän Duncan.

»Einen oder beide?« fragte Daughtry.

»Beide.«

»Hierher, Killeny-Boy«, begann Dag Daughtry und beugte sich zu ihm nieder, sprang aber zurück, um mit Mühe und Not einem Kieferpaar zu entgehen, das gerade vor seiner Nase zusammenschnappte.

»Meine Schuld«, sagte er. »Ich habe ihm nicht erzählt, daß das andere Spiel aus ist. Aber jetzt hören und sehen Sie genau zu, ob Sie den Wink entdecken können, den ich ihm gebe.«

Nicht ein einziger sah und hörte etwas, aber nichtsdestoweniger sprang Michael, vor Eifer und Freude winselnd, mit lächelndem Maul und den ganzen Körper verdrehend auf Steward los, leckte ihm in wahnsinniger Freude die Hände, drehte und wand sich, als er von den Händen umfaßt wurde, die er eben erst bedroht hatte, und versuchte in kurzen Sprüngen an ihm hochzuspringen, wobei er die Zunge ausstreckte, um das Gesicht seines Herrn zu erreichen. Es war für Michael eine Nerven- und Kopfanstrengung schwerster Art, sich so beherrschen, Komödie spielen und Zorn und Feindschaft gegen seinen geliebten Steward vorgeben zu sollen. »Es dauert etwas, ehe er sich nach solchen Kunststücken erholt«, erklärte Daughtry, während er Michael beruhigte. »So, Killeny-Boy, jetzt geh und hol Pantoffeln! Halt, bring einen Pantoffel, bring zwei Pantoffeln.«

Michael spitzte die Ohren und sah mit großen, fragenden Augen auf. »Zwei Pantoffeln, schnell.«

Der Hund fuhr auf und schoß so blitzschnell davon, daß er flach auf dem Bauch zu liegen schien und seine Hinterfüße auf dem glatten Deck ausrutschten, als er auf dem Wege nach der Treppe um die Ruff fuhr.

Im Augenblick war er zurück und hatte im Maul beide Pantoffeln, die er Steward zu Füßen legte.

»Je mehr ich von Hunden kennenlerne, desto unglaublicher und wunderbarer kommen sie mir vor«, vertraute Dag Daughtry am Abend nach seiner vierten Flasche dem Plantagenbesitzer unter vier Augen an. »Nehmen Sie Killeny-Boy. Er tut nichts rein mechanisch, nur weil ich ihn dazu dressiert habe. Es steckt mehr dahinter. Er tut es, weil er mich liebhat. Ich kann es Ihnen nicht erklären, aber ich fühle es, ich weiß es. Vielleicht ist es das, worauf ich hinziele. Killeny-Boy kann nicht sprechen, wie Sie und ich; daher kann er mir nicht erzählen, wie er mich liebt. Aber er ist lauter Liebe, vom Scheitel bis zur Sohle. Und da Taten lauter sprechen als Worte, erzählt er mir, wie er mich liebt, indem er diese Dinge für mich tut. Kunststücke? Selbstverständlich. Aber im Vergleich mit ihnen werden die schönsten Redensarten des Menschen zu nichts. Natürlich ist es Rede. Stumme Hunderede. Als ob ich das nicht wüßte. So gewiß ich ein lebendiger, zu Mühe und Arbeit geborener Mensch bin, ebenso gewiß ist es, daß ich ihn glücklich mache, wenn ich ihn Kunststücke für mich ausführen lasse, ganz wie es einen Mann glücklich macht, wenn er einem Kameraden in einer kitzligen Situation beisteht, oder wie ein Liebender glücklich ist, wenn er seinen Mantel um das Mädchen legt, das er liebt, damit sie nicht friert. Ich kann Ihnen versichern …«

Hier konnte Daughtry nicht weiter; er war außerstande, den Vorstellungen, die in seinem vom Bier erregten und durchdünsteten Hirn rumorten, Ausdruck zu verleihen, aber nach einigem Stammeln und Schlucksen begann er von neuem.

»Sie wissen, die Sprache ist die Hauptsache, und Killeny kann nicht sprechen. Er hat Gedanken in seinem Kopfe – die können Sie aus seinen herrlichen braunen Augen leuchten sehen –, aber er kann sie mir nicht mitteilen. Oh, ich sehe manchmal, wie er sich bemüht, mir etwas zu erzählen, so sehr, daß er beinahe platzt. Es ist ein großer Abgrund zwischen ihm und mir, die Sprache ist beinahe die

einzige Brücke, und er kann nicht über den Abgrund gelangen, obwohl er Gedanken und Gefühle hat wie ich.
Aber, wissen Sie, am nächsten kommen wir uns, wenn ich
Harmonika spiele und er singt. Es ist ein wirkliches Singen
ohne Worte. Und … ich kann nicht erklären wie … aber
einerlei, wenn wir mit unserm Lied fertig sind, fühle ich,
daß wir uns ein ganz Teil erzählt haben, zu dessen Verständnis wir keine Worte brauchen.«
Dag Daughtry hielt in seinen Gedanken inne und schloß,
um seine Verlegenheit zu verbergen, mit einer prahleri-
schen Lobrede auf Michael.
»Oh, glauben Sie mir, Hunde wie ihn gibt es nicht alle Tage. Jawohl, ich habe ihn gestohlen. Ich sah, daß er gut war.
Und wenn es wieder dazu käme und ich kennte ihn, wie ich
ihn jetzt kenne, so würde ich ihn wieder stehlen, und wenn
es mich ein Bein kostete. Solch ein Hund ist er.«
An dem Morgen, als die ›Makambo‹ in den Sydneyer Ha-
fen einlief, machte Kapitän Duncan noch einen Versuch,
Michael zu erhalten. Die Barkasse des Hafenarztes war ge-
rade längsseits gekommen, als er Daughtry, der das Deck
entlangkam, zunickte: »Steward, ich gebe Ihnen zwanzig
Pfund.«
»Nein, Herr Kapitän, vielen Dank«, antwortete Daughtry.
»Ich könnte es nicht übers Herz bringen, mich von ihm zu
trennen.«
»Also fünfundzwanzig Pfund. Weiter kann ich nicht gehen.
Es gibt doch viele irische Terrier in der Welt.«
»Eben, Herr Kaptän. Und ich will Ihnen einen verschaffen,
hier in Sydney, ohne daß es Sie einen Pfennig kostet, Herr
Kaptän.«
»Aber ich möchte eben Killeny-Boy haben«, beharrte der
Kapitän.
»Und ich auch, das ist das Schlimmste. Und ich habe ihn zu-
erst bekommen.«
»Fünfundzwanzig Pfund sind ein hübsches Sümmchen …
für einen Hund«, sagte Kapitän Duncan.

»Und Killeny-Boy ist ein hübscher Hund ... für das Geld«, antwortete der Steward schlagfertig. »Wissen Sie, Herr Kaptän, wenn wir ganz nüchtern davon reden wollen, so sind seine Kunststücke allein mehr wert. Daß er mich nicht erkennt, wenn ich es nicht haben will, ist an sich schon fünfzig Pfund wert, und dazu kommen noch sein Zählen und Singen und all seine andern Nummern. Ich pfeife darauf, wie ich ihn gekriegt habe. Jedenfalls konnte er damals die Kunststücke noch nicht. Die Kunststücke gehören mir. Ich hab' sie ihm beigebracht. Er ist nicht derselbe Hund, als der er an Bord kam. Jetzt ist er ein ganz Teil von mir selbst, und ihn verkaufen, hieße ein Stück von mir selbst verkaufen.«

»Dreißig Pfund«, sagte der Kapitän entschlossen.

»Nein, Herr Kapitän«, sagte Daughtry ebenso entschlossen. Und Kapitän Duncan mußte gehen, um den Hafenarzt zu begrüßen, der in diesem Augenblick das Deck betrat.

Kaum war die ›Makambo‹ durch die Quarantäne geschlüpft, als sie auf der Fahrt durch den Hafen zum Pier von einer schmucken Kriegsschiffbarkasse angelaufen wurde, und gleich darauf erkletterte ein schmucker Leutnant das Fallreep der ›Makambo‹.

Sein Auftrag war bald erklärt. Die ›Albatros‹, ein britischer Kreuzer zweiter Klasse, hatte Tulagi mit Depeschen vom Großkommissar der englischen Südseebesitzungen angelaufen. Das war zwölf Stunden nach Abfahrt der ›Makambo‹ geschehen, und der Kommissar der Salomoninseln sowie Kapitän Kellar hatten beide gemeint, daß der vermißte Hund an Bord des Dampfers entführt worden war. Der Kapitän der ›Albatros‹, der wußte, daß sein Schiff die ›Makambo‹ in Sydney treffen würde, hatte es übernommen, nach dem Hunde zu forschen.

Ob ein auf den Namen Michael hörender irischer Terrier an Bord sei?

Kapitän Duncan gab wahrheitsgetreu zu, daß er an Bord war, deckte jedoch weniger wahrheitsgetreu Dag Daughtry, indem er die Geschichte wiederholte, daß der Hund von selbst an Bord gekommen wäre. Die nächste Frage war, wie man den Hund Kapitän Kellar zurückschicken sollte. Denn die ›Albatros‹ befand sich auf dem Wege nach Neuseeland.

Kapitän Duncan antwortete dem Leutnant: »In acht Wochen ist die ›Makambo‹ wieder in Tulagi, und ich werde den Hund persönlich seinem Besitzer übergeben. Inzwischen werde ich gut auf ihn aufpassen. Unser Steward hat ihn sozusagen adoptiert. Er ist also in guten Händen.«

»Mir scheint, daß keiner von uns den Hund kriegt«, bemerkte Daughtry resigniert, als Kapitän Duncan ihm die Situation erklärt hatte.

Als Daughtry sich aber umdrehte und das Deck hinabschritt, runzelte er die Stirn in seinem angeborenen Trotz so, daß der Plantagenbesitzer, der es bemerkte, nachdachte, weshalb der Kapitän ihn wohl ausgescholten haben mochte.

Trotz seiner sechs Liter täglich und seiner leichtfüßigen Natur besaß Dag Daughtry gewisse gute Eigenschaften. Konnte er auch einen Hund oder eine Katze ohne Gewissensbisse stehlen, so tat er doch seine Arbeit gut, das lag nun einmal in seiner Natur. Er konnte seine Löhnung als Steward nicht beziehen, ohne treulich die Arbeit eines Stewards zu tun. Wenn sein Entschluß auch schon in den nicht wenigen Tagen, die die ›Makambo‹ am Burns-Philp-Pier in Sydney lag, gefaßt war, so sorgte er doch dafür, daß dafür die Kabinen gründlich aufgeräumt und für den Empfang der neuen Passagiere vorbereitet wurden, die sich Billetts für Reisen nach dem Korallenmeer und den Menschenfresserinseln gekauft haben mochten.

Diese Arbeit wurde nur von einem frohen Abend und zwei freien halben Nachmittagen unterbrochen. Der frohe Abend war den Wirtshäusern gewidmet, die von Seemännern besucht werden und wo man den neuesten Klatsch und die letzten Neuigkeiten über Schiffe und seefahrendes Volk hören kann. Bei mancher Flasche Bier zog er so eingehende Erkundigungen ein, daß er sich am nächsten Nachmittag für den Preis von zehn Schilling eine kleine Barkasse mietete und durch den Hafen nach der Jacksonbucht fuhr, wo der hochgetakelte, feingebaute Schoner ›Mary Turner‹ lag.

Als er an Bord geklettert war und erklärt hatte, was er wollte, wurde er in die Hauptkajüte geführt, wo er sich mit einem Quartett von Männern unterhielt, das Daughtry bei sich ›eine komische Gesellschaft‹ nannte. Dank seiner langen Unterhaltung mit dem Steward, der das Schiff verlassen hatte, wußte Daughtry über die vier Männer Bescheid. Der, welcher zuhinterst und für sich saß und wasserblaue Augen von einer so blassen Farbe hatte, daß das Blau fast wie verblichenes Weiß aussah, mußte ›der alte Seemann‹ sein. Lange dünne Zotteln silberweißen, ungekämmten Haares umrahmten sein Gesicht wie eine Glorie. Er war dünn, beinahe mager, hohlwangig, und Hautlappen, die nicht mehr Fleisch und Muskeln umspannten, hingen grotesk an seinem Hals herab und verbargen den Adamsapfel, der nur hin und wieder bei merkwürdigen Schluckbewegungen aus der mumienhaften Hautfülle hervorguckte, um gleich wieder in sein Versteck zurückzugleiten.

Ein richtiger alter Seebär, dachte Daughtry. Er kann fünfundsiebzig, aber ebensogut hundertfünf oder hundertfünfundsiebzig Jahre alt sein.

Eine unheimliche Narbe, die an der rechten Schläfe begann, spaltete den Backenknochen, ging durch die hohle Wange, erstreckte sich über den Unterkiefer und verschwand zwischen den ungeheuren Hautfalten am Halse. Die welken Ohrläppchen waren wie bei Zigeunern von Goldringen durchbohrt. An den skelettartigen Fingern seiner Hand staken nicht weniger als fünf Ringe – keine Herren- und auch keine Damenringe, sondern ›Stutzerringe‹ –, die, wie Daughtry abschätzend bei sich sagte,

›etwas einbringen konnten‹. Auf der Linken staken keine Ringe, es waren nämlich keine Finger dafür da. Die Hand hatte nur einen Daumen; im übrigen war auch das meiste von der Hand selbst verschwunden, wie abgeschnitten von derselben schneidenden Klinge, die ihm von der Schläfe bis zum Kiefer und, der Himmel allein wußte, wie weit hinab, den hautbehängten Hals gespalten hatte. Die verblichenen Augen des alten Seemanns schienen Daughtry zu durchbohren, oder wenigstens hatte Daughtry das Gefühl, was ihm so unheimlich war, daß er hin und wieder ein Stück zur Seite rückte. Das war angängig, weil man es für eine Selbstverständlichkeit hinnahm, daß er als Bedienter, der eine Stellung suchte, Angesicht zu Angesicht mit den vier Sitzenden dastehen sollte, als wären sie Richter am Richtertische und er der Verbrecher auf der Anklagebank.

Aber das Auge des Alten schien ihn andauernd zu verfolgen, bis er nach genauerer Beobachtung zu dem Ergebnis kam, daß der Blick gar nicht ihm galt. Diese verblichenen, blassen Augen schienen von Träumen verschleiert zu sein und der Verstand, der in diesem Schädel wohnte, schien zu flattern, gegen Traumbilder zu stoßen und nicht weiterzukönnen.

»Wieviel verlangen Sie?« fragte der Kapitän, nach Daughtrys Ansicht ein sehr wenig seemännischer Kapitän, eher ein tüchtiger kleiner Geschäftsmann oder ein soeben aus einem Modegeschäft gekommener Geck.

»Er soll keinen Anteil haben«, erklärte ein anderer von den vieren, ein großer, derb gebauter Mann in mittleren Jahren, in dem Daughtry wegen seiner lederartigen Hände den kalifornischen Weizenfarmer erkannte, den der frühere Steward ihm beschrieben hatte.

»Mehr als genug für alle«, erschreckte der alte Seemann Daughtry, in schrillem Ton quakend. »Massenweis, meine Herren, in Fässern und Kisten, in Fässern und Kisten, einen Faden tief unterm Sande.«

»Anteil – woran?« fragte Daughtry, obwohl er sich gut erinnerte, daß der andere Steward an dem Tage, als er von San Francisco abfuhr, über einen unsicheren Gewinn statt eines richtigen regulären Lohnes geflucht hatte. »Das macht nichts«, fügte er schnell hinzu. »Ich habe einmal eine Reise mit einem Walfänger gemacht. Drei Jahre dauerte sie, und als ich abgemustert wurde, kriegte ich einen Dollar. Lohn ist mir lieber, sechzig Goldstücke monatlich, weil Sie nur vier sind.«

»Und ein Steuermann«, fügte der Kapitän hinzu.

»Und ein Steuermann«, wiederholte Daughtry.

»Ausgezeichnet. Und keinen Anteil.«

»Aber wie steht es mit Ihnen«, sagte der vierte Mann, ein ungeheurer, fettig aussehender Fleischberg – der armenische Jude und San Franciscoer Pfandleiher, vor dem der frühere Steward ihn gewarnt hatte. »Haben Sie Papiere – Empfehlungen, Abmusterungsscheine?«

»Mit demselben Recht«, sagte Daughtry frech, »könnte ich nach Ihren Papieren fragen. Dies hier ist ebensowenig ein gewöhnliches Fracht- oder Passagierschiff, wie Sie, meine Herren, eine gewöhnliche Gesellschaft von Schiffsreedern mit wirklichen Bureaus und regulärem Geschäft sind. Wie kann ich wissen, ob das Schiff überhaupt Ihnen gehört, ob die Kompanie nicht längst aufgeflogen ist und ob Sie mich nicht irgendwo auf einem wüsten Strand absetzen und mir keinen Pfennig geben. Aber meinetwegen« – selbst Komödie spielend, kam er dem Wutanfall des Armeniers zuvor, der, wie er wußte, auch nichts anderes als Komödie war –, »meinetwegen, hier sind meine Papiere.«

»Ich frage nicht nach Ihren Papieren«, fuhr er fort. »Das einzige, wonach ich frage, ist: Bargeld am Ersten jedes Monats, sechzig Dollar monatlich in Gold.«

»Massenweis, Gold über Gold, und Besseres als das, in Fässern und Kisten, in Fässern und Kisten, einen Faden tief unterm Sande«, versicherte der alte Seemann ihm, freigebig quakend. »Königskronen und Fürstentümer und Schätze! Für jeden, selbst für den Geringsten von uns. Und noch viel mehr, meine Herren, noch viel mehr. Ich habe Längengrad und Breitengrad und die Peilung von den Eichenspanten auf dem Grunde bis zum Löwenkopf und die Kreuzpeilung von den unnennbaren Punkten, die ich allein kenne. Ich bin der einzige Überlebende von der tapferen, tollen, lumpigen Besatzung …«

»Wollen Sie darauf eingehen?« fragte der Armenier, das Lallen des anderen unterbrechend.

»Von welchem Hafen ist es losgegangen?« fragte Daughtry.

»San Francisco.«

»Dann will ich anheuern, unter der Bedingung, daß ich in San Francisco wieder abgemustert werde.«

Der Armenier, der Kapitän und der Farmer nickten.

»Aber es sind noch verschiedene Dinge, über die wir uns einigen müssen«, fuhr Daughtry fort. »Erstens verlange ich sechs Liter täglich. Das bin ich gewöhnt, und ich bin zu alt, um meine Gewohnheiten zu ändern.«

»Schnaps, vermutlich?« sagte der Armenier sarkastisch.

»Nein, Bier, gutes englisches Bier. Sie müssen dafür sorgen, daß genügend Vorrat mitgenommen wird, ohne Rücksicht auf die Dauer der Reise.«

»Sonst noch etwas?« fragte der Kapitän.

»Jawohl«, antwortete Daughtry. »Ich habe einen Hund, der mitgenommen werden muß.«

»Sonst noch was –? Vielleicht Frau oder Familie?«

»Weder Frau noch Familie. Aber ich habe einen Nigger, einen durch und durch ehrlichen Nigger, der auch mit muß. Wenn er die ganze Zeit für das Schiff arbeiten soll, muß er zehn Dollar monatlich haben. Wenn er die ganze Zeit für mich arbeitet, können Sie ihn für zweieinhalb Dollar anheuern.«

»Achtzehn Tage in der Pinasse«, schrillte der alte Seemann zu Daughtrys Entsetzen. »Achtzehn Tage in der Pinasse. Achtzehn Tage in der Hölle.«

»Wahrhaftig«, meinte Daughtry. »Von dem alten Herrn

kann man Delirium kriegen. Sie müssen durchaus dafür sorgen, daß massenhaft Bier vorhanden ist.«

»Die Stewards werden feine Herren, das muß ich sagen«, meinte der Weizenfarmer, ohne sich um den alten Seemann zu kümmern, der immer noch von der Hitze in der Pinasse erzählte.

»Wenn wir aber keinen Vorteil darin sehen, einen Steward anzuheuern, der auf diese Weise reist?« fragte der Armenier und wischte die Innenseite seines Kragens mit einem bunten Taschentuch.

»Dann werden Sie nie zu wissen kriegen, welch ein guter Steward Ihnen entgangen ist«, antwortete Daughtry leicthin.

»Ich sollte mich sehr irren, wenn es nicht massenhaft andere Stewards im Sydneyer Hafen gibt«, sagte der Kapitän schnell. »Und ich habe nicht die alten Tage vergessen, als ich sie wie Dreck, ja, weiß Gott, wie Dreck anheuern konnte, so viele gab es.«

»Vielen Dank, Herr Steward, daß Sie uns die Ehre erwiesen haben«, sagte der Armenier mit höhnischer Liebenswürdigkeit. »Wir bedauern außerordentlich, daß wir nicht in der Lage sind, Ihre Wünsche in dieser Beziehung zu befriedigen …«

»Und dann geht es in den Sand hinunter, einen Faden tief in den Sand. Bei der unnennbaren Kreuzpeilung, wo die Mangroven verdorren und die Kokospalmen wachsen und das Land vom Strand bis zum Löwenkopf ansteigt.«

»Maul halten«, sagte der Weizenfarmer gereizt, nicht zu dem alten Seemann, sondern zu dem Kapitän und dem Armenier gewandt. »Wer bezahlt die Expedition? Habe ich nichts zu sagen? Wird gar nicht nach meiner Meinung gefragt? Mir gefällt der Mann. Ich glaube, er ist von der richtigen Sorte. Ich sehe, daß er ebenso höflich wie alle anderen ist, und ich kann sehen, daß er einen Befehl ohne Einwände entgegennimmt. Und ein Dummkopf ist er auch nicht. Im Gegenteil.«

»Das ist es ja gerade, Grimshaw«, antwortete der Armenier beruhigend. »In Anbetracht des Umstandes, daß unsere – Expedition ein bißchen ungewöhnlich ist, wäre uns besser mit einem Steward gedient, der etwas dümmer wäre.«

»Andererseits wollen Sie freundlichst nicht vergessen, daß Sie nicht einen roten Heller mehr in die Reise gesteckt haben als ich –«

»Und was würde das euch beiden nützen, wenn ich nicht mit meinen seemännischen Kenntnissen da wäre?« fragte der Kapitän gekränkt. »Gar nicht zu reden von der Hypothek auf mein Haus, das reizendste, rentabelste kleine Mietshaus, das es seit dem Erdbeben in San Francisco gibt.«

»Aber wer muß immer blechen? Ich frage euch alle.« Der Weizenfarmer beugte sich vor und stützte die Hände auf die Knie, daß die Finger an seinen Schienbeinen entlang hingen, halb bis zu den Füßen hinab, wie es Daughtry schien. »Sie, Kapitän Doane, können nicht einen roten Heller mehr auf Ihre Grundstücke kriegen. Auf meinem Boden wächst immer der Weizen, der das Bargeld einbringt. Sie, Simon Nishikanta, wollen nichts mehr herausrücken obgleich Ihre blutsaugerische Pfandleihe immer noch die alten Geschäfte mit besoffenen Seeleuten zu Gott weiß welchen Prozenten macht. Und Sie haben die Expedition in diesem Loch vermauert, um abzuwarten, daß mein Agent weiteres Geld telegraphiert. Nun, ich denke, wir tun am besten, wenn wir diesen Steward für sechzig monatlich und alles, was er sonst verlangt, anheuern, sonst lasse ich euch einfach sitzen und fahre mit dem nächsten Dampfer nach San Francisco zurück.«

Er stand plötzlich auf und ragte so hoch empor, daß Daughtry erwartete, seinen Scheitel an die Decke stoßen zu sehen.

»Ihr hängt mir alle zum Hals heraus, jawohl«, fuhr er fort. »Macht schnell! Los! Mein Geld ist unterwegs. Morgen wird es hier sein. Laßt uns einen Steward anheuern, der ein wirklicher Steward ist. Mir ist es einerlei, und wenn er zwei Familien mitbringt.«

»Ich glaube, Sie haben recht, Grimshaw«, sagte Simon Nishikanta beruhigend. »Wir fangen an, ein bißchen nervös zu werden. Nichts für ungut. Selbstverständlich nehmen wir diesen Steward, wenn Sie ihn haben wollen. Ich dachte, er wäre Ihnen zu anspruchsvoll.«

Er wandte sich an Daughtry. »Natürlich – je weniger an Land über uns gesprochen wird, desto besser.«

»Jawohl, Herr. Ich kann dichthalten, aber es ist wohl am besten, wenn ich Ihnen gleich erzähle, daß im Hafen allerhand über Sie gemunkelt wird.«

»Über das Ziel unserer Expedition?« fragte der Armenier schnell. Daughtry nickte.

»Ist das der Grund, daß Sie mit uns fahren wollen?« fragte er ebenso eifrig. Daughtry schüttelte den Kopf.

»Solange Sie mir jeden Tag mein Bier geben, interessiert mich Ihre Schatzgräberei nicht. Das ist nichts Neues für mich. Die Südsee wimmelt von Schatzsuchern –« Daughtry hätte fast darauf schwören mögen, einen Schimmer von Angst den Traumschleier, der die Augen des alten Seemanns verdunkelte, durchbrechen zu sehen. –

»Und ich muß Ihnen sagen, Herr«, fuhr er sehr beredt fort, obwohl er sagte, was er nicht gesagt haben würde, wäre er nicht fast sicher gewesen, soeben recht gesehen zu haben, »daß es Schätze wie Läuse in der Südsee gibt. Zum Beispiel auf den Keeling-Kokosinseln. Millionen und Abermillionen warten auf den glücklichen Mann mit der glücklichen Hand.«

Diesmal hätte Daughtry schwören mögen, einen veränderten, gleichsam befreiten Ausdruck in den Augen des alten Seemanns gesehen zu haben, die wieder von Träumen verschleiert wurden.

»Aber ich interessiere mich nicht für Schätze, Herr«, schloß Daughtry. »Was mich interessiert, ist das Bier. Sie können auf die Jagd nach Ihren Schätzen gehen, mir ist es gleich, wie lange es dauert, wenn ich nur jeden Tag meine sechs Literflaschen den Hals brechen kann. Aber ich sage es Ihnen offen und ehrlich, ehe ich anheuere: Wenn das Bier auf die Neige geht, gedenke ich mich für das zu interessieren, wonach Sie aus sind. Ehrliches Spiel ist mein Wahlspruch.«

»Verlangen Sie, daß wir Ihnen das Bier bezahlen?« fragte Simon Nishikanta.

Das klang in Daughtrys Ohren fast zu herrlich, um wahr zu sein. Aber jetzt, da der Armenier sich mit dem Weizenfarmer vertragen hatte, dessen Agent immer wieder Geld schickte, war es Zeit, das Eisen zu schmieden.

»Gewiß, das ist eine unserer Vereinbarungen, Herr. Wann würde es Ihnen passen, den Vertrag beim Heuerbaas zu machen, morgen nachmittag?«

»Fässer und Kisten voll, Fässer und Kisten voll, massenweise, einen Faden tief unter dem Sande«, lallte der alte Seemann.

»Einen kleinen Nagel haben Sie alle«, grinste Daughtry. »Aber das geht mich nichts an, solange Sie mich mit Bier versehen, mir ehrlich am Ersten jedes Monats bezahlen, was ich zu kriegen habe, und mich schließlich in San Francisco abmustern. Solange Sie Ihr Wort halten, fahre ich mit Ihnen bis ans Ende der Welt und wieder zurück und sehe Ihnen zu, wenn Sie Ihre Fässer aus dem Sande wühlen.«

Simon Nishikanta blickte die anderen an. Grimshaw und Kapitän Doane nickten.

»Also sagen wir morgen nachmittag um drei beim Heuerbaas«, sagte der Armenier. »Wann wollen Sie Ihren Dienst antreten?«

»Wann fahren Sie ab, Herr?« fragte Daughtry.

»Übermorgen früh.«

»Dann werde ich morgen im Laufe des Abends an Bord kommen und meinen Dienst antreten.«

Als er den Kajütsniedergang hinaufging, konnte er noch

den alten Seemann lallen hören: »Achtzehn Tage in der Pinasse, achtzehn Tage in der Hölle ...«

Michael verließ die ›Makambo‹ genauso, wie er sie betreten hatte: durch eine Stückpforte. Ganz wie damals geschah es abends, und auch diesmal waren es Kwaques Hände, die ihn entgegennahmen. Es war ein schnelles, gewagtes Stück. Vom Bootsdeck hatte Dag Daughtry seinen aussätzigen Diener an einer unter den Armen hindurchgezogenen und an einem Pflock befestigten Bugleine in das wartende Boot hinabgefiert.

Auf der Treppe begegnete er Kapitän Duncan, der die Gelegenheit benutzte, um ihn zu warnen: »Keine Dummheiten, Steward. Killeny-Boy muß mit uns nach Tulagi.«

»Gewiß«, antwortete der Steward. »Ich habe ihn der Sicherheit halber in meine Kabine eingesperrt. Wollen Sie ihn sehen, Herr Kapitän?«

Gerade diese freimütige Einladung kam dem Kapitän verdächtig vor, und ihm fuhr der Gedanke durch den Kopf, daß der Hundedieb von Steward Killeny-Boy schon irgendwo an Land versteckt hätte.

»Ja, ich hätte schon Lust, ihn zu begrüßen«, antwortete er. Und er war wirklich überrascht, als er in die Kabine des Stewards trat und Michael erblickte, der sich vom Fußboden erhob, wo er zusammengerollt geschlafen hatte. Hätte der Kapitän aber durch die geschlossene Tür sehen können, was unmittelbar darauf geschah, so wäre sein Erstaunen unermeßlich gewesen. Durch die offene Stückpforte reichte Daughtry ein Stück nach dem andern vom Inhalt der Kabine hinaus. Sein ganzes Eigentum wurde hinausbefördert, einschließlich Schildpattschalen, Photographien und Wandkalender. Zuletzt kam Michael, dem strengstes Schweigen auferlegt war. Zurück blieben nur eine Schiffskiste und zwei Koffer, die ihrer Größe wegen nicht durch die Öffnung gegangen wären und die deshalb vollständig geleert waren. Als Daughtry einige Minuten später das Deck hinabschlenderte und an der Zollbrücke stehenblieb, um sich mit dem Zolloffizier und einem Quartiermeister zu unterhalten, ahnte Kapitän Duncan nicht, daß er seinen Steward, dem er zufällig einen Blick zuwarf, das letzte Mal sah. Mit leeren Händen und ohne Hund sah er ihn über die Laufbrücke und gemächlich den Kai unter den Bogenlampen entlanggehen.

Zehn Minuten, nachdem Kapitän Duncan seinen breiten Rücken hatte verschwinden sehen, saß Daughtry mit all seinen Besitztümern im Boot und hielt auf die Jacksonbucht zu. Er beugte sich über Michael und streichelte ihn, während Kwaque, ganz leise vor Freude singend, weil er mit allem, was ihm auf der Welt teuer war, zusammen war, noch einmal in der Seitentasche seiner dünnen Jacke nachfühlte, um sich zu vergewissern, ob er seine geliebte Maultrommel nicht vergessen hatte.

Dag Daughtry hatte Michael nicht umsonst bekommen, er hatte gut für ihn bezahlt. Unter anderem hatte er keinen Verdacht erregen wollen, indem er seine Heuer bei der Burns Philp Company abhob. Sein Guthaben von zwanzig Pfund hatte er schießenlassen, und das war genau die Summe, die er in jener Nacht am Strande von Tulagi durch den Verkauf Michaels zu erhalten gedacht hatte. Er hatte ihn gestohlen, um ihn zu verkaufen, und jetzt bezahlte er den Preis für ihn, der ihn gelockt hatte. Und während das Boot sich unter den Sternen des südlichen Himmels über den stillen Hafen wiegte, fühlte Dag Daughtry, daß er selbst sein Leben aufs Spiel gesetzt haben würde, um im Besitz dieses Hundes zu bleiben, den er ursprünglich in soundso viele Flaschen Bier umzusetzen gedacht hatte.

Die ›Mary Turner‹ wurde kurz nach Tagesanbruch von einem Schlepper hinausgeschleppt, und Daughtry, Kwaque und Michael warfen einen letzten Blick auf den Sydneyer Hafen.

»Noch einmal haben diese alten Augen den schönen Hafen gesehen«, plapperte der alte Seemann, der neben ihnen zurückschaute; und Daughtry bemerkte unwillkürlich, wie der Weizenfarmer und der Pfandleiher die Ohren spitzten, lauschten und beredte Blicke miteinander wechselten. »Es war zweiundfünfzig, im Jahre 1852, an einem Tage wie heute, als wir, alle Mann an Deck, trinkend und singend, an Bord der ›Wide Awake‹ Sydney verließen. Ein schönes Schiff, meine Herren, ach, ein ungewöhnlich gutes und schönes Schiff. Eine Besatzung, eine brave Besatzung, lauter junge Leute, wir alle zusammen, vorn und achtern, keiner über Vierzig, eine tolle, lustige Besatzung. Der Kapitän war ein älterer Herr von achtundzwanzig, der dritte Offizier war achtzehn Jahre, die Daunen, die noch nie ein Messer gesehen hatten, saßen wie feiner Samt auf seiner Backe. Er starb auch in der Pinasse, und der Kapitän hauchte sein Leben unter den Palmen auf der unnennbaren Insel aus, während die braunen Mädchen rings weinten und seinen brennenden Lungen Luft zufächelten.«

Dag Daughtry hörte nicht mehr, denn er ging nach unten, um sich seinen neuen Pflichten zu unterziehen. Als er aber die Kojen in Ordnung brachte, reine Laken auflegte und Kwaques Aufmerksamkeit auf die lange vernachlässigten Fußböden lenkte, schüttelte er den Kopf und murmelte: »Ein durchtriebener Bursche. Es ist nicht jeder so dumm wie er aussieht.«

Die ›Mary Turner‹ verdankte ihre schönen Linien dem Umstand, daß sie als Robbenfänger gebaut war, und aus demselben Grunde gab es auch mehr Platz als genug an Bord. Die Back, die zwölf Kojen enthielt, beherbergte nur acht skandinavische Seeleute. Die fünf Kabinen boten Schlafplätze für die drei Schatzsucher, den alten Seemann und den Steuermann, einen derben, gutmütigen russischen Finnen, der Herr Jackson genannt wurde, da seine Genossen den Namen, der in seinen Papieren stand, nicht aussprechen konnten.

Es blieb noch das Zwischendeck vor der Hauptkajüte, von dieser durch ein Schott getrennt, mit einem Niedergang zum Hauptdeck. Auf diesem Deck, zwischen Hütte und

Kajütsniedergang, stand die Kombüse. Im Zwischendeck, das weit geräumiger als die Hauptkajüte war, befanden sich sechs große Kojen, jede doppelt so breit wie die Kojen in der Back und jede mit Vorhängen versehen und ohne eine zweite Koje darüber.

»Ein prachtvolles fella Loch, nicht wahr, Kwaque?« sagte Daughtry zu seinem siebzehnjährigen braunhäutigen Papua mit dem welken, alten, an einen Hundertjährigen erinnernden Gesicht. »Nicht wahr, Kwaque! Was meinen du fella?«

Kwaque aber, zu überwältigt von der Räumlichkeit, um reden zu können, gab seine Zustimmung nur durch ein beredtes Rollen seiner Augen zu erkennen.

»Du mögen dies Stück Koje?« fragte der Koch, ein kleiner alter Chinese, den Steward eifrig und demütig, indem er dem weißen Mann mit einer Armbewegung seine eigene Koje anbot.

Daughtry schüttelte den Kopf. Er hatte früh gelernt, daß es klug war, sich mit Schiffsköchen gut zu stellen, weil Schiffsköche allgemein für ihre Neigung bekannt waren, ihre Kameraden beim geringsten Anlaß mit Schlachtermessern und Fleischbeilen in Stücke zu hacken. Außerdem befand sich eine ebenso gute Koje an der gegenüberliegenden Wand, weit von der des Chinesen. Die Koje an Backbord, gleich achtern von der des Kochs, teilte Daughtry Kwaque zu. So behielt er für sich und Michael die ganze Steuerbordseite mit ihren drei Kojen. Die achtern von der seinen bezeichnete er als ›Killeny-Boys Koje‹ und rief Kwaque und den Koch, um es ihnen begreiflich zu machen.

Daughtry hatte die Empfindung, daß der Koch, der sich schnell und unaufgefordert als Ah Moy vorgestellt hatte, mit dem Arrangement nicht ganz zufrieden war; aber das berührte ihn nicht weiter, außer daß er einen Augenblick ein gewisses neugieriges Interesse für diesen Chinesen spürte, dem es unangenehm war, daß ein Hund eine Koje im selben Raum wie er haben sollte.

Als er eine halbe Stunde später, nachdem er die Hauptkajüte aufgeräumt hatte, ins Zwischendeck zurückkehrte,
um sich von Kwaque eine Flasche Bier geben zu lassen,
bemerkte Daughtry, daß Ah Moy sein ganzes Bettzeug in
die dritte Koje an Steuerbord geschafft hatte. So hauste er
mit Daughtry und Michael auf derselben Seite und hatte
Kwaque das halbe Zwischendeck für sich überlassen.
Daughtrys Neugier wurde wieder rege.

»Was Name das fella Chinamann?« fragte er Kwaque. »Er
nicht mögen, du fella Junge bleiben auf fella Seite bei ihm.
Warum? Mein Wort! Was Name? Das fella Chinamann machen mich cross auf ihn zuviel.«

»Ich glauben, das fella Chinamann vielleicht er denken,
mich kai-kai ihn«, grinste Kwaque, der hin und wieder einmal witzig sein konnte.

»Schön«, schloß der Steward. »Wir finden es schon heraus.
Du bringen meine Koje weg, ich bringen Koje von Chinamann weg.«

Als das besorgt war, so daß Kwaque, Michael und Ah Moy
an Steuerbord schliefen, während Daughtry allein eine Koje an Backbord hatte, begab er sich an Deck und nach achtern an seine Arbeit. Als er wiederkam, sah er, daß Ah Moy
wieder nach Backbord gezogen war, diesmal aber in die
letzte Koje achtern.

»Es scheint, daß der Kerl sich in mich verliebt hat«, lachte
der Steward bei sich.

Er konnte auch nicht erraten, warum Ah Moy stets eine
Koje auf der entgegengesetzten Seite von der Kwaques
wählte.

»Ich umziehen«, erklärte der kleine alte Koch als Antwort
auf Daughtrys direkte Frage und mit Augen, aus denen der
Eifer leuchtete, ihm zu gefallen und ihn zu beruhigen. »Alle Zeit mögen mich umziehen, viel umziehen, du savvee?«
Daughtry verstand nicht und schüttelte den Kopf, während
Ah Moys schiefe Augen, ohne die Angst, die er fühlte, zu
verraten, heimlich auf die zwei für alle Ewigkeit gekrümm-

ten Finger an der Linken Kwaques und auf dessen Stirn starrten, deren Haut über der Nase einen Ton dunkler und eine Spur dicker war; er sah dort den ersten Anfang der drei kurzen senkrechten Falten, die ihm schon ein löwenartiges Aussehen verliehen, das Löwengesicht, wie die Dermatologen es nennen.

In der folgenden Zeit belustigte sich der Steward, wenn er fünf Liter seiner täglichen Ration getrunken hatte, damit, für sich und Kwaque andere Kojen zu nehmen, und unweigerlich zog dann auch Ah Moy um, aber Daughtry bemerkte nicht, daß er nie in eine Koje zog, in der Kwaque gelegen hatte. Er bemerkte auch nicht, daß, als der Zeitpunkt kam, da Kwaque abwechselnd alle sechs Kojen benutzt hatte, Ah Moy sich eine Hängematte verfertigte, die er zwischen den Deckenbalken aufhängte.

Daughtry gab es auf, über dieses Benehmen nachzugrübeln, und betrachtete es als eine der vielen Unergründlichkeiten der chinesischen Seele. Er bemerkte jedoch, daß Kwaque nie in die Kombüse kommen durfte, und noch etwas bemerkte er und drückte es in folgenden Worten aus: »Das ist der sauberste Chinese, den ich je gesehen habe. Sauber in der Kombüse, sauber im Zwischendeck, sauber überall. Er wäscht die Schüsseln immer in kochendem Wasser, wenn er nicht damit zu tun hat, sich oder sein Zeug zu waschen. Auf Ehre, er kocht tatsächlich seine Decken einmal wöchentlich.«

Es gab aber andere Dinge, die den Steward in Anspruch nahmen. Er brauchte viel Zeit, um die fünf Männer in der Kajüte kennenzulernen und die ganze Situation und das Verhältnis eines jeden der Männer zu dieser Situation und zueinander zu erfassen.

Dazu kam der Weg der ›Mary Turner‹ übers Meer. Der Seemann ist noch nicht geboren, der nicht Bescheid wissen möchte über den jeweiligen Kurs seines Schiffes und den nächsten Hafen.

»Wir müssen eine Linie entlangfahren, die irgendeinen

Punkt nördlich von Neuseeland schneidet«, erriet Daughtry im stillen, nachdem er hundert verstohlene Blicke ins Kompaßhäuschen geworfen hatte. Das war aber auch alles, was er über die Reise in Erfahrung bringen konnte, denn Kapitän Doane machte die Beobachtungen, arbeitete sie unter Umgehung des Steuermanns aus und hielt aus Prinzip Karten und Log stets unter Schloß und Riegel. Daß es heiße Diskussionen in der Kajüte gab, bei denen man sich über Breiten- und Längengrad stritt, wußte Daughtry; darüber hinaus aber wußte er nichts, denn es war ihm sehr bald eingeprägt worden, daß der einzige Ort, wo er bei solchen Beratungen nicht zu sein hatte, die Kajüte war. Er konnte daher nur den Schluß ziehen, daß diese Beratungen wirkliche Schlachten waren, in denen die Herren Doane, Nishikanta und Grimshaw alle durcheinanderschrien und auf den Tisch schlugen, wenn sie nicht geduldig und äußerst höflich den alten Seemann ausfragten.

»Er hat sie in der Tasche«, sagte sich der Steward schon bald; aber sosehr er sich auch bemühte, konnte er doch nicht hinter das Geheimnis kommen.

Der alte Seemann hieß Charles Stough Greenleaf. Soviel bekam Daughtry aus ihm heraus, mehr aber auch nicht außer Lallen und Phantasieren von der Hitze in der Pinasse und dem Schatz einen Faden tief unterm Sande.

»Die einen spielen das Spiel, und die andern sehen zu und bewundern es«, sagte der Steward eines Tages, als er etwas aus ihm herauslocken wollte. »Und ich bin sicher, daß in diesen Tagen manch schönes Spiel vorbereitet wird. Je mehr ich zusehe, desto mehr bewundere ich es.«

Der alte Seemann sah träumerisch dem Steward mit einem leeren, blinden Blick in die Augen.

»Auf der ›Wide Awake‹ waren alle Stewards ganz jung, die reinen Kinder«, murmelte er.

»Jawohl«, sagte Daughtry entgegenkommend und liebenswürdig. »Nach allem, was Sie erzählt haben, ist die ›Wide Awake‹ mit all ihren jungen Leuten ganz sicher ein herrliches Schiff gewesen. Nicht eine Sammlung von Altertümern, wie auf diesem Kahn hier. Aber ich zweifle, ob die jungen Leute je ein so feines Spiel spielten, wie es augenblicklich hier an Bord gespielt wird. Ich muß die Feinheit bewundern.«

»Ich will Ihnen noch etwas erzählen«, fuhr der alte Seemann mit einer so vertraulichen Miene fort, daß Daughtry sich beinahe vorbeugte, um zu hören. »Kein Steward auf der ›Wide Awake‹ konnte so nach meinem Geschmack mixen wie Sie. Wir kannten damals noch keine Cocktails. Aber wir hatten Sherry und Bittern. Und auch einen guten, einen ganz ausgezeichneten Appetitanreger.«

»Ich will Ihnen noch etwas erzählen«, fuhr er fort, als er gerade ausgesprochen zu haben schien, und eben noch früh genug, um Daughtrys dritten Versuch, dem wirklichen Zusammenhang der Dinge und dem Anteil des alten Seemanns daran nachzuspüren, zu vereiteln. »Es muß jeden Augenblick fünf Glasen schlagen, und ich hätte sehr gern einen von Ihren herrlichen Cocktails, ehe ich zum Mittagessen hinuntergehe.«

Seit dieser Episode war er Daughtry verdächtiger als je. Mit der Zeit gelangte er aber zu der Ansicht, daß Charles Stough Greenleaf ein seniler Greis war, der aufrichtig an einen vergrabenen Schatz irgendwo in der Südsee glaubte. Als Daughtry einmal das Messinggeländer des Kajütsniedergangs putzte, hörte er den Alten Grimshaw und dem Armenier erklären, wie er sich die furchtbare Narbe geholt und die Finger verloren hatte. Die beiden hatten ihn tüchtig unter Alkohol gesetzt, in der Hoffnung, ihm dadurch die Zunge zu lösen.

»Es war in der Pinasse«, quakte die alte Stimme. »Am elften Tage brach die Meuterei aus. Wir auf den Achtersitzen hielten zusammen gegen sie. Es war alles Wahnsinn. Der Hunger schmerzte, und der Durst machte uns geradezu wahnsinnig. Wegen des Wassers fing es an. Denn, sehen Sie, wir pflegten den Tau von Riemen, Dollborden, Duchten und Innenplanken zu lecken. Und jeder von uns hatte sich das Eigentumsrecht an gewissen Teilen der tausammelnden Oberfläche vorbehalten. So gehörten Ruderpinne, Ruderkopf und der halbe Achtersitz auf Steuerbord dem Zweiten Offizier. Keiner von uns hatte so wenig Ehrgefühl, daß er das nicht respektiert hätte. Der Dritte Offizier war ein Bursche von nur achtzehn Jahren, ein braver, mutiger Junge. Er teilte mit dem Zweiten Offizier die Steuerbordheckplanke. Sie zogen einen Strich, um die Teilung zu markieren, und wenn sie sich an dem sparsamen Tau labten, der nachts gefallen war, fiel es keinem von ihnen ein, die Linie zu überschreiten und dem andern ins Gehege zu kommen. Dazu waren sie zu ehrlich.

Aber die Matrosen – die nicht. Die stritten sich um die Tauflächen, und gerade in der Nacht zuvor war einer von ihnen erdolcht worden, weil er Tau gestohlen hatte. Als ich aber in dieser Nacht darauf wartete, daß der sparsame Tau an den Stellen, die mir gehörten, reichlicher würde, hörte ich, wie jemand achtern an der Backbordreling – die von den hintersten Duchten bis zum Achterende mein Eigentum war – den Tau leckte. Er näherte sich immer mehr meinem Gebiet, und ich konnte ihn leise stöhnen und wimmernde Laute ausstoßen hören, während er das feuchte Holz leckte. Es war, als lauschte ich einem Tier, das nachts auf einer Weide graste und immer näher kam.

Zufällig hielt ich eine Fußlatte in der Hand – um das bißchen Tau, das darauf fallen konnte, zu erhalten. Ich wußte nicht, wer es war, als er aber die Grenzlinie überschritt und stöhnend und wimmernd meine kostbaren Tautropfen aufleckte, schlug ich zu. Die Fußlatte traf ihn gerade auf die Nase – es war der Bootsmann –, und die Meuterei begann. Das Messer des Bootsmanns war es, das durch meine Backe fuhr und mir die Finger abschnitt. Der Dritte Offizier, der achtzehnjährige Bursche, kämpfte brav neben mir und rettete mich, und ehe ich ohnmächtig wurde, warfen wir beide den Leichnam des Bootsmanns über

Bord.« In der Kajüte begann Füßeschurren und Stuhl-rücken, und Daughtry machte sich schnell wieder an seine vergessene Putzarbeit. Und während er das Messing rieb, sagte er ganz leise bei sich: »Der Alte kennt den Rummel. Solche Dinge sind wirklich vorgekommen.«

»Nein«, fuhr der alte Seemann als Antwort auf eine Frage mit seiner dünnen Fistelstimme fort, »es war so wenig Flüssigkeit in meinem Körper, daß ich nicht viel blutete. Am nächsten Tage nähte mich der Zweite Offizier mit einer Nadel, die er aus einem elfenbeinernen Zahnstocher gemacht, und einem Faden, den er aus einer zerfaserten Persenning gedreht hatte, zusammen.«

»Darf ich fragen, Herr Greenleaf, ob die abgehauenen Finger damals Ringe trugen«, hörte Daughtry Simon Nishikanta fragen.

»Ja, und zwar einen ungewöhnlich schönen. Ich fand ihn später im Boot und schenkte ihn dem Sandelholzhändler, der mich rettete. Es war ein großer Diamant. Ich hatte einem englischen Seemann auf Barbados hundertachtzig Guineen dafür bezahlt. Er hatte ihn gestohlen, und er war selbstverständlich mehr wert. Es war ein prachtvolles Juwel. Der Sandelholzhändler rettete für ihn nicht allein mein Leben. Er spendierte dazu noch über hundert Pfund für meine Ausrüstung und ein Billett von der Donnerstagsinsel nach Schanghai.«

»Ich kann die Ringe, die er trägt, nicht vergessen«, hörte Daughtry am Abend Simon Nishikanta in der Dunkelheit auf dem Hüttendeck zu Grimshaw sagen. »Solche Ringe sieht man heute nicht mehr. Sie sind alt, wirklich alt. Das sind keine Männerringe, sondern eher, was man in der guten alten Zeit Herrenringe genannt hätte. Wirkliche Herren, ich meine, vornehme Leute trugen solche Ringe. Ich möchte Pfänder wie die in meine Pfandleihe kriegen. Sie sind viel Geld wert.«

»Ich will dir nur sagen, Killeny-Boy, daß ich vielleicht doch,

ehe die Reise vorbei ist, wünschte, ich wäre für einen Anteil am Schatz statt für richtigen Lohn mitgefahren«, vertraute Dag Daughtry abends zur Schlafenszeit Michael an,
während Kwaque ihm die Schuhe auszog und er die halbwegs geleerte sechste Flasche einen Augenblick absetzte.
»Glaub mir, Killeny-Boy, der alte Herr weiß, wovon er re-
det, der ist seinerzeit ein toller Bursche gewesen. Man verliert nicht die Finger an seiner Hand und läßt sich nicht das
Gesicht zerhacken für nichts und wieder nichts – oder läuft
mit Ringen herum, die einem Pfandleiher das Wasser im
Munde zusammenlaufen lassen.«

Ehe die Reise der ›Mary Turner‹ zu Ende ging, taufte Dag
Daughtry, als er eines Tages zwischen den langen Reihen
von Wasserfässern im Raum saß, laut lachend den Schoner
›Das Narrenschiff‹. Aber das war einige Wochen später.
Unterdessen besorgte er seine Arbeit so pflichteifrig, daß
nicht einmal Kapitän Doane den geringsten Grund zur
Klage finden konnte.
Besondere Aufmerksamkeit schenkte der Steward dem al-
ten Seemann, für den er jetzt eine hohe Bewunderung, um
nicht zu sagen Ergebenheit, fühlte. Der alte Bursche glich
nicht seinen Kajütsgenossen. Die liebten nur das Geld.
Daughtry mußte, selbst großzügig, ob er wollte oder nicht,
die Großzügigkeit des alten Seemanns schätzen, der offen-
bar selbst flott gelebt hatte und immer betonte, daß der
Schatz, nach dem sie aus waren, geteilt werden sollte.
»Sie sollen Ihren Anteil haben, Steward, und wenn ich ihn
Ihnen von dem meinen abgeben müßte«, versicherte er
Daughtry oft, wenn der besonders liebenswürdig zu ihm
gewesen war. »Es sind Millionen und Abermillionen, und
ganz abgesehen davon, daß ich weder Verwandte noch
Freunde habe, lebe ich wohl nur noch so kurze Zeit, daß ich
nicht viel mehr davon brauche.«
Und so segelte denn das Narrenschiff dahin; genarrt und
narrend, von dem gutmütigen finnischen Steuermann mit

den ehrlichen Augen, dem aber die Fährte des Schatzes die
Nase kitzelte und der mittels eines Nachschlüssels die täglichen Ortsbestimmungen des Schiffes aus Kapitän Doanes
verschlossenem Schreibtisch stahl, bis zu Ah Moy, dem
Koch, der sich Kwaque vom Leibe hielt, nie aber einen anderen vor der Berührung mit dem Opfer der furchtbaren
Krankheit warnte.

Kwaque selbst dachte an nichts und kümmerte sich um
nichts. Schmerzen störten ihn kaum, und ihm kam nie der
Gedanke in seinen Krauskopf, daß sein Herr nichts davon
wüßte. Ebensowenig machte er sich Gedanken darüber,
daß Ah Moy ihn sich so fernhielt. Auch andere Sorgen hatte Kwaque nicht. Er betete seinen Gott, den Steward, an,
und da er selbst immer bei ihm sein durfte, lebte er im Pa-
radiese.

Und ebenso erging es Michael. Ungefähr auf die gleiche
Art und Weise wie Kwaque liebte er seinen Sechs-Liter-
Mann und betete ihn an. Für Michael und Kwaque war die
Anerkennung, die Dag Daughtry ihnen täglich, ja, stünd-
lich erwies, dasselbe, wie wenn sie in Abrahams Schoß ge-
ruht hätten. Der Gott der Herren Nishikanta, Doane und
Grimshaw war ein Götzenbild namens Gold. Der Gott
Kwaques und Michaels aber war ein lebendiger Gott, des-
sen Herzschlag man in tausend Schlägen und Stößen im-
mer fühlen konnte.

Michael kannte keine größere Freude, als stundenlang
neben Steward zu sitzen und mit ihm all die Lieder und
Melodien, die er sang oder summte, zu singen. Michael, der
sogar noch eine Spur mehr Talent oder Originalität als
Jerry hatte, lernte schneller, und da er direkt im Singen aus-
gebildet wurde, sang er schließlich viel besser, als Jerry je
unter der Anleitung Villa Kennans gesungen hatte.

Michael konnte jede Melodie heulen oder, richtiger ausgedrückt (weil sein Heulen so sanft und beherrscht war), singen, wenn sie nur nicht außerhalb des Registers lag, das
Steward für ihn aufgestellt hatte. Außerdem konnte er al-

lein und unverkennbar leichte Melodien wie ›Home, Sweet Home‹, ›God Save the King‹ und ›The Sweet By and By‹ singen. Und wenn der Steward ihm aus einer Entfernung von mehreren Metern soufflierte, konnte er die Schnauze heben und sogar ›Shenandoah‹ und ›Roll Me Down to Rio‹ singen.

War Steward nicht zugegen, so konnte es geschehen, daß Kwaque verstohlen seine Maultrommel hervorholte und Michael mit Hilfe der Töne des primitiven Instrumentes zwang, die barbarischen, teuflischen Melodien der König-Wilhelms-Insel mit ihm zu singen. Und noch ein Gesang-meister, aber einer, von dem Michael sich angezogen fühl-te, erhielt Macht über ihn. Der Name dieses Meisters war Cocky. So stellte er sich selbst Michael vor, als sie sich das erste Mal trafen. »Cocky«, sagte er tapfer, ohne Furcht und Beben, als Michael ihn beim ersten Anblick angreifen und vernichten wollte. Und die menschliche Stimme, die Stim-me eines Gottes, die aus der Kehle des schneeweißen Vö-gelchens kam, machte, daß Michael sich hinsetzte und mit Augen und Nüstern das Zwischendeck durchforschte, um den Menschen zu entdecken, der gesprochen hatte. Aber es war kein Mensch da – nur ein kleiner Kakadu, der ihn frech mit auf die Seite gelegtem Kopf anblinzelte und sein ›Cocky‹ wiederholte.

Das Tabu eines Kükens hatte Michael in seiner Kindheit auf Meringe gut gelernt. Küken, auf die Herr Haggin und die weißen Götter, die ihn umgaben, Wert legten, waren et-was, was Hunde nicht angreifen, sondern im Gegenteil ver-teidigen mußten. Dieses Ding hier aber war kein Küken, sondern glich einem wilden gefiederten Ding aus dem Dschungel, der gesetzmäßigen Beute jedes Hundes, und doch sprach es ihn mit der Stimme eines Gottes an.

»Mach, daß du wegkommst!« kommandierte die Stimme so gebieterisch und so menschlich, daß Michael wieder er-schrak und im Zwischendeck umherspähte, um die Götter-kehle, aus der die Worte kamen, zu finden.

»Mach, daß du wegkommst, sonst schmeiß ich dir die Knochen von Moses an den Kopf!« lautete das nächste Kommando von dem gefiederten kleinen Ding.

Dann kam ein chinesischer Mischmasch, derart an Ah Moys Stimme erinnernd, daß Michael sich wieder, jetzt aber zum letzten Mal, im Zwischendeck umsah. Hierüber brach Cocky in ein so wildes, herzliches Lachen aus, daß Michael, mit gespitzten Ohren und den Kopf auf die Seite gelegt, die verschiedenen Stimmen, die er soeben gehört hatte, aus dem Gelächter herauszukennen vermochte.

Und Cocky, der nur einige wenige Gramm, kaum ein halbes Pfund wog und aus einigen gebrechlichen, von einer Handvoll Federn bedeckten Knochen bestand, die aber ein Herz umschlossen, das so mutig wie nur eines an Bord der ›Mary Turner‹ war, Cocky wurde sofort Michaels Freund und Kamerad und zugleich sein Herrscher. So klein der freche, tapfere Cocky auch war, nötigte er doch Michael vom ersten Augenblick an Respekt ab. Und Michael, der mit einem einzigen unvorsichtigen Schlag seiner Pfote Cockys dünnen Hals hätte brechen und den tapferen Glanz in Cockys Augen für immer erlöschen können, war von Anfang an um ihn besorgt und erlaubte ihm tausend Freiheiten, die er Kwaque nie erlaubt haben würde.

Das Verteidigen der Beute war ein in Michaels Natur wurzelndes Erbteil, das auf den ersten vierbeinigen Hund auf Erden zurückging. Er dachte nie darüber nach. Wenn er einmal seine Pfote auf die Beute gesetzt und seine Zähne hineingeschlagen hatte, war ihre Verteidigung für ihn etwas ebenso Automatisches und Unwillkürliches wie sein Herzschlag und sein Atem. Nur Steward konnte er mit Aufbietung seiner ganzen Selbstbeherrschung erlauben, sein Futter anzurühren, sobald er es selbst angerührt hatte. Selbst Kwaque, der ihn gewöhnlich auf Anweisung Stewards fütterte, wußte, daß die Sicherheit seiner Finger und seines Fleisches davon abhing, daß er sich nicht einfallen ließ, das Futter anzurühren, wenn es einmal in Michaels Besitz gelangt war. Cocky aber, eine kleine, gefiederte Flocke, ein winziger Funke von Licht und Leben mit der Kehle eines Gottes, Cocky verletzte frech und dreist Michaels Tabu: die Verteidigung seiner Beute.

Wenn er auf dem Rande von Michaels Schüssel saß, konnte dieser kleine Guck-in-die-Luft durch ein Heben seines lachsfarbenen Federschopfes, eine schnelle, heftige Erweiterung der perlenartigen Pupillen und ein heiseres, gebieterisches Schreien Michael veranlassen, ihm zu erlauben, daß er sich sorgfältig die leckersten Bissen aus seiner Schüssel fischte. Cocky hatte nämlich eine eigene Methode, oder vielmehr mehrere Methoden. Abgesehen davon, daß sein Wille wie Stahl war, konnte er schimpfen und schwadronieren wie ein Feldwebel oder sich schalkhaft und liebenswürdig einschmeicheln wie das erste Weib im Paradies oder das letzte Weib, das von Eva abstammt. Wenn Cocky, auf einem Bein balancierend und mit dem andern Michael im Nacken kraulend, sich zu dem Hunde hinabbeugte und ihm freundliche Worte ins Ohr sprach, konnte Michael nicht anders, er mußte die gesträubten Nackenhaare seidenglatt legen und mit dumm blickenden Augen begeistert in alles willigen, was Cockys Laune forderte.

Cocky wurde bald noch enger an Michael geknüpft. Ah Moy hatte ihn in Sydney einem Seemann für achtzehn Schilling abgekauft und eine halbe Stunde um ihn gefeilscht. Als er aber eines Tages Cocky auf Kwaques linker Hand sitzen und die verzerrten Finger lecken sah, faßte er sofort einen solchen Widerwillen gegen den Vogel, daß er lieber auf die achtzehn Schilling verzichten wollte, als ihn noch länger zu besitzen und möglicherweise zu berühren.

»Du mögen ihn? Du wollen ihn haben?« fragte er.

»Tausch für Tausch?« fragte Kwaque, der es für gegeben hielt, daß ihm ein Tauschhandel angeboten wurde, und darüber nachdachte, ob der kleine alte Koch vielleicht in seine teure Maultrommel verliebt sei.

310

»Nicht Tausch für dich«, antwortete Ah Moy. »Du wünschen ihn, schön, gemacht.«

»Wie heißt gemacht?« fragte Kwaque, der außer seinem Trepang-Englisch auch schon ein wenig Pidgin-Englisch konnte. »Wenn mich fella nicht haben, was du fella mögen?«

»Kein Tausch«, wiederholte Ah Moy. »Du wünschen ihn, du mögen ihn, bleiben bei dir fella, schön, mein Wort.«

Und so ging die kleine, tapfere gefiederte Seele mit dem mutigen Herzen, sterblich oder unsterblich wie jeder andere Lebensfunke auf dem Planeten, nachdem er Ah Moy, einem Schiffskoch, gehört hatte, der vor vierzig Jahren aus gewissen Gründen seine junge Frau in Macao getötet hatte und auf See geflüchtet war, auf Kwaque, einen aussätzigen schwarzen Papua, über, der der Sklave eines andern, nämlich Dag Daughtrys, war, der selbst wieder andern Leuten demütig aufwartete.

Und noch einen Kameraden fand Michael, obwohl Cocky an dieser Freundschaft keinen Teil hatte. Das war Scraps, der ungeschickte junge Neufundländer, der niemandem gehörte – es hätte denn die ›Mary Turner‹ selbst sein müssen –, denn keiner vorn oder achtern machte ein Anrecht an ihn geltend, und keiner wollte ihn an Bord gebracht haben. Man nannte ihn Scraps, und er wurde, da er ein Niemandshund war, ein Allerweltshund – und das in dem Maße, daß Herr Jackson Ah Moy drohte, ihm den Kopf abzuschlagen, wenn er dem Hündchen etwa nicht genug zu fressen gäbe, und Sigurd Halvorsen in der Back tat, was er konnte, um Henrik Gjertsen den Kopf abzuschlagen, wenn Scraps ihm in den Weg kam und er ihm einen Fußtritt versetzte. Ja, nicht genug damit. Wenn Simon Nishikanta, der große, derb gebaute Bursche, der immer fade, süßliche Aquarelle malte, seinen Liegestuhl nach ihm warf, weil er ungeschickt war und seine Staffelei umstieß, legte sich ihm Grimshaws Schinkenhand plötzlich schwer auf die Schulter, und er wurde halb herumgewirbelt, ja, fast aufs Deck geschleudert und war noch mehrere Tage hinterher braun und blau und lahm.

Der ausgewachsene, reife Michael war ein so lustiges Geschöpf, daß er am liebsten nur immer gespielt hätte. So stark war sein Spieltrieb und so stark zugleich sein Körper, daß er Scraps immer kläglich ermüdete, so daß der Kleine schließlich auf dem Deck lag, nach Luft schnappte, mit trockenen Lippen lachte und mit kraftlosen Vorderpfoten Michaels fortwährende Sturmangriffe abzuwehren versuchte, die furchtbar grimmig aussahen, es aber gar nicht waren. Und das trotz der Tatsache, daß Scraps ihn sowohl an Größe wie an Gewicht mindestens dreimal übertraf und sich der Macht seiner Beine und Schultern ebenso unbewußt war und ebenso ungeschickt mit ihnen umging wie ein Elefantenjunges auf einer Wiese voller Tausendschönchen. Sobald Scraps sich erholt hatte, war er aufgelegt wie nur je zu neuen Späßen, und Michael war es genauso. Alles das war ein glänzendes Training für Michael, denn es hielt ihn körperlich und geistig in bester Form.

So ging die Fahrt des Narrenschiffs – Michael spielte mit Scraps, respektierte Cocky und wurde von ihm tyrannisiert und umschmeichelt, sang mit Steward und betete ihn an; Daughtry trank seine sechs Liter Bier täglich, kassierte am Ersten jedes Monats seinen Lohn ein und bewunderte Charles Stough Greenleaf als den besten Mann an Bord. Kwaque liebte seinen Herrn, während seine Stirn von dem wachsenden Aussatz immer dicker, dunkler und faltiger wurde; Ah Moy ging dem schwarzen Papua wie der Pest aus dem Wege, wusch sich andauernd und kochte seine Decken einmal wöchentlich; Kapitän Doane lenkte das Schiff und machte sich Sorgen über sein Haus in San Francisco; Grimshaw ließ seine Schinkenhand auf seinen riesigen Knien ruhen und forderte den Pfandleiher höhnisch auf, ebensoviel zu dem gewagten Unternehmen beizusteuern wie er selbst; Simon Nishikanta wischte sich den schweißigen Hals mit dem fettigen seidenen Taschentuch und malte unaufhörlich Aquarelle; der Steuermann stahl mit seinem Nachschlüssel geduldig Breiten- und Längengrad des Schiffes, und der alte Seemann tröstete sich mit schottischem Whisky, rauchte duftende Havannazigarren, die – drei Stück für einen Dollar – für Rechnung der Expedition eingekauft waren, und plapperte beständig von der Hölle in der Pinasse, von den unnennbaren Kreuzpeilungen und von dem Schatz, einen Faden unter dem Sande. Sie durchfuhren eine Strecke des Ozeans, die, wie Dag Daughtry fand, allen andern Strecken des Ozeans glich. Kein Land brach den Rand des Meeres. Das Schiff war Zentrum des unveränderlichen, ewigen Horizonts. Die Magnetnadel des Kompasses war der Punkt, um den die ›Mary Turner‹ immer schwang. Die Sonne ging unveränderlich im Osten auf und im Westen unter, selbstverständlich korrigiert und geprüft mit Bezug auf Deklination, Division und Mißweisung; Sterne und Sternbilder schritten weiter auf ihrem nächtlichen Weg über den Himmel.

Und in diesem Teil des Ozeans befand sich der Ausgucksmann auf der Saling von Morgengrauen bis zur Abenddämmerung, wenn die ›Mary Turner‹ beigedreht wurde, um nachtsüber auf der Stelle zu bleiben. Und als mit den Tagen die Witterung, wie der alte Seemann sagte, immer schärfer wurde, gingen die drei Teilhaber selbst nach oben. Grimshaw begnügte sich damit, sich auf die Dwarssaling zu setzen. Kapitän Doane kletterte höher und setzte sich auf die Fockmaststenge, die Beine um das Ende der Vormarsstenge gekreuzt. Und Simon Nishikanta riß sich von seinen ewigen Malereien los, um in die Kreuzmastwanten zu klettern oder vielmehr seinen ungeheuren Körper von zwei grinsenden, schlanken Matrosen hinaufheben zu lassen, die ihn schließlich an der Dwarssaling festzurrten, von wo aus er mit Augen, die von Golddurst funkelten, über das sonnenglitzernde Meer durch das feinste Glas starrte, das je auf seiner Pfandleihe versetzt und nicht eingelöst worden war.

»Sonderbar«, murmelte der alte Seemann, »sonderbar, höchst sonderbar. Hier ist die Stelle. Zweifellos. Ich hätte dem jungen Burschen von Drittem Offizier überall geglaubt. Er war nur achtzehn, aber er konnte besser navigieren als der Kapitän. Fand er vielleicht nicht die Koralleninsel nach achtzehntägiger Fahrt in der Pinasse? Kein ordentlicher Kompaß, und Sie wissen, wie der Horizont in einem kleinen Boot auf schwerer See im Sextanten aussieht. Er starb, aber der Kurs, den er mir sterbend angab, war richtig, so daß ich genau einen Tag, nachdem ich seine Leiche über Bord geworfen hatte, die Koralleninsel erreichte.«
Kapitän Doane zuckte die Achseln und begegnete trotzig den mißtrauischen Blicken des Armeniers.
»Versunken kann sie nicht sein, bestimmt nicht«, sagte der alte Seemann. »Die Insel war nicht nur eine Sandbank oder ein Riff. Der Löwenkopf war dreitausendachthundertfünfunddreißig Fuß hoch. Ich sah, wie der Kapitän und der Dritte Offizier es triangulierten.«
»Ich habe die See hier geharkt und gepflügt«, rief Kapitän Doane, »und die Zähne meiner Harke sitzen nicht so weit auseinander, daß ein viertausend Fuß hoher Berg durchschlüpfen könnte.«
»Sonderbar, sonderbar«, murmelte der alte Seemann wieder, halb zu seiner eigenen grübelnden Seele, halb zu den Schatzsuchern gewandt.
Dann klärte sich seine Miene plötzlich auf, und er fügte hinzu: »Aber natürlich, die Mißweisung hat sich verändert, Kapitän Doane. Haben Sie die Mißweisungsänderung in einem halben Jahrhundert in Betracht gezogen? Das macht natürlich einen großen Unterschied. Und soviel ich weiß, kannte man damals die Mißweisung noch nicht so genau wie heute.«
»Breitengrad ist Breitengrad und Längengrad Längengrad«, antwortete der Kapitän. »Mißweisungen und Deviation braucht man, wenn man den Kurs setzen und Berechnungen machen will.«

Alles das waren böhmische Dörfer für Simon Nishikanta, der sich gleich auf die Seite des alten Seemanns stellte.

Aber der alte Seemann war gerecht. Gab er in dem einen Augenblick dem Armenier einen Trumpf in die Hand, so gab er im nächsten Augenblick dem Schiffer einen.

»Es ist schade«, sagte er zu Kapitän Doane, »daß Sie nur einen Chronometer haben. Der ganze Fehler liegt vielleicht am Chronometer. Warum fahren Sie nur mit einem Chronometer?«

»Ja, ich wollte auch zwei kaufen«, verteidigte der Armenier sich. »Da haben Sie schuld, Grimshaw.«

Der Weizenfarmer nickte widerstrebend, aber der Kapitän fertigte ihn kurz ab. »Aber Sie wollten keine drei Chronometer kaufen.«

»Aber wenn zwei nicht besser wären als einer, wie Sie ja selbst sagten, was Grimshaw bezeugen kann, dann wären auch drei nicht besser als zwei, nur teurer.«

»Wie kann man wissen, welcher Chronometer falsch geht, wenn man nur zwei hat?« fragte Kapitän Doane.

»Da haben Sie's«, rief der Pfandleiher. »Wenn Sie bei zweien nicht sagen können, welcher falsch geht, wieviel schwieriger muß es dann sein, herauszukriegen, welcher von zwei Dutzend falsch geht?«

»Aber verstehen Sie denn nicht …«

»Ich verstehe, daß dieses ganze gelehrte Seemannsgeschwätz Quatsch ist. Ich habe in meinem Kontor vierzehnjährige Lehrlinge, die Ihnen und Ihrer ganzen Navigation über sind. Fragen Sie sie, wieso zweitausend Chronometer besser als tausend sind, wenn zwei Chronometer nicht mehr nützen als einer, und sie werden Ihnen sofort sagen, daß, wenn zwei Dollar nicht mehr wert sind als ein Dollar, zweitausend Dollar auch nicht mehr wert sind. Das sagt der gesunde Menschenverstand.«

»Das ist ja Unsinn, Sie haben eben überhaupt unrecht«, unterbrach ihn Grimshaw. »Ich sagte seinerzeit, der einzige Grund, Kapitän Doane als Teilhaber mitzunehmen, sei, daß wir einen Navigator brauchten, weil Sie und ich nicht das geringste von der Geschichte verständen. Sie sagten: ›Ja, gewiß‹, wußten aber gleich besser Bescheid als er und wollten die drei Chronometer nicht spendieren. Die Ausgabe tat Ihnen leid, das war alles. Sie wollten eben zehn Millionen Dollar mit einem gebrauchten Spaten für achtundsechzig Cent ausgraben.«

Dag Daughtry mußte einige dieser Unterredungen mit anhören, die eher Zank als Beratung waren. Für Simon Nishikanta endeten sie unweigerlich mit einem Anfall von ›Seemuffigkeit‹, wie die Seeleute es nennen. Noch stundenlang hinterher wollte der mürrische Armenier mit keinem Menschen sprechen.Wenn er einen vergeblichen Versuch gemacht hatte zu malen, konnte er plötzlich in heftiger Wut auffahren, seinen Entwurf zerreißen, mit den Füßen darauf treten, sein schwerkalibriges automatisches Gewehr holen, sich auf die Back setzen und auf jeden vorbeikommenden Tümmler, jeden Boniten, jeden Delphin schießen. Es schien ihn in hohem Maße zu beruhigen, einem daherbrausenden prächtig gefärbten Fisch eine Kugel in den Leib zu jagen, seine stolze, strahlende Fahrt für immer zum Stillstand zu bringen und ihn auf die Seite zu werfen, so daß er langsam dem Meer und dem Tod in die Arme sank. Als sich einmal eine Herde Schwarzwale vorbeitummelte – jedes der Tiere war von respektabler Größe –, geriet Nishikanta außer sich vor Begeisterung, Böses tun zu können. Er traf vielleicht zwanzig Riesen aus der Herde; seine Kugeln brannten wie Peitschenhiebe, so daß sie alle wie junge Pferde, die von der Peitsche überrascht werden, in die Höhe sprangen oder mit einem Schwanzschlag unter die Oberfläche tauchten, in wahnsinniger Fahrt durchschossen und verschwanden.

Der alte Seemann schüttelte betrübt den Kopf, und Dag Daughtry, der auch empört war, fühlte mit ihm und brachte ihm unaufgefordert eine der teuren Zigarren, damit er sich beruhigte. Grimshaws Lippen schürzten sich zu einem höhnischen Lächeln, während er murmelte: »Der Lausigel. Kein Mann, der auch nur etwas von einem Mann ist, könnte unschuldige Tiere so behandeln. Er gehört zu denen, die, wenn man ihre Sprache oder ihre Rechenbegabung kritisiert, dem Hund des andern dafür einen Tritt versetzen. In der guten alten Zeit pflegten wir in Colusa Leute seines Kalibers aufzuhängen, nur um die Luft, die wir atmeten, rein und gesund zu erhalten.«

Kapitän Doane aber protestierte offen. »Hören Sie, Nishikanta«, sagte er, weiß vor Zorn und mit zitternden Lippen. »Sie haben kein Recht, auf diese Weise mit unserm Leben zu spielen. Ich weiß, was ich sage. Wurde vielleicht nicht das Lotsenboot ›Annie Mine‹ direkt im Goldenen Tor von einem Wal versenkt? Und sank nicht der Walfänger ›Essex‹, ein Vollschiff, irgendwo an der Westküste von Südamerika, und die Boote mußten dreihundert Meilen rudern, ehe sie die nächste Küste erreichten, und das alles nur, weil eine verwundete große Walkuh sie zu Brennholz gehackt hatte?« Aber Simon Nishikanta, der so beleidigt war, daß er nicht antworten mochte, feuerte weiter auf den letzten Wal, bis seine Augen ihm nicht mehr zu folgen vermochten.

»Ich erinnere mich noch gut des Walfängers ›Essex‹«, sagte der alte Seemann zu Dag Daughtry. »Es war eine Kuh mit einem Kalb, die das Schiff erledigte. Zwei Drittel von ihren Fässern waren voll, in weniger als einer Stunde ging sie unter. Von einem der Boote hat man nie mehr etwas gehört.«

»Kam nicht eines von den Booten nach Hawaii, Herr?« fragte Daughtry mit schuldigem Respekt. »Ich traf jedenfalls vor dreißig Jahren in Honolulu einen Mann, eine alte Mumie, der behauptete, Harpunier auf einem Walboot gewesen zu sein, das von einem Wal an der südamerikanischen Küste versenkt worden sei. Das war das erste und das letzte Mal, daß ich von der Sache hörte, bis Sie jetzt davon sprachen. Es muß dasselbe Schiff gewesen sein, glauben Sie nicht?«

»Wenn nicht zwei Schiffe an der Westküste versenkt wurden«, antwortete der alte Seemann, »aber über das Schicksal des einen Schiffes, der ›Essex‹, herrschte kein Zweifel. Das ist historisch. Es ist indessen anzunehmen, Steward, daß der Mann, von dem Sie sprechen, zur ›Essex‹ gehörte.«

Kapitän Doane hatte schwere Mühe, die Sonne auf ihrem täglichen Wege über den Himmel zu verfolgen, mittels Zeitgleichung die durch den Kreislauf der Erde verursachte Abweichung zu korrigieren und Ortsbestimmungen mit angenommenen Breitengraden zu machen, bis ihm der Kopf schwindelte.

Simon Nishikanta verlachte offen die Navigation des Kapitäns, malte weiter Aquarelle, wenn er ruhig war, und schoß nach Walen, Seevögeln und was ihm sonst vor die Büchse kam, wenn er niedergedrückt und seekrank war, weil der Gipfel des Löwenkopfes auf der Schatzinsel des alten Seemanns immer noch nicht in Sicht kam. »Ich will zeigen, daß ich kein Knicker bin«, erklärte Nishikanta eines Tages, nachdem er sich, um Ausguck zu halten, fünf Stunden im Mastkorb hatte braten lassen. »Kapitän Doane, wieviel würde ein zweiter Chronometer in San Francisco gekostet haben, ein guterhaltener gebrauchter, meine ich.«

»Sagen wir: hundert Dollar«, sagte der Kapitän.

»Schön. Ich will jetzt ein Angebot machen, und nicht das eines Knickers. Die Ausgabe für einen Chronometer würde sich auf uns drei verteilt haben. Ich spende den ganzen Betrag. Wollen Sie so freundlich sein und den Leuten sagen, daß ich, Simon Nishikanta, dem ersten, der auf Herrn Greenleafs Breiten- und Längengrad Land sichtet, hundert Dollar in Gold bezahle.«

Aber die Matrosen, die die Mastkorbspitzen stürmten, mußten notgedrungen enttäuscht werden, denn nur zwei Tage winkte ihnen die Belohnung. Das war jedoch nicht ausschließlich Dag Daughtrys Schuld, trotz der Tatsache, daß sein Auftreten genügt hätte, ihre Aussichten auf längere Zeit zunichte zu machen.

Im Proviantraum, unter dem Fußboden der Hauptkajüte, nahm er zufällig die Bierkisten, die speziell für ihn an Bord gekommen waren, in Augenschein. Er zählte die Kisten, zweifelte, ob er im Vollbesitz aller seiner Sinne war, zündete mehrere Streichhölzer an, zählte wieder und durchsuchte dann vergebens den ganzen Proviantraum in der Hoffnung, irgendwo sonst weitere Bierkästen verstaut zu finden. Er setzte sich unter die Luke im Kajütsboden und dachte eine geschlagene Stunde nach. Das war wieder dieser verdammte Armenier, dachte er – der Armenier, der die ›Mary Turner‹ mit zwei Chronometern, aber nicht mit dreien hatte ausstatten wollen, der Armenier, mit dem das Abkommen getroffen war, daß Daughtry täglich seine sechs Liter bekommen sollte. Noch einmal zählte der Steward die Kisten, um seiner Sache sicher zu sein. Es waren drei. Und da jede Kiste zwei Dutzend Liter enthielt und da seine Ration täglich ein halbes Dutzend Liter ausmachte, war es klar wie die Sonne, daß der Vorrat, den er vor Augen hatte, nur noch für zwölf Tage reichte, und zwölf Tage waren nicht viel für eine Fahrt in dieser unbestimmbaren, öden Ozeanregion bis zu dem nächsten Hafen, wo man Bier kaufen konnte.

Als der Steward seinen Entschluß gefaßt hatte, verlor er keine Zeit. Die Uhr war drei Viertel zwölf, als er aus dem Proviantraum herauskletterte, die Luke zuschlug und schleunigst den Tisch deckte. Er bediente die Gesellschaft während des Essens, wenn er sich auch kaum enthalten konnte, die große Schüssel mit gelben Erbsen Nishikanta auf den Kopf zu schütten. Was ihn am meisten zurückhielt, war der Gedanke an das, was er am Nachmittag im großen Raum, wo die Wassertonnen verstaut waren, zu tun gedachte; den Entschluß dazu hatte er im Proviantraum gefaßt.

Um drei Uhr, als der alte Seemann vermutlich in seiner Kabine ein Nickerchen machte und Kapitän Doane, Grimshaw und die Hälfte der Wache in Trauben an den Masten hingen, um, wenn möglich, den Löwenkopf in dem saphirblauen Meere zu entdecken, kletterte Dag Daughtry leise durch die Luke in den Lastraum. Hier lagen in langen Reihen, sicher verstützt, die Wasserfässer.

Der Steward zog eine Bohrleier aus seinem Hemd und versah sie mit einem halbzölligen Bohrer aus seiner Hosentasche. Auf den Knien liegend, bohrte er ein Loch in das erste Faß, bis das Wasser herausschoß und in den Schiffsraum lief. Er arbeitete schnell und durchbohrte Faß auf Faß. Als er das Ende der ersten Reihe erreicht hatte, hielt er einen Augenblick inne, um auf die vielen Ströme zu lauschen, die glucksend aus den halbzölligen Bohrlöchern liefen und verloren waren. Seine scharfen Ohren fingen ein ähnliches Glucksen auf, das rechts aus dem nächsten Gang zwischen den Fässern kam. Er lauschte genau und hätte schwören mögen, daß er das Geräusch eines Bohrers hörte, der in hartem Holz arbeitete.

Eine Minute später hatte er Bohrleier und Bohrer sorgsam beiseite geschafft und legte seine Hand auf die Schulter eines Mannes, den er in der Dunkelheit nicht erkennen konnte, der aber auf den Knien lag und schnaufend an einer Tonne bohrte. Der Verbrecher gab sich keine Mühe, zu entwischen, und als Daughtry ein Streichholz anzündete, starrte er in das ihm zugewandte Gesicht des alten Seemanns.

»Donnerwetter«, murmelte der Steward in seinem Erstaunen ganz leise. »Warum lassen Sie das Wasser auslaufen, zum Teufel?«

Er spürte, daß der alte Mann vor Nervosität am ganzen Körper zitterte, und sein eigenes schlechtes Gewissen bedrückte ihn und machte ihn freundlich.

»Schön«, flüsterte er. »Haben Sie keine Angst vor mir. Wieviel haben Sie angebohrt?«

»In dieser Reihe alle«, lautete die geflüsterte Antwort. »Sie werden mich doch nicht … den anderen angeben?«

»Angeben?« Daughtry lachte leise. »Ich kann Ihnen sagen, daß wir alle beide genau dasselbe vorgehabt haben, wenn ich auch nicht verstehe, welche Gründe Sie dazu hatten. Ich habe eben die ganze Steuerbordseite angebohrt. Aber hören Sie, jetzt machen Sie, daß Sie verschwinden, während es noch Zeit ist. Sie sind alle oben auf den Masten und werden nichts merken. Ich werde dies Stück Arbeit fertig machen …, daß wir nur noch Wasser auf zwölf Tage behalten.«

»Ich möchte gern mit Ihnen reden …, um Ihnen alles zu erklären«, flüsterte der alte Seemann.

»Ja, Herr, und ich muß Ihnen sagen, daß ich einfach wahnsinnig neugierig bin, was Sie mir zu erzählen haben. Ich komme, sagen wir, in zehn Minuten, zu Ihnen in die Kajüte, dann können wir uns gemütlich darüber unterhalten. Auf jeden Fall aber stehe ich, was Ihre Pläne betrifft, auf Ihrer Seite. Weil es mir zufällig in den Kram paßt, schnell in einen Hafen zu kommen, und weil ich viel Sympathie für Sie hege. Jetzt machen Sie, daß Sie wegkommen. In zehn Minuten bin ich bei Ihnen.«

»Ich hab' Sie so gern, Steward«, sagte der alte Mann.

»Und ich Sie, Herr, und zwar ein ganz Teil mehr als die verfluchten Geldhaie achtern. Aber dafür ist jetzt keine Zeit. Machen Sie, daß Sie wegkommen, während ich den Rest des Wassers in die Speigatten laufen lasse.«

Eine Viertelstunde später saß Charles Stough Greenleaf in der Kajüte und nippte an einem Grog, und Dag Daughtry stand auf der anderen Seite des Tisches und trank Bier direkt aus einer Literflasche.

»Sie haben es vielleicht noch nicht erraten«, sagte der alte Seemann; »aber dies ist bereits meine vierte Reise nach dem Schatz.«

»Sie meinen …?« fragte Daughtry.

»Eben. Es gibt gar keinen Schatz. Es hat nie einen gegeben – ebensowenig wie den Löwenkopf, die Pinasse und die unnennbaren Peilungen.«

Daughtry schüttelte verwirrt seinen grauen Schopf, während er einräumte:»Na, Sie haben mich schön auf den Leim gelockt, Herr. Ich hab' wirklich an den Schatz geglaubt.«

»Ich gestehe, Steward, daß es mich freut, das zu hören. Wenn ich sogar einen Mann wie Sie an der Nase führen kann, muß ich doch noch ganz gerissen sein. Es ist nicht schwer, Leute zu betrügen, deren Seelen nur vom Geld erfüllt sind. Aber so sind Sie nicht. Ich hab' das daran gemerkt, wie Sie mit Ihrem Hund umgehen, und ich hab' gesehen, wie Sie Ihren Nigger behandeln. Wessen Herz in Gier erstarrt ist, der ist erstaunlich leicht anzuführen. Der ist billig zu haben. Zeigen Sie ihm die Aussicht, an einem Dollar hundert zu verdienen, und er wird wie ein hungriger Hecht nach dem Köder schnappen. Ich bin ein alter Mann, ein sehr alter Mann. Ich möchte gern leben, bis ich sterbe – ich meine, anständig, gut und ordentlich leben.«

»Und Sie lieben lange Reisen? Ich fange an zu verstehen, Herr. Gerade, wenn Sie sich der Stelle nähern, wo der Schatz nicht ist, zwingt Sie ein kleines Unglück, zum Beispiel der Verlust des Wasservorrats, einen Hafen aufzusuchen und die Jagd wieder von vorn zu beginnen.«

Der alte Seemann nickte und blinzelte mit seinen verblichenen Augen.

»Sehen Sie, da war die ›Emma Louisa‹. Mit Wasserunfällen und ähnlichem hielt ich sie über achtzehn Monate unterwegs, und dazu wohnte ich über vier Monate in einem der besten Hotels von New Orleans, ehe die Reise wieder anfing, und bekam einen reichlichen Vorschuß, jawohl.«

»Aber erzählen Sie mir noch ein bißchen, Herr, es interessiert mich sehr«, sagte Daughtry und leerte seine Bierflasche. »Das ist eine gute Sache. Ich sollte sie vielleicht lernen und in meinen alten Tagen benutzen. Aber ich gebe Ihnen mein Ehrenwort, daß ich Ihnen nicht ins Gehege kommen werde. Ich werde mich erst darauf legen, wenn Sie von der Bildfläche verschwunden sind, so gut die Sache auch ist.«

»Zuallererst müssen Sie Leute mit Geld finden – mit sehr

viel Geld, so daß ein Verlust ihnen nichts ausmacht. Die sind am leichtesten dafür zu bekommen –«

»Weil sie am schmutzigsten sind«, unterbrach der Steward ihn. »Je mehr Geld sie kriegen, desto mehr wollen sie haben.«

»Eben«, fuhr der alte Seemann fort. »Und sie werden ja auch wenigstens schadlos gehalten. Solche Seereisen sind ausgezeichnet für ihre Gesundheit. Alles in allem schädige ich sie nicht, sondern tue ihnen nur Gutes und verbessere ihre Gesundheit.«

»Aber die Narben – der Schmiß in Ihrem Gesicht und all die Finger, die an Ihrer Hand fehlen? Das haben Sie nie beim Kampf in der Pinasse gekriegt. Aber wo haben Sie es sich geholt? Einen Augenblick, Herr. Lassen Sie mich erst Ihr Glas füllen.«

Und bei einem frischen Glase erzählte Charles Stough Greenleaf dann die Geschichte der Narben.

»Lassen Sie mich Ihnen erst sagen, Steward, daß ich – na ja, ein feiner Herr bin. Mein Name steht in der Geschichte der Vereinigten Staaten verzeichnet, sogar noch ehe sie vereinigt waren. Ich machte ein feines Examen an der Universität, was nebensächlich ist. Im übrigen ist der Name, unter dem Sie mich kennen, nicht mein eigener. Ich habe ihn sorgfältig aus den Namen anderer Familien zusammengestellt. Ich habe Pech gehabt. Als junger Mann habe ich das Schanzdeck betreten, wenn auch nie das der ›Wide Awake‹, das Schiff ist eine Ausgeburt meiner Phantasie und augenblicklich meine Erwerbsquelle.

Die Narben, nach denen Sie fragen, und die fehlenden Finger? Das ging so zu. Es war morgens in einem Pullman-Wagen, als das Unglück geschah; ich war ein bißchen spät aufgestanden. Da der Wagen überfüllt war, hatte ich mich mit der oberen Koje begnügen müssen. Vor ein paar Jahren. Ich war schon ein alter Mann. Wir kamen aus Florida. Es war ein mächtiger Zusammenstoß. Der ganze Zug ging in Stücke, und einige von den Wagen stürzten um und fielen dreißig Meter tief in einen ausgetrockneten Bach. Er war zwar ausgetrocknet, aber in einem Loch von zehn Fuß Durchmesser und einem halben Meter Tiefe war noch Wasser. Alles andere waren trockene Kiesel, und ich fiel gerade mitten in das Wasserloch. Das kam so: Ich hatte mir eben Schuhe, Hosen und Hemd angezogen und war im Begriff, aus der Koje zu kriechen. Ich saß auf dem Kojenrand und ließ die Beine herunterbaumeln, als die Lokomotiven zusammenstießen.

Ich kam natürlich aus der Koje heraus, flog wie ein Vogel durch den Gang, schoß kopfüber durch die Fensterscheibe auf der andern Seite, schlug bei dem dreißig Meter tiefen Fall so viele Purzelbäume, daß ich ungern daran zurückdenke, und fiel dann mitten in das Wasserloch. Das war nur einen halben Meter tief. Aber ich traf es flach ausgestreckt und so hart, daß es wie ein Kissen unter mir gefedert haben muß. Ich war der einzige Überlebende aus meinem Wagen. Als sie mich aus dem Wasserloch zogen, war ich durchaus nicht tot. Aber als die Ärzte mit mir fertig waren, hatte ich keinen Finger mehr an der Hand und die Narbe an der Backe ... und außerdem habe ich seit damals drei Rippen weniger, als ich eigentlich haben müßte. Aber ich hatte keinen Grund zu klagen. Denken Sie nur an die andern im Wagen – alle tot. Unglücklicherweise reiste ich auf ein Freibillett und konnte daher die Eisenbahn nicht haftbar machen. Aber hier sitze ich nun, der einzige Mensch, der je dreißig Meter tief hinunterfiel und in einen halben Meter Wasser tauchte, es aber überlebte und imstande ist, die Geschichte zu erzählen. – Steward, wenn Sie nichts dagegen haben, mir mein Glas wieder zu füllen –«

Dag Daughtry kam der Aufforderung nach und öffnete in der Erregung und Spannung noch eine Flasche Bier für sich selber.

»Weiter, weiter«, murmelte er heiser und wischte sich den Mund. »Und der Schatzsucherhumbug? Ich sterbe vor Neugier. Ihr Wohl, Herr!«

»Ich kann Ihnen sagen, Steward«, fuhr der alte Seemann fort, »daß ich mit einem silbernen Löffel geboren wurde, der mir im Munde schmolz, und daher endete ich als der typische ›verlorene Sohn‹. Dazu war ich noch mit einer gewissen Portion Stolz geboren, der nicht schmolz. Meine Familie ließ mich sterben, nicht durch ein lumpiges Eisenbahnunglück, sondern wegen etwas, was lange vorher und nachher geschah. Ich winselte nie. Ich ließ mir nie etwas merken; ich schmolz das letzte Stückchen von meinem silbernen Löffel – Südseebaumwolle, Kakao in Tonga, Gummi und Mahagoni in Yucatan. Und zuletzt schlief ich in Logierhäusern in Bowery, aß Dreck in den Wirtschaften im Osten und stand mehr als einmal um Mitternacht an und dachte ohnmächtig zu werden, ehe ich was zu essen kriegte.«

»Und Sie haben nie vor Ihrer Familie gewinselt«, murmelte Dag Daughtry bewundernd, als der andere schwieg. Der alte Seemann zuckte die Achseln, warf den Kopf zurück, beugte ihn wieder und sagte: »Nein, ich habe nie gejammert. Ich ging ins Armenhaus. Sechs Monate lang lebte ich wie ein Tier, dann aber nahm ich eine Gelegenheit wahr und entwischte. Ich begann die ›Wide Awake‹ zu bauen. Ich baute sie Planke für Planke, beschlug sie mit Kupfer, suchte selbst ihre Masten und jedes Stück Holz an ihr aus, musterte die Besatzung vorn und achtern an, kaufte die Ausrüstung bei Altwarenhändlern und segelte mit ihr nach der Südsee, um den Schatz zu finden, der einen Faden unterm Sande begraben lag. Sehen Sie«, erklärte er. »Das alles tat ich in Gedanken, denn ich war die ganze Zeit Gefangener in einem Asyl für Menschenwracks.«

Das Gesicht des alten Seemanns wurde plötzlich hart und grimmig, seine Rechte griff nach Daughtrys Handgelenk und umschloß es mit welken Stahlfingern.

»Es dauerte lange und war sehr schwer, aus dem Armenhaus herauszukommen, um mein klägliches ›Wide-Awake‹-Abenteuer zu finanzieren. Können Sie sich vorstellen, daß ich zwei Jahre lang für anderthalb Dollar die Woche mit meiner einen brauchbaren Hand und mit der andern auch, so gut es ging, in der Wäscherei des Asyls arbeitete, schmutziges Zeug sortierte und Laken und Kissenbezüge zusammenlegte, bis ich zum tausendsten Male glaubte, daß mein armer, alter Rücken zerbrechen sollte, und bis ich zum millionsten Male fühlte, wo in meiner Brust jeder Zoll meiner fehlenden Rippen saß. Sie sind noch ein junger Mann«, Daughtry grinste abwehrend, während er sich seinen grauen Schopf kratzte.

»Sie sind noch ein junger Mann, Steward«, fuhr der Alte leicht gereizt fort. »Sie sind nie vom Leben ausgeschlossen gewesen. Im Asyl ist man vom Leben ausgeschlossen. Da gibt es keine Achtung – nein, weder vor dem Alter noch vor Menschenleben überhaupt. Wie soll ich es ausdrücken? Man ist nicht tot, aber man ist auch nicht lebendig. Man ist ein Etwas, das einmal lebendig war und im Begriff ist zu sterben. Aussätzige behandelt man so. Irrsinnige auch. Als ich jung und auf See war, wurde ein Kamerad, ein Leutnant, verrückt. Zuweilen war er tobsüchtig, und wir kämpften mit ihm, verdrehten ihm die Arme, quetschten seinen ganzen Körper und fesselten ihn, daß er sich nicht rühren konnte, während wir uns verschnauften und ihn baten, uns, sich und dem Schiff nichts zu tun. Und dieser Mann, der immer noch lebte, war für uns tot. Können Sie das nicht verstehen? Er war nicht mehr einer von uns, nicht mehr wie wir. Er war etwas anderes. Das ist es – etwas anderes. Und ebenso sind wir im Asyl, wir sind noch nicht begraben – wir sind etwas anderes. Sie haben mich von der Hölle in der Pinasse schwatzen hören. Das war eine angenehme Zerstreuung im Vergleich mit dem Asyl.

Zwei Jahre lang arbeitete ich für anderthalb Dollar die Woche in der Wäscherei. Und denken Sie sich, ich, der ich einen silbernen Löffel – und einen recht ansehnlichen – in meinem Munde geschmolzen hatte, denken Sie sich, ich mit meinen alten, wehen Beinen, meinem alten Bauch, der sich noch der Freuden der Jugend erinnerte, meinem alten Gaumen, der immer noch kitzlig und noch nicht ganz von den verfluchten Raffinements verdorben war, die er in jüngeren Tagen kennengelernt hatte – wie gesagt, Steward, denken Sie sich, ich, der ich immer flott und verschwenderisch gewesen war, sparte die anderthalb Dollar wie ein Geizhals, verbrauchte nicht einen Cent davon für Tabak, kaufte mir nie die kleinste Delikatesse, linderte nie den traurigen Zustand meines Magens, der eine Folge unserer unangenehmen, unverdaulichen, schlechten Kost war. Ich erbettelte mir Tabak, elenden, billigen Tabak von armseligen, alten, zitternden Burschen, die mit einem Bein im Grabe standen. Ja, und als ich Samuel Merrivale morgens tot in dem Bett fand, das neben dem meinen stand, untersuchte ich zuerst die Taschen seiner elenden alten Hosen, um den Tabak zu finden, der, wie ich wußte, seine ganze Hinterlassenschaft ausmachte, und meldete erst dann das Geschehene.

Oh, Steward, ich hütete die anderthalb Dollar, können Sie das verstehen? – Ich war ein Gefangener, der sich mit einer winzigen Stahlsäge freisägte. Und ich sägte mich frei!« Seine Stimme stieg zu einem triumphierenden, schrillen Quaken. »Steward, ich sägte mich frei!« Dag Daughtry hob seine Bierflasche und sagte ernst: »Ihr Wohl, Herr!«

»Ich danke Ihnen – Sie verstehen mich«, sagte der alte Seemann mit ungekünstelter Würde, stieß sein Glas gegen die Flasche und trank mit dem Steward, während sie sich in die Augen sahen.

»Ich hätte hundertsechsundfünfzig Dollar haben müssen, als ich das Asyl verließ«, fuhr der Alte fort. »Aber zwei Wochen verlor ich durch Influenza und eine Woche durch Brustfellentzündung, so daß ich dies Haus der lebendigen Toten nur mit hunderteinundfünfzig Dollar und fünfzig Cent verließ.«

»Ich verstehe, Herr«, unterbrach Daughtry ihn mit aufrichtiger Bewunderung. »Die winzige Säge war zu einem Brecheisen geworden, und mit dem wollten Sie nun wieder ins Leben einbrechen.«

Das narbige Gesicht Charles Stough Greenleafs mit seinen verblichenen Augen strahlte, als er jetzt das Glas hob.

»Ihr Wohl, Steward! Sie verstehen mich. Und Sie haben sich gut ausgedrückt. Ich ging, um ins Haus des Lebens einzubrechen. Sie war ein Brecheisen, die klägliche Summe, die ich unter zweijährigen Leiden gesammelt hatte. Denken Sie! Eine Summe, die ich in alten Tagen in der leichtsinnigen Laune eines Augenblicks im Kartenspiel wagte. Ich kehrte zurück wie ein Einbrecher, um ins Leben einzubrechen, und ich kam nach Boston. Sie verstehen sich glänzend auszudrücken, Steward, Ihr Wohl.«

Flasche und Glas klirrten wieder aneinander, die beiden tranken und sahen sich in die Augen, und jeder von ihnen war sich klar darüber, daß er in ein ehrliches, verständnisvolles Auge blickte.

»Aber es war ein dünnes Brecheisen, Steward. Ich durfte nicht mein ganzes Gewicht darauf legen. Ich mietete mir ein Zimmer in einem kleinen, aber anständigen Hotel. Es war in Boston, wie ich wohl sagte. Oh, ich war vorsichtig mit meinem Brecheisen. Ich aß kaum genug, um das Leben zu fristen. Aber ich hielt andere frei, einen sorgsam gewählten Kreis – gab aus mit der Miene eines wohlhabenden Mannes, um meiner Geschichte Vertrauen zu verschaffen; und wenn ich berauscht war (scheinbar berauscht, Steward!), spann ich alter Mann ein Ende von der ›Wide Awake‹, der Pinasse, den unnennbaren Peilungen und dem Schatz unterm Sande. – Einen Faden unterm Sande; das war literarischer Stil, ein psychologischer Trick; das schmeckte nach dem salzigen Meer, nach kühnen Freibeutern und Plünderungen im Karibischen Meer.

Sie haben wohl den Goldklumpen bemerkt, den ich an der Uhrkette trage, Steward? Damals konnte ich mir keinen leisten, aber ich sprach statt dessen von Gold, von kalifornischem Gold, von Klumpen und wieder Klumpen, von unendlichen Massen Gold aus den Goldgräbereien in den Jahren neunundvierzig und fünfzig. Das war literarischer

Stil. Das gab Farbe. Später, nach meiner ersten Reise von Boston aus, erlaubten mir meine Finanzen, einen Goldklumpen zu kaufen. Das war ein Köder, der die Leute wie die Fische anbeißen ließ. Diese Ringe waren auch – Köder. Solche Ringe sehen Sie heute nicht mehr. Als ich zu Geld gekommen war, kaufte ich auch die. Sehen Sie zum Beispiel den Goldklumpen. Ich schwatze. Ich spiele zerstreut mit ihm, während ich von dem großen Goldschatz schwatze, den wir im Sande begruben. Plötzlich schießen mir beim Anblick des Goldklumpens neue Erinnerungen durch den Kopf. Ich erzähle von der Pinasse, von unserm Durst und Hunger und vom Dritten Offizier, dem blonden Jungen, dessen jungfräuliche Wange nie ein Rasiermesser gesehen hatte und der Goldklumpen als Senkbleie benutzte, als wir Fische fangen wollten. Geschichte auf Geschichte erzählte ich, scheinbar betrunken, diesen Männern, die scheinbar meine guten Freunde waren – die ich aber als Dummköpfe verachtete. Aber der Klatsch ging weiter, und eines Tages versuchte ein junger Mann, ein Reporter, mich über den Schatz und die ›Wide Awake‹ zu interviewen. Ich war beleidigt, böse. Innerlich aber strahlte ich vor Freude, als ich es dem jungen Mann abschlug, denn ich wußte, daß er schon verschiedene Einzelheiten von meinen guten Freunden wußte.Und die Morgenzeitungen opferten zwei ganze Spalten und fette Überschriften für die Geschichte. Viele Leute besuchten mich. Ich studierte sie genau. Die meisten, die auf Schatzsuche ausgehen wollten, hatten kein Geld. Ich wich ihnen aus, wartete ab und aß noch weniger als zuvor, weil mein kleines Kapital auf die Neige ging.
Und dann kam er, mein heiterer junger Doktor – er war Doktor der Philosophie und sehr reich. Mir hüpfte das Herz im Leibe, als ich ihn sah, ich hatte nur noch achtundzwanzig Dollar, und ich wäre lieber gestorben, als wieder Mitglied der traurigen Gesellschaft lebendiger Toter im Asyl zu werden. Aber ich kehrte nicht zurück, und ich starb auch nicht. Dem heiteren jungen Doktor lief das Wasser im

Munde zusammen, wenn er an die Südsee dachte, und ich fächelte ihm alle Düfte des fernen Landes in die Nase und rollte vor seinen inneren Augen abenteuerliche Bilder von den Passatwolken, dem Monsunhimmel und den Palmeninseln im Korallenmeer auf.

Er war ein lustiger, toller Bursche, prachtvoll freigebig, furchtlos wie ein junger Löwe, geschmeidig und schön wie ein Leopard und ein bißchen verrückt von all den Tollheiten, die in seinem feinen Kopfe spukten. Aber hören Sie zu, Steward. Der Doktor hatte die ›Gloucester‹ gekauft, einen schönen Fischerschoner, der wie eine Lustjacht aussah und segelte.«

»Und wie benahm sich der junge Doktor, als der Versuch, den Schatz zu finden, fehlschlug?« fragte Dag Daughtry.

Das Gesicht des alten Seemanns erhellte sich.

»Er nannte mich einen herrlichen alten Schwindler, und als er das sagte, legte er seinen Arm um meine Schulter. Ich versichere Ihnen, Steward, ich hatte den jungen Mann wirklich liebgewonnen wie einen Sohn. Und den Arm um meine Schulter geschlungen – und ich weiß, daß mehr als bloße Freundlichkeit in der Bewegung lag –, erzählte er mir, daß er schon, als wir kaum den La Plata erreicht hatten, hinter meine Schliche gekommen war. Und lachend und mir immer wieder auf die Schulter klopfend, machte er mich auf Widersprüche in meiner Erzählung aufmerksam (später habe ich es besser gemacht, Steward, dank ihm, viel besser!) und erzählte mir, daß die Reise ein großer Erfolg gewesen sei und er für ewig in meiner Schuld stehe.

Was sollte ich machen? Ich sagte ihm die Wahrheit. Ihm vertraute ich sogar meinen Familiennamen an und die Schande, die ich diesem Namen erspart hatte, indem ich ihn ablegte. Er legte mir den Arm um die Schulter – ich versichere es Ihnen – und …«

Der alte Seemann konnte nicht weitersprechen, der Hals war ihm rauh geworden, und etwas Nasses rollte aus seinen Augen über beide Wangen.

Dag Daughtry trank ihm schweigend zu, und nach einem Schluck aus seinem Glase beherrschte der alte Seemann seine Bewegung. »Er bot mir an, heimzufahren und mit ihm zusammen zu leben, und nahm mich auch an dem Tage, als wir in Boston landeten, mit in sein großes, einsames Haus. Er erzählte mir, daß er mit seinen Rechtsanwälten reden und mich adoptieren wollte – der Gedanke kitzelte seine Phantasie. Und so war ich denn also wieder ins Leben zurückgekehrt und sollte gesetzmäßig adoptiert werden. Aber das Leben ist dumm und tückisch. Achtzehn Stunden später fanden wir ihn tot im Bett. Herzfehler, irgendein Blutgefäß im Gehirn war geplatzt. Seine Kusinen und Tanten ließen mir eine Woche Zeit, um zu verschwinden. Ich ging, bevor eine Stunde verflossen war, und ehe sie mich fortließen, untersuchten sie mein bescheidenes Gepäck.

Ich ging nach New York. Die Komödie wiederholte sich, nur daß ich mehr Geld hatte und sie besser zu spielen verstand. Ebenso ging es in New Orleans und in Galveston. Dann kam ich nach Kalifornien. Dies ist meine fünfte Reise. Es war ein schweres Stück Arbeit, diese drei Leute zu interessieren, und ich setzte mein ganzes Geld zu, ehe ich sie so weit hatte, daß sie das Abkommen unterschrieben. Sie waren sehr knickerig. Vorschuß? Der bloße Gedanke daran wäre töricht gewesen. Aber ich wartete ab, machte eine größere Hotelrechnung, bestellte mir zuallererst meine eigene, ordentliche Auswahl an Spirituosen und Zigarren und ließ ihnen den Betrag in Rechnung stellen. Welch ein Spektakel! Sie rasten alle drei und wollten sich – und mir – die Haare raufen. Sie sagten, das ginge nicht. Ich wurde augenblicklich krank. Ich erzählte ihnen, daß sie mich nervös und krank machten. Je mehr sie rasten, desto kränker wurde ich. Da gaben sie nach, und mir ging es sofort besser. Und jetzt sind wir hier, haben kein Wasser mehr und setzen bald den Kurs auf die Marquesas, wahrscheinlich, um unsere Fässer zu füllen. Dann werden sie wiederkommen und weitersuchen.«

»Glauben Sie wirklich, Herr?«

»Ich werde noch viel wichtigere Daten aus meinem Gedächtnis ausgraben, Steward«, lächelte der alte Seemann. »Zweifellos werden sie wieder herfahren, oh, ich kenne sie genau. Es sind armselige, kleinliche, gierige Narren.«

»Narren! Alles Narren! Ein Narrenschiff!« jubelte Dag Daughtry. Und er kicherte über seine Entdeckung, daß der alte Seemann dasselbe Spiel spielte wie er.

Früh am nächsten Morgen entdeckte die Morgenwache, die den täglichen Wasservorrat für Kombüse und Kajüte zu holen pflegte, daß die Fässer leer waren. Herr Jackson war so erschrocken, daß er augenblicklich Kapitän Doane rief, und wenige Minuten später hatte Kapitän Doane Grimshaw und Nishikanta herausgepurrt, um ihnen das Unglück mitzuteilen.

Das Frühstück war eine dramatische Szene, die der alte Seemann und Dag Daughtry heimlich genossen, während die drei Teilhaber wüteten und jammerten. Namentlich Kapitän Doane jammerte. Simon Nishikanta schmiedete teuflische Pläne, wie das Scheusal, das die Untat begangen – wer immer es auch sein mochte –, sie entgelten sollte, während Grimshaw immer wieder seine großen Fäuste ballte, als ob er einen an der Kehle gepackt hätte.

Es sollte ein Tag reich an Überraschungen werden. Kapitän Doane erwischte den Steuermann dabei, wie er mit Hilfe des Nachschlüssels die Ortsbestimmung des Schiffes von seinem Schreibtisch stahl. Es gab eine Szene, mehr aber auch nicht, denn der Finne war zu riesenstark, als daß ein persönlicher Kampf mit ihm gereizt hätte, und Kapitän Doane versuchte sein Benehmen nur mit einer ununterbrochenen Wiederholung von ›Ja‹, ›Nein‹ und Tut mir sehr leid‹ zu brandmarken.

Am bedeutungsvollsten war vielleicht eine Entdeckung Dag Daughtrys, wenn er sich auch jetzt noch nicht klar darüber war. Nachdem der Kurs geändert und alle Segel gesetzt waren und nachdem der alte Seemann ihn unter vier Augen davon unterrichtet hatte, daß ihr Ziel Taichae, eine der Marquesas, war, schritt Daughtry heiter dazu, sich zu rasieren. Aber eine Sorge bedrückte ihn doch. Er war nicht ganz sicher, ob an einem so entlegenen Ort wie Taichae gutes Bier aufzutreiben sein würde. Als er, fast das ganze Gesicht weiß eingeseift, den ersten Strich mit dem Messer machen wollte, bemerkte er einen dunklen Fleck auf seiner Stirn, gerade über den Augenbrauen. Nach dem Rasieren berührte er den Fleck und wunderte sich, daß er gerade hier von der Sonne verbrannt war. Aber er hatte die Berührung nicht gespürt, der dunkle Fleck war gefühllos.

›Merkwürdig‹, dachte er, trocknete sich das Gesicht und vergaß es wieder.

Sowenig er wußte, welches Grauen sich hinter dem dunklen Fleck barg, sowenig ahnte er auch, daß Ah Moys schiefe Augen ihn längst bemerkt hatten und von Tag zu Tag mit heimlichem, immer wachsendem Entsetzen beobachteten.

Hart am Südostpassat begann die ›Mary Turner‹ ihre lange Kreuzfahrt nach den Marquesas. In der Back war alles glücklich. Nur Seeleute mit der Löhnung von Seeleuten, empfingen sie die Botschaft, daß sie eine von den Tropeninseln anlaufen sollten, um die Wasserfässer zu füllen, mit Begeisterung. Achtern waren die drei Teilhaber schlechter Laune, und Nishikanta lachte offen und höhnisch über Kapitän Doane und bezweifelte seine Fähigkeit, die Marquesas zu finden. Im Zwischendeck waren alle glücklich – Dag Daughtry, weil seine Löhnung sich ansammelte und weil er eines weiteren Biervorrats sicher war; Kwaque, weil er glücklich war, wenn sein Herr glücklich war; und Ah Moy, weil er bald Gelegenheit finden sollte, von dem Schoner und den zwei Aussätzigen, mit denen er zusammen wohnte, zu desertieren.

Michael teilte die allgemeine Glückseligkeit im Zwischendeck und begann mit großem Eifer, ein fünftes Lied mit Steward auswendig zu lernen. Es war ›Lead, Kindly

Light‹. In seinem Singen, das alles in allem nichts als abge-
richtetes Geheul war, suchte Michael nach etwas, er wußte
nicht was. Tatsächlich war es das verschwundene Rudel, das
Rudel der Urzeit, ehe der Hund sich je an die Feuerstätten
des Menschen gewagt, und übrigens auch ehe die Menschen Feuerstätten errichteten und ehe die Menschen
überhaupt Menschen waren.

Er war erst zwei Jahre auf der Welt, so daß er aus eigener
Erfahrung nichts vom Rudel wußte. Viele tausend Generationen lagen dazwischen, und doch lebte tief in seinem In-
nern eine unauslöschliche, vage Erinnerung an die Zeiten
in der Wildnis, wo ferne Vorfahren mit dem Rudel jagten
und ihre eigene Kraft und gleichzeitig die des Rudels
mehrten. Wenn Michael schlief, stiegen die Erinnerungen
an das Rudel an die Oberfläche seines Unterbewußtseins.
Diese Träume waren, solange sie dauerten, Wirklichkeit,
wachend erinnerte er sich ihrer kaum. Im Schlaf jedoch,
wenn er mit Steward sang, fühlte er die unsichtbare Verbindung zwischen sich und dem verschwundenen Rudel,
nach dem er sich brennend sehnte, und er spürte gleichsam
den Trieb, es auf den längst vergessenen Wegen zu suchen.
War Michael wach, so hatte er ein anderes, wirkliches Rudel. Das bestand aus Steward, Kwaque, Cocky und Scraps,
und er tummelte sich mit dem Rudel, wie es seine Vorfahren auf der Jagd mit ihrem eigenen Geschlecht getan. Das
Zwischendeck war die Höhle dieses Rudels, und draußen
lag die große, weite Welt, das heißt, die ›Mary Turner‹, die
beständig auf dem unbeständigen Meere schaukelte,
krängte und schlingerte.

Aber das Zwischendeck und seine Bewohner bedeuteten
für Michael mehr als das Rudel. Es war der Himmel selbst,
wo Gott thronte. Der Mensch schuf sich früh seinen Gott,
oft aus Stein, Erde oder Feuer, dachte ihn sich in Bäumen
und Bergen und zwischen den Sternen. Der Grund war die
Entdeckung, daß der Mensch verschwand und verlorenging für den Stamm oder die Familie, oder wie er nun die

Gruppe nannte, zu der er gehörte, die aber, alles in allem, nur ein Rudel von Menschen war. Und der Mensch verließ sein Rudel nur ungern. Daher schuf er in seiner Phantasie ein neues Rudel, das ewig dauern und mit dem er ewig jagen konnte. Da er die Finsternis fürchtete, in die er alle Menschen verschwinden sah, schuf er hinter der Finsternis eine lichtere Welt, ein glücklicheres Jagdgebiet, eine schönere und größere Festhalle, eben seinen ›Himmel. Ganz wie manche der ersten, am niedrigsten stehenden, primitiven Menschen, träumte Michael nie davon, ein Schattenbild seiner selbst in seiner Seele aufzunehmen und es als Gott anzubeten. Er betete keinen Schatten an. Was er anbetete, war ein wirklicher, unzweifelhafter Gott, der nicht nach seinem eigenen, vierbeinigen Bilde, sondern aus Fleisch und Blut im Bilde Stewards geschaffen war; einen zweibeinigen, unbehaarten, aufrecht gehenden Gott.

Hätte der Passat sich nicht am zweiten Tage, nachdem der Kurs auf die Marquesas gesetzt war, gelegt; hätte Kapitän Doane nicht beim Mittagessen noch einmal gemurrt, weil er nur einen Chronometer hatte; wäre Simon Nishikanta nicht darüber erbost und wütend geworden und mit seiner Büchse an Deck gegangen, um möglichst irgendeinen Meeresbewohner zu erblicken, den er töten konnte; und wäre der Meeresbewohner, der sich ganz in der Nähe zeigte, ein Bonite, ein Delphin, ein Tümmler oder sonst irgendein Tier, nur nicht gerade eine große, fünfundzwanzig Meter lange Walkuh mit ihrem Kälbchen gewesen – hätte eines dieser Glieder in der Kette der Ereignisse gefehlt, so würde die ›Mary Turner‹ zweifellos die Marquesas erreicht, ihre Wasserfässer gefüllt und die Schatzsuche wiederaufgenommen haben, und die Geschicke Michaels, Daughtrys, Kwaques und Cockys hätten sich ganz anders und möglicherweise weniger furchtbar gestaltet.
Aber im entscheidenden Augenblick fehlte eben kein Glied in der Kette der Ereignisse. Der Schoner rollte in der

Windstille über die schweren, glatten Seen, und seine Schoten und Taljen krachten um die Wette mit dem großen, hohl donnernden Segel, als Simon Nishikanta dem kleinen Walkalb eine Kugel in den Leib jagte. Fast wie durch ein Wunder wurde es ein Zufallstreffer, der das Kalb tötete. Es war ungefähr dasselbe, wie wenn man einen Elefanten mit einer Salonflinte getötet hätte. Das Kalb war nicht sofort tot. Es hörte nur augenblicklich mit seinen tollen Sprüngen auf und lag eine Weile zitternd auf der Oberfläche des Ozeans. In dem Augenblick, als es getroffen wurde, war die Mutter neben ihm, und an Bord, wo man sie deutlich sah, konnte man über ihre Sorge und Unruhe nicht im Irrtum sein. Sie berührte das Kalb mit ihrem ungeheuren Bug, umkreiste es immer wieder und legte sich dann, unter fortwährenden Berührungen und kleinen Püffen, daneben.

Auf der ›Mary Turner‹ standen alle vorn und achtern in einer Reihe an der Reling und starrten ängstlich auf den Riesen, der ebenso lang wie der Schoner war.

»Wenn ihm nun einfällt, es mit uns ebenso zu machen wie der andere Wal mit der ›Essex‹«, sagte Dag Daughtry zu dem alten Seemann.

»Dann würde uns recht geschehen«, lautete die Antwort. »Es war unnötig – leichtsinnig, grausam.«

Michael, der die Aufregung spürte, den aber die Reling hinderte, etwas zu sehen, sprang auf das Kajütsdach und bellte herausfordernd beim Anblick des Ungeheuers. Alle Blicke wandten sich in Schrecken und Entsetzen auf ihn, und der Steward beruhigte ihn, gebieterisch flüsternd.

»Das ist das letzte Mal«, murmelte Grimshaw Nishikanta mit leiser, vor Zorn zitternder Stimme zu. »Wenn Sie noch ein einziges Mal auf dieser Reise einen Wal schießen, drehe ich Ihnen Ihren dreckigen Hals um. Glauben Sie mir. Ich würge Sie, daß Ihnen die Augen zum Kopfe heraussthen.« Der Armenier lächelte matt:»Es geschieht nichts. Ich glaube nicht, daß die ›Essex‹ überhaupt von einem Wal versenkt wurde.«

Von seiner Mutter angetrieben, machte das Kalb krampfhafte Anstrengungen, um zu schwimmen, aber vergebens, es vermochte sich nur von einer Seite auf die andere zu wälzen. Während die Mutter das Kalb umkreiste, streifte sie zufällig die ›Mary Turner‹ mit dem Bug Backbord unter dem Achterspiegel, und die ›Mary Turner‹ krängte nach Steuerbord, während sich ihr Achterspiegel zwei Meter oder mehr hob. Aber es blieb nicht bei diesem unfreiwilligen, sanften Stoß. Im nächsten Augenblick schlug das Tier, erschrocken über die Berührung, mit dem Schwanze. Der Schlag traf die Reling gerade vor der Vorwant, schlug ein kräftiges Loch hinein, als wäre es eine Zigarrenkiste, und zerschmetterte die Deckplanken.

Das war alles, aber die ganze Besatzung starrte schweigend und furchtsam auf dieses Seeungetüm, das vom Kummer über sein sterbendes Junges überwältigt war.

Im Laufe einer Stunde, während der der Schoner und die beiden Wale immer weiter auseinandertrieben, machte das Kalb mehrere vergebliche Schwimmversuche. Dann wurde es von einem starken Zittern gepackt, bis es sich schließlich wild herumwälzte und das Meer mit dem Schwanze peitschte.

»Das ist der Todeskampf«, sagte der alte Seemann gedämpft.

»Ja, verflucht, es ist tot«, sagte Kapitän Doane fünf Minuten später. »Wer sollte es glauben? Eine Büchsenkugel! Ich möchte nur, es wehte eine halbe Stunde, daß wir von hier wegkämen.«

»Vielleicht geht es«, sagte Grimshaw.

Kapitän Doane schüttelte den Kopf, während sein Blick besorgt über die schlaffen Segel und dann über das Meer schweifte, in der Hoffnung, das Wasser sich im Winde kräuseln zu sehen. Aber es war spiegelblank und still, jede große See in der regelmäßigen Folge der Dünung hob sich berghoch und rund wie eine Woge aus Quecksilber.

»Es geht gut«, sagte Grimshaw ermutigend. »Jetzt schwimmt sie weg.«

»Selbstverständlich ist gar keine Gefahr, es war überhaupt keine«, rief Nishikanta herausfordernd, während er sich den Schweiß von Gesicht und Hals wischte und mit den anderen dem fortziehenden Wale nachsah. »Ihr seid mir ein paar schöne Helden, euch vor einem Fisch zu fürchten.«

»Ich sah, daß Ihr Gesicht weniger gelb war als gewöhnlich«, lächelte Grimshaw spöttisch. »Die gelbe Farbe ist Ihnen wohl ins Herz gesunken?«

Der Kapitän seufzte tief. Er fühlte sich so erleichtert, daß er sich nicht überwinden konnte, an dem Gezänk teilzunehmen.

»Sie sind gelb«, fuhr Grimshaw fort, »durch und durch gelb.« Er nickte dem alten Seemann zu. »Sehen Sie, das ist ein Mann. Er hat nicht mit den Augen geblinzelt, obwohl ich annehme, daß er sich über die Gefahr klarer war als Sie. Wenn ich auf einer öden Insel Schiffbruch erleiden und wählen sollte, ob mit ihm oder mit Ihnen, so möchte ich es tausendmal lieber mit ihm. Wenn –« Aber ein Ruf der Matrosen unterbrach ihn.

»Barmherziger Gott«, stöhnte Doane laut.

Die große Walkuh war umgekehrt und stürmte, auf der Oberfläche liegend, gerade auf sie los. Ihre Schnelligkeit war so groß, daß sich vor ihrem Maul eine Woge erhob, ganz wie ein Dreadnought oder ein großer Ozeandampfer sie auf dem Meere hervorbringt.

»Festhalten, alle Mann!« brüllte Kapitän Doane.

Jeder straffte sich, um den Stoß zu erwarten. Henrik Gjertsen, der Rudergast, spreizte die Beine, krümmte sich, straffte Schultern und Arme und packte die Speichen des Rades gerade vor sich. Mehrere Mann von der Besatzung flohen zur Achterhütte, andere wieder sprangen in die Haupttakelung. Daughtry, der sich mit der einen Hand an die Reling klammerte, umschlang den alten Seemann mit seinem freien Arm.

Alle hielten sich fest. Der Wal traf die ›Mary Turner‹ gerade achtern von der Vorwant. Zehn bis zwanzig Dinge ereigneten sich gleichzeitig. Ein Matrose fiel, eine Want in der Hand, kopfüber aus der Großtakelung, wurde aber von einem Kameraden am Fuß gepackt und gerettet, während der Schoner an Backbord hochgehoben wurde, krachte und zitterte und an Steuerbord niedergepreßt wurde, daß das Meer über die Reling hereinströmte. Michael, der auf dem glatten Kajütsdach stand, glitt die steile Schräge nach Steuerbord hinab und verschwand, mit den Krallen scharrend und knurrend, im Gang. Die Backbordwanten zerrissen an der Pütting, und die Vormarsstenge taumelte wie ein Betrunkener nach Steuerbord.

»Donnerwetter!« sagte der alte Seemann. »Das haben wir gespürt.«

»Herr Jackson!« befahl Kapitän Doane dem Steuermann. »Wollen Sie den Pumpenschacht auspeilen?«

Der Steuermann gehorchte, behielt aber ängstlich den Wal im Auge, der sich plötzlich ostwärts entfernte.

»Da sehen Sie, was Sie angerichtet haben«, fauchte Grimshaw Nishikanta an.

Nishikanta nickte, während er sich den Schweiß abwischte, und murmelte: »Und ich bin zufrieden. Ich hab' genug. Ich glaubte nicht, daß ein Wal dazu imstande wäre. Ich werd' es nie wieder tun.«

»Vielleicht werden Sie auch nie wieder Gelegenheit dazu haben«, antwortete der Kapitän. »Wir sind noch nicht fertig mit dem Biest. Der Wal, der die ›Essex‹ versenkte, griff immer wieder an, und ich glaube nicht, daß sich die Wale in den paar Jahren sehr verändert haben.«

»Knochentrocken«, meldete Herr Jackson das Ergebnis seines Peilens.

»Jetzt kehrt sie um«, rief Daughtry.

Eine halbe Meile entfernt machte der Wal scharf kehrt und kam wieder auf das Schiff los.

»Mach, daß du wegkommst, da vorn«, rief Kapitän Doane einem Matrosen zu, der eben, seinen Seesack in der Hand, aus der Back kam und über dem jetzt die Vormarsstenge, die jeden Augenblick herabzustürzen drohte, hin und her schwang.

»Der hat schon gepackt«, murmelte Dag Daughtry dem alten Seemann zu. »Wie eine Ratte, die das sinkende Schiff verläßt.«

»Wir sind alle Ratten«, lautete die Antwort, »soviel hab' ich jedenfalls gelernt, als ich selbst eine Ratte unter den räudigen Ratten im Asyl war.«

Jetzt war auch Michael von der Aufregung und Angst aller an Bord Befindlichen angesteckt worden. Er sprang auf das Kajütsdach, um sehen zu können, und knurrte die Walkuh an, als er sie sich nähern sah, während die Leute sich wieder festklammerten und Schutz vor den drohenden Stößen suchten.

Die ›Mary Turner‹ wurde achtern von der Besanwant getroffen. Sie wurde nach Steuerbord geschleudert – dasselbe schmähliche Schicksal widerfuhr Michael –, und man hörte deutlich das Krachen des zersplitternden Holzes. Henrik Gjertsen, der mit aller Kraft das Rad gepackt hatte, wurde mit dem Rade selbst, das der Bewegung des Ruders folgte, durch die Luft gewirbelt. Er stieß gegen Kapitän Doane, der seinen Halt an der Reling verloren hatte. Beide wurden hart auf das Deck geschleudert und vermochten kaum zu atmen. Nishikanta fluchte, gegen die Kajütswand gelehnt, weil ihm die Nägel an beiden Händen aus dem Fleisch gerissen waren, als er die Reling loslassen mußte.

Während Daughtry eine Leine um den alten Seemann und die Besantakelung schlang und ihm das Ende in die Hand gab, um sich daran zu halten, kroch Kapitän Doane, nach Atem ringend, zur Reling und kam wieder auf die Füße.

»Das hat getroffen«, flüsterte er heiser dem Steuermann zu, während er die Hand gegen die Seite preßte, um seine Schmerzen zu beherrschen. »Peilen Sie wieder den Schacht aus.«

Mehrere Matrosen benutzten die Pause, um nach vorn unter die Vormarsstenge, die jeden Augenblick herabstürzen konnte, zu stürmen, in der Back zu verschwinden und eiligst ihre Seesäcke zu packen. Als Ah Moy mit seinem eigenen runden Seesack aus dem Zwischendeck auftauchte, schickte Daughtry Kwaque, um auch ihr Eigentum zusammenzupacken.

»Knochentrocken, Herr Kapitän«, meldete der Steuermann.

»Peilen Sie weiter, Herr Jackson!« befahl der Kapitän, dessen Stimme kräftiger wurde, da er sich allmählich von dem Zusammenstoß mit dem Rudergast erholte. »Peilen Sie weiter. Jetzt kommt das Viech wieder, und der Schoner ist nicht so gebaut, daß er ein solches Hämmern aushalten kann.«

Daughtry hatte jetzt Michael unter den einen Arm genommen und war im Begriff, sich in die Takelung zu schwingen, um der nächsten Katastrophe zuvorzukommen.

Die Walkuh machte einen Kreis, um zurückzukommen, verlor dabei aber ihre Orientierung in dem Maße, daß sie zwanzig Fuß hinter dem Achterende der ›Mary Turner‹ vorbeischoß. Dennoch hob die Wassermasse, die ihr Körper verdrängte, den Schoner sanft in die Höhe und ließ den Bug mit einer majestätischen Verneigung ins Meer tauchen.

»Wenn das getroffen hätte –«, murmelte Kapitän Doane, hielt aber gleich wieder inne.

»Dann hätte es gute Nacht geheißen«, vollendete Daughtry den Satz für ihn. »Sie hätte uns den ganzen Achterspiegel abgeschlagen, Herr Kapitän.«

Der Wal machte wieder kehrt, diesmal in einer Entfernung von nur vierhundert Metern, stürmte wieder an, vollendete aber den Halbkreis nicht genau und kam dadurch von Steuerbord gegen den Bug des Schoners. Der Rücken des Tieres traf den Steven, und obwohl es aussah, als hätte er nur leicht den Stampfstock berührt, setzte sich die ›Mary Turner‹ doch so hart nieder, daß die See über die Reling des Achterspiegels spülte. Aber das war nicht alles. Stampfstock, Wasserstag, alles ging zum Teufel, und ebenso alle Steuerbordstags bis zum Bugspriet, von dem ein Stück nach Backbord im rechten Winkel zum Rundholz des Marsstengenstags gehoben wurde. Die Marsstenge schwankte eine Weile in der Luft, krachte dann aber auf das Deck nieder, wodurch das Bugspriet in die See getaucht wurde und längsseits mitschleifte, da es mit dem dicken Ende von der Back klarkam.

»Stopfen Sie dem Köter das Maul«, sagte Nishikanta gebieterisch zu Daughtry. »Wenn Sie es nicht tun ...« Michael, der in Stewards Armen lag, fletschte die Zähne und knurrte zu Schreck und Warnung nicht nur die Walkuh, sondern alles Feindliche und Drohende an, das Schrecken unter den zweibeinigen weißen Göttern seiner schwimmenden Welt verbreitet hatte.

»Jetzt lasse ich ihn gerade heulen«, fauchte Daughtry. »Sie haben schuld an der Geschichte, und wenn Sie die Hand gegen meinen Hund erheben, werden Sie nicht erleben, wie die Geschichte ausgeht, die Sie angerichtet haben, Sie dreckiger Pfandleiher.«

»Sehr richtig«, sagte der alte Seemann beifällig. »Sagen Sie, Steward, könnten Sie nicht eine Bahn Segelleinen oder eine Decke oder sonst etwas Weiches und Breites bekommen, das diese Leine ersetzen könnte. Sie schneidet zu stark ein an der Stelle, wo mir die drei Rippen fehlen.« Daughtry drückte dem Alten Michael in die Arme.

»Halten Sie ihn«, sagte der Steward. »Wenn der Pfandleiher einen Finger gegen Killeny-Boy hebt, dann spucken Sie ihm ins Gesicht, beißen ihn oder sonst irgendwas. Ich bin im Augenblick zurück, ehe er Ihnen etwas tun und ehe der Wal uns wieder treffen kann. Und lassen Sie Killeny-Boy nur soviel Lärm machen, wie er will. Ein Haar an ihm ist mehr wert als alle stinkenden Wucherer der ganzen Welt.« Daughtry stürzte in die Kajüte, kam mit einem Kopfkissen und drei Laken zurück, band den alten Seemann gehörig fest, indem er das Kissen als Unterlage benutzte und die Laken mit Weberknoten zusammenknüpfte, und konnte Michael wieder nehmen.

»Sie zieht Wasser, Herr Kapitän«, rief der Steuermann.

»Sechs Zoll – nein, sieben Zoll, Herr Kapitän.« Die Matrosen bahnten sich ihren Weg durch die Trümmer der Vormarsstengen in die Back, um ihre Seesäcke zu packen.

»Schwingen Sie das Steuerbordboot aus, Herr Jackson«, kommandierte der Kapitän und starrte auf die schäumende Bahn des Wals, der zu einem neuen Angriff heranbrauste. »Aber fieren Sie es nicht hinunter. Halten Sie es in den Taljen, sonst zerschmettert das verfluchte Vieh es. Schwingen Sie es nur aus, daß es bereit ist, und lassen Sie die Leute ihre Seesäcke und Proviant und Wasser darin verstauen.«

Die Zurringe waren kaum vom Boot abgeworfen und die Taljen eingehakt, als die Leute auch schon fliehen mußten, um sich in Sicherheit zu bringen, denn der Wal kam wieder. Er traf die ›Mary Turner‹ mittschiffs an Backbord, so daß man von der Hütte aus ihre lange Flanke wie einen elastischen Stoff sich biegen und wieder zurückspringen sah. Die Steuerbordreling wurde beim Überkrängen des Schoners in der See begraben, und als er sich mit gewaltsamer Anstrengung wieder aufrichtete, überschwemmte das Wasser das Deck, daß es den Matrosen am Boot bis zu den Knien reichte, und spritzte zu den Backbordspeigatten hinaus.

»Hievt los!« befahl Kapitän Doane von der Hütte aus. »Hoch damit! Ausschwingen! Festmachen!«

Das Boot befand sich außenbords, sein Rand ruhte auf der Reling der ›Mary Turner‹.

»Zehn Zoll, Herr Kapitän, und steigt schnell«, meldete der Steuermann, während er mit dem Peilstock maß.

»Ich muß mein Werkzeug holen«, bemerkte der Kapitän und schritt nach der Kajüte. In der Tür blieb er stehen und fügte mit einem spöttischen Lächeln, zu Nishikanta gewandt, hinzu, »und meinen einzigen Chronometer.«

»Anderthalb Fuß, und steigt immer noch«, rief ihm der Steuermann nach achtern zu.

»Wir tun wohl am besten, auch zu packen«, sagte Grimshaw, der dem Kapitän folgte, zu Nishikanta.

»Steward«, sagte Nishikanta. »Gehen Sie hinunter und packen Sie mein Bettzeug. Das übrige werde ich selbst besorgen.«

»Herr Nishikanta, Sie können zum Teufel gehen, und alle anderen meinetwegen auch«, antwortete Daughtry ruhig, wandte sich aber im selben Atemzug zu dem alten Seemann und sagte ehrerbietig: »Wollen Sie Killeny-Boy halten, Herr. Ich werde mich Ihrer Sachen annehmen. Wünschen Sie etwas Besonderes zu retten, Herr?«

Jackson schloß sich den vieren an, die hinuntergingen, und während die fünf Mann schnell und zitternd allerlei Gebrauchsgegenstände zusammenpackten, wurde die ›Mary Turner‹ wieder getroffen. Ohne Warnung überrascht, wurden alle, die sich unten befanden, heftig nach Backbord geschleudert. Aus Nishikantas Kabine ertönten jammernde Flüche, die verkündeten, daß der Kojenrand ihm einen tüchtigen Rippenstoß versetzt hatte. Aber alles das ging unter in einem ungeheuren Krachen an Deck.

»Brennholz – das ist alles, was hier übrigbleibt«, bemerkte Kapitän Doane in der jetzt folgenden Stille, während er vorsichtig mit seinem Chronometer den Kajütsniedergang hinaufkroch.

Nachdem er ihn einem Matrosen anvertraut hatte, ging er wieder hinunter und brachte mit Hilfe des Stewards seine Seekiste heraus, dafür half er Daughtry, die Seekiste des alten Seemanns heraufzuschaffen. Dann ließen beide sich mit Hilfe eifriger Matrosen durch die Luke im Kajütsboden in den Proviantraum hinuntergleiten und begannen Kisten aufzubrechen und einen Berg von Proviant hinaufzureichen – Dosen mit Lachs und Ochsenfleisch, Marmelade und Biskuits, Butter und kondensierte Milch und allerlei getrocknete, eingemachte und kondensierte Büchsen-

konserven, wie man sie heutzutage an Bord zur Verpflegung der Besatzung verwendet.

Als Daughtry und der Kapitän schließlich aus der Kajüte
auftauchten, starrten beide einen Augenblick auf die Lük-
ke in der feinen, himmelanstrebenden Oberkreuzbramta-
kelung, wo noch vor wenigen Minuten Großstenge und Be-
sanmarsstenge gesessen hatten. Einen zweiten Blick warfen sie auf die Trümmer dieser Dinge an Deck – die Be-
sanmarsstenge, die durch das Segel gegangen war, wurde
von dem starken Leinen in senkrechter Stellung gehalten
und schlug bei jedem Klatschen des Segels hin und her;
die Großstenge lag quer über dem zertrümmerten Zwi-
schendecksniedergang.Während die Walmutter, die ihrem
Kummer durch Vernichtung Ausdruck verlieh, auf die
zu einem neuen Angriff notwendige Entfernung zurück-
schwamm, scharten sich alle Leute auf der ›Mary Turner‹
um das Steuerbordboot, das ausgeschwungen war und zum
Herabfieren bereit hing. Ein ansehnlicher Berg von Kisten,
Wassertonnen und persönlichem Gepäck war neben dem
Boot auf dem Deck aufgeschichtet. Ein Blick hierauf und
auf die vielen Leute vorn und achtern bewies, daß das Boot
bedenklich überlastet werden mußte.

»Die Matrosen müssen wir jedenfalls mitnehmen – die
können rudern«, sagte Nishikanta.

»Aber brauchen wir Sie?« fragte Grimshaw finster. »Sie
nehmen zuviel Platz weg und sind auf alle Fälle eine Be-
stie.«

»Ich glaube schon, daß man mich braucht«, meinte der
Pfandleiher, und indem er sein Hemd mit einer solchen
Heftigkeit aufriß, daß vier Knöpfe ausgerissen wurden,
zeigte er einen automatischen Coltrevolver, Kaliber vier-
undvierzig, der im Halfter um seinen bloßen Leib unter
dem linken Arm festgeschnallt war, so daß er den Kolben
der Waffe mit einem Griff seiner Rechten fassen konnte.
»Ich bin sicher, daß man mich braucht. Aber wir können
weniger wünschenswerte Personen entbehren.«

»Wenn Sie durchaus Ihren Willen haben wollen«, höhnte der Weizenfarmer, obwohl er unwillkürlich seine riesigen Hände zur Faust ballte, als würge er eine Kehle. »Im übrigen werden Sie, wenn wir Proviantmangel leiden sollten, willkommen sein – wegen Ihres Umfangs, meine ich, aus keinem anderen Grunde. Nun, so lassen Sie uns hören, wen Sie als weniger wünschenswert betrachten – den schwarzen Nigger? Er hat keinen Revolver.«

Aber seine Späße wurden unvermittelt durch den nächsten Angriff des Wals unterbrochen – ein neuer gewaltsamer Schlag gegen den Achterspiegel riß das Ruder fort und zerstörte das Steuergerät. »Wieviel Wasser?« fragte Kapitän Doane.

»Drei Fuß, Herr Kapitän, ich habe gerade gepeilt«, lautete die Antwort. »Ich glaube, Herr Kaptän, es wäre ratsam, das Boot teilweise zu beladen und es, sobald der Wal uns das nächste Mal getroffen hat, hinunterzufieren, den Rest der Sachen und uns selbst hineinzuschmeißen und klar vom Schiff zu kommen.«

Kapitän Doane nickte. »Das ist ein Stück Arbeit, das rasch gehen muß«, sagte er. »Haltet euch alle bereit. Steward, springen Sie zuerst hinein, dann reiche ich Ihnen den Chronometer.«

Nishikanta schob sich mit seinem breiten Körper kriegerisch neben den Kapitän, öffnete sein Hemd und entblößte den Revolver.

»Es sind zu viele für das Boot«, sagte er, »und der Steward ist einer von denen, die nicht mit sollen. Verstehen Sie? Und hüten Sie sich, es zu vergessen. Der Steward ist einer von denen, die nicht mit sollen.«

Kapitän Doane betrachtete ruhig den großen Revolver, während er gleichzeitig vor seinem inneren Auge in einer blendenden Vision sein Haus in San Francisco sah.

Er zuckte die Achseln. »Mit all diesem Gepäck wird das Boot unter allen Umständen überladen sein. Lassen Sie uns machen, daß wir fortkommen, wenn Sie aber irgend etwas dabei im Sinne haben, so vergessen Sie nicht, daß ich der einzige bin, der was von Seefahrt versteht, und daß Sie, wenn Sie Ihre Pfandleihe wiedersehen wollen, am besten tun, darauf zu achten, daß mir nichts geschieht. – Steward!« Daughtry trat näher.

»Es ist kein Platz für Sie – und für einen oder zwei andere; es tut mir leid, Ihnen das sagen zu müssen.«

»Gott sei Dank«, sagte Daughtry, »ich fürchtete schon, daß Sie mich mitnehmen wollten, Herr Kaptän. Kwaque, du nehmen fella Gepäck gehören mir, tun in ander fella Boot an der Seite.«

Während Kwaque gehorchte, peilte der Steuermann zum letztenmal und meldete dreieinhalb Fuß Wasser; dann warfen die Matrosen die leichtere Ladung in das Steuerbordboot.

Ein hochgewachsener junger skandinavischer Matrose mit hängenden Schultern, zwei Meter groß und schlank wie eine Bohnenstange, mit hellen Augen vom blassesten Blau und Haut und Haar von entsprechend hellen Tönen, schloß sich Kwaque an und half ihm bei seiner Arbeit.

»He, du, Großer John«, sagte der Steuermann. »Dies ist dein Boot. Du arbeitest hier.«

Der schlanke Bursche lächelte verlegen und erklärte zögernd: »Ich glaube, ich gehe am liebsten mit dem Steward.«

»Ja, natürlich, lassen Sie ihn, desto leichter wird das Boot«, sagte Nishikanta, der die Führung in die Hand nahm. »Hat sonst noch jemand was zu bemerken?«

»Aber sicher«, sagte Daughtry und blickte ihm mit spöttischem Lächeln ins Gesicht. »Ich nehme an, daß der Rest vom Bier mit in mein Boot kommt, wenn Sie sich nicht mit mir über die Sache streiten wollen.«

»Wenn Sie auch nur für zwei Cent – «, fauchte Nishikanta wütend.

»Nicht für zwei Milliarden Cent würden Sie einen Streit mit mir riskieren, Sie alter Wucherer«, antwortete Daughtry. »Großer John, bring die Kiste Bier und die kleine dazu und schaff sie in mein Boot. Nishikanta, legen Sie es mit mir an, wenn Sie es wagen.«

Nishikanta wagte es nicht und wußte auch nicht, was er tun sollte. Aber er wurde aus seiner Verlegenheit gerettet durch den Ruf:»Jetzt kommt er!«

Alles stürmte fort,um sich festzuhalten, während der Wal noch einiges Holz zertrümmerte und die ›Mary Turner‹ tot und träge von einer Seite auf die andere rollte.»Hinunterfieren! Los!«

Kapitän Doanes Befehl wurde augenblicklich befolgt. Das Steuerbordboot hob sich und fiel dann aufs Wasser, während die Matrosen es klar vom Schiff hielten und den Rest des Gepäcks und Proviants hineinschafften. »Ich kann Ihnen auch gut helfen, Herr Kaptän, weil ich sehe, daß Sie solche Eile haben«, sagte Daughtry, indem er Kapitän Doane den Chronometer aus der Hand nahm, um ihn ihm zu reichen, sobald er im Boot war.

»Kommen Sie, Greenleaf«, rief Grimshaw dem alten Seemann zu.

»Nein, danke schön«, lautete die Antwort. »Ich glaube, es ist mehr Platz im andern Boot.«

»Wir wollen den Koch mithaben«, rief Nishikanta vom Achtersitz. »Los, du gelber Affe. Spring!«

Der kleine alte, eingeschrumpfte Ah Moy überlegte. Man sah, daß ihm Gedanken durch den Kopf schossen, obwohl niemand sie kannte, während seine Blicke zwischen dem Revolver des dicken Pfandleihers und dem Aussatz Kwaques und Daughtrys hin und her schweiften. Er wog eines gegen das andere ab und warf schließlich noch die leichte Ladung des einen Bootes und die schwere Ladung des anderen mit in die Waagschale.

»Mich gehen ander Boot«, sagte Ah Moy und begann seinen Seesack über das Deck zu schleifen.

»Loswerfen«, kommandierte Kapitän Doane.

Als Scraps, der junge Neufundländer, der während der

ganzen bewegten Szene herumgespielt und -getanzt hatte, so viele von den menschlichen Bewohnern der ›Mary Turner‹ in dem Boot neben dem Schiff sah, sprang er über die Reling, die niedrig, dicht über dem Wasserspiegel lag, und landete zappelnd auf den vielen Seesäcken und Proviantkisten. Das Boot schaukelte, und Nishikanta rief, den Revolver in der Hand:»Zurück mit ihm! Schmeißt ihn wieder an Bord.«

Die Matrosen gehorchten, und der verblüffte Scraps landete nach einer kurzen Luftreise rücklings auf dem Deck der ›Mary Turner‹. Aber das hielt er jedenfalls nur für einen derben Spaß, rollte sich begeistert herum und wand sich wie ein Wurm, während er darüber nachdachte, welche neuen Späße seiner warteten. Mit einschmeichelndem Knurren, das gute Kameradschaft ausdrücken sollte, versuchte er sich mit Michael einzulassen, der jetzt frei an Deck herumspazierte, erhielt aber zur Antwort nur ein unbehagliches, mürrisches Knurren.

»Ich denke, wir werden ihn unserer Sammlung einverleiben müssen, nicht wahr, Herr«, sagte Dag Daughtry, während er einen Augenblick den Kopf des Hündchens streichelte und dadurch gleichsam sein Versprechen besiegelte, wofür das junge Tier ihm eifrig die Hand leckte.

Alle erstklassigen Stewards besitzen ungewöhnliche administrative Fähigkeiten. So war auch Dag Daughtry ein erstklassiger Steward. Nachdem er den alten Seemann in einen geschützten Winkel gebracht und den Großen John beauftragt hatte, das letzte Boot loszuzurren und die Taljen einzuhängen, schickte er Kwaque in den Raum, um die Wassertonnen aus dem spärlichen Vorrat zu füllen, und Ah Moy in die Kajüte, um Lebensmittel zu holen.

Das Steuerbordboot, das mit Leuten, Proviant und Besitztümern in bunter Mischung gefüllt war und schnell von dem gefährlichen Punkt, das heißt der ›Mary Turner‹, weggerudert wurde, war kaum zweihundert Meter fort, als der

Wal, der den Schoner verfehlt hatte, in voller Fahrt umkehrte und so nahe durch das schäumende Wasser vorbeischoß, daß das Boot mit Mühe und Not einer Kollision mit ihm entging. So nahe kam er, daß die Ruderer auf der dem Wale zugekehrten Seite die Riemen einzogen. Die Bugwelle, die er erzeugte, ließ das schwerbeladene Boot so weit überkrängen, daß ein gut Teil Wasser überkam, ehe es sich wieder aufrichtete.

Nishikanta, der, immer noch den Revolver in der Hand, auf dem Achtersitz stand, vermochte sich kaum auf den Füßen zu halten. Bei seinem instinktiven krampfhaften Versuch, das Gleichgewicht zu bewahren, ließ er den Revolver ins Wasser fallen.

»Ha – ah!« höhnte Daughtry. »Was kostet es jetzt, Nishikanta? Jetzt habt ihr ihn. Und wenn es dazu kommt, daß ihr euch gegenseitig auffreßt, dann nehmt ihn zuerst. Er ist allerdings ein Stinktier und wird dementsprechend schmekken. Aber manch braver Mann hat schon Stinktiere gefressen, wenn er in der Klemme saß. Das beste ist, ihr legt ihn die ganze Nacht in Salzwasser.«

Grimshaw, dessen Platz auf dem Achtersitz nicht gerade gut war, erkannte die Situation gleichzeitig mit Daughtry, erhob sich schnell, streckte die Hand aus, packte schnell den dicken Pfandleiher am Kragen und warf ihn von seinem Sitz herunter, dann nahm er selbst, ohne sich jedoch zu übereilen, den bequemeren Platz ein. »Möchten Sie mitkommen?« rief er Daughtry zu.

»Nein, vielen Dank, Herr«, lautete die Antwort. »Wir sind zu viele und nehmen besser das andere Boot.«

Jetzt legten sie sich in die Riemen und ruderten mit wahnsinniger Schnelligkeit fort, während Daughtry mit Ah Moy in den Vorratsraum unter der Kajüte ging, wo sie weiteren Proviant auspackten und hinaufreichten.

Während sie unten beschäftigt waren, streifte der Wal den Schoner ungefähr mittschiffs an Backbord, schlug mit seinem mächtigen Schwanz, tauchte und riß Pütting und

Schanzbekleidung der Besanwant vollkommen weg. Beim nächsten Schlingern in der schweren, spiegelblanken See stürzte der Besanmast über Bord.

»Das ist ein Wal, das muß ich sagen«, meinte Daughtry zu Ah Moy, als sie den Kajütsniedergang heraufkamen und die Bescherung sahen.

Ah Moy hielt es für das beste, weitere Lebensmittel aus der Kajüte zu holen, während Daughtry, Kwaque und der Große John sich mit ihrem ganzen Gewicht gegen die Läufer, je einen Läufer auf einmal, stemmten und das Backbordboot erst mit dem einen, dann mit dem andern Ende über die Reling hißten, um es dann auszuschwingen.

»Wir warten den nächsten Stoß ab, dann fieren wir es hin-hinunter, werfen alles hinein und stoßen schnell ab«, sagte der Steward zu dem alten Seemann. »Wir haben noch viel Zeit.«

Schon jetzt befanden sich die Speigatten in Höhe des Meeres, der Schoner schlingerte merkwürdig tot in der hohen See.

»He!« rief er mit einem plötzlichen Einfall Kapitän Doane hinüber. »Wie ist der Kurs nach den Marquesas, Herr Kaptän?«

»Nordnordost«, lautete die undeutliche Antwort. »Werdet Nuka-Hiva treffen. An zweihundert Meilen. Dreht in den Südostpassat. Am Wind, dann wird's schon gehen.«

»Danke, Herr Kaptän«, rief der Steward, lief dann nach achtern und holte den Kompaß.

Der Wal zögerte, seine Angriffe zu erneuern, und sie begannen schon fast zu glauben, daß er genug hätte. Doch während sie seine Bewegungen beobachteten, sank die ›Mary Turner‹ beständig.

»Wir könnten wohl den Versuch machen«, sagte Daughtry zum Großen John, aber im selben Augenblick mischte sich eine neue Stimme in die Unterhaltung.

»Cocky, Cocky«, tönte es klagend den Kajütsniedergang

herauf. »Teufel auch! Teufel auch!« klang es kurz darauf in gereiztem, zornigem Tone. »Teufel auch! Teufel auch!«

»Selbstverständlich soll er nicht hierbleiben«, sagte Daughtry bei sich, lief über das Deck, kroch durch die Reste der Vormarsstenge und ihrer vielen Stags, die wirr durcheinander den Weg versperrten, und fand das kleine weiße Geschöpf auf einem Kojenrand, wo es saß, sich aufplusterte, seinen rosenroten Schopf hob und senkte und in ehrlicher Menschensprache die Launenhaftigkeit der Welt, der Schiffe sowie auch der Menschen auf dem Meere verfluchte. Der Kakadu setzte den Fuß auf Daughtrys Zeigefinger, kletterte schnell seinen Hemdärmel hinauf, setzte sich ihm auf die Schulter, lehnte dann seinen Kopf gegen das Auge Stewards und sagte dankbar und erleichtert: »Cocky, Cocky!«

»Du Spitzbube«, brummte Daughtry.

»Gott sei Dank«, antwortete Cocky in einem Tonfall, der dem Daughtrys so glich, daß er ganz verblüfft war.

»Du Spitzbube«, wiederholte Daughtry und legte zärtlich Wange und Augen gegen den befiederten und beschopften Kopf des Kakadus. »Und da glauben die Menschen, daß nur sie etwas wert sind.«

Der Wal zögerte immer noch, und da das Meer buchstäblich seine Zehen auf dem Deck, das sich in Höhe des Wasserspiegels befand, wusch, befahl Daughtry, das Boot hinunterzufieren. Ah Moy sprang eifrig und schnell in den Bug. Aber Daughtrys Annahme, daß die Furcht, mit dem Schiff zu versinken, ihn so antrieb, stimmte nicht. Ah Moy erstrebte den Platz im Boot, der am weitesten von Kwaque und dem Steward entfernt war.

Nachdem sie abgestoßen hatten, schoben sie in aller Eile Proviant und Gepäck von den Sitzen und nahmen ihre Plätze ein. Ah Moy am ersten Riemen vorn, hinter ihm der Große John und Kwaque und dann, am Achterriemen, Daughtry, dem immer noch Cocky auf der Schulter saß. Vom Achtersitz oder auf dem Gepäck starrte Michael sinnend auf die ›Mary Turner‹ und knurrte Scraps, der dumm genug war, spielen zu wollen, streitlustig an. Der alte Seemann stand aufrecht an der Ruderpinne und gab, als alles bereit war, Befehl, die Riemen auszulegen.

Knurren und Haarsträuben Michaels zeigte ihnen an, daß der Wal sich näherte. Aber er griff nicht an, statt dessen umkreiste er langsam den Schoner.

»Ich möchte wetten, daß das Vieh von all dem Losdonnern Kopfschmerzen gekriegt hat«, grinste Daughtry, um seine Kameraden zu ermutigen.

Sie waren kaum ein Dutzend Schläge gerudert, als ein Ausruf des Großen John sie seinem Blick folgen ließ, der nach der Back des Schoners gerichtet war, wo die Schiffskatze eine große Ratte jagte. Sie sahen auch andere Ratten, die offenbar von dem steigenden Wasser aus ihren Schlupfwinkeln vertrieben waren.

»Wir können die Katze nicht zurücklassen«, sagte Daughtry laut und energisch.

»Natürlich nicht«, antwortete der alte Seemann, und er stemmte sich gegen die Ruderpinne und steuerte das Boot zurück.

Zweimal schaukelte der Wal sie ein wenig, während er sie ruhig umkreiste, ehe sie sich über die Riemen beugten und auslegten. Der Wal schien keine Notiz von ihnen zu nehmen. Das große Ding, der Schoner, war es, der sein Junges getötet hatte, und an dem Schoner ließ er seine Wut aus.

Gerade als sie wegruderten, machte der Wal kehrt und schwamm geradeaus übers Meer. In einer Entfernung von einer halben Meile bog er ab und kehrte zu einem neuen Angriff zurück.

»Mit all dem Wasser in sich wird der Schoner es ihm ordentlich wiedergeben, wenn er getroffen wird«, sagte Daughtry. »Mein Gott, ruht auf den Riemen und paßt auf.«

Der Stoß, der genau mittschiffs traf, war der schwerste, den die ›Mary Turner‹ erhalten hatte. Stags und Splitter der

Schanzbekleidung flogen in die Luft, und der Schoner krängte so stark, daß die Hälfte seiner Kupferbekleidung sichtbar wurde und naß und funkelnd in der Sonne leuchtete. Als er sich träge wieder aufrichtete, schwankte der Großmast wie ein Betrunkener, fiel aber nicht.

»Eine tüchtige Ohrfeige«, rief Daugthry beim Anblick des Wals, der das Wasser ziel- und zwecklos aufrührte. »Sie müssen beide mächtig eins abgekriegt haben.«

»Schoner ganz fertig«, sagte Kwaque, als die Reling der ›Mary Turner‹ verschwand.

Sie sank schnell, und einige Augenblicke später war die Spitze des Großmasts verschwunden. Nur der Wal wälzte sich noch auf der Oberfläche des Meeres.

»Damit ist nicht zu prahlen«, lauteten Dag Daughtrys letzte Worte über dem Grabe der ›Mary Turner‹. »Niemand wlrd uns glauben. Ein kräftiges kleines Schiff wie sie, versenkt, mit Überlegung versenkt von einer Walkuh! Nein, mein Herr, ich glaubte dem alten Seebären in Honolulu nicht einen Augenblick, als er behauptete, daß er einer der Überlebenden der ›Essex‹ sei. Und mir werden die Leute nicht mehr glauben als ich ihm.«

»Schöner Schoner, das schöne, gute Schiff«, sagte der alte Seemann betrübt. »Nie gab es elegantere und prächtigere Marsstengen auf einem Dreimastschoner, und nie gab es einen Dreimastschoner, der so wie sie kreuzen konnte.«

Dag Daughtry, der stets frei, ungebunden und unverheiratet gewesen war, blickte alle Insassen des Bootes an, für die er jetzt die Verantwortung trug – da waren Kwaque, das schwarze Papuaungetüm, das er vor dem Bauch seiner Kameraden gerettet hatte; Ah Moy, der kleine Schiffskoch; der alte Seemann, der erhabene, geliebte, geachtete; der lang aufgeschossene Große John, der junge Skandinavier, ein Riese mit dem Herzen eines Kindes; Killeny-Boy, der Wunderhund; Scraps, das empörend dumme, dicke, ungeschickte Hündchen; Cocky, der kleine weißgefiederte Vogel, hart wie eine Stahlklinge, aber einschmeichelnd verführerisch wie ein reizendes Kind; und endlich die Katze aus der Back des Schoners, der geschmeidige rotgelbe Rattentöter, der warm und gut zwischen Ah Moys Knien lag. Und dabei waren es zweihundert Meilen bis zu den Marquesas, vorausgesetzt, daß der Passat ihnen erlaubte, am Winde zu segeln, der Passat, der jetzt ruhte, der sich aber, so sicher wie die Morgensonne am Himmel, wieder erheben mußte.

Der Steward seufzte, und merkwürdigerweise tauchte in seiner Seele eine Erinnerung aus seiner Fibel auf, das Bild einer alten Frau, die in einem Schuh wohnte. Er wischte sich mit dem Handrücken den Schweiß von der Stirn und bemerkte wieder die Hautverdickung, die den runden gefühllosen Fleck zwischen seinen Brauen umgab, und dabei sagte er: »Ja, Kinder, mit den Riemen werden wir nicht nach den Marquesas kommen. Wir brauchen ein bißchen Wind. Zunächst aber gilt es, ein paar Meilen zwischen uns und die brummige Walkuh zu legen. Vielleicht lebt sie wieder auf, vielleicht nicht, auf alle Fälle aber fühle ich mich in ihrer Nähe nicht recht behaglich.«

Als der Dampfer ›Mariposa‹ zwei Tage später seine gewöhnliche Fahrt zwischen Tahiti und San Francisco machte, hörten die Passagiere plötzlich mit ihrem Scheibenwerfen an Deck auf, verließen ihre Karten im Rauchsalon, ihre Romane und ihre Deckstühle und drängten sich an die Reling, um auf das kleine Boot zu starren, das von einem leichten Winde auf sie zugetrieben wurde. Als der Große John mit Hilfe von Ah Moy und Kwaque das Segel strich und den Mast umlegte, hörten sie die Passagiere lachen. Was die sahen, widersprach so völlig ihren früheren Begriffen von der Rettung Schiffbrüchiger in einem offenen Boot mitten auf dem Meere.

Dieses Boot erinnerte ja direkt an die Arche Noah, mit seiner Ladung von Bettzeug, Packkisten, Bierkisten, einer Katze, zwei Hunden, einem weißen Kakadu, einem Chinesen, einem kraushaarigen Neger, einem langen blonden

Riesen, einem grauhaarigen Daughtry und einem alten Seemann, der ungewöhnlich waschecht aussah.

»Sagen Sie, Noah«, rief einer der Passagiere, »ist die große Sintflut gewesen, wie? Haben Sie schon den Ararat gefunden?«

»Haben Sie viele Fische gefangen?« schrie ein anderer junger Mann von der Reling herunter.

»Großer Gott, sehen Sie das Bier! Gutes englisches Bier! Notieren Sie eine Kiste für mich.«

Kaum je ist eine schiffbrüchige Besatzung unter so großer Heiterkeit gerettet worden. Die frischen jungen Leute blieben dabei, daß es kein anderer als der alte Noah selber mit den Resten der verschwundenen Stämme sei, und die älteren weiblichen Passagiere erzählten die haarsträubendsten Geschichten von einer bei einem Seebeben versunkenen Insel.

»Ich bin Steward«, sagte Dag Daughtry zu dem Kapitän der ›Mariposa‹. »Und ich wäre Ihnen dankbar, wenn ich bei Ihren Stewards in der Stewardkajüte schlafen könnte. Der Große John dort ist Seemann, Sie können ihn also gut in der Back unterbringen. Der Chinese ist Koch, und der Nigger gehört mir. Aber Herr Greenleaf, Herr Kaptän, ist ein feiner Herr, und die beste Verpflegung und die beste Kajüte wären nicht zu gut für ihn, Herr Kapitän.«

Als bekannt wurde, daß diese Geschöpfe ein Teil der Überlebenden von dem Dreimastschoner ›Mary Turner‹ waren, der von einem Wal zu Brennholz zerhackt und versenkt war, glaubten die älteren Damen daran nicht mehr, als sie an die Geschichte von der versunkenen Insel geglaubt hatten.

»Kapitän Hayward, könnte ein Wal die ›Mariposa‹ versenken?« fragte eine von ihnen den Kapitän.

»Bis jetzt ist ihr das noch nie passiert«, antwortete er.

»Das dacht' ich mir doch«, sagte sie mit Nachdruck. »Schiffe pflegen nicht von Walen versenkt zu werden, nicht wahr, Kapitän?«

»Nein, gnädige Frau, im allgemeinen nicht, das kann ich Ihnen versichern«, antwortete er. »Aber nichtsdestoweniger behaupten die fünf Leute es alle.«

»Seeleute sind bekannt für ihre Unwahrhaftigkeit, nicht wahr?« Die Dame drückte ihre innerste Meinung in einer vorsichtig fragenden Form aus.

»Die schlimmsten Lügner, die ich je gekannt habe, gnädige Frau. Können Sie sich vorstellen: ich habe jetzt vierzig Jahre lang die See befahren und kann mich noch nicht auf mich selbst verlassen, nicht einmal unter Eid.« –

Neun Tage später fuhr die ›Mariposa‹ in das Goldene Tor ein und legte am Kai von San Francisco an. Lange humoristische Artikel in den Zeitungen, in dem üblichen törichten Stil kindischer, eben aus der Schule entlassener Reporter, kitzelten für einen flüchtigen Augenblick die Phantasie San Franciscos mit ihrer Erzählung von den Schiffbrüchigen, die eine Räubergeschichte auftischten, welche selbst die Reporter nicht glaubten.

Daughtry ging daher mit seiner Besatzung in San Francisco an Land, ohne weiteres Aufsehen zu erregen und ohne daß besonders viel mit ihnen hergemacht wurde. Der Große John verschwand sofort in einem Seemannsheim und ließ sich noch vor Ausgang der Woche auf einem Dampfer anheuern, der mit Rotholz nach Bandon, Oregon, bestimmt war. Ah Moy kam nicht weiter als bis zu den Unterkunftsbaracken der Auswandererkommission und wurde mit dem nächsten Postdampfer nach China zurückgeschickt. Die Katze der ›Mary Turner‹ wurde von der Mannschaft der ›Mariposa‹ adoptiert und fuhr nach Tahiti zurück. Scraps wurde von einem Quartiermeister an Land genommen und im Schoße seiner Familie hinterlassen.

Dag Daughtry aber ging mit seinen bescheidenen Spargroschen an Land, um zwei billige Zimmer für sich und den Teil seiner Besatzung zu mieten, für den er noch die Verantwortung trug, nämlich Charles Stough Greenleaf, Kwa-

que, Michael und Cocky. Aber er erlaubte dem alten Seemann nur kurze Zeit, mit ihm zusammen zu wohnen.

»Das geht nicht, Herr«, sagte er zu ihm. »Wir brauchen
Kapital. Wir müssen sehen, das Kapital für uns zu interessieren, und das ist Ihre Sache. Sie müssen sich daher
heute noch ein paar Koffer kaufen, eine Droschke nehmen und als ein Mann mit Geld in der Tasche vor dem
Bronxhotel vorfahren. Das ist ein gutes Hotel, aber mit
mäßigen Preisen, und wird das richtige für Sie sein. Nehmen Sie sich ein kleines Zimmer nach dem Hofe hinaus, ohne Pension natürlich, so daß Sie am Essen sparen
können.«

»Aber ich habe kein Geld, Steward«, protestierte der alte
Seemann.

»Das macht nichts, ich helfe Ihnen mit allem, was ich habe.«

»Ja aber, mein Lieber, Sie wissen, daß ich ein alter Sünder
bin. Ich kann Sie nicht betrügen wie die anderen. Sie ... ja,
ja, sehen Sie, Sie sind mein Freund, sehen Sie den Unterschied nicht ein?«

»Doch, gewiß, und ich danke Ihnen, daß Sie das sagen,
Herr. Aber deshalb halte ich ja gerade zu Ihnen. Und wenn
Sie eine Bande von neuen Schatzsuchern und das Schiff
bereit haben, dann heuern Sie mich einfach als Steward an,
mit Kwaque, Killeny-Boy und dem Rest unserer Familie.
Sie haben mich jetzt adoptiert, ich bin Ihr erwachsener
Sohn, und Sie müssen tun, wie ich Ihnen sage. Bronx ist gerade das rechte Hotel für Sie, ein gutklingender Name,
nicht wahr? Er duftet nach Vornehmheit. Ich versichere
Ihnen, wenn Sie sich in einem großen Klubsessel zurück-
lehnen und mit einer Viertel-Dollar-Zigarre imMund und
einemGetränk für zwanzig Cent neben sich vom Schatz reden, dann schmeckt das schon geradezu nach dem Schatz.
Man kann nicht anders, als Ihnen glauben. Und wenn Sie
jetzt gleich mitkommen, können wir losgehen und die Koffer kaufen.«

358

Tapfer und ohne mit den Augen zu blinzeln, fuhr der alte Seemann in einer Droschke beim Bronxhotel vor, trug sein ›Charles Stough Greenleaf‹ mit altertümlicher Handschrift ein und nahm die Tätigkeit wieder auf, die ihn seit Jahren vor dem Asyl bewahrte. Nicht weniger tapfer begab Dag Daughtry sich auf die Arbeitssuche. Das war im höchsten Maße erforderlich, weil er große Ausgaben hatte. Seine Familie – Kwaque, Michael und Cocky – mußte Kost und Logis haben; noch teurer aber war es, daß der alte Seemann in dem feinen Hotel wohnte; und dazu kam noch sein eigener Durst, der seine sechs Liter täglich forderte.

Aber es war gerade die Zeit einer industriellen Krise. Die Frage der Arbeitslosigkeit beschäftigte in höherem Maße als gewöhnlich die Bürger San Franciscos, und für jeden freien Stewardposten auf Dampfern und Segelschiffen meldeten sich drei Bewerber. Daughtry konnte keine Stellung finden, und die Gelegenheitsarbeit, die er erhielt, vermochte sein Budget nicht im Gleichgewicht zu halten. Er arbeitete sogar beim Straßenbau für die Gemeinde, aber nur drei Tage, dann mußte er der Bestimmung gemäß einem andern weichen, den die drei Tage Arbeit ein wenig über Wasser hielten.

Daughtry würde Kwaque auf Arbeit geschickt haben, wäre Kwaque nicht unmöglich gewesen. Der Schwarze, der nur vom Deck des Dampfers aus Sydney gesehen hatte, war nie in seinem Leben in einer Stadt gewesen. Das einzige, was er von der Welt kannte, waren Dampfer, ferne Südseeinseln und seine eigene König-Wilhelms-Insel in Melanesien. Kwaque blieb daher in den beiden Zimmern, kochte, bestellte das Haus und sorgte für Michael und Cocky. Dies war das reine Gefängnisleben für Michael, der gewöhnt war, sich auf Schiffen und Koralleninseln zu tummeln. Abends aber machte Michael Spaziergänge mit Steward, zuweilen auch von Kwaque gefolgt, der sich einige Schritte hinter ihnen hielt. Die Menge der weißen Götter auf den überfüllten Bürgersteigen wurde eine Qual für Michael, so daß Gottmenschen im allgemeinen tief in seiner Achtung sanken. Steward aber, der Gott, der im besonderen Maße der Gegenstand seiner Huldigung und Verehrung war, stieg nur noch in seinen Augen. Michael wurde verwirrt unter so vielen Göttern, dafür wurde aber der Abrahamsschoß Stewards für ihn mehr als jeder einzige sichere Hafen, in dem weder Unannehmlichkeiten noch Gefahren je auf ihn lauerten. ›Vorsicht‹ ist der erste und letzte Warnruf des städtischen Lebens im zwanzigsten Jahrhundert. Michael war nicht faul, ihn sich hinters Ohr zu schreiben, und er nahm seine Pfoten in acht zwischen den unzähligen Tausenden gestiefelter Menschenfüße, die stets dahinhasteten und nie Rücksicht auf die Existenz eines geringen vierbeinigen irischen Terriers nahmen.

Die abendlichen Ausgänge mit Steward führten unweigerlich von einer Wirtschaft zur andern, wo Männer, an langen Schanktischen stehend oder an kleinen Tischen sitzend, tranken und schwatzten. Diese Männer tranken und schwatzten viel, und das tat Steward auch, bis er nach Einnahme seines täglichen Minimums von sechs Litern heimkehrte, um zu Bett zu gehen. Er und Michael machten viele Bekanntschaften. Es waren meistens Seeleute, die die Küste oder die Bucht befuhren, aber es befanden sich auch viele Fischer und Hafenarbeiter unter ihnen.

Einer dieser Bekannten, der Kapitän eines flachgehenden Schoners, der die Küste der Bucht sowie den San Joaquin und den Sacramento befuhr, hatte Daughtry versprochen, ihn als Koch und Matrosen auf der ›Howard‹ anzuheuern. Das Schiff hatte, die Decklast eingerechnet, eine Tragfähigkeit von achtzig Tonnen, und regelmäßig luden und löschten Kapitän Jörgensen, der Koch und zwei andere Matrosen immer wieder und segelten Tag und Nacht zu allen Zeiten und unter allen Wasserverhältnissen, wobei ein Mann steuerte, während die andern drei schliefen oder sich stärkten. Das bedeutete Arbeit, doppelte Arbeit und Überarbeit und noch mehr, aber die Verpflegung war reichlich, und der Lohn belief sich auf fünfundvierzig bis sechzig Dollar monatlich.

»Sie können sich darauf verlassen«, sagte Kapitän Jörgensen. »Diesen Koch, den Hanson, werde ich sehr bald vertrimmen und zum Teufel schicken, und dann kommen Sie an Bord – und der Wauwau auch.« Mit diesen Worten legte er seine arbeitsrauhe Hand herzlich auf Michaels Kopf und streichelte ihn. »Das ist ein schöner Wauwau. Ein Wauwau ist gut auf einer Schute, wenn sie vor Anker liegt und alle Mann am Kai oder auf Wache schlafen.«

»Dann schicken Sie Hanson doch zum Teufel«, forderte Dag Daughtry ihn auf.

Aber Kapitän Jörgensen schüttelte schwerfällig seinen schwerfälligen Kopf. »Erst will ich ihn vertrimmen.«

»Dann vertrimmen Sie ihn jetzt und schicken Sie ihn zum Teufel«, beharrte Daughtry. »Dahinten in der Ecke sitzt er.«

»Nein. Er muß mir einen Grund dazu geben. Ich habe massenhaft Grund. Aber ich muß einen haben, den alle Welt versteht. Er muß mich dazu bringen, daß ich ihn vertrimme, so daß alle Leute sagen: ›Hurra, Kapitän, das ist recht!‹ Dann kriegen Sie den Platz, Daughtry.«

Hätte Kapitän Jörgensen nicht gezögert, Hanson zu vertrimmen, und hätte Hanson nicht gezögert, ihm einen hinreichenden Vorwand zu geben, so würde Michael dem Steward an Bord des Schoners ›Howard‹ gefolgt sein, und alle folgenden Erlebnisse Michaels hätten sich anders gestaltet. Aber sie waren nun einmal vorbestimmt, und zwar durch einen Zufall oder durch eine Verkettung von Zufällen, denen Michael nicht entgehen konnte und von denen er nicht mehr ahnte als Steward selbst. In diesem Augenblick waren die spätere Bühnenkarriere Michaels und die grausame Mißhandlung, die er erleiden sollte, ein Schicksal, das keiner in seinen wildesten Träumen geahnt hätte. Und was Daughtrys und Kwaques Schicksal anging, so hätte sich keiner, selbst im wahnsinnigsten Opium-

rausch, etwas auch nur annähernd so Furchtbares träumen
lassen.

Eines Abends saß Dag Daughtry an einem Tisch in einem
Wirtshaus. Er befand sich in einer tüchtigen Klemme; er
hatte seine letzten Spargroschen verbraucht. Vor einer
Weile hatte er den alten Seemann angerufen, der ihm inso-
fern einen Fortschritt berichten konnte, als an ebendiesem
Tage ein Quacksalber, der seine Praxis aufgegeben hatte
und von seinem Gelde lebte, ungewöhnlich kräftig ange-
bissen hatte.

»Lassen Sie mich meine Ringe versetzen«, hatte der alte
Seemann eindringlich, und nicht zum erstenmal, am Telephon gesagt.

»Nein, Herr«, hatte Daughtry geantwortet. »Die brauchen
wir für das Geschäft. Sie sind die Warenlager. Sie geben
den nötigen Duft von Schätzen und Reichtümern. Ich werde mir heute nicht den Kopf zerbrechen und morgen mit
Ihnen reden, Herr. Behalten Sie ja die Ringe und halten Sie
sie dem Doktor hin und wieder, wie zufällig, unter die
Nase. Er muß Ihnen kommen. Das ist die einzige Möglichkeit. Machen Sie sich keine Kopfschmerzen, Herr. Dag
Daughtry ist immer noch auf die Füße gefallen.«

Als er aber im ›Rammbock‹ saß, erschien ihm sein Fall sehr
nahe bevorstehend. In seiner Tasche war genau die Miete
für die kommende Woche, die bereits vor drei Tagen fällig
gewesen war. In der Wohnung befand sich noch gerade so
viel Essen, daß es bei einiger Sparsamkeit für einen Tag
genügte. Die bescheidene Hotelrechnung des alten Seemanns war seit zwei Wochen nicht bezahlt, und das war ein
ungeheurer Betrag; dazu hatte der alte Seemann nur noch
ein paar Dollar in der Tasche, um dem schatzgierigen Doktor gegenüber den reichen Mann zu spielen.

Das Schrecklichste von allem war indessen die Tatsache, daß
Dag Daughtry noch drei Liter an seiner täglichen Ration
fehlten und er sich nicht am Mietgeld vergreifen wollte, dem

einzigen Bollwerk zwischen ihm und seiner Familie einerseits und der Straße andererseits. Daher saß er jetzt am Tisch mit Kapitän Jörgensen, der gerade mit einer Ladung Heu aus dem Tiefland von Petaluma zurückgekehrt war. Er hatte schon zweimal Bier ausgegeben und verriet kein weiteres Anzeichen von Durst. Statt dessen gähnte er und sah auf die Uhr. Und Daughtry fehlten noch drei Liter. Dazu war Hanson noch nicht vertrimmt, so daß die Stellung als Koch auf dem Schoner noch in unabsehbar weiter Ferne lag.

In seiner Verzweiflung hatte Daughtry einen Einfall, durch den er zu einem neuen Glas Faßbier zu kommen hoffte. Er mochte Faßbier nicht, aber es war billiger als Lagerbier.

»Wissen Sie, Kapitän«, sagte er. »Sie ahnen gar nicht, wie pfiffig Killeny-Boy ist. Denken Sie, er kann ebensogut rechnen wie Sie und ich.«

»Hoho!« polterte Kapitän Jörgensen. »Ich habe das in Schaubuden gesehen. Das ist alles Humbug. Hunde und Pferde können nicht rechnen.«

»Dieser Hund doch«, beharrte Daughtry ruhig. »Sie können ihm nichts vormachen. Ich will auf der Stelle mit Ihnen wetten, daß ich so laut, daß er es hören und verstehen kann, zwei Bier bestelle, dem Kellner zuflüstere, daß er nur eines bringen soll, und wenn das eine dann kommt, wird Killeny-Boy Spektakel mit dem Kellner machen.«

»Hoho! Was gilt die Wette?«

Der Steward faßte nach einem Zehn-Cent-Stück in seiner Tasche. Wenn Killeny-Boy ihn enttäuschte, hieß das, daß er das Mietgeld angreifen mußte, aber er sagte sich, daß Killeny-Boy ihn nicht enttäuschen würde, und antwortete: »Zwei Glas Bier.«

Nachdem der Kellner heimlich unterrichtet worden war, wurde Michael aus der Ecke, wo er zu Kwaques Füßen lag, gerufen. Als der Steward einen Stuhl für ihn an den Tisch rückte und ihn aufforderte, Platz zu nehmen, horchte er auf. Steward wollte offenbar etwas von ihm.

»Kellner«, rief Steward, und als der Kellner an ihren Tisch trat, sagte er: »Zwei Bier. Hast du verstanden, Killeny? Zwei Bier.«

Michael drehte und wand sich auf seinem Stuhl, legte eine eifrige Pfote auf den Tisch und streckte seinen Span von Zunge nach Stewards Gesicht aus, das sich dicht über ihn beugte. »Er weiß Bescheid«, sagte Daughtry.

»Nicht, wenn wir reden«, lautete die Antwort. »Sie sollen sehen, wie wir Ihren Wauwau anführen. Ich sage also, daß Sie den Platz bekommen, sobald ich Hanson vertrimmt habe, und Sie sagen, daß ich Hanson jetzt vertrimmen soll. Aber ich sage, Hanson muß mir erst einen Anlaß geben. Und dann streiten wir uns wie zwei Blödsinnige und machen einen furchtbaren Spektakel! Einverstanden?«

Daughtry nickte, und nun folgte eine laute Diskussion, bei der Michael ernst von einem zum andern blickte.

»Ich habe Sie angeführt«, sagte Kapitän Jörgensen, als der Kellner mit nur einem Glas Bier ankam. »Der Wauwau hat es vergessen, wenn er es überhaupt je gewußt hat. Er glaubt, daß wir beide uns streiten, und unser Gerede hat in seinem Kopf die Erinnerung an das Bier ausgelöscht.«

»Ich erlaube mir zu glauben, daß er nicht zu rechnen vergißt, soviel Lärm wir auch machen«, sagte Daughtry laut, um sich Mut zu machen. »Passen Sie jetzt auf.«

Das große Bierglas wurde vor den Kapitän gestellt, und Michael, der wußte, daß man etwas von ihm wollte, stellte sich, wie eine Bogensehne gestrafft, auf die Zehenspitzen, um seinem Herrn zu dienen. Sich seiner alten Lehre von der ›Makambo‹ erinnernd, spähte er vergebens nach einem Zeichen in Stewards unbeweglichem Gesicht, sah sich dann um und entdeckte nicht zwei, sondern nur ein Glas. So gut hatte er den Unterschied zwischen zwei und eins gelernt, daß es ihm sofort auffiel – wie, ja, das kann selbst der tiefsinnigste Psychologe ebensowenig erklären, wie er erklären kann, was ein Gedanke an sich ist –, daß es nur ein Glas war, obwohl zwei bestellt waren. Er sprang plötzlich hoch, legte beide Vorderpfoten auf den Tisch und bellte mit einer Stimme, die rauh vor Zorn war, den Kellner an. Kapitän Jörgensen schlug mit der Faust auf den Tisch. »Sie gewinnen«, brüllte er. »Ich bezahle, Kellner, noch eins!« Michael sah Steward an, als wollte er die Bestätigung erhalten, daß er seine Sache gut gemacht hatte, und Stewards Hand auf seinem Kopfe gab hinreichende Antwort.

»Wir versuchen es noch einmal«, sagte der Kapitän, der plötzlich wach geworden war und großes Interesse bezeigte, während er sich mit dem Handrücken den Bierschaum vom Bart wischte. »Eins und zwei mag er kennen. Aber wie steht es mit drei? Und mit vier?«

»Genau dasselbe, Schiffer. Er kann bis fünf zählen und sogar mehr als fünf unterscheiden, wenn er auch die Zahlen nur bis fünf bei Namen kennt.«

»He, Hanson«, brüllte Jörgensen durch die ganze Wirtschaft dem Koch der ›Howard‹ zu. »He, Sie Dickschädel. Kommen Sie her und trinken Sie eins.«

Hanson kam und nahm sich einen Stuhl.

»Ich gebe aus«, sagte der Kapitän. »Aber Sie bestellen, Daughtry. Passen Sie auf, Hanson. Der Hund kann besser rechnen als Sie. Wir sind drei. Daughtry, bestellen Sie drei Bier. Der Wauwau hört drei. Ich halte zwei Finger hoch, daß der Kellner es sieht. So. Er bringt zwei. Aber der Wauwau macht einen Höllenspektakel mit dem Kellner. Passen Sie auf.«

Alles geschah. Michael war nicht zu beruhigen, ehe die Bestellung richtig ausgeführt war.

»Er kann nicht zählen«, meinte Hanson. »Er sieht einen Mann, der kein Bier hat. Das ist alles. Er weiß, daß jeder Mann sein Bier haben soll, deshalb bellt er.«

»Er kann noch viel mehr«, prahlte Daughtry. »Wir sind drei. Wir wollen vier bestellen. Dann hat jeder Mann sein Glas, aber Killeny-Boy wird dem Kellner doch Bescheid sagen.«

Und richtig, Michael, der jetzt wußte, worum es sich handelte, ließ dem Kellner keine Ruhe, bis er das vierte Glas gebracht hatte. Jetzt umstanden viele Menschen den Tisch. Und alle wollten Bier ausgeben, um Michael auf die Probe zu stellen.

»Gott sei Dank«, sagte Daughtry bei sich. »Das ist eine merkwürdige Welt. Den einen Augenblick ist man durstig, und den nächsten ersäufen sie einen geradezu in Bier.« Mehrere wollten sogar Michael kaufen und boten lächerliche Summen, fünfzehn oder zwanzig Dollar.

»Jetzt will ich Ihnen etwas sagen«, sagte Kapitän Jörgensen leise zu Daughtry, den er in eine Ecke gezogen hatte. »Geben Sie mir den Wauwau, dann vertrimme ich Hanson sofort, und Sie kriegen den Platz – und treten morgen die Arbeit an.«

Der Wirt des ›Rammbocks‹ zog Daughtry in eine andere Ecke und flüsterte ihm zu: »Kommen Sie jeden Abend mit Ihrem Hund her. Das gibt ein Geschäft! Ich gebe Ihnen Freibier, soviel Sie wollen, und fünfzig Cent bar jeden Abend.«

Dieser Vorschlag gab Daughtry die Idee ein, die er Michael anvertraute, als sie wieder zu Hause waren und Kwaque ihm die Schuhe aufschnürte: »Sieh, die Sache ist die, Killeny: Wenn du dem Wirt jeden Abend fünfzig Cent und Freibier wert bist, dann bist du es mir auch. Und mehr als das, mein Junge. Denn er sieht bei dir nur auf seinen Gewinn. Und du, Killeny-Boy, hast nichts dagegen, für mich zu arbeiten, das weiß ich. Wir brauchen Geld. Da sind Kwaque, Herr Greenleaf und Cocky, von dir und mir ganz zu schweigen, und wir essen schrecklich viel, und es ist schwer, das Geld für die Miete, und noch schwerer, Arbeit zu finden. Was meinst du dazu, mein Sohn, wenn wir beide morgen herumziehen und sehen, wieviel Geld wir zusammenkriegen?«

Und Michael, der auf Stewards Schoß saß, während Stewards Hände ihm die Schnauze gepackt hielten, drehte und wand sich vor Freude, ließ die Zunge spielen und wedelte mit der Rute. Was es nun auch sein mochte, es mußte gut sein, denn Steward hatte es gesagt.

Der grauhaarige Schiffssteward und der rauhhaarige irische Terrier wurden schnell bekannte Gestalten im Nachtleben des San Franciscoer Hafens. Daughtry verlieh dem Zahlenkunststück noch eine besondere Note, indem er Cocky daran teilnehmen ließ. Brachte ein Kellner zum Beispiel nicht die richtige Zahl Gläser, so blieb Michael ganz still sitzen, bis Cocky, auf einen heimlichen Wink Stewards, auf einem Bein stehend Michael mit der freien Kralle um den Hals griff und ihm scheinbar etwas ins Ohr flüsterte, worauf Michael die Gläser auf dem Tisch ansah und wie gewöhnlich dem Kellner Vorwürfe machte.
Der entscheidende Schlag aber fiel, als Daughtry und Michael zum erstenmal ›Fahr mit mir nach Rio‹ sangen. Das geschah in einem Tanzlokal für Seeleute in der Pazifikstraße, und alles hörte auf zu tanzen und verlangte ungestüm weitere Leistungen von dem singenden Hund. Der Wirt setzte auch kein Geld dabei zu, denn niemand ging, und die Zuhörerschar wuchs so, daß die Leute stehen mußten, während Michael sein ganzes Repertoire heruntersang. Als Daughtry sich zum Gehen wandte, drückte ihm der Wirt drei Silberdollar in die Hand und bat ihn, am nächsten Abend mit dem Hund wiederzukommen. »Dafür?« fragte Daughtry und sah das Geld an, als wäre es ein verächtliches Angebot.
Der Wirt beeilte sich, noch zwei Dollar zuzulegen, und Daughtry versprach zu kommen.
»Killeny-Boy, mein Sohn«, sagte er zu Michael, als sie zu Bett gingen. »Ich glaube, wir beide sind mehr wert als fünf Dollar den Abend. Ein wirklich singender Hund, der bald jede Melodie mit mir zusammen und ein halbes Dutzend Lieder allein singen kann. Es heißt, daß Caruso tausend für den Abend kriegt, nun, und du bist der Hundecaruso. Wenn

wir nicht jeden Abend ein Zwanzigdollarstück verdienen können – ja, mein Sohn, dann müssen wir in eine bessere Gegend ziehen. Und der alte Herr im Bronxhotel soll ein feines Zimmer zur Straße hinaus haben, und Kwaque soll vom Kopf bis zu den Füßen neu eingekleidet werden. Killeny-Boy, mein Junge, wir wollen so reich werden, daß wir, wenn er keine Goldvögel fängt, selbst das Geld auf den Tisch legen, ihm einen Schoner kaufen und ihn für eigene Rechnung auf die Schatzsuche schicken können.«

Die ›Barbarenküste‹ San Franciscos – in den Tagen, als San Francisco für den berüchtigtsten Hafen der sieben Meere galt, die alte Seemannsstadt – hatte sich gleichzeitig mit der Geschäftsstadt entwickelt und bezog die Hälfte ihrer Einnahmen von den Bummlern, die sie besuchten und viel Geld ausgaben. In den besseren Kreisen war es üblich, sich nach dem Essen einige Stunden damit zu vertreiben, im Automobil von Tanzlokal zu Tanzlokal und von einem billigen Kabarett zum anderen zu fahren, namentlich wenn es galt, neugierige Gäste aus den Oststaaten zu unterhalten. Kurz, die Küste war eine Sehenswürdigkeit wie das chinesische Viertel und ›Cliff House‹.

Es dauerte nicht lange, so bekam Dag Daughtry seine zwanzig Dollar den Abend für zwei Nummern zu je zwanzig Minuten und mußte mehr Bier ausschlagen, als ein Dutzend Männer mit einem Durst, der sich mit dem seinen messen konnte, hätten trinken können. Noch nie hatte er soviel Glück gehabt, und man kann nicht leugnen, daß auch Michael sich darüber freute. Er freute sich hauptsächlich aber Stewards wegen, er diente Steward, und dieser Dienst war sein höchster Herzenswunsch.

Michael war jetzt tatsächlich der Versorger einer ganzen Familie. Kwaque blühte auf und glänzte mit rotbraunen Schuhen, steifem Filzhütchen und einem grauen Anzug mit tadellos gebügelten Hosen. Er liebte es, Kinos zu besuchen, opferte täglich zwanzig bis dreißig Cent darauf und ließ keine Wiederholung des Programms aus. Daughtry legte nicht viel Beschlag auf seine Zeit, denn sie hatten die Gewohnheit angenommen, in Restaurants zu essen. Der alte Seemann war nicht allein in ein teureres Zimmer nach der Straße hinaus im Bronxhotel gezogen. Daughtry wollte ihm auch durchaus mehr Taschengeld aufdrängen, damit er hin und wieder einen Bekannten in ein Theater oder Konzert einladen und im Taxameter heimfahren könnte.

»Das machen wir nicht in alle Ewigkeit so weiter, Killeny-Boy«, sagte Steward zu Michael, »nur bis der alte Herr eine neue Bande goldschnüffelnder Schatzjäger geangelt hat, länger nicht, dann – wuppdich!, aufs blaue Meer hinaus, mein Sohn, ein gutes Schiff unter unseren Füßen schlingern spüren, die Seen auf Deck planschen hören und sie hin und wieder durch die Speigatten springen sehen.

Wir können ebensogut nach Rio fahren, wie davon vor einer Versammlung blöder Gesellen singen. Laß sie ihre faulen Städte behalten, wir brauchen das Leben auf See – du und ich, Killeny, mein Sohn, und auch der alte Herr und Kwaque und Cocky. Wir sind nicht für die Städte geschaffen. Die sind nicht gesund. Nein, du glaubst es vielleicht nicht, mein Sohn, aber ich verliere meine Elastizität. Das Pulver geht mir aus, ich bin so merkwürdig matt und müde davon, den ganzen Abend auf einem Stuhl zu hängen, ohne etwas zu tun. Ich werde ganz krank bei dem Gedanken, noch einmal den alten Herrn sagen zu hören: ›Ich glaube Steward, jetzt, vor dem Essen, würde mir einer von Ihren ausgezeichneten Cocktails guttun.‹ Auf die nächste Reise wollen wir eine kleine Eismaschine mitnehmen und ihnen zeigen, was wir können.

Und sieh dir Kwaque an, Killeny, mein Junge. Das Klima hier ist nichts für ihn. Er kränkelt ja geradezu. Wenn er noch lange in den Kinos herumsitzt, kriegt er Tuberkulose.«

Mit Kwaque, der nie klagte, ging es in Wirklichkeit schnell bergab. Eine Schwellung in seiner rechten Armhöhle, die sich anfangs langsam entwickelte und nicht schmerzte, war allmählich der Sitz eines leichten, aber anhaltenden Schmerzes geworden. Er konnte nicht mehr ungestört die Nacht durchschlafen. Obwohl er auf der linken Seite schlief, weckte der Schmerz ihn häufig. Wäre Ah Moy nicht längst von den Einwanderungsbehörden nach China zurückgeschickt worden, so hätte er ihm erzählen können, was die Schwellung bedeutete, wie er auch Dag Daughtry das Geheimnis der beständig an Umfang zunehmenden Hautverdickung auf der Stirn hätte erzählen können, wo die kleine senkrechte Löwenrunzel immer mehr hervortrat. Er hätte ihm auch erzählen können, was mit dem kleinen Finger seiner linken Hand los war. Daughtry hatte es zuerst für eine Sehnenzerrung gehalten, später stellte er die Diagnose auf chronischen Rheumatismus, eine Folge des feuchten, nebligen Klimas San Franciscos. Dies war einer der Gründe, daß er wieder zur See gehen wollte, damit die Tropensonne den Rheumatismus aus ihm heraustriebe.

Als Steward war Dag Daughtry gewohnt, mit Männern und Frauen aus höheren Kreisen zu verkehren, aber zum erstenmal in seinem Leben stand er hier, in der Unterwelt San Franciscos, mit derartigen Leuten auf gleichem Fuße. In jedem prangenden Kabarett, wo Michael auftrat, umschmeichelten sie ihn, um aufgefordert zu werden, an seinem Tische Platz zu nehmen und Bier für ihn auszugeben. Sie würden den teuersten Wein für ihn bezahlt haben, wenn er sich nicht eigensinnig an sein Bier gehalten hätte. Unter den vielen Menschen, die sie in ihrem Kabarettleben kennenlernten, waren zwei bestimmt, sehr bald eine wichtige Rolle im Leben Daughtrys und Michaels zu spielen. Der erste, ein Politiker und Arzt namens Dr. Emory – Walter Merritt Emory –, hatte mehrmals an Daughtrys Tisch gesessen, wo Michael wie gewöhnlich auf einem Stuhl neben ihm saß. Emory gab Daughtry in seiner Dankbarkeit für diese Freundlichkeit auch eine Karte mit der Adresse seiner Klinik und erbat sich die Gunst, Hund oder Herrn behandeln zu dürfen, falls sie je krank werden sollten. Daughtrys Ansicht nach war Dr. Emory ein scharfsinniger und tüchtiger Mann, aber selbstsüchtig wie ein hungriger Tiger. Das sagte er ihm denn auch mit der brutalen Aufrichtigkeit, die er sich jetzt unter so veränderten Verhältnissen erlauben konnte.

»Doktor, Sie sind ein Wunder. Das kann man mit halbem Auge sehen. Wenn Sie sich etwas wünschen, verschaffen Sie es sich ohne weiteres. Nichts kann Sie halten, außer …«

»Außer?«

»Ach, außer, es wäre vernagelt oder abgeschlossen, oder ein Polizist stände daneben. Ich möchte wahrhaftig nichts haben, was Sie sich wünschten.«

»So, aber Sie haben etwas«, versicherte der Arzt ihm mit einem bedeutungsvollen Blick auf Michael, der auf dem Stuhl zwischen ihnen saß.

»Brrr«, sagte Daughtry schaudernd. »Sie lassen es mir kalt über den Rücken laufen. Wenn ich glaubte, daß es Ihr Ernst sei, würde ich keine zwei Minuten länger in San Francisco bleiben.« Er grübelte einen Augenblick, in sein Bierglas starrend, lachte dann aber beruhigt. »Keiner kann mir den Hund nehmen. Ich muß Ihnen nämlich sagen, daß ich den Betreffenden vorher totschlagen würde. Sie wissen, daß es mein Ernst ist. Und das würde er auch verstehen. Denn sehen Sie, der Hund …«

Dag Daughtry, der ganz außerstande war, seine tiefe Bewegung auszudrücken, stockte mitten im Satz und ertränkte ihn in seinem Bierglas.

Ein ganz andrer Typ war die zweite verhängnisvolle Person. Sie nannte sich Harry Del Mar; und Harry Del Mar war der Name, der auf dem Programm stand, wenn er im Orpheum auftrat. Der Mann lebte von der Vorführung dressierter Tiere, was Daughtry allerdings nicht wußte, weil Del Mar zur Zeit Ferien hatte. Auch er schmiß manche Runde an Daughtrys Tisch. Er war jung, nicht über Dreißig, von dunkler Hautfarbe und hatte lange Wimpern und große braune, seiner Meinung nach magnetische Augen, dazu hatten sein Mund und die andern Gesichtszüge einen engelhaften Ausdruck; aber sein Äußeres entsprach sehr wenig dem rücksichtslosen, geschäftsmäßigen Ton, in dem er sprach.

»Sie haben aber nicht Geld genug, ihn zu kaufen«, antwortete Daughtry, nachdem der andre sein erstes Angebot auf Michael von fünfhundert auf tausend Dollar erhöht hatte.

»Die tausend habe ich, wenn Sie das meinen.«

»Nein.« Daughtry schüttelte den Kopf. »Ich meine, daß er um keinen Preis zu kaufen ist. Was wollen Sie übrigens mit ihm?«

»Er gefällt mir«, antwortete Del Mar. »Ich wünsche ihn eben zu besitzen, und zwar für einen Preis von tausend Dollar. Sehen Sie den großen Diamanten an der Hand der Frau drüben. Ich bin ziemlich sicher, daß er ihr gefiel, daß sie ihn sich wünschte und daß sie ihn bekam, ohne Rücksicht auf den Preis. Der Preis bedeutet für sie nicht soviel wie der Diamant. Und Ihr Hund …«

»Dem gefallen Sie nicht«, unterbrach Daughtry ihn. »Was übrigens merkwürdig ist. Ihm gefällt fast jeder, aber wenn Sie kommen, sträuben sich ihm die Haare. Und es will doch niemand einen Hund haben, der ihn nicht leiden kann.«

»Das kommt hier nicht in Frage«, sagte Del Mar ruhig. »Er gefällt mir. Ob er mich leiden kann oder nicht, ist ja meine Sache, und die Schwierigkeit, glaube ich, werde ich noch überwinden.«

Daughtry schien es, als fühlte er hinter dem unerschütterlich heiteren Ausdruck des andern eine stahlharte, bodenlose Grausamkeit, die allerdings vom Verstand im Zaum gehalten wurde. Daughtry verlieh diesem Gefühl keinen Ausdruck. Es war ja nur ein Gefühl, und Gefühle bedürfen keiner Worte, um gespürt und verstanden zu werden.

»Es gibt eine Bank, die die ganze Nacht geöffnet ist«, fuhr der andere fort. »Wir können hingehen, ich erhebe einen

Scheck, und im Laufe einer halben Stunde haben Sie das Geld.« Daughtry schüttelte den Kopf.

»Selbst als nur einleitendes, vorläufiges Gebot ist es unannehmbar«, sagte er. »Sehen Sie, der Hund verdient zwanzig Dollar den Abend. Sagen wir, daß er fünfundzwanzig Tage im Monat arbeitet. Das macht fünfhundert monatlich oder sechstausend jährlich. Nehmen wir nun, der leichten Rechnung halber, fünf Prozent an, so sind das die Zinsen eines Kapitals von hundertzwanzigtausend Dollar. Setzen wir die Ausgaben und das Honorar für mich auf zwanzigtausend an. Dann wäre der Hund also hunderttausend wert. Um aber nicht den Mund zu voll zu nehmen, wollen wir die Hälfte abziehen und sagen, daß der Hund fünfzigtausend wert ist. Und Sie bieten mir tausend.«

»Sie glauben vermutlich, daß er ewig dauert wie ein Stück Land für dasselbe Geld«, lächelte Del Mar ruhig. Daughtry erkannte sofort den Kern der Sache.

»Sagen wir, er arbeitet fünf Jahre – das macht dreißigtausend. Sagen wir, er arbeitet ein Jahr, das macht sechstausend. Und Sie bieten mir tausend statt sechstausend. Das ist weder ein Geschäft für mich – noch für ihn. Und noch eins: Wenn er nichts mehr tun kann und nicht einen Cent wert ist, dann ist er für mich gerade eine ganze Million wert, böte mir aber jemand eine Million, so würde ich den Preis erhöhen.«

»Wir sprechen uns wieder«, sagte Del Mar am Ende des vierten Gesprächs, das er mit Daughtry über den Verkauf von Michael führte. Hierin irrte sich Harry Del Mar. Er sollte Daughtry nie wiedersehen, weil Daughtry vorher Dr. Emory sah.

Kwaques wachsende Unruhe des Nachts infolge der Schwellung in seiner rechten Armhöhle hatte begonnen, Daughtry zu wecken. Nachdem das einige Male geschehen war, hatte der Steward über die Sache nachgedacht und war zu dem Ergebnis gekommen, daß Kwaque genug krank war, um einen Arzt zu brauchen. Daher nahm er eines Vormittags gegen elf Uhr Kwaque mit, begab sich in Walter Merritt Emorys Klinik und wartete in dem dichtgefüllten Wartezimmer, bis er an die Reihe kam.

»Ich glaube, er hat Krebs, Herr Doktor«, sagte Daughtry, während Kwaque Hemd und Unterjacke auszog. »Er hat nie gejammert. So sind die Neger ja. Ich hab' es erst bemerkt, als er mich nachts mit seinem Hinundherwerfen und seinem Stöhnen aufweckte – da! Wie nennen Sie das? Krebs oder Tumor – oder bedeutet das dasselbe?«

Aber die schnellen Augen Walter Merritt Emorys hatten nicht die Klauenfinger an Kwaques linker Hand übersehen. Sein Auge war nicht allein schnell, es war geradezu ein ›Lepraauge‹. Als junger Assistenzarzt auf den Philippinen hatte er Aussatz studiert und Gelegenheit gehabt, so viele Aussätzige zu sehen, daß er, wenn die Krankheit sich nicht im frühesten Anfangsstadium befand, unfehlbar durch einen einzigen Blick imstande war, die richtige Diagnose zu stellen. Von den gekrümmten Fingern, die die anästhetische, durch Nervendestruktion hervorgerufene Form der Krankheit darstellten, und der gerunzelten Löwenstirn schweifte sein Blick zu der Schwellung in der rechten Armhöhle, die er als die tuberkulöse Krankheitsform diagnostizierte.

Ebenso schnell schossen ihm zwei Gedanken durch den Kopf: Der erste war der Grundsatz, wann und wo man einen Aussätzigen findet, soll man nach dem zweiten Aussätzigen suchen. Sein zweiter Gedanke galt dem irischen Terrier, der Daughtry, Kwaques langjährigem Herrn, gehörte. Dann aber stellte Walter Merritt Emory auch alle seine schnellen, untersuchenden Blicke ein. Er wußte nicht, wieviel oder wie wenig Daughtry vom Aussatz kannte, und wollte keinen Verdacht erregen. Wie zufällig zog er seine Uhr heraus, um zu sehen, wie spät es war, und wandte sich dann zu Daughtry: »Ich möchte annehmen, daß sein Blut nicht in Ordnung ist. Es geht bergab mit ihm. Er ist sein jetziges Leben oder seine jetzige Kost nicht gewöhnt. Um meiner Sache sicher zu sein, werde ich untersuchen, ob er Krebs hat, obwohl es kaum wahrscheinlich ist.« Und während er nur einen kurzen Augenblick stotternd sprach, heftete sich sein Blick auf die Stelle über und zwischen Daughtrys Augen. Das genügte. Sein ›Lepraauge‹ hatte das Löwenzeichen gesehen.

»Sie sind selbst angegriffen«, fuhr er freundlich fort. »Ich wette, Sie sind nicht so recht auf dem Damm, nicht wahr?«

»Das kann ich wirklich nicht behaupten«, gestand Daughtry. »Ich vermute, daß ich wieder auf die See und in die Tropen gehen und mir den Rheumatismus herausbrennen lassen muß.«

»Wo sitzt es?« fragte Dr. Emory, fast zerstreut, und er spielte seine Rolle so gut, daß es aussah, als wolle er sich gleich wieder näher mit Kwaque beschäftigen und dessen Schwellung untersuchen.

Daughtry streckte die linke Hand aus und machte eine drehende Bewegung mit dem kleinen Finger, um den Sitz des Leidens zu zeigen. Walter Merritt Emory sah mit scheinbar gleichgültigem Blick unter halbgeschlossenen Lidern, daß der kleine Finger leicht geschwollen und leicht gekrümmt war und einen glatten, fast schimmernden, seidenartigen Hautüberzug hatte. Während er sich der Untersuchung Kwaques zuwandte, ließ er seinen Blick wieder einen Augenblick auf Daughtrys Stirn ruhen.

»Rheumatismus ist immer noch das große Mysterium«, wandte sich Dr. Emory wieder an Daughtry, als lenke der Gedanke ihn ab. »Es gibt so viele verschiedenartige Formen, daß er fast individuell ist. Jeder Mensch hat seine besondere Form. Keine Steifheit?«

Daughtry bewegte versuchsweise den kleinen Finger. »Ja«, sagte er. »Er ist nicht so beweglich wie sonst.«

»Aha«, murmelte Walter Merritt Emory mit einem Übermaß von Sicherheit und Selbstgefühl. »Seien Sie so freund-

lich und setzen Sie sich auf diesen Stuhl. Vielleicht bin ich
imstande, Sie zu heilen, jedenfalls aber verspreche ich Ihnen, daß ich Ihnen den Ort anweisen werde, der für Ihre
Krankheit am besten ist. Schwester Grace!«

Und während die junge Dame in Schwesterntracht Daughtry auf den Untersuchungsstuhl half und er sich, der Anweisung folgend, zurücklehnte, und während der Arzt seine Finger in die stärkste antiseptische Lösung tauchte, die
er in seiner Klinik hatte, stand vor den Augen Walter Merritt Emorys im Zentrum seines Hirns das leuchtende Bild
eines ersehnten irischen Terriers, der in den Kabaretts des
Hafenviertels Vorstellungen gab und dessen Name Killeny-Boy war.

»Sie haben noch an andern Stellen Rheumatismus als nur
an Ihrem kleinen Finger«, versicherte er Daughtry. »Ich
wette, hier, gerade auf Ihrer Stirn, ist auch ein bißchen. Einen Augenblick, wenn Sie erlauben. Wenn es weh tut, bewegen Sie sich. Wenn nicht, dann sitzen Sie still. Es ist nicht
meine Absicht, Sie zu quälen. Ich will nur sehen, ob meine
Diagnose richtig ist. – Da, da ist es. Bewegen Sie sich, wenn
Sie etwas fühlen. Rheumatismus hat merkwürdige Launen.
– Sehen Sie her, Schwester Grace, ich möchte wetten, daß
Sie diese Form von Rheumatismus noch nie gesehen haben. Sehen Sie, er fühlt nichts. Er glaubt, ich hätte noch
nicht angefangen …«

Und während er ununterbrochen und eifrig weitersprach,
tat er etwas, was Daughtry nicht ahnte, etwas, was Kwaque,
der zusah, fast glauben ließ, daß er träume, so unwirklich
und unmöglich erschien es ihm, denn Dr. Emory untersuchte mit einer großen Nadel den dunklen Fleck zwischen
den senkrechten Löwenrunzeln, und er begnügte sich nicht
mit einer einfachen Untersuchung der Stelle. Er stach die
Nadel von einer Seite unter die Stirnhaut und ließ sie in
ihrer ganzen Länge unter dem gefühllosen, verdickten
Gewebe verschwinden. Kwaque sah mit Augen zu, die vor
Erstaunen aus den Höhlen traten; denn sein Herr verriet

nicht mit dem geringsten Zittern oder Beben, daß er spüre, was mit ihm gemacht wurde.

»Warum fangen Sie nicht an?« fragte Daughtry ungeduldig. »Im übrigen spielt mein Rheumatismus gar keine Rolle. Es handelt sich um die Geschwulst des Niggers.«

»Sie brauchen eine Kur«, versicherte Doktor Emory. »Rheumatismus ist eine ernste Sache. Man darf ihn nicht einreißen lassen. Ich werde Ihnen eine Kur verschreiben, wenn Sie jetzt aber aufstehen wollen, werden wir uns Ihren schwarzen Diener ein bißchen ansehen.«

Bevor aber Kwaque sich auf den Stuhl zurücklehnte, warf Doktor Emory ein Laken über die Lehne, das roch, als wäre es fast bis zum Siedepunkt erhitzt worden. Als er sich anschicken wollte, Kwaque zu untersuchen, sah er mit einem leichten Stutzen auf die Uhr. Er erkannte, wie spät es war, stutzte noch mehr und wandte sich dann mit vorwurfsvoller Miene an seine Assistentin: »Schwester Grace, Sie haben vergessen, mich zu erinnern. Sehen Sie, es ist zehn Minuten nach halb zwölf, und Sie wußten doch, daß ich pünktlich um halb zwölf mit Dr. Hadley konferieren wollte. Er wird schön geflucht haben! Sie wissen, wie brummig er ist.«

Schwester Grace nickte mit einem vollendeten Ausdruck von Reue und Unterwürfigkeit, als wüßte sie genau Bescheid, obwohl sie in Wirklichkeit bis zu diesem Zeitpunkt nie etwas davon gehört hatte, daß er um halb zwölf eine Konferenz haben sollte – sie kannte ihren Chef genau.

»Ich brauche nur durch den Vorraum zu gehen«, erklärte Doktor Emory Daughtry. »Es wird keine fünf Minuten dauern. Ich habe einen kleinen Streit mit ihm gehabt. Er hat einen Fall als Blinddarmentzündung diagnostiziert und will operieren. Ich habe Pyorrhöe, die vom Mund aus den Magen infiziert hat, angenommen und habe eine Emetin-Behandlung des Mundes vorgeschlagen. Das verstehen Sie natürlich nicht, aber jetzt habe ich Dr. Hadley überredet, den Zahn- und Pyorrhöe-Spezialisten Dr. Granville mitzubringen. Und die beiden haben jetzt zehn Minuten auf mich gewartet. Ich muß laufen.«

»In fünf Minuten bin ich wieder da«, sagte er, während er die Tür zum Vorplatz hinter sich schloß. – »Schwester Grace, seien Sie so gut und bitten Sie die Leute im Wartezimmer, etwas Geduld zu haben.«

Er ging auch zu Dr. Hadley, wenn auch niemand, der an Pyorrhöe litt oder operiert werden sollte, auf ihn wartete. Statt dessen führte er zwei Ferngespräche: eines mit dem Vorsitzenden der Gesundheitskommission, das andere mit dem Polizeidirektor. Glücklicherweise traf er sie beide in ihren Bureaus an, nannte sie familiär beim Vornamen und und sprach sehr eindringlich und vertraulich mit ihnen.

Als er sein Sprechzimmer wieder betrat, war er offenbar sehr stolz. »Ich habe ihnen Bescheid gesagt«, versicherte er Schwester Grace, zog aber in seiner Freude Daughtry mit ins Vertrauen. »Dr. Granville war derselben Ansicht wie ich. Nichts als Pyorrhöe natürlich. Mit der Operation ist es also Essig. Und jetzt sind sie schon dabei und behandeln ihm Zahnfleisch und Eiterbläschen mit Emetin. Ha! Es ist doch schön, wenn man recht behält. Ich habe eine Zigarre verdient. Haben Sie etwas dagegen, Herr Daughtry?«

Der Steward schüttelte den Kopf, und Dr. Emory steckte sich eine große Havannazigarre an und schwelgte weiter in seinem erdichteten Triumph über den Kollegen. Über dem Reden vergaß er das Rauchen, und indem er sich zufrieden in seinen Sessel zurücklehnte, ließ er mit gespielter Nachlässigkeit die Glut seiner Zigarre auf einer von Kwaques krummen Fingerspitzen ruhen. Ein heimlicher Wink warnte Schwester Grace, die allein sah, was er tat.

»Wissen Sie, Herr Daughtry«, fuhr Walter Merritt Emory begeistert fort, während er den Blick des Stewards mit dem seinen festhielt und die ganze Zeit die Glut der Zigarre auf Kwaques Fingern ruhen ließ. »Je älter ich werde, desto überzeugter werde ich, daß viel zuviel unbedachte Operationen vorgenommen werden.«

Glut und Fleisch waren immer noch in Berührung miteinander, und eine kleine Rauchspirale, anders als der Zigarrenrauch, begann von Kwaques Fingerspitzen aufzusteigen. »Nehmen wir zum Beispiel Dr. Hadleys Patienten. Ich habe ihm nicht nur das Risiko einer Blinddarmoperation, sondern auch das Operationshonorar und die Ausgaben für die Klinik erspart. Ja, weiß Gott, ganz abgesehen von der Lebensgefahr und den damit verbundenen Unannehmlichkeiten, habe ich dem Manne alles in allem tausend blanke Dollars für Operation, Krankenhaus und Pflege erspart.« Während er noch sprach und Daughtrys Blick festhielt, begann ein Geruch von versengtem Fleisch die Luft zu durchdringen. Doktor Emory sog eifrig die Luft ein. Auch Schwester Grace bemerkte den Geruch, aber sie war gewarnt und ließ sich nichts merken.

»Was brennt hier?« fragte Daughtry, indem er die Luft einsog und sich umsah.

»Eine scheußliche Zigarre«, meinte Dr. Emory, der sie jetzt, nachdem er sie von Kwaques Fingern entfernt hatte, mit kritischer Mißbilligung untersuchte. Er hielt sie dicht an seine Nase, und sein Gesicht drückte Ekel aus.

»Das ist das Ärgerliche, eine gute neue Zigarrenmarke wird auf den Markt gebracht, man macht Reklame für sie, stopft den besten Tabak hinein, und wenn die Zigarre bekannt und beliebt geworden ist, stopft man schlechten Tabak hinein, so daß sie einem nicht mehr schmeckt. Von heute an kaufe ich mir eine andere Marke.«

Mit diesem Wortstrom warf er die Zigarre in einen Spucknapf. Kwaque aber, der sich auf dem merkwürdigsten Stuhl, auf dem er je gesessen, zurücklehnte, wußte nicht, daß die Spitze seines Fingers einen halben Zoll tief ins Fleisch verbrannt und gebraten war. Er dachte nur, wann der Medizinmann wohl mit Schwatzen aufhören und sich die Geschwulst, die ihn an der Seite, unter seinem Arm schmerzte, ansehen würde.

Und zum ersten und letzten Male in seinem Leben fiel Dag Daughtry nicht auf die Füße. Es war ein Fall, von dem er sich nicht wieder erheben konnte. Das Leben in Freiheit, auf dem wiegenden Meere, von einem Hafen zum andern zu kommen und zu gehen, hörte für ihn hier im Sprechzimmer Walter Merritt Emorys auf.

Dr. Emory schwatzte weiter und versuchte eine neue Zigarre, und trotz der Tatsache, daß sein Wartezimmer überfüllt war, hielt er ihnen einen langen, lebendigen und interessanten Vortrag über Zigarren, Deckblätter und Füllungen sowie über ihre Pflege und Zubereitung.

»Und nun, was Ihre Schwellung betrifft«, sagte er, während er sich endlich an die Untersuchung von Kwaques Leiden machte, »so kann ich – wenn ich es nur ansehe – sagen, daß es weder Tumor noch Krebs, ja, nicht einmal eine Beule ist. Ich kann sagen ...«

Es klopfte an die Privattür, die zum Vorraum führte, und er richtete sich auf mit einer Ungeduld, die er nicht zu verhehlen trachtete. Er nickte Schwester Grace zu, sie öffnete die Tür, und herein traten zwei Schutzleute, ein Wachtmeister und ein Mann im Straßenanzug mit einer Nelke im Knopfloch.

»Guten Morgen, Dr. Masters«, begrüßte Emory letzteren. Dann wandte er sich zu den andern: »Guten Morgen, Wachtmeister! Hallo, Tim! Hallo, Johnson! Seit wann sind Sie nicht mehr auf der Station im Chinesenviertel?«

Dann aber sagte Walter Merritt Emory, indem er seinen unterbrochenen Satz beendete und unabgewandt Kwaques Schwellung betrachtete: »Ich kann sagen, was ich schon vorher sagte, daß dies die größte und bestentwickelte Beule des Bazillus Leprae ist, die je ein Franciscoer Arzt die Ehre gehabt hat, der Gesundheitskommission vorzuführen.«

»Aussatz!« rief Dr. Masters.

Und alle stutzten, als er das Wort aussprach. Der Wachtmeister und die beiden Schutzleute rückten ängstlich von Kwaque ab; Schwester Grace griff sich, einen halb erstickten Schrei ausstoßend, mit beiden Händen ans Herz; und Dag Daughtry fragte erschüttert, aber zweifelnd: »Was sagen Sie, Herr Doktor?«

»Stehen Sie still! Rühren Sie sich nicht!« sagte Walter Merritt Emory in gebieterischem Ton zu Daughtry. »Wollen Sie bitte aufpassen«, wandte er sich zu den andern, indem er behutsam das glühende Ende seiner Zigarre über und zwischen die Augen des Stewards setzte.

»Rühren Sie sich nicht«, befahl er Daughtry, »warten Sie einen Augenblick. Ich bin noch nicht fertig.«

Und während Daughtry verwirrt und verlegen wartete und sich wunderte, daß der Arzt ihm nichts weiter tat, verbrannte die Glut ihm Haut und Fleisch, bis alle den Rauch und den Geruch spürten; mit einem harten, triumphierenden Lachen trat Dr. Emory zurück.

»Fangen Sie nur an mit dem, was Sie tun wollen«, knurrte Daughtry. Die Ereignisse waren sich zu schnell gefolgt und waren zu dunkel gewesen, als daß er sie hätte verstehen können. »Aber wenn Sie fertig sind, möchte ich doch um eine Erklärung bitten. Sie sagten etwas von Aussatz. Der Nigger gehört mir, und Sie können nicht derartige Beschuldigungen gegen ihn … oder gegen mich aussprechen.«

»Meine Herren, Sie haben es gesehen«, sagte Dr. Emory. »Zwei unzweifelhafte Fälle, Herr und Diener, der Fall des Dieners vorgeschrittener, mit einer Kombination beider Krankheitsformen, der des Herrn nur in der anästhetischen Form – ein bißchen davon hat er auch am kleinen Finger. Schaffen Sie sie fort. Ich rate Ihnen, Dr. Masters, die Ambulanz hinterher gründlich desinfizieren zu lassen.«

»Hören Sie . . .«, begann Daughtry kriegerisch.

Dr. Emory aber warf einen warnenden Blick auf Dr. Masters, und Dr. Masters sah gebieterisch den Wachtmeister an, der seinerseits wieder den beiden Schutzleuten einen Blick zuwarf. Aber sie gingen nicht auf Daughtry los. Statt dessen traten sie noch etwas weiter zurück, zogen ihre Stäbe und blickten ihn barsch an. Das Auftreten der Schutzleute wirkte überzeugender als alles andere auf Daughtry. Sie fürchteten offenbar eine Berührung mit ihm. Als er einen Schritt vorwärts tat, stießen sie ihm die ausgestreckten Stäbe in die Rippen, um ihn von sich fernzuhalten.

»Kommen Sie nicht näher«, sagte der eine warnend zu ihm und schwang seinen Stab, um ihn verstehen zu lassen, daß er Gefahr liefe, auf den Kopf geschlagen zu werden. »Bleiben Sie stehen, wo Sie sind, bis Sie weiteren Bescheid bekommen.«

»Ziehen Sie sich Ihr Hemd an, und stellen Sie sich neben Ihren Herrn«, sagte Dr. Emory gebieterisch zu Kwaque und klappte den Stuhl so plötzlich hoch, daß der Schwarze ausrutschte.

»Aber was in aller Welt …«, begann Daughtry, aber sein früherer Freund überhörte ihn und sagte zu Dr. Masters: »Die Pestbaracke ist seit dem Tode des Japaners nicht belegt worden. Ich rate Ihnen, Ihren Leuten diese Desinfektionsmittel hier mitzugeben, damit sie die Lokalitäten desinfizieren können, wenn sie hingehen.«

»Um Gottes willen«, bat Daughtry, den alle kriegerischen Gelüste verlassen hatten und der jetzt, als er sich überzeugt hatte, daß er von der entsetzlichen Krankheit ergriffen war, verwirrt dastand. Er berührte die gefühllose Stirn mit dem Finger, roch daran und erkannte den Geruch seines verbrannten Fleisches, das er nicht brennen gefühlt hatte. »Um Gottes willen, übereilen Sie sich nicht. Wenn ich es bekommen habe, dann habe ich es eben bekommen, aber deshalb können wir einander doch als weiße Männer behandeln. Geben Sie mir zwei Stunden Zeit, und ich verlasse die Stadt und bin im Laufe von zwanzig Stunden aus den Staaten heraus. Ich lasse mich anheuern …«

»Und bleiben eine Gefahr für die Öffentlichkeit, wo immer Sie sich befinden«, warf Dr. Masters ein, der im Geist bereits eine Spalte in den Abendzeitungen mit fetten Überschriften sah, in denen er als Held, als der St. Georg von San Francisco auftrat, der sich mit erhobener Lanze zwischen die Bevölkerung und den Drachen des Aussatzes gestellt hatte.

»Führt sie ab«, sagte Walter Merritt Emory und vermied es, Dag Daughtry in die Augen zu sehen.

»Fertig, marsch!« kommandierte der Wachtmeister, und die beiden Schutzleute näherten sich mit ausgestreckten Stäben Daughtry und Kwaque.

»Kommt uns nicht zu nahe und geht ruhig weiter«, knurrte einer der Schutzleute barsch. »Und tut, wie wir sagen, sonst zerschlagen wir euch den Schädel. Also los, raus mit euch. Sagen Sie dem Nigger, daß er dicht neben Ihnen bleibt.«

»Herr Doktor, wollen Sie mich nicht einen Augenblick anhören«, sagte Daughtry flehend zu Emory.

»Es ist keine Zeit mehr zum Reden«, lautete die Antwort. »Jetzt ist es Zeit, abgesondert zu werden. – Dr. Masters, denken Sie an die Ambulanz, wenn Sie sie abgeliefert haben.«

Angeführt von dem Arzt der Gesundheitskommission und dem Wachtmeister und mit den Schutzleuten mit ihren schützenden, ausgestreckten Stäben als Nachtrab ging die Prozession hinaus.

Trotz der drohenden Gefahr, einen Schlag auf den Kopf zu bekommen, drehte Dag Daughtry sich auf der Schwelle schnell um und sagte: »Herr Doktor! Mein Hund! Sie kennen ihn.«

»Ich schicke ihn Ihnen«, sagte Dr. Emory entgegenkommend. »Wie ist die Adresse?«

»Zimmer siebenundachtzig, Clay-Straße, Bowheads Privathotel, Sie kennen den Ort, der Eingang ist um die Ecke durch das Bowhead-Café. Schicken Sie ihn mir, wohin ich auch komme – wollen Sie?«

»Gewiß«, sagte Dr. Emory, »und haben Sie nicht auch einen Kakadu?«

»Natürlich, Cocky! Schicken Sie mir beide, wenn Sie so freundlich sein wollen.«

Der Hund erniedrigt den Menschen, wie das Pferd es tut. Da Walter Merritt Emory schon im voraus niedrig dachte, erniedrigte ihn der Wunsch, Michael zu besitzen, noch mehr. Wäre kein Michael gewesen, so würde sein Auftreten ein ganz anderes gewesen sein. Er würde Daughtry, um Daughtrys eigene Worte zu gebrauchen, wie einen weißen Mann behandelt haben. Er würde ihn auf seine Krankheit aufmerksam gemacht und ihm ermöglicht haben, sich nach den Südseeinseln, nach Japan oder einem andern Lande zu verheuern, wo die Aussätzigen nicht isoliert werden, und Daughtry und Kwaque wären nicht in die Hölle des San Franciscoer Pesthauses gekommen, in der sie, dank der Gemeinheit des Arztes, nun den Rest ihres Lebens verbringen sollten.

Wenn man zudem die Ausgabe für einen bewaffneten Posten, der das Pesthaus das ganze Jahr hindurch Tag und Nacht zu bewachen hatte, in Betracht zieht, hätte Walter Merritt Emory den Steuerzahlern San Franziskos viele tausend Dollar ersparen können. Wenn Walter Merritt Emory so rücksichtsvoll gewesen wäre, würden aber nicht allein Daughtry und Kwaque übers Meer gesegelt sein, auch Michael hätte es getan.

Kein Wartezimmer voller Patienten ist wohl je schneller geleert worden als das Dr. Emorys an diesem Tage. Und ehe er sich zu seinem Frühstück begab, fuhr Dr. Emory in seinem Auto nach der ›Barbarenküste‹ und hielt vor der Tür von Bowheads Privathotel. Unterwegs war es ihm durch seine politischen Verbindungen geglückt, einen Inspektor der Geheimpolizei zu erwischen. Diese Maßregel erwies sich als notwendig, denn die Wirtin protestierte energisch dagegen, daß der Hund ihres Mieters entführt werde. Aber Milliken, der Inspektor der Geheimpolizei, war ihr nur allzugut bekannt, und sie beugte sich vor dem Gesetz, dessen Symbol er war. Als Michael an einer Leine aus dem Zimmer gezogen wurde, erklang ein kläglicher Mahnruf vom Fenster, wo ein schneeweißer kleiner Kakadu zusammengekrochen saß.

»Cocky«, rief er, »Cocky!«

Walter Merritt Emory sah sich um, zögerte aber nur einen Augenblick. »Den Vogel lassen wir später holen«, sagte er zu der Wirtin, die ihm immer noch milde Vorwürfe machte, während sie ihn die Treppe hinunterbegleitete. Sie hatte nicht bemerkt, daß der Inspektor der Geheimpolizei die Tür zu Daughtrys Zimmer nachlässig angelehnt ließ.

Aber Walter Merritt Emory war nicht der einzige niedrige Mensch, den die Begehrlichkeit nach Michael noch mehr erniedrigte. In einem tiefen Klubsessel, die Füße auf einem andern tiefen Klubsessel in einem Raum des Jachtklubs ruhend, gab Harry Del Mar sich der einschläfernden Beschäftigung hin, sein Frühstück zu verdauen, und guckte in die ersten Nachmittagszeitungen, als sein Blick auf eine große Überschrift mit fünf kurzen Zeilen darunter fiel. Augenblicklich zog er seine Füße vom Sessel und sprang auf. In einem Taxameter, der ihn nach der ›Barbarenküste‹ trug, hatte Harry Del Mar goldene Visionen. Sie nahmen die Form von gelben Zwanzigdollarstücken, von offiziell gestempelten, angeräucherten Papierscheinen der Vereinigten Staaten, von Bankbüchern und fetten, für die Schere reifen Rentencoupons an – und den Hintergrund von alledem bildete ein rauhhaariger irischer Terrier, der eine Reihe strahlend erhellter Ränge mit offenem Maul und hochgehobener Schnauze ansang, sang, wie man noch nie einen Hund hatte singen hören.

Cocky selbst war der erste, der entdeckte, daß die Tür nur angelehnt war, und der Betrachtungen darüber anstellte (wenn man das Wort Betrachtung in bezug auf den

Geistesprozeß eines Vogels anwenden kann, der auf irgendeine rätselhafte Weise einen neuen Eindruck von seiner Umgebung aufnimmt und sich vorbereitet, demgemäß zu handeln oder nicht zu handeln). Menschliche Wesen tun genau dasselbe, und manche von ihnen gebrauchen in dieser Verbindung den Ausdruck ›freier Wille‹. Cocky, der auf die offene Tür starrte, wollte gerade entscheiden, ob er diese Öffnung, die in die weite Welt hinausführte, untersuchen sollte oder nicht, als seine Augen den hereinstarrenden Augen eines anderen Entdeckers begegneten.

Diese anderen Augen waren grausam, grüngelb, und die Pupillen weiteten sich und zogen sich, scharfsichtig, schnell zusammen, während sie die hellen und dunklen Winkel des Zimmers erforschten. Auf den ersten Blick ahnte Cocky Gefahr – äußerste Gefahr. Dennoch tat er nichts. Sein Herz klopfte nicht in panischem Schrecken. Er blieb unbeweglich sitzen und wandte nur das eine Auge nach dem Spalt, aber dieses eine Auge sah Kopf und Augen der mageren, herrenlosen Katze, die sich plötzlich, wie ein Gespenst, im Türspalt gezeigt hatte.

Die Katze untersuchte das Zimmer mit wachsamen Augen, die sich weiteten und zusammenzogen, mit Pupillen, die senkrechte, kohlschwarze Spalten in der furchtbaren, regenbogenschimmernden, gelbgrünen Iris bildeten. Die Augen sahen Cocky. Sofort verriet der Kopf, daß die Katze sich zusammengekauert hatte, vor Spannung erstarrt war. Fast unmerkbar erhielten die Augen der Katze einen spähenden Ausdruck, an den versteinerten Blick erinnernd, mit dem eine Sphinx über die ewigen Sandwüsten hinausschaut. Die Augen sahen aus, als hätten sie Jahrhunderte und Jahrtausende gestarrt.

Cocky saß ebenso starr und gespannt da. Er legte weder den Kopf auf die Seite, noch ließ er das Nickhäutchen über die Augen fallen, und ebensowenig sträubte ihm das Furchtgefühl, das ihn überwältigte, eine einzige Feder. Beide Tiere waren versteinert und versunken in dem gegenseitigen Starren, das charakteristisch für den Jäger und sein Wild, für den Räuber und sein Opfer, für das Raubtier und seine Beute ist. Das Starren dauerte viele lange Minuten, bis der Kopf mit einer leichten Drehung in der Türöffnung verschwand. Hätte ein Vogel seufzen können, so würde Cocky jetzt geseufzt haben, aber er regte sich nicht, lauschte nur auf einen Mann, der draußen vorbeiging und dessen langsame, schleppende Schritte sich in der Vorhalle verloren. Mehrere Minuten vergingen, dann zeigte sich das Gespenst ebenso plötzlich wieder – und diesmal kam nicht der Kopf allein, der ganze biegsame Körper glitt ins Zimmer und legte sich mitten auf den Fußboden. Die Augen ruhten unabgewandt auf Cocky, der ganze Körper befand sich in Ruhe, mit Ausnahme des langen Schwanzes, der unregelmäßig und wild, aber eintönig von einer Seite auf die andere und wieder zurück schlug. Ohne den Blick von Cocky zu wenden, rückte die Katze langsam näher, bis sie, keine sechs Fuß von ihm, haltmachte. Nur der Schwanz ging hin und her, die Augen funkelten wie Juwelen in dem starken Licht vom Fenster, in das sie hineinsahen, und die senkrechten Pupillen zogen sich zu kleinen schwarzen Spalten zusammen.

Und Cocky, der vom Tode zwar nicht die klare Vorstellung eines Menschen hatte, verstand dennoch, daß das Ende entsetzlich nahe war. Cocky behielt die Katze im Auge, und als sie sich jetzt nach reiflicher Überlegung zum Sprunge krümmte, verriet er zum erstenmal seine verzeihliche Angst. »Cocky! Cocky!« rief er klagend den nackten, gefühllosen Wänden zu.

Es war sein Notschrei an die ganze Welt, an alle Mächte und Dinge und zweibeinigen Menschenwesen und im besonderen an Steward, an Kwaque und Michael. Sein Notschrei bedeutete soviel wie: ›Ich bin es, Cocky! Ich bin sehr klein und zart, und hier ist ein Ungeheuer, das mich vernichten will, aber ich liebe die helle, klare Welt, und ich möchte so gerne leben – weiterleben in dem klaren Tageslicht; ich bin ja nur so klein, und ich bin ein guter kleiner Bursche, mit einem guten, kleinen Herzen, aber ich kann nicht mit diesem Ungeheuer, diesem zottigen Ding kämpfen, das mich fressen will, und ich muß Hilfe haben, Hilfe, Hilfe. Ich bin Cocky. Alle kennen mich. Ich bin Cocky!‹ Aber es kam keine Antwort von den nackten Wänden, von der Vorhalle oder der übrigen Welt, und als sein Angstanfall vorüber war, wurde Cocky wieder tapfer und ganz der alte. Unbeweglich saß er auf dem Fensterbrett, den Kopf auf die Seite gelegt, und sah mit einem festen Blick auf den Fußboden, wo der ewige Feind seines Geschlechts in so gefahrdrohender Nähe lag.

Seine menschliche Stimme hatte die Katze erschreckt, so daß sie den Sprung aufgab; statt dessen legte sie ihre gespitzten Ohren an den Kopf und drückte den Bauch fester auf den Fußboden. Und in der jetzt folgenden Stille summte ein blauer Brummer gegen ein Fenster in der Nähe und stieß hin und wieder hart gegen die Scheiben mit einem lauten Stoß, der erzählte, daß auch er seine Tragödie hatte und gefangen war, daß ihm von etwas Boshaftem, Durchsichtigem der Weg in die helle Welt, die so nahe auf der anderen Seite strahlte, versperrt war.

Auch die Katze war nicht unberührt von den Plagen und Widerwärtigkeiten des Lebens. Der Hunger peinigte sie und schmerzte in ihren mageren Zitzen, die voll hätten sein sollen zu Nutz und Freude ihrer sieben miauenden, schwachen kleinen Jungen, die ihre Ebenbilder waren, wenn sich ihre Augen auch noch nicht geöffnet hatten, und die noch so lächerlich unsicher auf ihren weichen zarten Beinchen standen. Sie dachte an sie dank der Qual in ihren Zitzen und kraft ihres Instinktes. Infolge der fein durchdachten Zusammensetzung ihres Hirns konnte sie sie durch den zerschlagenen Schirm über dem Ventilatorloch hindurch in dem dunklen Schmutzwinkel unter der Kellertreppe sehen, wo sie sich in aller Heimlichkeit ihr Lager bereitet und ihren Wurf geboren hatte.

Und diese Vision sowie ihr quälender Hunger erregten sie wieder, so daß sie ihren Körper straffte und die Weite des Sprunges maß. Aber Cocky war wieder der alte.

»Teufel noch mal! Teufel noch mal!« schrie er so laut und kriegerisch wie möglich und schalt die Katze wie einen rechten Spitzbuben aus, so daß sie erschrocken auf dem Fußboden zusammenkroch, die Ohren flach an den Kopf legte, mit dem Schwanze schlug und den Kopf durch das Zimmer wandte, um das menschliche Wesen zu suchen, dessen Stimme gerufen hatte.

In der eingetretenen Stille stieß der Brummer noch einmal gegen seine unsichtbare Gefängniswand. Die Katze bereitete ihren Sprung vor, führte ihn mit einem plötzlichen Entschluß aus und landete dort, wo Cocky den Bruchteil einer Sekunde zuvor gesessen hatte. Cocky warf sich zur Seite, aber im selben Augenblick, als die Katze auf dem Fensterbrett landete, schoß ihre Pfote vor und warf Cocky hoch, daß er mit seinen Flügeln, die des Fliegens so ungewohnt waren, in der Luft flatterte. Die Katze erhob sich auf den Hinterbeinen und schlug mit der Pfote in die Luft, etwa wie ein Kind, das mit einem Hut nach einem Schmetterling schlägt. Aber es lag Wucht in der Katzenpfote, und alle ihre Krallen waren wie Haken gespreizt.

Cocky fiel, in der Luft getroffen, wie ein kleines Flugzeug, dessen feine Maschinerie in Unordnung geraten und gesprengt ist, zu Boden, in einem Regen weißer Federn, die wie Schneeflocken langsam auf die Katze niederwirbelten. Die Katze war wie ein Stück Blei niedergefallen, und einige von den Flocken legten sich auf ihren Rücken, wo sie durch ihren schwachen Druck bewirkten, daß ihre Nerven sich wieder anspannten und sie mehr zusammenkroch, während sie einen schnellen Blick um sich warf, um jeder Gefahr, die ihr drohen mochte, zu begegnen.

Harry Del Mar fand nur ein paar weiße Federn auf dem Fußboden von Dag Daughtrys Zimmer in Bowheads Pri-

vathotel, und von der Wirtin erfuhr er, was Michael zugestoßen war. Das erste, was Harry Del Mar, der die Droschke nicht fortgeschickt hatte, tat, war, daß er Dr. Emorys
Wohnung feststellte. Dort überzeugte er sich, daß Michael
in einem Schuppen auf dem Hofe eingesperrt war. Hierauf
löste er sich einen Fahrschein für den Dampfer ›Umatilla‹,
der nach Tagesanbruch nach Seattle und Puget Sund abfuhr. Und schließlich packte er und bezahlte seine Rechnung. Inzwischen fand in Walter Merritt Emorys Sprechzimmer ein wortreicher Streit statt.

»Der Mann schreit sich zu Tode«, behauptete Dr. Masters.
»Die Polizei mußte ihn mit ihren Stäben in den Krankenwagen prügeln. Er raste. Er wollte seinen Hund haben. Das
geht nicht. Das ist roh. Sie können ihm seinen Hund nicht
einfach stehlen. Er wird Spektakel in den Zeitungen machen.«

»Pah!« sagte Walter Merritt Emory. »Ich möchte den Reporter sehen, der Mut genug hätte, einem Aussätzigen im
Pesthause so nahe auf den Leib zu rücken, daß er mit ihm
reden kann. Und ich möchte den Reporter sehen, der nicht
einen Brief aus dem Pesthaus (vorausgesetzt, daß er bei
dem Wachtposten durchgeschmuggelt würde) im selben
Augenblick verbrennen würde, in dem er sich darüber
klar wäre, woher er stammt. Machen Sie sich keine Kopfschmerzen, Doktor. Es wird nicht den geringsten Lärm in
den Zeitungen geben.«

»Aber Aussatz! Die öffentliche Gesundheit! Der Hund ist
in ständiger Berührung mit seinem Herrn gewesen. Der
Hund ist eine wandernde Ansteckungsquelle.«

»Ansteckungsträger ist ein besserer und fachlicher Ausdruck, Doktor«, sagte Walter Merritt Emory beruhigend
und in überlegenem Tone.

»Na, dann sagen wir Ansteckungsträger«, sagte Dr. Masters. »Man muß doch an das Publikum denken, das darf
nicht Gefahr laufen, sich anzustecken.«

»Unsinn«, sagte Walter Merritt Emory. »Man hat immer

wieder versucht, einem nicht menschlichen Wesen den dem Menschen eigentümlichen Aussatz einzuimpfen, Pferden, Kaninchen, Ratten, Eseln, Affen, Mäusen und Hunden. Es ist nie geglückt.«

»Aber«, sagte Dr. Masters. »Aber der Mann ist einem Tode bei lebendigem Leibe, lebenslänglicher Einsperrung im Pesthaus überantwortet. Sie wissen, was für ein elendes Loch das ist. Er liebt den Hund. Er ist wahnsinnig vor Kummer. Schicken Sie ihm den Hund. Ich sage Ihnen offen, daß Ihr Benehmen gemein und grausam ist, und ich lasse es mir nicht gefallen.«

»Das werden Sie doch tun«, versicherte Walter Merritt Emory ihm kaltblütig. »Und ich werde Ihnen sagen, warum.« Und er sagte es ihm. Er sagte ihm Dinge, die ein Arzt dem andern nicht sagen sollte, die aber ein Politiker gut einem anderen Politiker sagen kann und oft gesagt hat – Dinge, die sich nicht wiederholen lassen, weil es zu demütigend für den Stolz des amerikanischen Durchschnittsbürgers wäre, wenn er sie erführe; Dinge, die bei seltenen Gelegenheiten teilweise ausgegraben, aber so schnell wie möglich wieder in Komitees und Kommissionen begraben werden. Und Walter Merritt Emorys Wunsch, Michael zu besitzen, wurde trotz Dr. Masters erfüllt; er saß am Abend mit seiner Frau bei Jules und ging mit ihr ins Theater, um den Sieg zu feiern; er kehrte um ein Uhr nachts heim und ging im Pyjama hinaus, um einen Blick auf Michael zu werfen, aber er fand keinen Michael.

Das San Franciscoer Pesthaus lag, wie alle Pesthäuser in amerikanischen Städten, auf dem trübseligsten, entlegensten, billigsten Stückchen Erde, das die Stadt besaß. Es war kaum geschützt gegen den Stillen Ozean, kalte Winde pfiffen, und dichte Nebel wirbelten melancholisch über die Dünen. Nie machte man im Sommer Ausflüge hierher, und nie kamen Knaben, um Vogelnester zu suchen oder Räuber und Soldaten zu spielen.

Die einzigen Besucher, die kamen, waren Selbstmörder, die im Lebensüberdruß die schwermütigste Landschaft als passende Szenerie, um das Leben zu beenden, aufsuchten, und weil sie so endeten, wie sie endeten, wiederholten sie ihren Besuch nie.

Die Aussicht aus dem Fenster war nicht erheiternd. Eine Viertelmeile entfernt, zu beiden Seiten des durch die Dünen gebildeten Hohlweges, konnte Dag Daughtry die Schilderhäuser der Wachtposten und die Wachtposten selbst sehen, die bewaffnet waren und einen fliehenden Pestpatienten lieber getötet als Hand an ihn gelegt oder sich gar auf eine Diskussion mit ihm eingelassen hätten, ob es ratsam wäre, in das Gefängnis zurückzukehren.

Hinter der fensterlosen Rückwand standen Bäume. Es waren Eukalyptusbäume, aber keine königlichen Herrscher, wie ihre Brüder in ihrer Heimat. Schlecht gepflanzt, schlecht gepflegt, dezimiert und immer wieder dezimiert durch die feindlichen Kräfte ihrer Umgebung, reckten sie wie die wenigen Überlebenden einer Wachttruppe ihre krummen, verzerrten Arme, als ob sie sich in Todesqualen wänden. Sie bildeten ein Buschwerk, dessen magere Nahrung zum größten Teil den Wurzeln zukam, die durch den unzureichenden Sand nach dem Meere krochen, um in den häufigen Stürmen einen Ankergrund zu finden.

Daughtry und Kwaque durften nicht einmal bis zu den Schilderhäusern gehen, sondern sich ihnen nur bis auf zweihundert Meter nähern. Dorthin kamen die Wachtposten, um hastig Nahrungsmittel, Medizin und schriftliche Anweisungen von den Ärzten niederzulegen und sich dann ebenso hastig wieder zurückzuziehen. Hier befand sich auch eine schwarze Tafel, auf die Daughtry mit Kreide seine Bedürfnisse und Wünsche mit so großen Buchstaben schreiben sollte, daß sie in einiger Entfernung zu lesen waren. Und auf diese Tafel schrieb er viele Tage lang nicht die Bitte um Bier, obwohl ihm die gewohnten sechs Liter täglich plötzlich entzogen worden waren, sondern Fragen wie folgende:

Wo ist mein Hund?
Er ist ein rauhhaariger irischer Terrier.
Er heißt Killeny-Boy.

Ich will meinen Hund haben.
Ich will mit Dr. Emory reden.
Dr. Emory soll mir über meinen Hund schreiben.

Eines Tages schrieb Dag Daughtry:

Wenn ich meinen Hund nicht bekomme, töte ich Dr. Emory.

Worauf die Zeitungen der Öffentlichkeit mitteilten, daß der traurige Fall mit den beiden Aussätzigen im Pesthaus noch tragischer geworden wäre, da der weiße Patient geisteskrank geworden sei. Bürger, die sich für das allgemeine Wohl interessierten, schrieben an die Zeitungen, eiferten gegen das Bestehen einer solchen Gefahr für die Allgemeinheit und verlangten, daß die Regierung der Vereinigten Staaten ein staatliches Leprahaus auf irgendeiner entlegenen Insel oder einem isolierten Bergesgipfel errichten sollte. Aber nach drei Tagen redete man bereits von anderen Dingen. Außer der Tatsache, daß sie im Gefängnis saßen, erlebten Dag Daughtry und Kwaque erst eines Nachts im Spätherbst etwas. Es zog ein Sturm auf und hatte schon zu wehen begonnen. Daughtry hatte in einem angeblich von den jungen Damen im Seminar des Fräulein Foote geschickten Obstkorb einen im Gehäuse eines Apfels versteckten Zettel gefunden, der ihn aufforderte, am Freitag ein Licht in seinem Fenster brennen zu lassen. Um fünf Uhr morgens erhielt Dag Daughtry Besuch. Es war Charles Stough Greenleaf, der alte Seemann, in eigener hoher Person. Nach zweistündigem Waten durch den tiefen Sand des Eukalyptuswaldes erreichte er ermattet die Tür des Pesthauses. Als Daughtry öffnete, wurde ihm der alte Seemann durch einen nassen Windstoß des zunehmenden Sturmes entgegengeweht. Daughtry packte ihn und führte ihn zu einem Stuhl, dann aber fiel ihm seine Krankheit ein, und er ließ den alten Mann so plötzlich los, daß er sich hart auf den Stuhl niedersetzte.

»Donnerwetter, Herr«, sagte Daughtry. »Sie haben schönes Wetter mitgebracht. Hier, du fella Kwaque, dies fella triefend naß. Du fella ziehen Schuh aus sitzen bei ihm.«

Ehe jedoch Kwaque, der sofort niederkniete, die Schnürsenkel mit seinen Händen berührt hatte, stieß Daughtry, der daran dachte, daß auch Kwaque unrein war, ihn fort.

»Wahrhaftig, ich weiß nicht, was ich tun soll«, murmelte Daughtry und sah sich hilflos um, während er sich gleichzeitig klarmachte, daß dies ein Leprahaus war, daß der Stuhl, auf dem der alte Seemann saß, einem Aussätzigen gehörte und daß selbst der Fußboden, auf dem seine Füße ruhten, vom Aussatz befleckt war.

»Ich freue mich, Sie zu sehen, freue mich schrecklich«, stöhnte der alte Seemann und streckte die Hand aus, um ihn zu begrüßen.

Dag Daughtry nahm sie nicht. »Wie steht's mit der Schatzsuche?« warf er leicht hin.

Der alte Seemann nickte und flüsterte, allmählich wieder zu Atem kommend: »Wir sind bereit, gleich nach Eintritt der Ebbe, jetzt um sieben Uhr, abzufahren. Das Schiff liegt draußen, ein reizender kleiner Schoner, ›Bethlehem‹, mit schönen Linien, gut gebaut und mit großen geräumigen Kajüten. Fuhr früher nach Tahiti, ehe die Konkurrenz mit den Dampfschiffen kam. Der Proviant ist gut, alles ausgezeichnet. Dafür habe ich gesorgt. Ich will nicht gerade behaupten, daß mir der Kapitän gefällt. Ich habe seinesgleichen schon früher getroffen. Sicher ein glänzender Seemann, aber ein alter Bullenbeißer. Der Geldmann ist auch nicht besser. Er ist schon bei Jahren, hat einen schlechten Ruf und ist alles eher als ein Gentleman, hat aber massenhaft Geld. Ein sehr unangenehmer, unsympathischer Mensch, aber er glaubt an das Glück und ist überzeugt, mindestens fünfzig Millionen bei unserem Abenteuer herauszuschlagen und mich um meinen Anteil zu betrügen. Er ist ein ebensolcher Seeräuber wie der Kapitän, den er engagiert hat.«

»Herr Greenleaf, ich gratuliere Ihnen«, sagte Daughtry. »Es rührt mich, Herr, rührt mich tief, daß Sie den ganzen weiten Weg in einer solchen Nacht kommen und ein solches Risiko laufen, nur um dem armen Dag Daughtry, der es immer ziemlich ehrlich gemeint hat, aber Pech gehabt hat, Lebewohl zu sagen.«

Und während Daughtry bewegt so sprach, sah er vor seinem inneren Auge das ganze freie Leben an Bord eines Schoners auf der großen Südsee und fühlte, wie das Herz ihm sank bei dem Gedanken, daß ihm nichts geblieben war als das Pesthaus, die Dünen und die traurigen Eukalyptusbäume. Der alte Seemann blickte starr vor sich hin.

»Mein Herr, Sie haben mich verletzt, aufs tiefste verletzt.«

»Es war wirklich nicht beleidigend gemeint, Herr«, stammelte Daughtry zu seiner Verteidigung, obwohl er sich wunderte, wodurch er die Gefühle des alten Herrn verletzt haben mochte.

»Sie sind mein Freund«, fuhr der andere ernst tadelnd fort. »Ich bin der Ihre, und Sie glauben, ich sei in dieses verfluchte Loch gekommen, um Ihnen Lebewohl zu sagen. Ich bin gekommen, um Sie zu holen, Herr, Sie und Ihren Nigger, Herr. Der Schoner wartet auf Sie. Alles ist in Ordnung. Sie sind vom Heuerbaas angemustert, alle beide. Gestern mit Hilfe von Stellvertretern, die ich selbst verschafft habe, angemustert. Der eine war ein Nigger von Barbados. Ihn und den Weißen hab' ich in einem Seemannshotel in der Commercial Street gefunden und jedem fünf Dollar dafür bezahlt.«

»Aber du lieber Gott, Herr Greenleaf, verstehen Sie denn nicht, daß wir aussätzig sind!«

Der alte Seemann sprang wie der Blitz vom Stuhl auf, in seinen Augen glühte der Zorn einer edlen Seele, als er rief: »Herrgott, Sie können offenbar nicht verstehen, daß Sie mein Freund sind und daß ich der Ihre bin.«

Plötzlich streckte er, immer noch von Zorn erfüllt, seine Hand aus.

»Steward, Daughtry, Herr Daughtry, Freund, oder wie ich Sie nun nennen soll. Dies ist kein Abenteuer wie das im offenen Boot, mit den unnennbaren Kreuzpeilungen und dem Schatz einen Faden tief unterm Sande. Dies ist Wirklichkeit. Ich habe ein Herz. Hier, mein Herr« – er fuchtelte mit seiner ausgestreckten Hand Daughtry unter der Nase herum –, »ist meine Hand. Es gibt nur eines, was Sie tun können und müssen, und zwar sofort. Sie müssen diese Hand in die Ihre nehmen, sie schütteln und Ihr Herz in Ihre Hand legen, wie mein Herz in meiner Hand liegt.«

»Aber … aber …«, stammelte Daughtry.

»Wenn Sie das nicht tun, verlasse ich diesen Ort nicht. Dann bleibe und sterbe ich hier. Ich weiß, daß Sie aussätzig sind. In der Beziehung können Sie mir nichts Neues erzählen. Hier ist meine Hand. Wollen Sie sie jetzt nehmen? Wenn Sie es nicht tun, sage ich Ihnen im voraus, daß ich auf diesem Stuhl sitzen bleibe, bis ich sterbe. Ich wünsche, daß Sie verstehen, daß ich ein Mann, ein Ehrenmann bin. Ich bin Ihr Freund, Ihr Kamerad. Ich fürchte nicht für meine Haut. Mein Leben ist in meinem Herzen. In meinem Hirn, mein Herr – nicht in diesem schwächlichen Leib, den ich vorübergehend bewohne. Nehmen Sie die Hand, hinterher werde ich mit Ihnen reden.«

Dag Daughtry streckte zögernd die Hand aus, aber der alte Seemann packte sie und drückte sie so heftig mit seinen mageren Greisenfingern, daß es schmerzte. »Jetzt können wir miteinander reden«, sagte er. »Ich habe mir alles überlegt. Wir fahren mit der ›Bethlehem‹. Wenn der Kerl merkt, daß von meinem fabelhaften Schatz nicht ein Pfennig zu holen ist, verlassen wir ihn. Er wird sich freuen, wenn er uns loswird. Wir, das heißt, Sie, ich und Ihr Nigger, gehen auf einer von den Marquesas an Land. Dort laufen die Aussätzigen frei herum. Es gibt keine Vorschriften. Das Land ist ein Paradies, und wir richten uns häuslich ein. Eine strohgedeckte Hütte – mehr brauchen wir nicht. Die Arbeit ist nicht der Rede wert. Das freie Ufer und das freie Meer und die freien Berge werden uns gehören. Sie können segeln, schwimmen, fischen, jagen. Es gibt Bergziegen, wilde Hühner und wildes Vieh, Bananen und Pisang werden über unseren Köpfen reifen – Avocados und Zimtäpfel. Der rote Pfeffer wächst vor der Tür, und wir werden Hühner und Eier haben. Kwaque besorgt das Kochen, und Bier wird auch noch zu beschaffen sein, sechs Liter täglich und mehr. Ihren unermeßlichen Durst habe ich längst bemerkt.

Schnell. Wir müssen fort. Es tut mir leid, Ihnen sagen zu müssen, daß ich Ihren Hund vergebens gesucht habe. Ich habe sogar Detektive engagiert. Die reinen Halsabschneider. Dr. Emory hat Ihnen Killeny-Boy gestohlen, aber am selben Tage wurde er ihm wieder gestohlen. Ich habe keine Anstrengung gescheut. Killeny-Boy ist verschwunden, und jetzt werden wir auch aus diesem abscheulichen Loch von Stadt verschwinden.

Ein Auto wartet auf uns. Der Chauffeur ist gut bezahlt. Im übrigen habe ich ihm versprochen, ihn totzuschlagen, wenn er mich im Stich läßt. Es hält drüben auf dem Wege, der hinter dem komischen Wald herumläuft … Lassen Sie uns machen, daß wir fortkommen. Reden können wir hinterher. Sehen Sie! Der Tag bricht schon an! Die Wächter dürfen uns nicht sehen …«

Hinaus in den Sturm gingen sie, Kwaque, der wild vor Freude war, als letzter. Anfangs versuchte Daughtry, Abstand zu wahren, als aber der erste heftige Windstoß den hinfälligen alten Mann fortzuwehen drohte, packte Daughtry seinen Arm, stemmte sich gegen ihn und stützte und führte ihn weiter durch den schweren Sand über die Hügel. »Danke, Steward, danke, mein Freund«, murmelte der alte Seemann, als die Windstöße einen Augenblick nachließen.

In der Dunkelheit der Nacht war Michael nicht ganz unwillig, Harry Del Mar zu folgen, obwohl er den Mann nicht mochte. Wie ein Einbrecher, der unendlich vorsichtig ist, um keinen Lärm zu machen, hatte sich der Mann zu dem Schuppen auf Dr. Emorys Hof geschlichen, wo Michael eingesperrt war. Del Mar kannte die Bühne zu gut, um sich auf einen so melodramatischen Effekt wie eine elektrische Lampe einzulassen. Er tastete sich in der Dunkelheit zur Schuppentür hin, schob den Riegel beiseite und fühlte sich mit den Händen vor, um den rauhhaarigen Pelz zu finden.

Michael, der vom Scheitel bis zur Zehe ein Menschenhund und ein Löwenhund war, sträubten sich augenblicklich die Haare beim Kommen des ungebetenen Gastes, aber er bellte nicht. Statt dessen beschnupperte und erkannte er ihn. Obwohl er den Mann nicht mochte, ließ er sich doch von ihm die Leine um den Hals knüpfen und folgte ihm schweigend auf die Straße, bis zur Ecke und in die wartende Droschke. Seine Schlüsse – wenn man seine Fähigkeit, Schlüsse zu ziehen, nicht bestreiten will – waren ganz einfach. Diesem Manne war er mehr als einmal in Stewards Gesellschaft begegnet. Es hatte Freundschaft zwischen ihm und Steward geherrscht, denn sie hatten am selben Tisch gegessen und miteinander getrunken. Steward war verschwunden. Michael wußte nicht, wo er ihn finden sollte, und er war selbst auf einem fremden Hofe gefangen. Was einmal geschehen war, konnte ein zweites Mal geschehen. Steward, Del Mar und Michael hatten am selben Tisch gesessen. Dies konnte und sollte wahrscheinlich auch jetzt wieder geschehen, er sollte noch einmal in dem hell erleuchteten Kabarett auf einem Stuhl zwischen Del Mar und dem geliebten Steward mit einem Bierglas sitzen.

Michael konnte ja indessen über diesen Schluß nicht in Worten denken. ›Freundschaft‹ war zum Beispiel ein Wort, das in seinem Bewußtsein nicht zu finden war. Ob er über diesen Schluß in einer Reihe schnell geformter Spiegelungen und Bilder nachdachte oder nicht, das ist ein Problem, das die Menschen noch lösen sollen. Die Hauptsache ist, daß er dachte. Bestreitet man seine Fähigkeit in dieser Richtung, so müßte er ganz instinktiv gehandelt haben, was von vornherein noch wunderbarer erscheint, als wenn er auf dunklen Wegen einen vagen Gedankenprozeß durchgeführt hätte.

Wie dem auch sei, jedenfalls lag Michael auf dem Wege durch das Straßenlabyrinth San Franciscos auf dem Boden der Droschke zu Del Mars Füßen, machte keine Annäherungsversuche, zeigte jedoch andererseits nicht, wie abgestoßen er sich von dem Manne fühlte. Denn Harry Del Mar, der ein schlechter Mensch war und den sein habgieriges Verlangen nach dem Besitz Michaels noch schlechter gemacht hatte, war von Michael in bezug auf seine Gemeinheit von Anfang an durchschaut worden. Bei der ersten Begegnung im Kabarett an der Barbarenküste hatten sich Michael bei seinem Anblick die Haare gesträubt, und er hatte sich, als der Mann ihm die Hand auf den Kopf legte, kriegerisch steif gemacht. Michael hatte durchaus nicht über Del Mar nachgedacht und noch weniger versucht, ihn zu analysieren. Aber an der Hand war etwas gewesen, das nicht war, wie es sein sollte. An der Hand und an der gleichgültigen Art, wie sie ihn berührt hatte unter einem Anschein von Herzlichkeit, der vielleicht den Zuschauer täuschen konnte. Die Berührung war nicht angenehm gewesen. Es war keine Wärme, kein Herz darin, und sie hatte ihm keine Botschaft von echten, freundschaftlichen Gefühlen in der Seele des Mannes gebracht.

Elektrische Lampen, ein von Bergen von Gepäck und Gütern gefüllter Kai, Hafenarbeiter und Matrosen, die lärmten und arbeiteten, das stoßweise Schnaufen der Donkeymaschinen, Blockscheiben, die kreischten, wenn die Trossen durch die Blöcke liefen, eine Schar Stewards in weißen Jacken, die Handgepäck trugen, der Quartiermeister am Fuße der Laufbrücke, die steil zum Promenadendeck der ›Umatilla‹ hinaufführte, mehrere Quartiermeister und goldbetreßte Offiziere am anderen Ende der Laufbrücke und neue Scharen, die in bunter Mischung zusammengepreßt das schmale Deck versperrten – das alles bewies Michael, daß er wieder auf das Meer und seine Schiffe gekommen war, wo er, abgesehen von der soeben abgeschlossenen schrecklichen Periode in der großen Stadt, mit Steward gelebt hatte. Auch die Bilder Kwaques und Cockys huschten durch sein Bewußtsein. Er keuchte und zerrte an der Leine und setzte sich der Gefahr aus, von den vielen, wenig rücksichtsvollen, unruhigen, mit Lederschuhen bekleideten Menschenfüßen auf die empfindlichen Zehen getreten zu werden, während er nach Cocky und Kwaque, am meisten aber nach Steward spähte und schnupperte.

Michael ertrug mit Fassung seine Enttäuschung, daß er sie nicht sofort traf, denn seit er denken konnte, waren ihm die Grenzen und Beschränkungen, die für Hunde in ihrem Verhältnis zu den Menschen galten, in Form von Geduldsvorstellungen eingebleut worden. Er hatte gelernt, geduldig zu warten, wenn er selbst heimgehen wollte, Steward aber am Tisch sitzen blieb, redete und Bier trank, und Geduld hatten ihn auch die Leine um seinen Hals, das Gitter, das zu hoch war, um es zu überklettern, und das kleine Zimmer mit der verschlossenen Tür gelehrt, die er nie öffnen konnte, deren Klinke niederzudrücken aber Menschen so leicht fiel. Er ließ es sich daher gefallen, vom Schlachter des Schiffes fortgeführt zu werden, der alle Hundepassagiere an Bord der ›Umatilla‹ in seiner Obhut hatte. In einem kleinen Zwischendecksverschlage eingesperrt, der zum größten Teil mit Kisten und Warenballen gefüllt war, und dazu noch mit einer Leine um den Hals festgebunden, erwartete er jede Minute, die Tür sich öffnen und Steward leibhaftig eintreten zu sehen.

Obwohl Michael damals noch nicht ahnte, daß es eine Art Machtentfaltung Del Mars war, öffnete ihm statt Steward der Schiffsschlachter, der ein gutes Trinkgeld erhalten hatte, die Tür, band ihn los und übergab ihn dann dem Kajütssteward, der ebenfalls ein gutes Trinkgeld erhalten hatte und ihn in Del Mars Kajüte führte. Bis zum letzten Augenblick war Michael überzeugt, daß er zu Steward gebracht würde. Statt dessen traf er in der Kajüte nur Del Mar. ›Kein Steward‹, dachte Michael, aber mit der Geduld, die die Grundstimmung seines Wesens war, fand er sich darein, noch einige Zeit auf die Begegnung mit seinem Gotte, seinem heißgeliebten Steward, warten zu müssen, der unter all den vielen Menschengöttern sein Auserwählter war.

Michael wedelte mit der Rute, legte die Ohren, selbst das verkümmerte, glatt an den Kopf und lächelte, schnupperte, um auch ganz sicher zu sein, daß keine Spur von Steward da war, und legte sich dann nieder. Als Del Mar ihn ansprach, blickte er auf und starrte ihn an.

»Ja, mein Junge, die Zeiten haben sich geändert«, sagte Del Mar in kaltem, hartem Ton zu ihm. »Ich gedenke, dich zu dressieren und auftreten zu lassen. Also zuerst: Herkommen ... hierher!« Michael gehorchte, ohne sich zu beeilen und ohne zu zögern, offenbar aber auch, ohne gerade zu sehr darauf versessen zu sein.

»Du wirst dich schon noch daran gewöhnen, mein Junge, und ein bißchen Dampf dahintermachen, wenn ich mit dir rede«, versicherte ihm Del Mar; und die Art, wie er es sagte, enthielt eine Drohung, die Michael nicht überhören konnte.

»Jetzt wollen wir nun mal versuchen, ob ich dich dazu kriegen kann, mir zu gehorchen. Hör zu und sing, wie du es bei deinem aussätzigen Herrn getan hast.«

Er zog eine Mundharmonika aus der Westentasche, setzte

sie an den Mund und begann den ›Marsch durch Georgia‹ zu spielen.

»Setz dich!« kommandierte er.

Wieder gehorchte Michael, obgleich alles in ihm protestierte, während die schrillen, süßen Töne aus den silbernen Zungen ihn durchrieseltеln.

Jede Fiber in seiner Kehle und seiner Brust sehnte sich danach zu singen; aber er beherrschte sich, denn er wollte nicht für diesen Mann singen. Das einzige, was er von ihm wollte, war Steward.

»Ach, du bist eigensinnig, was?« lächelte Del Mar höhnisch. »Der Haken ist, daß du ein Vollbluthund bist. Na, mein Junge, zufällig kenne ich dich und deinesgleichen, und ich glaube, dich noch dazu zu kriegen, daß du dich zusammennimmst und ganz genausogut für mich arbeitest, wie du es für den andern getan hast. Also los!«

Er wechselte die Melodie, aber mit Michael war nichts zu machen. Erst als die schmelzenden Töne von ›Alt-Kentucky‹ ihn durchströmten, verlor er seine Selbstbeherrschung und erhob das weiche Geheul, mit dem er das vor Jahrtausenden verschwundene Rudel zu rufen pflegte. Von dieser aufreizenden Musik hypnotisiert, konnte er nicht anders, er brannte vor Sehnsucht nach dem fernen, vergessenen Leben, das das Rudel führte, als die Welt jung und das Rudel noch ein Rudel war, ehe es dank der Zähmung unzähliger Jahrhunderte für immer verschwand.

»Aha«, lachte Del Mar kaltblütig, ohne etwas von der fernen, ungeheueren Vorzeitperspektive zu ahnen, die er mit den Tönen seiner Harmonika beschwor.

Ein starkes Klopfen an der Wand verkündete ihm, daß ein schläfriger Mitpassagier Einspruch erhob.

»Für heute genug«, sagte er barsch und setzte die Mundharmonika ab. Und Michael schwieg und haßte ihn. »Ich denke, ich weiß Bescheid. Aber glaube nicht, daß du hier liegen und schlafen, dir deine Flöhe kratzen und mich im Schlafe stören sollst.«

Er drückte auf den Klingelkontakt, und als der Steward kam, übergab er ihm Michael, der ihn in dem überfüllten Hundeverschlag unter Deck anbinden mußte.

Bei diesem Aufenthalt an Bord der ›Umatilla‹, der mehrere Tage und Nächte dauerte, lernte Michael Harry Del Mar richtig kennen, ohne doch etwas von seiner Vergangenheit zu wissen. So wußte er zum Beispiel nicht, daß Del Mars wirklicher Name Percival Grunsky lautete. Michael wußte auch nicht, daß er, als er die Volksschule kaum zur Hälfte durchgemacht hatte, in die Fürsorgeanstalt gekommen war; auch nicht, daß er nach zwei Jahren aus der Anstalt von Harris Collins übernommen worden, der davon lebte und heute noch ausgezeichnet davon lebt, Tiere zu Kunststücken abzurichten. Noch viel weniger konnte er etwas davon wissen, daß Del Mar sechs Jahre lang als Collins' Assistent Tiere dressiert hatte und dabei selbst dressiert worden war. Was Michael hingegen wußte, war, daß Del Mar keinen Stammbaum hatte, sondern im Vergleich mit Vollblutmenschen wie Steward, Kapitän Kellar und Herrn Haggin auf Meringe ein sehr gewöhnlicher Mensch war. Und das lernte er schnell und ganz natürlich. Am Tage wurde Michael von einem Steward geholt und aufs Deck zu Del Mar gebracht, der stets von begeisterten jungen und älteren Damen umringt war, die Michael mit Liebkosungen überhäuften. Das ließ er sich gefallen, wenn es ihn auch im höchsten Maße langweilte; was ihn aber unsagbar ärgerte, waren die heuchlerischen Liebkosungen, die Del Mar an ihn verschwendete. Er wußte, welch hartherzige Falschheit dahinterlag, denn abends, wenn er in Del Mars Kajüte gebracht war, hörte er ihn nur in seinem kalten, harten Ton reden, fühlte nur das gefahrdrohende Unbehagen, das von seiner Person ausging, spürte, wenn die Hand des Mannes ihn berührte, nur Härte und Kälte, die ihn an Stahl und Holz erinnerte, da ihr jede Zartheit des Herzens und der Seele fehlte. Dieser Mann hatte zwei Gesichter, zweierlei Benehmen. Ein Vollblutmensch hat stets nur ein Gesicht und ein Wesen. In diesem gewöhnlichen Burschen aber steckte keine Ehrlichkeit. Ein Vollblutmensch hatte Leidenschaften kraft seines heißen Blutes; dieser Kerl aber hatte keine Leidenschaften. Sein Blut war ebenso kalt wie seine Ruhe, und alles, was er unternahm, geschah erst nach reiflicher Überlegung. All das dachte Michael nicht. Er hatte nur das lebhafte Gefühl, daß es so war, wie jedes Tier fühlt, wenn es sich um lieben oder nicht lieben handelt. Das schlimmste war, daß in der letzten Nacht an Bord Michaels Vollbluttemperament gegenüber diesem Manne, der selbst kein Temperament besaß, durchging. Es kam zum Kampfe. Michael kämpfte königlich und griff immer wieder an, obgleich er zweimal durch einen Schlag der flachen Hand unters Ohr zu Boden geworfen wurde. Wenn Michael auch schnell war, so konnte er doch diesen Mann, der sechs Jahre lang unter Leitung Harris Collins' mit Tieren umgegangen war, nicht packen. Sobald er auf die rechte Hand Del Mars losfuhr, packte der ihn, noch in der Luft, am Unterkiefer und warf ihn hintenüber, daß er rücklings auf dem Fußboden landete. Wieder sprang er an, wurde aber so hart zu Boden geschleudert, daß ihm fast der letzte Rest von Atem ausging. Der nächste Sprung wäre beinahe sein letzter gewesen. Er wurde an der Kehle gepackt. Zwei Daumen preßten ihm den Hals zu beiden Seiten der Luftröhre gerade auf den Schlagadern, unterbanden die Blutzufuhr zum Gehirn und erregten einen unerträglichen Schmerz. Ihm wurde schwarz vor Augen, und er verlor das Bewußtsein. Als er wieder zu sich kam, lag er zitternd auf dem Fußboden und sah undeutlich die erleuchteten Kabinenwände und Del Mar, der sich eine Zigarette anzündete, ihn aber sorgsam dabei im Auge behielt.

»Komm du nur«, sagte Del Mar herausfordernd. »Ich kenne deinesgleichen. Du wirst nicht mit mir fertig. Fertig werde ich mit dir vielleicht auch nicht, aber ich kriege dich schon so weit, daß du für mich arbeitest. Komm!«

404

Und Michael kam. Als Vollbluthund sprang er mit entblößten Zähnen auf ihn los, um ihn an der Kehle zu packen, obgleich er wußte, daß er ebensogut die Kabinenwände, einen Baumstamm oder einen Felsen mit seinen Zähnen hätte angreifen können. Das, worauf er lossprang, war nichts als Übung und Formeln. Und es erging ihm ganz wie zuvor. Er wurde an der Kehle gepackt, die Daumen schnitten ihm die Blutzufuhr zum Gehirn ab, ihm wurde schwarz vor Augen. Hier war etwas Unangreifbares, Unbezwingliches. Das konnte er ebensowenig besiegen wie den zementierten Bürgersteig in einer Stadt. Das Ding war ein Teufel mit der ganzen Härte und Kälte, Schlechtigkeit und Klugheit eines Teufels. Es war ebenso schlecht, wie Steward gut war. Beide waren zweibeinig, beide waren Götter, aber das hier war ein böser Gott.

Dies alles oder auch nur etwas davon dachte er nicht. Aber in menschliche Ausdrücke für Denken und Verstehen umgesetzt, ergibt es doch ein treffendes Bild seiner Gefühle Del Mar gegenüber. Würde Michael mit einem warmblütigen Gott gekämpft haben, so hätte er wütend und blind kämpfen, in der Hitze des Gefechts manchen Stoß geben und nehmen können, wie ein solcher warmblütiger Gott Stöße gegeben und genommen hätte, weil er alles in allem auch nur ein lebendes, atmendes Wesen aus Fleisch und Blut war. Dieser zweibeinige Gott-Teufel aber wütete nicht blind und war nicht imstande, sich leidenschaftlich zu erwärmen. Es war eine fein durchdachte, massiv stählerne Maschine, er tat Dinge, die Michael nicht ahnen konnte und die im übrigen wenige Menschen im allgemeinen, wohl aber alle Tierbändiger tun: Er sorgte dafür, daß sein Gedanke dem Michaels stets voraus war, und war daher imstande, stets zu wissen, was er tun mußte, um Michaels nächster Handlung vorzugreifen. Das war es, was Harris Collins ihm beigebracht hatte, der ein sanfter, zärtlicher Gatte und Vater und zugleich ein Erzteufel war, wenn es Tiere außerhalb des menschlichen Geschlechtes galt, und der in einer Tierhölle herrschte, die er selbst geschaffen und zu einem einträglichen Geschäft gemacht hatte.

Michael ging in Seattle an Land. Er war mit Ungeduld geladen, zerrte an seiner Leine, bis er fast vor Husten erstickte, und wurde von Del Mar kräftig verflucht. Denn Michael war wie besessen in seiner Erwartung, jetzt Steward zu treffen, und er hielt an der ersten Straßenecke und später an allen andern Straßenecken mit unvermindertem Eifer nach ihm Ausschau. Aber unter all den vielen Menschen befand sich kein Steward. Statt dessen wurde er in den Keller des neuen Washington-Hotels geführt und unter Aufsicht des Hausknechts gehörig mit einer Leine um den Hals angebunden, inmitten einer Alpenkette von Koffern, die beständig abgeladen, durchsucht, heruntergeholt, fortgeschleppt und durch neue vermehrt wurden.

Drei Tage mußte er dieses traurige Dasein ertragen. Die Hausknechte befreundeten sich mit ihm und brachten ihm reichlich gekochtes Fleisch von den Überresten aus dem Speisesaal. Michael war zu enttäuscht und zu traurig über Stewards Abwesenheit, um viel zu fressen, aber Del Mar schnauzte die Hausknechte mächtig an, weil sie die Fütterungsvorschriften übertreten hatten.

»Ein widerlicher Kerl«, sagte der erste Hausknecht zu seinem Gehilfen, als Del Mar gegangen war. »Er ist fett. Ich habe nie einen brünetten Menschen leiden können, der fett war. Meine Frau ist brünett, aber Gott sei Dank nicht fett.«

»Aber sicher«, räumte der Gehilfe ein. »Ich kenne seinen Typ. Du kannst Gift drauf nehmen, wenn du ihn mit einem Messer stichst, fließt kein Blut. Nur Schweinefett, reines Schmalz.«

Worauf beide sofort Michael große Fleischportionen brachten, die er nicht fressen konnte, weil die Sehnsucht nach Steward ihn überwältigte.

Unterdessen gab Del Mar zwei Telegramme nach New York auf. Das erste an Harris Collins' Schule für Tierdres-

sur, wo seine Hundetruppe während der Ferien unterge-
bracht war: ›Verkauft meine Hunde. Ihr wißt, was sie können und wert sind. Bin fertig mit ihnen. Abzieht Pension
und verwahrt Rest bis Wiedersehen. Habe hier fabelhaften Hund. Schlägt alle meine früheren Nummern. Wird
Knallerfolg. Wartet, bis Ihr ihn seht.‹
Das zweite an seinen Agenten: ›Setzt mich voran auf Liste.
Macht tüchtig Reklame. Habe Nummer bereit. Schlager.
Ganz fabelhaft. Prima Reklame genügt nicht. Unvergleichlich mehr. Bereitet sie auf Hund vor, bis ich diese unerhör-
te Glanznummer anbiete. Ihr kennt mich. Bekommt sie
baldigst. Wird überall Hauptnummer im Programm.‹

Es kam die Lattenkiste. Da Del Mar sie in den Gepäck-
raum brachte, hegte Michael Verdacht gegen sie. Eine
Minute später wurde sein Verdacht bestätigt. Del Mar
forderte ihn auf, in die Lattenkiste zu gehen, aber er weigerte sich. Mit einem schnellen, gewandten Griff in das
Halsband hinten am Halse erschütterte Del Mar seine
Stellung und schleuderte ihn hinein, oder vielmehr fast
hinein, denn es glückte Michael, seine Vorderpfoten auf
den Rand der Packkiste zu pflanzen. Der Tierbändiger
verlor keine Zeit. Mit der freien Faust schlug er zweimal
auf Michaels Pfoten. Und in seinem Schmerz ließ Michael
seinen Halt fahren. Im nächsten Augenblick war er hinein-
geschleudert, fletschte die Zähne vor Zorn und Wut und
warf sich gleichzeitig gegen die Latten, während Del Mar
die feste Tür abschloß.
Dann wurde die Lattenkiste hinausgeschafft und mit einer
Anzahl Koffer auf einen Expreßwagen geladen. Del Mar
war verschwunden, und die beiden Männer in dem Wagen,
der jetzt über das Pflaster donnerte, waren Michael fremd.
Es war gerade so viel Platz in der Kiste, daß Michael aufrecht zu stehen vermochte, wenn er auch den Kopf nur bis
zur Schulterhöhe heben konnte. Und wie er so dastand,
den Kopf gegen den Kistendeckel gepreßt, geriet der Wa-

gen in ein Gleis auf der Straße und rumpelte so stark mit seinem Inhalt, daß Michael sich heftig den Kopf anstieß.

Die Kiste war nicht ganz so lang wie Michael, so daß er gezwungen war, das Ende seiner Schnauze gegen die Kistenwand zu pressen. Ein Automobil kam aus einer Seitenstraße, und der Kutscher mußte unvermittelt anhalten und die Bremse gebrauchen. Dadurch wurde Michaels Körper nach vorn geschleudert. Er wurde durch keine Bremse aufgehalten, wenn man nicht seine weiche Schnauze als Bremse betrachtet, denn sie fing den Stoß auf.

Auf dem beschränkten Platz versuchte er, sich niederzulegen, und fühlte sich besser dabei, obwohl seine Lippen bis aufs Blut zerschnitten waren, weil sie so hart gegen seine Zähne gepreßt worden waren. Aber das Schlimmste sollte noch kommen. Eine seiner Pfoten glitt durch die Latten hindurch und blieb auf dem Boden des Wagens liegen, wo die Koffer pfiffen, kreischten und hüpften. Wieder geriet der Wagen in eine Schiene, und der zunächst liegende Koffer stellte sich hochkant, rutschte herunter und fiel gerade auf Michaels Pfote. Das geschah so unerwartet und quetschte ihn so heftig, daß er bellte und die Pfote instinktiv mit aller Kraft zurückzog. Dadurch verrenkte er sich die Schulter und fügte einen neuen Schmerz zu dem, den er bereits in der eingeklemmten Pfote fühlte.

Ein blinder Schrecken überkam Michael, ein Schrecken, der tief in allen Tieren und selbst im Menschen steckt – der Schrecken vor der Falle. Vollkommen außer sich, warf er sich wie wahnsinnig vor und zurück, straffte die Sehnen und Muskeln an Schultern und Beinen und beschädigte dadurch den eingeklemmten Fuß noch mehr. In seiner Qual griff er sogar die Latte mit seinen Zähnen an, um das Ungeheuer draußen, das ihn hielt und nicht mehr loslassen wollte, zu packen. Eine neue Schiene rettete ihn indessen, indem sie den Koffer gerade so weit hochwippte, daß es dem Hunde gelang, mit einer gewaltsamen Anstrengung den Fuß an sich zu ziehen.

Auf dem Bahnhof ging der Träger so nachlässig mit der Lattenkiste um, daß sie ihm halb aus den Händen glitt, sich seitwärts überschlug und erst gegriffen wurde, als sie schon an den Knien des Mannes vorbeigeglitten war, aber noch nicht den Zementboden erreicht hatte.

»Hu!« sagte Del Mar kurz darauf zu Michael, als er auf den Bahnsteig kam, wo die Lattenkiste mit anderm Gepäck, das mit dem Zuge fort sollte, auf einem Blockwagen aufgestapelt war.

»Der Fuß ist kaputt. Schön, das wird dich lehren, die Füße drinnen zu halten.«

»Die Kralle ist hin«, sagte einer von den Gepäckträgern. Del Mar bückte sich, um eine genauere Untersuchung anzustellen. »Der ganze Zeh auch«, sagte er, zog sein Taschenmesser heraus und klappte es auf. »Das ist sofort gemacht, wenn Sie mir behilflich sein wollen.« Er öffnete die Kiste und zog Michael mit dem gewöhnlichen Würgegriff am Hals heraus. Michael drehte und wand sich und schlug mit beiden Pfoten, der verwundeten und unverwundeten, um sich, was seinen Schmerz noch vermehrte.

»Halten Sie das Bein hoch«, befahl Del Mar. »Er tut nichts, wenn man ihn so gepackt hat. Es dauert nur eine Sekunde.«

Es dauerte auch nicht länger. Als der wütende Michael sich wieder in der Kiste befand, fehlte an der Zahl der Zehen, mit denen er zur Welt gekommen war, eine. Er blutete stark nach der rohen, aber wirksamen Operation und leckte sich die Wunde, von bangen Ahnungen erfüllt, daß irgendein furchtbares Schicksal – er wußte nicht, welches – seiner wartete und nicht mehr fern war. Noch nie war er in seinem Zusammenleben mit den Menschen so behandelt worden, und die Einsperrung im Korbe begann ihn wahnsinnig zu machen, weil sie ihm das Gefühl einflößte, in einer Falle gefangen zu sein. In einer Falle gefangen war er ja auch, und hilflos dazu, und das letzte Unglück des Lebens mußte Steward getroffen haben, der offenbar von dem Nichts verschlungen war, das Meringe, die ›Eugénie‹, die ›Makambo‹, Australien und die ›Mary Turner‹ verschlungen hatte.

Plötzlich ertönte ein Stückchen weiter ein tollhausartiger Spektakel, der Michael in Erwartung neuen Ungemachs die Ohren spitzen ließ, daß sich ihm die Haare sträubten. Es war ein wirres Gemisch von Heulen, Kläffen und Bellen vieler Hunde.

»Herrgott – das sind die verfluchten Zirkushunde«, brummte der Oberträger seinem Kameraden zu. »Das ist doch zu arg.«

»Es ist Petersons Truppe«, sagte der andere. »Ich hatte Dienst, als sie vorige Woche kamen. Einer von ihnen lag tot in seiner Kiste, und es sah sehr danach aus, daß er zu Tode geprügelt worden war.«

Der Lärm wuchs, als die Tiere von den Wagen auf den Blockwagen geschafft wurden, und als der Blockwagen vorrollte und neben dem Michaels stehenblieb, sah er, daß Kisten mit eingesperrten Hunden darauf aufgestapelt waren. Es waren fünfunddreißig Hunde aller Arten und Rassen, meistens aber gewöhnliche Köter, und daß sie alles eher als glücklich waren, ging aus ihrem Benehmen deutlich hervor. Einige heulten, einige winselten, andere knurrten und wüteten gegeneinander durch die Latten, und viele hatten sich stumm in ihr Elend ergeben. Mehrere leckten sich ihre zerquetschten Füße. Kleinere Hunde, die nicht so kampflustig waren, hatte man zu mehreren in einer Kiste zusammengepfercht. Ein halbes Dutzend Windhunde war in einer größeren Kiste verstaut, die aber bei weitem nicht groß genug war.

»Das sind die Springhunde«, sagte der Oberträger. »Aber sieh, wie sie zusammengequetscht sind. Peterson will nicht mehr Fracht bezahlen, als gerade notwendig ist. Sie haben nicht Platz genug, um aufzustehen. Es muß die reine Hölle für sie sein.«

Diese Hunde waren Gefangene auf Lebenszeit. Nur wenn

sie auftreten sollten, wurden sie aus ihren Käfigen genommen. Es lohnte sich geschäftlich nicht, gute Pflege für sie zu opfern. Da diese Köter nicht viel kosteten, war es billiger, sie, wenn sie starben, durch neue zu ersetzen, als sie so gut zu pflegen, daß sie nicht starben.

Unter diesen fünfunddreißig Hunden befand sich nicht ein einziger Überlebender von der Truppe, mit der Peterson vor vier Jahren angefangen hatte. Keiner der ursprünglichen Hunde war ausrangiert worden; sie waren alle gestorben. Von alledem wußte Michael ebensowenig wie der Träger. Das einzige, was er wußte, war, daß hier Heulen und Zähneklappern herrschten und daß er zu demselben Schicksal bestimmt schien.

Als die Hunde unter verstärktem Heulen und Kläffen in den Güterwagen geladen worden waren, wurde Michaels Käfig mitten auf die anderen gestellt. Und einen Tag und fast zwei Nächte blieb er in dieser Hölle, während sie nach Osten reisten, dann wurden die anderen in irgendeiner großen Stadt ausgeladen, und Michael setzte die Reise unter ruhigeren, angenehmeren Verhältnissen fort.

Er nahm das alles als ein Unglück und Elend hin, war aber ebensowenig imstande, dies Unglück zu erklären wie die Verletzung seiner Pfote. Derlei kam eben vor. Das war das Leben, und das Leben enthielt viel Unglück. Ein Warum an die Dinge zu knüpfen, fiel ihm nie ein. Was war, das war eben. Wasser war naß, Feuer heiß, Eisen hart, Fleisch gut. Er nahm diese Dinge ganz einfach hin, wie er das ewige Wunder von Licht und Dunkelheit hinnahm, das in seinen Augen kein größeres Wunder war als sein eigener rauhhaariger Pelz, sein klopfendes Herz oder sein denkendes Hirn.

In Chicago wurde er auf einen Blockwagen geladen, durch die lärmenden Straßen der großen Stadt gefahren und in einem anderen Güterwagen verstaut, der schnell die Reise nach Osten fortsetzte. Das bedeutete wieder mehrere fremde Männer, die mit dem Gepäck hantierten, und das-

selbe wiederholte sich in New York, wo er vom Gepäck-
raum der Eisenbahn in einen Expreßwagen geschafft und,
immer noch als Gefangener in einer Kiste, nach Long Is-
land geschickt wurde.

Hier gab es einen gewissen Harris Collins und die Tierhölle, in der er herrschte. Aber ein weniger wichtiges Ereignis
soll zuerst erzählt werden. Michael sah Harry Del Mar
nicht wieder. Wie die anderen Menschen, die er gekannt,
aus seinem Leben gegangen waren, so verließ auch Harry
Del Mar sowohl Michaels Bereich wie das Leben selbst.
Ein Zusammenstoß der Hochbahn, und Harry Del Mar
war verschwunden in dem Nichts, das die Menschen Tod
nennen.

Harris Collins war zweiundfünfzig Jahre alt. Er war schlank
und behende und seinem Aussehen und Auftreten nach so
sanft und mild, daß er fast einen weibischen Eindruck
machte. Man hätte ihn für den Vorsteher einer Mädchen-
schule oder Vorsitzenden eines Wohltätigkeitsvereins halten können.

Er hatte einen rosigen Teint, Hände so weich wie die seiner
Töchter, und wog hundertundzwölf Pfund. Er fürchtete
sich vor seiner Frau, vor einem Schutzmann, vor physischer
Gewalt und lebte in einer ständigen Angst vor Einbre-
chern. Das einzige, was er nicht fürchtete, waren wilde Tiere, wie Löwen, Tiger, Leoparden und Jaguare. Er kannte
sein Geschäft und konnte den widerspenstigen Löwen mit
einem Besenstiel bezwingen – im verschlossenen Käfig.

Seinen Beruf hatte er von seinem Vater gelernt. Dieser,
Noel Collins, war ein erfolgreicher Tierbändiger in England gewesen, dann nach Amerika ausgewandert, und hier
hatte er die große Dressurschule in Cedarwild gegründet,
die von seinem Sohn später ausgebaut wurde. Harris Collins hatte auf der von seinem Vater gelegten Grundlage so
gut weitergebaut, daß sein Unternehmen als mustergültig
in bezug auf sanitäre Verhältnisse und Humanität betrach-

tet wurde. Das bezeugten viele Besucher, die von der milden, reinen Atmosphäre der Anstalt begeistert waren. Sie sahen indessen nie die wirkliche Dressur. Gelegentlich wurde eine Vorstellung abgerichteter Tiere gegeben, die all ihre freundlichen Eindrücke von der Schule bestätigte. Hätten sie aber die Dressur der ungeübten Anfänger gesehen, so würden sie anders gedacht haben. Möglicherweise hätte es Spektakel gegeben. Die Anstalt war ein Zoologischer Garten mit freiem Eintritt; denn außer den Tieren, die Harris Collins gehörten und die er dressierte, kaufte und verkaufte, bestand das Geschäft zu einem großen Teil darin, dressierte Tiere und Tiertruppen für ihre Besitzer, wenn sie kein Engagement hatten, in Pension zu nehmen. Von Mäusen und Ratten bis zu Kamelen und Elefanten, ja, hin und wieder sogar bis zu Nashörnern oder einem Paar Flußpferden, konnte er auf Wunsch jedes beliebige Tier liefern.

Die Tierbändiger des ganzen Landes erkannten ihn nicht allein als den reichsten in ihrem Fach an, sondern als den König der Dresseure und als den mutigsten Mann, der je seine Füße in einen Käfig gesetzt hatte. Und wer ihn bei der Arbeit gesehen, schwor darauf, daß er keine Seele hatte. Seine Frau und seine Kinder aber und der kleine Kreis, der seinen täglichen Umgang ausmachte, waren anderer Meinung. Da sie ihn nie bei der Arbeit gesehen hatten, waren sie überzeugt, daß nie ein edlerer Mann mit einem mutigeren Herzen gelebt hatte. Seine Stimme war leise und sanft, seine Handbewegungen waren so abgerundet, seine Anschauungen von Leben, Welt, Religion und Politik die denkbar mildesten. Ein freundliches Wort brachte ihn zum Schmelzen. Eine Entschuldigung besiegte ihn. Er gab allen Wohltätigkeitsanstalten der Stadt und war eine ganze Woche tief niedergeschlagen, als die ›Titanic‹ unterging.

Seine Kinder liebte er so, daß er ihnen verbot, je seiner Arbeit beizuwohnen. Er hatte Höheres mit ihnen im Sinne. John, der Älteste, besuchte die Yale-Universität. Er wollte

Wissenschaftler werden, hielt sich sein eigenes Auto und lebte auf entsprechendem Fuße in der Universitätsstadt New Haven. Harald und Friedrich besuchten eine Akademie für Millionärssöhne in Pennsylvania, und Clarence, der Jüngste, befand sich auf einer Vorbereitungsschule in Massachusetts und schwankte noch, ob er Arzt oder Flieger werden sollte. Seine drei Töchter ließ er zu feinen Damen erziehen. Elsie sollte in allernächster Zeit ihr Examen an der Vassar-Universität machen. Mary und Madeleine, die Zwillinge waren, bereiteten sich an einem der feinsten und teuersten Seminarien für die Universität vor. Alles das kostete Geld, worüber Harris Collins nicht murrte, obwohl es seine Dressurschule stark in Anspruch nahm. Er mußte schwer arbeiten, obwohl seine Familie in dem Glauben lebte, daß er kraft seiner überlegenen Klugheit nur die Oberleitung hatte, und sie wären tief erschüttert gewesen, hätten sie ihn, eine Keule in der Hand, vierzig aufgeregte und unlenksame Köter bei der Dressur prügeln sehen.

Ein großer Teil der Arbeit wurde von seinen Gehilfen geleistet, aber Harris Collins unterwies sie beständig, und wenn es sich um wichtigere Tiere handelte, tat er die Arbeit selbst und ging ihnen mit gutem Beispiel voran. Seine Gehilfen waren ausnahmslos junge Menschen, die er mit scharfem Blick, rein intuitiv auf Erziehungsanstalten ausgewählt hatte. Er verlangte nichts von ihnen, als daß sie sich ihm unterordneten und Klugheit und Gefühllosigkeit zeigten, aber die Vereinigung dieser Eigenschaften mußte natürlich Grausamkeit ergeben. Heißes Blut, edles Denken und Empfindsamkeit paßten nicht zu seinem Geschäft, und die Cedarwild-Tierschule war von A bis Z Geschäft. Kurz, Harris Collins brachte alles in allem größeres Elend und größere Leiden über die Tiere als alle Vivisektionslaboratorien der ganzen Christenheit.

Und in diese Tierhölle stieg Michael hinab – nachdem er eine Strecke von dreitausendfünfhundert Meilen in einer Kiste transportiert worden war. Nicht ein einziges Mal war er während der Reise aus der Kiste herausgekommen, und er war daher schmutzig und verzweifelt. Dank seiner gesunden Natur heilte die Wunde an dem amputierten Zeh normal. Aber er klebte vor Schmutz und wimmelte von Flöhen.

Äußerlich war Cedarwild alles eher als eine Hölle. Samtartige Rasenflächen, kiesbestreute Gänge und Fahrwege führten zwischen künstlerisch angelegten Blumenbeeten hindurch zu einem Komplex langer, niedriger Gebäude, von denen einige aus Fachwerk, andere aus Beton erbaut waren. Aber Michael wurde nicht von Harris Collins empfangen, der in diesem Augenblick gerade mit Harry Del Mars Telegramm vor sich auf dem Schreibtisch in seinem Privatkontor saß und im Begriff war, seinem Sekretär eine Anfrage an die Eisenbahn und die Expreßgesellschaft zu diktieren, wo der Hund blieb, den Harry Del Mar in einer Lattenkiste nach Cedarwild geschickt hätte. Ein helläugiger achtzehnjähriger Bursche nahm Michael in Empfang, quittierte für ihn und trug seine Kiste in einen gemauerten Raum mit schrägem Fußboden, wo es ekelhaft nach Desinfektionsmittel roch.

Die neue Umgebung machte Eindruck auf Michael, aber er fühlte sich nicht von dem jungen Burschen angezogen, der sich die Ärmel aufkrempelte und eine große Wachstuchschürze vorband, ehe er die Kiste öffnete. Michael sprang heraus und schwankte auf seinen armen Beinen, die er mehrere Tage nicht bewegt hatte. Dieser besondere zweibeinige Gott war uninteressant. Er war so kalt wie der Zementboden, so methodisch wie eine Maschine, und ganz wie eine Maschine begann er, Michael zu waschen, zu schrubben und zu desinfizieren. Denn Harris Collins war in bezug auf die Behandlung der Tiere ein Anhänger wissenschaftlicher und antiseptischer Methoden, und Michael wurde nach allen Regeln der Wissenschaft gesäubert, ohne überlegte Härte, aber auch ohne eine Spur von Freundlichkeit und Rücksicht.

Natürlich verstand er nichts davon. Obwohl er aber weder Henkersknechte noch Folterkammern kannte, hatte er nach alledem doch das Gefühl, daß dieser nackte, zementierte, nach Chemikalien duftende Raum vielleicht der Schauplatz für die letzte Katastrophe seines Lebens werden und daß dieser junge Bursche der Gott sein sollte, der ihn in das Dunkel schickte, das alle, die er gekannt und geliebt, verschlungen hatte. Was Michael aber jedenfalls verstand, war, daß dies alles kalt, unheilverkündend und erschreckend seltsam war. Er fand sich darein, daß die Hand des jungen Gottes ihn am Nacken faßte, nachdem das Halsband abgenommen war; als er aber die Spritze auf ihn richtete, wurde er zornig und leistete Widerstand. Der junge Mann, der ausschließlich nach den erhaltenen Anweisungen arbeitete, packte Michaels Fell am Hals fester und hob ihn vom Boden auf, während er gleichzeitig mit der anderen Hand den Wasserstrahl mit voller Kraft in sein Maul lenkte. Michael wehrte sich und wurde zum Lohn für alle seine Anstrengungen fast ertränkt, bis er, halb erstickt, hilflos nach Luft schnappte. Nach dieser Behandlung leistete er keinen Widerstand mehr und wurde gewaschen, geschrubbt und gesäubert mit der Spritze, einer großen harten Bürste und einer reichlichen Menge Karbolseife, deren brennender Schaum ihm in Augen und Nase kam und ihn weinen und heftig niesen ließ. Ängstlich, was der nächste Augenblick bringen würde, aber doch klar darüber, daß der junge Mann weder gut noch schlecht war, ließ sich Michael weiter ohne Widerstand behandeln, bis er sauber und neubelebt in einen angenehmen, sauberen Stall gebracht wurde, wo er schlief und für eine Weile vergessen wurde. Es war das Hospital oder die Quarantäneabteilung, und hier verbrachte er eine Woche, in der nichts geschah, als daß er regelmäßiges und gutes Futter und reines Wasser erhielt und vollkommen von jeder Verbindung mit allem Leben abgeschnitten war, abgesehen von dem jungen Gott, der ihn wie ein Automat versorgte.

Michael hatte Harris Collins noch nicht gesehen, wohl aber seine Stimme, die nicht laut, aber sehr gebieterisch war, oft aus der Ferne gehört. Daß der, dem diese Stimme gehörte, ein hochstehender Gott war, verstand Michael sofort, als er sie hörte. Sie war gewohnt zu befehlen.

Es war gegen elf Uhr vormittags, als der blasse junge Gott Michael mit Halsband und Leine versah, ihn zur Quarantäneabteilung hinausführte und einem dunklen jungen Gott übergab. Als Gefangener an einer Leine traf Michael unterwegs andere Gefangene, die in derselben Richtung wie er selber gingen. Er hatte nie ihresgleichen gesehen. Es waren drei schlurfende, schlendernde, ungeheure Bären, und bei ihrem Anblick sträubten sich Michael die Haare, und er stieß ein ganz leises Knurren aus, denn er erkannte sie instinktiv als uralte Feinde aus der Wildnis. Aber er hatte zuviel gesehen und war zu vernünftig, um sie anzugreifen. Statt dessen folgte er seinem Wächtergott an der Leine, auf steifen Beinen und äußerst vorsichtig, während er gierig den merkwürdigen Geruch der Tiere einschnupperte. Viele Gerüche füllten seine Nüstern. Wenn er auch nicht durch die Wände sehen konnte, so witterte er doch Gerüche, die er später wiedererkannte, und zwar als die Witterung von Löwen, Leoparden, Affen, Pavianen sowie von Seehunden und Seelöwen. Alles das bewirkte, daß er wach, gleichzeitig aber auch sehr vorsichtig wurde. Es war, als ginge er durch einen neuen, mit Ungeheuern bevölkerten Dschungel, dessen Wege und Bewohner er nicht kannte.

Als er die Manege betreten sollte, wollte er, noch steifbeiniger als zuvor, seitwärts ausbrechen, die Haare sträubten sich ihm auf Hals und Rücken, und er knurrte leise und tief in der Kehle. Denn aus der Manege kamen fünf Elefanten, kleine Elefanten, aber ihm erschienen sie wie die größten Ungeheuer und konnten seiner Meinung nach nur mit der Walkuh verglichen werden, die er auf dem Wasser gesehen hatte, als sie die ›Mary Turner‹ vernichtete. Die Elefanten nahmen jedoch keine Notiz von ihm. Sie gingen, jeder den Rüssel am Schwanz des Vorangehenden, wie sie es gelernt hatten, wenn sie zum Schluß abmarschieren sollten. Er kam in die Manege, die Bären dicht hinter ihm.

Es war ein mit Sägespänen bestreuter Kreis von der Größe einer Zirkusmanege, in einem quadratischen, mit einem Glasdach überdeckten Gebäude. Aber es gab keine Sitzgelegenheiten, da keine Zuschauer geduldet wurden. Nur Harris Collins und seine Gehilfen sowie Käufer und Verkäufer von Tieren und Fachleute durften zusehen, wie die Tiere gequält wurden, wenn sie Kunststücke lernten, die das Publikum vor Staunen und Lachen stumm machen sollten. Michael vergaß die Bären, die schnell auf der entgegengesetzten Seite des Kreises an die Arbeit gestellt wurden. Einige Männer, die starke, buntbemalte Fässer anrollten, welche, ohne zu zerbrechen, die Elefanten tragen konnten nahmen für einen Augenblick seine Aufmerksamkeit in Anspruch. Als sein Wächter dann einen Augenblick stehenblieb, betrachtete er mit großem Interesse ein falbes Shetlandpony. Es lag auf dem Boden. Ein Mann saß auf ihm. Und immer wieder hob es den Kopf von den Sägespänen und küßte den Mann. Das war alles, was Michael sah, aber dennoch fühlte er, daß etwas dabei nicht stimmte. Er wußte nicht, wieso, hatte keinen Anhaltspunkt, aber er spürte, daß Grausamkeit, Herrschsucht und Falschheit dahintersteckten. Was er nicht sah, war die lange Nadel in der Hand des Mannes. Jedesmal, wenn er das Pony in die Schulter stach, hob es vor Schmerz mit einer Reflexbewegung den Kopf, und der Mann begegnete schnell dem Maul des Ponys mit seinem Munde. Ein Zuschauerkreis hätte den Eindruck gehabt, daß das Pony auf diese Weise seine Liebe zu seinem Herrn ausdrücken wollte.

Kaum zehn Schritt weiter benahm sich ein anderes Shetlandpony, ein kohlschwarzes, ebenso merkwürdig, wie es behandelt wurde. An seine Vorderbeine waren Leinen gebunden, deren jede von einem Gehilfen gehalten wurde,

418

der kräftig daran zog, während ein dritter Mann, vor dem Pony stehend, es mit einer kurzen steifen Peitsche aus spanischem Rohr über die Knie schlug, worauf das Pony vor dem Mann mit der Peitsche in den Sägespänen niederkniete. Dem Pony war das nicht angenehm, zuweilen widersetzte es sich mit gespreizten Beinen und gespannten Muskeln so gut, daß es dem Zerren an den Leinen widerstand, dann aber wurde es seitwärts geschwungen, daß es schwer niederfiel und erst wieder aufstehen konnte, wenn die straffen Leinen gelockert wurden. Und immer wieder wurde es mit Hilfe der Leinen auf die Knie geworfen, Angesicht zu Angesicht mit dem Mann, der es mit der Peitsche schlug. Es lernte auf diese Weise knien, was stets das Publikum erfreut, das nur die Ergebnisse des Unterrichts sieht, sich aber nie träumen läßt, auf welche Weise der Unterricht erfolgt. Kurz, diese Tierschule von Cedarwild war eine Schule des Leidens.

Harris Collins nickte den braunen jungen Gott zu sich heran und betrachtete Michael untersuchend und abschätzend.

»Del Mars Hund, Herr Collins«, sagte der Führer.

Collins' Augen leuchteten auf, und er sah sich Michael genauer an. »Weißt du, was er kann?« fragte er. Der junge Bursche schüttelte den Kopf.

»Harry war ein gerissener alter Junge«, fuhr Collins fort, offenbar zu dem jungen Gott gewandt, aber doch mehr für sich – er war gewohnt, laut zu denken. »Er schrieb, der Hund wäre eine Glanznummer. Aber was kann er? Das ist die Frage. Der arme Harry ist weg, und wir wissen nicht, was das Vieh kann. – Mach die Leine los.«

Als Michael losgebunden war, sah er den Obergott an und wartete, was geschehen würde. Der durch die Manege dringende Schmerzensschrei eines der Bären gab ihm eine Ahnung dessen, was er zu erwarten hatte.

»Hierher«, kommandierte Collins in seinem kalten, harten Ton. Michael ging hin und stellte sich vor ihm auf.

»Hinlegen!«

Michael legte sich, tat es aber langsam und mit deutlichem Unwillen.

»Verdammt vollblütig«, höhnte Collins. »Magst die Glieder nicht gern schmieren, was? Schön, das kriegen wir schon. Aufstehen! – Hinlegen! – Aufstehen! – Hinlegen! – Aufstehen! – Hinlegen!«

Seine Befehle kamen abgerissen wie Revolverschüsse oder Peitschenknallen, und Michael gehorchte wie zuvor auf seine langsame, unwillige Art.

»Englisch versteht er jedenfalls«, sagte Collins. »Gott weiß, ob er einen doppelten Salto machen kann«, fügte er hinzu und drückte mit diesen Worten den goldenen Traum aller Hundedresseure aus. »Legt ihm die Leinen an. – Komm her, Jimmy. Noch eine Leine.«

Ein anderer junger Schüler der Reformschule gehorchte und schnallte Michael einen Gurt, an dem eine dünne Leine befestigt war, um die Lenden.

»Strafft die Leinen«, befahl Collins. »Fertig? Los!«

Und Michael wurde jetzt ein Gegenstand der erstaunlichsten, verblüffendsten und gemeinsten Behandlung. Auf den Befehl ›Los!‹ wurde die Leine an seinem Halsband angeruckt, wodurch er hochflog, während gleichzeitig die Leine um sein Hinterteil ihn vor- und hochzog und der kurze steife Stock in Collins' Hand ihn unter die Schnauze traf. Hätte er das Manöver gekannt, so würde er sich wenigstens einen Teil des Schmerzes erspart haben, indem er hochgesprungen wäre und sich rücklings in die Luft geworfen hätte. Jetzt hatte er das Gefühl, als würde er in Stücke gerissen, und der Schlag unter die Schnauze betäubte ihn fast. Er wirbelte heftig durch die Luft und schlug mit dem Hinterkopf voran in die Sägespäne.

Wütend, mit gesträubten Nackenhaaren, flog er hoch, knurrend und mit gefletschten Zähnen, bereit zu beißen, und er hätte seine Zähne auch in das Fleisch des Obergottes gebohrt, wäre er nicht das Opfer tückischer Kniffe gewesen. Die zwei jungen Burschen wußten, was sie zu tun hatten. Der eine straffte die Leine vorn, der andere hinten, und Michael knurrte, und seine Haare sträubten sich in ohnmächtiger Wut. Er konnte nichts tun, weder vor- noch zurückgehen oder sich seitwärts werfen. Er konnte weder den jungen Mann hinter ihm noch den vor ihm oder Collins angreifen, der, wie Michael deutlich merkte, der Urheber all dieser Bosheit und Pein war.

Michaels Zorn war ebenso groß wie seine Hilflosigkeit. Er konnte nichts tun, als seine Wut mit gesträubten Haaren an seinen Stimmbändern auslassen. Für Collins aber war dies ein wohlbekanntes, ermüdendes Erlebnis. ·

»Ach, du Vollblut«, höhnte er Michael. »Lockert die Leine! Los!« Im selben Augenblick, als die Leine gelockert wurde, flog Michael auf Collins los, der aber trat zurück und versetzte ihm einen Tritt unters Kinn, daß er rücklings in die Sägespäne flog.

»Halt!« kommandierte Collins. »Strafft seine Leinen!« Und die beiden jungen Burschen, die jeder nach einer Seite an den Leinen zogen, hielten ihn rettungslos fest.

»Ich glaube, er hat noch nie einen Salto geschlagen«, meinte Collins, der für einen Augenblick zu dem Problem Michael zurückkehrte. »Nimm deine Leine ab, Jimmy. Geh hinüber und hilf Smith. – Johnny, halt ihn ein bißchen auf der Seite und achte auf deine Beine.«

Er zog Del Mars Telegramm aus der Tasche, las es wieder und warf zwischendurch ab und zu einen Blick auf Michael. »Del Mar war fabelhaft«, sagte er zu Johnny, der Michael an der Leine hielt. »Wenn er mir telegraphierte, daß ich seine Hunde verkaufen sollte, so bedeutete das, daß er eine bessere Nummer hatte, und hier ist nur ein einziger Hund, der die ganze Nummer repräsentiert, und dazu ein Vollblut. Aber worin in Gottes Namen besteht denn die Nummer? Er hat nie in seinem Leben einen Salto gemacht, und noch weniger einen doppelten, was meinst du, Johnny? Denk nach!«

»Vielleicht kann er zählen«, meinte Johnny.

»Mit Hunden, die zählen können, ist der Markt schon überfüllt, na, aber wir können ja mal versuchen.«

Aber Michael, der ohne einen Irrtum zählen konnte, weigerte sich, eine Probe seiner Kunst zu geben.

»Wenn er ein ordentlicher Hund ist, kann er jedenfalls gehen«, sagte Collins, der eine neue Idee hatte.

Und Michael mußte die demütige Probe über sich ergehen
lassen, von Johnny auf die Hinterbeine gezerrt zu werden,
während Collins ihm mit dem Stock unter die Schnauze
und über die Knie schlug. In seiner Wut versuchte er den
Obergott zu beißen, wurde aber an der Leine fortgezogen
und fast erwürgt.

»Laß es genug sein«, sagte Collins müde. »Wenn er nicht
auf den Hinterbeinen stehen kann, kann er auch keine
Tonnensprünge machen. – Du hast wohl von Ruth gehört,
Johnny. Die war großartig. Konnte auf den Hinterbeinen in
Tonnen hinein- und wieder herausspringen, ohne je die
Vorderpfoten zu benutzen. Sie war eine Goldmine, aber
Carson verstand sie nicht zu behandeln, und sie krepierte
am Cripple Creek an Lungenentzündung.«

»Ob er nicht Teller auf der Schnauze schnurren lassen
kann?« meinte Johnny.

»Kann ja nicht auf den Hinterbeinen stehen«, lehnte Collins
ab. »Außerdem ist an einer solchen Nummer nichts Besonderes. Der Hund hat eine Spezialität, und die müssen wir
herauskriegen. Ich muß mich seiner schon selber annehmen.
Nimm ihn weg, Johnny. Bring ihn nach Nummer achtzehn.
Später können wir ihn in eine Einzelabteilung stecken.«

Nummer achtzehn war eine große Abteilung oder ein großer Käfig im Hundegang, groß genug, um einen einigermaßen angenehmen Aufenthalt für ein Dutzend irischer
Terrier wie Michael abzugeben. Harris Collins verfuhr nämlich nach wissenschaftlichen Prinzipien. Für Hunde, die in
der Cedarwild-Schule in Pension waren, wurde alles getan,
so daß sie sich nach den Widerwärtigkeiten und der Mühsal,

die sie sechs Monate bis zu einem Jahr oder länger auf der Landstraße hatten erdulden müssen, erholen konnten. Dies war der Grund, daß die Schule so populär als Pensionat für auftretende Tiere war, wenn die Besitzer Ferien hatten oder ohne Engagement waren. Harris Collins hielt seine Tiere sauber und in gutem Stande und beschützte sie vor ansteckenden Krankheiten. Kurz, er brachte sie auf die Beine, bis sie wieder auftreten und Kunststücke machen mußten.

Links von Michael, auf Nummer siebzehn, befanden sich fünf merkwürdig geschorene französische Pudel. Michael konnte sie nur sehen, wenn er in den Käfig gebracht oder herausgeholt wurde, aber er konnte sie riechen und hören, und in seiner Einsamkeit begann er sogar knurrend und scheltend eine Fehde mit Pedro, dem größten von ihnen, der in ihrer Nummer den Clown spielte. Sie waren die Aristokraten unter den auftretenden Tieren, und Michaels Fehde mit Pedro war eigentlich nicht ernst gemeint. Wären er und Pedro zusammengebracht worden, so würden sie sofort gute Freunde gewesen sein. In den langen, einförmigen Stunden aber gaben sie sich einer vorgetäuschten Aufregung hin und fanden es interessant, sich zu zanken, obgleich sie beide im Innersten gut wußten, daß es gar kein Streit war. Auf Nummer neunzehn, rechts von Michael, hauste eine trübselige Gesellschaft. Es waren Köter, die schimmernd und chemisch rein gehalten wurden, aber noch nicht für ein besonderes Fach bestimmt waren. Sie bildeten eine Art Rohmaterialreserve, die abgerichtet und als Ersatz in bereits existierende Truppen eingereiht werden konnte. Die Stelle, wo dieses Training stattfand, war die Hölle in der Manege.

In freien Augenblicken prüften Collins und seine Assistenten sie auch immer in allen möglichen Künsten, um zu untersuchen, ob sie irgendwie im Besitz besonderer Anlagen wären. So wurde ein Köter, der einige Ähnlichkeit mit einem Zwergwachtelhund hatte, mehrere Tage lang als Ponyreiter geprüft, der vom Rücken des Ponys durch Papierstreifen springen und sich wieder auf den Rücken des

Ponys fallen lassen mußte. Nach verschiedenen Stürzen und schmerzhaften Kontusionen wurde er als ungeeignet für das Kunststück kassiert und mußte eine Probe als Balancekünstler mit Tellern ablegen. Als auch das fehlschlug, wurde er zum Schaukelbretthund gemacht, der in einer Truppe von zwanzig Hunden bis zum Ende der Vorführung im Hintergrund figurierte.

Nummer neunzehn war eine Abteilung, die ewig von Streit und Leiden erfüllt war. Hunde, die beim Training zu Schaden gekommen waren, leckten sich ihre Wunden, jammerten oder heulten und regten sich bei dem geringsten Anlaß unsagbar auf. Wenn ein neuer Hund seinen Einzug hielt – und das war eine alltägliche Gegebenheit, da andere Hunde immer wieder fortgeholt wurden, um auf Reisen zu gehen –, wurde der Käfig stets von Streit und Kampf erschüttert, bis der neue Hund sich seinen Platz durch Kampf erzwungen oder ihn durch Nachgiebigkeit angewiesen erhalten hatte.

Michael ignorierte die Bewohner von Nummer neunzehn. Sie konnten ihn kriegerisch anschnaufen und knurren, er nahm keine Notiz von ihnen, sondern widmete sich lediglich Pedro und seinem unablässigen Zank mit ihm. Michael war auch häufiger und längere Zeit hintereinander in der Manege als sie.

»Ich traue Harry nicht zu, daß er sich in einem Hunde irren konnte.« Das war Collins' Standpunkt, und er suchte immer wieder herauszufinden, was Del Mar veranlaßt haben mochte, Michael für einen so einzig dastehenden Hund zu erklären.

Während dieser Versuche mußte sich Michael die unwürdigste Behandlung gefallen lassen. Sie prüften, ob er Hürdensprung machen, ob er auf den Vorderbeinen spazieren, Ponyreiten, Purzelbäume schießen oder mit andern Hunden Clownkunststücke machen könnte. Er mußte Walzer tanzen, und sie zogen, ruckten und zerrten mit vier Leinen an allen seinen Beinen. Bei einigen der Versuche gaben sie ihm ein Stachelhalsband, um ihn zu hindern, von einer Seite zur andern zu schwingen oder vorn- und hintenüber zu fallen. Sie gebrauchten Peitsche und spanisches Rohr und schnürten ihm die Schnauze zusammen. Sie schleppten ihn Leitern hinauf, damit er den Kopf in einen Wassertank steckte.

Sie versuchten ihn sogar im ›Looping-the-loop‹ auftreten zu lassen – stürzten ihn eine schräge, offene Rinne hinunter, so daß seine Beine, von Peitschenschlägen angetrieben, sich so schnell bewegten, daß er mit der Anfangsgeschwindigkeit, die er hatte, und wenn er mit Leib und Seele gewollt hätte, die Innenseite der Schleife hätte hinauflaufen und, den Rücken abwärts, wie eine Fliege an der Decke, die Schleife hätte durchlaufen können. Aber er wollte nicht mit Leib und Seele, und wenn er sich nicht gleich zu Beginn durch einen Seitensprung aus der schrägen, offenen Rinne retten konnte, stürzte er jedesmal schwer auf die Innenseite der Schleife und zog sich Quetschungen und Wunden zu.

»Ich glaube nicht, daß es so etwas war, woran Harry dachte«, sagte Collins, denn er trat seinen Gehilfen gegenüber stets belehrend auf. »Aber vielleicht kann ich dadurch einen Wink über seine Spezialität erhalten.«

Aus Liebe, und wenn der Gott seiner Liebe, Steward, es gewünscht hätte, würde Michael sich bemüht haben, diese Kunststücke zu lernen, und er würde bei den meisten Erfolg gehabt haben. Hier aber, in Cedarwild, gab es keine Liebe, und seine Vollblutnatur ließ ihn sich unter dem Zwange eigensinnig weigern, zu tun, was er freudig aus Liebe getan hätte. Und da Collins kein Vollblutmensch war, war die Folge, daß die Zusammenstöße zwischen ihnen eine Zeitlang häufig und heftig waren. In diesen Kämpfen hatte Michael – das merkte er schnell – keine Möglichkeit. Er war stets im voraus zur Niederlage verurteilt. Es glückte ihm nicht ein einziges Mal, Collins oder Johnny mit den Zähnen zu fassen. Er war zu vernünftig, um einen Kampf fortzusetzen, in dem er zweifellos körperlich und seelisch zugrunde gegangen und zum Wahnsinn gebracht worden wäre. Statt dessen zog er sich in sich selber zurück, wurde traurig, blieb aber ruhig, und obwohl er sich nach keiner Niederlage je duckte, beherrschte er doch seinen Zorn.

Nach einiger Zeit, nachdem er kaum mehr in neuen Kunststücken geprüft worden war, wurde er die Leine samt Johnny los und war alle Zeit, die Collins in der Manege verbrachte, mit ihm zusammen. Nach mancher Lektion lernte er, daß er Collins überallhin folgen mußte; und er folgte ihm auch, haßte ihn aber unaufhörlich und vergiftete sein eigenes Gemüt. Immer mehr zog er sich in sich selber zurück, wurde traurig und grübelte viel. Und das alles war ungesund für seinen Geist. Er, der eine Frohnatur gewesen war, begann mürrisch, verschlossen und reizbar zu werden. Er fühlte keinen Drang mehr, zu spielen, sich zu tummeln und herumzulaufen. Er wurde körperlich ebenso still beherrscht wie geistig. Über Sträflinge in den Gefängnissen der Menschen kommt dieselbe schlaffe Ruhe. Er konnte stundenlang hinter Collins stehen, ohne sich für irgend etwas zu interessieren, während Collins irgendeinen Köter quälte und zu Kunststücken zwang.

Collins war immer belehrend. Ein aus seiner Schule hervorgegangener Schüler oder ein Gehilfe, der eine Empfehlung von ihm hatte, wurde als Inhaber eines Auszeichnungsdiploms in der Welt der Tierbändiger betrachtet.

»Es gibt keinen Hund, der von selber auf den Hinterfüßen ginge, geschweige denn auf den Vorderbeinen«, sagte Collins. »Hunde sind nicht dazu geschaffen. Sie müssen eben umgeschaffen werden, das ist das ganze Geheimnis der Tierdressur. Sie müssen umgeschaffen werden, und das sollen Sie, meine Herren, tun, das ist Ihre Aufgabe. Wer das nicht kann, der ist in dieser Fabrik nicht zu gebrauchen. Bastarde und Köter, das ist es, was wir brauchen, Charles. Nicht ein einziger von zehn Vollbluthunden wird zu etwas, wenn er nicht feige ist. Und das ist es gerade, was sie von Kötern und Bastarden unterscheidet. Sie sind heißblütig wie Rennpferde. Sie sind empfindlich und haben Stolz, und das ist das schlimmste. Ich bin im Geschäft groß geworden und habe es mein ganzes Leben lang studiert. Ich habe Glück gehabt. Und das hat nur einen Grund: Ich kenne mein Geschäft. Denk daran. Ich kenne mein Geschäft. Dazu kommt noch, daß Bastarde und Köter billiger sind. Du brauchst dir nichts draus zu machen, wenn du sie verlierst oder kaputtarbeitest. Du kannst immer wieder neue kriegen, und zwar billig, und ihre Dressur macht nicht viel Mühe.

Gib einem Köter eine ordentliche Tracht Prügel, und was tut er? Er leckt dir die Hand, ist gehorsam, kriecht auf dem Bauche und tut, was du willst. Sie sind Sklavenhunde, diese Köter. Sie sind nicht mutig, und du brauchst auch keinen Mut bei einem Hunde, der auftreten soll. Was du brauchst, ist Furcht und Beben. Gib einem Vollbluthund eine Tracht Hiebe, und du wirst sehen, was geschieht. Ich habe welche gekannt, die starben. Und wenn sie nicht sterben, was dann? Entweder werden sie eigensinnig oder boshaft oder beides. Manchmal beißen und schäumen sie direkt. Du kannst sie nicht hindern, zu beißen und zu rasen. Dann werden sie nur eigensinnig, bodenlos eigensinnig. Es ist passive Resistenz. Sie wehren sich nicht. Du kannst sie totschlagen, aber es nützt dir nichts. Sie sind wie die Christen, die auf dem Scheiterhaufen verbrannt oder in Öl gesotten wurden. Sie haben ihre eigenen Gedanken, und von denen lassen sie nicht. Eher sterben sie … und das tun sie auch. Ich kenne die Sorte.

Sieh nun mal diesen Terrier«, sagte Collins und deutete mit einem Kopfnicken auf Michael, der mehrere Schritt hinter ihm stand und traurig die Vorgänge in der Manege verfolgte. »Ich habe ihm nie eine ordentliche Tracht Prügel gegeben und tue es auch nicht. Es wäre Zeitverschwendung. Er ist zu vernünftig, um auf dich loszugehen, wenn du ihn nicht zu hart anpackst. Tust du es aber, dann wird er einfach eigensinnig und weigert sich überhaupt, etwas zu lernen. Ich würde ihn auf der Stelle laufenlassen, wüßte ich nicht, daß Del Mar unfehlbar war. Der arme Harry wußte, daß er eine Spezialität ersten Ranges hatte. Und jetzt muß ich eben sehen, es herauszufinden.«

»Vielleicht ist er ein Löwenhund«, meinte Charles.

»Er gehört zu denen, die keine Furcht vor Löwen haben«, räumte Collins ein. »Aber was für ein besonderes Kunststück könnte er mit Löwen machen? Ihnen den Kopf in den Rachen stecken? Ich habe nie von einem Hund gehört, der das tat. Aber es ist ja eine Idee, und wir könnten es mit ihm versuchen. Alles andere haben wir ja bald mit ihm probiert.«

»Wir haben ja zum Beispiel den alten Hannibal«, sagte Charles. »Er pflegte den Kopf einer Dame in den Rachen zu nehmen, als er in der Menagerie vom alten Sales-Sinker war.«

»Aber der alte Hannibal beginnt launisch zu werden«, wandte Collins ein. »Ich habe ihn beobachtet. Jedes Tier läuft Gefahr, daß mal eine Schraube bei ihm losgeht. Namentlich wilde Tiere. Ihr Leben ist ja nicht natürlich. Wenn das aber geschieht, dann gute Nacht. Du verlierst das Geld, das du in dem Tier angelegt hast, und wenn du deine Sache nicht verstehst, noch vielleicht dein Leben dazu.«

Und Michael wäre vielleicht mit Hannibal zusammen geprüft worden und Gefahr gelaufen, seinen Kopf in dem gewaltigen Rachen des Tieres zu verlieren, wäre ihm nicht ein glücklicher Zufall zu Hilfe gekommen. Denn gerade in diesem Augenblick empfing Collins eine hastige Mitteilung von seinem Löwen- und Tigerwärter.

»Der alte Hannibal wird verrückt«, lautete die Meldung.

»Unsinn«, sagte Harris Collins. »Du wirst alt. Du wirst nicht mehr mit ihm fertig. Ich will es dir zeigen. Kommt alle mit. Wir wollen eine Viertelstunde Pause machen. Ich werde euch eine Nummer zeigen, wie ihr sie noch nie in einer Menagerie gesehen habt.«

Der Löwen- und Tigerwärter, dessen Gesicht Spuren von Tierkrallen trug, protestierte jammernd, als er seinen Chef Vorbereitungen machen sah, in Hannibals Käfig zu gehen, denn die ganze Vorbereitung bestand darin, daß er sich mit einem Besenstiel versah.

Hannibal war alt, aber er galt für den größten Löwen in Gefangenschaft und hatte noch alle Zähne. Er wanderte auf und ab und maß schwer und schwingend die Länge des Käfigs, wie gefangene Tiere zu tun pflegen, als sich plötzlich die unerwartete Zuschauerschar vor seinem Käfig zeigte. Er nahm jedoch nicht die geringste Notiz von ihr, wanderte nur weiter auf und ab, schwang den Kopf hin und her und drehte sich, sobald er das Ende des Käfigs erreicht hatte, geschmeidig und mit geschäftiger Miene um. »So geht er schon zwei Tage«, jammerte sein Wärter. »Und wenn man zu ihm tritt, langt er gleich nach einem aus. Sehen Sie, was er mir angetan hat.« Der Mann hielt den rechten Arm hoch. Hemd und Wolljacke waren zerfetzt, und rote, mit geronnenem Blut gefüllte Rinnen zeigten, wo die Krallen die Haut zerrissen hatten. »Und ich war nicht drinnen. Er tat es mit einem einzigen Schlag durch die Stäbe, als ich seinen Käfig säubern wollte. Wenn er nur brüllen wollte. Aber er gibt keinen Laut von sich, geht nur auf und ab.«

»Wo ist der Schlüssel?« fragte Collins. »Schön, laß mich rein, schließ hinter mir ab und zieh den Schlüssel heraus. Verlier ihn, vergiß ihn, wirf ihn fort. Ich habe Zeit zu warten, bis ihr ihn findet und mich wieder herausllaßt.«

Und Harris Collins, der in Todesangst lebte, daß die Mutter seiner Kinder ihm bei Tisch einen Teller heißer Suppe an den Kopf werfen würde, ging im Beisein des Personals und der Tierbändiger in den Käfig, nur mit einem Besenstiel bewaffnet. Dann wurde die Tür hinter ihm zugeschlagen.

Ein dutzendmal wanderte der Löwe auf und ab, ohne Notiz von dem ungebetenen Gast nehmen zu wollen. Als er ihm aber wieder den Rücken kehrte, trat Collins vor und stellte sich ihm mitten in den Weg. Als Hannibal zurückkam und den Weg versperrt fand, brüllte er nicht. Seine Muskeln spielten seidenweich unter dem hellbraunen Fell, und er schlug nach dem Hindernis, das ihm im Wege stand.

Collins aber, der früher als der Löwe selbst wußte, was das Tier tun würde, schlug dem Tier zuerst mit dem Besenstiel über die empfindliche Schnauze. Hannibal wich mit kurzem Knurren zurück und langte blitzschnell mit seiner mächtigen Tatze zu einem neuen Schlage aus. Aber Collins kam ihm zuvor, und ein neuer Schlag über die Schnauze ließ ihn zurückweichen.

»Ich muß ihm den Kopf unten halten, darauf beruht die Sicherheit«, murmelte der Meister gedämpft. »Ach, das wolltest du? Da, nimm das.«

Hannibal, der sich in seinem Zorn zum Sprunge duckte, hatte den Kopf gehoben. Der gleich darauf folgende Schlag über die Schnauze zwang den Kopf zu Boden, und der König der Tiere zog sich, immer die Schnauze auf dem Boden, knurrend zurück.

»Der Mensch ist Herr und Meister, weil er einen Kopf hat, der denkt«, dozierte Collins; »er braucht bloß seinen Körper durch seinen Kopf beherrschen zu lassen, so daß er dem Tier immer einen Gedanken voraus ist. Jetzt sollt ihr sehen, wie ich mit ihm fertig werde. Er ist kein so hartgesottener Verbrecher, wie er sich selbst einzubilden versucht. Man muß ihm nur die Idee, die er sich in den Kopf gesetzt hat, austreiben. Das kann der Besenstiel. Paßt auf.«

Mit immer neuen Schlägen trieb er das Tier durch den Käfig zurück. Hannibal duckte zähnefletschend, knurrend und fauchend den Kopf und versuchte mit kleinen Tatzenschlägen den zudringlichen Besenstiel zu parieren, während er den Hinterleib zusammenzog und die Glieder einzuziehen versuchte, um der schmerzvollen Züchtigung zu entgehen. Die Schnauze hielt er dicht am Boden und war dadurch außerstande zu springen. Schließlich hob er langsam den Kopf und gähnte.

»Jetzt ist er mürbe«, erklärte Collins zum erstenmal mit kräftiger Stimme, der keine Anstrengung anzumerken war. »Wenn eine Löwe mitten im Kampf gähnt, so weiß man, daß er nicht verrückt ist. Er muß vernünftig sein, sonst würde er losspringen, statt zu gähnen. Er weiß, daß er Prügel gekriegt hat, und das Gähnen bedeutet im Grunde nur: Ich gebe es auf; um alles in der Welt, laß mich in Frieden. Meine Schnauze tut mir schrecklich weh. Ich möchte dich gern packen, aber ich kann nicht. Ich will alles tun, was du wünschst, und ich will schrecklich artig sein, aber schlag mich nicht mehr auf meine empfindliche Schnauze. Aber der Mensch ist Herr und Meister und kann das nicht so leicht nehmen. Man muß feststellen, daß man der Meister ist. Man muß es ihm mit Löffeln eingeben. Nicht aufhalten, wenn er aufgibt. Er muß die Medizin schlucken und den Löffel ablecken. Er muß den Fuß küssen, der ihn in den Staub drückt. Er muß den Stock küssen, mit dem er geprügelt wurde. Paßt auf!«

Und Hannibal, der größte Löwe in der Gefangenschaft, im Besitz aller seiner Zähne, ausgewachsen in dem Dschungel gefangen, ein wirklicher König der Tiere, Hannibal zog sich immer tiefer in die Ecke zurück, bedroht und bezwungen von einem kleinen Männlein mit einem Besenstiel in der Hand, und zog den Kopf immer tiefer auf die Brust zurück, ließ sein Gewicht auf den Ellbogen ruhen und schützte seine arme Schnauze mit den starken Tatzen, die mit einem einzigen Schlage das Leben aus Collins zitterndem Körper hätten reißen können.

»Jetzt hat er vielleicht noch Mucken«, sagte Collins, »aber er soll doch meinen Fuß und den Stock küssen. Paßt auf!« Er hob seinen Fuß, nicht prüfend und zögernd, sondern schnell und fest, setzte ihn auf den Hals des Löwen und hob dabei den Stock zum Schlage. Und Hannibal tat, was der Meister vorausgesehen. Sein Kopf mit den gewaltigen, weit aufgerissenen Kiefern fuhr hoch, daß man die schimmernden Zähne sah. Aber es kam nicht zum Biß, der wartende Besenstiel fuhr ihm über die Schnauze, daß er den Kopf wieder sinken ließ.

Wieder reizte Collins Hannibal mit dem Ende des Besenstiels und hob ihn jedesmal hinterher zum Schlage. Und der große Löwe brüllte hilflos und hob jedesmal nur die Schnauze ein wenig höher, bis er schließlich die rote Zunge zwischen den Zähnen ausstreckte, den Schuh, der nicht besonders sanft auf seinem Hals ruhte, und hinterher den Besenstiel leckte, der ihm die Lektion erteilt hatte.

»Wirst du jetzt wieder ein guter Löwe sein?« fragte Collins und rieb mit seinem Fuß kräftig den Hals Hannibals. Hannibal konnte sich nicht enthalten, vor Haß zu knurren.

»Wirst du ein guter Löwe sein?« wiederholte Collins und rieb noch kräftiger mit seinem Fuße.

Und Hannibal hob die Schnauze und leckte mit seiner roten Zunge wieder den braunen Schuh und die braune seidenbekleidete Fessel, die er mit einem einzigen Biß hätte zermalmen können.

Michael fand unter den vielen Tieren, die er in der Cedarwild-Tierschule traf, eine Freundin, aber es war eine merkwürdige, traurige Freundschaft. Sie wurde Sara genannt und war eine kleine grüne südamerikanische Äffin, die von Natur hysterisch, verdrießlich und ohne Sinn für Humor zu sein schien. Wenn Michael Collins durch die Manege folgte, traf er sie zuweilen, während sie auf die Probe in irgendeiner neuen Nummer wartete. Denn obwohl sie außerstande war zu proben und auch keine Lust dazu hatte, mußte sie es doch immer wieder, oder sie wurde, ohne selbst viel dabei zu tun zu haben, als Lückenbüßer unter bedeutenderen Artisten verwandt.

Aber sie rief stets nur Verwirrung hervor, indem sie lachte, vor Angst kreischte oder sich mit den andern stritt. Jedesmal, wenn man versuchte, sie etwas tun zu lassen, protestierte sie beleidigt; und wenn man Gewalt anwenden wollte, beunruhigte ihr Kreischen und Schreien alle Tiere in der Manege und hielt die Arbeit auf.

»Macht nichts«, sagte Collins schließlich feststellend. »Sie wird in die nächste Affengruppe gesteckt, die wir zusammenstellen.«

Das war das letzte, schreckliche Los, das einem Affen auf der Bühne begegnen konnte: eine hilflose Puppe zu werden, die mit Hilfe verborgener Stöcke und Schnüre gezwungen wurde, eine ganze Nummer lang zu spielen.

Michael machte jedoch ihre Bekanntschaft, ehe dieses Urteil über sie gesprochen war. Bei ihrer ersten Begegnung sprang sie plötzlich wie ein schreiender, lachender kleiner Teufel auf ihn los und drohte ihm mit Nägeln und Zähnen. Aber Michael, der schon tief in Traurigkeit versunken war, sah sie nur ruhig an, ohne daß seine Nackenhaare sich sträubten oder seine Ohren sich im geringsten spitzten. Einen Augenblick später sah sie, wie er, ohne sich um ihren Lärm und ihre Wut zu kümmern, den Kopf abwandte. Das brachte sie zum Schweigen. Wäre er auf sie losgesprungen, hätte er geknurrt, Zorn oder Wut gezeigt, wie die andern Hunde es taten, so würde sie geschrien und gebrüllt und ihm einen Schwall lärmender Vorwürfe entgegengeschleudert, um Hilfe gerufen und alle Welt zu Zeugen angerufen haben,daß sie ungerecht angegriffen worden war. Jetzt schien Michaels ungewöhnliches Benehmen ihr zu gefallen. Sie näherte sich ihm prüfend, ohne weiteren Lärm, und der Junge, der auf sie aufpaßte, lockerte die dünne Leine, die sie hielt.

»Ich hoffe, daß er ihr das Rückgrat bricht«, war sein gottloser Wunsch, denn er haßte Sara und wollte lieber zu Löwen und Elefanten, als einer aufsässigen Äffin aufzuwarten, mit der nichts anzustellen war.

Und da Michael keine Notiz von Sara nahm, begann sie ihm den Hof zu machen. Es dauerte nicht lange, so berührte sie ihn schon, und kurz darauf legte sie ihm die Arme um den Hals und drückte ihren Kopf zärtlich gegen den seinen. Dann begann die endlose Erzählung ihrer Geschichte. Tag für Tag paßte sie ihm zu allen möglichen Zeiten in der Manege auf, klammerte sich an ihn und erzählte ihm leise, fast ohne nur je Atem zu schöpfen, ununterbrochen etwas, was, soweit er verstand, ihre Geschichte war. Jedenfalls klang es wie ein Bericht all ihres Unglücks und all der schändlichen Behandlung, deren Gegenstand sie war. Es war eine einzige bange Klage, und etwas davon mochte vielleicht von ihrer Gesundheit handeln, denn sie keuchte und hustete ziemlich viel, und ihre Brust schien stets zu schmerzen, nach ihrer Gewohnheit zu urteilen, immer die Handflächen behutsam dagegenzupressen. Zuweilen hörte sie jedoch mit Klagen auf und streichelte und liebkoste ihn, wobei sie hin und wieder eine Reihe sanfter, weicher Laute ausstieß, die wie Summen klangen.

Ihre Hand war die einzige zärtliche Hand, mit der er auf Cedarwild in Berührung kam. Sie war immer freundlich, kniff ihn nie und zog ihn nie an den Ohren. Andererseits war er der einzige Freund, den sie hatte; und schließlich sehnte er sich morgens während der Arbeit nach ihr – und das, obwohl jede Begegnung mit einer Szene endete, in der sie mit ihrem Wärter kämpfte, um nicht fortgebracht zu werden. Ihre Schreie und Proteste wurden von Wimmern und Jammern abgelöst, während die Leute ringsumher über das eigentümliche Liebesverhältnis zwischen ihr und dem irischen Terrier lachten.

Harris aber duldete die Freundschaft der beiden und begünstigte sie sogar.

»Die beiden Sauertöpfe werden am besten miteinander fertig«, sagte er, »und es tut ihnen gut. Sie haben etwas, wofür sie leben, und das ist gesund. Aber eines schönen Tages, denkt an meine Worte, wird sie auf ihn losgehen und ihn ihre Liebe fühlen lassen, und die Freundschaft wird mit einem Knall bersten.«

Und was er prophezeite, ging halbwegs in Erfüllung, denn wenn sie auch nie auf ihn losging, war der Augenblick doch nicht fern, an dem ihre Freundschaft wirklich von einem furchtbaren Schlage getroffen werden sollte.

Am selben Tage verkaufte Harris Collins einen wertvollen Wink an einen Löwenbesitzer, der ohne Engagement war und dessen drei Löwen sich auf Cedarwild in Pension be-

fanden. Ihre Nummer war aufregend, ja, fast schreckener-
regend, wenn man sie vom Zuschauerraum aus sah. Denn
sie war so arrangiert, daß es, wenn die Tiere herumspran-
gen und brüllten, aussah, als wollten sie die schlanke kleine
Dame vernichten, die mit ihnen zusammen auftrat und sie,
ausschließlich durch ihren unbeugsamen Mut und mit einer kleinen Reitpeitsche in der Hand, in Schach zu halten
schien. »Das dumme ist, daß sie anfangen, sich daran zu gewöhnen«, klagte der Mann. »Isadora ist nicht mehr imstande, sie zu reizen. Sie wollen einfach nicht auftreten.«
»Ich kenne sie«, sagte Collins. »Sie sind ja schon ziemlich
alt und schlaff. Sehen Sie nur den alten Sark dort. Ihm
sind so viele Platzpatronen ins Ohr gefeuert, daß er
stocktaub ist. Und Selim – der hat sein Temperament mit
den Zähnen verloren. Dafür kann er dem Portugiesen danken, mit dem er bei Barnum zu tun hatte. Sie haben wohl
davon gehört?«
»Nein, ich habe mich oft darüber gewundert«, sagte der
Mann kopfschüttelnd. »Es muß einen Zusammenstoß gegeben haben.«
»Eben. Der Portugiese machte es mit einer Eisenstange.
Selim war schlechter Laune und langte mit der Tatze nach
ihm aus, und der Mann schlug ihm die Eisenstange ins
Maul, als er es gerade öffnen wollte, um zu brüllen. Der
Mann hat es mir selbst erzählt. Selims Zähne rasselten wie
Dominosteine auf den Boden. Aber er hätte es nicht tun
sollen. Das hieß wertvollen Besitz vernichten. Jedenfalls
wurde er deswegen entlassen.«
»Sie sind alle drei nicht mehr viel wert für mich«, sagte der
Besitzer. »Sie wollen nicht mehr bei Isadora brüllen und
zum Schlusse wild werden. Das war ja der Haupteffekt der
Nummer. Es war unser Finale, und wir ernteten immer
starken Beifall damit. Sagen Sie, was soll ich machen?
Streichen? Oder ein paar junge Löwen anschaffen?«
»Für Isadora ist es sicherer mit den alten«, sagte Collins.
»Gewiß«, wandte Isadoras Mann ein. »Natürlich würden

bei jungen Löwen die Arbeit und die Verantwortung auf mir ruhen. Aber wir müssen doch leben.«

Harris Collins schüttelte den Kopf.

»Was meinen Sie? – Haben Sie eine Idee?« fragte der Mann eifrig.

»Die Tiere werden noch viele Jahre leben«, erklärte Collins. »Wenn Sie Ihr Geld in junge Löwen stecken, laufen Sie Gefahr, daß die Tiere auf Sie losgehen. Und Sie können die Nummer ausgezeichnet weiter geben mit dem Material, das Sie haben; Sie müssen nur meinen Rat befolgen …«

Der Meister hielt inne, und der Löwenbesitzer öffnete den Mund, um etwas zu sagen.

»Was Sie«, fuhr Collins ruhig fort, »– sagen wir, dreihundert Dollar kosten wird.«

»Nur der Rat?« fragte der andere schnell.

»Der Ihnen unter Garantie nutzen wird. Sie wissen, was Sie für drei junge Löwen bezahlen müßten. Die dreihundert sind gut angelegt.«

»Das ist mir zu teuer«, wandte der andere ein. »Ich muß doch leben.«

»Das muß ich auch«, versicherte ihm Collins. »Deshalb bin ich hier. Ich bin Spezialist, und Sie bezahlen einen Spezialistenpreis.«

»Wenn der Rat aber nichts taugt?« kam es fragend und zweifelnd.

»Wenn er nichts taugt, bezahlen Sie nicht.«

»Na, also her damit.« Der Löwenbesitzer ergab sich.

»Elektrizität in den Käfig.« Zuerst verstand der Mann ihn nicht, dann aber ging ihm ein Licht auf.

»Sie meinen …?«

»Ja, eben«, nickte Collins. »Und niemand braucht es zu wissen. Trockenelemente genügen vollkommen. Sie können sie glänzend unter dem Fußboden des Käfigs anbringen. Isadora hat nichts zu tun, als auf den Schalter zu treten; und wenn die Biester nicht, wenn sie einen elektrischen Schlag in die Füße kriegen, hochfliegen, rasen und brüllen, daß sie die Musik übertönen, dann können Sie nicht allein Ihre dreihundert behalten, sondern sollen noch dreihundert von mir dazukriegen. Es ist genau, als tanzten sie auf einem rotglühenden Ofen. Sie springen, und jedesmal, wenn sie niederfallen, verbrennen sie sich die Tatzen wieder. Aber Sie müssen sie ganz allmählich reizen«, ermahnte ihn Collins. »Ich werde Ihnen zeigen, wie Sie die Leitung anlegen müssen. Anfangs, zum Einarbeiten, nur ein schwacher Strom und dann immer kräftiger, bis der Vorhang fällt. Und das stumpft sie nie ab. Solange sie leben, werden sie ebenso lebhaft tanzen wie das erste Mal. Was meinen Sie dazu?«

»Das ist sicher die dreihundert wert«, räumte der Mann ein. »Wenn ich mir mein Geld nur ebenso leicht verdienen könnte.«

»Ich glaube, ich werde sehen müssen, ihn loszuwerden«, sagte Collins zu Johnny. »Ich weiß, daß Del Mar recht gehabt haben muß, wenn er sagte, daß er einzig wäre, aber ich kann die Lösung nicht finden.«

Das wurde nach einem Kampf zwischen Michael und Collins gesagt. Michael, trauriger als je, war jetzt sogar jähzornig geworden und hatte, fast ohne gereizt zu sein, den Mann, den er haßte, angegriffen, dafür aber nur ein paar kräftige Fußtritte unter das Kinn geerntet.

»Er ist eine Goldmine«, sagte Collins; »aber wenn ich gehenkt werden soll, ich kann's nicht herauskriegen. Und er wird mit jedem Tag bissiger. Seht ihn an, warum wollte er jetzt auf mich losgehen? Ich habe ihm nichts getan. Er speichert so viel Wut in sich auf, daß er eines Tages selbst auf einen Schutzmann losgehen wird.«

Einige Minuten später bat ihn einer seiner Kunden, ein blonder, junger Mann, der drei dressierte Leoparden zum Training auf Cedarwild in Pension gegeben hatte, ihm einen Airedale zu leihen.

»Ich habe nur noch einen«, erklärte er, »und kann nicht ohne zwei fertig werden.«

»Was ist denn mit dem andern passiert?« fragte der Meister.

»Alphonso – das ist das große Leopardenmännchen – wurde heute morgen böse und machte Hackfleisch aus ihm. Ich mußte ihn von seinen Leiden erlösen. Ihm war der Leib aufgerissen wie einem Pferd beim Stiergefecht. Aber er hat mich gerettet. Wäre er nicht gewesen, so würde es mir schlimm ergangen sein. Alphonso hat ein bißchen zu oft solche schlechten Perioden. Das ist der zweite Hund, den er mir getötet hat.«

Collins schüttelte den Kopf: »Ich habe keinen Airedale.« Aber in diesem Augenblick fiel sein Auge zufällig auf Michael. »Versuchen Sie es mit dem irischen Terrier. Die haben dasselbe Naturell wie Airedales. Sind jedenfalls nahe Verwandte.«

»Ich nehme am liebsten Airedales als Löwenhunde«, wandte der Leopardenmann ein.

»Ein irischer Terrier ist ein Löwenhund. Sehen Sie ihn sich an. Beachten Sie seine Größe und sein Gewicht. Und glauben Sie mir, er hat Temperament! Er will mit jedem kämpfen. Versuchen Sie es mit ihm. Ich leihe ihn Ihnen. Taugt er, so verkaufe ich ihn Ihnen billig. Ein irischer Terrier als Leopardenhund, das wäre etwas Neues.«

»Wenn er sich bei den Katzen mausig macht, ist es aus mit ihm«, sagte Johnny zu Collins, als Michael von dem Leopardenmann fortgeführt wurde.

»Dann verliert die Bühne vielleicht einen Stern«, antwortete Collins achselzuckend. »Aber ich will ihn jedenfalls los sein. Wenn ein Hund so unverbesserlich wird, ist er fertig. Man kann nichts mit ihm anstellen. Ich kenne das.«

Und Michael ging fort, um die Bekanntschaft Jacks, des überlebenden Airedales, zu machen und um täglich mit den Leoparden trainiert zu werden. In den großen gefleckten Katzen erkannte er den Erbfeind, und noch ehe er in den Käfig geschoben wurde, war sein Nacken schon eine einzige Bürste, seine Haare sträubten sich nervös, und seine Augen waren starr. Es war ein nervenaufreizender Augenblick für alle Anwesenden, als der neue Hund im Käfig präsentiert wurde.

Der blonde Leopardenmann, der auf den Plakaten Raoul Castlemon genannt wurde, unter seinen Freunden aber Ralf hieß, befand sich schon im Käfig.

Der Airedale stand neben ihm, während draußen verschiedene Männer mit eisernen Stangen und langen, stählernen Gabeln standen. Diese Waffen wurden, zu augenblicklichem Gebrauch bereit, durch die Stangen gesteckt als Drohung für die Leoparden, die sehr wider Willen Kunststücke machen sollten.

Sie wurden sofort zornig über Michaels Zudringlichkeit, fauchten, schlugen mit den langen Schwänzen und kauerten sich zum Sprung zusammen. Aber im selben Augenblick sagte der Dompteur etwas in scharfem gebieterischem Ton und hob die Peitsche, während die Leute draußen ihre eisernen Geräte hoben und sie drohend in den Käfig steckten. Die Leoparden, die diese Geräte aus bitterer Erfahrung kannten, blieben in ihrer zusammengekauerten Stellung, obwohl sie immer noch fauchten und den Boden wütend mit den Schwänzen fegten.

Michael war kein Feigling. Er schlich sich nicht schutzsuchend hinter den Mann. Andererseits war er zu vernünftig, um das furchtbare Geschöpf anzugreifen. Statt dessen ging er mit gesträubtem Nackenhaar steifbeinig durch den Käfig, blickte der Gefahr ins Auge, ging steif wieder zurück und blieb neben Jack stehen, der ihn mit freundlichem Schnüffeln begrüßte.

»Der hat Mark in den Knochen«, murmelte der Dompteur gespannt, »läßt sich nicht einschüchtern.«

Die Situation war mit gutem Grunde spannend, und Ralf brachte sie mit Behutsamkeit und Vorsicht zur Entwicklung und hütete sich, eine plötzliche Bewegung zu machen, aber seine Augen waren wachsam überall, bei den Hunden,

den Leoparden und den Leuten, die mit ihren Gabeln und Stangen draußen standen. Er ließ die zornigen Katzen sich aus ihrer zusammengekauerten Stellung erheben und trieb sie auseinander. Auf sein Kommando begab Jack sich zwischen sie. Michael folgte ihm aus eigenem Antrieb. Und wie Jack ging auch er sehr steif und sehr vorsichtig auf seinen Posten. Einer von ihnen, Alphonso, fauchte ihn plötzlich an. Er fuhr nicht zusammen, obgleich sich sein Haar kräuselte, sondern fletschte nur seine Zähne mit leisem Knurren. Im selben Augenblick schoben sich die Eisenstangen in drohende Nähe Alphonsos, der seine gelben Augen von Michael zur Stange und wieder zurückschweifen ließ, aber nicht nach ihm schlug.

Der erste Tag war der schwerste. Später fanden sich die Leoparden mit Michael ab, wie sie sich mit Jack abgefunden hatten. Auf keiner Seite waren die Gefühle besonders freundlich, und es war auch nie die Rede von irgendeiner freundschaftlichen Annäherung. Michael wurde sich schnell darüber klar, daß es Mann und Hunde gegen die Katzen galt und daß Mann und Hunde zusammenhalten mußten. Täglich verbrachte er ein bis zwei Stunden im Käfig und beobachtete die Proben, ohne daß er und Jack etwas anderes zu tun hatten, als wachsam auf dem Posten zu sein. Zuweilen, wenn die Leoparden etwas besserer Laune zu sein schienen, ermutigte Ralf sogar die Hunde, sich hinzulegen. An unruhigen Tagen aber paßte er auf, daß sie stets sprungbereit waren für den Fall, daß er angegriffen werden sollte. Die übrige Zeit des Tages teilte Michael seinen großen Stall mit Jack. Wie für alle Tiere auf Cedarwild wurde auch für sie gut gesorgt, sie wurden häufig gewaschen und frei von Ungeziefer gehalten. Für einen nur dreijährigen Hund war Jack sehr gesetzt. Entweder hatte er nie gelernt zu spielen oder es schon wieder vergessen. Andererseits war er gutmütig, blieb immer gleich und fühlte sich verletzt durch das mürrische Benehmen, das Michael anfangs an den Tag legte. Aber Michael blieb nicht lange mürrisch, sondern fand Gefallen an ihrem stillen Zusammenleben. Sie zeigten ihre Gefühle nicht. Sie begnügten sich damit, stundenlang mit einem angenehmen Gefühl ihrer gegenseitigen Nähe wach zu liegen.

Hin und wieder konnte Michael hören, wie Sara in der Ferne lockende Rufe ausstieß, die, wie er wußte, für ihn bestimmt waren. Einmal entwischte sie ihrem Wärter und entdeckte Michael, der gerade aus dem Leopardenkäfig kam. Mit einem schrillen Freudenschrei flog sie auf ihn zu, klammerte sich an ihn und berichtete ihm hysterisch alle Widerwärtigkeiten, die sie seit ihrer Trennung erfahren hatte. Der Leopardenmann sah nachsichtig zu und ließ sie die wenigen Minuten genießen. Zuletzt riß ihr Wärter sie von Michael los, an den sie sich anklammerte, während sie wie eine alte Vettel aufkreischte. Wütend sprang sie auf den Mann los, und ehe er sie an der Gurgel packen konnte, um sie zur Unterwerfung zu zwingen, hatte sie schon ihre Zähne in seinen Daumen und sein Handgelenk gebohrt. Alles das rief große Heiterkeit unter den Zuschauern hervor, während ihr Geschrei die Leoparden aufregte, daß sie fauchend gegen das Gitter sprangen. Und während sie fortgetragen wurde, jammerte sie still, fast wie ein verzweifeltes Kind. Obwohl Michaels Debüt bei den Leoparden so erfolgreich war, kaufte Raoul Castlemon ihn doch nicht. Mehrere Tage darauf wurde eines Morgens die Manege von Lärm und Aufruhr in den Tierkäfigen erschüttert. Die Unruhe, die mit einem Revolverschuß begann, verbreitete sich überall. Die verschiedenen Löwen begannen ein mächtiges Gebrüll, und die vielen Hunde wurden wie rasend. Alle Künstler in der Manege hielten in der Arbeit inne, weil die Nerven der Tiere erschlafften, so daß sie nicht imstande waren, weiterzuarbeiten. Mehrere Leute, unter ihnen Collins, liefen nach den Käfigen. Der Wächter Saras ließ ihre Leine los, um ihnen zu folgen. »Das ist Alphonso – ich möchte darauf wetten«, rief Collins einem seiner Gehilfen zu, der neben ihm lief. »Er wird sich doch auf Raoul gestürzt haben.«

Der Kampf war schon vorbei, als Collins hinzukam. Castlemon wurde gerade herausgezogen, und im Laufen konnte Collins sehen, wie zwei Mann ihn auf den Boden legten, um die Käfigtür zuschlagen zu können. Im Käfig waren Alphonso, Jack und Michael zusammen eingeschlossen, aber in einem so wild kämpfenden, wirren Klumpen, daß schwer zu unterscheiden war, aus welchen Tieren er bestand. Vor dem Käfig tanzten die Leute herum, steckten eiserne Stangen hinein und versuchten die Tiere zu trennen. Am äußersten Ende des Käfigs lagen die beiden anderen Leoparden, leckten ihre Wunden, knurrten und schlugen nach den Eisenstangen, die sie vom Kampfe fernhielten.

Saras Ankunft und was darauf folgte dauerte nur wenige Sekunden. Die Kette nachschleppend, sprang die kleine grüne Äffin, dies geschwänzte weibliche Wesen, das sowohl lieb wie hysterisch sein konnte und eine Art Halbkusine des Menschenweibchens war, zu den engen Gitterstäben des Käfigs hinauf und zwängte sich hindurch. Gleichzeitig erfolgte eine heftige Umwälzung in dem kämpfenden, wirren Klumpen. Von einer Kraft geschleudert, als sollte er an der Wand des Käfigs zerschmettert werden, fiel Michael auf den Boden, versuchte aufzuspringen, brach aber zusammen und sank nieder, während das Blut ihm aus seiner furchtbar zugerichteten rechten Schulter strömte. Sara sprang zu ihm, schlang die Arme um ihn und drückte ihn zärtlich an ihre kleine, flache, behaarte Brust. Sie stieß betrübte Schreie aus, und als Michael sich auf seinem verletzten Bein zu erheben versuchte, schalt sie ihn mit barscher Zärtlichkeit und versuchte, ihn mit ihren Armen vom Kampfe fernzuhalten. In einer Pause plapperte sie auch in ihrer Wut scharfe, durchdringende Flüche gegen Alphonso, während ihre Augen boshaft funkelten.

Ein Brecheisen, das ihm in die Seite gestoßen wurde, nahm die Aufmerksamkeit des großen Leoparden in Anspruch. Er schlug mit der Tatze nach der Waffe, warf sich, als sie wieder gegen ihn gestoßen wurde, darüber und biß mit seinen Zähnen in das blanke Eisen. Dann stürzte er sich wieder gegen die Stangen des Käfigs und riß mit einem einzigen Tatzenschlage den Arm des Mannes nieder, der ihn gestoßen hatte. Das Brecheisen fiel zu Boden, und der Mann sprang zur Seite. Alphonso stürzte sich wieder auf Jack, der jetzt ein kläglicher Gegner war und nichts als stöhnen und zittern konnte, wo er oder vielmehr sein trauriger Überrest in einer Blutlache lag.

Es war Michael geglückt, auf seine drei Beine zu kommen, und jetzt versuchte er trotz Sara, die ihn festzuhalten versuchte, vorwärts zu wanken. Der wütende Leopard wollte gerade auf ihn losspringen, als seine Aufmerksamkeit durch einen neuen Stoß des Eisens abgelenkt wurde. Diesmal ging er geradewegs auf den Mann los und stieß mit einer solchen Wucht gegen die Käfigstangen, daß das Gebäude zitterte. Mehrere Leute begannen ihn mit neuen Stangen zu bearbeiten, aber Alphonso ließ sich nicht halten. Sara sah ihn kommen und schrie ihn so schrill und wild an, wie sie konnte. Collins entriß einem der Leute einen Revolver.

»Töten Sie ihn nicht«, rief Castlemon und packte Collins' Arm. Der Leopardenmann war selbst übel zugerichtet. Der eine Arm hing hilflos herab, und um sehen zu können, mußte er seine Augen, in die das Blut aus einer Kopfwunde lief, an der Schulter des Meisters reiben.

»Er ist mein Eigentum«, protestierte er. »Und er ist mehr wert als hundert kranke Affen und schlechtgelaunte Terrier. Und wir retten sie schon noch. Lassen Sie mir noch eine Chance. – Kann mir nicht jemand das Auge auswischen? Ich kann nicht sehen. Ich habe alle Platzpatronen verbraucht. Hat keiner welche?«

In diesem Augenblick schob Sara ihren Körper zwischen Michael und den Leoparden, der immer noch von den Stößen der Eisenstangen zurückgehalten wurde. Und im nächsten Augenblick begann sie ihn wie eine gefangene Katze anzuschreien, als könnte sie ihn durch einen bloßen Wutanfall verscheuchen.

Michael zog sie knurrend und mit gesträubtem Haar mit und hinkte ein paar Schritte vorwärts, dann aber gab die zerschmetterte Schulter nach, und er brach zusammen. Da geschah es, daß Sara ihre Großtat verrichtete. Mit einem letzten leidenschaftlichen Schrei sprang sie der ungeheuren Katze mitten ins Gesicht, riß und kratzte mit allen vier Händen und grub ihre Zähne in die Wurzeln seiner stumpfen Ohren. Der verblüffte Leopard erhob sich auf den Hinterbeinen, schlug mit der Vordertatze nach dem kleinen Teufel, der nicht loslassen wollte, und zerfetzte ihn.

Kampf und Leben der kleinen grünen Affin dauerten zehn kurze Sekunden, aber das genügte, daß Collins die Tür ein wenig aufschieben, Michael mit einem schnellen Griff am Hinterbein packen und herausziehen konnte.

Auf Cedarwild kannte man keine so rohe Chirurgie wie die von Del Mar, sonst wäre Michael nicht am Leben geblieben. Ein wirklich tüchtiger, kühner Chirurg nahm fast eine Vivisektion mit ihm vor, setzte ihm die verstümmelte Schulter instand und unternahm Dinge, die er bei keinem Menschen gewagt hätte, die sich aber bei Michael als angebracht erwiesen. »Er wird lahm bleiben«, sagte der Arzt, während er sich die Hände abtrocknete und Michael betrachtete, der, fast den ganzen Körper in Gips, als unbeweglicher Gefangener dalag. »Was heilen soll, und das ist gesegnet viel, muß von selber heilen. Wenn seine Temperatur steigt, müssen wir seinem Elend ein Ende machen. Was ist er wert?«

»Kunststücke kann er nicht machen«, antwortete Collins. »Fünfzig Dollar vielleicht, jetzt aber bestimmt weniger. Lahmen Hunden kann man keine Kunststücke beibringen.«

Die Zeit sollte zeigen, daß beide Männer unrecht hatten. Michael war nicht zu dauernder Lahmheit bestimmt, obwohl seine Schulter in den kommenden Jahren immer noch empfindlich war und er bei feuchtem Wetter ein bißchen hinkte. Im Gegenteil, Michael war dazu bestimmt, einen hohen Preis zu erzielen und ein Künstler ersten Ranges zu werden, wie Harry Del Mar es ihm prophezeit hatte. Vorläufig aber lag er viele traurige Tage in Gips, ohne daß seine Temperatur zu beunruhigender Höhe stieg. Die Pflege, die man ihm angedeihen ließ, war vortrefflich. Aber nicht aus Liebe und Ergebenheit. Sie war nur ein Teil des Systems auf Cedarwild, das dem Institut einen so großen Ruf verschafft hatte. Als er aus dem Gips genommen war, wurde ihm das instinktive Behagen, das alle Tiere darin finden, ihre Wunden zu lecken, aber noch vorenthalten, denn er blieb in fachmännisch angelegten Bandagen eingespannt und gewickelt, und als sie schließlich entfernt wurden, gab es keine Wunden mehr zu lecken, obwohl noch monatelang tief in der Schulter etwas schmerzte. Harry Collins quälte ihn nicht mehr mit Versuchen, ihm neue Kunststücke beizubringen, sondern überließ ihn eines Tages einem Ehepaar, das drei Tiere seiner Truppe an Lungenentzündung verloren hatte.

»Wenn es mit ihm geht, sollen Sie ihn für zwanzig Dollar haben«, sagte Collins zu dem Mann, Wilton Davis.

»Aber wenn er um die Ecke geht?« fragte Davis.

Collins zuckte die Achseln. »Ich werde mich nicht um ihn grämen. Ihm ist nichts beizubringen.«

Und als Michael Cedarwild in einer Lattenkiste verließ, war die Wahrscheinlichkeit groß, daß er nie zurückkehren würde, denn Wilton Davis war unter den Tierbändigern für seine Grausamkeit gegen Hunde bekannt. Er konnte gewissen Hunden, die besonders hervorragende Künstler waren, einige Sorgfalt angedeihen lassen, aber die gewöhnlicheren Statistenhunde bekam er zu billig. Sie kosteten drei bis fünf Dollar das Stück, und für Michael, der nichts gekostet hatte, war es noch schlimmer. Wenn er starb, bedeutete das für Davis nur die Mühe, sich einen neuen Hund zu suchen.

Im ersten Stadium seines neuen Abenteuers widerfuhr

Michael kein besonderes Mißgeschick, trotz der Tatsache, daß er in einer Lattenkiste zusammengepreßt lag, ohne aufstehen zu können, und daß das Rumpeln der Kiste unzählige für seine Schulter schmerzhafte Rucke verursachte. Die Reise ging nur bis Brooklyn, wo er ordnungsgemäß an ein Etablissement zweiten Ranges abgeliefert wurde; Wilton Davis war ein so minderwertiger Dompteur, daß es ihm nie glückte, an einem erstklassigen Unternehmen engagiert zu werden. Die Widerwärtigkeiten in dem engen Käfig begannen, als Michael in einem großen Raum gegenüber der Bühne zu ungefähr zwanzig auf ähnliche Weise eingesperrten Hunden geschafft worden war. Das war eine traurige Versammlung, lauter gewöhnliche Köter und die meisten von ihnen geistig niedergebrochen und elend. Mehrere hatten häßliche Kopfwunden, weil Davis sie geschlagen hatte. Es wurde keine Rücksicht auf diese Wunden genommen, und sie heilten nicht durch die Kreide, mit der man sie verschmierte, um sie zu verbergen, wenn die Hunde auftraten. Einige von ihnen heulten zeitweise jämmerlich, und jeden Augenblick fielen sie alle in ein Gebell ein, als wäre das das einzige, was sie in ihren engen Zellen noch tun könnten.

Michael war der einzige, der sich an diesem Chor nicht beteiligte. Er hatte längst – eine der Eigentümlichkeiten seines zunehmend mürrischen Wesens – aufgehört zu bellen. Er war unzugänglich geworden und nahm nicht mehr an derartigen Demonstrationen teil; er folgte auch nicht dem Beispiel, das die wütenden Hunde hier gaben, die immer durch die Stäbe ihrer Käfige schalten und knurrten. Michaels schlechte Laune war so eingewurzelt, daß er sich nicht einmal mehr streiten mochte. Sein einziger Wunsch war, in Frieden gelassen zu werden, und das wurde er in den ersten achtundvierzig Stunden zur Genüge.

Wilton war mit seiner Truppe zu früh eingetroffen, so daß sie fünf Tage Zeit hatten, ehe das neue Programm in Kraft trat. Da er die Pause benutzen wollte, um die Familie seiner Frau in New Jersey zu besuchen, hatte er einen Angestellten des Etablissements gemietet, um seine Hunde zu füttern und zu tränken. Das würde der Mann auch getan haben, hätte er nicht das Pech gehabt, mit dem Besitzer einer Wirtschaft in Streit zu geraten, in einen Streit, der mit einem Schädelbruch und einer Fahrt mit dem Krankenwagen nach dem Hospital endete. Zu alledem wurde das Theater drei Tage geschlossen, um gewisse von der Baupolizei verlangte Veränderungen vorzunehmen.

Keine Seele kam in die Nähe des Raumes, und nach einigen Stunden begann Michael Hunger und Durst zu fühlen. Die Zeit verging, und der Drang nach Futter wurde durch den Drang nach Wasser verdrängt. Gegen Abend setzte ein anhaltendes Bellen und Kläffen der Hunde ein, das aber in den langen Nachtstunden in Wimmern und Jaulen überging. Michael allein verhielt sich schweigend und erduldete sein Elend still.

Der Morgen des zweiten Tages brach an; langsam schlichen die Stunden der nächsten Nacht zu; und die Dunkelheit senkte sich über eine Szene, die an sich genügt hätte, um alle Tierdressurnummern in allen Varietés und allen Gauklerzelten der ganzen Welt zu richten. Ob Michael träumte oder sich in einem Zustand nahe dem Delirium befand, davon erzählt die Geschichte nichts; wie dem nun aber auch sein mochte, so durchlebte er fast sein ganzes früheres Leben noch einmal. Er spielte wieder als kleines Hündchen auf der breiten Veranda von Herrn Haggins Plantagenbungalow in Meringe; schlich sich mit Jerry in den Dschungel am Ufer, um den Krokodilen aufzulauern; lernte von Herrn Haggins und Bob, das Beispiel Biddys und Terrences vor Augen, schwarze Menschen als geringere, verächtliche Götter zu betrachten, die stets mit Nachdruck in ihren Grenzen zu halten waren.

An Bord des Schoners ›Eugénie‹ fuhr er mit Kapitän Kellar, seinem zweiten Herrn, und am Strande von Tulagi verlor er sein Herz an Steward mit den magischen Fingern und fuhr mit ihm und Kwaque auf dem Dampfer ›Makambo‹ davon. Steward war es, der am häufigsten in seinen Visionen vor einem trüben Hintergrund von Schiffen und Menschen auftauchte, ebenso der alte Seemann, Simon Nishikanta, Grimshaw, Kapitän Doane und der kleine alte Ah Moy. Und zuletzt, aber am seltensten, tauchten Scraps auf und Cocky, das kleine, mutige daunenweiche Tier, das sich tapfer durch sein kurzes Lebensabenteuer in der klaren Sonne des Tages hindurchkämpfte. Und es schien Michael, als klammere Cocky sich von einer Seite an ihn und plappere ihm sein Kauderwelsch in die Ohren, und als klammere sich Sara von der andern Seite an ihn und erzähle ihm kichernd ihre endlose, unverständliche Lebensgeschichte. Und zuletzt schien es ihm, als spüre er tief an den Wurzeln seiner Ohren die magischen, liebkosenden Finger des geliebten Stewards.

»Ich habe wirklich kein Glück«, sagte Wilton Davis niedergeschlagen und starrte auf seine Hunde, während die Luft noch von den Flüchen zitterte, die er ausgestoßen hatte. »Das kommt davon, wenn man sich auf einen versoffenen Theaterknecht verläßt«, bemerkte seine Frau sanft. »Es sollte mich nicht wundern, wenn die Hälfte von ihnen jetzt verreckte.«
Er ließ Eimer auf Eimer voll Wasser aus dem Hahne in der Ecke laufen und goß sie in einen großen verzinkten Kübel. Beim Geräusch des rinnenden Wassers begannen die Hunde zu winseln, zu kläffen und zu jammern. Einige versuchten ihm mit ihren geschwollenen Zungen die Hände zu lecken, als er sie barsch aus ihren Käfigen zog. Die Schwächeren krochen auf dem Bauch zum Kübel und wurden von den Starken niedergetreten. Sie hatten nicht alle Platz, die Stärkeren tranken zuerst, kämpfend, streitend und beißend. Unter den Vordersten befand sich Michael, der biß und wieder gebissen wurde, dem es aber doch glückte, einige schnelle Schlucke von dem lebenspenden-

den Wasser zu nehmen. Davis teilte nach rechts und links Fußtritte aus, damit alle etwas bekämen. Seine Frau half ihm, indem sie mit einem Schwapper dazwischenfuhr. Es war eine Hölle von Leiden, denn als ihr brennender Schlund vom Wasser erfrischt war, konnten die Tiere ihre Qual und ihr Elend wieder kläffend und heulend zum Ausdruck bringen. Mehrere von ihnen waren zu schwach, um zum Wasser zu gelangen, so daß sie hingetragen wurden und es in den Mund gespritzt bekamen. Es war, als könnten sie nie genug bekommen. Sie lagen überall im Raum zusammengebrochen, aber jeden Augenblick kroch bald der eine, bald der andere zum Kübel und versuchte, noch mehr zu trinken. Inzwischen hatte Davis Feuer gemacht und einen großen Kessel mit Kartoffeln gefüllt.

»Hier riecht es wie in einem Stinktierbau«, bemerkte Frau Davis, während sie einen Augenblick innehielt, um sich mit der Puderquaste über die Nasenspitze zu fahren. ›Liebster, wir müssen sie waschen.«

»Stimmt, Liebling«, stimmte ihr Mann ihr bei. »Und je schneller, desto besser. Wir können es tun, während die Kartoffeln kochen und abkühlen. Ich werde sie schrubben, und du kannst sie abtrocknen. Denk an die Lungenentzündung und reibe sie gründlich trocken.«

Es war ein schnelles, rauhes Bad. Er packte die Hunde und warf sie der Reihe nach in den Kübel, aus dem sie getrunken hatten. Wenn sie sich fürchteten oder irgendwie Einwände machten, schlug er sie mit der Scheuerbürste und der gelben Seifenstange, mit der er sie einseifte, auf den Kopf. Einige Minuten genügten für jeden Hund.

»Sauf, du Vieh, sauf – noch einen Tropfen«, sagte er und tauchte ihre Köpfe in das schmutzige Seifenwasser.

Er schien sie für den schrecklichen Zustand, in dem sie sich befanden, verantwortlich zu machen und ihren Schmutz als eine persönliche Beleidigung zu betrachten.

Michael wehrte sich nicht, als er in den Kübel geworfen wurde. Er erkannte, daß Bäder unumgänglich waren, wenn sie auch auf Cedarwild nach einem weit besseren Prinzip verabreicht wurden und wenn Kwaque und Steward das Baden auch zu einer Art Liebeszeremonie gemacht hatten. So fand er sich denn nach Möglichkeit darein, abgeschrubbt zu werden, und alles wäre vielleicht gut abgelaufen, hätte Davis ihn nicht untergetaucht. Michaels Kopf kam mit einem warnenden Knurren hoch. Davis hielt die schwere Bürste zurück, mit der er ihm gerade einen Schlag versetzen wollte, und stieß einen leisen Pfiff aus.

»Hallo«, sagte er, »sieh mal her, Schatz, das ist der irische Terrier, den ich von Collins kriegte. Er taugt nichts. Das sagte Collins. Nur zum Ausfüllen. – Mach, daß du wegkommst!« befahl er Michael. »Diesmal sollst du so davonkommen, Herr Frechdachs. Aber du kannst dich drauf verlassen, ich werde sehr bald ein Wörtchen mit dir reden, daß dir der Schädel brummt.«

Während die Kartoffeln abkühlten, verscheuchte Frau Davis die hungrigen Hunde mit scharfen Schreien. Michael lag finster brütend ein wenig abseits und beteiligte sich nicht am Wettlauf, als der Trog freigegeben wurde.

»Wenn sie nach allem, was wir für sie getan haben, noch Spektakel machen, dann gib ihnen einen Tritt in die Rippen, mein Schatz«, sagte Davis zu seiner Frau. »Da, nimm! So, das wolltest du?« sagte er zu einem großen Hund, indem er ihm einen heftigen Tritt in die Seite versetzte. Das Tier heulte vor Schmerz auf, floh und sah, als es sich in Sicherheit gebracht hatte, traurig nach dem dampfenden Futter hinüber. Als die Kartoffeln aufgefressen waren, wurden die Hunde wieder auf weitere vierundzwanzig Stunden in ihre Käfige gesperrt. Es wurde Wasser in ihre Trinkschalen gegossen, und abends wurden sie, immer noch in ihren Käfigen, reichlich mit gekochter Kleie und Hundekuchen gefüttert. Das war Michaels erste Mahlzeit, denn er hatte sich mürrisch von den Kartoffeln ferngehalten.

Die Probe fand auf der Bühne statt, und für Michael begannen gleich die Widerwärtigkeiten. Wenn der Vorhang aufging, sollten die zwanzig Hunde in einem Halbkreis auf Stühlen sitzen. Während sie hingesetzt wurden, fand vor dem Vorhang die vorhergehende Nummer statt, und es war daher durchaus notwendig, daß strengstes Schweigen beobachtet wurde. Wenn der Vorhang dann aufging und die ganze Bühne sichtbar wurde, waren die Hunde dazu abgerichtet, in ein starkes Bellen auszubrechen.

In seiner Eigenschaft als ›Füller‹ hatte Michael nichts zu tun, als auf einem Stuhl zu sitzen. Aber er mußte ja erst auf den Stuhl hinauf, und als Davis es ihm befahl, begleitete er die Order mit einer Ohrfeige. Michael knurrte drohend.

»Ach so!« höhnte der Mann. »Frechdachs macht sich mausig. Na, auch gut, dann haben wir's gleich hinter uns. Und ich kann dich umtaufen und dich ›guter Hund‹ nennen. Liebling, achte einen Augenblick auf die andern Hunde, ich will dem Frechdachs die Anfangsgründe beibringen.«

Je weniger wir von der Abstrafung, die folgte, reden, desto besser. Michael kämpfte einen hoffnungslosen Kampf und wurde furchtbar verprügelt. Zerschlagen und brütend saß er auf dem Stuhl, ohne sich aktiv an der Nummer zu beteiligen, und arbeitete sich nur in immer tieferen, bitteren Gram hinein. Schweigsam zu bleiben, bis der Vorhang aufging, fiel ihm nicht schwer. Als der Vorhang aber aufging, weigerte er sich, an dem rasenden Bellen und Kläffen der anderen Hunde teilzunehmen.

Die Hunde verließen auf Kommando ihre Stühle, zuweilen einzeln, zuweilen zu zweien, zu dreien oder in größeren Gruppen, und führten die gewöhnlichen Hundekunststücke aus, wie auf den Hinterbeinen gehen, springen, hinken, walzen und Salto mortale schlagen. Wilton Davis' Geduld war nicht groß, und seine Hand fiel während der ganzen Proben immer wieder schwer nieder, wie das schrille Schmerzensgekläff der Trägen und Dummen bezeugte.

Im Laufe dieses und am Vormittag des nächsten Tages fanden im ganzen drei Proben statt. Michaels Widerwärtigkeiten hörten vorläufig auf. Auf Kommando nahm er schweigend seinen Platz auf dem Stuhle ein und blieb still sitzen. »Da siehst du wieder, Liebling, was der Stock zuwege bringt«, prahlte Davis vor seiner Frau. Keiner der beiden Ehegatten ließ sich träumen, welchen Skandal Michael bei der ersten Vorstellung verursachen sollte.

Hinter dem Vorhang war alles auf der Bühne bereit. Die Hunde saßen in kläglichem Schweigen auf ihren Stühlen, während Davis und seine Frau ihnen andauernd drohten, damit sie stillblieben, und Dick und Daisy Bell vor dem Vorhang das Publikum der Matinee durch ihren Gesang und Tanz erfreuten. Und alles ging gut, und niemand im Publikum würde geahnt haben, daß die ganze Bühne hinter dem Vorhang voller Hunde war, hätten nicht Dick und Daisy angefangen, mit Orchesterbegleitung ›Fahr mit mir nach Rio‹ zu singen.

Michael konnte nichts dafür. Wie einst durch die Maultrommel Kwaques, durch die Liebe Stewards und durch die Harmonika Del Mars, wurde er jetzt durch das Orchester und die Männer- und die Frauenstimme mitgerissen, die die Töne des Liedes trällerten, das Steward ihn gelehrt hatte. Gegen seinen Willen und trotz seiner schlechten Laune riß es ihm mit zwingender Kraft die Kiefer auseinander und ließ die ganze Kehle mitsingend vibrieren. Jenseits des Vorhangs ertönte ein Kichern von Kindern und Frauen, das zu einem Rauschen anwuchs und die Stimmen Dicks und Daisys übertönte. Wilton Davis fluchte wild, er sprang über die Bühne zu Michael. Aber Michael heulte weiter, und das Publikum lachte. Michael hatte noch nicht mit dem Heulen aufgehört, als der kurze Knüppel ihn traf. Der Schlag und der Schmerz ließen ihn innehalten und einen unwillkürlichen Schmerzensschrei ausstoßen.

›Reiß ihm den Kopf ab, Liebster«, rief Frau Davis, und nun folgte ein heftiger Kampf. Davis versetzte dem Hund wohlberechnete Schläge, die man ebensogut hören konnte wie das Knurren Michaels. Das Publikum achtete, von der Komik der Situation ergriffen, weder auf Dick noch auf Daisy

Bell. Deren Nummer war verdorben. Und die Davissche Nummer war lächerlich gemacht, wie Wilton sich ausdrückte. In übertragenem Sinne riß er Michael den Kopf ab, aber das Publikum jenseits des Vorhangs war erbaut und begeistert. Dick und Daisy konnten nicht fortfahren. Das Publikum wollte nicht sehen, was vor, sondern was hinter dem Vorhang geschah. Michael wurde, halb erwürgt, von einem Hausknecht abgeführt, und der Vorhang hob sich vor der vollzähligen Schar – das heißt vollzählig bis auf den einen leeren Stuhl. Die Jungens im Publikum waren die ersten, die die Verbindung zwischen dem leeren Stuhl und dem früheren Lärm entdeckten, und sie begannen nach dem abwesenden Hund zu rufen, das Publikum nahm den Ruf auf, die Hunde bellten noch erregter. Die Heiterkeit verzögerte um fünf Minuten die Vorstellung, die, als sie endlich in Gang kam, seitens der Hunde von Heiserkeit und Unruhe und seitens Wilton Davis' von ausgesprochen schlechter Laune geprägt war.

Als der Vorhang vor dem heiteren Publikum gefallen war und die Hunde hinter die Bühne gebracht worden waren, ging Wilton Davis hinunter, um nach Michael zu sehen, der, statt in einer Ecke zusammenzukriechen, noch zitternd von der Mißhandlung zwischen den Beinen des Hausknechts stand und drohte, sich kräftiger als je zu verteidigen, wenn er angegriffen werden sollte. Unterwegs begegnete Davis dem singenden und tanzenden Paar. Die Frau befand sich in einer tränenvollen Wut, die des Mannes war trockener.

»Sie sind ein schöner Hundedresseur«, erklärte er kriegerisch. »Hier haben Sie, was Sie verdienen.«

»Bleiben Sie fort, oder ich schlage Sie nieder«, antwortete Wilton Davis desperat und schwang eine kurze Eisenstange in der Rechten. »Wenn Sie übrigens wollen, so warten Sie nur ein bißchen, dann werd' ich's Ihnen zeigen. Zuerst aber muß ich den Hund totschlagen. Kommen Sie mit, wenn Sie es sehen wollen. – Der Teufel soll ihn holen. Wie konnte ich das ahnen. Er war ganz neu. Auf den Proben hat er nicht gemuckst. Wie konnte ich ahnen, daß er heulen würde, wenn wir hinter Ihnen standen?«

»Sie haben ja einen Höllenspektakel gemacht.« Mit diesen Worten begrüßte der Direktor des Etablissements Davis, als der mit Dick auf den Fersen zu Michael trat, der zwischen den Beinen des Hausknechts lag und dem sich die Haare sträubten.

»Nichts gegen das, was ich jetzt zu tun gedenke«, antwortete Davis, packte die Eisenstange fester und hob sie. »Ich will ihn totschlagen, ich will ihm das Leben zum Leibe herausprügeln.«

Michael, der die Drohung erkannte, knurrte, krümmte sich zum Sprunge und hielt die Augen fest auf die eiserne Waffe gerichtet.

»Ich glaube, Sie werden das nicht tun«, versicherte der Hausknecht Davis.

»Er gehört mir«, behauptete der Dompteur mit überzeugender Kraft.

»Ja, aber gegen Ihr Besitzrecht stelle ich Ihren gesunden Menschenverstand«, antwortete der Hausknecht. »Rühren Sie ihn nur ein einziges Mal an, dann werden Sie etwas erleben. Sie dürfen nicht so roh gegen den Hund sein. Er war das erste Mal in seinem Leben auf der Bühne, nachdem er zwei Tage gehungert und gedurstet hatte, o ja, ich weiß Bescheid, Herr Direktor.«

»Wenn Sie den Hund totschlagen, kostet es Sie einen Dollar für den Abdecker, um den Kadaver fortzuschaffen«, warf der Direktor ein.

»Den will ich mit Freuden bezahlen«, sagte Davis und hob wieder die eiserne Stange.

»Ihre Tierquälerei ist zum Kotzen«, sagte der Hausknecht. »Aber alles hat seine Grenzen. Und ich sage Ihnen: Versuchen Sie nur ein einziges Mal, ihn mit der eisernen Stange anzurühren, dann rühre ich Sie an, und zwar hart genug, daß ich meine Stellung verliere und Sie ins Krankenhaus geschickt werden.«

454

»Hören Sie mal, Jackson …«, begann der Direktor drohend. »Sie brauchen mir nichts zu sagen«, lautete die Antwort, »ich habe meinen Entschluß gefaßt. Wenn der Mistkerl den Hund auch nur mit einem Finger anrührt, dann bin ich ganz sicher, daß ich meine Stellung verliere. Ich hab' es satt, diese Kerle die Hunde zu Tode prügeln zu sehen.« Der Direktor sah Davis an und zuckte hilflos die Achseln. »Lassen Sie es nicht zum Äußersten kommen«, ermahnte er. »Ich möchte Jackson nicht verlieren, und wenn er erst einmal anfängt, bringt er Sie ins Krankenhaus. Schicken Sie den Hund wieder dorthin, wo Sie ihn hergeholt haben. Ihre Frau hat mir von ihm erzählt. Stecken Sie ihn in eine Kiste und schicken Sie ihn per Nachnahme zurück. Collins wird nichts dagegen haben. Er wird ihm das Singen austreiben und etwas aus ihm machen.«

Davis schielte noch einmal nach dem grimmig aussehenden Jackson, konnte sich aber nicht entschließen.

»Ich will Ihnen etwas sagen«, fuhr der Direktor überredend fort. »Jackson wird alles besorgen, ihn in die Kiste stecken und wegschicken – nicht wahr, Jackson?«

Der Hausknecht nickte mürrisch, streckte dann die Hand aus und streichelte freundlich Michaels zerschlagenen Kopf. »Na ja«, sagte Davis, indem er sich zum Gehen wandte. »Laß ihn sich für den Hund zum Narren machen, wenn er mag. Aber wenn Sie ebensolange beim Bau wären wie ich, dann …«

Eine Postkarte von Davis an Collins erklärte die Gründe für die Rückkehr Michaels. »Er singt zuviel für meinen Geschmack«, drückte Davis es aus und gab damit ahnungslos Collins den Schlüssel zu dem, was er vergebens gesucht hatte, was er allerdings, ebenso ahnungslos, nicht verstand, als er zu Johnny sagte: »Nach den Prügeln, die er gekriegt hat, ist es kein Wunder, daß er gesungen hat. Diese Menschen verstehen nicht, mit ihren Tieren umzugehen. Sie schlagen ihnen beinahe den Kopf ab und ärgern sich, daß sie nicht lustig wie die Engel sind. Nimm ihn mit, Johnny. Wasch ihn und leg ihm überall, wo die Haut zerschunden ist, den gewöhnlichen Verband an. Ich gebe ihn auf, aber ich werde ihn in der nächsten Hundetruppe unterbringen.« Zwei Tage später entdeckte Harris Collins durch einen reinen Zufall selbst, wozu Michael taugte. In einer Pause in der Manege hatte er ihn holen lassen, um vor dem Besitzer einer Hundetruppe, der mehrere Hunde zum Auffüllen brauchte, eine Probe abzulegen. Außer dem, was er bereits konnte, wie auf Kommando aufstehen, sich niederlegen, kommen und gehen, hatte Michael es abgelehnt, auch nur die einfachsten Anfängerkunststücke, die jeder Varietéhund kennen muß, zu lernen. Collins ließ ihn stehen, um sich nach der andern Seite der Manege zu begeben, wo ein Affenorchester in einer Art mimischer Szene aufgestellt und eingeübt wurde.

Obgleich die Affen erschrocken und aufsässig waren, wurden sie doch gezwungen, ihre Nummer auszuführen, indem man sie an ihre Stühle und Instrumente festband und mit Schnüren an ihnen zerrte und zog. Der Dirigent, ein älterer, hitziger Affe, saß auf einem Drehstuhl, auf dem er gehörig angebunden war. Wenn er mit langen Stangen von der Bühne fortgestoßen wurde, bekam er einen hysterischen Wutanfall. Gleichzeitig wurde sein Stuhl durch eine Schnurmaschinerie herumgewirbelt. Auf das Publikum mußte das einen Eindruck machen, als ob er wütend über die Fehler seines Orchesters wäre, und das Publikum mußte diese Wut äußerst komisch finden. Wie Collins sagte: »Ein Affenorchester hat immer Erfolg. Man lacht darüber, und Lachen bringt Geld. Die Leute müssen unwillkürlich über die Affen lachen, weil sie ihnen selbst so ähnlich sehen und weil die Leute sich ihnen doch für überlegen halten. Wir können nicht sehen, was für Narren wir selber sind. Darum bezahlen wir dafür, die Affen Torheiten machen zu sehen.«

Man konnte kaum von einer Dressur der Affen sprechen,

eher von einer Dressur der Männer, die den geheimen Schnurmechanismus bedienten. Hier setzte Harris Collins seine Kräfte ein.

»Es ist gar nicht ausgeschlossen, daß Sie sie dazu kriegen können, eine richtige Melodie zu spielen, meine Herren. Das steht ganz in Ihrer Macht und hängt nur davon ab, wie Sie die Schnüre ziehen. Also los jetzt. Lassen Sie uns irgendeine Melodie versuchen, die alle kennen. Und denken Sie daran, daß Ihnen das wirkliche Orchester immer weiterhelfen wird. Na, welche kennen Sie alle: Wissen Sie nicht irgendeine leichte, die das Publikum auch kennt?«

Er ging ganz in seiner Idee auf und ließ einen Kunstreiter kommen, dessen Nummer darin bestand, auf dem Rücken eines galoppierenden Pferdes Geige zu spielen und dabei Saltos zu schlagen. Diesen Mann ließ er in langsamem Takt leichte Melodien spielen, so daß die Gehilfen folgen und entsprechend an den Schnüren ziehen konnten.

»Natürlich können Sie sie auch schauerlich falsch spielen lassen«, sagte Collins zu ihnen, »und dann ziehen sie alle wie wahnsinnig an den Schnüren, stoßen den Dirigenten und lassen ihn herumschnurren, das gibt einen Knalleffekt. Das Publikum glaubt, er habe ein wirklich feines musikalisches Gehör und sei wütend, weil das Orchester so falsch spielt.« Mitten in dieser Arbeit kamen Johnny und Michael. »Der Mann sagt, er will ihn nicht geschenkt haben«, sagte Johnny zu seinem Chef.

»Schön, schön, führ ihn in den Stall zurück«, befahl Collins eilig. »Na, meine Herren, halten Sie sich bereit. ›Heimat, süße Heimat!‹ Los, Fisher! Takt halten, ihr andern! So! Bei vollem Orchester müssen sie Bewegungen machen, die der Melodie entsprechen. Schneller, Sie da, Simmons. Sie hinken immer nach.«

Aber da geschah das Unerwartete. Statt sofort zu gehorchen und Michael fortzuschaffen, zögerte Johnny in der Hoffnung, zu sehen, wie der Dirigent auf seinem Stuhl herumgewirbelt wurde. Der Geiger, der ein paar Schritt von

Michael niederhockte, spielte ›Heimat, süße Heimat‹ laut, langsam und mit deutlicher Betonung.

Und Michael konnte nicht anders. Ebensowenig hätte er das Knurren lassen können, wenn er mit einem Knüppel bedroht wurde; ebensowenig hätte er es lassen können, Dick und Daisy Bells Nummer zu verderben, als er von den Tönen von ›Fahr mit mir nach Rio‹ hingerissen wurde; er konnte sich ebensowenig beherrschen wie Jerry, der auf dem Deck der ›Ariel‹ singen mußte, wenn Villa Kennan die Arme um ihn schlang, ihn so herrlich in die Wolke ihres Haares hüllte und durch ihren Gesang in den Morgen der Zeiten zurückführte, wo er mit dem alten Rudel der Vorfahren gejagt hatte. Wie auf Jerry wirkte auch auf Michael Musik als ein Zaubermittel, das ihn träumen ließ. Auch er erinnerte sich des entschwundenen Rudels und rief es klagend, und während er die nackten, schneebedeckten Hügel und die Sterne, die in der kalten, dunklen Nacht funkelten, zu sehen meinte, glaubte er ein schwaches Antwortgeheul von den andern Hügeln zu hören, wo das Rudel sich versammelte.

Und in seine Wachträume von einem früheren Dasein mischten sich die Erinnerung an Steward und die Liebe für Steward, von dem er eben die Reihe Töne singen gelernt hatte, die jetzt von dem geigenden Kunstreiter wiederholt wurden. Und Michaels Kinn senkte sich, sein Hals vibrierte, seine Vorderfüße machten kleine unruhige Bewegungen, als wäre er auch im Begriff, wieder durch alle Zeiten zu dem schattenhaften entschwundenen Rudel zurückzukehren und mit ihm über die schneebedeckten Einöden nach Beute zu jagen.

Alle die geisterhaften Gestalten des entschwundenen Rudels waren um ihn her, während er sang. Der Geiger hielt überrascht inne; die Leute stießen den Affendirigenten des Affenorchesters und ließen ihn auf seinem Drehstuhl schnurren, daß er vor Wut raste, und Johnny lachte. Harris Collins aber spitzte die Ohren. Er hatte gehört, daß Michael genau der Melodie folgte. Er hatte ihn singen hören, nicht nur heulen, sondern singen. Es wurde ganz still. Der Affendirigent hörte auf, sich zu drehen und zu schimpfen, die Leute, die ihn gestoßen hatten, hielten Stangen und Schnüre in Ruhe, und das übrige Affenorchester zitterte nur aus Furcht, welche neue Grausamkeit es jetzt wohl erleiden sollte. Der Geiger starrte. Johnny wand sich immer noch vor Lachen. Harris Collins aber grübelte tief, kratzte sich den Kopf und grübelte weiter.

»Ihr wollt mir doch nichts erzählen«, begann er unsicher. »Ich weiß. Ich hab' es gehört. Der Hund hat mitgesungen. Oder nicht? Ich richte die Frage an euch alle. Tat er es oder nicht? Der verfluchte Köter hat gesungen. Darauf möchte ich den Kopf wetten. – Wartet, Jungens; laßt die Affen pausieren. Das müssen wir ein bißchen näher untersuchen. – Herr Geiger, spielen Sie noch einmal ›Heimat, süße Heimat‹.

Los! Spielen Sie kräftig, laut und langsam. – Jetzt paßt alle auf und hört zu und sagt mir, ob ich verrückt geworden bin oder ob der Hund nicht der Melodie folgt. – Was meint ihr? Tut er's nicht?«

Es war kein Zweifel. Sobald die ersten Takte gespielt waren, senkte sich Michaels Unterkiefer, und seine Vorderfüße begannen unruhig zu trippeln. Harris Collins trat dicht zu ihm und sang mit ihm.

»Harry Del Mar hatte recht, als er sagte, der Hund sei einzig, und als er seine Truppe verkaufte. Er wußte Bescheid. Das ist ein Carusohund. Nicht die Spur wie die Hunde in dem Heulchor, mit dem Kingman herumzuziehen pflegte. Nein, dies ist ein wirklicher Sänger, ein Solist. Kein Wunder, daß er kein Kunststück lernen wollte, er hatte ja eine Spezialität. Und den hatte ich dem Hundemörder Wilton Davis so gut wie geschenkt! Na, er ist ja Gott sei Dank wiedergekommen. – Johnny, du mußt jetzt besonders gut auf ihn aufpassen. Bring ihn mir heute nachmittag in meine Villa, dann werde ich ihn richtig prüfen. Meine Tochter spielt Geige. Wir werden sehen, welche Stücke er mit ihr singen kann. Der Hund ist eine Goldgrube, darauf könnt ihr euch verlassen.«

So wurde Michael entdeckt. Die Probe am Nachmittag fiel teilweise gut aus. Nachdem Collins vergebens versucht hatte, ihm unbekannte Stücke vorzuspielen, kam er zu dem Ergebnis, daß er noch zwei weitere Lieder singen konnte und wollte. Viele Stunden und viele Tage wurden eingehender Untersuchung geopfert. Er versuchte tagelang, Michael neue Melodien beizubringen, aber Michael war eigensinnig. Sobald jedoch eines der Lieder gespielt wurde, die er vom Steward gelernt hatte, gab er nach. Er konnte nicht anders. Der Zauber der Töne war stärker als er. Schließlich hatte Collins fünf von den sechs Liedern entdeckt, die er konnte! Nur ›Shenandoah‹ sang Michael nie, weil Collins und seine Tochter das alte Seemannslied nicht kannten und daher nicht imstande waren, es ihm vorzuspielen.

»Fünf Lieder genügen, wenn er auch nicht eine Note mehr dazulernt«, erklärte Collins. »Die machen ihn überall zum größten Schlager. Er ist eine Goldgrube. Weiß Gott, wenn ich jung und frei wäre, ich würde selbst mit ihm auf die Reise gehen.«

Und es endete damit, daß Michael für zweitausend Dollar an einen gewissen Jakob Henderson verkauft wurde. »Für den Preis schenke ich ihn Ihnen beinahe«, sagte Collins. »Wenn Sie sich nach sechs Monaten nicht weigern, ihn für fünftausend zu verkaufen, dann verstehe ich das Geschäft nicht mehr. Er wird Ihrem letzten rechnenden Hund völlig den Wind aus den Segeln nehmen, und Sie brauchen nicht mehr selbst jede Minute, die die Nummer dauert, zu arbeiten. Wenn Sie ihn nicht mit fünfzigtausend versichern, sobald er Erfolg gehabt hat, sind Sie dümmer, als erlaubt ist. Ich sage Ihnen, wenn ich jung und frei wäre, könnte ich mir nichts Besseres wünschen, als selbst mit ihm auf die Reise zu gehen.«

460

Es zeigte sich, daß Henderson ganz anders war als die Herren, die Michael bisher gehabt hatte. Der Mann war eine Art neutralen Wesens. Er war weder gut noch schlecht, er trank weder, noch rauchte oder fluchte er. Er ging weder in die Kirche, noch war er Temperenzler. Er war Vegetarier, aber kein fanatischer, liebte das Kino, wenn es fremde Gegenden und Städte zeigte, und verwandte den größten Teil seiner Zeit darauf, Swedenborg zu lesen. Er war völlig leidenschaftslos. Keiner hatte ihn je in Wut geraten sehen, und alle erklärten, daß er geduldig wie Hiob sei. Er hatte sogar Hemmungen gegenüber Schutzleuten, Güterexpedienten und Zugführern, wenn er sie auch nicht fürchtete. Er fürchtete überhaupt nichts, sowenig er etwas liebte, außer seinem Swedenborg. Sein Charakter war ebenso farblos wie die neutralen Anzüge, die er trug, wie das neutrale Haar, das seinen Scheitel bedeckte, und wie die neutralen Augen, mit denen er die Welt betrachtete. Er war weder dumm noch klug oder gelehrt. Er opferte dem Leben nur wenig, verlangte nur wenig vom Leben und lebte in der Artistenwelt so unangefochten wie ein Einsiedler mitten im Getriebe der Welt. Michael liebte ihn weder, noch haßte er ihn, sondern nahm ihn im Grunde einfach als etwas Gegebenes hin. Sie durchreisten die Städte und hatten nie einen Streit miteinander. Nicht ein einziges Mal sprach Henderson mit Michael in einem strengen Ton, und nicht ein einziges Mal knurrte Michael ihn drohend an. Sie fanden sich einfach ineinander, lebten zusammen, weil der Strom des Lebens sie nun einmal zusammengeführt hatte. Das Verhältnis zwischen ihnen war selbstverständlich kein herzliches. Henderson war der Herr, Michael war Hendersons Gut und Eigentum. Michael war für ihn etwas ebenso Totes, wie er selbst es allen Dingen gegenüber war.

Jakob Henderson war jedoch ehrlich und rechtschaffen, geschäftstüchtig und methodisch. Wenn sie nicht mit den ewigen Zügen reisten, badete er Michael einmal täglich gründlich und trocknete ihn hinterher ebenso gründlich ab.

Er war beim Baden nie grob oder heftig. Michael wurde sich nie recht klar darüber, ob er dieses Bad mochte oder nicht. Es gehörte, wie alles andere, zu seinem Los hier auf Erden, wie es zu dem Hendersons gehörte, ihn zu baden.

Michaels Arbeit selbst war ziemlich leicht, aber einförmig. Abgesehen von der Zeit, die er auf den ewigen Reisen, mit den unaufhörlichen Fahrten von Stadt zu Stadt, verbrachte, trat er einmal jeden Abend, sieben Abende in der Woche, und zweimal wöchentlich des Nachmittags auf. Wenn der Vorhang aufging, stand er allein und in Gala auf der Bühne, wie es sich für einen Solisten ersten Ranges gehörte. Henderson stand, ungesehen vom Publikum, in der Kulisse und sah zu. Das Orchester spielte vier von den Liedern, die Michael von Steward gelernt hatte, und Michael sang sie, denn sein moduliertes Geheul war wirklich Gesang. Er ließ sich nie dazu herab, mehr als eine Zulage zu geben, und die war stets ›Heimat, süße Heimat‹. Wenn sie vorbei war und das Publikum durch Klatschen und Trampeln seinem Beifall und seiner Begeisterung über den Carusohund Luft machte, zeigte Jakob Henderson sich auf der Bühne, verbeugte sich, lächelte unbeweglich froh und dankbar und ließ seine rechte Hand auf Michaels Schulter ruhen, wie um ihr kameradschaftliches Verhältnis anzudeuten, worauf beide, Henderson und Michael, sich verbeugten und der Vorhang dann unwiderruflich fiel.

Und doch war Michael ein Gefangener, Gefangener auf Lebenszeit. Er wurde gut gefüttert, regelmäßig gebadet und bekam reichliche Bewegung, hatte aber nie eine Minute Freiheit. Auf den Reisen verbrachte er Tage und Nächte im Käfig, der jedoch so bequem eingerichtet war, daß er in seiner vollen Höhe aufrecht darin stehen und sich umdrehen konnte, ohne sich die Glieder allzusehr zu verrenken. In den Hotels der Provinzstädte wurde er zuweilen aus seiner Kiste herausgelassen und teilte das Zimmer mit Henderson. Sonst durfte er, wenn nicht im selben Etablissement andere Tiere auftraten, frei in den Ställen herumlaufen. Seine Gastspiele dauerten von drei Tagen bis zu einer Woche.

Aber er hatte nie Gelegenheit, auch nur einen Augenblick frei herumzulaufen, ohne in seinen Bewegungen von den Wänden eines Raumes oder von einer an dem Halsband um seine Kehle befestigten Kette gehemmt zu sein. War das Wetter gut, so ging Henderson oft am Nachmittag mit ihm spazieren. Aber er war stets an der Leine, und der Weg führte fast immer in irgendeinen Park, wo Henderson die Leine an der Bank befestigte und seinen Swedenborg vornahm. Michael war nicht imstande, auch nur eine einzige wirklich freie Handlung zu unternehmen. Andere Hunde liefen frei umher, spielten miteinander oder stritten sich. Näherten sie sich in der Absicht, ihn zu untersuchen oder seine Bekanntschaft zu machen, so unterbrach Henderson unweigerlich seine Lektüre, bis er sie verjagt hatte.

Als lebenslänglicher Gefangener mit einem apathischen Wächter wurde das Leben für Michael grau und einförmig. Seine Verdrießlichkeit wurde zu tiefwurzelnder Melancholie. Er hörte auf, sich für das Leben und die Freiheit des Lebens zu interessieren. Nicht, daß er das Leben, das sich um ihn her regte, mit galligen Blicken betrachtet hätte, man könnte eher sagen, daß seine Augen es nicht mehr sahen. Vom Leben ausgeschlossen, übersah er das Leben. Er entwickelte sich zu einem rein mechanischen Sklaven, der fraß, badete, in seinem Käfig reiste, regelmäßig auftrat und viel schlief.

Er hatte Stolz – den Stolz des Vollblutgeschöpfes, den Stolz des nordamerikanischen Indianers, der als Sklave nach den westindischen Plantagen geschickt wurde, aber klaglos und ungebrochen starb. Michael erging es ebenso. Er fand sich in den Käfig und die Kiste, weil sie seinen Kräften und seinen Zähnen zu stark waren. Er vollführte seine Sklavenarbeit, trat auf und war Jakob Henderson gehorsam; aber er liebte seinen Herrn weder, noch fürchtete er ihn, und die Folge von alledem war, daß seine Seele sich nach innen gegen sich selber kehrte. Er schlief viel, sank oft in Gedanken und litt, ohne Aufhebens davon zu machen, unter einem unendlichen Einsamkeitsgefühl. Hätte Henderson einen Versuch gemacht, sein Herz zu gewinnen, so würde er sicher darauf eingegangen sein; aber Henderson interessierte sich nur für die phantastischen geistigen Schnörkel Swedenborgs, während Michael ihm nur sein tägliches Brot verschaffte.

Zuweilen gab es Ungemach. Michael fand sich auch darein. Besonders unangenehm waren ihm die Eisenbahnfahrten im Winter. Dann konnte es geschehen, daß er direkt nach dem letzten Auftreten in einer Stadt abends stundenlang in seiner Kiste auf einem Blockwagen stehen mußte, um auf den Zug zu warten, der ihn nach der nächsten Stadt bringen sollte. Auf dem Bahnsteig in Minnesota geschah es eines Nachts, daß zwei Hunde einer Truppe auf einem Blockwagen neben ihm erfroren. Er war selbst völlig durchgefroren, und die Kälte biß scharf in seiner von dem Leoparden zerfetzten Schulter; aber seine bessere Konstitution und die größere Sorgfalt, die er im allgemeinen genoß, ließen ihn die Nacht überstehen.

Im Vergleich mit andern auftretenden Tieren wurde er gut behandelt.

Er sah Grausamkeiten, ohne sie persönlich kennenzulernen. Und er nahm sie hin als etwas, was eben mit zum Leben gehörte, wie er Tag und Dunkelheit, die schneidende Kälte auf den rauhen, zugigen Bahnsteigen und die mystische andere Welt, die er in seinen Träumen ahnte, hinnahm und wie er beim Singen das ebenso mystische große Nichts hinnahm, in dem die Meringe-Plantage, Schiffe, Ozeane, Menschen und Steward verschwunden waren.

Zwei Jahre lang sang Michael sich durch die Vereinigten Staaten hindurch und erntete Ruhm für sich und ein Vermögen für Jakob Henderson. Freie Zeit kannte er nicht. Sein Erfolg war so groß, daß Henderson lachend alle Angebote ausschlug, über den Atlantischen Ozean zu gehen und in Europa zu reisen.

Es war im Orpheum in Oakland in Kalifornien, und Harley Kennan war im Begriff, die Hand nach seinem Hut unter dem Nebensitz auszustrecken, als seine Frau sagte: »Aber Lieb, es ist keine Pause jetzt. Es kommt noch eine Nummer.«

»Eine Hundenummer«, antwortete er und verlor sich in Erklärungen, denn er pflegte stets bei Vorführungen dressierter Tiere das Theater zu verlassen. Villa Kennan warf einen schnellen Blick in das Programm.

»Natürlich«, sagte sie und fügte dann hinzu: »Aber es ist ein singender Hund, ein Carusohund, und es steht da, daß niemand auf der Bühne ist als der Hund allein. Laß uns dies eine Mal bleiben und sehen, wie er im Vergleich mit Jerry ist.«

»Irgendein armes Tier, das durch Folter zum Heulen gebracht wird«, brummte Harley.

»Aber er ist allein auf der Bühne«, wandte Villa Kennan ein. »Außerdem können wir ja gehen, wenn es zu arg wird. Ich begleite dich natürlich. Aber ich möchte gern hören, wieviel besser Jerry singen kann als der hier. Und hier steht auch, daß er ein irischer Terrier ist.«

Es endete damit, daß Harley Kennan blieb. Die zwei geschwärzten Komiker beendeten ihre Nummer nebst drei Zugaben, und dann ging der Vorhang vor der ganz leeren Bühne auf. Ein rauhhaariger irischer Terrier kam ruhig hereinspaziert, begab sich ruhig in die Mitte der Bühne bis fast ganz an das Rampenlicht und stellte sich dem Kapellmeister gegenüber. Wie im Programm erwähnt, stand er allein auf der Bühne.

Das Orchester spielte die ersten Takte eines Liedes, der Hund gähnte und setzte sich. Aber das Orchester war ein für allemal instruiert, die Anfangstakte immer wieder zu spielen, bis der Hund einfiel, ihn dann jedoch zu begleiten.

Das drittemal öffnete der Hund das Maul und begann. Es war kein bloßes Heulen. Es war zu weich und gedämpft, als daß man es überhaupt Heulen nennen konnte. Es war auch mehr als rhythmisches Geräusch. Die Töne, die der Hund sang, waren rein, und es war die richtige Melodie. Aber Villa Kennan hörte kaum hin.

»Der ist viel besser als Jerry«, flüsterte Harley ihr zu.

»Sag mal«, flüsterte sie gespannt zurück. »Hast du den Hund je gesehen?«

Harley schüttelte den Kopf.

»Du hast ihn schon gesehen«, behauptete sie. »Sieh das verkümmerte Ohr. Denk nach! Erinnere dich!«

Der Mann schüttelte immer noch den Kopf.

»Denk an die Salomoninseln«, sagte sie eindringlich. »Denk an die ›Ariel‹. Denk daran, wie wir aus Malaita, wo wir Jerry fanden, nach Tulagi zurückkamen, denk daran, daß er dort einen Bruder, einen Niggerjäger auf einem Schoner, hatte.«

»Und der hieß Michael. – Nur weiter.«

»Und der hatte dasselbe verkümmerte Ohr«, fügte sie hastig hinzu. »Und er war rauhhaarig, und er war der leibhaftige Bruder Jerrys, und seine Eltern waren Terrence und Biddy auf Meringe. Und Jerry ist unser Singvögelchen. Und dieser Hund singt. Und er hat ein verkümmertes Ohr. Und er heißt Michael.«

»Unmöglich«, sagte Harley.

»Erst wenn das Unmögliche sich ereignet, wird das Leben lebenswert«, wandte sie ein. »Und das hier ist gerade eine der amüsantesten Unmöglichkeiten. Ich weiß es.«

Der Mann in ihm sagte immer noch, daß es unmöglich sei, und das Weib in ihr behauptete immer noch, daß hier das Unmögliche sich einmal ereignet hätte. Der Hund auf der Bühne sang jetzt ›God Save the King‹.

»Das zeigt, daß ich recht habe«, behauptete Villa. »Kein Amerikaner würde in Amerika einen Hund ›God Save the King‹ lehren. Ursprünglich hat der Hund einem Engländer gehört, der ihm das Lied beigebracht hat. Die Salomoninseln sind englisch.«

»Die sind ein gutes Stück weg«, sagte er lächelnd. »Was ich aber auffällig finde, ist das Ohr. Jetzt erinnere ich mich. Ich weiß noch, wie wir mit Jerry am Strande von Tulagi waren und sein Bruder in einem Walboot von der ›Eugénie‹ an Land kam, und dieser Bruder hatte dasselbe schiefe, verkümmerte Ohr.«

»Und noch etwas«, sagte Villa. »Wie viele singende Hunde haben wir je gekannt. Nur einen! Jerry! Offenbar ist das eine große Seltenheit. Es ist wahrscheinlicher, daß ein und dieselbe Familie ähnliche Typen hervorbringt, als daß verschiedene Familien es tun. Jerry gehört zu der Familie von Terrence und Biddy, und das hier ist Michael.«

»Er war rauhhaarig und hatte zudem ein verkümmertes Ohr«, antwortete Harley in Gedanken versunken. »Ich kann ihn deutlich vor mir sehen, wie er im Vordersteven des Walboots stand und wie er mit Jerry den Strand entlanglief.«

»Wenn Jerry morgen mit ihm den Strand entlangliefe, wärst du dann überzeugt?«

»Das war seine Gewohnheit, und Terrence und Biddy hatten vor ihnen dieselbe Gewohnheit«, räumte er ein. »Aber es ist weit von den Salomons nach den Vereinigten Staaten.«

»Jerry ist ja genausoweit hergekommen«, antwortete sie. »Und wenn Jerry von den Salomoninseln nach Kalifornien kommen konnte, ist es da merkwürdiger, daß Michael es auch konnte? – Oh, hör nur!«

Der Hund auf der Bühne sang jetzt seine Zugabe ›Heimat, süße Heimat‹. Als das Lied zu Ende war, trat Jakob Henderson unter stürmischem Beifall aus der Seitenkulisse auf die Bühne und verbeugte sich zusammen mit dem Hunde.

Villa und Harley schwiegen einen Augenblick. Dann sagte Villa plötzlich und ganz ohne Anlaß: »Ich bin jetzt so dankbar für etwas ganz Bestimmtes.«

Er sah sie erwartungsvoll an.

»Nämlich, daß wir so ekelhaft reich sind«, erklärte sie.

»Und das heißt, daß du den Hund haben willst und mußt und daß du ihn auch bekommst, nur weil ich es mir leisten kann, mich dir zu fügen«, neckte er sie.

»Weil du nicht anders kannst«, antwortete sie. »Du mußt dir doch klar darüber sein, daß es Jerrys Bruder ist. Du mußt doch wenigstens einen kleinen geheimen Verdacht haben …?«

»Den habe ich auch«, nickte er. »Das Unmögliche geschieht ja auch hin und wieder einmal, und vielleicht gerade jetzt. Natürlich ist es nicht Michael. Aber andererseits, warum sollte er es nicht sein? Laß uns hinter die Bühne gehen und uns erkundigen.«

»Wieder ein paar Mitglieder vom Tierschutzverein«, dachte Jakob Henderson, als der Herr und die Dame vom Direktor des Theaters in seine kleine Garderobe geführt wurden. Michael, der im Halbschlaf auf einem Stuhl lag, nahm keine Notiz von ihnen. Während Harley mit Henderson sprach, untersuchte Villa Michael, aber Michael hatte kaum die Augen geöffnet, als er sie auch schon wieder schloß. Die Menschenwelt war ihm zu gleichgültig, und er war zu verdrießlich, um höflich zu sein, wie er es in alten Tagen Menschen gegenüber gewesen war, die zufällig zu ihm kamen und ihm den Kopf streichelten, törichte Dinge sagten und ihrer Wege gingen, um ihn nie wieder zu sehen.

Villa Kennan gab, schmerzlich enttäuscht, ihre Annäherungsversuche auf und lauschte auf das, was Jakob Henderson von dem Hunde zu erzählen hatte. Harry Del Mar, ein Tierbändiger, hätte – das erfuhr sie – den Hund irgendwo an der pazifischen Küste, wahrscheinlich in San Francisco, gefunden; er hätte den Hund mit nach dem Osten genommen, sei aber durch einen Unfall in New York ums Leben gekommen, ehe er irgend jemand etwas von dem Tier erzählt hätte. Das sei alles, abgesehen davon, daß Henderson einem gewissen Harris Collins zweitausend Dollar bezahlt habe und diese Geldanlage für die beste seines Lebens hielte. Villa Kennan wandte sich wieder dem Hunde zu.

»Michael«, flüsterte sie zärtlich. Und Michaels Augen öffneten sich halb, er zitterte, und die Muskeln an den Ohrwurzeln strafften sich. »Michael«, wiederholte sie.

Diesmal sah Michael sie mit gehobenem Kopf, offenen Augen und steifen, gespitzten Ohren an. Seit damals am Strande von Tulagi hatte er diesen Namen nicht aussprechen hören. Von jenseits der Jahre und Meere erreichte ihn das Wort wie eine Botschaft von allem Vergangenen. Die Wirkung war elektrisierend, denn im selben Augenblick strömte alles, was hinter dem Worte ›Michael‹ lag, wieder in sein Bewußtsein. Er sah wieder Kapitän Kellar von der ›Eugénie‹, der ihn zuletzt mit diesem Namen gerufen hatte, und Herrn Haggin, Derby und Bob auf der Meringe-Plantage und Biddy und Terrence und unter diesen Schatten aus der entschwundenen Vergangenheit vor allem auch seinen Bruder Jerry.

Aber war es die entschwundene Vergangenheit? Der Name, den er seit Jahren nicht gehört, war zurückgekehrt, war mit diesem Herrn und dieser Dame ins Zimmer gekommen. All das dachte er nicht, aber zweifellos handelte er ganz, wie wenn er es gedacht hätte. Er sprang vom Stuhl und lief zu der Dame. Er schnupperte an ihrer Hand, während sie ihn streichelte. Und als er sie dann wiedererkannte, wurde er ganz toll. Er sprang davon, stürzte durch das Zimmer, schnupperte unter dem Waschtisch und schnüffelte in allen Ecken. Wie in einem Wahnsinnsanfall kehrte er zu der Dame zurück und winselte ungeduldig, während sie ihn liebkoste. Einen Augenblick darauf schoß er, immer noch vom Wahnsinn ergriffen, davon und jagte durchs Zimmer. Jakob Henderson sah mit milder Mißbilligung zu.

»Sonst pflegt er so etwas nicht zu tun«, sagte er. »Er ist ein sehr ruhiger Hund. Vielleicht sind Krämpfe im Anzug, obwohl er noch nie Krämpfe gehabt hat.«

Niemand verstand es, nicht einmal Villa Kennan. Nur Michael. Er suchte nach der entschwundenen Welt, die zurückgekommen war und sich ihm durch den Klang seines früheren Namens aufgedrängt hatte. Wenn dieser Name aus dem großen Nichts zu ihm wiederkehren konnte wie diese Dame, die er einmal am Strande von Tulagi gesehen hatte, so konnten auch alle anderen Dinge von Tulagi und aus dem großen Nichts wiederkehren. Wie sie leibhaftig hier vor ihm stand und ihn bei Namen rief, so konnten auch Kapitän Kellar und Herr Haggin und Jerry irgendwo in ebendiesem Zimmer oder vor der Tür stehen. Er lief zur Tür, winselte und kratzte daran.

»Vielleicht denkt er, daß irgend jemand draußen steht«, sagte Henderson und öffnete ihm die Tür.

Und das war es gerade, was Michael dachte. Er war selbstverständlich darauf vorbereitet, durch die offene Tür die Südsee wogen zu sehen, auf ihrem Busen Schoner, Schiffe, Inseln und Riffe und all die Menschen und Tiere und Dinge tragend, die er einmal gekannt, geliebt und nicht vergessen hatte.

Aber nichts von dem Vergangenen schwamm zur Tür herein. Draußen war nichts als das Gewöhnliche. Niedergeschlagen kam er wieder zu der Dame, die ihn immer noch Michael nannte und streichelte. Sie war doch jedenfalls wirklich. Dann begann er den Herrn zu beschnuppern und setzte ihn sofort mit dem Strande von Tulagi und dem Deck der ›Ariel‹ in Verbindung, und seine Erregung nahm wieder zu.

»Ach, Harley, ich weiß, daß er es ist!« rief Villa. »Kannst du ihn nicht prüfen? Kannst du nicht beweisen, daß er es ist?«

»Aber wie?« fragte Harley grübelnd. »Er scheint seinen Namen wiederzuerkennen. Das regt ihn auf. Und obwohl er uns nie so genau gekannt hat, scheint er sich unser doch zu erinnern und sich darüber aufzuregen. Wenn er nur sprechen könnte …«

»Ach, sprich! Sprich!« sagte Villa flehend zu Michael, indem sie ihm mit den Händen Kopf und Schnauze umfaßte und ihn hin und her schob.

»Passen Sie auf, gnädige Frau«, warnte Henderson sie. »Er ist ein sehr mürrischer Hund und liebt nicht, daß man sich etwas Derartiges mit ihm herausnimmt.«

»Mir erlaubt er es schon«, lachte sie aufgeregt. »Mich kennt er … Harley!« – sie unterbrach sich im selben Augenblick, als ihr leise eine Idee dämmerte. »Ich weiß, wie wir ihn prüfen können. Hör zu! Erinnerst du dich, Jerry war Niggerjäger, ehe wir ihn bekamen. Und Michael war auch Niggerjäger. Versuch Trepang-Englisch mit ihm zu reden. Tu, als seiest du auf irgendeinen Nigger böse, und sieh, was er tut.«

»Ich muß gründlich nachdenken, ehe ich etwas Trepang-Englisch ausgraben kann«, sagte Harley und nickte beifällig zu ihrem Vorschlage.

»Ich werde seine Aufmerksamkeit ablenken«, sagte sie eifrig.

Sie setzte sich und beugte sich zu Michael hinab, daß sein Kopf, in ihrem Arm geborgen, an ihrer Brust lag, und während sie ihn hin und her zu wiegen begann, summte sie leise, wie sie es mit Jerry zu tun pflegte. Er wurde auch nicht zornig über das, was sie sich herausnahm, im Gegenteil, wie Jerry gab er sich ihrem Summen hin und begann leise mit ihr zusammen zu summen.

»Mein Wort!« begann Harley Kennan in zornigem Ton. »Was Name du fella Junge bleiben dies fella Ort. Du machen mich cross auf dich zuviel!«

Und bei diesen Worten sträubten sich Michael die Haare, er entzog sich den Händen der Dame, die ihn zurückhielten, und machte knurrend kehrt, um den schwarzen Nigger zu sehen, der in diesem Augenblick ins Zimmer gekommen und den weißen Gott erzürnt haben mußte. Aber kein Schwarzer war zu sehen. Immer noch mit gesträubten Haaren blickte er zur Tür. Harley richtete selbst den Blick auf die Tür, und Michael wußte ohne den Schatten eines Zweifels, daß draußen ein Nigger von den Salomons stand.

»He! Michael!« rief Harley. »Jag das schwarze fella Junge über Bord.«

Mit einem wilden Knurren warf Michael sich gegen die Tür. Sein Anprall war so wütend und kräftig, daß die Tür aufsprang. Die leere Türöffnung, die er von einem Nigger ausgefüllt zu sehen erwartet hatte, erschreckte ihn, und er kroch zusammen, krank und schwindlig von diesem täuschenden Etwas, das sich bald offenbarte und bald verschwand und seinen Spott mit ihm trieb.

»Und jetzt«, sagte Harley zu Jakob Henderson, »wollen wir geschäftlich miteinander reden ...«

Als der Zug in Glen Ellen im Mondtal ankam, war es Harley Kennan selbst, der die Seitentür des Gepäckwagens aufschob und Michael heraushob. Es war das erste Mal, daß Michael eine Eisenbahnfahrt gemacht hatte, ohne in einer Lattenkiste eingesperrt zu sein. Nur mit Halsband und Kette versehen, hatte er die Reise von Oakland hierher gemacht. In dem wartenden Automobil fand er Villa Kennan, und nachdem ihm die Kette abgenommen war, durfte er zwischen ihr und Harley sitzen.

Während der Wagen den zwei Meilen langen Weg entlangsurrte, der sich den Sonoma hinaufwand, sah Michael kaum die Bäume und Lichtungen des Waldes, an denen sie vorbeiglitten. Er war seit drei Jahren in den Vereinigten Staaten und die ganze Zeit sorgsam in Gefangenschaft gehalten worden, Käfig, Lattenkiste und Kette waren sein Los gewesen, enge Räume, Gepäckwagen und Bahnsteige. Am nächsten war er dem Lande noch gekommen, wenn er an Bänken in den verschiedenen Parks angebunden war, während Henderson seinen Swedenborg las. Bäume, Berge und Felder bedeuteten ihm daher nichts mehr. Sie waren unzugänglich, ebenso unzugänglich wie das Blau des Himmels und die treibenden wolligen Wolken.

»Du scheinst nicht begeistert über das Gut zu sein, wie Michael?« bemerkte Harley. Beim Klang seines alten Namens blickte er auf und bezeigte seine Erkenntlichkeit, indem er die Ohren zurücklegte, sie ein klein wenig zittern ließ und Harleys Schultern mit der Schnauze berührte.

»Sehr demonstrativ scheint er auch nicht zu sein«, meinte Villa. »Wenigstens im Vergleich mit Jerry.«

»Warte, bis sie sich treffen«, lächelte Harley im Gedanken an das, was kommen sollte. »Jerry wird Lärm genug für beide machen.«

»Wenn sie sich nach so langer Zeit noch aneinander erinnern«, sagte Villa. »Ich bin gespannt, ob sie es tun werden.«

»In Tulagi taten sie es«, erinnerte er sie, »und damals waren sie schon ausgewachsene Hunde und hatten sich seit ihrer Welpenzeit nicht gesehen. Denk daran, wie sie bellten und über den ganzen Strand galoppierten. Michael machte den meisten Lärm, wenigstens doppelt soviel wie Jerry.«

»Jetzt aber tut er so furchtbar erwachsen und zahm.«

»Drei Jahre können ihn schon zahm gemacht haben«, behauptete Harley.

Aber Villa schüttelte den Kopf.

Als der Wagen vor dem Hause vorfuhr und Kennan als erster ausstieg, ertönte das winselnde frohe Willkommensgebell eines Hundes, das Michael nicht ganz unbekannt war. Das frohe Bellen verwandelte sich in ein mißtrauisches, eifersüchtiges Knurren, als Jerry an der streichelnden Hand Kennans die Anwesenheit eines anderen Hundes witterte. Einen Augenblick später entdeckte er, daß das Geschöpf, von dem die Witterung ausging, sich im Automobil befand, und er sprang hinein. Michael, der knurrend vorsprang, hatte nicht Zeit genug, dem wütenden Angriff zu begegnen, und wurde auf dem Boden des Wagens umgeworfen.

Die Natur des irischen Terriers, der stets und in einem Maße wie nur wenige andere Hunderassen umgänglich und bereit ist, seinem Herrn zu gehorchen, kam sofort bei Jerry und Michael zum Ausbruch, als sie Harley Kennans

Stimme hörten. Sie ließen voneinander ab und enthielten sich trotz dem gedämpften, polternden Knurren in ihren Kehlen eines neuen Angriffs. Der kleine Auftritt hatte nur so wenige Sekunden oder Bruchteile von Sekunden gedauert, daß sie, ehe sie aus dem Auto herausgekommen waren, keine Zeit hatten, zu zeigen, ob sie sich erkannten. Sie waren immer noch komisch steifbeinig, und die Haare sträubten sich ihnen, während sie abseits standen und witterten. »Sie kennen sich!« rief Villa. »Laß uns warten und sehen was sie tun werden.«

Was Michael betraf, so beruhigte er sich ohne Überraschung mit der unzweifelhaften Tatsache, daß Jerry aus dem großen Nichts zurückgekehrt war. Derartige Dinge geschahen jetzt zu häufig, aber es waren nicht die Dinge selbst, sondern alles, was in und hinter ihnen lag, was ihn fast betäubte. Wenn der Herr und die Dame, die er zuletzt auf Tulagi gesehen hatte, jetzt aus dem großen Nichts zurückgekehrt waren, so konnte und mußte auch der geliebte Steward jeden Augenblick auftauchen.

Statt die Annäherungsversuche Jerrys zu erwidern, schnupperte Michael und sah sich suchend nach Steward um. Jerrys erster freundschaftlicher Gruß bestand darin, daß er den Wunsch nach einem Wettlauf ausdrückte. Er bellte den Bruder herausfordernd an, galoppierte davon und machte ein Dutzend Sprünge, galoppierte wieder zurück und berührte gemütlich mit seiner einen Vorderpfote Michael, um seiner Aufforderung weiteren Nachdruck zu verleihen, ehe er wieder fortgaloppierte.

Michael war so viele Jahre nicht mit einem andern Hund zusammen gelaufen, daß er Jerrys Aufforderung zuerst nicht recht verstand. Nichtsdestoweniger war ein solcher Wettlauf der allgemeine Ausdruck für Freude und Freundschaft in der Hundewelt, und seine diesbezügliche Neigung war besonders ausgeprägt gewesen, weil er sie von Terrence und Biddy, den beiden bekannten verliebten Vagabunden, auf den Salomoninseln geerbt hatte.

Als Jerry ihn das nächste Mal mit der Pfote berührte, bellte und in einem verlockenden Halbkreis davonjagte, setzte Michael ihm unwillkürlich, wenn auch langsam nach. Aber er bellte nicht, und nach einem Dutzend Sprüngen blieb er plötzlich stehen und sah Villa und Harley an, als wolle er sie um Erlaubnis bitten.

»Ganz recht, Michael«, rief Harley freundlich, und indem er die Hand ausstreckte, um Villa aus dem Auto zu helfen, kehrte er ihm den Rücken, um ihm noch deutlicher sein Einverständnis zu zeigen.

Und Michael sprang wieder fort und fühlte dunkel eine altbekannte Freude, als er Jerry puffte, der ihn wieder puffte, während sie Seite an Seite dahinliefen. Aber die Freude war am größten bei Jerry, und er war es auch, der am wildesten lief und galoppierte, am eifrigsten puffte, sich wand und drehte, die Ohren spitzte und kläffende Schreie ausstieß. Jerry bellte auch, Michael aber nicht.

»Er pflegte zu bellen«, sagte Villa.

»Viel mehr als Jerry«, fügte Harley hinzu.

»Dann haben sie ihm das Bellen abgewöhnt«, schloß sie. »Er muß furchtbare Prüfungen durchgemacht haben, daß er das Bellen vergessen hat.«

Der grüne Frühling Kaliforniens wurde vom gelbbraunen Sommer abgelöst, während Jerry, der immer umherschweifte, Michael die fernsten und höchsten Stellen des Kennanschen Gutes im Mondtal zeigte. Die Pracht der wilden Blumen verschwand, bis schließlich auf den sonnenverbrannten Bergseiten nichts übrig war als gelber Mohn, der zu dem blassesten Goldschimmer verblichen war, und Mariposalilien, die verweht auf schlanken Stengeln im trockenen Grase standen, Mariposalilien, glühend wie die schön punktierten Schmetterlinge, wenn sie eine Weile reglos zwischen den Flügelschlägen schwebten.

Und Michael, der sich stets der Führung des überströmenden Jerry anvertraute, suchte das ganze Jahr hindurch, was er nicht finden konnte.

»Er sucht etwas, er sucht etwas«, sagte Harley zu Villa. »Es existiert nicht mehr. Es ist nicht hier. Was mag er wohl suchen?«

Es war Steward, aber Michael fand ihn nie. Das große Nichts hatte ihn verschlungen und wollte ihn nicht loslassen. Hätte Michael aber eine zehntägige Dampferreise über die Südsee nach den Marquesas unternommen, so würde er Steward und mit ihm Kwaque und den alten Seemann gefunden haben, die alle drei als Lotusesser am paradiesischen Strande von Taiohae lebten. Michael würde auch in dem grasbedeckten Bungalow unter den hohen Avocados oder ringsumher manch fremdes Getier gefunden haben – Katzen und Küken, Schweine, Esel und Ponys, ein paar Sperlingspapageien und ein oder zwei boshafte Affen; aber keinen einzigen Hund und keinen Kakadu. Denn Dag Daughtry hatte feierlich alle Hunde für tabu erklärt. Nach Killeny-Boy, versicherte er, wolle er keinen anderen Hund haben. Und Kwaque widerstand ohne Worte der Versuchung, einen der weißen Kakadus zu erwerben, die von den Matrosen der Handelsschoner an Land gebracht wurden.

Aber es verging lange Zeit, ehe Michael seine Suche nach Steward aufgab, und wenn er über die Bergpfade lief oder in die tiefen Felsspalten kletterte, war er stets erwartungsvoll und darauf vorbereitet, Steward oder die unverkennbare Fährte, die zu ihm führen sollte, zu finden.

»Er sucht etwas, er sucht etwas«, murmelte Harley Kennan neugierig, während er neben Villa ritt und Michaels unaufhörliches Suchen beobachtete. »Jerry ist jetzt auf Kaninchen und Fuchsfährten aus, aber Michael interessieren die nicht besonders, wie du siehst. Er benimmt sich wie jemand, der einen großen Schatz verloren hat und nicht weiß, wo er ihn suchen soll.‹

Michael lernte bei dem abwechslungsreichen Leben im Wald und auf den Feldern viel von Jerry. Das Umherschweifen mit Jerry war offenbar das einzige Vergnügen,

denn er spielte nie. Die Spiellust in ihm war erloschen. Die Jahre, die er als dressiertes Tier auf der Bühne und in Harris Collins' Leidensschule verbracht, hatten ihn nicht eigentlich verdrossen oder schwermütig gemacht, aber er war gedämpft und bedrückt. Seine Elastizität, seine unmittelbare Frische waren verschwunden. Wie der Leopard seine Schulter mit den Klauen gezeichnet hatte, so daß feuchtes und kaltes Wetter die alte Wunde wieder schmerzen ließ, so war auch sein Gemüt von dem gezeichnet, was er durchgemacht hatte. Er hatte Jerry gern, freute sich, daß er mit ihm zusammensein und mit ihm laufen konnte; aber es war immer Jerry, der anführte, immer Jerry, der den Jagd- und Verfolgungsschrei erhob, der zornig, eifrig und lüstern ein Eichhörnchen anbellte, das in einem Baum, vierzig Fuß über dem Boden, Zuflucht gesucht hatte. Michael sah und hörte zu, beteiligte sich aber nicht an diesem Begeisterungsanfall. Ebenso sah er zu, wenn Jerry furchtbar komische Kämpfe mit ›Normannenhäuptling‹, dem großen Hengst, ausfocht. Es war nur Scherz, denn Jerry und Normannenhäuptling waren erprobte Freunde, und obwohl der große Hengst mit zurückgelegten Ohren und offenem, bißbereitem Maul Jerry in rasendem Kreislauf durch das ganze Gehege jagte, dachte er doch nicht daran, ihm etwas zu tun, sondern wollte nur seine Rolle in dem fingierten Kampfe spielen. Aber dennoch vermochte keine Aufforderung Jerrys Michael zu bewegen, mitzumachen. Er begnügte sich damit, außer Reichweite sitzend, zuzusehen.
›Warum spielen?‹ hätte Michael fragen können, da alle Lust zum Spielen ihm vergangen war.
Wenn es aber ernste Arbeit gab, war er Jerry sogar überlegen. Wegen der Maul- und Klauenseuche und der Schweinecholera war fremden Hunden der Zutritt zu Kennans Gut untersagt. Das hatte Michael bald gelernt, und wildernden Hunden gab er nicht lange Bedenkzeit. Ohne auch nur warnend zu bellen oder zu knurren, fuhr er unter tödlichem Schweigen auf sie los, biß und riß sie, rollte sie

immer wieder in den Staub und verjagte sie vom Gute. Das war, wie Niggerjagd, eine Arbeit, die für die Götter besorgt werden mußte, die er doch liebte und auf deren Wunsch er die Jagd unternahm.

Er liebte Villa und Harley nicht heiß und leidenschaftlich, wie er Steward geliebt hatte, aber er hegte bald eine tiefe, schlichte Liebe für sie. Er bemühte sich nicht, sie an den Tag zu legen, indem er sich wand und drehte und winselnde, kläffende Annäherungsversuche machte. Das überließ er Jerry. Aber er war immer wirklich froh, wenn er mit Villa und Harley zusammensein konnte und wenn ihm, gleich nach Jerry, ihre Anerkennung zuteil wurde. Augenblicke tiefster Zufriedenheit hatte er, wenn er neben Villa und Harley vor dem offenen Kamin saß, seinen Kopf gegen ein Knie lehnte und hin und wieder eine Hand spürte, die sich ihm auf den Kopf legte oder behutsam mit seinem verkümmerten Ohr spielte.

Jerry ließ sich sogar herab, mit Kindern zu spielen, die hin und wieder zu Besuch kamen und unter der Obhut der Familie Kennan lebten. Michael ließ sich Kinder gefallen, solange sie ihn nicht störten. Wurden sie zudringlich, so warnte er sie, indem er mit gesträubtem Haar einen knurrenden Kehllaut ausstieß; dann erhob er sich und ging würdig fort. »Ich verstehe es nicht«, sagte Villa. »Er war so voll von Späßen, Witzen und Streichen wie nur einer. Er war viel toller und unruhiger als Jerry und viel lärmender. Wenn er nur sprechen könnte, hätte er sicher eine furchtbare Geschichte von all dem zu erzählen, was ihm zugestoßen ist, seit wir ihn auf Tulagi sahen und bis wir ihn im Orpheum wiederfanden.«

»Das hier gibt vielleicht einen Wink«, antwortete Harley und zeigte auf Michaels Schulter, wo der Leopard ihm die Wunde geschlagen an jenem Tage, als Jack, der Airedale, und Sara, die grüne Affin, starben.

»Er pflegte zu bellen. Ich weiß, daß er bellte«, fuhr Villa fort. »Warum bellt er nicht mehr?«

Und Harley zeigte auf die Narbe an der Schulter und sagte: »Das hier erklärt es vielleicht, und möglicherweise hundert ähnliche Dinge, deren Narben wir nicht sehen.«
Aber die Zeit sollte kommen, da sie ihn wieder bellen hörten – nicht einmal, sondern zweimal. Und beide Male war es nur der Vorgeschmack einer anderen, ernsten Stunde, in der er, ohne Bellen, mit der Tat zeigen sollte, wie er die liebte und ehrte, die ihn von der Kiste und dem Rampenlicht erlöst und ihm die Freiheit im Mondtal geschenkt hatten. Unterdessen lernte er bei seinem unaufhörlichen Umherschweifen mit Jerry alle Wege und alles Leben auf dem Gute kennen, vom Hühnerhof und Ententeich bis zum höchsten Gipfel des Sonoma. Er lernte, wo die Hirsche zu finden waren, wenn ihre Zeit kam, wenn sie die Pflaumengärten,Weinberge und Apfelbäume plünderten, wenn sie die tiefsten Felsschluchten und die geheimsten Dickichte aufsuchten und wenn sie stampfend die offenen Lichtungen betraten und auf den nackten Bergseiten klappernd im Kampfe die Zacken gegeneinanderstießen. Unter Jerrys Führung, immer auf den schmalen Pfaden hinter ihm herlaufend, wie es sich für einen gesetzten Hund schickte, lernte er Launen und Gewohnheiten von Füchsen, Waschbären und Wieseln und von der ringelschwänzigen Katze kennen, die aussah wie eine Mischung von Katze, Waschbär und Wiesel. Er lernte die Vögel kennen, die auf dem Erdboden ihr Nest bauten, und lernte die Gewohnheiten von Feldwachteln, Bergwachteln und Fasanen unterscheiden. Die Eigentümlichkeiten und Verstecke der verwilderten Hauskatzen lernte er ebenso kennen wie die leichtsinnigen Liebesabenteuer der Bergfarmerhunde mit schweifenden Präriewölfen.
Ehe das erste Kurzhornkalb getötet wurde, wußte er schon Bescheid mit dem Berglöwen, der auf gut Glück aus dem Mendocinodistrikt herabgekommen war, er kehrte zerschrammt und blutend von dem Zusammenstoß heim, als lebhaftes Zeugnis dessen, was er entdeckt hatte, und ver-

anlaßte dadurch Harley Kennan, am nächsten Tage zu Pferd, eine Büchse quer über dem Sattelknopf, die Fährte zu verfolgen. Ebenso entdeckte Michael, was Harley Kennan nicht ahnte und was es seiner Ansicht nach nicht auf seinem Gute gab – den vorspringenden Felsen im dichtesten Dickicht des Bergwaldes, wo zwanzig Klapperschlangen ihren Winterschlaf hielten und sich in der Sonne wärmten.

Der Winter hielt, freudig wie gewöhnlich, seinen Einzug im Mondtal. Die letzten Mariposalilien verschwanden in dem verbrannten Grase, während der kalifornische Spätsommer in der stillen Luft in Purpurnebel traumhaft zu Ende ging. Zuerst kamen einige milde Regenschauer, dann fiel Schnee auf dem Gipfel des Sonoma. Beim Hause war die Luft morgens frisch und trocken, mittags aber freute man sich doch über den Schatten, und draußen im Freien blühten unter der Wintersonne die Rosen, und die Apfelsinen und Zitronen reiften goldgelb. Aber tausend Fuß tiefer, auf dem Grunde des Tales, waren die Morgen weiß von Reif.
Und Michael bellte zweimal. Das erste Mal, als Harley Kennan auf einem feurigen jungen Fuchs über einen schmalen Bach setzen wollte. Villa hielt, auch zu Pferde, auf der anderen Seite, sah in das kleine Tal hinab und wartete, was das Pferd tun würde. Michael wartete auch, stand aber näher. Anfangs lag er am Ufer des Baches, keuchend nach dem schnellen Lauf. Aber er wußte nicht viel von Pferden, und seine Angst um Harley Kennans Wohlergehen brachte ihn bald auf die Beine.
Harley sprach dem Pferd freundlich zu und war die Geduld selbst, während er es zum Sprunge anzutreiben suchte. Aber das Tier blieb jedesmal, wenn es abspringen sollte, plötzlich stehen, und das Vollblut in seinen Adern ließ es schwitzen und schäumen. Das sammetweiche junge Gras wurde von seinen Hufen aufgerissen, und seine Angst vor

dem Bach war so groß, daß es, wenn es in einem kurzen Galopp bis zum Ufer gekommen war, plötzlich erstarrt stehenblieb und sich dann bäumte. Das war zuviel für Michael. Als das Pferd die Vorderfüße wieder auf den Boden setzte, sprang er auf den einen Huf los und bellte. Sein Bellen enthielt Tadel und Drohung, und als das Pferd sich wieder bäumte, sprang er ihm nach, und seine Zähne schnappten gerade vor der Nase des Pferdes zusammen.

Villa kehrte um und ritt auf der anderen Seite des Baches den Hang hinab. »Wahrhaftig«, rief sie. »Hör nur! Er bellt wirklich!«

»Er glaubt, das Pferd will mir etwas tun«, sagte Harley. »Es ist eine Herausforderung. Er hat das Bellen nicht vergessen. Er sagt dem Pferd Bescheid.«

»Wenn er es ins Maul schnappt, wird es schlimm«, warnte Villa. »Sei vorsichtig, Harley, sonst geht er auf das Pferd los.«

»Na, Michael, hinlegen, brav sein«, befahl Harley. »Es ist alles in Ordnung, sag' ich dir. Alles in Ordnung. Hinlegen.«

Michael legte sich gehorsam, aber unter Protest nieder, und er folgte mit den Augen dem Bocken des Pferdes, während alle seine Muskeln angespannt und sprungbereit waren für den Fall, daß das Pferd Harley Kennan bedrohen sollte.

»Ich kann ihm seinen Willen jetzt nicht lassen, sonst nimmt er nie ein Hindernis«, sagte Harley zu seiner Frau, indem er kehrtmachte, um auf passenden Abstand vom Bach zurückzugaloppieren. »Entweder kriege ich ihn hinüber, oder ich falle herunter.«

In voller Fahrt kam er zurück, und wider Willen hob sich das Pferd, außerstande, anzuhalten, kam hinüber, und zwar so gut, daß es wohl vier Meter jenseits landete.

Das zweite Mal bellte Michael, als Harley, dasselbe feurige Pferd reitend, auf dem höchsten Punkt eines steilen Bergwaldpfades ein Gatter zu schließen versuchte, das nicht richtig hing. Michael sah so lange wie möglich mit Ruhe die Gefahr an, in der sein Menschengott schwebte, sprang aber zuletzt, wütend und bellend, nach dem Kopf des Pferdes.

»Jedenfalls hat sein Bellen geholfen«, räumte Harley ein, während er das Gatter schloß. »Michael hat dem Pferd zweifellos erzählt, daß es mit ihm zu tun kriegte, wenn es sich nicht ruhig verhielte.«

»Auf alle Fälle ist er nicht stumm«, lachte Villa. »Wenn er auch nicht gerade redselig ist.«

Und redselig wurde Michael nie. Nur bei diesen beiden Gelegenheiten, als sein Herr und Gott in Gefahr schien, hörte man ihn bellen. Er bellte weder den Mond noch das Echo von den Bergen oder sonst etwas Verborgenes an. Ein bestimmtes Echo, das man direkt vom Hauptgebäude des Gutes hören konnte, war eine unerschöpfliche Quelle der Aufregung für Jerry. Wenn Jerry es anbellte, lag Michael mit verdrießlichem Ausdruck daneben und wartete, bis das Duett vorbei war.

Er bellte auch nicht, wenn er fremde Hunde angriff, die auf dem Gute umherschweiften.

»Er schlägt sich wie ein Veteran«, sagte Harley, als er einen solchen Zusammenstoß miterlebt hatte. »Er ist kaltblütig, vollkommen ruhig.«

»Er ist vorzeitig alt geworden«, sagte Villa. »Er hat keine Lust mehr zum Spielen und macht sich nichts daraus, etwas zu sagen. Aber gleichviel, ich weiß, daß er dich und mich liebt – «

»Ohne viele Worte darüber zu verlieren«, vollendete ihr Mann den Satz für sie.

»Das kannst du aus seinen ruhigen Augen strahlen sehen«, fügte sie hinzu.

»Er erinnert mich immer an einen der Überlebenden von Leutnant Greeleys Expedition, den ich einmal gekannt habe«, räumte er ein. »Er war ein geworbener Soldat und einer der wenigen Überlebenden. Er hatte so viel durchgemacht, daß er genauso still und schweigsam wie Michael war. Er langweilte die meisten Menschen, die ihn nicht verstehen konnten. In Wirklichkeit war es selbstverständlich umgekehrt. Sie langweilten ihn. Sie kannten so wenig vom

Leben, daß er im voraus wußte, was sie zu sagen hatten. Und man konnte kaum ein Wort aus ihm herauskriegen. Nicht, daß er das Reden vergessen hatte, er sah nur nicht ein, warum er reden sollte, wenn ihn doch keiner verstehen wollte. Er war tatsächlich unter allzu bitteren und schmerzlichen Erfahrungen erstarrt. Aber man brauchte nur ihn und seine erstaunliche Ruhe anzusehen, um zu fühlen, daß er durch tausend heiße und kalte Höllen geschritten war. Seine Augen hatten denselben ruhigen Blick wie die Michaels, und sie waren ebenso klug. Ich möchte jede Summe geben, um zu erfahren, wie er die Narbe an der Schulter bekam. Es muß ein Tiger oder ein Löwe gewesen sein.«

Wie der Berglöwe, mit dem Michael einen Zusammenstoß in den Bergen gehabt hatte, war der Mann auf gut Glück aus dem Mendocinodistrikt herabgekommen, indem er die unebensten Bergstrecken überquert und bei Nacht das weite Tal passiert hatte, wo die Anwesenheit von Menschen eine Gefahr für ihn bedeutete. Wie der Berglöwe war der Mann Menschenfeind, und alle Menschen waren seine Feinde, die sein Leben forderten, das er durch weit furchtbarere Taten verspielt hatte als der Löwe, der nur aus Hunger Kälber tötete.
Wie der Berglöwe war der Mann ein Mörder. Aber im Gegensatz zum Löwen standen sein unsicheres Signalement und der Bericht über seine Taten in allen Zeitungen, und die Menschen interessierten sich für ihn bedeutend mehr als für den Löwen. Der Löwe hatte Kälber auf den Weiden des Hochlandes getötet, der Mann aber hatte, um zu rauben, eine ganze Familie getötet – den Postmeister, seine Frau und ihre drei Kinder in dem Bergdorf Chisholm. Zwei Wochen lang hatte der Mann sich einer scharfen Verfolgung entzogen. Zuletzt war er vom Russenfluß aus durch das Santa-Rosa-Tal mit seinen verstreut liegenden Höfen nach den Sonomabergen gegangen. Zwei Tage hatte er sich an den wildesten, unzugänglichsten Stellen des Kennan-

schen Gutes versteckt, ausgeruht und viel geschlafen. Er hatte Kaffeebohnen mitgebracht, eine Beute aus dem letzten Hause, das er geplündert hatte. Die Zeiger hatten sich viermal um das Zifferblatt der Uhr bewegt, während er, furchtbar ermattet, schlief und nur hin und wieder aufstand, um gierig vom Ziegenfleisch zu essen, große Mengen warmen oder kalten Kaffees zu trinken und dann wieder in einen tiefen, von schweren Träumen geplagten Schlaf zu fallen. Und inzwischen war ihm die Zivilisation mit ihrer kräftigen Organisation und ihren verwickelten Erfindungen, einschließlich der Elektrizität, auf den Fersen. Die Elektrizität hatte ihn umzingelt. Man wußte, daß er sich in den wilden Felsschluchten des Sonomaberges aufhielt, und der Berg war von einer Kette bewaffneter Polizisten und von Abteilungen bewaffneter Farmer besetzt. Für sie war ein Mörder, der in ihrer Gegend umherschweifte, weit furchtbarer als ein Löwe. Das Telephon auf Kennans Gut und die Telephone auf allen andern Gütern, die an den Sonomaberg grenzten, hatten oft geklingelt und zielbewußte Gespräche und Verabredungen weiterbefördert. Als die Streitkräfte begonnen hatten die Bergwälder zu durchdringen und der Mann gezwungen wurde, bei hellem Tage einen Vorstoß ins Mondtal zu machen, um die sicheren Berge zu erreichen, die zwischen ihm und dem Napatal lagen, ritt Harley Kennan zufällig auf dem feurigen jungen Pferde aus, das er gerade zuritt. Er war nicht ausgeritten, um den Mann zu verfolgen, der den Postmeister und seine Familie ermordet hatte. Der Berg wimmelte von Menschenjägern, was ihm nicht unbekannt war, da zwei Dutzend von ihnen die Nacht auf seinem Hofe geschlafen und gegessen hatten. Die Begegnung zwischen Harley und dem Manne war daher ganz zufällig, aber verhängnisvoll!
Es war nicht die erste Begegnung mit Menschen, die der Mann an diesem Tage hatte. In der Nacht zuvor hatte er mehrere von den Lagerfeuern der Streitkräfte bemerkt. Bei Tagesanbruch war er bei dem Versuch, auf dem süd-

westlichen Hang nach Petaluma durchzubrechen, nicht weniger als fünf verschiedenen Abteilungen von Meiereibesitzern mit Winchesterbüchsen und Schrotflinten begegnet. Als er, scharf verfolgt, zurückfloh, war er einer Schar Dorfburschen aus Glen Ellen und Caliente in die Arme gelaufen. Die Schüsse aus ihren Eichhorn- und Vogelflinten hatten ihn nicht getötet, aber sein Rücken war an Dutzenden von Stellen mit Schrotkörnern gepfeffert, die kleinen Bleistücke waren ihm auf unglaublich schmerzhafte Weise unter die Haut gedrungen.

Bei seinem hastigen Rückzug in die Schlucht hinab war er mitten in eine Herde Kurzhornstiere geraten, die ihn, weit erschrockener als er selber, auf dem Waldboden umgerissen, in ihrem panischen Schrecken über ihn hinweggetrampelt und seine Büchse unter ihren Klauen zerbrochen hatten. Waffenlos, verzweifelt und von stechenden Schmerzen in den Hautwunden und Quetschungen gepeinigt, hatte er die Waldhänge auf Wildwechseln umgangen, zwei Felsschluchten passiert und wollte gerade den Reitweg, den er in der dritten Felsschlucht fand, hinabsteigen. Auf diesem Wege traf er den Reporter, der heraufgestiegen kam. Der Reporter war – nun ja, eben ein Reporter aus der Stadt, der nur das Stadtleben kannte und noch nie Teilnehmer an einer Menschenjagd gewesen war. Sein Pferd, das er sich im Tal gemietet hatte, war ein abgearbeitetes, schlaffes Tier mit krummen Knien, das ruhig stehenblieb, während sein Reiter von dem wild aussehenden, gewalttätigen Manne, der auf einer scharfen Biegung des Weges vorsprang, von seinem Rücken gezerrt wurde. Der Reporter schlug seinen Angreifer einmal mit der Reitpeitsche. Hierauf erhielt er eine Tracht Prügel von der Art, wie er sie oft bei Matrosenprügeleien und in Wirtshäusern in seinen jungen Reporterjahren gesehen und geschildert hatte, die er aber jetzt zum ersten Male selber zu schmecken bekam. Der Mann entdeckte zu seinem großen Ärger, daß der Reporter bis auf den Bleistift und einen Block Schreibpapier unbewaffnet war. In seiner Enttäuschung darüber, daß er keine Waffe erhielt, verprügelte er den Reporter noch einmal und ließ ihn dann jammernd in den Farren liegen; und auf dem Pferde des Reporters, das er mit der Reitpeitsche des Reporters antrieb, setzte er seinen Weg fort.

Jerry, auf der Jagd immer der Eifrigste, war weiter umhergeschweift als Michael, als sie beide Harley Kennan auf seinem frühen Morgenritt begleiteten. Gerade deshalb sah oder verstand Michael, der seinem Herrn auf den Fersen folgte, nicht, wie die Katastrophe begann. Und das tat Harley Kennan im übrigen auch nicht. An einer Stelle, wo eine steile, acht Fuß hohe Böschung zu dem Wege, auf dem er ritt, abfiel, wurden Harley und das unruhige Pferd von etwas überrascht, das die Manzanitabüsche über ihnen durchbrach. Aufblickend sah er ein widerspenstiges Pferd und einen kräftigen Mann aus der Luft auf sich herabstürzen. Bei dem flüchtigen Blick, zu dem ihm Zeit blieb, während er das Pferd anhielt und ihm dann die Sporen gab, damit es seitwärts sprang, bemerkte Harley Kennan die zerschrammte Haut und die zerrissenen Kleider, die wild brennenden Augen und die ausgezehrten, von einem zottigen Bart bedeckten Züge des gejagten Mannes.

Das Mietpferd hatte Ursache, sich gegen den Sprung zu sträuben. Es war sich nur allzu klar darüber, wie sehr sein armes Knie und seine rheumatischen Gelenke den Sprung büßen würden, und so schlug es die Hufe in den moosbedeckten Hang und setzte nur eben weit genug vom Hange ab, um nicht zu stürzen. Aber selbst so schlug seine Schulter auf die des unruhigen, jungen Pferdes und warf es um. Harley Kennans Bein geriet unter das Pferd und brach, und das junge Pferd stürzte so unglücklich, daß es sich das Rückgrat brach.

Der von allen bewaffneten Männern der Gegend verfolgte Mann sah zu seinem größten Ärger, daß Harley Kennan, sein letztes Opfer, wie der Reporter unbewaffnet war. Als er abgestiegen war, fauchte er vor Wut und Enttäuschung und gab dem hilflosen Mann mit voller Überlegung einen Tritt in die Seite. Er wollte ihm gerade einen zweiten Tritt versetzen, als Michael sich einmischte und ihm seine Zähne in den Schenkel bohrte.

Mit einem Fluch riß der Mann sein Bein los, aber Michaels Zähne zerrissen ihm Fleisch und Hosen.

»Guter Hund, Michael«, rief Harley beifällig, der hilflos unter dem Pferde eingeklemmt lag. »He! Michael!« fuhr er fort und ging zu Trepang-Englisch über. »Jag das fella weiße Mann zu Hölle aus Busch hier heraus!«

»Ich werde dir zum Lohn dafür den Kopf zertreten«, sagte der Mann zähneknirschend zu Harley.

So roh die Taten und Worte des Mannes auch waren, hätte er doch fast geweint. Die lange Verfolgung, auf der er gegen alle und alle gegen ihn kämpften, hatte ihn zu entkräften begonnen. Er war von Feinden umgeben. Selbst Knaben hatten sich gegen ihn erhoben und ihm Schrot in den Rücken geschossen, und Schlachtvieh hatte ihn zu Boden getreten und seine Büchse zerstampft. Alles verschwor sich gegen ihn. Und jetzt kam ein Hund und zerriß ihm das Bein. Er ging dem Tode entgegen. Noch nie war ihm das so klar gewesen. Alles war gegen ihn. Sein Drang zu weinen war hysterisch, und Hysterie kann einen Verzweifelten zu furchtbaren Gewalttaten bringen. Trotz der Sinnlosigkeit war er bereit, seine Drohung, Harley Kennan totzutreten, auszuführen. Nicht, weil Kennan ihm etwas getan hatte. Im Gegenteil, er hatte ja Kennan angegriffen und ihn zu Boden geschleudert, daß er sich das Bein unter dem Pferde brach. Aber es schwebte ihm dunkel vor, daß er, wenn er Harley Kennan tötete, sich an der ganzen Menschheit im allgemeinen rächte. Ging er selbst in den Tod, so wollte er doch so viele wie möglich in den blutigen Untergang mit hineinziehen.

Ehe er jedoch den Mann am Boden treten konnte, ging Michael wieder auf ihn los. Das zweite Bein wurde samt der Hose zerrissen, als er ihn abschüttelte. Dann gab er Michael mitten im Sprunge einen Tritt, der ihn unter die

Brust traf und den Hang hinabfliegen ließ. Das Unglück wollte, daß Michael den Boden nicht erreichte. Krachend flog er durch einen Manzanitabusch und blieb in einer spitzen Astgabel, zwei Meter über dem Boden, hängen.

»Jetzt«, sagte der Mann grimmig zu Harley, »werde ich tun, was ich sage. Jetzt werd' ich dir den Kopf zertreten.«

»Ich habe Ihnen doch nicht das geringste getan«, versuchte Harley zu verhandeln. »Ich habe nicht viel dagegen, ermordet zu werden, möchte aber doch gern wissen, warum.«

»Weil ihr mich gejagt und mir nach dem Leben getrachtet habt«, knurrte der Mann und kam näher. »Ich kenne euch. Ihr seid alle mit dabeigewesen. Du sollst mir für alle andern büßen.«

Kennan war sich vollkommen klar darüber, in welch ernster Gefahr er sich befand. Er selbst war hilflos, und ein wahnsinniger Mörder stand im Begriff, ihn zu töten, und zwar auf eine entsetzliche Weise. Michael konnte ihm nicht zu Hilfe kommen, er hing kopfüber im Manzanitastrauch gefangen, die Lenden in der Astgabel eingeklemmt, und mühte sich vergebens, loszukommen. Den ersten Tritt, den der Mann auf sein Gesicht zielte, wehrte Harley mit den Armen ab; und ehe der Mann zum zweiten Male treten konnte, zeigte Jerry sich plötzlich auf dem Schauplatz. Er bedurfte keiner Ermutigung oder Anweisung seines geliebten Herrn. Blitzschnell fuhr er auf den Mann los und bohrte ihm, ohne Schaden anzurichten, die Zähne in den nicht ausgefüllten Teil der Hosen über der Hüfte, zog ihn jedoch durch sein Gewicht halb zu Boden.

Und der Mann kehrte sich mit doppelter Wut gegen Jerry. Wahrlich, die ganze Welt war gegen ihn. Die Gegend selbst ließ Hunde auf ihn herabregnen. Von den Hängen des Sonomaberges aber drangen jetzt Rufe der bewaffneten Verfolger an sein Ohr und hinderten ihn, seinen Beschluß auszuführen. Sie stellten den Tod dar, der ihn verfolgte, und sie waren es, vor denen er fliehen mußte. Mit einem zweiten Tritt befreite er sich von Jerry und sprang auf das Pferd des

Reporters, das ohne Zeichen von Unruhe noch stand, wo es gelandet war.

Das Pferd galoppierte unwillig und steifbeinig davon, während Jerry fauchend und knurrend folgte.

»Es wird alles gut, Michael«, sagte Harley beruhigend. »Reg dich nicht auf. Es ist schon gut. Das Schlimmste ist vorbei. Es wird schon jemand kommen und uns aus der Klemme helfen.«

Aber der kleinere der beiden Äste, die die Gabel bildeten, brach, Michael fiel kopfüber zu Boden und blieb einen Augenblick bestürzt liegen. Gleich darauf aber war er wieder auf den Füßen und schoß den Weg entlang, in der Richtung, wo er Jerry bei der Verfolgung bellen hörte. Jerrys Bellen endete plötzlich in einem lauten Schmerzensschrei, der Michael Flügel verlieh. Michael schoß an ihm vorbei und sah ihn heulend auf der Erde liegen.

Das Mietpferd war in seinem steifbeinigen Galopp gestolpert und hatte, als es zappelnd wieder auf die Beine kam, Jerry getreten und ihm das eine Vorderbein gebrochen.

Der Mann jedoch, der sich umsah und merkte, daß Michael ihm dicht auf den Fersen war, kam zu dem Ergebnis, daß wieder ein neuer Hund ihn angriff. Aber er fürchtete Hunde nicht. Er fürchtete nur Menschen mit Büchsen und Schrotflinten, die das letzte, endgültige Unglück über sein Haupt bringen sollten. Der Schmerz in seinem blutenden Bein, das von Jerry und Michael zerrissen war, vermehrte noch seine Wut gegen die Hunde.

»Wieder ein Hund«, dachte er grimmig, beugte sich vor und schlug Michael mit der Peitsche ins Gesicht. Zu seiner Überraschung krümmte der Hund sich nicht unter dem Schlage. Er kläffte und heulte nicht vor Schmerz. Er bellte weder, noch knurrte oder fauchte er. Er benahm sich, als hätte er keinen Schlag erhalten. Als Michael nach dem rechten Bein des Mannes sprang, traf ihn die Peitsche von oben herab zwischen Schnauze und Augen. Michael wurde seitwärts geschleudert, landete wieder auf dem Boden und schoß in weiten Sprüngen hinterher, um ihn einzuholen und wieder anzuspringen.

Aber der Mann hatte noch etwas bemerkt. Wenn er aus dieser Nähe mit der Peitsche zuschlug, mußte er sehen, daß Michael während des Schlages die Augen offenhielt. Er krümmte sich weder, noch blinzelte er, wenn die Peitsche auf ihn niedersauste. Das war unheimlich. Michael sprang wieder zu, und wieder gab der Mann ihm einen wohlgezielten Schlag mit der Peitsche. Nicht mit einem Blinzeln verriet der Hund, daß der Schlag getroffen hatte.

Und nun überschlich eine ganz neue Angst den Mann. Sollte das nach allem, was er durchgemacht hatte, das Ende sein? War dieser tötend schweigsame rauhhaarige Terrier das Wesen, das bestimmt war, ihn zu vernichten, ihn, den die Menschen nicht hatten fassen können? Er war nicht einmal sicher, ob es ein wirklicher Hund war. War es vielleicht irgendein furchtbarer Rächer aus der mystischen Welt jenseits des Lebens, gesandt, um ihn auf diese Art endgültig abzutun? Der Hund lebte nicht, der einen mit voller Kraft geführten Peitschenschlag hinnehmen konnte, ohne sich zu krümmen oder zurückzuweichen

Zweimal noch schleuderte er den Hund, als er ansprang, mit einem wohlgezielten Peitschenschlag zur Seite. Aber der Hund kam immer wieder mit derselben Sicherheit und mit demselben Schweigen. Da übermannte ihn der Schrecken, er jagte dem Pferd die Fersen in die alten Rippen, schlug es mit der Peitsche auf den Kopf und unter den Bauch, bis es galoppierte, wie es seit Jahren nicht galoppiert war. Das Pferd raste dahin, es spürte die Angst des Mannes, der seine Rippen mit den Absätzen peinigte und es grausam über Nase und Ohren schlug.

Die größte Schnelligkeit, die das Pferd leisten konnte, war nicht so groß, daß es Michael hätte entkommen können. Aber bei jedem Sprung begegnete der Hund dem unabwendbaren Peitschenschlage, der ihn durch seine Kraft seitwärts schleuderte. Obwohl seine Zähne jedesmal in

490

bedenklicher Nähe von dem Bein des Mannes zusammenschlugen, mußte er doch immer wieder aus aller Kraft laufen, um den entsetzten Mann und das wahnsinnig galoppierende Pferd einzuholen.

Enrico Piccolomini beobachtete die Jagd und nahm selbst zum Schluß an ihr teil; und dieses sein einziges großes Abenteuer in dieser Welt brachte ihm Wohlstand und Unterhaltungsstoff bis ans Ende seiner Tage. Enrico Piccolomini war Holzhauer auf Kennans Gut. Auf einer runden Felskuppe, von der man den Weg übersehen konnte, hatte er zuerst die galoppierenden Hufe und das Klatschen der Peitschenhiebe gehört. Einen Augenblick später hatte er den Wettlauf zwischen Mann, Pferd und Hund gesehen. Als sie gerade unter ihm waren, keine zwanzig Fuß entfernt, sah er, wie der Hund auf seine seltsame schweigende Art direkt in die niedersausende Peitsche sprang und seine Zähne in das Bein des Reiters bohrte. Er sah, wie der Hund den Mann durch sein Gewicht halb aus dem Sattel zog. Er sah, wie der Mann sich an den Zügel klammerte, um das Gleichgewicht zu bewahren, und er sah, wie das Pferd, sich bäumend, wankend und stolpernd, den Mann das letzte bißchen Gleichgewicht verlieren ließ, so daß er mit dem Hunde zu Boden stürzte.

»Und dann sind sie wie zwei Hunde, wie zwei Bestien«, pflegte er viele Jahre später bei einem Glase Wein in seinem kleinen Gasthaus in Glen Ellen zu berichten. »Der Hund läßt das Bein des Mannes los und springt, um den Mann an der Kehle zu packen. Und der Mann wälzt sich herum und packt den Hund an der Kehle. Und der Hund macht keinen Lärm. Er gibt keinen Ton von sich. Weder vorher noch nachher. Da die zwei Hände des Mannes ihm den Atem nehmen, kann er keinen Lärm mehr machen. Aber solch ein Hund ist er nicht. Er will keinen Lärm machen, und das Pferd steht da und sieht zu, und das Pferd hustet. Es ist sehr merkwürdig, was ich sehe.

Und der Mann ist toll. Nur ein toller Mann kann tun, was

ich ihn tun sehe. Ich sehe, wie der Mann die Zähne fletscht wie ein anderer Hund und den Hund in Pfoten, Schnauze und Leib beißt. Wenn er den Hund in die Schnauze beißt, beißt der Hund ihn in die Backe. Und Mann und Hund schlagen sich wie die Teufel, und der Hund kratzt mit den Hinterbeinen wie eine Katze. Und wie eine Katze reißt er dem Mann mit seinen Krallen das Hemd von der Brust und reißt ihm die Haut von der Brust, bis er über und über rot von Blut ist. Und der Mann heult und kreischt und macht einen Lärm wie ein wilder Berglöwe. Und immer noch würgt er den Hund. Es ist ein höllischer Kampf.

Und der Hund gehört Herrn Kennan – einem feinen Mann –, ich hab' zwei Jahre für ihn gearbeitet. Und ich will deshalb nicht zusehen, wie Herrn Kennans Hund totgeschlagen und zerrissen wird von dem Mann, der wie ein Berglöwe kämpft. Ich laufe den Berg hinunter, aber ich bin aufgeregt und vergesse meine Axt. Und der Hund ist fast erledigt, die Zunge hängt ihm bis zum Hals heraus, und seine Augen sind wie von Spinnweben bedeckt. Aber er kratzt immer noch die Brust des Mannes mit seinen Hinterbeinen auf, und der Mann heult wie ein Berglöwe.

Was soll ich tun? Und ich habe meine Axt vergessen. Der Mann will den Hund töten. Ich sehe mich nach einem großen Stein um. Es gibt keinen Stein. Ich sehe mich nach einem Knüppel um. Ich kann keinen Knüppel finden. Und der Mann will den Hund töten. Ich will Ihnen erzählen, was ich tue. Ich bin kein Dummkopf. Ich trete den Mann. Meine Schuhe sind sehr schwer, nicht wie die, die ich jetzt trage. Es sind Holzhauerschuhe mit sehr dicker Sohle und aus hartem Leder mit vielen eisernen Nägeln. Ich trete dem Mann ins Gesicht, auf den Hals, gerade hinterm Ohr. Ich trete einmal. Es ist ein guter Tritt. Es genügt. Ich kenne die Stelle. Gerade unterm Ohr.

Und der Mann läßt den Hund los. Er schließt die Augen, öffnet den Mund und liegt ganz still da. Und der Hund beginnt wieder zu atmen. Und mit dem Atem kommt das

Leben wieder, und gleich will er den Mann töten. Aber ich sage: ›Nein‹, obwohl ich bange vor dem Hund bin. Und der Mann kommt wieder zu sich. Er öffnet die Augen, und er sieht mich an wie ein Berglöwe. Und ich bin bange vor ihm, wie vor dem Hunde. Was soll ich tun? Ich habe die Axt vergessen. Ich will Ihnen erzählen, was ich tue. Ich trete den Mann noch einmal unters Ohr. Dann nehme ich meinen Gürtel und mein Taschentuch und binde ihn. Und die ganze Zeit sag' ich: ›Nein‹ zu dem Hunde, er soll den Mann in Frieden lassen. Und der Hund sieht mich an. Er weiß, daß ich den Mann binde und sein Freund bin. Und der Hund beißt mich nicht, obgleich ich sehr bange bin. Der Hund ist ein furchtbarer Hund. Weiß ich das nicht? Hab' ich nicht gesehen, wie er einen starken Mann aus dem Sattel zieht? – Einen Mann, der wie ein Berglöwe ist?

Aber dann kommen Leute. Sie haben alle Schießwaffen – Büchsen, Schrotflinten, Revolver und Pistolen. Und ich denke gleich, daß die Gerechtigkeit sehr schnell ist in den Vereinigten Staaten. Ich habe soeben einem Mann an den Kopf getreten, und eins, zwei, drei, gerade so schnell kommen Männer mit Büchsen, um mich ins Gefängnis zu bringen, weil ich einen Mann an den Kopf getreten habe. Zuerst verstehe ich nicht recht. Die vielen Männer sind böse auf mich. Sie schelten mich aus und sagen häßliche Dinge; aber sie verhaften mich nicht. Oh! Ich fange an zu verstehen! Ich höre sie von dreitausend Dollar reden. Ich habe ihnen dreitausend Dollar genommen. Das ist nicht wahr, das sage ich ihnen auch. Ich sage, daß ich noch nie einem Manne auch nur einen Cent genommen habe. Da lachen sie. Und mir ist wohler, und ich verstehe besser. Die dreitausend Dollar sind die Belohnung der Regierung für diesen Mann, den ich mit meinem Gürtel und meinem Taschentuch gebunden habe. Und die dreitausend Dollar gehören mir, weil ich dem Mann an den Kopf trat und seine Hände und Füße band.

Und so arbeite ich nicht mehr für Herrn Kennan. Ich bin ein reicher Mann. Dreitausend Dollar, die alle mein sind,

von der Regierung, und Herr Kennan sorgt dafür, daß sie
mir von der Regierung bezahlt und nicht von den Männern
mit den Büchsen genommen werden. Nur weil ich dem
Mann, der wie ein Berglöwe war, an den Kopf trat. Das
nenne ich Glück. Das ist Amerika. Und ich freue mich, daß
ich von Italien hergereist bin, um auf Herrn Kennans Gut
Holz zu hauen. Und ich eröffne dies Gasthaus in Glen Ellen für die dreitausend Dollar. Ich weiß, das ist viel Geld
für ein Gasthaus. Hatte mein Vater nicht, als ich ein Junge
war, ein Gasthaus in Napoli? Jetzt habe ich zwei Töchter
auf dem Gymnasium. Ich habe auch ein Automobil.«

»Du lieber Gott, das ganze Gut ist ein Hospital«, rief Villa
Kennan später, als sie auf die breite Schlafveranda trat und
Harley und Jerry ausgestreckt liegen sah, den einen mit ge-
schientem Bein, den andern das Bein in Gips gelegt. »Sieh
Michael an«, fuhr sie fort. »Ihr seid nicht die einzigen mit
gebrochenen Knochen! Ich habe eben entdeckt, daß seine
Nase, wenn sie nicht gebrochen ist, es eigentlich hätte sein
müssen nach all den Schlägen, die er darauf bekommen
hat. Ich habe ihm jetzt eine Stunde lang heiße Umschläge
gemacht. Sieh nur!«
Michael, der auf ihre Aufforderung hin mitgekommen war,
zeigte eine lächerlich geschwollene Nase, als er schnüffeln-
de Grüße mit Jerry austauschte und mit der Stummelrute
wedelte, um Harley zu begrüßen, der seinerseits wieder-
grüßte, indem er ihm eine Hand auf den Kopf legte.
»Er muß es im Kampf gekriegt haben«, meinte Harley.
»Der Kerl schlug ihn immer wieder mit der Peitsche, sagte
Enrico Piccolomini, und selbstverständlich gerade auf die
Schnauze, wenn er ihn ansprang.« – »Und Piccolomini sagt,
daß er nicht ein einziges Mal heulte, wenn er geschlagen
wurde, sondern nur weiterlief und sprang«, fuhr Villa begeistert fort. »Denk nur, ein Hund, nicht größer als Michael, zieht einen Mörder, den Dutzende von Polizisten
nicht fangen konnten, aus dem Sattel!«

»Und für uns hat er noch mehr getan«, fügte Harley hinzu. »Wäre Michael nicht gewesen – und Jerry übrigens auch –, wären sie beide nicht gewesen, so glaube ich wirklich, der tolle Kerl hätte mir den Kopf zertreten, wie er wollte.«

»Die gesegneten Tiere!« rief Villa mit strahlenden Augen während ihre Hand mit einem schnellen, tief dankbaren Druck die ihres Mannes ergriff. »Das letzte Wort ist noch nicht gesprochen über das Wunder der Hunde«, fügte sie hinzu, indem sie mit einem schnellen Blinzeln die Tränen zurückdrängte und ihre Bewegung beherrschte.

»Das letzte Wort vom Wunder des Hundes wird nie gesprochen werden«, sagte Harley, indem er ihren Händedruck erwiderte und ihre Hand losließ, um ihr zu helfen.

»Und deshalb wollen wir jetzt etwas Richtiges sagen«, lächelte sie. »Jerry, Michael und ich. Wir haben in aller Heimlichkeit geübt, um dich zu überraschen. Bleib nur liegen und hör zu. Es ist der Lobgesang. Lach nicht.«

Sie beugte sich vom Stuhl, auf dem sie saß, herab und zog Michael an sich, so daß er zwischen ihren Knien saß, während ihre Hände ihm Kopf und Kiefer umfaßten und seine Schnauze halb unter ihrem Haar begraben war.

»Nun, Jerry«, rief sie streng, wie wohl eine Gesanglehrerin gerufen hätte. Jerry wandte aufmerksam den Kopf, sah sie an, lächelte verständnisvoll mit den Augen und wartete.

Villa stimmte den Lobgesang an, aber die Hunde fielen schnell mit ihrem leisen, weichen Geheul ein, wenn man es überhaupt Heulen nennen konnte, so leise, weich und genau war es. Und alles, was in dem großen Nichts verschwunden war, tauchte beim Singen in der Seele der beiden Hunde auf, und sie sangen sich zurück durch das große Nichts in das Land der Vorzeit, liefen noch einmal mit dem entschwundenen Rudel und waren dabei doch nicht ganz ohne Gefühl vor dem gegenwärtigen, unzweifelhaften zweibeinigen Gott, der Villa hieß und der mit ihnen sang und sie liebte.

»Warum wollen wir kein Quartett daraus machen?« sagte Harley Kennan und fiel mit seiner eigenen Stimme ein.

NACHWORT

Sehr früh in meinem Leben empfand ich Widerwillen gegen die Vorführung dressierter Tiere. Die Ursache war möglicherweise meine unersättliche Neugier, sie verdarb mir diese Art Vergnügen, denn es reizte mich, hinter die Kulissen zu sehen und zu erfahren, wie die Dressurnummer entstanden war. Und was ich hinter der glänzenden Vorführung fand, war nicht schön. Es war ein Abgrund so entsetzlicher Grausamkeit, daß meiner Überzeugung nach kein normaler Mensch je Vergnügen daran finden könnte, einer Vorstellung dressierter Tiere als Zuschauer beizuwohnen, wenn er sich nur einmal hierüber klargeworden ist.

Ich bin durchaus nicht sentimental. Kritiker und empfindsame Menschen betrachten mich sogar als eine Art primitiven Tiers, das seine Freude an bluttriefenden Gewalttaten und Schrecken hat. Ich will dem Rufe, den ich in dieser Beziehung habe und den ich richtig abzuschätzen weiß, nicht widersprechen, möchte aber doch hinzufügen, daß ich wirklich das Leben in einer sehr strengen Schule kennengelernt und mehr als die meisten an Unmenschlichkeit und Grausamkeit gesehen habe, in der Back und im Gefängnis, im Armenviertel und in der Wüste, auf dem Schafott und im Leprahospital, auf dem Schlachtfeld und im Lazarett. Ich habe entsetzliche Todeskatastrophen und Verstümmelungen gesehen. Ich habe Schwachsinnige hängen sehen, weil sie sich als Schwachsinnige keinen Rechtsanwalt leisten konnten. Ich habe gesehen, wie starke Männer zerschmettert und wie andere durch Mißhandlung in unheilbaren heulenden Irrsinn getrieben wurden. Ich habe Alte und Junge, ja, selbst Kinder Hungers sterben sehen. Ich habe gesehen, wie Männer und Frauen mit Peitschen, Keulen und Fäusten traktiert und wie Nilpferdpeitschen so kräftig um die nackten Körper von Negern geschlagen wurden, daß jeder Schlag die Haut in einem ganzen Kreise abschälte. Und doch sage ich: Nie war ich so entsetzt und erschüttert über die Grausamkeit der Welt wie inmitten eines frohen, lachenden, klatschenden Publikums, wenn dressierte Tiere in der Arena vorgeführt wurden.

Besitzt man ein ruhiges Temperament und starke Nerven, so erträgt man möglicherweise ein ganz Teil der unbewußten und unüberlegten Grausamkeit und Tortur, die in dieser Welt der Heftigkeit und Dummheit begangen werden. Ich besitze ein ruhiges Temperament und starke Nerven. Was mich aber in Wut bringen kann und mir das Herz im Leibe umdreht, das ist die kalte, bewußte, überlegte Grausamkeit und Qual, die hinter neunundneunzig von hundert Vorstellungen dressierter Tiere offen zutage tritt. Grausamkeit als erhabene Kunst hat ihre prachtvollste Blüte in der Tierdressur getrieben.

Aber trotz meinem ruhigen Temperament und meinen starken Nerven habe ich doch in meinen reiferen Jahren bemerkt, daß ich mich unbewußt gegen diese qualvolle Vorführung dressierter Tiere wehrte, indem ich mich jedesmal erhob und das Lokal verließ, wenn eine solche Vorstellung auf der Bühne begann. Ich sage: unbewußt. Hiermit meine ich, daß mir nie einfiel, mein Auftreten könne möglicherweise den Vorführungen dressierter Tiere den Todesstoß versetzen. Ich entzog mich nur der Qual, einer Sache beizuwohnen, von der ich wußte, daß sie mich verletzen würde. Später bin ich jedoch in meiner Beurteilung der menschlichen Natur zu der Einsicht gelangt, daß kein normaler, gesunder Mensch solche Darbietungen ertragen würde, wüßte er um die furchtbare Grausamkeit, die hinter ihr liegt und sie ermöglicht. Ich habe daher Mut und Lust bekommen, hier an dieser Stelle dreierlei vorzuschlagen.

Erstens, laßt alle Menschen sich selbst von der unvermeidlichen, ewigen Grausamkeit überzeugen, ohne die ein Tier nicht gezwungen werden kann, vor einem zahlenden Publikum aufzutreten.

Zweitens schlage ich vor, daß alle Männer und Frauen, Knaben und Mädchen, die sich derart mit der Triebfeder der ›edlen‹ Kunst der Tierdressur bekannt gemacht haben, Mitglieder der lokalen und nationalen humanen Vereine zum Schutz der Tiere gegen Grausamkeit werden mögen.

Dem dritten Vorschlag muß ich eine Einleitung vorausschicken. Wie hundert und tausend andere habe ich auf manch anderem Gebiete gearbeitet und mich bemüht, Bewegungen ins Leben zu rufen, um Unglück und Elend zu mildern. So schwer das auch zu erreichen ist, so ist es doch noch schwerer, Menschen zu überreden, sich zu einer Bewegung zu organisieren, um die Leiden der Tiere zu mildern.

Tatsächlich würden wir alle Blut und salzige Tränen weinen, wenn wir die unvermeidliche Grausamkeit und Brutalität der Tierdressur kennenlernten. Aber nicht ein Zehntel von uns würde sich einer Organisation zur Verhinderung der Grausamkeit gegen Tiere anschließen und durch Worte, Taten und Beiträge daran arbeiten, diesen Grausamkeiten vorzubeugen. Das ist eine in unserer menschlichen Natur begründete Schwäche. Wir müssen das erkennen, wie wir Wärme und Kälte, die Dunkelheit in den undurchsichtigen und ewigen Gesetzen von Fall und Schwere erkennen. Und doch steht uns, den neunundneunzig neun Zehnteln von uns, selbst wenn wir uns nicht die Mühe machen, unsere eigene Schwäche zu überwinden, ein anderer Weg offen: Wir können mit Leichtigkeit dem Wunsche Ausdruck verleihen, die Grausamkeit aus der Welt zu schaffen, die einige von uns, um die übrigen zu unterhalten, an dressierten Tieren ausüben. Tieren, die schließlich nur geringere Tiere als wir auf der Oberfläche des Erdballs sind. Es ist so leicht. Wir brauchen nicht an Vereinsbeiträge oder Kassierer zu denken. Wir brauchen an nichts zu denken, brauchen unsere Gedanken nicht zu belasten, außer wenn eine Vorstellung dressierter Tiere in einem Varieté oder auf einem Vergnügungsplatz stattfindet. In einem solchen Falle können wir ohne langes Gerede unsere Mißbilligung einer solchen Vorführung ausdrücken, indem wir uns von unseren Plätzen erheben und das Lokal verlassen, um ein bißchen frische Luft zu schnappen, um, wenn die Nummer vorbei ist, zurückzukehren und uns an dem weiteren Programm zu erfreuen. Dies und nichts als dies ist es, was wir zu tun haben, um ein für allemal mit Vorführungen dressierter Tiere in allen Vergnügungsstätten verschont zu werden. Zeigt der Direktion, daß derartige Vorführungen unbeliebt sind, und im selben Augenblick wird die Direktion aufhören, sich nach solchen Nummern umzuschauen.

Glen Ellen, Sonoma Country, California   *Jack London*